Romain Rolland et les étudiants chinois

九人

罗曼·罗兰与中国留学生

刘志侠 著

人民文学出版社

图书在版编目（CIP）数据

九人：罗曼·罗兰与中国留学生 / 刘志侠著．
-- 北京：人民文学出版社，2020
ISBN 978-7-02-015633-7

Ⅰ．①九… Ⅱ．①刘… Ⅲ．①传记文学－中国－当代
Ⅳ．① I25

中国版本图书馆 CIP 数据核字（2019）第 180039 号

责任编辑 **朱卫净 何炜宏**
封面设计 **钱 珺**

出版发行 **人民文学出版社**
社　　址 **北京市朝内大街166号**
邮政编码 **100705**
网　　址 **http://www.rw-cn.com**

印　　刷 **上海盛通时代印刷有限公司**
经　　销 **全国新华书店等**

字　　数 **350千字**
开　　本 **889毫米×1194毫米 1/32**
印　　张 **14.75**
版　　次 **2020年11月北京第1版**
印　　次 **2020年11月第1次印刷**

书　　号 **978-7-02-015633-7**
定　　价 **88.00元**

如有印装质量问题，请与本社图书销售中心调换。电话：010-65233595

罗曼·罗兰窗照（奥尔加别墅，1930年）
（汪德耀摄，厦门大学图书馆收藏）

盛成（1929 年，艺术相）

敬隐渔（1924 年）

梁宗岱（1931 年）

李家齐（李又然，1928 年）

阎宗临（1929 年）

汪德耀（1931 年）

傅怒安（傅雷，1934 年）

高长虹（1930 年）

张昊（1937 年）

九位与罗曼·罗兰通信的中国留学生
1920年–1941年

我喜欢这些年轻人

他们不事空谈

接触过无情现实的最底层

既不悲叹，也不嘲讽

而是保持平静

准备坚定不移走自己的路

罗曼·罗兰

日记（手稿），一九二九年十二月八日

Et j'aime ces jeunes hommes

qui ne se payent pas de mots

qui ont touché le fond de la cruelle réalité

et qui ne gémissent et n'ironisent

mais restent calmes

et prêts à continuer leur route sans faiblir.

Romain Rolland

Journal (Manuscrit), le 8 décembre 1929

目录

前言

“瑞士，沃州，维尔勒夫镇，奥尔加别墅，罗曼·罗兰先生”（M Romain Rolland, Villa Olga, Villeneuve, Vaud, Suisse），这是中国留学生写信给罗曼·罗兰使用的地址。本书将打开这些近一个世纪前寄到莱蒙湖畔奥尔加别墅的书简，从罗曼·罗兰的日记中找出相关的记载，探查信前和信后的来龙去脉，这一切，只为唤醒一段因为时代风云被人遗忘多年的美好历史。

在二十世纪中国新文化运动之初，启蒙工作占有举足轻重的地位。在文学方面，引进多如繁星的外国作家，其中不少是当代名家。但是没有一位能像罗曼·罗兰那样，生前身后在中国得到那么崇高的地位，受到文艺界和读者的尊敬与热爱。

罗曼·罗兰（Romain Rolland，1866 – 1944）在1915年获得诺贝尔文学奖，作品迅速被译介到世界各地，包括远东的日本和印度，可是中国缺乏法文译者，在差不多十年时间内，他在中国寂寂无闻。直到1924年6月，才出现一位青年译者敬隐渔，从上海给他写信，回信在8月到达，敬隐渔译为中文，次年一月在《小说月报》第十六卷第一号发表。

此信的出现是中国新文学史的一件大事，第一次有一位享有世界声誉的在世作家写信给中国青年作者，对中国精神怀有深厚的兴趣并给予高度评价，对素昧生平的敬隐渔表现出一种超乎寻常的关爱。虽然还没有几个人读过他的作品，万千读者却一下子被他征服。

1926年1月起，《小说月报》连续三个月刊登了敬隐渔翻译的《约翰·克利斯朵夫》第一卷开头部分。这部小说宣扬的人道主义和英雄主义，像一股强劲的清新空气，吹进尚未完全走出革命风暴的混沌中国，终生奋斗不懈的主人公及其作者成了好几代中国青年的偶像。从这一年开始，罗曼·罗兰的诞辰成了中国文坛的盛事：1926年，1936年，1946年，中间还经历了1944年逝世纪念和1954年逝世十年祭，每次都有刊物出版专号，著名作家纷纷为文。罗曼·罗兰成为中国人最熟悉的外国作家，他的人格及作品在中国的影响深远而长久。

1925 年敬隐渔前往法国留学，罗曼·罗兰不仅兑现许下的诺言，给予各方面指导和慷慨的金钱资助，而且努力把他引进法国文坛。他们的友好来往很快流传开来，首先在中国留学生当中，继而传回中国，一些青年人追随他的步履，写信给罗曼·罗兰。

本来这是中国新文学史上从未有过的佳话，值得史家大书特书。但是罗曼·罗兰做了好事从不张扬，日记里也不备忘，而中国留学生由于时代原因，没有留下多少相关的回忆文字，因此外人对其中细节无从知晓，不清楚多少人通信，不知道名字，更不要说书信内容了。勉强为文谈论，只能重复流传已久的少量事实，或者坠入向壁虚造的陷阱。

这样的死结，很多人都知道可以通过发掘文献来解开。刚好罗曼·罗兰是一位具有历史使命感的作家，数十年如一日坚持写日记，细心保存所有笔记、来往信件、书籍和印刷品，巨细无遗，点滴不漏。去世前已经开始亲手整理自己的日记，又把一些文件结成专题档案。他在 1944 年去世，留下一个庞大的文献库。想知道这段历史的真相，只须到里面寻找答案。

然而历史没有一条道路是笔直的。罗曼·罗兰去世前不久，发生了第二次世界大战，去世后不到一年，中国开始内战，接着出现天翻地覆的变化。文学领域也不例外，外国作家不再被重视。罗曼·罗兰凭着过去的苏联之友名声，侥幸逃过，作品得以继续再版重印。但到了最后，评论界开始责难他的“资产阶级个人英雄主义”，出版社停止重印，在这种情况下，谁都没有心思去重提这段文坛佳话，更不要说去法国寻根究底了。

中国人不做，法国人呢？他们做，但情况比想象的复杂。大师 1944 年去世，没有子嗣，根据法国法律，唯一继承人是他的夫人玛丽·罗兰（Marie Rolland，1895—1985）。玛丽原姓屈维利埃（Cuvillier），一位斯大林时代的俄罗斯文学爱好者，父亲是俄国军官，母亲是当家庭教师的法国人。她因为从莫斯科写诗给大师而认识，而了解，最后在 1934 年结成夫妻，成为大师的秘书和得力助手。大师去世后，她按照遗愿，忠心耿耿保管全部档案。除了在 1950 年代把整理好的日记送给国家图书馆，书信、手稿等全部留在身边。她以性格硬朗、心直口快出名，凡事亲力亲为。由于文献数量庞大，内容复杂，必须请人协助，但个人财力有限，多数工作依靠年轻的自愿者，流动性很大。她不拒绝向研究者打开档案，但文献未经整理，以一人之力从中搜索，不啻海底捞针。加上资料存放在个人住宅，空间有限，令查阅困难重重。这一切，限制了整理的进度。尽管如此，经过四十年从未间断的努力，她独自一人或与其他学者合作整理的日记和书信集超过三十种，其中二十七种以《罗曼·罗兰丛刊》(*Cahiers Romain Rolland*) 为总名，由阿尔班·米歇尔出版社刊行。

在这些文集中，与中国留学生的通信只出现过一次。1966 年，为了纪念罗曼·罗兰百岁诞辰，玛丽·罗兰从他一生所写的浩海般书函中挑选了二百零八封信，编成丛刊第十七集，取名《一张完美的脸孔》(*Un beau visage à tous sens*)。其中选入 1924 年 7 月第一次写给敬隐渔的回信，然而抄录时出错，把 Kin Yn Yu 写成 Kin Yu Yu，由此可知，玛丽·罗兰身边没有中文助手。当时的中法教育和文化交流处于低潮，汉语不是大学的热门外语，只有三数间设立课程，毕业生都被外交部捷足先登。自费的中国留学生从香港和台湾来，人数很少，法国人要找一个熟悉中国文化和汉语的青年人十分困难。因此，罗曼·罗兰夫人迟迟未能动手整理中国留学生的书信。另外还有一个原因，大型文献的整理工作有缓急之分，无法全面铺开，与罗曼·罗兰通信的历史人物很多，他们是优先处理的对象。

物换星移，转眼到了 1977 年，玛丽·罗兰进入八十二岁耄耋之年，文丛已出版至第二十六集。就在此时，从遥远的东方传来一条消息，中国改革开放，有人开始研究罗曼·罗兰对鲁迅作品的评价。传递消息者是巴黎大学第八校汉语教授鲁阿夫人（Michelle Loi，1926—2002），她是鲁迅研究专家，正在领导一个小组，打算翻译及出版鲁迅全集的法文版，为此多次往返中法之间，与中国的鲁迅研究者很熟络。这一年，有一篇文章引起她的注意，标题是《谈〈阿 Q 正传〉的法文译本》，刊载在 1977 年 6 月出版的《南开大学学报》，介绍了敬隐渔法译《阿 Q 正传》和他转达的罗曼·罗兰对这本书的评语，鲁阿夫人研究鲁迅，却对敬隐渔的名字及其翻译一无所知，回法后告诉罗曼·罗兰夫人和《欧洲》月刊编辑部，他们都很感兴趣，于是写信联系文章的作者。

作者戈宝权（1913—2000）是中国科学院外国文学研究所学者，他是一位有名的俄文翻译家，后期转向外国文学研究。当时的文学界刚度过一个非常时期，仍然沿着多年的老路而行。鲁迅研究是一条不会迷失的大路，很多人都借用来进行研究。戈宝权比其他人起步得更早，从1976年起便参加鲁迅全集的注释工作，然后由此发展为研究鲁迅作品在世界传播及影响的专家。由于有过注释经验，特别重视搜集第一手资料，介绍《阿Q正传》法文译本的文章就包含前所未知的新资料。鲁阿夫人很快便把文章介绍到法国，在《欧洲》月刊1982年1月号发表了长文《罗曼·罗兰与中国人 罗曼·罗兰与鲁迅》(*Roman Rolland et les Chinois Roman Rolland et Luxun*)。通过鲁阿夫人，戈宝权认识了玛丽·罗兰，一条崭新的大道在他面前打开了，以后可以通过她们获得珍贵的法国文献。当时，他仍然以鲁迅为核心，目标局限于敬隐渔，没有旁及其他中国留学生。

就在这时候，1981年11月，中国科学院外国文学研究所另一位学者罗大冈（1909 – 1998），接到法国政府的官方邀请，前来访问及讲学。他到巴黎要见的第一位法国人就是玛丽·罗兰，并非因为他本人是中国研究罗曼·罗兰的权威，生命中活力最旺盛的二三十年时间全花在这件工作上，而是他急于把一本旧书送还给玛丽·罗兰。这本书题名《战斗十五年》(*Quinze ans de combats*)，1935年出版时仅印七十一册，其中十册为非卖品。1950年代末，罗大冈需要这本书作参考，遍寻不获，最后找到玛丽·罗兰，借到她手中仅存的一册。用后归还，至1960年代初再次借阅，还未来得及寄还，便遇到历史大风浪，于是这本书便羁留在罗大冈家里，东躲西藏了十多年。现在物归原主，两人都心情激动，开始了一场长谈。

罗大冈把预备好的问题提出来，玛丽·罗兰逐一作了回答，到了最后，她突然提出一个建议，请罗大冈整理中国留学生的书信，写一篇导言，结成集子，编入文丛出版。这是一个很好的计划，但是罗大冈的反应却是“我对于这个建议不感兴趣”（罗大冈《三访罗曼·罗兰夫人》）。这句话和他说过的话自相矛盾，“我向罗兰夫人提出的另一问题是罗曼·罗兰关于中国的言论，以及他写给中国人的信。我希望能在‘罗曼·罗兰档案’中，搜集这方面的材料”。要寻找答案，还须认识罗大冈的个性和回顾他的过去。

他在《巧遇艾吕雅》一文中说过，“我从小胆怯，不敢去惊动有名人物，生怕碰钉子或遭冷遇。我在里昂居住时，当时罗曼·罗兰住在日内瓦附近，我坐长途汽车去他家一个半小时可以到达，可是我从来没有去拜访罗曼·罗兰”。杨哲、宋敏在《罗大冈传》提到另一件同类的事，1938 年，他获得巴黎大学文学博士学位，题目是《论白居易诗歌的双重灵感》(*La Double inspiration du poète Po Kiu-yi*)。诗人保尔·福尔（Paul Fort, 1872 – 1960）看到，在激赏之余，邀请他见面。他却怯于福尔的文名，因为这是一位在 1912 年获得报刊加冕的“诗人王子”(Prince des poètes)，他最终没有接受邀请，只是托人把自己的法文诗带给他作为感谢。这种不愿与名人见面的情意结，令他不容易认同中国留学生主动靠近罗曼·罗兰的举动，所以他只想看罗曼·罗兰本人写的信，对中国留学生的信不感兴趣。不过，这种单向选择是不可能的事情，后来的事实显示他改变了看法，十分重视和关心中国留学生和罗曼·罗兰的交往。

出于礼貌，他当场没有直接推辞，婉转回答等看到信件再决定。不料玛丽·罗兰说已经准备妥当，就等他来开始工作。尽管访问日程很紧密，罗大冈也只好同意过一个星期回头再来。到了约好日子，信件远未如他所想那样准备好，拿出来的文件夹有十多本，可是每本只夹着两封或两三封“中国人来信”，他最感兴趣的敬隐渔信件，不见踪影。据他计算，总数至多二十来封，不足以编辑成集。信件如此分散，可见尚未真正整理过。在这些信中，罗大冈只认出梁宗岱一个人的名字。在他之前，鲁阿夫人也看过一些文件夹，在《欧洲》月刊的文章中提及其他两位中国留学生的名字：阎宗临和盛成，又特别说明，尚未发现傅雷的信件。

罗大冈的来访和与戈宝权的通信，促使玛丽·罗兰开始整理中国留学生资料。罗大冈离开巴黎不到三个星期，便接到她寄来两份文件，都与敬隐渔有关。一份是罗曼·罗兰写给《欧洲》月刊外国文学编辑巴泽尔杰特的信，推荐敬隐渔翻译的《阿 Q 正传》；另一份是里昂中法大学协会会长（相当于校董会主席）雷宾（Jean Lepine，1876 – 1967）1929 年 12 月 30 日致罗曼·罗兰信，关于敬隐渔病情经过。同样的文件也寄给了戈宝权，他们两人在《人民日报》先后发表文章谈到这些信件。

自此之后，罗大冈忙于其他写作，再没有文章论及中国留学生的书信，这个工作由戈宝权继续下去。他和法国方面的合作进行得很顺利，到了 1986 年，他在《罗曼 · 罗兰和中国》(载《法国研究》，1986 年第 6 期）中说，最近数年收到玛丽 · 罗兰寄来敬隐渔三十七封信，另外还有傅雷的七封信。从文章的标题，可以知道他的研究工作已经从鲁迅扩大到罗曼 · 罗兰，对中国留学生书信的研究不再限于敬隐渔。他根据中国方面的文献，认为“在 20 年代后期到 30 年代初，同罗曼 · 罗兰有过交往的，还有盛成、徐仲年、梁宗岱、阎宗临、汪德耀、傅雷等人”，跟着这条线索走下去，距离揭开这页新文学历史的真面目不远了。

有了法国文献这支生力军支持，戈宝权在 1991 年发表了一篇重要文章《谈有关敬隐渔翻译〈阿 Q 正传〉的新史料》，引述了十多封敬隐渔致罗曼 · 罗兰信，首次披露了很多新细节，给人一个感觉，其他留学生的信件已经呼之欲出。然而，戈宝权却在这篇文章之后停笔了，因为他的健康在 1992 年突然转坏，再也不能写作，真是天意弄人。戈宝权读大学时曾选修法文，1935 年起作为天津《大公报》的记者驻苏联三年，转行俄文。当他接到这批法国资料时，只能请科学院研究法国文学的同事代为翻译。这个做法可以解决一时难题，毕竟不能随心所欲，既拖慢了进度，也限制了研究的深入和扩大。他在 2000 年去世，手中的法国文献下落不明。

法国方面也发生类似的变化，而且来得更早。首先是玛丽 · 罗兰在 1985 年去世，由于没有继承人，所有文献归国家所有。根据传统，分散存放到不同的图书馆。进入 1990 年代，鲁阿夫人退休，放弃了毕生从事的推广鲁迅作品的工作，代以文学写作，生前最后两部作品都是历史小说，与中国无关。她在北京《鲁迅研究》月刊发表的最后两篇研究文章，一篇是 1994 年的《关于敬隐渔名字的来源》，据一些知情人所说，她当时热衷研究家族系谱学，如是事实，很可能影响了这篇姓名考证文章；另一篇是 1996 年致编辑部的长信，发表时冠题《促进鲁迅研究，传播鲁迅道德的真理》，附有四封来自罗曼 · 罗兰档案的信件，都不是新发现，很早便寄给戈宝权，部分已有中译。鲁阿夫人在 2002 年去世。

这些变化令罗曼 · 罗兰和中国留学生的交往研究再次陷入低潮，后来者只能继续在残缺不全的资料中打转。死水一潭的局面到了2015年才出现突破，张英伦撰写的《敬隐渔传奇》由上海文艺出版社出版。他早年在中国科学院外文研究所工作，除了翻译文学作品，还写过多部法国作家传记，很早就知道敬隐渔的名字。远在1982年，戈宝权收到第一批法国资料时，其中雷宾致罗曼·罗兰的信便是请他翻译。当他把译文送去时，戈宝权建议他写一部敬隐渔的传记。1988年赴法工作前，他向罗大冈辞行，罗大冈叮嘱他把敬隐渔纳入调研计划，因为他的生平还是个空白。张英伦没有忘记两位前辈的期望，在2015年以丰富的原始文献，周密的条分缕析，写成一部翔实的敬隐渔传，解决了一批困扰学术界多年的未解之谜，把敬隐渔研究提升到一个新高度。在这个过程中，他根据戈宝权的文章及其他线索，不仅在法国国家图书馆手稿部找到了敬隐渔的书信，而且读到了其他留学生的完整档案。

几乎同一时期，卢岚与笔者开始筹备撰写梁宗岱的青年时代生平。卢岚在大学念书期间师从梁宗岱，曾经在他的书房里读过他珍藏的五封罗曼·罗兰来信。这些文献后来没能逃脱历史邪恶的烈火。因此，寻找梁宗岱在法国写给罗曼·罗兰的信件成为一个重要目标。最先只找到他的日记四段相关记载，写进书稿交给出版社。但不久就追踪到信件的收藏地点，由于整理工作未完成，没有正式的目录，只有了解内情者才知道如何向手稿部提出查阅申请。

就这样，《青年梁宗岱》（华东师范大学出版社）2014年秋出版后，笔者在手稿部流连了好几个月，不仅找到冀望多年的梁宗岱信件，还看到了其他中国留学生的信件及罗曼·罗兰日记的记载。这时出现一个想法：二十世纪连绵不断的灾难，差点掩埋了这段美好的文学历史，目前的和平时期是一个难得机会，应该好好掌握，重拾玛丽·罗兰二十多年前开始的计划，把罗曼·罗兰和中国留学的友好往来带回光明中，永远留在人间。

这件工作持续了三年多时间。手稿部无论信件或日记，都不准拍摄和复印，只能阅读和抄录。在这件繁重的工作完成后，又从其他来源，继续收集到一些信件，让整套文献更加完整。随后的时间用来反复核校，翻译。由于这是历史，尽量要求字字有据。译文除特别注明外，均按原件自译。信件的日期和地点，按中式习惯移至署名之后。少量引文内的注解，以方括号表示。与此同时，还要探查信件所述事情的来龙去脉，寻找他证和背景资料，所得成果就是这本书。

现在收入书中的中国留学生致罗曼·罗兰信函总共一百二十六封，电报两封，罗曼·罗兰回信十一封，和日记二十七段。通信者九人，时间从1920年勤工俭学运动开始，延续到1940年德军入侵法国前夕中断。罗曼·罗兰对所有人都表现出相同的友善态度和关心，根据不同情况给予不同的指点和具体帮助，其中五人曾与他会面。所有这些中国年轻人，后来都在自己的专业中各有所成。

写信者在书中的排列顺序按第一封信的写作日期，章节标题所附外文姓名是他们在信件中的署名，全部九人：

盛成，Cheng Tcheng，通信时期：1920 – 1931

致罗曼·罗兰信（32），电报（1）；罗曼·罗兰复信（7），日记（4）；瑞士团体活动会面（1）

敬隐渔，Jean-Baptiste Kin Yn Yu，通信时期：1924 – 1930

致罗曼·罗兰信（44）；罗曼·罗兰复信（1），日记（8）；其他信件（10）；奥尔加别墅会面（2）

梁宗岱，Liang Tsong-Taï，通信时期：1929 – 1930

致罗曼·罗兰信（7）；罗曼·罗兰日记（4），奥尔加别墅会面（2）

李家齐（李又然），Li Tsia Tsi，通信时期：1929 – 1937

致罗曼·罗兰信（7）；罗曼·罗兰日记（1）

阎宗临，Yian Tsong Lin，通信时期：1929

致罗曼·罗兰信（3）；罗曼·罗兰日记（2）；奥尔加别墅会面，与曾勉同行（1）

汪德耀，Ouang Te Yio，通信时期：1929 – 1931

致罗曼·罗兰信（20），电报（1）；罗曼·罗兰日记（5）；其他信件（4），奥尔加别墅会面，第二次与冈碧叶小姐同行（2）

傅怒安（傅雷），Fu Nou An，通信时期：1934 – 1936

致罗曼·罗兰信（7）；罗曼·罗兰复信（2），玛丽·罗兰复信

(1)，日记(3)

长虹(高长虹)，Tchang Hung，ChangHung，通信时期：1936

致罗曼·罗兰信(3)

张昊，Chang Hao，通信时期：1937 – 1940

致罗曼·罗兰信(2)；罗曼·罗兰复信(1)

书中引用的手稿资料，版权属于收藏持有者所有。如须转引，务请注明出处。

这本书的内容大部分为首次发表，希望能够从一个新的角度，为这个重要的新文学史课题，提供一个新的研究基础，填补这段不应再存在的历史空白。

二〇一七年十二月二十六日

刘志侠识于巴黎

一　盛成

(CHENG TCHENG)

盛成（1899—1996）是第一位给罗曼·罗兰写信的中国留学生，时为1920年8月23日，到达法国只有八个月。

盛成基本上是一位自传作家，回忆文字特别多，从1927年白齿青眉，写到1993年黄耄之龄，乐此不疲，甚至像诗歌这种纯文学，几乎每一首都包含一段自传。本书引用盛成的回忆，如无注明均来自《海外工读十年纪实》，这本书写于1931年，最接近留法时期，失真较少。

瓦莱里在为盛成的《我的母亲》写序前，曾请他写下个人简历，后来全文转抄到序言中，这是盛成最早的自撰生平，原件现存巴黎杜塞文学图书馆（Bibliothèque littéraire Jacques Doucet）。1933年出版中文版《我的母亲》时，盛成亲自译为中文。下面是出国前的简历：

> 中国革命时，在南京中学校读书。二次革命，逃往上海，在南洋路矿学校肄业，后转入震旦学院预科卒业。
>
> 后来在京汉铁路服务，在地里车站卖票。
>
> 民八，参加“五四”与“六三”运动。
>
> 因此去铁路职务，同时卸去铁路工人十人团联合会会长及长辛店各界联告会会长职务。
>
> 继赴上海，代表长辛店工友，出席全国各界联合会，以能力不充恐误事，遂于民八十月二十二日西渡。
>
> 先到英伦，再往法国。

盛成1919年报名参加华法教育会，属于第十批出发的勤工俭学留学生，所乘的英国轮船勒苏斯号（Rhesus）在该年10月从上海出发，先到英国利物浦和伦敦，再转巴黎。他在法国居留了九年，回国后至1930年

11 月，继续写信给罗曼·罗兰。可是他的回忆文字极少谈及两人的交往，加起来不过数百字。因此打开法国国家图书馆手稿部他的书信宗卷时，令人觉得惊奇，里面的信件数量相当多，共有三十二封信和一封电报，加上其他印刷品，总共三十七种。这个数量，在留学生中仅次于敬隐渔。

他的档案与其他人不同，包含一个特别宗卷，里面保存着罗曼·罗兰七封复信。二十世纪初期没有影印技术，罗曼·罗兰不使用打字机，寄出的信件没有副本，只在日记摘录个别重要的信函。所有中国留学生都没有这样的档案，盛成例外。所见的复信不是原件，而是打字抄本，页端有两行说明，“根据盛成在 1969 年转交的影印件抄录”（Copié sur photocopie transmise par Cheng Tcheng en 1969）。1965 年盛成离台赴美，次年到法国第二次居留，直至 1977 年返北京，这些影印件就在留法期间赠送给法国国家图书馆。由此可知，他十分珍惜这些信件，一直带在身边，一起度过大半个狂风骇浪的世纪，最后还希望能够永久保存下来，让后人认识。这是一个重要的举动，罗曼·罗兰给中国留学生的亲笔信，不是湮没于战火，便是被历史的无情巨浪吞噬，现在能看到的如凤毛麟角。更难得盛成表现出很大方的气度，因为这些回信大部分都是对他的正言规谏，换了别人，可能没有勇气示人。

1920年　同志和老兄

盛成在 1920 年 1 月 9 日抵英国，同月底转至巴黎，暂住郊区华法教育会的布棚内，不久接到兄长盛白沙的一百元粤币汇款，到二百公里外西南部的万多门镇（Vendôme）中学读书。七月份学期结束，返回巴黎。8 月 23 日，他看到《人道报》刊登了罗曼·罗兰致法国教师工会联合会波尔多大会的信，当天就写出给罗曼·罗兰的第一封信，表示同意和支持他的公开信观点：

亲爱的同志，

刚才在《人道报》看到你的致小学教师大会的信，我欣赏你的看法，深有同感。

今天世界的教育是一种专制和黩武的教育。我觉得很遗憾，无法将其改造为民主和不受政府管束。法国教育尤其专横，一点也不是和平主义。

我一月份来到法国，入读过万多门中学，在那里遭受到的正是强横的纪律。我替法国同学惭愧，他们为同盟国是胜利者而骄傲。

你说需要创立一种百科全书教育小册子的丛书。我完全同意！不过我最喜欢自然史，其次是社会史，政治史不必要，或者只挑选一些错误或罪行来讲述。

我重视天生纪律，不要专制纪律。但是为此必须让小朋友习惯这种时间表，诸如吃饭、喝水和睡眠。

摧毁分隔世人的偏见，实在太好了！我们要直接与其斗争。

孩子是人类与爱的蓓蕾，必须让他们与战无不胜精神的法则共同合作。

我稍后把你的精彩信函译成中文，转达给中国无产者。

教育必然是人类之爱的粮食。

亲爱的同志，我以作为你的优秀合作者为荣。

盛成

一九二〇年八月二十三日

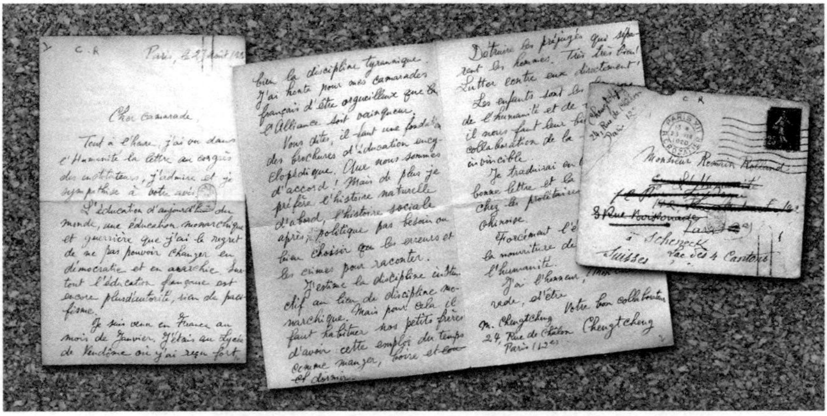

盛成致罗曼·罗兰第一封信（1920年8月23日）

巴黎十二区
沙隆街二十四号
盛成

这可能是盛成的第一封法文信，寄送过程相当曲折，信封的原件保存完好，上面有四个地址。第一个是《人道报》报社，盛成没有罗曼·罗兰的地址，寄往报社很合理，第二个和第三个是罗曼·罗兰的巴黎住宅地址，一旧一新，这三个地址都被划掉，因为他去了瑞士度假，守门人代转信件，直到第四个地址，才在瑞士四森林州湖（即琉森湖）送到他手上。瑞士假期是罗曼·罗兰从青年时代便开始的习惯，虽然人在旅途，盛成又是万千读者中的一个，他仍然迅速以明信片作答，只不过度假地点不时变换，因此没有回邮住址。

盛成收信后很高兴，在 9 月 30 日作出回应，照样寄往《人道报》，照样转寄四次，最后到达瑞士卢加诺邮局等候领取：

亲爱的老兄，

你在瑞士旅行期间寄来的友好明信片已经收到很久，谢谢你。我很庆幸我们对自然史和动物学教育的见解一致。这种教育要在爱和慈善的基础上创建，以求实现永恒的和平主义，让一种人性的本能纪律进驻世人心灵。愚见以为，爱的真谛由真、美和慈善的喜悦组成，属于人性、动物性和自然性！藉助于艺术和科学，和平主义的实际精神能够促进爱和慈善的出现。不过，说到底，启蒙教育开始后，最终会得到这一切，同时消灭虚伪、蒙骗和野蛮。是这样吧，老兄？

嗨！嗨！还有在托尔斯泰方面，我们亲如兄弟呢，我看过你的作品《托尔斯泰传》，你晓得我爱他就像他爱自己一样。我视他如大哥，不断把一颗爱与慈善的心献给他，在他的不朽世界里赞美他。你对公众说的话有道理，他是我们的良心，是我们的兄弟。我知道这位兄弟的良心，就是要借助爱的真理，来和虚假自我作斗争，和其他人的虚假自我作斗争，同时热爱发出光芒的真正自我，热爱其他人的真正自我。托尔斯泰兄弟身上的上帝，在我身上就是佛，就是我身上的我。

但是托尔斯泰害怕在公众面前成为上帝，害怕被人视为无所不能。至于佛，在光明中悟道，这是平凡的贤人，所有人都能立地成佛。在我出生的中国，释迦牟尼的教义由各朝各代的哲学家深入研究过，现在中国人的教义已经和印度人不同。因为我们修“心”(Cœur)，而他们修“身”(Nature)。“心”或“大乘”是佛教的高级阶段，“身”或“小乘”是佛教的低级阶段。我完全没有信仰。然而，就创立佛教的释迦牟尼而言，我的信仰是众生平等。既然悟道的释迦牟尼以佛之名自发看到光明，我们其他人，有他一样的心，一样的身，所有人终有一天能成佛。平等和友爱的真理尤其属于释迦牟尼的教义，大大超越基督。但说到头，我只信仰改善和改变我们可悲的生活，不要再受苦，变得快乐。

为了达到这个目的，当然只有教育，能够彻底地、必然地完善自己的心灵，从自我的内在到自身的外部，就这样。

资产阶级教育享有特权，建立于专制服从基础上，能够维持帝国主义、资本主义、军国主义和教权主义的虚假和伪善。事实上，这是传授诡计，用来凌辱弱者。既然我们明白这一点，知道这是什么，教育革命就不容我们迟迟不去完成，它正在迅速演变，让我们感觉到，要我们去实现。到那时，我们的启蒙自发教育将取代前者，我为之庆贺，为之支持，然而我只有一个小小的提醒。

启蒙教师问题！启蒙机构问题！我们不是应该预先研究完满解决吗？

对于前一个问题，我希望一方面我们负责指导教师，另一方面，无产阶级组织要按照本身能力组织启蒙教师学院。至于第二个问题，可以通过书信或者会议，讨论如何组成。

你在致小学教员大会的信中提议，建立国际单一学校（École Unique internationale），我十分同意。大家可以在里面一面读书，一面工作，实现一种美好、轻松、永远和平的生活。

哈！哈！好啊！多好啊！和谐融洽！各尽所能，各取所需。下面是我在工厂做木工活时写的诗：

哎！干活！老板，工头，什么东西？
权力之下，是财产，

受薪阶级不过是祭品！
实际就是奴隶制！
劳动在自由之前！
集中管理是敌人。
各尽所能，各取所需。

通过这些可以证实的东西，我蔑视工作寄生虫的集团和权力。不要管理，不要权力，要和谐融洽！

等候友好复信，让我高呼：罗曼·罗兰老兄万岁！我万岁！托尔斯泰万岁！爱万岁！慈善万岁！一切万岁！

亲爱的兄弟，谨致兄弟般慈善与爱的心意。

你的小弟
盛成
一九二〇年九月三十日于巴黎

在第一封信里，盛成使用同志的称呼，已经不分辈分高低，在这封信更进一步，改用老兄（mon vieux frère），自称小弟（ton petit frère），使用tu（你）来称呼罗曼·罗兰。按照法国人的习惯，这是亲属或好友之间的昵称，长辈对后辈也使用。如果不是这两种情况，一般应使用vous（您，含敬意的你），否则会被认为没有礼貌和鲁莽。在所有中国留学生的书信中，同志和老兄这两个称呼只有盛成使用过。

法国一些研究者把盛成划入无政府主义者之列，这两封信大可以作为佐证。事实上，无政府主义在中国留学生中流行一时，盛成自己说过，初到法国时，“我每天晚上，工余之暇，遂专读马克思的《资本论》与克罗泡特金的《革命者的话》、《面包略取》，以及其他社会学说的丛书。渐渐的我遂变成一个社会主义的信徒而倾向于无政府方面了。”

这封信也表现了盛成的独特写作手法，无论什么话题，他都可以突然笔锋一转，开始使用夸张和抽象词语来抒情，下笔千言，离题万里，在某种程度上，和近年流行的传记文学有点相似。《我的母亲》出版后，不止一个评论者指出这个特点，说他的文字充满“诗意”（poétique），暗示欠缺文献价值。

不过，他的诗意不是造作的，他的确喜欢以法文写诗，随后寄给罗曼·罗兰的第三四封信，就只得诗，没有信。他不长于中文诗，从未出版过中文诗集，法文诗倒结集过三册。第一册是《秋心美人》(*La Muse Endolorie*，直译《痛苦的缪斯》)，1929 年在埃及自费出版，印数一百册，精装本，收入二十九首短诗，每诗都有对应的中文标题。第二册是《狂年吼》(*Souffle des années folles*)，1977 年在巴黎印行，八十九首诗，三十七页，相信也是自费出版。第三册《老觚新酿集》(*Du pineau nouveau dans la canette d'antan*) 更单薄，只有二十八首诗，与第二本诗集一起，收入《1966 年至 1979 年诗歌集》(*Poèmes* 1966-1979)，1995 年由法国蒙伯利埃市中国电影节出版。《狂年吼》在集内更名为《阿维依组诗，1966 年 5 月至 1968 年 4 月》(*Cycle d'Avignon - Mai 1966 – Avril 1968*)。

他的第三封信在 1921 年 11 月 9 日寄出，信封内只有一首法文诗《思母》(*Pensées pour Maman*)。1931 年他出版《海外工读十年纪实》，第九章"白理爱 Raphaël Périé"收入了这首诗的中文版，诗题《思亲》：

"娘，你发白了多少？
娘，你牙落了多少？
娘，你的眼光还好不好？
……
我想，你时常流泪，
你时常做梦，
梦中听到
'禧儿回来了！'
听我不着，
看我不到！
你的愁思，
好比那百曲千回的鸟道。
……
你的容貌：
是丰腴？是枯槁？

你的慈心，
当常常念道：
‘禧子，我儿，禧子，我儿！’
……
天暖了，
万里相隔难见到，
不知他热不热？
要夏衣不要？
天冷了，
关山的雪儿寒彻骨，
不知他冷不冷？
要冬衣不要？
……
娘，我是海外飘流客，
娘，我是勤工俭学生；
可怜我别久含啼，
只有那铁炉儿能解意。
……
铁座上，铁锤下，
过生活……
不敢思亲！
就是思亲，又向谁说？”

罗曼·罗兰接到的诗稿，只有最后两节诗与中文版不同：

你说：不知道，不知道，不知道，
如果要休息，休息吧，休息吧！”

这个差异对整体没有影响，由于两诗未署日期，无法知道孰先孰后，但是写作的背景很清楚，盛成亲自解释过。

他在1920年10月离开巴黎，前往南部的蒙伯利埃城（Montpellier，盛成译为蒙白里），进入法国高等农业学校的蚕业专业，在那儿读了一年书，取得第一张学习证书。次年九月份假期，他去阿尔卑斯山南部小镇里雍寺（Nyons，盛成译名），接待他的主人名叫白理爱（Raphael Périé，1848 – 1925），一位退休教育工作者，担任过巴黎名校圣路易中学教师和学校督导员，在教育界有点名气。这是一位业余诗人，对中国十分友好，曾在报上为文严厉谴责八国联军入侵北京。盛成在万多门中学读书期间，一位老师介绍他读了白理爱的诗歌《赠远人》，这是一首献给中国人的诗歌，开头三句是“中国人，远方兄弟，与我同而不同的兄弟，与我近而极远的兄弟，好像你是在世界那边的兄弟！”（盛成译文）盛成读后开始和白理爱通信，1920年夏天，两人曾在巴黎见过一次面。

这次盛成去白理爱家里是为了度假。在一次闲谈中，白理爱提起英格兰探险家闵果泊克（Mungo Park，1771 – 1806，通译蒙戈·帕克），他在非洲探险时，从摩尔人手中逃脱，获得一个黑人村妇收留。晚上茅屋里来了其他村妇，一边纺纱，一边唱歌：“白人儿！白人儿！貌温柔。大树下，苦忧愁，苦无慈母抱乳来，苦无妻儿将面揉”，躺在地板的闵果泊克听后彻夜难眠。这个故事触动了盛成，想起自己的母亲，《思亲》就是这种情况下写成。但是寄给罗曼·罗兰时，他未作任何解释。

在这首诗之后，通信中断了四年半。到了1926年，才看到他在6月2日发出的第四封信，同样是诗歌，题名《献给慈母——致中国神灵》，同样没有信文：

亲爱
的母亲
我独自
一个人
思念着你
我把迟来的
温柔和顺目光
望到你的身上

连同温柔的灵魂
我的心和它的音阶
我思念家乡的故居
你从那里向我送来
温暖体贴的祝福
关怀备至的母亲
穿过千重山万道河
这么多摇篮！这么多摇篮！
飞过湖泊，飞过高山，飞过河流
这么多死者，这么多孩子，这么多寡妇，
在你的周围，在遥远的天边
悲惨的世界远远没有安宁
帕米尔，昆仑山，咸海，里海
高加索山峰，最终到达欧洲大地
无边的世界，只有我们两人面对它
一条长链连结我们两人之间的天空
爱的长链，连结着一把思想花束
爱的长链，连结着两个坚定的灵魂
啊，我的魂连你的魂，我心连你心
我独自在你怀中，因为我怕，我怕
世界在黑夜里，黑夜深又深
暴力以鲜血淹没了整个世界
但你的温柔追随人性的波涛
善与真，是你的唯一的君主
我们的思念穿过狂风暴雨
在我们头顶上连结成一束
我在这儿，而你在那边
我去，你来，我来，你去
我们见不到面，母亲
我们住在地球吗？

你在想念我，我在
想念你，真的
世界广阔无边
人类正在寻思：
是什么浪接浪
无声又无言
给我带来
疼爱抚慰？
就是你
带给我
亲爱的
母亲

盛成
一九二六年六月二日
于塞特海洋生物研究所，刚自电影院归来

这是一首图像诗，以法文写成。这种诗歌形式源远流长，独立出现在不同文字里。法国二十世纪初的诗人阿波利奈尔对这种诗情有独钟，创造了一个名词“图像诗”(calligramme)，不是简单的几何图形，而是把图画和诗句结合为一体，人像、动物、风景等等，与绘画无异。追随者有大大小小的作家，但阿波利奈尔的作品被公认为最高峰。盛成这首诗的形式很简单，一颗橄榄。虽然直接以法文堆砌，不是译自中文，但与中国传统的宝塔诗的变种塔影倒映诗一模一样，只是字数增减不严谨，外形线条不够流畅。

盛成在沉默多年后，突然寄诗给罗曼·罗兰，这是因为他正在尝试以法文写作。他读过三年法文语言班，两年在中国，一年在法国，但进大学第一年还是遇到困难，“可怜我法文太差，每周考试太难，每月两次的农工报告，弄得我简直好苦”。幸好南部没有大都市，所到之处都是小地方，几乎没有中国人影，孤独的环境有助他迈过了语言关，甚至讲法语也带有浓厚的南方口音。他本来就爱舞文弄墨，进法国大学后又旁听过一些文学讲座，于是开始以法文写作诗歌，这首橄榄诗是早期之作，没有收入第一本诗集《秋心美人》。

他后来在《用法语写中国的社会》中，回忆过这段诗情泛滥的日子，“这时期，我常常用法文写诗，无论是押韵诗还是自由诗，都大胆去尝试。[……] 我那时就想到，在文学实践中，写诗是冷门，为何不尝试写本小说呢？”（载《书林》编辑部编《历史：经由我们的眼睛》，1989 年）母亲是他的情意结，《思亲》和《献给慈母》两首诗都以母亲为题。不过，他写成的第一本法文著作不是《我的母亲》，而是政治宣传小册子。

1926年　《和平中国》

1926 年 8 月底，罗曼·罗兰收到盛成的第五封信，这是一封长信：

亲爱的罗曼·罗兰，

我是一个年轻的中国和平主义者，又是无产阶级学生，曾经有幸名列你的通信者之列。我将要出版《和平中国》两篇演说词，曾经在塞特市世界语工人小组上宣读过的。里昂《战争退伍军人》杂志社的朋友建议我向你请序。

你，你是谁？你不是贝多芬、米开朗基罗和托尔斯泰的肖像画家吗？你不是敏感、冲动和明智的约翰·克利斯朵夫的歌者和乐师吗？你不是受迫害的《在混乱之上》的作者吗？这部著作是一座和平纪念碑，宏伟无比，高于凯旋门和长城。你是活着的英雄，曾经像凡人那样受苦！我请求你在我的和平小船前面，为我建立一座小小的新纪念碑。

当我一再阅读《米开朗基罗传》，我明白了，甚至听到了人类灵魂钢琴的声音。这么多的心灵音阶，这么多充满生命的休止符。纷争过后，全世界都需要和平。大自然中，大自然内心深处是一片和平。在乡间生活的人都认识这种和平。

中国人实现定居已有数千年，他们是自觉的农耕者，永不言倦，深入到天地万物，热爱和平，歌唱和平。

这种和平，为善良的人所冀求，很久以来便是中华民族血肉的组成部分，在他们身上是与生俱来的。

你可以毫无困难清晰地认识这种彻底的和平主义，通过诗歌，通过与和平仪式密切联系的音乐，通过绘画、建筑，通过各种哲学，通过社会组织，通过“教”。这个字翻译成“宗教”既不恰当，也不准确，“教”是中国人的心理和民族性的起源。

这个民族对和平的爱好一直没有间断。受难者在枪林弹雨中仍然向往和平，唯有和平能够让他们重新在亲人中间生活；重新看到乡村充满音乐；重新听到自少便学会唱的民谣，那些描绘宁静休闲幸福的民谣；重新像大自然的优秀音乐家或画家那样，使用人类社会协调的和弦去劳动。

目前存在和平吗？不存在，因为到处都是虚假的和平。血不断地流，不久就会大量地流。人类面临灭亡，美日战争正在我们面前点燃起来。

在这种断裂上面生活，或者不如说，在这些政治、经济和道德的断裂上面生活，这是不可能的。人无法生活，便要寻求解救，死亡将是最后的解脱，他们正在寻求死亡，唉！血腥的冒险，精神错乱，或者内战，都是在寻求死亡。他们相信，要走出多重危机，大战不可避免。

不可避免？什么？一场大战！再一场大战。我对死者笑，我对生者哭。

必须让世人和平下来。我们做得不够。首先要信任！

人类强大有力，如果团结一致，胜过神灵。如果一分为二，一分为四，或者一分为无数，就会很弱，十分弱，趋向消亡。人类只有团结起来才能强大！团结与信任！

当世人认识到集体的力量及其必要性，能够维系本身的生存，有利本身发展，世人就明白献身精神及其用处。

当信任、团结和互助系统地组织起来，人才是人，人才称之为人，人类才是人类。当人是人的时候，劳动便至高无上。在劳动的王国中，人是和平的，内心的和平流露出来。

我只以我的国家中国作例子，证明和平在善良的人中，现在存在，过去存在，将来也存在。

我希望这颗思想小苗重新复活，发芽，开花和结果，这要依靠我向你请求的及时雨，溶化被腐植质硬化了的泥土，它窒息了所有生命。

亲爱的伙伴，亲爱的罗曼·罗兰，世界不乏痛苦，但是有收获的痛苦十分罕见。结束这封信时，我想到贝多芬，想到米开朗基罗和杜甫那样的人。此致友爱和真诚的敬礼。

盛成

一九二六年八月二十日

于里昂大学图书馆

我的地址：

埃罗省塞特

塞特海生物试验所

盛成

博士生

盛成好像经历过一场蜕变，从一个口不择言的小子变成严肃正经的作家，采用正规的书信格式，尽管仍然称呼罗曼·罗兰为伙伴（compagnon），口气变得毕恭毕敬。信中使用“美日战争”（la guerre americano-japonaise）一词，未知何指。

这封信写得很用心，目的是请序。他打算出版的书由两篇演讲稿整合而成，完成于1926年5月，题名《和平中国》（*La Chine pacifique*）。他利用暑假时间，从南部北上里昂，目的有两个。一个是到图书馆查阅图书，为文稿作最后修订，因为文内引用了法国汉学家的中国古诗文法译，例如德理文（Hervery de Saint-Denis，1823 – 1892）的唐诗，保氏（Guillaume Pauthier，1801 – 1873，今译卜铁）的《诗经》等。另一个目的是接洽出版社。他找到《战争退伍军人》（*Libérés de toutes les guerres*）杂志社，这本月刊以“彻底服务和平主义”为宗旨，盛成书的标题吸引他们，但是他是无名的新人，他们没有立即答应，谈话中听说他与罗曼·罗兰通信，于是建议他向大师请序。

盛成写作《和平中国》，因为热衷政治活动。但在写给瓦莱里的简历中，他完全略过这方面的经历。至今为止，法国也没有人研究，只有一篇文章涉及过，作者萨聂（Jean Sagnes，1938— ）研究法国南部工人运动史，在 1989 年写成专文：《中国留法勤工俭学生史初探——1920 年代一个中国青年在蒙伯利埃》（*Contribution à l'histoire des étudiants ouvriers chinois en France : un jeune Chinois à Montpellier dans les années* 1920）。主要资料仍然来自盛成的自述，但进行过一些初步考证。

盛成自称 1920 年一到法国就参加本地政治活动，在万多门中学加入工人国际法国支部（SFIO），12 月前往图尔城，参加十八届党代会。萨聂查阅文献，在《法国工人运动人名词典》（*Dictionnaire biographique du mouvement ouvrier français*）里，找到这次会议代表的完整名单：

> 但是，盛成的名字没有出现在正式代表名单上。很可能他不是真正的代表，而是作为旁观者出席了大会，这可以解释他之所以提前离开。（萨聂文）

盛成只来过一天便离开，萨聂的结论令他的相关自述成为疑问。但是，随后几年的经历刚好相反，十分清楚，他进入南部的蒙伯利埃大学读书，导师郎贝尔（Francis Lambert）多年后为他写过一张证明，让我们知道他在 1920 年秋天开始攻读蚕桑科，1922 年 2 月前往意大利继续学业，1923 年返回本校，直至 1927 年肄业离校。

他在南部的活动地点在蒙伯利埃市及邻近的塞特，也就是大学本校和海洋研究所的所在地。他的思想继续倾向无政府主义，积极参加政治活动，演讲稿就是出自这些活动。萨聂文章写道：

> 当他在一九二七年七月离开蒙伯利埃这座城市时，他的朋友视他为克鲁泡特金的无政府共产主义者。他经常参加平民教育会和无政府主义者学习小组的讲座。事实上，盛成在蒙伯利埃同情极左派，他们由无政府主义者、革命工会积极分子和工人政党（工人国际法国支部

盛成使用的塞特海洋研究所信笺（1927年）
2019年的塞特海洋研究所

和共产党）的退党者组成，此外还有与大政党没有关系的不信教和理性主义的左派人士。

盛成的自述也有类以的话：

> 我在蒙城与寨头［塞特］，完全参加社会运动，曾组织社会研究社每周辩论会、国际社会同盟许多团体，工人学生，互换智识。而我既是学生，又是工人，为两者作翻译，“我自知己之苦，方知来救苦人”。

世界语在二十世纪初曾经风行一时，破除语言国界线的目标吸引了很多激进分子，尤其无政府主义者，他们认为这是把不分国界的理想变为现实的一种工具，欧洲各国出现了很多学习小组，法国也不例外，从南到北都有。虽然没有中央组织，各自独立，但大家都以地名加上世界语工人小组（Le Groupe Espérantiste Ouvrier）为称呼，相当统一。

邀请盛成演讲的组织就叫塞特市世界语工人小组，盛成选择中国古代和平主义为题，因为无政府主义者认同和平主义。他没有写书经验，整理出来的小册子与演讲稿几乎没有分别，不分章节，没有标题，不时出现星号行作为分隔。按照这些星号，可分六部分。由于行文飘忽，不时离题，下面的简介仅供参考，研究时还须阅读原文：

一、介绍中国历史和文化，说明中国是一个和平国家，从无对外扩张的意图。

二、以《诗经》《李陵苏武赠答诗》《石壕吏》《兵车行》等文学作品，证明中国人渴望和平。

三、引述老子、孔子、孟子、墨子、荀子，以及近代言论，说明中国思想家的反战传统。

四、指责传教士来华不是为了传教，而是要统治中国。基督教是资本主义、军国主义和帝国主义三位一体的象征。近代中国的一切灾难都是传教士带来的。

五、"我攻击耶稣的理论"，《旧约》没有科学价值，《新约》矛盾百出。中国已经有先贤的著作，能够回答一切问题，不需要基督教义。

六、西方把工业引进中国，剥削中国工人，引起大罢工和工会运动。要达至世界和平，必须首先通过自由的工作，获得个人内心和外在的和平。中国勤工俭学生来西方学习，不是盲目模仿西方，而是"让欧洲文化成为中国生活一个有机部分"。

纵观全文，可以看出无政府主义思想贯穿其中，反宗教，反军国主义，直至反对革命，把革命者列入独裁者之列。

罗曼·罗兰是著名的和平主义者，对所有宣传和平主义的作品都重视。他当时卧病在床，收到文稿后很快读完，不到十天便回了一封长信：

盛成先生，

来信及文稿到达时，我身羁在床，现在回信依然一样。我得了一种肠热病，屡医不愈，令人疲弱，因此目前无法撰写所需的文字。

病愈后，首先要赶快誊清一本小说的手稿，本来九月一日便要交给出版社的。然后才写对你的演讲词的感想。我已经浏览过。不消说，对很多东西有同感，另外一些，觉得没有根据或者错误。无论如何，我会称赞，也会批评——批评和称赞同样明确。

我是欧洲人，对欧洲的缺点总是很严厉。我很仰慕亚洲人的高度精神价值，但是我认为，他们对自己种族的缺点也应该像我一样严厉。必须全面同时察看：长处和缺点。你的职责不是指出欧洲的缺点(这由我担当)，而是你们自己的缺点，亚洲的缺点，中国的缺点。这样做对自己的民族更有好处。要是我像你攻击基督教那样，去攻击儒家和佛教，你有何想法？这样的攻击有何用处，有何价值？

你的真正主题是研究中国的圣贤与和平主义者：首先要确定他们在什么程度上表达了民族的精神；在什么程度上他们确实和人民一起作出英雄的反应，对抗一个完全违反他们理想的环境或时代。然后观察在随后的世纪里，中国在什么程度上实践了这些良心英雄的精神，或者只使用他们的词句。还有，在中国的精神和社会生活里，今天还留下什么？

请考虑一下这几点，然后把你的想法完整坦率告诉我。

不要忘记，你写信给他的人不止是几本“英雄传”的作者，同时也是《节场》和《克莱朗博》的作者，他的人民从来没有原谅过他。他不讨好他爱的人。

致意。

罗曼·罗兰

一九二六年九月一日于维尔纳夫

全信脉络清晰，首先表明同意稍后写序，然后提出读后意见，指出思考方向和修改要点，语重心长。可以看出，他对作者抱有一定的期待，不仅具体指点如何完善作品，而且期待他进入更高境界，所以用自己作为例子，鼓励他“不讨好他爱的人”。

出乎他的意料，这封信开罪了盛成，他一收到信，立即写了一封怒火冲天的反驳信：

亲爱的罗曼·罗兰，

人类是一个整体，独一无二。所有长处与弱点，都是整个人类的长处与弱点，无论欧洲的白色，非洲的黑色，亚洲的黄色，因为地球是一个整体。

要是我在演讲中为中国辩护，那是因为这个国家曾经那么多次被人觊觎，受害于那么多不公平的待遇，被人如此粗暴对待，甚至被视为二流国家。我相信我应该保卫这个二流民族，在强大的成年人面前保卫这个孱弱的孩子。我攻击基督教有多种原因。

首先基督教和鸦片一样，毒害中国人的思想。其次，我是一个激情的人。

十二岁时，我被母亲送进南京一所美国基督教学校，学习英语，了解西方文化，这是当时唯一的目标。我赞成全盘西化。然而，我的造反精神和对自由的热爱，无法和令人烦厌的每日必修的《圣经》诵读调和。我对本国的传统已经抱有一种不寻常的仇恨，从此又多一种对欧洲传统的仇恨。十六岁时，我进入震旦学堂，耶稣会在上海的学校，宗教势力再一次使我厌恶。我因为在学校宣传反宗教被惩罚……被罗耀拉的门徒惩罚，他们乱七八糟灌输西方文化。

在长辛店当铁路工时，我看见神父和牧师去见治安推事，替他们的信友案件辩护。

当我们到达法国，我们这群勤工俭学中国学生，到这里来为了找寻真正的西方文化，却成为美国基督教会和法国与比利时天主教宣传机构的目标，不断被针对。我们当中有些穷书生为了金钱入了教，另一些则声称基督教精神比中国圣贤思想远远高明。到头来，我很痛苦，十分恼怒。

这是奇怪的事情！一门理论，或者一个学派的反对者，常常受到后者的直接影响。我是彻底的基督教徒，手上有两本《圣经》，已经超过十年。

我经常重读孔子的经典著作。我攻击祖先崇拜，孔子却视之为中国文明的基础。我的父母视我为小捣蛋，一个不受欢迎的革命者。我的同胞不断指责我，把我看成一个“欧洲化的中国坏家伙”。因为我过去攻击，现在攻击，将来仍然攻击古老的传统，我把中国的现实赤裸裸向外国人显示，而他们宁可隐藏起来。

俄国人没有放过高尔基们，法国也没有放过你。我不指望中国放过我。

这并不妨碍必要时为它辩护，但永远不会为它的弱点和缺点辩护。

然而，我可以绝对真诚坦然地说，中国人民热爱和平。他们热爱和平，因为他们是农耕者，在他们的血肉里有这条格言：己所不欲，勿施于人。

一个感人的回忆能够解释这个已知事实，解释这种本性的东西。有一天，我在离北京不远的长辛店附近散步，几个小孩在一道桥上玩耍。另一个小孩在他们前面经过，妨碍了他们的游戏。其中一个打了新来者一巴掌，另一个立即提出意见："要是他这样对你，你会接受？"那个小孩脸红了，走向被打者，给他赔不是。

和平的中华民族，无论在孔子和老子时代，在墨翟和杜甫时代，或者我们现在，一直祈求和平，除了和平，还是和平。他们重视祖先崇拜，不愿意祖先的坟墓被战争损毁。他们对政治不感兴趣，视之为社会渣滓的行当。

世世代代的冒险家利用这个民族的冷漠、惰性和不关心政治，令他们遭受内战或外敌入侵。中国的圣贤与和平主义者是这些世纪的英雄，他们是冒险家的敌人，不幸人民的保护者。他们谴责一切战争。和人民一同起来反抗好战的暴君，反抗野心勃勃的诸侯。他们只是不断反对这些人，永不反对人民。他们总是以人民之名来谴责黩武和专横的君主，并以这则圣人古训来提醒他们：

得民心者得天下
失民心者失天下

朝代更迭，得胜的冒险家自封为王或自封为帝，但是由和平英雄所阐扬的人民精神丝毫没有变化。这首古老的歌曲很好地显示了中华民族的和平精神：

日出而作，
日入而息。

凿井而饮，
耕田而食。
帝何力于我哉！

中华民族不要人家管他们，自己也不会去管其他人，只想保持原状。他们是大自然人，希望和平！对他们来说，互相帮助是一条自然法则。

实际上，他们很重视传统，重视圣贤的精神和著作。和平存在于他们的传统里，他们的祖先歌颂和平，实践和平，他们也歌颂和平，实践和平。

墨翟攻击祖先崇拜，传授普世之爱，儒家视之为野兽。我支持墨翟：公正和仁慈高于一切。

我在国外探讨和平中国，是为了向我的同胞证明，我只要祖先田野的良麦。我还会探讨传统的中国，那是广宽帝国的莠草。

亲爱的罗曼·罗兰先生，我写信给你，并不视你为欧洲人，而是当作邻居，同胞，兄弟，我的世界人。你我同属人类大地，而非割成小块的土地。

我们在这个世纪任务繁多，作用重大。我们互相帮助。没有欧洲的亚洲，或者没有亚洲的欧洲，能否单独生存？

我希望此信到时，你的身体健康。

彼奥赫最近有丧母之痛，我有痛苦的体验。“*Homo sum : humani nihil a me alienum puto*”（吾亦人也，人之事，焉能与我无涉）。

致意。

盛成

一九二六年九月三日于塞特

彼奥赫（Georges Pioch，1873 – 1953）是法国作家，和平主义者，曾任和平战士国际联盟主席，罗曼·罗兰是这个组织的名誉主席。

盛成的信毫不含糊，语气强硬，全盘拒绝罗曼·罗兰的提醒。他自以为真理在握，只要解释清楚便足够，不考虑面对这种深刻的看法分歧，对方能否为一本自己不同意的作品作序，能否把一个观点与自己格格不入的中国作者热心推荐给法国读者。

信寄出后，盛成安静等候序言。过了差不多一个月，没有音信，刚好九月初发生英国战舰炮轰万县事件，平民死伤枕藉，他听到消息后，写了一封愤怒的信，同时不忘追序：

亲爱的罗曼·罗兰，

希望你已经痊愈。

是的，在这个充满病者和疯子的世界上，我们需要健康的身体来工作。

英帝国主义再次要屠杀中华民族，他们一定还没有杀够。一个民族的独立和自主是否要付出高昂的代价？为什么一次又一次不断地制造白骨成山，血流成海？

目前太平洋冲突在火山口轰鸣，过几天，俄国人会和日本的亲信张作霖元帅开战。英国人会轰炸广州。柴堆就要点燃起来。谁是受害者？谁能够是被害者？须知那是全世界最善良的人民，最老实的小孩。

一尊欧洲大炮将会取代中国的古迹，那些由无数勤恳的工人建成的千年古建筑，突然之间化为乌有，或者不如说，被“欧洲化”了。唉！英国人刚刚轰炸了万县，转眼之间便屠杀了五千老弱妇孺，还有美丽的古迹，其中有一座矗立长江边千多年的古塔，成为特殊目标，被击中了，现在成了废墟！

从今之后，中国狮子抱着仇恨醒过来，他要食人，尤其要复仇。我不是涅墨西斯复仇女神的信徒或朋友。我反对复仇，正如我反对暴力那样。

但是群情激昂，整个国家被英国殖民帝国的疾病和疯狂行为所激怒，这是一个死性不改的人类杀人犯和贩毒犯。

我们很难令他们接受安静剂，更难避免一场不断扩大的灾难性冲突，把全人类置于危险境地！

我不知如何是好。

你呢？

等候你的序言和消息，我向“在世的托尔斯泰”敬礼。

致意。

盛成

一九二六年九月二十七日于塞特

罗曼·罗兰没有回答，盛成又等了一个月，寄出第三封信催促，投邮地点在巴黎近郊的小镇拉加雷讷–哥伦布（La Garenne-Colombes），可知他人在巴黎：

亲爱的罗曼·罗兰，

我的朋友维施那·希瓦（Vishina Shiva）是泰戈尔的学生，今晚动身走了，我深有感触。以后我比任何时候成为来自各地的人的连接点了。

在我们晚饭的餐馆里，一个俄国青年谈起你和你的作品。我们交换了一下意见。坐在对面的女郎，也很崇拜我喜爱的陀思妥也夫斯基。

话题扯得很远，很远，简直太投机了，我大受震动！

奇怪，真奇怪，大家的想法常常一样！

请恕我在此写这些私事，但这是来自我生活的最深处，是我的由衷之言！

巴黎天气不佳。我以中国留法各地勤工俭学生会蒙白里分会的代表身份到这里来。随信附上学生会的陈情书。

我仍在等候你的序言来出版我的小册子。如能迅速寄来，当不胜感激。

我常常想念你，像想念所有人类的造福者。我向有思想的人谈论你，他们懂得判断。

我憎恶自己，因为浅薄。然而，我有愿望深入了解事物。何时才能知道我未来继续生活的地点呢？

我目前在巴黎，在两个末端的中央，这让我想得很多，思考得很多。

我的朋友希瓦和我交换过很多想法，可惜他动身去了伦敦！

想念你。

问好。

盛成

一九二六年十月三十一日

于塞纳省拉加雷讷－哥伦布镇博勒佩尔街十七号

事情的源头要上溯到1921年7月，中法实业银行（La Banque Industrielle de Chine）倒闭，留下约六亿法郎的债务，其中三亿两千多万属于华人存户。由于该行由法国私人资本与中国政府合办，法国政府事先获悉消息，要求北京派人到法国协商，提议在巴黎发行中国公债，以中国印花税、验契税等为抵押品，所得款项三分之二用于银行运转。尽管谈判极为秘密，但被巴黎传媒揭露，引起勤工俭学生的极大愤慨与强烈反对，认为这是北洋军阀政府再一次卖国的勾当，掀起一波又一波的抗议运动，最终令计划流产。

法国政府另寻出路，提出新建议，把已经答应退还的庚子赔款，和中法实业银行复业与发展中法教育事业捆绑在一起。经过几番波折，双方在1925年4月达成协议，恢复中法实业银行，易名为中法工商银行，分期注入庚子退款，整顿业务，发行债券，拨出一部分利息以年款方式，作为中法教育事业的资金。为此在1926年4月成立中法教育基金会，负责资金的调配使用。获得补助的教育机构有十多所，以里昂大学为最大的受益者，当年就收到第一笔款项。消息传出后，勤工俭学生认为不公平。盛成回忆说：

> 争分庚款的运动，始于蒙白里同学，当时朱洗发起。他说，“明知不可得，但不能不争”。我赞成，诸同学附议，遂组织蒙白里勤工俭学生争分庚款会。他们推我做书记，并举我去巴黎筹备联合会的事宜。

盛成到了巴黎，找到中国留法勤工俭学生总会，共同起草了一封呼吁信和一张传单，用来动员各地学生会，他在给罗曼·罗兰信中附上这两份文件的印刷件。传单标题《我们是些甚么人？》，后来译成中文，全文收入《海外工读十年纪实》，另一份是呼吁信，中译如下：

我们能够分享庚子赔款吗？

我们是留法勤工俭学生，东方和西方的联系者，努力缩小各国人民距离，传播勤工俭学，以世界和平为目标，我们要求分享法国政府最近交还给中国的庚子赔款一部分。

先说几句事实：

我们的父辈是自觉善良的劳动者，在一九〇一年应承赔偿四亿五千万两，按当时的汇率，折算为一千八十亿七千五百万法郎。

这是一个过重的负担。

他们之前被朝廷组织的义和团欺凌和劫掠，之后被瓦德西伯爵元帅带领的八国联军掠夺。

尽管他们对所谓文明军队 [armées civilisées] 的可恶行为非常气愤，尽管遭受这一切灾难，他们仍然被迫替人顶罪，付出这笔可观的赔偿。

美国人最先明白这种不公正行为的后果。经过双方讲理的人详细商讨，决定不再收取赔偿份额。为了弥补过失，他们设立奖学金，在北京开办预备班学校，使用已收取的赔款，在美国教育中国人的子女。

美国这种公正行为得到西方人民的欢迎和赞成。

同盟国为了报答中国政府参加世界大战，曾经应承模仿美国的榜样，把已收取的赔款用来教育中国的好学贫穷青年。

我们的兄长辈拥护共和民主，支持中国参加世界大战，目的不在利益，而在重建和平，终止暴行。在这段困难时期，他们为法国提供了劳动力，甘冒危险，希望以辛苦得来的微薄积蓄，能够在欧洲读书，同时也希望不久会得到赔款的帮助。

这些立志求学的青年人白天工作，晚上学习。

伯里克利斯的门人认为，如果劳心者和劳力者两个阶层融为一体，将带给人类幸福和财宝。

劳动让人生活富足，读书让人摆脱有害世界和平的偏见。和平的人、和谐的人将是勤工俭学生。

这个理想产生了中国勤工俭学运动。

他们大批来到法国，现在可能只剩下几百人分散在法国不同地区。

这些年青人由华法教育会监护，这个会在中国各地积极宣传勤工俭学。

即将出发的勤工俭学生要离开母亲，她们中间有些年迈或者生病，要离开家庭和学校，来到这里拿起铁锤或刨子工作，在矿坑度过黑暗的白天，被高炉烈火烧灼，顶着南方田野的烈日，冒着北方凛冽的北风。总书记李煜瀛先生鼓励我们面对这些重大困难时说：

“朋友们！你们出国到西方的乡下和工厂。要记得，退还给我们的庚子赔款一定会用来帮助你们完成学业的。”

我们依靠可怜的积蓄，省食俭用，进入大学继续读书。然而，积蓄实在很少，而求学时间很长，经常被迫中途停学，暂时回头去工厂或田间，不断希望能够等到好日子重拾学业。

里昂中法大学成立，目的要把众多学生集中到这座城市，以后还要把里昂的蚕丝工业推广到中国。

然而大学当局原则上不接受勤工俭学生，因为他们没有钱。

这家大学收取庚子赔款。学校的学生是跟我们一样的大学生，我们是他们的童年朋友，他们的同窗，但是我们被排斥在外。

我们对这笔赔款寄托过很多希望，现在都拨归中法实业银行。

然而，毋容置辩，我们拥有合法分享庚子赔款的必要资格：我们是善良勤劳父辈的亲骨肉。须知这笔钱对我们学业大有帮助。

把中国工人以额头汗水赚得的钱给予他们的子女，是一件合情合理的好事。他们饱受生活痛苦的折磨，对两个世界的文明和民族的友谊认识得更清楚。

我们要求法国政府，同意让我们分享拨归法中教育事业的赔款。

庚子赔款的退还也应该用来实现以前对勤工俭学生许下的承诺，他们是中法文明的忠实联系者。

中国留法勤工俭学生总会

一九二六年十一月一日

秘书：盛成　郑延谷

呼吁信里有一个外国人名字，伯里克利斯（Périclès，约前495—前

429)，这是一位古希腊开明政治家。

这两份文件署名中国留法勤工俭学生总会，盛成在信封左上角盖上一个大印章，上方为中文“中国留法各地勤工俭学生争分庚款联合会”，下方是学生总会的法文名称和地址。盛成从蒙伯利埃带来留学生的动议，参与文件的起草，因此冠上秘书的名衔，实际上总会已有一位常务秘书郑延谷。这位湖南籍留学生，1919 年毕业于保定育德中学留法高等工艺预备班，同年十月来法勤工俭学，先后在法国和比利时求学。1930 年代回国，从事戏剧及翻译工作，1945 年后经历不详。

这一次，罗曼·罗兰很快就答复：

盛成先生，

我无法撰写你要求的序言。我忙于紧迫的任务。时时刻刻都有人要求我放下工作，为他们的作品写序言。我必须保护我的工作，这是我对大众本体的第一责任。我只对自己选择和发现的作品破例。何况如前所说，我对你的阐述并非完全同意。

承寄有关此事的答复，很值得注意。我十分理解你的某些个人见解的原因，由于自己受过不公平待遇，忍受痛苦多年而造成，我深表同情。然而对你的作品（小册子）的保留继续存在，完全未变。人与人之间已经有相当多的互不理解和敌对戒心：我们不要再添加，尤其在一本和平主义小册子里面！

我很留意阅读了关于庚款赔偿呼吁书。我准备签名支持中国留法勤工俭学生总会的要求。请代我寄两份呼吁书给《欧洲》杂志（巴黎，圣苏尔比斯广场七号，里德书局），一份给社长克雷米厄先生，另一份给我的朋友巴泽尔杰特，他专门负责外国作家，认同共产党的观点。

请随时告诉我（由你本人）这些工作的进展情况。要知道在法国我们很多人谴责欧洲的对华政策（1），愿意和谋求解放和复兴的年轻中国真心友好。

谨复。

罗曼·罗兰

一九二六年十一月八日于维尔纳夫

(1) 美国在你们那里更多心计（因为利益所在），但同样危险。Tinreo Danas et Dona ferentes（你大概不懂拉丁文吧？这句维吉尔的话大意说："我害怕希腊人（美国人），即使来送礼。"）

克雷米厄（Albert Crémieux，1885 – 1954）与巴泽尔杰特（Léon Bazalgette，1873 – 1928）同为《欧洲》月刊创办人。前者从1922年至1932年任社长，后者负责外国文学编辑和出版。

盛成收信后，虽然罗曼·罗兰拒绝为他作序，却没有作出激烈的反应，也没有立即回信，因为他遇到更烦恼的事情。陈情信的工作节外生枝，他被人围攻，差不多过了一个月才再执笔写信，把这件事告诉罗曼·罗兰：

亲爱的罗曼·罗兰，

久已想写信，唯未克分身。

我常想念你，一位朋友，一位黄种人的兄弟。

你理解人，你能够理解人，你是欧洲人；我呢，我开始认识人，仅仅开始理解人。

我的同胞还没有，他们无法理解你。

黄种人和白种人之间只存在非常肤浅的互相理解。

人们认识你，因为你属于这个国家的名人之列。

我离开勤工俭学的同学已久。这些中国青年最有可能理解你。这一次在巴黎，我和他们来往密切，大部分人支持革命国民党人 [nationalistes-révolutionnaires]，但很少人懂得这个党的人道理想。他们只是一群爱国者，沙文主义者，希望广东军胜利，好对外国人复仇。

甚至有少数人赞同墨索里尼的思想。他们是复仇之神的朋友，他们要流血。

然而，这些青年人有阅历，都经过铁砧和锤子的生活。可是他们理解生活时乱七八糟，痛苦对他们没有用处，于是便发生灾难性的反应。

我和几位好同志一同对抗这些危险倾向，反对攻击性的民族主义。我们跟你一起，让全世界得到和平！

他们不努力去理解，懒得思考这一切。忽略大事，小事太放在心上。这便是中国青年，我们这个时代的青年！

中国不需要空话家，中国等待实干家已经很长时日。很可惜，这些人太少了，即使在勤工俭学生这一代也太少，我对这代人曾寄予很大的希望。

勤工俭学生会应该快速前进，做好工作。可是刚好相反，干得又糟糕又缓慢！我孤立无援，单靠一己之力来维持这个组织，一个三百六十五人的穷光蛋组织！我们有一个执行委员会，但没有人知道自己的责任，简直就像小孩子。

新生的中国在打斗，像女孩子那样打斗，莫名其妙。

我常自问：谁来重建这个千年帝国？

我以前通过巴黎弗洛鲁斯街一号的中国留法青年协济会得到法国外交部的助学金。

他们不明白这是由政府发给任何国家的穷学生。由于这些误解，我不得不拒绝了一九二六至一九二七学年的助学金，并且退回已经收取的第一季度部分，以免惹人猜疑。

我不久就离开巴黎，学生会的陈情书已交给罗尼河省国会议员穆岱先生，他可能这几天便去外交部。我会返回塞特，我的第二故乡，野性未驯的朗格多克南部，满心忧虑。

以后回到名叫中国的家乡，我会做什么事情？我去游历。

孔夫子曾经游历，孟子也是，荷马一样。为何我不该游历？

我不熟悉中国。大家谈论这个病夫，但不清楚这个病夫的骨骼结构和精神组织。把中国拿来开刀，因为大家说应该开刀，所以开刀。已经充分研究过吗？

在二十世纪，能否进行一次奇迹式手术？啊，不能够！只能够做一次科学与理性的手术。

我们的责任沉重，工作繁杂。风暴一点也阻止不了时空的复活，相反会帮助生长。

我喜欢高尔基、陀思妥也夫斯基这类人物。我受到他们的影响，不会只满足于过眼烟云的时代事件。

最后，我以勤工俭学同学的名义，谨致衷心感谢。如需友好协助，我会来信。

我已经见过克雷米厄和巴泽尔杰特两位先生。后一位给我留下十分亲切的印象。他对我的法文表示惊奇。我向他谈起白理爱，“我的父亲”，我是他的“禧儿”。

我还有一个姑妈，现在意大利的“珍娜”，维珍尼亚·博勒，原籍奥地利。最后，我有一位姐姐，于格儒夫人。我就这样生活在一个欧美家庭里，在我的家。

我喜欢痛苦。我的父亲白理爱是一位高龄鳏夫。我的姑妈是一位老姑娘，她的兄弟约翰·博勒是奥地利学者，已经去世，把藏书遗赠给我，但是意大利政府不肯交给我。姑妈年迈有病，独自受苦。于格儒夫人刚失去丈夫，默默地忍受痛苦。我几天前见过她。你看，这是一个痛苦的世界。

所有国家的矿工都是黑色的。为什么你说你们是欧洲人，我们是中国人？我们不是受着同一样的痛苦吗？鳏夫和寡妇还不是一样？

亲爱的罗曼·罗兰，我崇敬你，正因为你不仅是一个欧洲人，你是世界人。

友好致意。

盛成

一九二六年十二月十三日于拉加雷纳

盛成到法国后，产生了一种爱好，喜欢和外国人攀亲戚，为自己建立一个虚拟的“西方大家庭”。这封信列出“法国爸爸”“意大利姑妈”和“美国姐姐”，日后还扩展到“法国母亲”“奥地利母亲”“奥地利祖母”“瑞士姑妈”“德国姐姐”和“法国弟弟”，如此等等。

“法国爸爸”白理爱前文已介绍过，“意大利姑妈”维珍尼亚·博勒（Virginia Bolle）和她的兄弟约翰·博勒（Jean Bolle）生平不详，推测是1922年在意大利期间结识的。“美国姐姐”于格儒夫人的情况刚好相反，她的名字在中国留学生中无人不知，她和她的丈夫都深受所有人尊敬，勤工俭学运动书信和回忆里多次出现他们的名字，这是两位不应被历史遗忘的热爱中国的外国友人。

于格儒夫人是美国作家，原名碧细·麦金尼斯（Bessie McGinnis，1873 – 1928），碧细是当时中国留学生对她的昵呼。她在二十六岁那年准备结婚，未婚夫得了肺炎，医治无效，她决定把婚期提前两个月，仪式举行后十二小时，丈夫去世。从此时起，她隐去本名，只使用丈夫姓名，自称约翰·凡·沃尔斯特夫人（Mrs John Van Vorst）。即使改嫁于儒格，仍不随夫改姓。1923 年，法国政府给她颁授荣誉军团骑士勋章，宪报刊登的名单继续使用这个名字。

她在丈夫死后开始写作，成名作是《劳工妇女》(*The Woman Who Toils*)，与丈夫的姐姐玛丽（Marie Van Vorst，1867 – 1936）合作。为了写本书，她们在 1902 年分头进入工厂，实地观察体验。文章在杂志连载后，总统西奥多·罗斯福读到，写信给碧细，称赞文章主题的重要性，同时提出对妇女在国家中地位的看法。1903 年单行本出版时，她们以这封信作为序言，引起传媒广泛关注。

1906 年，《哈泼杂志》(*Harp's Magazine*) 聘请玛丽到国外采访，撰写“世界河流”系列报道，碧细陪同前往欧洲，从此在巴黎定居下来，为美法两国报刊撰写文章，双向介绍美国和欧洲的文化艺术。她很快便结识了法国作家于格儒。

于格儒（Hugues Le Roux，1860 – 1925）出身诺曼底世家，家族经营轮船公司，从祖父辈便开始与中国有生意来往。他自少立志成为作家，中学毕业后，不顾家庭反对，进入巴黎索邦大学念文学。期间结识了作家都德，成为入室子弟，来往密切，甚至传说他曾替都德代笔，写过两篇小说。

大学毕业后，他选择新闻职业，在报社担任编辑和记者。他是一支健笔，作品源源不断，成为一位名记者。在工作中，他结识了不少政治人物，一方面为他们提供资讯，另一方面通过他们不时接受政府任务，前往外国考察，通过当地法国使馆，会见国王、总统之类的高层人物，有点像半官方特使。他到过北欧诸国、非洲阿比西尼亚和多哥，1915 年第一次世界大战期间，被派往英国和美国，然后到日本和中国，收集各国情况。

在中国，他会见忙于称帝的袁世凯和其他政要，对中国进行深入的了解，和中国外交界建立了良好的关系。他预言当时中立的中国，因为继续向英法派出劳工，最终会投入协约国对德宣战，预言在一年后成为事实。

他在 1920 年当选为上议会议员，这时正逢勤工俭学高潮，他对中国留学生十分友好，参加中国留法青年协济会工作，在议会辩论中，积极支持把庚子退款用于留学生身上。中国政府也视他为可靠朋友，1922 年寄到法国的一笔七万法郎款项，指定由他分发给留学生。

碧细在 1914 年和他结婚，周恩来 1921 年 5 月发表在天津《世益报》的一篇文章提过她，使用音译，称她为毓具勒奥氏夫人。到了 1922 年 3 月，向警予写的三封信已经改用于格儒夫人的称呼。这个文雅的译名有点像汉学家的名字，她和丈夫都不懂中文，不知是谁起的。

碧细是一位思想前卫的作家，跟丈夫一样关心中国留学生的处境。1917 年左右，她结识正在巴黎大学法律系念书的郑毓秀，两人成为好朋友。郑毓秀是辛亥革命时期出现的新女性，反对缠足，追求婚姻自由，她在推翻满清期间有过一段偷运炸弹的传奇经历。碧细把她的口述笔录下

新闻图片：郑毓秀（1921年），碧细夫人（1925年），于格儒（1925年）

来，1919 年底在《世界杂志》(*La Revue mondiale*) 发表，连载两期，次年增补后出版单行本，以《童年和革命的回忆》(*Souvenirs d'enfance et de Révolution*) 为题。英文版 1926 年在纽约出版，书名《中国姑娘》(*A Girl from China*)。

1919 年 3 月至 1920 年 10 月，一千多个勤工俭学生涌到巴黎，由华法教育会接待。这个会没有会址，借用华侨协社位于巴黎近郊哥伦布镇的一座房子。虽有三层楼，但地方有限，路过或未有居所的留学生在此暂住，很快便出现人满之患。碧细知道后，捐出一个美制大帐篷（留学生称为布棚），竖立在后院的空地上，可供近两百人住宿，收容过很多留学生，给他们留下深刻的印象。

1919 年 10 月，郑毓秀回国，到四川演说，提倡女性走出国门留洋，得到热烈反应。次年 10 月，她带同二十位女学生回到法国。到达后不久便遇到勤工俭学危机。法国面临战后士兵复员的失业潮高峰，中国学生陷入无工可做的绝境，喊出求生权、求学权的口号，近四百人群集巴黎，准备到使馆请愿，要求政府每月发给四百法郎，为期四年。郑毓秀是女留学生的公认领袖，担起保护责任。她向碧细求助，在示威前夕，把十二位女学生带到碧细家中，碧细提议向她们提供每月三百法郎的补助，为期一年，以渡难关，同时要求不要去示威。所有人都同意，但仍有三人参加了行动，碧细未加责备，照发补助。

她的补助后来扩展到全部勤工俭学女学生，总共四十多位。1923 年，她又为女学生设立八个奖学金，有些人连续三年得到补助。男学生也有人受益，他的丈夫在 1923 年说，她同时接济的人数最高时达到五十人，超过女学生之总数。有研究者估计，先后受益者超过一百人。盛成是受益男学生之一：

> 我当时去蒙白里的学费，暂时由于夫人担任，每月接济二百法郎。蒙白里的生活程度虽低，每月至少须三百法郎；另一百法郎由工作来补不足。

补足工作由蚕桑科主任安排，当杂务实习生，每月一百二十法郎。这期间，碧细曾经给他寄过罐头、点心和饼干等食物包裹。

勤工俭学生深受经济问题困扰，盛成在这方面的运气却很好。碧细补贴一年后，把他介绍到他的丈夫参与管理的中国留法青年协济会，该会新开设十个奖学金，帮助被认为有发展前途的学生，盛成入选，每年得到六千法郎。连续两年后，他拿着蚕桑科主任一张满溢褒词的证明书，向法国外交部申请外国学生奖学金，他与二十二位中国留学生一起被选中，这张证明书现在仍保留在法国外交部档案馆。

然而，有些留学生看在眼内，心生不满，甚至诸多猜疑。盛成风尘仆仆从南部赶到巴黎，本为留学生争分庚子退款，大家受益，没有想到开会的时候，他的政府奖学金受到诸多责难：

> 勤工同学中有指我受法国外交部收买的。要卖还卖贵一点，这二百法郎一月太少，不值卖身，遂宣布与中法监护委员会变相的中法友谊会脱离关系。

后果连累到已到手的第一季奖学金，一并退还给法国政府。盛成没有家庭经济支持，这件事对他的打击很大，1927 年他应瓦莱里之请撰写生平，对所有奖学金一字不提：

> 到法之后，即为勤工俭学生，进杜西陇木工厂作工，入万多门中学读书，万多门乃法国诗人龙沙之故里。
>
> 未几，复入工厂。
>
> 既而再入学校，进蒙白里农业专门学校。
>
> 复入工厂，到尖山脊山以及屹山育蚕场中工作。Pyrénées Cévennes，Alpes
>
> 复回学校。
>
> 复入工厂，到脊山中纺纱厂与丝厂去做工。
>
> 再回蒙白里农业专门学校充见习生。
>
> 复进工厂，到意大利北部蚕场做工。

再入学校，进意国国立巴都蚕学院卒业。

再回法国，到蒙白里，进大学，研究自然科学，民十三，得理硕士位。

复入农场作工，在蒙白里园艺试验场作工。

再进大学，预备博士论文，同时授徒以谋生，曾代理蒙白里农专实习主任。论文成［绩］列最优等。现在巴黎理科大学教授“比较蚕桑学”。

不断在工厂和学校之间再进和复入，好像这是一个百分之百的勤工俭学生，必须先勤工才能俭学。事实相反，盛成年年都享受奖学金，再看工作地点和时间，大多与蚕桑和假期有关，不如说是大学生的实习课或者假期工。到了被迫放弃奖学金后，变成必须先勤工才能俭学，仅仅五个月，他就决定中止学业，抛弃已经开始的博士论文，计划暑假一到就离开法国。

争分庚款运动在盛成返回南部后，偃旗息鼓，寿命之短，留学生的回忆文字或者中法文献都未见记载，只有罗曼·罗兰保存的这两种印刷件。

1927年　瑞士夏令讲习班

罗曼·罗兰收到盛成的信件后，在12月25日的日记中作了记录，这是第一次在日记里提到盛成，离开第一次来信已经六年：

和另一个中国青年的通信。他在塞特海洋生物研究所：盛成。

他写了一篇关于中国和平主义宗师的演讲词，请我写序。我向他提出几点善意的意见：我问他：一，几个伟人，例如老子、孔子、孟子等，是否代表一个民族的整体精神，或者，他们的思想是否针对差别很大的事物状况作出的反应；二，他们的理论付诸实践时发生过什么事？我也不赞成他在著作中插入对基督教的粗暴指摘。我说不要把地球上一部分的优越之处来反对另一部分，而要不偏不倚去观察两者的优点和缺点，努力联合善来反对恶。他回答说，他被“像鸦片那样毒害中国”的基督教所激怒！

接下来，他抄录了盛成9月3日反驳信的主要内容，好像他预感到此事还会有下文，需要记下来。仅仅过了十天，他接到盛成的新年来信，一封奇特的贺年信。

亲爱的罗曼·罗兰，

我不能让一九二七年新年过去，而不向你致以最好的祝愿。

你是一位心肠善良的人，如果没有和平，一定不能生活。

愿你里外充满和平！

我从巴黎经克莱蒙－费朗归来。愉快的归来！我在巴黎那间“欧化中国人心理学院”的课程结束了。

我的朋友席瓦已经从伦敦回来，谈起在英国的印度人，他说我们的学校就要称为“欧化东方人心理学院”了。

欧化的东方人是各族人民紧密团结的障碍和敌人。无论本国和国际的社会断裂，他们都是真正的根源。

他们使得对东方的“斯拉夫优越论者”的批评更有力量。这些个人主义者，自私，惰性，软弱，虚荣，伪善，卑鄙。

内心高呼“人人为我，我为自己”。手中握着利剑，要求利益，而非权利。

他们组成政治党派！这些捣乱者把自己的心理蔓延到整个社会。以为所有人跟他们一样，是一群小苍蝇，追逐个人利益和过眼烟云的名声。

亲爱的罗曼·罗兰，你想拉近各国民族的距离。你知道，我们离开目标还很远。

日内瓦、伦敦或巴黎的代表大会，集合几只路过的鸟儿，无法达到这个目的：善唱的鸫鸟，肥胖的麻雀，夜出的猫头鹰，和平的鹰，用一两个月，一两个星期，一两天，一两个小时，一两分钟，为可怜的和平起草一个永恒的纲领，起草一个一闪而过的日程表。

大会参加者的心理便是这样，英国人是英国人，德国人是德国人，法国人是法国人，中国人是中国人，日本人是日本人，土耳其人是土耳其人，埃及人是埃及人，黑人是黑人。

两个心理阵营：胜利者和战败者。前者的特点是虚荣，伪善，慈悲，实力，让步。恐惧，怯懦，消极属于后者。还不算英国人、法国人和德国人，互相之间存在先入之见。

你们自己有一种巨大的断裂，怎么能够与不同种族建立认真的关系和联络呢？他们心中只存戒备。

信任不是一天生成的。如果组织传教士团和远征军，世上永无信任。

一个人必须具有高深的个人教养，才能和良善、诚恳、渴望和平的欧洲人融洽相处，而又不会被讨厌地"欧洲化"。必须认识自我，才能认识邻居。要认识自我，必须研究自我。要研究自我，必须分析自我。你们欧洲人，无事不管，就是疏忽最主要、最关键的东西，你们煞有介事处理的不过是次要问题。

你们不知道，理性教育的基础有互相理解这一条。两个小孩打架，因为他们互相不理解。

你们忙着召开各式各样的大会，肯定聚集到不同种族的人，他们有教养，有学问。你们知道，这些有教养、有学问的人，过去在战争中曾经互相厮打，将来也互相厮打。

被误解的教育比无知更糟糕！这些有教养、有学问的人互相间不了解，不知道最重要、最关键的东西，就是你要认识你自己。

当今世纪，我们要有一条衡量标准，首先是本国的，然后是国际的。这种国际社会心理尺度，只有在详细深入研究每个国家后，才能制订出来。

我打算步行游历我出生的国家。我有一个科学任务。仿效孔子去收集宗教、政治、经济和道德的文献，尤其是民歌；仿效意大利文艺复兴的人，去寻找手稿和发掘古代文献；仿效十八世纪法国百科全书派，以及当代探险家，以自己微薄的力量，科学地去研究本国的自然和人。

这是我的梦想，也是我的人生。我还年轻，未来还有充分时间，可以完成这样一个并不肤浅的人类任务，我的同时代人对此并不重视。

“其本乱而末治者否矣。其所厚者薄，而其所薄者厚，未之有也。”

这便是我们古代圣贤的名言。

啊，浅薄的世纪！我不属于这个世纪。我永远是东方人，中国人。

我们有脚，有鞋子，不能削足就欧洲之屐。世界需要健全的人去重建断裂的和谐。不需要跛子或残废人，他们不仅无补于事，甚至有害。

我们要求的是公制系统，一种不可或缺的新尺度，用来量度我们的脚，以求能够制出和脚完全大小一样的鞋子。

东方不需要欧洲的鞋子，也不需要供西方人用的标签帽子：主教帽，教士圆帽，教士方帽，黑色小圆帽，盔形帽，筒形军帽，法式军帽，两角帽，法官帽或者绅士帽！

说到头，东方人不会满足于这类型的集会。

这是我的回答，离开巴黎前我向杜修纳夫人说的。啊！离开巴黎真愉快！

致意。

盛成

一九二七年一月四日于塞特

有一天在介德斯教授家里见到索尼亚·德斯太太。我们谈起你，她告诉我，她认识你。

信中引用了孔子《大学》的一句话，译文抄自汉学家保氏1837年的法译。至于附言提及的介德斯（Patrick Geddes，1854 – 1932），本是苏格兰生物学家和社会学家，1924年起定居蒙伯利埃，直至去世。他不是盛成的老师，但两人相识。

这封信的关键人物是最后一段的杜修纳夫人，罗曼·罗兰接信后，迅速回信，一开头就提到她：

盛成君，

我要再一次不同意你的看法。

为了这样的理由拒绝由我的朋友杜修纳夫人转达的邀请，这是错误的。

你作的推论漫无边际，看不到最简单、最人性的东西：一批正直的人，为了他们的国家，他们的欧洲，他们的种族的不公正行为而感到痛苦，谋求以自己微薄的力量去补救，向这种局面的受害者伸手，力图去认识他们，更好支持他们的事业。你让真正的朋友气馁。

这些国际妇女争取和平与自由联盟的年会，让各国青年围绕几位国际人物见面，六年来一直在做这件勇敢神圣的事业，在大战造成分裂的国家的男人（和女人）之间，连结起热诚的友谊。联盟成立于一九一五年大战方酣之时，不顾舆论的愤怒，也不顾各国当局的威胁。杜修纳夫人本人在法国被人恐吓威胁，被人谩骂。我的妹妹玛德兰也一样，因为在爱国仇恨中，她们敢于公开支持和平事业和国际谅解。

在欧洲国家里，在法国，有人热心参加支持被压迫民族的事业，反对他们自己的国家：像莱昂·维尔特，不久前谴责法国占领印度支那；费利西安·沙莱认识亚洲和远东，从未停止过追究白种文明的弊端，尽管工作繁重，他很高兴接受主持计划中下次会议的辩论会。我认识很多西方人，热烈希望和东方人接近，为了更好认识他们，更好爱他们。

我必须很遗憾说：像今天那样，我多少次看到东方的大孩子，印度人或中国人，疑心重重，傲慢自大，拒绝他们的无私真诚举动！

未来会发生什么事？如果你们亚洲人和非洲人，不支持保卫你们的人，这一批少数人费了很大的力气对抗自己种族的人，那么，强暴者就会在全球得胜，欧洲和亚洲的分裂加大，直至最残酷的战争。谁人最受痛苦？你们。因为尽管人数众多，但夹在两个可怕的白种文明之间，一面是欧洲，一面是美洲，拥有的武力装备超过历史上任何最极权专制的国家。总之，远东古老文明最优秀的东西将在搏斗中消失。欧洲古老文明最优秀的东西也受到威胁。谁看不到他们要互相接近，互相帮助，才能双双得救？

罗曼·罗兰

一九二七年一月六日于维尔纳夫

这封信给盛成上了一堂欧洲和平主义历史课，里面提到三个人都是著名的和平主义者。

费利西安·沙莱（Félicien Challaye，1875 – 1967）是哲学教师和作家，一位彻底的和平主义者。他到过非洲和远东考察，激烈反对殖民主义。他积极从事政治活动，担任过法国人权联盟副主席。

莱昂·维尔特（Léon Werth，1878 – 1955）是法国作家，他是圣埃克苏佩里的好朋友，《小王子》便是题献给他的。他参加过第一次世界大战，1915年在战场上受伤，战后写成反战作品《士兵克拉维尔》(*Clavel Soldat*)，从此成为一位坚定的和平主义者。罗曼·罗兰写这封信的时候，他刚从法属印度支那旅行归来，发表了《交趾支那》(*Cochinchine*)。以游记的形式，暴露了殖民主义的丑陋面目。沙莱曾经指出，当年法国人普遍相信，殖民化是人道主义事业，通过白人文明的传播，能够帮助低等种族进步。这两位作家的著作摇撼了这种信念，招来保守派的激烈攻击。

杜修纳夫人（Gabrielle Duchêne，1870-1954）是妇女解放运动先行者，第一次世界大战期间全力反战，1915年参加国际妇女争取和平与自由联盟，成为法国分部主席。因为印制散发了一本未送交审查的反战小册子，遭到传媒激烈攻击，受到各种各样的威胁，当局派出警察入屋搜查。她没有畏缩，在当时是一位很出名的和平主义者。

她所在的国际妇女争取和平与自由联盟（盛成译名万国妇女自由和平促进会），每年都举办夏季讲习班，参加者来自世界各地。盛成不是第一位受邀的中国人，就在上一年，1926年，敬隐渔被邀到会，举行讲座。罗曼·罗兰虽然不同意盛成所写的《和平中国》的一些观点，但视他为同路人，推荐他参加，趁他在巴黎的机会，由杜修纳夫人出面邀请，没有料到惹来这种充满讽刺和教训的回应。他以为这是盛成不够成熟的表现，在回信中责备了几句，但仍然期望他改变主意。

没有想到盛成这几个月接二连三遇到不如意事情，被迫到靠补习来应急，积聚下来各种各样不满情绪，乘着这封回信汹涌而出，不分好歹冲向罗曼·罗兰：

亲爱的罗曼·罗兰，

一月六日来信令我思索，令我反省。我们有很多互相理解的错误！

你严厉责备我像孩子那样思维，漫无边际，看不到最简单和最人性的东西。

漫无边际的思维？不对。眼看自由之树面临死亡，每个人只关心自己。你们以为摘除一些枯枝，便能挽救这棵树。然而，如果我是病理学家，我看到树根已经腐朽。

我的母亲和我，受过很多社会不公平之苦，现在仍在受苦。我们不是在生活，而是一直在生与死之间。和平在我们那里并不存在。如果战争能够把我们从这间忧虑活监狱里打救出来，并不比和平差。尤其我们感到人类社会在我们脖子上挂上一个石磨。

痛苦迫着我去思考和找寻社会不公平的原因，那时我仅仅十二岁。

我曾是国民党人，我的兄弟盛连也是，因为我相信这是内部政治的原因，满洲人是祸首。

一九一四年我十五岁，离开了孙中山的政党，从此和我的兄弟分开。在上海过了两年，我进入平汉铁路公司。我以为和工人并肩工作，能够找到我们这个时代人类痛苦的原因。我当时是一个铁路工会积极分子。

我经常自问：社会与心理的统一，一方面决定了自然人的因与果，另一方面决定了人的行动原则和后果。要是我们没有这种统一，经济斗争能否把我们带回生活与和平？

对我来说，解决这个问题的难度太高，因此决定到欧洲来读书，以后再解决这个根本问题。我把母亲留在中国，她年纪老迈，不时生病，处于一种深度痛苦中。

我到法国后劳动，在你们的工厂，在你们的乡下。我看，我听，我尝试，我触摸，我感到欧洲无产阶级的痛苦和悲惨就是我曾经有过的。

所有矿工都是黑色的！

从此时开始，我从未间断过斗争。我是勤工俭学生，反对社会不公平，不管从何而来。我参加所有示威，反对在摩洛哥和叙利亚的战争。我研究安南问题。我是蒙白里反法西斯同盟的成员，这是我在彼特拉克国度被驱逐出境后所创立的。

我多少次被威胁从你的法国被赶走！我的教授巴大容千辛万苦保护我。我信任这个国家的无产阶级，视他们为志同道合的兄弟。他们总是看到我默不作声，脸带微笑，极其谦逊。

我不知道是否身在海外。不是，我在家里。世界是我的家。我相信牺牲的无上力量。我不止一次为了团体的好处和所有人的利益而牺牲自己，我想，我们只有团结一致才能强大。我不断以一种有效的革命方法去和社会不公平作斗争。

在法国居住了相当时日后，我到处建立了一些牢固的友谊。尤其在受苦的无产阶级里，我找到最亲密的朋友。我信任他们，他们信任我。

在知识界，我只认识几位。

白理爱是《公民学校》(*L'École du citoyen*) 的作者，我到法国他便认识我。人家向我介绍，说他热心支持被压迫种族事业，反对自己的国家。事实上，他曾经在给我的信上写过："我们欧洲对中国的表现很差。我以前在一篇为特刊总结的文章里，尽我所能说了出来。文章发表在《自由页》(*Pages Libres*) 上，这是一本出色的小杂志，充满仁慈和博爱，今天已不多见了。这一期在一九〇一年三月十六日出版，里面满是法国、德国、英国和比利时报刊的摘录，观点多种多样，但一致谴责欧洲军队的可恶行径，士兵的信件同样很有教益作用。"

我一直记得初次见面的动人场面。我扑进他的怀里，他抱着我的肩头。我们互相拥抱。他的妻子、侄子、侄女，所有人看着我们。这场拥抱持续了一段时间。我不管他年纪大或者法国人，而他也不问我是谁。我自然亲昵地称他"亲爱的兄弟"，他回答我"亲爱的盛成"。我们一开始便使用熟人的称谓——我踏上法国土地不久便这样称呼所有人——现在，我视他如父亲。如果我错了，他责备我。我们去比利牛斯山，两个人，我是自然科学家，他是诗人，我们互相教导。我到处看到中国的风景。

另一方面，我交到一些认真的朋友，摩洛哥人，叙利亚人，塞内加尔人，土耳其人，埃及人，以及印度人，西藏人，韩国人和安南人。

我也研究心理学。对我来说，一个自然社会学的学生，总是要使用分析和比较方法，来解剖人类的复杂本性和各式人种的社会现象。

因此，我承认我是中国人和东方人，具有这个种族的社会特点和一般特点。这并不意味我只爱中国，或者是东方沙文主义者。我在精神方面属于全世界，因为我的教育和文化来自小孩、老人、圣贤、疯子或知识分子，来自所有国家的课本。

然而，如果我去和本国人民一起工作，我会更方便，有更多成功机会。我应该去我的母语国度，专注于那些关键重要的问题，涉及重新建立我们国家的社会平衡，以及首先确定中华民族的自体精神。

我的任务重大，需要长期准备。剩下的时间不多，因为巴黎的学生会已经浪费了我的三个月时间。

我如此详细友善描述我的心理起源，是为了证明我一点也不是多疑高傲的东方人。

我们互相结识，但你不了解我。我分析自我，研究自我。我的内心修养不断发展我的个性。我有缺点和优点。如果我知道需要牺牲，那么我就牺牲，义无反顾，死而后已，没有任何个人利益的打算，没有想过我整个人为社会牺牲，整个社会会回头来报答。我们应该全部献出，不要希冀报答，不要让任何人受到损失。

我需要高傲吗？毫无必要。人与人之间的敌对猜疑有什么用处？没有任何存在的理由。

你不认识真正的东方人，或者认识不清。你使用西方尺度来衡量我们，你错了。孔夫子也会变成多疑。

你，罗曼·罗兰，你不应该无视周围环境的影响，无视决定人的心理形成的根本问题。高傲毋宁是一种个人性格，而非种族性的。不要把东方的怀疑主义和欧洲的高傲和多疑心理混淆。东方人有他们的思想和事物表达方式，要按原来样子对待他们。以欧洲心理尺度来衡量中国人是一个严重错误。当我研究一个人时，例如你，罗曼·罗兰，我总是抽出本质特性。我立即想到：这是一个西方人，西方人中最好的一个。

你知道我们不是在同一环境的同一影响下长大和受教育。互相之间应该有看法分歧，我以为最重要的东西，可能对你是最不需要的，反之亦然。

你呢，我曾请你为我的小册子写序，你的答复两次不同。最初，你写道：“我写关于你的演讲词的想法”，然后沉默了很长时间，最后告诉我不写了。

这件事，大家可以评判！如果是东方人，改变主意不写是一个不诚实的人。但你是西方人，你的意旨至高无上。你们有本身原则，个人原则，自我独立自主原则，以这个自我去对抗整个自然，对抗所有其他人的原则。罗曼·罗兰后来不高兴写，他有理由拒绝我。但沉默呢？他忙于迫切的任务。但道歉呢？文明人应该道歉。

你看当我判断日常社会事实时，我不偏不倚。这样便能避免理解错误，这些错误是战争的主要原因。当一个欧洲人和一个亚洲人互不理解，他们便诉诸武器。

关于这一点，我在和杜修纳夫人交谈时，曾经反复强调过。

所有这一切，需要时间和长期研究才能消除。一个昙花一现的大会并不足够，无论如何，必然是肤浅的。

你们不要战争，我们也不要。但必须一直清除到它的胚胎去。你们支持受压迫民族，必须首先理解他们，必须知道他们各自的心理。

所有与我密切来往的人都会跟你说，盛成是一个勤工俭学生。他们在我的行动和习惯中认识我，而不是通过我的表达或写作方式，因为我不是法国人，但要以字母语言描画自己的思想。

我注意到你的信中另一个错误，中华民族的数目。所有欧洲人都像你那样说。事实相反，我们到处都有人满之患。这不是一种力量。

我们常说：“把一件东西实施到四亿人身上很困难。”当我们抵抗外国帝国主义时，我们从来都不指望这一大群软弱和惰性的人。我们说：“只有我一个人存在，只有我一个人为逝去的社会牺牲！”你看，这是我们的民族心理，和你以为的刚好相反。

一个欧洲人谈论中国，没有办法不从宗教开始。这是大错特错。正是这样把东方欧洲化了。请不要说傻话吧！

我的信必定过长。我希望表达了我的直率和人性的思想，希望用来作为罕见的有利因素，促进互相接近和友谊。

致意。

盛成

一九二七年一月十日于塞特

信中提及的巴大容（Eugène Bataillon，1864 – 1953）教授，1924 年被任命为蒙伯利埃大学生物系教授，兼任塞特海洋生物研究所所长。他有一个中国得意门生，就是前面提到的提出争分庚款的朱洗（1900 – 1962）。这是一位真正的勤工俭学生，1920 年 6 月到达法国，经过五年勤工，积够第一年学费，才在 1925 年考进大学。巴大容十分欣赏朱洗的优秀表现，帮助他解决了最棘手的学费问题，先让他当实验室助手，再为他向里昂中法大学争取到官费名额。他们共同署名的论文总共十四篇，1931 年朱洗得到博士学位后回国，成为中国最知名的生物学家之一。

盛成的长信由头到尾拒绝罗曼·罗兰的批评，逐点反驳，恣情发挥，愈说愈起劲，失去控制，翻出写序旧事来，不管人家解释过拒绝写序的原因，指责对方言而无信，要求道歉。

罗曼·罗兰收信后，真的生气了，立即在 1 月 13 日回信，并且在当晚日记作了记录：

和一个中国青年的通信

盛成在塞特海洋生物研究所工作。人聪明，但时常糊涂，激情思想和理智思想乱作一团，宽容与固执的偏见互相冲突，坚持自己的短处更甚于长处。和日本人相比，我和认识的中国人更谈得来。日本人是酸味和半甜半淡的混合物，感觉得出缺少古老的文化，缺少稳重与和谐。

我拒绝为他的一本和平主义小册子作序，他在里面侮辱基督教，故意不辨是非，无视我拒绝的真正理由，我用大字给他回信：

“我拒绝为你的小册子写序言，因为其中表现了一种对基督教的狭隘无知，夹带着仇恨。因为我的意见没有使你改变初衷。

“我不受任何宗教或世俗信仰的约束，但我要求尊重西方或东方的高度精神价值。我拒绝助长亚洲的排斥异己或不理解，这与欧洲的不理解和排斥异己同样有害。”

罗曼·罗兰在日记中全文抄录回信并不常见，一定是他认为很重要的才这样做。这封信发出后，同样出人意外，盛成只考虑了一两天，便在1月17日作答：

亲爱的罗曼·罗兰，

要是我的母亲在这里，在我面前，她会问我为何如此不开心，如此心事重重。我会把你一月十三日的信念给她听。

然后她会要我读演讲词，尤其关于基督教的主要段落。

她再要我重念你的信。

她思量再三……

她会跟我说：“你有一段离题的内容要避免。你可以自由去攻击东方、远东或西方的圣贤，但不要扯得太远，尤其在一本和平主义小册子里。”

“对于西方的圣贤，被钉上十字架的耶稣，”她继续说，“不要有恶意，要有人情味，他象征了全世界古往今来的痛苦。”

我静静地思量反省。

我的母亲想知道写信人的生平，她还没有认识你。

她思索良久……

“我希望，”她对我说，“你不是因为罗曼·罗兰没有为你的小册子写序，而拒绝国际妇女争取和平和自由联盟的邀请，我很可能成为联盟的成员之一。”

“不是，”我答道，“你的孩子属于你，从你而来，一切为了你，无愧于你。不是，从来不是，你知道我，理解我，娘！”

她思索良久……

她要我再读一遍你的信，以及我最后一封信。

读完之后，她一定哭了。这位坚强勇敢的女性，像孩子拥抱母亲那样拥抱痛苦，她只为善良和公正的人无谓的分歧而流眼泪。

她一边思索，一边不断流泪……

而我呢，我深深自省。

最后，她会这样对我说："我喜欢和平人士的互相谅解。你晓得人类受过太多排除异己和宗派歧见之苦。你要努力和罗曼·罗兰好好相处。"

要是我事先听到这些充满良知的教训，要是她在这里，这位人类社会永恒的祭品在我面前，我该如何回答我的仁慈母亲？她是我的上帝，我的生命。

当我反躬自省，感觉不到理直心安，即使对手无知愚蠢，我心中如何不感到害怕？

在风暴中，我冷静思量，精神不断忙于探索，不让任何冲动扰乱心灵。我寻觅，我寻觅。

我的母亲如果在这里，她会向你提出这个问题："亲爱的罗曼·罗兰，你如何调和宗教和人性问题，调和尊重宗教和人类痛苦？"

"我们只认识传教士。他们希冀所有中国人都成为天主教徒，灌输给他们'除教会外，别无他救'。"

我的母亲会对你说："所有人都平等，所有人都是兄弟，共同一个母亲——地球。我们应该友好地问候。为何以枪炮、十字军相见，为何以武力传教，为何有牺牲者，有受难者？"

我们热爱所有地方和所有时代的人类。

你们热爱兰斯大教堂，为它哭泣。我们在蓬户柴门外面流泪，屋里住着善良正直和平的人，我们热爱他们。你要求尊敬十字架上的基督，我们要求得到活着的基督的仁慈之爱，这些基督在陌生的世界里受苦，他们向敌人问好，如同向朋友问好一样，他们和人民一起受苦。

我的大哥是肇和舰舰长，不久前被人暗杀，我的弟弟延武和一些侄子要为他复仇，我写信给他们："爱你的敌人，放弃复仇"。我的母亲看到信，表示赞成。

我们热爱母亲，而我很热爱基督，他背着十字架，走向受难地。我们崇敬仁慈的基督，他不是一个失败者，而是生命的胜利者，痛苦的驯服者。他说："主啊，饶恕他们，因为他们不知道自己所为。"

这个受苦的伟大象征永远留在我们痛苦受伤的心里。当我们自己走上十字架路时，我们就会经常记起他。

我的母亲在那边，在曦微晨光照耀下，站在三代寡妇、两代孤儿居住的房子门槛上，而我呢，在这里，在拓湖的北部，我们两个人，互相致送问好，充满爱意与仁慈。

总之，她要我接受国际妇女争取和平和自由联盟的邀请，她说："你代表我参加。"

这样，我同意了。我牺牲自己，我不会有丝毫损失。我化为乌有，以求我们的共同体盛开鲜花，继续存在！

无论如何，东方和西方要相互了解，才能打倒战争，确实地建立起和平。

恳切致意。

盛成

一九二七年一月十七日

盛成好像从梦中清醒过来，态度转变得那么快那么彻底，从刁蛮小子变成乖孩儿，十足十的一百八十度。他使用与母亲的对话，圆滑地传达立场的转变，可能与他正在写作《我的母亲》有关。他在信封里塞进一张以他的母亲半身照片制作的明信片，在上面写了一句话："她是我的母亲，引导我的思想和生活。盛成"，后来出书时印在扉页上。

罗曼·罗兰收信后心情愉快，以为自己的忠告起了作用，写了一封回信，使用了不常见的轻松语调，好像安慰认错的小孩：

亲爱的朋友，

你高贵的母亲（我在寄来的照片中看到深沉和锐利的思想），她一点也不必悲伤！她有一个善心的儿子，有时被年轻人的热情拖向偏颇，但实际上热爱公正和事实。

你看，成君，永远不要把一种神圣的事业及其不相称的代表混为一谈。最纯洁的思想总是被一些伪善者拿去利用。伪基督徒，伪佛教徒，自由理性和无私学问的伪信徒，他们来自同一种面粉，里面有虫。我们要扔掉这些生虫面粉！向活的麦子致敬！我们一起反对各个阵营的伪善者！我们一起支持各个阵营的神人！——对我来说，“神人”(Le Divin) 是人的最高形态，不朽的麦粒。神人在基督身上，在佛的身上，在甘地、贝多芬身上，在世界上九个或十个最纯粹光明的人身上。也在纯粹诚实的卑微者身上，他们是一群火花。我把所有这些人集合在我的爱中。

至于国际妇女争取和平和自由联盟，我本人尊重这个组织，但交换意见时我的看法不受束缚。你不必牺牲自己！只有“心这样跟你说”(正如法国人的说法)，只有跟你的夏天计划配合，你才去参加吧。

致意。

罗曼·罗兰

一九二七年一月十九日于维尔纳夫

盛成看到对方轻易接受他的变化，松了一口气，回复先前使用的亲昵语言：

亲爱的罗曼·罗兰，

我们一起反对各种阵营的伪善者！我们为了天下的人团结起来！我和释伽牟尼在一起，支持宗教平等。佛，活人，精神，三者平等，没有丝毫不同。

我到达法国两个月后，在万多门中学，通过一位老师，和他的老朋友白理爱的诗篇《赠远人》(*A un Ami*) 唱和：

“是的，亲爱的兄弟，我们虽然远隔一方，但我们的心地，我们的精神，我们的良心完完全全一样。我们爱善，爱真，爱美。我们痛恨恶，痛恨假，痛恨丑。我们保卫和尊敬文明人，我们打击和驱逐野蛮人……”

对我来说，“文明人”是人，“野蛮人”是非人。

我不相信上帝，不问自己是否名列仙班，但我爱人类，爱活的麦子种种生命，我属于其中。我爱受苦的人，没有他们，这个世界将贫瘠和干枯，人将没有灵魂，不朽的麦子将要死亡。

我的母亲和我，我们连结在爱中。基督背着十字架，苏格拉底喝下毒堇，孔子和他的子弟在陈国挨饿，胡斯烧死在火刑柴堆上，伽利略在法庭前下跪，陀斯妥也夫斯流放西伯利亚，甘地面对印度的种姓等级和英国法官，佛因为念及痛苦，周游四方找寻众生苦难，矿工在井底深处，铁路工人在事故的天空下，大邮船的技工在热带海洋，泥水匠住在寒风中的陋屋，所有勤恳的劳动者生活在机械式的苦难中，生活在经济、政治和精神的折磨下。我们把他们全部团结到人类深厚之爱中。

仁慈的贝多芬适逢百年华诞，我们在此向他致敬，这位伟人以音乐显示了我们伤痕满布心灵的希望。欢乐经由痛苦而来。

我们的心既灵敏又明智，在这位天才大师兄面前互相调好音。尽管有几条弦不搭配，我们调校好乐器，以我们热情、憧憬和希望的全部声音，在所有战场上奏起和平协奏曲。伟大的贝多芬来指挥这队友好的乐队，由两个人道主义者组成：白种人和黄种人。月夜天空下，有一堆收割好的金黄色庄稼，芬芳大地的古老寺院钟声鸣响，一种新的调子，全新的调子，响起的声音不带激情，而是低沉庄严。人们听见来自山谷的小溪潺潺水声，分不清是黄河或是莱茵河。这时候，两只飞禽：一只沉思的天鹅，一只唱着"缗蛮，缗蛮！"的黄鸟，来到大同世界的高山和湖泊的丘隅居住下来。天鹅唱出神圣音调，黄鸟唱出人性音调。贝多芬尽管失聪，细心聆听，写出最后的百年华诞交响乐，回应听到的歌声。他把这种新的精神音调送回给全人类。

你和我，我们一齐高唱《国际歌》，向伟大的艺术家致敬和感谢。

下一封信再谈我的打算，把小册子对基督教义的批评删除。朋友们希望我增加更多材料，重版时补充到中国的章节里。我也会谈我的书稿《母亲和我》。我是否一个优秀的传递信息的人？让大家裁决。你也要告诉我，对吗？

致意。

盛成

一九二七年一月二十四于塞特

这封信完全按照罗曼·罗兰的调子发挥，好像扩大了的回声。信中提到白理爱的《赠远人》，后来收入《海外工读十年纪实》，诗很长，开头和结尾是这样的：

中国人，远方兄弟，与我同而不同的兄弟，
与我近而极远的兄弟，
好像你是在世界那边的兄弟！
[……]
然而，我害怕，哦，我远方的兄弟，
我怕你千年来的王道，
受西方屠杀热症的传染。
你要走［从］梦中、和平中醒来，
——哦，我们残忍性许多次伤害了的和平——
或者，将来有一天，我们见你们的兵士
立在日本帝国旗下，蜂蚁一般的到我们的平原上来！
因此，我的友谊摇动，
灌满了的忧闷与惶恐。
无知之中——疑与愿——
全向你那远方海边走来。（盛成译文）

贝多芬在这封信中占了很大篇幅，因为盛成知道他在罗曼·罗兰心中的位置，他借用了汉学家包氏翻译的孔子《大学》一句诗，自比为“缗蛮黄鸟，止于丘隅”。

信的最后一段说打算听从劝告，修改《和平中国》，但要重版时才做。这也解释了之前为何使用攻击口吻，出版社得不到罗曼·罗兰序言，但接受了这本书，另找人写序。对盛成来说，出版既然不成问题，罗曼·罗兰也不重要，便率性爆发心中的不满。

他不知道这样一来，错过了一个大好机会。罗曼·罗兰愿意指导他修

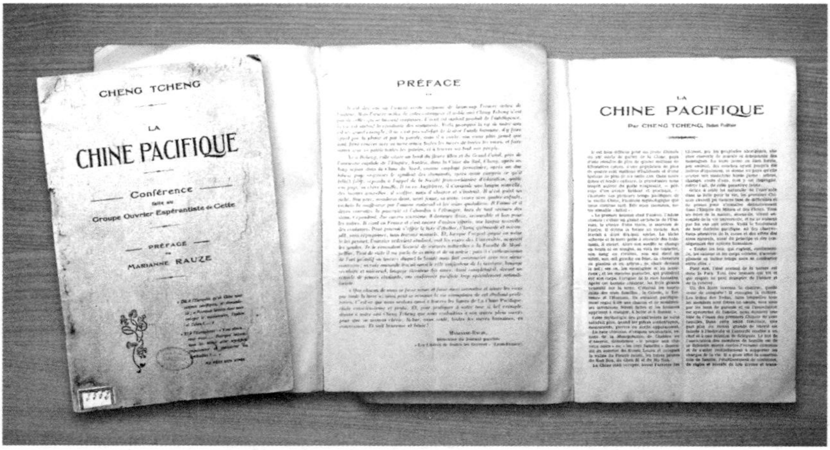

盛成法文演讲集《和平中国》(1927年)

改作品，已经是踏上成功阶梯的一半，如果按照劝告去认真思考，改进文章质量，争取到大师写序，这本书将不会默默无闻。盛成所有回忆文字没有一句提到这本书，因为书出版后，几乎没有传媒报道。甚至书何时出版，也没有人知道，书内没有印上出版日期。

最早报道的传媒是《人道报》，1927 年 3 月 31 日图书栏谈到此书，指出一个奇怪特点：

> 《和平中国》在里昂出版，由和平主义报纸的罗泽夫人作序。很可惜，既未印上出版社的名字，也没有定价，似乎无意公开发行。

《人道报》还注意到另一点，“作者不止是一个和平主义分子。他陈述的事实所导致的结论，比他所说的要更激进”。这正罗曼·罗兰提出的警告，单方面猛烈攻击西方文明，尤其天主教，会加剧仇恨和冲突。

一年半后，1928 年 9 月 16 日，一份犹太周刊《各国人民呼声》(*Les Cris des peuples*) 在“新书栏”第一次谈到《和平中国》，这么晚还介绍，因为盛成此时已藉《我的母亲》出名：

大家知道盛成其人。他出版了为塞特世界语工人所作演讲的小册子。他以法文宣讲，相当吸引人。如果说已经解释清楚了中国民族主义运动及其反抗的机制原则，未免夸张。

盛成有一个缺点。他写作纯政治或政治经济时，总不忘自己是文学家，结果有时写出纯粹的诗歌……

盛成的来信还有另一个重要信息，他的书稿《我的母亲》接近完成。他的态度急剧转变与此直接关连，他再一次需要找人写序。

从这时开始，他的来信相当频密。3 月中旬，他到了地中海小镇艾格莫尔特，十三世纪十字军东征时，法王路易九世两次率军从这里出发。他寄出的明信片，上面印着当地的古老军事碉楼康士坦丁塔，联系到他对西方传教士在华活动的攻击，这个选择尽在不言中：

亲爱的罗曼·罗兰，

这个进行过世纪连绵宗教战争的城市，给人一种永远温和的感觉，这种感觉的基础改变了吗？今天，人们安心回到这个完全宁静的城市，这里的居民对先前的战争和目前的威胁一无所知。我想学他们的样子。唉，但只能一时半刻。

盛成

一九二七年三月十九日于艾格莫尔特

四天后，3 月 24 日，国民党北伐军攻占南京，发生暴力事件，一些外国人遇害，两艘英美舰炮轰山边周围地区，伤及民居，造成死伤。盛成是《人道报》的读者，该报在 26 日头条报道这件消息，“二十分钟炮轰”，“南京一片废墟，到处大火”，还专门发了一条专电，“据广州政府今天下午消息”，“估计三千人死亡”。盛成家乡在南京附近，听到消息后十分愤怒，写信给罗曼·罗兰：

亲爱的罗曼·罗兰，

野蛮人轰炸我的城市，毁坏我的古迹，向我的父母兄弟辈挑战！

多么离奇的尊敬神明的举动！南京，这个千年古都，我心爱的城市，成为西方文明的祭品！

我的母亲，如果她没有被炸死，会在这座万人冢前哭泣。二十分钟，不过二十分钟，万人冢便拔地而起，多么快速的杰作！

她如此热爱千年历史的长城，跟我们说，长城象征了建造者的血汗和建筑师的天才头脑。

现在南京被炸，这么多古迹将化作废墟，这么多人类的劳作化为灰烬。多么文明的野蛮举动！

等着吧，复仇精神正在影响四亿人民的人心，有朝一天，他们来轰炸你们的伦敦，你们的巴黎，你们的罗马！

以野蛮对付野蛮！人类往何处去？它走向文明！！！

唉！……

我担心中华帝国主义紧接中华帝国的解放。当所有人起来行动前进，两者之间没有界线。

拿破仑是解放者，也是皇帝，杀人凶手和放火犯！

我曾经如此热切希望广东军打赢仗，面对这场胜利，我充满疑问，十分害怕。

冒失的老鼠唤醒了雄心的狮子，它开始摆脱身上的锁链，老鼠的薄弱锁链。狮子不会到此停止，继续下去，迟早摆脱掉所有老鼠的锁链。

中国站起来，不会停下来，不，永远不会停下来。系统军事化之后，这个可怕的中国终有一天会令全世界害怕。尤其复仇的情绪，存在于这个饱受不公正行为的民族心灵里。

二十世纪或二十一世纪将出现一个始皇帝。始皇帝是暴君，曾经杀害有勇气的书生，焚烧各种古籍，以他的可怕的秦王朝的名字，令中国扬名海外。

我不希望发生□□［原件破损缺字］我谴责始皇帝之流的帝国主义，正如我谴责拿破仑和墨索里尼之流的帝国主义。

人类只有一体，独一无二，这种人类独一性团结起来就是力量。

我们不要刺激剂，更需要镇静剂和缓和剂，用来驱除害人的无休止征服热病。

让生命来培养我们更好地互爱。所有国家的矿工，当他们会面时，都知道他们是黑暗地狱的兄弟。

亲爱的罗曼·罗兰，当我知道南京被炸的消息时，我感到万石穿心，在心里千百次祈求和平。

被炸的南京在我伤痕满布的心里，我向你呼吁：让所有人民团结起来！

而我期望得到镇静剂！

友好致意。

盛成

一九二七年三月二十八日于塞特

盛成寄出信后，前往蒙伯利埃，苏格兰学院介德斯教授组织了一个旅行团，让他免费参加。他与一群从英国来的学生，一起到法国西南部，参观史前洞穴、教堂和古罗马遗迹。活动时间不长，完毕后，他意犹未尽，一个人从蒙伯利埃出发，游览了附近的名胜。4 月 3 日，他来到加尔输水道桥。这道架空桥是世界闻名的古迹，公元一世纪由罗马人建造，现在还有一段保存完好，三层叠建，长约三百米，高约五十米，这是现存最高的古罗马输水道桥，在大自然中显得十分壮丽。睹物思乡，他想起了南京，买了一张水道桥明信片，写了一封短柬给罗曼·罗兰：

亲爱的罗曼·罗兰，

如果中国人来轰炸这座加尔输水道桥，你有何话说？然而，那些无情的人轰炸了南京的加尔输水道桥。

友好致意。

盛成

一九二七年四月三日

盛成寄出这两封信的时候，罗曼·罗兰刚好不在瑞士，他和妹妹玛德兰在 3 月 26 日动身，前往维也纳参加贝多芬百岁华诞纪念活动，至 4 月 5 日才回来。当他看到来信后，立即写了一张明信片短柬安慰：

盛成君，

我从维也纳归来，在那里参加了贝多芬的纪念会。看到来信，我能说什么呢？我对欧洲的野蛮行为没有任何幻想。我知道欧洲会灭亡。我从青少年时期开始便预感到悲剧的命运。不过，我们仍然要抢救理智的微弱光明，它在摇晃，受到威胁。我也希望你的城市不如最初的消息令人担心那样全部被毁。尤其你的母亲能保平安！谨此表示我不安的同情。我反对“野蛮人”，无论来自哪一个国家，都是我的敌人。

此复。

罗曼·罗兰

一九二七年四月七日于维尔纳夫

盛成的信充满复仇呼喊，罗曼·罗兰理解他的心情。他经历过第一次世界大战，知道战争乱局下的传言不一定全是事实，后来证实，死亡人数不如最初所说三千人那么严重。

中国邮件到法国费时一个多月，这时离南京事件才二十多天，盛成不会那么快收到家书，十分担心家人的安全。罗曼·罗兰的信充满同情，让他稍为缓和下来，接下来的信显得平静一些：

亲爱的罗曼·罗兰，

感谢来信，尤其感谢对我的可怜母亲的关怀。

我还有母亲吗？我再没有母亲了吗？

母亲还在吗？母亲已经不在了吗？

这个活着的受难象征在哪里？

孤女，寡妇，母亲，一个儿子被谋杀，一个儿子远离身边，一个在战场上，一个女儿是哑巴。她有多少种生活，便有多少种痛苦。现在，她没有消息了！

要是她还在，在她的周围，大炮在演讲，滔滔不断，滔滔不断……但是缓慢低沉，缓慢低沉。枪杆子在奏乐，奏一首圆舞曲，无休无止，无休无止……！

要是她还在，在她的周围，有多少画，多少图，多少色彩！

要是她还在，在她的周围，湖泊，高山；骨堆，血海。山河倒塌，心灵颤抖。

要是她还在，在她的周围，长官的权威，士兵的日子！

要是她还在，在她的周围，有惊骇的祖母，恐惧的嫂子，镇定的长侄子，无意识啼哭的小孩子，还有一次又一次惊愕的妹妹，她又聋又哑，也不知道是福是祸。我的母亲必须照顾家人，他们夺去她少有的安宁和仅余的力量。她要供养这个大家庭，没有经济来源，很久以来便入不敷出，欠下一笔要命的沉重债务。这种状况起因于连年战争，家人相继去世，疾病不断，一年旱一年涝，无情地打击我的家庭，似乎上帝最终要收拾我可怜的母亲。她还要挂念我们两个人，延武和我。延武是我心爱的弟弟，他是学生兵，从十五岁起就忙于解放我们的国家，在革命曙光到来之前出生入死。我是勤工俭学生，陷入个人生活日常烦恼中，陷入家人和整个人类的巨大忧虑中。

我再也不能往下想。

然而，圣人庙半月湖的绿柳红桃不断抚慰我可怜的母亲。

春天将把中国恢复过来。

我的希望在眼睛里，我向远方眺望。我的目光温柔、遥远、良善，我的希望温柔、美好，送给受难中可怜的母亲，她站在长江边，江水已在春天阳光下闪耀，我的希望无声地充满一切。

这便是你说的一线光明，它在摇晃，受到威胁，但仍然继续闪耀，不久便会发出精神的光芒！我们的也一样！

盛成

一九二七年四月十三日

这个时期，盛成用了很多时间进行政治活动。5 月 5 日，他参加在尼姆城举行的声援萨柯－凡宰特（Sacco-Vanzetti）的集会，并且在会上发言。萨柯－凡宰特事件发生在美国，1921 年，两个意大利移民，一个工人，一个渔贩，被控抢劫杀人，被判死刑。他们都是无政府主义者，由于证据不充分，被认为是一场政治和排外主义的审判，引起全世界的抗议浪潮，各国出现营救委员会。上诉和重审持续了七年，1927年最后定罪，决定八月执行，抗议浪潮一浪比一浪高。盛成不是唯一对这件事关心的中国人，巴金在这年五月到法国，比他更加投入。曾经和狱中的凡宰特通信，翻译了他的自传，这段经历催生了他的第一部小说《灭亡》。

集会两天后，5月8日，盛成写信给罗曼·罗兰，附寄一张剪报，来自地方报纸《小普罗旺斯人报》(*Le Petit Provinçal*) 5月6日的报道，里面提到盛成在集会上发言。信内附有发言稿，四页打字纸，首页上端手书："致罗曼·罗兰，深切敬意，盛成"：

一九二七年五月五日在尼姆市约莱斯集会上的演讲

女公民们，男公民们，同志们：

全世界的劳动者，当你们看到在断头台旁边的地上掉下一个人头，新近砍下来的人头，仍在蹦跳，已经布满泥尘和鲜血，同志和朋友们，人和劳动者们，你们赶快打听：

"可怜人，他做了什么事？"

如果这是一位革命者，我会对你们说：他死得其所！

你们会问：怎么回事？

人头在我们前面仍在蹦跳，不是吗？

我一下子就想起苏格拉底和毒堇，耶稣和十字架，胡斯和火刑堆，我狂叫一声：

真的，资产阶级有一条法律。根据这条法律，他们都应该去死，尽管找不到罪状。

你们会说什么呢？你们意识到作为人和劳动者的责任，你们关心公平和真理。

你们跟我说，我们以后不让任何无辜者死在断头台上！不让！不让！

当你们知道被判刑者的命运，当你们为社会公正被破坏而气愤，你们看到这两个人登上电椅，这两个革命者，两个灵魂，两颗心，两个苏格拉底，两个耶稣，两个无辜者，两个囚犯，今天仍然活着，明天就要死去；而他们呢，他们是两个英雄，两个在二十世纪殉道者名册上的受电刑的人。你们是诚实的劳动者，公正的人，你们都是勇敢和公正的人，你们要对刽子手说：不！不能杀他们！打倒阶级的判决！

萨柯和凡宰特，他们两个人，肩并肩，不久就要登上死者的宝座！

萨柯干了什么事？凡宰特干了什么事？他们两人像你们一样，为了生计而工作。他们两人像你们一样，生产东西来消费。

但是大群的美国资本主义走狗，要把他们处死。这些人一向做尽坏事，接二连三出卖无辜者的鲜血，从前是苏格拉底和耶稣，今天是萨柯和凡宰特。

这对他们有什么要紧？一个耶稣或者一个苏格拉底？一个萨柯或者一个凡宰特？世界多两个人或者少两个人而已！但是，他们找不到把这两个人处死的理由。

狼主人要吃羔羊，总能找到借口。

伪造的证词，真正的警察陷害！

萨柯和凡宰特两人首先被控在布里奇沃特抢劫，然后被控在南布伦特里杀人，他们没有犯过罪，资产阶级在他们身上找不到任何入罪的东西，而他们两人，虽然无辜，却已经被判死刑，永远死去。

强大的美国资本主义没有错，他们放肆进行阶级审判！

他们对这两个人穷追不放，暴力迫供，狂吼怒喊：

“萨柯和凡宰特……以他们的思想……和无政府主义宣传……煽动……人民……暴动！”

发疯的美国资本主义已经拜倒在复仇之神涅墨西斯跟前，仇恨和叫喊升级：

“干掉他们！趁他们在我们手中，把他们从这个世界干掉！”

判决了死刑，但是执行还在等待第七次上诉，也就是最后一次。这场可耻的判决招致世界各地愤怒的爆发，越来越激烈。

自从一九二〇年五月五日，萨柯和凡宰特便被关进美国监牢。最初只被控革命阴谋，然后被控在布里奇沃特抢劫，最后被控杀害鞋厂出纳主任。经过十三个月预审调查后，一九二一年六月初在戴德姆开庭审判。陪审团征召而来。萨柯和凡宰特轻易证明和罪行完全无关。很多证人证实被告的口供。

两个前司法部门官员，劳伦斯·莱特曼和弗烈·约翰·韦安德开始讲真话，在法官中引起极大愤怒和不安。在此期间，南布伦特里的真正罪犯切莱斯蒂诺·马德罗斯突然全盘认罪。检查官兰尼怒不可遏，惊慌失措。法官韦伯斯特·塞耶比庞提乌斯·彼拉多总督更坏，独自一人丑恶地判决两个无辜者死刑。

* * *

这个是凡宰特，不戴帽子，高额头，头发在两侧，长形脸孔，眼神宽容良善，一个普通人的鼻子和一撮长胡子。这个美好的脑袋在一个健壮躯体上面。他戴着手铐。

左边是他的忠心同伴，知心同志，安慰者朋友，他的尼古拉·萨柯。他也是高额头，身材高大，不戴帽子，榄形脸孔，眼睛灵活，富于表情。脸颊略为突出，耳朵竖起，下巴轮廓清晰，举止温和。这颗头颅充满机智，青春，充满明日曙光的革命智慧。

萨柯和凡宰特是意大利人，良善的意大利人，他们是无政府主义者，良善的无政府主义者。他们像古罗马竞技场的多立克柱子那样勇中有细。这是革命理想圣庙的方形殿！这是被长期忍受的痛苦磨成圆形的方形殿！

他们怎么会是杀人犯！他们从未想过在竞技场上杀害人类，从未想过参加大屠杀，参加世界大战那样的合法谋杀。

不，他们的样子不像谋杀犯，塞耶法官自己却有那样的神气，头戴瓜皮帽，狡黠的小眼睛，鹰鼻子，嘴巴像倒放的羊角包。

然而，萨柯和凡宰特正在牢中，到今年刚好七年，高等法院驳回六次上诉，一次又一次，把我们的同志追到绝地。

他们做过什么坏事？没有，没有任何坏事，没有，一点也没有，完全没有，完完全全没有！

但是罪魁祸首的塞耶，这个万恶的法官把他们定罪，他说：

“这两个人，就算没有实际犯罪，道德上也有罪，因为他们是现行制度的敌人，因为他们是无政府主义者，因为他们在美国居留期间，宣传必须打倒社会制度，这本身就是一种罪。”

整整七年，这个该死的法官以冰冷、顽固、无情的仇恨，不断追查这两位多立克柱子工会分子。每一次可耻的审判都由他当庭长，把被告当作贱民对待，因为他们被视为阶级敌人，必须毫不留情追查。

漫长的七年时间，死亡悬挂在无辜者头上，最近又是这个法官宣称：

“我本来可以延长两个犯人的生命，但有何用处？我大大缩短两个犯人的生命，但我细致研究过案情，心中坦然。我准备接受上帝的审判。”

另一方面，预告将有一场大规模抗议运动，反对执行两个意大利人的死刑。

到了把他们除掉的时候了，不是吗？让他们无限期留在奄奄待毙境地中有何好处？啊，人道的法官，处死他们，不就是救了他们吗？你们认为，萨柯和凡宰特该死。

就这样，两个仍然清白的人一下子被判死刑，永远死去！

就这样，萨柯和凡宰特白天黑夜等待最后解脱，或者死亡，或者自由。

七年来，他们的家人一起受难，你们看到萨柯的女儿的时候不是很感动吗？她的姿势特别像十字架下的玛德兰。她一心专注着让仍然年轻的父亲获得释放。她的目光穿过未知事物，充满焦虑，正在祈祷：沉默！沉默！沉默！她年纪那么小，正在找寻宽容，找寻向宽容开放的心。

根据法律，她的父亲有罪，因为他和凡宰特拒绝拿起利剑，参加世界大屠杀。

根据法律，她的父亲有罪，因为他要做有人性的人，一心为了人类！

根据法律，她的父亲有罪，因为他无辜，因为他不属于罪恶世界。

根据法律，她的父亲有罪，因为他是劳动者，工会分子，无政府主义者。

人类，可怜的人类，人类也是罪犯，可怜的人类！他们像葡萄新枝，被扔到外面干枯。把他们捡起来，扔进火中，就会发出炽热的火焰。

萨柯和凡宰特就是这样，他们在世界外面，人类把他们和世界分开。因此世界痛打他们。

他们两人一起被判决进地狱受苦，挨饥受寒，精神被折磨。他们想摘果子，树枝也往后退，清水远远逃离他们的嘴唇。他们的家人远离他们，在无声祈祷。

公民们，同志们，啊，你们能够享受甜蜜的睡眠，想一下萨柯，想一下凡宰特，想一下他们的家人，痛苦妨碍了他们入睡！啊，你们富足，想一下饱受苦难的社会受害者！你们自由，你们活着，记住苦难的劳动者，苦难的兄弟，国际帝国主义每天在杀害他们，监禁他们！

七年之间，萨柯和凡宰特被人从监狱拖去精神病院，拖去高级法院，又从高级法院拖到监狱。他们同疯癫、法庭和死亡轮流斗争，他们绝食。

今天，死亡战胜了司法和疯癫。

死亡和七月十日越来越近，雄鸡很快便不再啼叫。到时太迟了！

太阳已经失去光辉，凄凉幽暗，在查尔斯顿州监狱的黑暗深处，阴森的电椅在等待我们两位朋友，他们以革命者最温和、最骄傲的神情望向我们。像苏格拉底，像耶稣，像胡斯那样，泰然自若登上断头台。在接受电流时，他们说：

“啊！电啊，你杀死我们。这样很好，因为你把我们从长期饱受的痛苦中解脱出来。但是，你能够同时杀死我们的理想吗？”

可怜的电，如果你的能力到此为止，你杀不死人，因为你什么都没有杀死。你只杀死躯体，躯体里面有精神，你没有杀死包含躯体的精神。个别的人死了，集体的精神无法杀死。革命者萨柯和凡宰特，是永恒的胜利者！

但是我们，我们让他们被定罪。但是我们，没有能够改正司法错误。但是我们，没有想到苦难的人。但是我们，没有想到被压迫的人，可怜和痛苦的人。但是我们，忘记了萨柯和凡宰特，让资产阶级有机会围着断头台，在仍在跳动的尸体前面起舞，在查尔斯顿州起舞。我们是懦夫，我们是罪人。我们不是人，没有尽到人的责任。他们死了，他们仍活着。我们活着，但我们已经死了。我们还有勇气活着吗？生活在怯懦中，耻辱中，麻木不仁中，我们不过是活的死人！死的活人！

你们，无产阶级法官，你们，至高无上的人民，你们能够，只有你们还能够阻止正在实现的罪行。必须把萨柯与凡宰特，和全人类一起交到美国刽子手的手中。

你们听一下全世界的学者和作家的声音。本世纪最伟大、最高尚的良心之一爱恩斯坦打电报给华盛顿。其他人，像罗曼·罗兰，巴比塞，伊斯特拉迪，彼奥赫，塞维琳，诺阿依伯爵夫人，维尔特，杜阿梅尔等一起寄了一封请愿信：

“萨柯和凡宰特两个人被判处死刑，提出来的罪证如此漏洞百出(一百五十人作证否定，其中有几个不在场证明，只有两人指证，一个是职业扒手，另一个是妓女)，一拖再拖，企图得到犯罪证据，差不多六年过去了，仍在等待。

“从来没有一个国家的司法历史，从判决到终审过去这么长的时间。两千个白天，两千个黑夜，这两位不幸者过着等待死刑即将来临的生活（他们没有一分钟不在申诉冤情)。

“我们很不安，这种情况不正常，牵强的定罪，加上过去这段时间，没有出现任何确凿证据，所有以下签名人支持被判刑者的请求，对他们的命运作出最后的判决：死刑，他们成为殉道者；释放，他们成为公民。”

知识界发言了。同志们，工人们，现在轮到我们呼喊。

我们全力抗议这场针对善良工会分子和革命者的令人发指的谋杀，抗议这场针对无辜者的合法谋杀，我们要求立即释放他们！

从前，他们可以架起火刑堆，支起十字架。今天，我们不能让无辜者在我们眼前坐上电椅。

我们高呼：

“资产阶级分子，你们无权支配萨柯和凡宰特。当心你们自己！他们的榜样起码会加强我们的意志，我们的革命队伍更加团结，比任何时间消除过去导致失败的分裂，我们向你们斗争，一直到最后胜利！同志们，大家动手！”

在白天的暗淡光线里，在杀人的电力里，让我们准备好！

自由的保卫者，起来，反对阶级司法。起来，雷声轰隆，社会在震动！

这是最后的斗争。全靠自己救自己！

太阳将永远闪耀！

萨柯和凡宰特万岁！

盛成 无产者大学生

一九二七年五月五日

萨柯－凡宰特事件是当年的世界大事，罗曼·罗兰不仅知道，而且属于最早参加抗议的西欧作家。1921年10月，事件刚刚开始，法官判词尚未正式发表，他便与法郎士、巴比塞和女作塞维莲（Séverine，1855－1929）联署致美国总统的电报；1927年4月，事件进入最后阶段，他与爱恩斯坦和巴比塞，代表保卫法西斯和白色恐怖受害者委员会致电美国总统；同年8月20日，距离行刑仅三天，他仍不放弃努力，独自一人致电马萨诸塞州长：

一个美国朋友要求阁下特赦萨柯和凡宰特，即使他们有罪，人道这样要求。罗曼·罗兰

8月24日，行刑已经执行的消息传到巴黎，罗曼·罗兰写了一封长信给一位美国朋友，把沉痛的哀思，通过他传达给美国人："世界良心被这事件污辱。所有深刻的世界良心被污辱都镌刻在历史上，最终会清算。"信件刊登在纽约《国家》周刊及其他报章上，五十年后，马萨诸塞州为萨柯和凡宰特平反。

盛成给罗曼·罗兰的信，实际是一个藉口，没有谈萨柯—凡宰特事件，而是长篇大论解释他的演讲技巧：

亲爱的罗曼·罗兰，

我打算在八月份离开法国，如果可能，先往德国，然后去俄罗斯。

我在那里停留几个月。然后返回中国。

我从尼姆城给你寄过一张明信片。

随信附上我的演讲稿。

你一定比听众更能感觉到这篇演说的技巧。

这是一种口头奏鸣曲，对吗？我已经试过几次，每次都成功。

寄上的这篇讲稿，很容易觉察内分四个不同部分：开场部、谐谑曲、慢板和结束部。

“Ou”占主要地位，“O”陪伴在旁。

“s”和“ç”发出哨声。

开场白本身包括三部分：活跃、更活跃和适度活跃。

谐谑曲轻松，平静和高音。

慢板短小，缓慢，活跃和低沉。

结束部包括六部分：一，“呵，你们……”二，“七年间……”三，“但是我们……”四，“你们……”五，“你们听一下……”六，“我们……”。

这种演讲奏鸣曲，意下如何？

很乐意听到批评。

致意。

盛成

一九二七年五月八日于塞特

盛成是一个喜欢演讲的人，蒙伯利埃地方左派报刊《小南方人》（*Le Petit Méridional*）至少报道过他的五次活动，第一次和最后一次都是由平民教育会（Société d'enseignement populaire）组织，为工人学员举行讲座。前者在 1922 年 1 月，介绍中国文明及对西方看法，通告说他是“中国国民党重要人物”。后者在 1935 年 4 月，他出国为“故宫盗宝案”作秘密调查，第二次到法国，虽然路过，停留时间很短，仍到南部的蒙伯利埃去演讲，讲题“东方与西方”，报刊介绍他是“中国河南大学农学系教授”。

像这次尼姆的群众集会，对他来说也不是新鲜事。他在 1922 年 10 月，参加了蒙伯利埃左派组织纪念约莱斯大会及游行，他是最后发言的三位演讲者之一，报刊报道他的身份是“中国南京大学教授”，这些不断更换的身份名衔，明显错误，但不知错自何来。

盛成对自己的演讲技巧自豪，在回忆文字留下回响：

关于萨克、樊采提提案我终日奔波，到处去演讲，在黎门斗牛场与橙城之古戏园，到者万人，在毕锡埃游行，到者十万人。

这三个地方只有尼姆（盛成译黎门）得到证实，但地点不在古罗马竞技场，而在由学校教堂改建的会议厅，可容人数两千：

尼姆市七日消息。

由萨柯－凡宰特营救委员会发起，二千劳动者参加星期四在约莱士大厅举行的集会。中国学生盛成和吉纽谴责美国的阶级法庭判处两个无辜工人死刑。会议结束时，全体通过向美国大使馆致送决议书。（《人道报》1927年5月8日）

这个时期的盛成不仅在政治上十分活跃，而且对音乐突然很感兴趣。在宣扬奏鸣曲演说技巧后，下一封信以音乐为题：

亲爱的罗曼·罗兰，

昨天晚上，我听了瓦格纳、巴赫和贝多芬的作品。

一个大海在我心里泛滥！

我明白《唐豪瑟》是一个流放的故事，这是作者本身动人的故事。我仿佛看见枞树中一间小屋，经过这么多动乱的日子后，一个静谧的夜晚，一个男人，一个革命者，天生敏感，富于情感，正在叙述他的生平。突然间，传来追逐声，马匹奔跑声，啊，可怜的瓦格纳，你在巴黎倒好安宁！他叙述，他叙述，他向寂静叙述一个有声的故事。这个诗情画意的动人故事极具音乐性，在德累斯顿没有被接受，在巴黎也一样，被人喝倒采。可怜的瓦格纳！

合唱队演唱巴赫，我很喜欢。

最后，谈一下我们的贝多芬。他活着，他活着，他活着。他啼哭，他活着，他活着。他看到，他听到，他触摸到，他感觉到。巴黎，他看，他听，他紧按，他感觉。他观察，他细看，他敲击，他痛苦。他痛苦，他活着，他活着。

莱茵河无穷无尽奔流，永恒的森林在呼啸，永远平静的高原在思考。波恩大教堂的日出日落，陶器、铁工厂工人的早出晚归，可能和青年贝多芬的时间表一样。

在陋室，在陋室，在陋室，他活着，他活着，他活着。贫困绵长，痛苦缓慢。

绵长与缓慢的是回忆。在这些绵长与缓慢的回忆中，他活着，他活着，他活着。他在活着中成长，他在成长中受苦。

他受苦，因为周围是风是雨，而自己孤独一人。

他孤独，他活着，他活着，他活着，他在陋室，他在酗酒父亲的屋里。

他孤独一人。

他在大自然的中心散步。当春天的大自然鲜花盛放，他消失了。他去寻找，他找到了。纯洁的樱桃树替他戴上冠冕，热情的桃树给他无数亲吻。交响乐由鸟儿送来，夜莺演唱二重唱。泉水、森林、星球之间的以太颤动加入合唱队。天上雷鸣，雷声是人类的快速安慰者。于是乐曲从他的心中出来。

他活着，他活着，他活着。他反抗，他活着，他活着，他活着。

他在维也纳逐渐攀到音乐的高峰。同时逐步登上爱情峰顶，同时逐步改善物质生活，同时更相信英雄拿破仑的革命，正如他相信他的不朽的爱人，一个精神和世界的安抚者。

然后一部乐曲，希望就跌到地上！《悲怆奏鸣曲》的英雄失宠了！他在死去。

他复活，他活着。复活自己的回忆，绵长，缓慢，柔和，无穷的回忆。在大自然断层里散步，他的母亲，妻子，孩子。这么多友情围绕着他，而他，孤独一人。谐谑曲，单调的谐谑曲，多变的谐谑曲。

他活着，他活着，他活着。乐曲，沉默。不同凡响的变奏曲达到巅峰，主人阿波罗让位给人之子，他活着，他活着，他活着。

他在罗西尼之前活着。

他描写，绘画，雕刻，比较，分析，把情感混合起来。

一首《悲怆奏鸣曲》式的伟大变奏曲。

为了和平而战争，危险性消失了，和平击败了战争：

愿和平的气息点燃我们，
轮流燃烧你们，
在你们的灵魂深处
注入热烈而纯洁的爱情。

变冷的心，冰冻，死气沉沉，变得铁石一般，需要一把火来灼热南北极般的冬天。需要水来战胜蹂躏全人类的旱灾。把温热甜美的花蜜，啊，通过纯洁而热烈的爱情注入灵魂深处。

请理解我，人的兄弟。你理解我，便会爱我。为了让你理解我，我以上帝之眼燃烧你，我以我的音乐拥抱你，我以反抗不公平和不合理的乐曲来安慰你。最后，我把我的炽热纯洁的爱注入你的灵魂深处。

如果你不理解我的音乐，我唱一首颂歌，让合唱队高声唱出来。如果你像我一样失聪，我让敲击乐器轰鸣，擂起大鼓，大钹，大锣，六十四件编钟，以及所有能够敲击听觉的东方乐器，最后，我完成作品，把所有民族在和平家庭里结成对对佳偶，每人有自己的音乐，自己的心，以及自己的痛苦。到头来，痛苦是国际性，跨种族的。

如果你也听不见这一切，我便无计可施。我向你提出最后一个请求，看着我，一个微不足道的乐队指挥在你面前，我，我在静默的灵魂里向你说："可怜我吧，我活下去。理解我吧，我活下去。爱我吧，我活下去。"

"我在痛苦深处向你呼喊，人的兄弟啊，让我得偿所愿！"

正是为了你，我谱写了《第九交响乐》和《欢乐颂》。

理解，是灵魂，是欢乐！

一个中国人努力理解一个十分文明的西方人，可能会犯严重错误。我写下这几句话，因为想到生活和痛苦属于全人类，这些话从我弱小的心灵不断涌现，我的心灵只要求一种热烈纯洁之爱。

你不理解，人道的罗曼·罗兰，当我听到夜枭的凄凉叫声，陪随着勒布谢先生（蒙白里音乐学院院长，他和他的夫人认识你。他们在罗马时，曾邀请你到过他们家里一次。今年六月，勒布谢先生和夫人提起你，要我向你转达敬意）的出神入化指挥棒，我看到排列整齐的榆树上战场，阻止人类的声音越过比隆广场，八角水塔悄然无声，泉水不再流过塔前。我……我……我……感触万分。

我的母亲在远方，已经有一个月没有她的信息。我坐卧不安，依然不知她是否仍活着！

痛苦是个人或是社会的？我听到贝多芬时想起你。你理解生前死后的贝多芬，你能安慰这只小鸟，它已经知道归宿何处，知道最终的目的地，但目前仍在继续飞翔。

夜晚将尽，在寂静中思念家人，不是很人性的事情吗？

恳切致意。

盛成

一九二七年五月二十六日于塞特

罗曼·罗兰既是作家，又是一位音乐史家和评论家，以音乐为题材的文学作品，占据他的创作主体。对于盛成使用的一连串音乐用语，当有感想，但盛成没有接到回信。

6 月 5 日是这年的圣灵降临节，盛成从邻近西班牙海边的法国南部寄来一张明信片，上面密密麻麻写满了字：

我很喜欢这个地方！山外有山，天外有天。巴纽尔斯海滨和莱塞济是两个活跃的生物科学中心。

巴纽尔斯是一个极好的生物剧场，我在那里目击了很多动植物相关种类的个体成长。

莱塞济使我注意到食叶昆虫的演变。但是在生存竞争中也有互相帮助，这是确实无疑的了。

致意。

盛成

一九二七年圣灵降临节于巴纽尔斯海滨

莱塞济（Les Eyzies）和巴纽尔斯（Banyuls）海滨距离相当远，几乎有五百公里，前者山区，后者地中海边。如果从塞特前来，还要加多二百公里。这两三个月来，他到处闲游，参加各种各样活动，因为决定了离开大学，已不把学业放在心上。他在上半年写过十封信给罗曼·罗兰，到了这封信，突然停下来，档案出现空白，好像失去写信兴趣。

转眼到了8月，瑞士夏令讲习班将在25日开幕，罗曼·罗兰一直没有盛成出发的消息，写信提醒他办理中国护照，他到23日才回信，这时距离开会只剩两天。

亲爱的罗曼·罗兰，

收到你的友好信函后，我立即写信给中国驻巴黎领事馆申请护照。

另外，我在等候杜修纳夫人的信，因为我没有出发用的金钱。今天下午，我把替人补习赚回来的显微镜，带到市政府典押铺。

老天爷！一副价值二千八百法郎的光学仪器，只能用来抵押一百五十法郎。月底还要交膳宿费，我已决定卖掉。

一个音乐家卖掉小提琴很难受，而我卖掉显微镜。

但是我要实现母亲交给我的任务。

未能及早回复友好来信，请勿见怪。

友好致意。

盛成

一九二七年八月二十三日于蒙白里

信纸左上角有一句附言，“又：如果找到钱，我立即出发去格朗”。

他说因为缺少旅费，所以耽搁回复，这不是真正理由，而是他正在实行八月份离开法国的计划，已经收拾好行囊，和朋友告别，尤其是法国的左派同志，“至此我与法国南部工学同志告别！……我当时告别，诸同志，莫不泪如雨下”。

他离开了塞特，前往蒙伯利埃，在那儿接到罗曼·罗兰来信，开始犹豫，最后决定先到瑞士一趟，反正路程不远，于是写了回信。信封上的回邮地址在一百公里外的奥兰日，是他准备去暂住的地方，一位名叫阿尔诺（Marius Arnoux）的火车工会积极分子的住家。

他出售的显微镜有特殊来历，上一年底在巴黎被留学生迫使放弃法国政府奖学金后：

> 我仍回蒙白里做我教书的工，每月可得六百法郎。我的老祖母也寄了五十元来，我正好买了一架显微镜，以后再不偷借试验室的用品了。我的学生很多，而我要的价钱并不贱，每课三十法郎，我每月能得六七百法郎，大学里的助教不过八百法郎。

显微镜买价相当于大学助教三个半月薪水，十分昂贵，可能这是专业产品。市政府典押店不识货，只懂参考报刊广告的价钱，上面都是二三百法郎的货色，开价一百五十法郎已很慷慨了。虽然他说此举为了买车票，但离法在即，即使不去瑞士，也会卖掉显微镜。

盛成终于到达瑞士，不知道何时到达。当他写信给罗曼·罗兰的时候，讲习班已开始了一个多星期：

> 亲爱的罗曼·罗兰，
>
> 现在才报告到达瑞士是否太晚了？我很疲倦。因为一直忙着参加所有感兴趣的讲座，现在仍然继续参加。
>
> 另一方面，我很高兴认识令妹罗兰小姐，一位敏锐聪慧的女士，善解人意。我和她愉快地交谈过。
>
> 要是你如来信所说到格朗来，我会很高兴，玛德兰已经向我们宣布了。到时可以交谈，很多人都在热切焦急等候你来临。
>
> 友好致意。
>
> 盛成
>
> 一九二七年九月三日于格朗

讲习班没有固定的举行地点，1926 年和 1927 年连续选择日内瓦湖旁的格朗小镇。这里有一间英国教会办的光明国际学校，女校长托马斯女士热衷于和平事业，趁着暑假，借出部分校舍供讲习班使用，除了开会之外，还负责大部分参加者的住宿和膳食（素食）。学校环境恬静，“这是一个优美的地方，青草地，古老的树木，花园，旁边湖水围绕。朱拉山在背后，勃朗峰在前方，在对面湖边低岸的上边”。（罗曼·罗兰日记）敬隐渔去年到会，极爱此地。

虽然称为讲习班，实际是年会，各国成员不远千里而来，好像家庭成员团聚那样。除了内部交流，每年邀请不同的客人，讨论一个题目，今年是“白种人与有色种人的关系”。活动安排得很紧凑，占用很多晚上。罗曼·罗兰在闭会前三天的9月5日来到，除了和与会者见面，还参加了孟加拉学者博斯爵士（Sir Jagadish Chandra Bose，1858 – 1937）的讲座。博斯是一位著名学者，前半生专注物理学，与发明电报的马可尼同是电磁波传递应用的先行者，后来转攻植物生理学。他的讲座便是以此为题，罗曼·罗兰以他为傲，在日记写道，“讲座几乎都是一流的，将由尼豪斯出版社结集出版德文本”。

盛成在这一天第一次见到罗曼·罗兰：

> 我当时应罗曼·罗兰之请，去瑞士赴万国妇女自由和平促进会的被压迫民族的大会。[………]
>
> 我与罗氏，通信结交已七年，至今方相识，我们在花园草径上，走了一刻，多少人全来围他，伟大的生活，实在是不好受！白理爱的真理，我才明白。罗氏对我说：“成，你要把革命的途径，认识清楚，千万不要走错了路，那就可惜了！”

罗曼·罗兰有那么多老朋友，只停留一天便离会，不可能有机会和盛成长谈。回家后第二天，他在日记详细记载了这一天经过，其中提到盛成：

> [一九二七年] 九月六日星期二
>
> 尽管哮喘未愈，我到格朗国际会议过了一天，他们一早便宣布我将到会。[……]
>
> 我在会议结束前一天到达，大部分参加者已经离开，还剩下五十多人。其中有沙莱、杜修纳夫人、茹芙夫人、路易塞特·吉耶斯、罗兰浩斯特夫人（她向各人告辞，逐个吻别）、霍尔茨阿普费尔小姐、

莫诺—赫尔岑、画家楚克尔小姐，她所有时间都用来替参加者画像（画得很糟糕），她的老朋友奥地利作家鲍楷诗夫人，对中国青年盛成产生一种母爱激情（一个狡滑的小伙子，总是笑脸迎人，多嘴饶舌，信口开河，糟蹋了所有与会者天真轻信的好意，另一方面，他这个人聪明和善，但是太肤浅）……

他对盛成的简短评语放在括号中，令人想起梁宗岱在《忆罗曼·罗兰》记述他的另一句话："哼！这家伙，他是很能干的！"两句话相距两年多，罗曼·罗兰没有改变看法。他对盛成本来寄予很大期望，没料到招来没头没脑的冲突。到了瑞士会议，他接触到盛成本人，证实了原先的印象。

尽管如此，罗曼·罗兰没有忘记盛成的显微镜，他让妹妹玛德兰给他资助旅费，放在一个信封里，盛成没有接受。从法国来的加皮夫人（Marcelle Capy，1891 – 1962）看到这个场面，问他为什么拒绝，他答道："哎呀，同志，怎么好意思收下了人家的钱，我们中国人，见财要思义的。"

会议结束次日，盛成离开格朗，前往日内瓦。他完全没有觉察出罗曼·罗兰的失望，在那里写了一封信：

亲爱的罗曼·罗兰，

我在格朗经历了一段充满人性的生活，称得上人类复活的婴儿期。玛德兰应该向你叙述过告别晚会吧。

在我印象中，我深深爱慕你那古代圣贤的眉毛，爱慕你那蓝色的眼睛，好像我们天朝的天空，爱慕你那两侧的星星，显示出连接视觉和听觉的光明，与你的精神和心灵的光明彼此相通。

在你面前，我笑，我微笑。对我来说，这是痛苦缓解的时刻！然而，我不断想念远方的不幸者和受苦者。尤其这位母亲，她在我们的思想中，在我们心里，但远离我们。

我今晚前往巴黎。出发时带着往常的忧虑，也带着更坚强的勇气。我不再孤独一人，我在群众中间，在你们中间。我微乎其微，但群众浩荡。我一无是处，但群众无所不能。我在群众怀中，像一个母亲的一个孩子。

向你和玛德兰两位，以及仁慈的令尊致意。

盛成

一九二七年九月九日于日内瓦

我的女朋友向你致意，衷心感谢对我的宽宏大度。

下面是她的女朋友笔迹：

致敬及感谢。

费莉西亚·罗雷斯

盛成是一位多情种子，在他的回忆文字中，提及曾经相恋或订婚的女性至少七人，有姓有名，除了一人，都和他有过一段荡气回肠的浪漫缠绵经历。在这封信签名的女朋友是第八位，名字费莉西亚（Felicje）是常见的波兰人名。本来把女朋友介绍给罗曼·罗兰，两人的关系应该很不寻常，但盛成从未在任何文字中再次提及她。

就在同一时期，《欧洲》月刊9月号发表了盛成的文章《中国留法勤工俭学运动》(*Le Movement des étudiants-ouvriers chinois en France*)，这家月刊从采用稿件到发表，往往需时数月，因此这篇文章很有可能通过罗曼·罗兰这条“快速通道”交给杂志，但他们的书信从未涉及此事。

1928年 《我的母亲》

盛成在日内瓦稍作停留，接着前往巴黎，他在会上新结识的加皮夫人和他乘搭同一火车，分手的时候：

她给了我她的住址，另外一封信，她说：瑞士的朋友托她转交给我的。她与我握了手，她去了。我出了车站，上了电车，到拉丁区来，就将信拆开，原来没有别的东西，只是一张一百法郎的钞票，我要找加皮夫人时，她早去远了。

“瑞士朋友”就是玛德兰，一百法郎大约相当法国南部去日内瓦车票的费用。

盛成随身带齐全部行李，包括一个大铁箱。到达之后，立即马不停蹄，继续进行离开法国的计划：

> 我来巴黎，本想到俄国去看看的。有荐我到俄国大学里或中央农场里去做工的。我到了巴黎，就同法国中央党部接洽。说要经过中央执行委员会许可，其间我认识许多外国同志，独不认识列席中央执行委员会的中国同志。
>
> 后来他们对我说：“同志，请你加入中国党部，然后由中国党部送你到俄国去。”我一听中国党部，知去俄无望。我说：“要我加入中国党部，让我思索一下。”后来我会了中国党部几位职员，依然是专政领袖，不是平等同志。书记说：“去俄有三个条件：一、曾加入本党而在中国党部服务一年以上的人。二、须第三国际命令允许。三、须入俄国中山大学受训练。”

宏图大计一下子化为乌有，生活顿成问题。幸好在这关头，他记起加皮夫人。在暑假讲习班晚间活动时，他曾经向一些参加者朗读过《我的母亲》片断，加皮夫人是作家，建议他整理好书稿，拿去出版社换钱。盛成赶快去找她帮忙，这位和平主义女作家像罗曼·罗兰那样，真心真意出力帮助他。让他到自己家里来工作，向妹夫借打字机，教他打字，一式五份，打成后为他“斧削了一下”。在寻找出版社的期间，盛成没有收入，“加皮夫人叫我到她那里去吃饭，无论中晚。她说：‘我们有饭大家吃！’”

提到出书，盛成自然不会忘记罗曼·罗兰，他为此在书信中作过长时间准备。稿件打字工作开始不久，就在 9 月 13 日寄出一封长信：

> 最亲爱的罗曼·罗兰，
>
> 我抵达巴黎了，住在圣约克街二百八十八号。

每当格朗回到我的脑海，我便想念你。

格朗给我留下一个非常好的回忆。那位奥地利母亲，多么结实！真正爱我。那位楚克尔姑母，替我缝好弃在一旁的学生外套，送给我一双橡皮带，缚住往下退的袜子。这位好姑母住在瑞士，说德语。我有一张个人照片，让所有好心人签名，然后由她寄给正在等我归来的可怜母亲。那位德国姐姐，具有不可思议的胆量，可以感到她的心不停跳动，她要把长江搬到斯图加特，要我改名“明珠－禧儿”。

我在人群中休息了两个星期。这是我生命之树的一个纽结。

末了还有出发前夕留给格朗的这个难忘的晚会，从今之后成为东方和西方的传奇。正是在一个国际家庭里，在格朗这个大家庭里，我看见玛德兰·罗兰青春焕发。在这种前所未见的气氛中，个体完全消失，只有群众存在，继续存在。群众思考，群众说话、唱歌，群众行动、跳舞！

我们感到这种真正的集体艺术，由一个至高无上的思想所支配：把行动和思想结合起来。这是新鲜事物，美好事物，国际事物！

我既是创造者又是观众，所有人跟我一样。实际上，这是世界大统一：友爱的友爱，全体亲密相处。个体在哪里？“我”在那里？到处是群众，群众至上。到处是我们，我们至上。

我爱这种社会艺术。我爱这种把世界团结起来的艺术。

人有一种癖好，喜欢寻觅无法找到的东西。然而，不平凡就在平凡里，天才是单纯的孩子。我们日常生活隐藏着这么多乐趣，这么多奇妙的东西，这么多天才和杰出的人。问题在于要懂得去发现。今天的痛苦和明天的忧虑重压着我们的精神，这往往是组织得最好的艺术，由这么多起伏有致的音阶和休止符构成，目的在于联合全世界。所以我崇敬贫穷，这是神圣作品之母，天才智慧之母。

必须善于受苦，必须具有能够开花结果的忧虑。

在生活之外另建生活，在万有之中另建乌有，这是儿戏。

到西方后，我学会欣赏饥寒交迫的电影。但丁埋怨异乡的面包，我呢，在高级餐馆和摆满糕点的铺子门口欣赏饥饿。在那儿，我吃东西……用我的眼睛，而非嘴巴。饥饿加重了，音乐便开始。我们在欧洲，在物质文明的心脏。对照何等分明！

当我冷得发抖，通过嘴唇这个奇异的音叉，便听到有节奏的音乐。鼻子麻木逐步增加。然而，我有帽子，属于我某一位朋友，有毛衣，属于另一位同学，有大衣，属于第三位，而我的思想属于所有人。我发抖……

这不是一种活生生的艺术吗？我同时是创造者和观众。尤其是我们立即想起所有这些人，他们在同一时间，但是不同我们的空间，也是这种雕刻和音乐的创造者和观众。我们不是看到一座挨饿者的万神庙，看到一个受难者的演奏会，竖起同一个雕像，齐声高唱人类赞歌吗？

这是艺术的感情共鸣！

我正在写《我的母亲》，打算不日完成。我写的不是一个母亲的生平，而是所有母亲的生平。要是我的母亲仅仅是一个人，是某一个人，不会有很多人感兴趣。她是东方女性和母亲的整体，说得更准确点，她代表她那一代人，一个过渡的世代。她和西方的母亲混为一体，因为两者有很多共同点。我听从了她的劝告，因此能够得到欧洲女性的母爱。

我有责任向法国和欧洲公众介绍我的母亲。

我不知道如何着手。

你是否愿意能够在这方面给我一些指点，以助《我的母亲》出版？请告能否寄上手稿。谨向你和你的妹妹玛德兰致意。

盛成

一九二七年九月十三日于巴黎

信页左上角还加上一句祝颂语，“向你们两位和你们慈祥的父亲致意。我明白你很忙，祝你身体健康！”

盛成很快收到回信，由玛德兰代书，建议他去找《欧洲》月刊的出版商里德印书局。罗曼·罗兰移居瑞士后，不再踏足法国，但玛德兰每年都在年底到巴黎走一趟，会见亲朋好友。这一年，她到巴黎时约见过盛成，请他吃饭。

到了 12 月底，他们收到盛成来信，又是一封很特殊的贺年信：

亲爱的罗曼·罗兰，

请原谅我长久的沉默。

沉默是一首美丽的乐曲，阴影是一张美丽的图画。

在沉默中，我更单纯，更真实，我是我自己。

在阴影中，我看见自己头上罩着一个光环，单纯由颤动的泪珠连续组成。

啊，神圣的女性，你在我面前。你问我：你跟我来吗？

啊，神圣的女性，你在薄冰上面，在我面前。我该如何回答？

该如何称呼？

沉默是我的回答，阴影是我的庇护所。

因为苦难一个又一个堆积起来。她的苦难在我的苦难后面，她在我前面。

大炮也不够炸掉苦难的蔑视。

人的沉默隐藏着神的愤怒。

人的阴影散发出…… [信纸损坏，未能辨认]

无声的音阶更好表达我的思想。

我的沉默向我的阴影说：

物质世界，女性尚有一副躯体

她多幸福！

我过去的沉默，在阴影和花鸟中光芒四射，自由散播交响音乐。

沉默也会表达。

表达我的心灵和情感。

今天，我再没有无声的愤怒。

我的沉默把那些平庸的人，但受过“高等教育”的人的轻藐和不快埋葬在我心底，象征一个图像而已：

阴影垂下手，笑了；光明变得柔和。沉默开腔说话。

让所有人都得到人的理解。

我是冬天里的春天，黑夜里的白天，沉默里的音乐，阴影里的光明。

总之，眼泪中的笑声。

如此多的山岭，层出不穷，在无数温柔摇篮如此多的波浪上面。

休息，半明半暗。

雪还没有下。

牧羊人放牧羊群。

铃声叮当响。

一头狗在吠。

我们听到田园牧歌。

沉默在马槽深处初生婴儿的阴影里出生，这是春天，预告了闰年的第一天。

亲爱的罗曼·罗兰，新年曙光以这首人性音乐，这种神圣的光明，预告了你的欢乐和幸福。

向你的亲爱父亲，向你的亲爱妹妹，善良的玛德兰，她如此和蔼亲切对待我，那天请我在圣米歇尔大街一间餐馆午饭，向你们所有人，向你们的狗，向你们的猫，向你们的鲜花，向你们的湖，致以祝愿：新年好！

一个心愿：身体健康！

盛成

一九二七年十二月二十二日于巴黎

这是一封“诗意信”，诗意从何而来？原来在这两个多月中，盛成的命运发生了戏剧性的变化。

他在等候罗曼·罗兰回信同时，拿着几份稿件到不同出版社碰运气，没有一家愿意接受。倒是加皮夫人明白法国的情况，在知道这一切后：

她问：“你还认识些甚么伟大人物？”

我说：“皮育克乔治，罢儿比斯——他在俄国——以及《进化杂志》之加邦底野，这都是我所认识的左派伟人！”

她说：“这些都是无济于事的人物，你还认识甚么伟大人 物。”

我说：“我曾同瓦乃理氏通过信。”[……]

加皮夫人读完了瓦氏的信，叫道：“你的救命星到了！”

瓦莱里（Paul Valéry，1871 – 1945）是著名诗人和作家。他的家乡在塞特，就是盛成求学的地方。这年五月，他回乡料理母亲丧事后返巴黎，盛成在蒙伯利埃车站瞥见他，寄了一首诗给他表示吊唁。他按礼节写了一封复信，盛成一直带在身边。

> 加皮夫人拿了笔与纸过来，不由我分说，叫我坐下，写这封李白上韩荆州的书。[……]
>
> 我信写好了的时候，加皮夫人念过一遍，她在提囊中，拿出五法郎，叫我去发快信。信是去了。回来之后，加皮夫人，又签了一张支票交给我，我先后已用了她八百法郎。
>
> 瓦乃理接信之下，他正启程赴英，到牛津大学去演讲，他嘱书记给我回信。他回来之后，我去看他。

事情不如盛成所说那么简单。瓦莱里有一位好朋友于连·莫诺（Julien Monod, 1879—1963），酷爱文学，对瓦莱里尤其崇拜，两人结识后成为莫逆之交。莫诺为瓦莱里处理不擅长的日常事务，连带财务、稿费、出版合约也包揽下来，部分信件由他作答。莫诺的忠诚完全没有条件，只有一个愿望，收集他的偶像的所有作品版本，以及来往书信和传媒评论，建立一个瓦莱里博物馆，传之后世。他的收藏如此丰富，超过一万两千种，成为研究瓦莱里的无价之宝，现在保存在巴黎杜塞文学图书馆的瓦莱里专藏，研究者称之为瓦莱里典藏室（Valeryanum）。莫诺整理了一本资料集《〈我的母亲〉研究》(*Étude pour* Ma Mère)，里面收集了与这本书有关的盛成书信、自撰生平、瓦莱里序言手稿、打印稿和排印稿，以及报刊评论剪报等，都是原件，装订成一册。

盛成的第一封来信在资料集中，写于 1927 年 9 月 20 日，直截了当请求出书。这类信件几乎每天都有，自然不会得到正面的回应，莫诺代为答复，介绍他去找布萨尔出版社（Éditions Bossard)。但盛成锲而不舍，一次又一次来信，既写给瓦莱里，又写给莫诺，以“我的母亲”“阁下的母亲”“天下人的母亲”“阁下母亲在天之灵”之名苦苦哀求，又提议把瓦莱里的诗歌译成中文。

到了 11 月 4 日，他寄来一封信，开头是一首诗，悲叹鞋子破了，没有吃，没有喝，没有钱交租，面临被逐出旅馆的命运，最后两句呼喊“精神万岁！打倒物质！”。瓦莱里在 15 日读到这封信，触动了恻隐之心，在 21 日第一次以自己的名字复信（打字信），首先责备他“你在信中强迫所有打扰你的声音停下来，好让你听到自己高呼‘精神万岁’的叫声”，然后好言安慰，建议他自行去找出版社。信后还有一段附言，嘱他带此信去见著名的《新法兰西杂志》主编，希望能选用一些章节。

12 月 1 日，盛成再次来信，报告路路不通，希望能与瓦莱里见面同时以“天下母亲”的名义，请求瓦莱里为他的书“写几行序言”。像《和平中国》一样，这次在接触出版社时，也把瓦莱里的名字张扬出来，出版社怂恿他请序。

在这封信第一页上端，有莫诺以铅笔留下的笔迹，“五日复信，同意一封序言信”。几个星期之后，圣诞节前的 21 日，瓦莱里在家里接见了盛成。第二天，盛成首先写成那封致罗曼 · 罗兰的“诗意”贺年信，再越一天，才写致瓦莱里感谢信。

对文学史家来说，瓦莱里的举动不常见，数十年后，雅雷第教授在 2008 年的《瓦莱里传》里写道：“这一次，这篇序言不属于那些他心甘情愿大量撰写的序言，为了应酬，或者为了糊口（besognes alimentaires）而作出牺牲，而是一个真正的友好举动。”瓦莱里对盛成的帮助不限于写序，盛成曾回忆说：“其实瓦乃理为人，非常诚恳！他低声对我说：‘你没有钱时，可来对我说。’”但更大的帮助，是把他介绍给好朋友班乐卫。

勤工俭学留学生都知道班乐卫（Paul Painlevé，1863 – 1933）的名字，这位知名的数学家在法国政坛很活跃，多次出任总理和内阁部长。他对中国很友好，在他推动下，法国同意仿效美国，把退还的庚子赔款资助中国留学教育，并且成立巴黎中国学院（L'Institut des Hautes Études Chinoises de Paris），这个机构存在至今，官式译名汉学研究所，隶属法兰西学院。他曾在 1926 年访华，接受北京大学授予的名誉博士学位，成为得到这种名衔的第一个外国人。

班乐卫当时担任中国学院董事会主席兼院长，学院开设七门课程，其中“中国科学”一直未找到合适人选，暂时以讲座形式进行。在班乐卫支持下，盛成得到这份工作，讲题是“比较蚕桑学”，从1928年3月开始，每周两次，至五月结束，总共二十四次，酬劳一万八千法郎，几乎等于大学教师的两年薪金。他到巴黎时口袋中只有三个法郎，这不啻是一场黄金雨，他写信给莫诺说，“以前我站在干涸的泉水前嘴干唇焦，现在面对一个大海”。讲座的名称很清楚，比较西方和中国的蚕桑业历史及现况，但是盛成另有想法：

> 先一日，己有人对我说过，我的课，不能草率从事。还有人说，近代的中国青年，不知中国。啊唷，我的肩儿要硬些才好，不然，担当不起啊！还要我这黄帝子孙，不要丢了世界学府巴黎大学的面子。真难真难。
>
> 那末，我就来讲《易学》，“夫易，圣人之所以极深，而研几也。唯深也，故能通天下之志。唯几也，故能成天下之务。”
>
> 讲这没有西方人能了解的中国科学！

他特别为“还有人说，近代的中国青年，不知中国”这一句加了一条注解：

> 恐怕是白希和先生说的。相传有一位中国某大学教授，到巴黎大学预备博士论文，文成而不可印者再，最后人情面子，将这篇论文通过了，因此白希和对新博士有感而发此一网打尽惊倒华山之论！

这是《海外工读十年纪实》最长的一条注解，伯希和的一句话在当时的巴黎汉学界引起大波澜，恰好出现在聘请盛成的时刻，甚至有人流传，这是学院向伯希和征询关于盛成意见时的回答。

讲座大约在五月底结束，瓦莱里也在这个月的21日寄出《我的母亲》序言。这本书早已排好版，序言一到，不出一个月，便在六月印制完成上市。1928年的瓦莱里，经常代表国家参加国际文化活动，被视为法国的官方作家。盛成的作品在他的序言护航下，加上这是在陈季同之后，第一本中国人以法语书写的当代中国作品，在文坛上引起的反响超出他本人的预料。他本来准备书出后便回国，看到这种情况立即决定把出发日期推后，留下来推销这本书，结果一再延期，拖了一年半时间，到 1929 年 4 月才离开法国。

最早的推广活动通过莫诺的人际网络，他接到比利时和瑞士一些讲座邀请，而阿丁阶出版社的母公司在瑞士，也为他在瑞士安排一些活动。八月中旬，他把消息告诉罗曼·罗兰：

亲爱的罗曼·罗兰，

你收到我的书《我的母亲》了吗？希望能给我批评。

我被邀请到瑞士演讲，时在九月。

先到日内瓦，主要有一场“孔夫子生平及著作”，在教会和平联盟（The Church Peace Union）举行。可能还有另一场关于“中国人的内心生活”，在同一城市。

然后到洛桑和纳沙泰尔，最后是伯尔尼，在那里，我将很高兴在楚克尔家里会见奥地利祖母。

从瑞士回来后，我将去比利时。比利时朋友要我去谈一下《我的母亲》，布鲁塞尔、刚城和其他城市。

欧洲朋友热情接受我的母亲的传记，我很高兴，很快乐。

事实上，互相理解内心生活是唯一之途，能够达至两个极点的友好谅解：东方和西方。

我们有很多工作要做，人生何其短促！比起无限的时间和空间，我们何其渺小。

友好敬意。

盛成

一九二八年八月二日

于圣雷米－莱谢夫勒斯市罗东区

我忘记转达母亲给你的简短音信。她祝你身体健康，感谢欧洲朋友接待她的儿子。我十一月份去看望她。你可以想象在她身边我将多快乐。

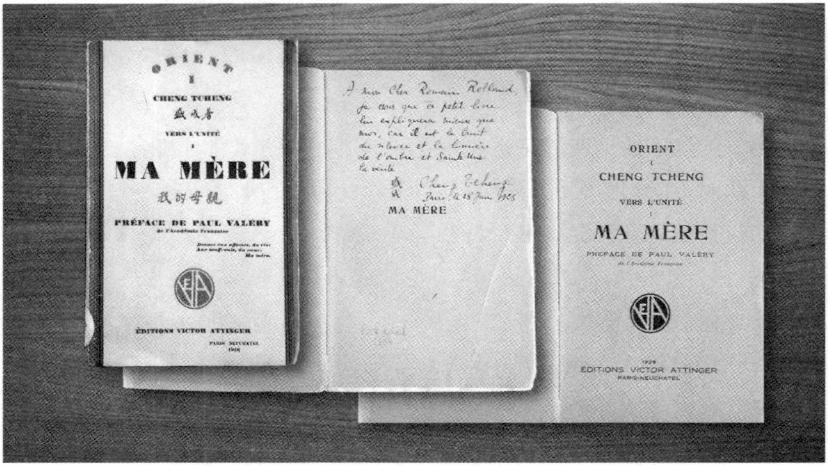

盛成赠罗曼·罗兰《我的母亲》(1929年)

再次致意。

盛成

罗曼·罗兰在七月初收到他的赠书，现在收藏在法国国家图书馆手稿部，扉页有盛成的题辞：

送给敬爱的罗曼·罗兰，

我相信这本小书比我自己的解释更清楚，因为这是沉默的声音，黑影的光明，神圣的“一”：真理！

盛成

一九二八年六月二十八日于巴黎

盛成可能没有另外写信，至少档案里没有。书也到得不是时候，这一年 6 月，罗曼·罗兰旅次巴黎，得了感冒，引发支气管炎，回到瑞士后感觉很疲劳，在七月初住了半个月疗养院。出院后没有回家，由玛德兰陪同直接前往洛桑附近的瑞吉山。此山高不过一千八百米，二十五岁的歌德在 1775 年登上此山，惊其美景，封为“群山之后”，令此山成为十九世纪欧洲最著名的登山圣地。罗曼·罗兰爱其清静，可以集中精神整理关于印度的文集。玛德兰负起秘书之职，替他回复每天一大堆的请求信件：改稿、求序、画肖像等等。但对于盛成来信却亲自答复，他明白赠书题辞的弦外之音，仍然给他最后一次劝告：

盛成君，

我不在维尔纳夫。很久以来，我避居到高山去，在清静中工作。我致力的任务只容许我阅读相关的东西。谢谢你的书，当我精神重获自由，放松下来，我将高兴地阅读。

我想你最好返回中国，而且刻不容缓。一位有才干的女记者西门·太利（Simone Téry，1897 – 1967）写的书引起轰动，她动身时对新生中国的事业满腔同情，但带回来的笔记，据说阴沉而苦涩，彻底的失望：《黄热病——痉挛中的中国》，弗拉利马翁出版社印行。这是一位勇敢而诚实的女性，热心支持民族独立（以前写过一本关于革命中爱尔兰的出色作品），她的见证令人印象更深。要反驳她的见证，唯有到那里去，核实和纠正她的说法。革命中的国家变化极为快速。今天的中国不再是孙逸仙的中国，更何况孔夫子的中国。这一切已成过去，我们不需要以过去来创造今天！今天才重要。你要去那里重新接触现在的中国，留心倾听，成为它的现在声音，用来和欧洲的声音对照！你在巴黎或者伯尔尼是听不到的。

致意。

罗曼·罗兰

一九二八年八月十七日

盛成没有即时反应，过了一个月才写了一封简短的回信，像过去那样，否定罗曼·罗兰所有观点：

亲爱的罗曼·罗兰，

直到现在，我没有时间给你写信。

今天晚上，我要在洛桑演讲“一个中国人眼中的中国”。

地球人比火星人更理解地球。因为地球有自己的历史和起源。地震不过是一个短暂的事实。物理学家看不到棍子在水中歪斜。

我不久将出发到中国去。

地球人爱地球，因为他要单独承受地球的灾害。

致意。

盛成

一九二八年九月十九日于日内瓦

只要把信中“地球人”换成“中国人”，“火星人”换成“西方人”，便知道盛成在讽刺西方人不了解中国，罗曼·罗兰提及的西门·太利通讯描绘的中国不是中国，只是“地震”。中国人不需要西方人，自己可以解决自己的问题。自此之后，罗曼·罗兰再没有回答盛成任何来信。

半年之内，盛成从一个无名的中国人，成了巴黎知名一时的人物。最初被聘为中国学院讲座教师时，还有点战战兢兢，自知没有博士文凭，在致莫诺信中谦称自己是“夸张的教授”（professeur“emphatique”）。等到作品印出来，传媒凑热闹，他相信已经出名，炎夏天气，不辞劳苦跑到瑞士，便是因为“名人处处要到，才得出名，更出名”。

但是实际情况不如他的想象那么容易，一到瑞士便碰钉子。他在9月10日到达日内瓦，直到19日写信给罗曼·罗兰的时候，还没有举行过一场演讲。因为邀请他来的教会组织临时取消了活动，交给他一个信封，内有50瑞士法郎，约合250法郎，作为报酬，相当于来回路费。很可能组织者在最后一刻，才发现他的反教会的激进立场。

但是他不甘白走一趟，自行安排了另一场演讲会，赶制广告传单派发，在给罗曼·罗兰的信中也夹有一张。传单双面印刷，一面复印《我的母亲》部分页面，另一面介绍讲座，题目《我的母亲，一个中国人眼中的中国》，演讲者“哲学家、索邦大学中国文化学院讲师盛成”，日期和地点：1928年9月21日，日内瓦雅典娜大厅举行，门票三瑞士法郎。传单上没有讲座的组织者名字，只有售票地点，这是一家旅行社。由此看来，这是盛成自费租场地，由旅行社代售门票。

到了11月底，盛成从巴黎给罗曼·罗兰写信，他的身份又提升一级，这是一封约稿信：

亲爱的罗曼·罗兰，

我在欧洲居留了九年，首先是你们工厂的工人，然后是你们学校的学生，最后成为索邦大学讲师。我日日夜夜学习认识西方，尤其法国。

现在，我即将动身回中国，在那里会努力介绍法国，这个值得热爱和友好的人性法国，这个压制偏激和暴力、有条不紊的理性法国，这个简单、深沉、宽广、识情趣、知轻重的法国。

我尤其要向我的同胞谈法国的家庭，那里的母亲和远东的母亲都有同样的母性。

我们两国友谊已有几个世纪，但感情和思想的交流仍然停留在表面。

然而中国与法国很相近，因为中国具有理性精神，讲求克制，有征服自然的意识。因此我敢相信，在我们两国当代思想家之间，能够建立起一道真正的桥梁，一股积极而充实的潮流将成为东西方靠拢的基础。

我冒昧写这封信，请你对下列问题发表友好的高见：

你对法国和中国人民的靠拢有何想法？

你的高见将迅速译成中文，我一回国便以中文和法文发表，还有其他像你的思想家的答复后续。

整体标题是《法中知识分子真正合作的关键一步》

此候回音，并致敬意。

你的盛成

一九二八年十一月二十三日

于巴黎第五区贝多列街二号

本信也寄给杜哈曼尔、梅特林克、柏格森，纪德、大罗斯尼、朗之万教授、居里夫人、夏尔·纪德、德莱西和拉罗瓦。

这是我和拉卢瓦两人的计划。

友好致意。

盛成

这是一封打字信，附言手书，特别提到另一位计划发起人拉卢瓦，因为他是罗曼·罗兰的好朋友。所列收信人都是知名人士，现在能看到的只有梅特林克和居里夫人两人的复信。梅特林克的回答只谈对《我的母亲》的感想，居里夫人则以“恭列席国际联盟之国际文化合作委员会”，婉拒约稿，盛成的计划止于纸上谈兵。盛成在书出版一年半后为了约稿才寄上赠书，在自述中却把他们的回答作为对《我的母亲》的赞扬。

1929 年 7 月，他的第二部作品《母亲和我》(*Ma Mère et Moi*) 出版，这时他已经离开了法国三个月。这一次，没有瓦莱里的新序言，传媒恢复到对待不知名作者的态度，都是简短报道，没有真正的评论或推荐。

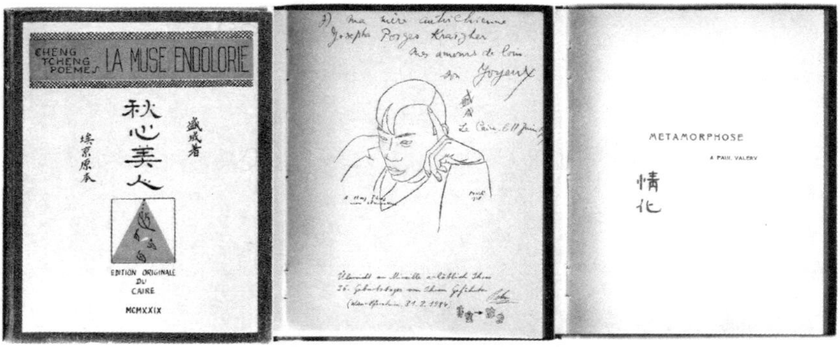

盛成法文诗集《秋心美人》(1929年)

他没有直接返回中国，去了中东。第一个国家是埃及，在那里印刷了法文诗集《秋心美人》。书本的编排和装帧自己包办，书名和篇名都加上中译，以毛笔书写，然后制版，全书红黑双色印刷，质量不错。他本人十分满意，在给莫诺的信中，认为这本书在法国可卖到一百五十法郎，相当于《我的母亲》十倍价钱。他最后把这些书寄到巴黎，请加皮夫人代为出售。

在埃及之后，他到过巴勒斯坦、叙利亚和土耳其，“可是半路在君士坦丁堡时，遇上了世界经济大恐慌（1929 年 10 月 25 日）。不但我个人触礁了，连整个巴黎出版界、文艺界都搁浅了。害得我不来不去，动弹不得。”(盛成《旧世新书》) 在土耳其滞留了一年后，由替中国在土耳其代办外交的丹麦公使，掏钱为他买了船票，他才在 1930 年 10 月 10 日回到上海。途经印度孟买时，从那里寄出一张明信片给罗曼·罗兰：

亲爱的罗曼·罗兰，

我在甘地和尼赫鲁的印度寄出这张明信片。他们正在斗争！

我将于十月十日抵达上海。我的地址是：

中国（经西伯利亚）

上海商务印书馆

东方杂志转交盛成

向你和玛德兰致意。祝身体健康。

盛成

一九三〇年九月二十三日

这张明信片不是在印度买的，上面是埃及古画《月神和犬首猿》，盛成在上方加上一句附言："我在埃及、巴勒斯坦、叙利亚和土耳其访问了一年多。"

1930年　回国以后

回到中国，盛成继续写信给罗曼·罗兰，第一封信也是明信片，没有注明写信地点，图片是颐和园的十七孔桥：

亲爱的罗曼·罗兰，

我们思念你，印度朋友被释放，我们很高兴。

致意。

盛成

一九三一年四月四日

印度朋友指甘地及其追随者，他们在 1930 年 3 月发起第二次不合作运动，5月被捕入狱，迫于抗议浪潮越来越汹涌，英国当局在1931年1月底释放了他们。

信内一直以我们自称，因为签名共六人，盛成独自签在信末，其余在明信片上方：何如，吕其昌，郭□麟，孙秀岩，另外还有一个草书的外文签名，盛成没有解释签名者的身份和联署的理由。

到了年底，他给罗曼·罗兰寄了一张红色贺年卡。特别印制，很排场。四个字分别以中法文印刷，中文直排，“恭贺新禧”，署名手书“盛成”；法文横排，“我们全家祝新年好”(Bonne Année de nous tous)，署名印刷“盛成 / 母亲和儿子”。

盛成回国后，有一段时间找不到工作，为张继当秘书，直到1931年9月才得到北京大学聘请，担任法语教师。

这一年10月18日，他发了一封电报给罗曼·罗兰：

瑞士

罗尼河上维尔纳夫

罗曼·罗兰

和平受损。飞机无视艺术。必须制止灾难。大祸临头。求救。

盛成

从日期看，这是针对“九·一八”事变，日军入侵东北三省。这封电报是一个爱国行动，尤其盛成的母亲刚在十天前去世，他从北京回仪征奔丧，没有停留便赶返南京，接着去苏州和上海，到20日才回到北京。按此推算，电报是在旅途中的上海发出，但是他从未向他人讲过，回忆文字也一字未提。

他等到11月13日，才把母亲去世的讣告寄给罗曼·罗兰。这是一张印刷纸卡，对折四页，四周黑框，只用法文书写：

中国北平

北京大学

盛成讣告

饿肚子的人，给他饭吃。

受苦的人，拿心去安慰他。

——我的母亲

如果世界天生快乐

我的母亲尚未降世

——《我的母亲》作者

盛成及盛延武沉痛敬告，先慈于一九三一年十月九日在南京附近仪征寿终。

为了纪念先慈，将在仪征建立一所幼儿园。如蒙捐赠，不胜感激。

这是罗曼·罗兰档案收藏的盛成最后来信。至于日记，最后的记载在1929年12月8日：

〔我在所有人身上，都遇到同一种瞧不起盛成的看法，他是一个显而易见的江湖郎中。他们为自己的国家在西方被这个轻浮的小青年所代表而痛苦。〕

这一天是阎宗临和曾勉到访奥尔加别墅的日子，他们留给罗曼·罗兰很好的印象。在记录了会面详细情况后，最后加上这段有括号的附言。虽然转述他人说话，但看得出这也是他当时的心情。

1935年3月初，盛成为"故宫盗宝案"的调查任务路过瑞士，六十年后在《旧世新书》回忆道：

12日早晨，我见到了瑞士女画家玛莎·苏黎士，并住在她家。[……]我原打算去看罗曼·罗兰，但玛莎说他已不住在瑞士，回法国去了。

罗曼·罗兰1938年才迁居法国，这条消息不知从何而来。在女画家之前及之后，盛成还见过"奥地利母亲"鲍楷诗夫人（Josepha Kraigher Porges，1857 – 1937）和阎宗临，他们都在奥尔加别墅出现过，盛成没有向他们查询，错过了和大师见面的最后机会。

二　敬隐渔

(JEAN-BAPTISTE KIN YN YU)

时序上说，敬隐渔（1901-1933）是第二位写信给罗曼·罗兰的中国青年人，但信件发自国内则是第一人，他也是第一位会见罗曼·罗兰的中国留学生。

敬隐渔生性孤独，天不假年，三十岁出头就离开人间，像一颗流星在遥远天边划过，他的生平在很长时间里是一连串的问号和传说。直到2015年，张英伦的《敬隐渔传奇》（上海文艺出版社）出版，才揭开他的生平，这是本章的主要参考依据。

敬隐渔出生在四川遂宁市一个中医家庭，父母是虔诚的天主教徒。他排行第五。三岁失怙，八岁由母亲送入彭县白鹿乡无玷修院读书，这间学校的目标是培养神父。在他之前，他的四哥也是这里的修士学生，后来成为神父的助手。修院培养传教人才，重点教授法文和拉丁文，学生有机会接触到西方的经典著作，敬隐渔接受了扎实的外语和西方文化训练。他天生爱好文学，在课余自学中文，阅读书籍，练习书法。

随着年纪增长，敬隐渔不打算成为神父，在十六岁上头离开了修院，进入成都法文专科学校，在校长邓茂德支持下，继续深造，三年后学成，留校任教。1919年，五四运动带来各种新思潮，年轻人纷纷放洋留学。他在1922年离开四川到上海，投考中法国立通惠工商学校，改行学习机械，希望得到机会到法国进修，以期报效四川家乡。

当年的上海是中国新文化运动的重要中心，林林总总的报刊杂志，多姿多采的文学组织和活动，唤醒了敬隐渔身上隐潜的文学爱好。他在求学之余，开始文学创作，向报刊投稿，从1923年7月起，创造社的刊物开始发表他的作品，体裁和题材变化多样，中法文并用，表现出不同方面的文学才华。

通惠工商学校中法合办，教师中法搀半，校园充满法文气氛，图书馆有当时中国少见的法国文学原著。他向校内一位法国人借到罗曼·罗兰的《约翰·克利斯朵夫》，立即爱上这本小说，不仅读完，而且写了一篇长篇评介《罗曼罗朗 Romain Rolland》，分两次刊登在1923年8月8日及13日的《创造日》周刊上。他在文章中对这部作品推崇备至，文末透露，已经动手翻译这部长河小说。

1924年　从上海到里昂

次年6月3日，他第一次写信给罗曼·罗兰。在1925年的《蕾芒湖畔》里，他曾回忆当时的动机：

> 我离了孩儿般的梦想，忽然面对着那可怕的实际。随着世人追逐那不幸的文明？重架上孔道或耶教的架担，千辛万苦才解脱了的？逃入虚空？如是辗转反侧的时候，忽而偶然遇着了若望·克利司朵夫。我们不久便成了好朋友。我怀着钦佩和同情替他分着一半他的痛苦、奋斗、恋爱、抑郁和胜凯。我从前意象中的英雄，料在现代是不可能的，却在他身上发现了。[……] 我不能自禁就把他翻译起来。翻完了第一本《黎明》，因读作者的传，才知道他效托尔斯泰所为，给凡景仰他的人们，他都愿意通信。于是我放胆给他写了信。

如果说，一封信可以决定一个人的命运，这封信就是一个例子。

> 先生，
>
> 请恕本人冒昧致函。一个二十三岁的中国青年，谙习拉丁文和法文，初涉文坛，拜读尊著《约翰·克利斯朵夫》之后，被先生心灵的强烈冲击所牵引，希望忠实追随先生杰出的足迹，把造福世人的思想传达给同胞，特函请求准许把《约翰·克利斯朵夫》移译为中文，与此同时，先生是一位无与伦比的艺术家和崇高的思想家，祈望赐予教言。
>
> 克利斯朵夫这位人物，拥有自由和百折不回的独立精神，对爱情

忠诚真挚，洁身自爱。我的同胞摧毁了王朝和陈腐的孔教之后，这些品质正是他们所需的唯一丹方。克利斯朵夫这位人物将成为所有人的榜样。而且，像我那样的年轻人，正在苦难中奋斗，举步维艰，一定会从他的身上得到强大的鼓励。

倘蒙回复，本人将万分愉快，这是一位从未有过的最善良作家的仁爱表现。

谨致深切敬意。

大师的卑微仆人

让—巴蒂斯特·敬隐渔敬上

一九二四年六月三日于上海

附言：

祈复下址：

上海辣菲德路一一九五号

中法国立工业专门学校

范赍博士先生

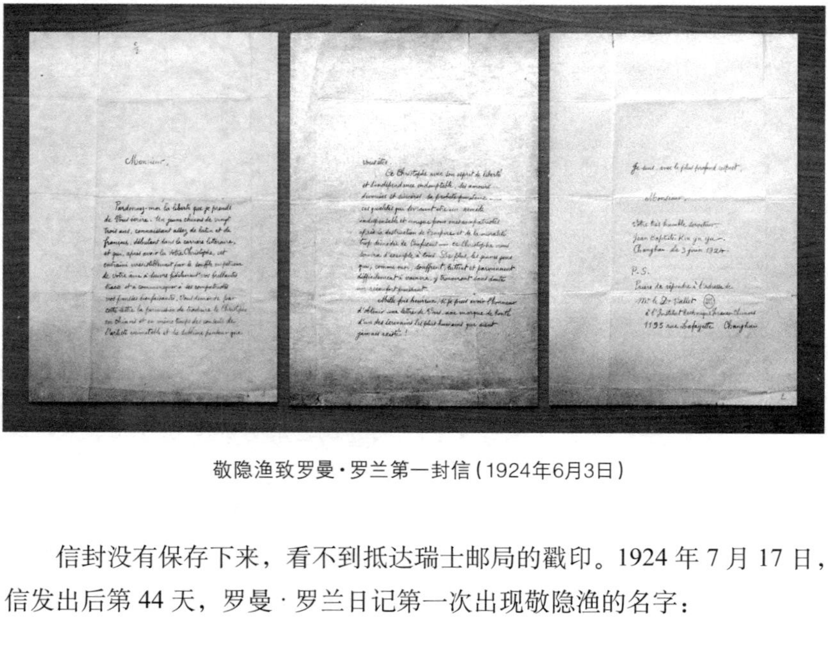

敬隐渔致罗曼·罗兰第一封信（1924年6月3日）

信封没有保存下来，看不到抵达瑞士邮局的戳印。1924 年 7 月 17 日，信发出后第 44 天，罗曼·罗兰日记第一次出现敬隐渔的名字：

我经常和日本知识分子来往，我的著作在日本发行了多个版本。中国情况不同，尽管我希望接触，但一直无从捉摸。比鲁科夫跟我说，托尔斯泰也表示过同样的遗憾。

因此，当我接到这封来自一位二十三岁的中国年轻作家敬隐渔的信时，感到很高兴。

日本从明治维新之后，便向世界开放。到了二十世纪初的"大正民主"时期，政治气氛相对宽松，出现过一次外国文学翻译高潮。法国学者希什（Didier Chiche，1957 –）的研究显示，罗曼·罗兰作品在1910年至1920年期间，大量译成日文，译者超过二十人，其中有些是知名学者。《约翰·克利斯朵夫》的全译本在1916年出版，1924年再出现新译本。同期相比，中国只有《新青年》杂志在1916年第一次提到罗曼·罗兰的名字，难怪罗曼·罗兰感叹不已。他在日记中表示，与托尔斯泰有同样的遗憾，迟迟没有结识到中国人。这句话后来重复多遍，在给敬隐渔的复信中，在与来访的中国留学生见面时，在后来日记中。比鲁科夫（Pavel Birukoff，1860 – 1931）本来是托尔斯泰的朋友和秘书。1898年，他因为同情杜霍波尔派教徒，跟随他们自我放逐到外国，先到伦敦，后到瑞士，择居日内瓦附近，与罗曼·罗兰相识于第一次世界期间。他所写的托尔斯泰传记被罗曼·罗兰视为最接近真实，两人的友谊持续至最后日子。

这段日记第二部分转录了敬隐渔的来信全文，包括回邮地址。抄完之后，罗曼·罗兰加上一行字：

〔人种大团结！——我立即复信给敬隐渔。〕

这种使用感叹号的口号式词语在他的日记中很少见，而敬隐渔的来信没有奇特之处，读起来和其他崇拜者的信件相差不远，罗曼·罗兰却在他的字里行间，看到外人无法觉察的一些特别东西，复信时继续使用同一种热情语调：

亲爱的敬隐渔：

你的信使我很愉快。多年以来，我和日本人、印度人及亚洲其他民族已有友谊的交际，已互相观察了我们的思想的通融。但是至今我和中国人的关系只是很肤浅的。我记得托尔斯泰在他生命的末时也表示这宗遗恨——可是中国人的精神常常引起我的注意；我惊佩它以往的自主和深奥的哲智；我坚信它留给将来的不可测的涵蕴，——我相信，近三十年来，政治和实行的问题消磨了它最好的精力；因此欧洲的思想家在你们中间发生的影响远不及在亚洲其他民族。你们优秀的知识界在商务科学、社会学、工业，或者政治的社会的设施远过于艺术，或是纯粹的思想。——这是你们百世的变迁之时，此时要过去了；你们又将回到你们从前所极盛，将来——我信必能——复盛的思想。中国的脑筋是一所建筑得好的大厦。这里面早晚总有它的贤智而光明的住客。这样人是世界所必需的。

你要把《约翰·克利斯朵夫》译成中文，这是我很高兴的。我很情愿地允许你。这是一件綦重的工程，要费你很多时间，你总要决心完结才可以着手！——你若在工作之间有为难的地方，我愿意为助。你把难懂的段节另外抄在纸上，我将费神为你讲解——若是在生活上无论何事我能够为你进言，或是指导你，我很愿意为之。以你给我写的一封短信，我视你为一位小兄弟。

我不认识国际和种族的栏隔，人种的不同依我看来正是些近似的色彩，彼此相互成全面凑成画片的丰美。我们努力不使漏落一点，我们以此作为音乐的调和！向你们众人宣言的一位真正诗人的名字应是“和音之师”。

惟愿我的克利斯朵夫（昔曾有此一人）帮助你们在中国造成这个新人的模范，这样人在世界各地已始创形了！愿他给你们青年的朋友，犹如给你一样，替我献一次多情的如兄如弟的握手。

你的

罗曼·罗兰

我的书的中文译本出版以后，请你给我寄两册样本来。

两年以来，我住家在瑞士，住址在信首已写明了。这是欧洲一个好中心点。我在这里为我自由的工作，更觉得清爽。——信封内，我给你寄来自我窗中所眺风景的小照片一张。这是蕾芒湖，那边是撒弗阿的亚尔伯山；法国的边界差不多就在那远处两株柏树对面。

瑞士……

一九二四年七月十七日

(敬隐渔译文)

罗曼·罗兰附言特别提及迁居瑞士已经两年，表明敬隐渔的第一封信使用了法国的地址，最大可能是书本上所印的出版社地址，经过转寄，花了四十四天才寄达，比正常晚了大约十天。

罗曼·罗兰当天便复信，敬隐渔八月底收到，译成中文，发表在 1925 年 1 月《小说月报》第 16 卷第 1 号。他同时把原信交给杂志，制版印出，放在译文前面。这是流存至今唯一的一封罗曼·罗兰致敬隐渔信，已经成为珍贵的历史文献，法国国家图书馆和瑞士巴塞尔大学图书馆都有收藏。无独有偶，这封信附寄的莱蒙湖风景照片，同样奇迹地保存下来，因为敬隐渔在 1926 年转送给鲁迅先生，现在收藏在北京鲁迅图书馆。上面分两栏书写：

Vox clamants
in déserts
旷漠中之
呐喊声

鲁迅先生惠存
罗兰住宅的新村
1925 罗兰赠我者
敬隐渔转赠
1926 — 11 — Paris

罗曼·罗兰来信的发表在中国文坛引起很大的反响，中国人开始认识罗曼·罗兰的名字。然而，敬隐渔没有立即复信，因为他的生活发生大变动。他刚完成两年学业，取得高中毕业证书，相当于法国中学会考证书，本可进入大学部，再读两年便毕业。但是他作出另一个选择，中断学业，开始专业写作和翻译。虽然后来解释这是因为健康不佳而作出的选择，但也不能排除罗曼·罗兰来信的影响。大师在信中表现出一种不寻常的关爱，不仅愿意在写作上提供帮助，而且明确表示，如有生活困难，也可以提出来商量。对于这样强大的支持，敬隐渔不会无动于衷。

他很热情投入到新生活中，着手翻译《约翰·克利斯朵夫》，但找不到适当的出版商。他熟悉的泰东书局是创造社杂志的出版商，但该书局没有明确的稿酬规则，稿费和版税基本为零。创造社成员坚持了两年，无以为继，在 1924 年 2 月停止了最后一种刊物《创造》季刊，各人自寻出路。敬隐渔转而接触上海商务印书馆，立即获得接受，这也是罗曼·罗兰的信件译文由商务旗下《小说月报》发表的原因。

到了这时候，他才写信把近况告诉给罗曼·罗兰：

敬爱的大师，

由于谋生艰难，我耽搁至今始回复七月十七日来函。我不知如何表达大师赐我之惊喜，以及我的感恩之情。大师乐善好义，以其友情来安慰一个既无知又无成的渺小中国青年，令他感到荣耀。

大函已经珍藏，并且公开发表。我觉得这是一抹阳光，照亮了一团溟蒙难辨的星云。

我的同胞和我，很乐意充当崇高画家画幅上的彩调，充当和声大师的悦耳乐声。

事实上，西方工业和政治影响日益增加，大部分中国人失去对艺术和纯粹思想的兴趣，宁可转向欧洲发明的奢侈用品，或者杀人利器，一小撮资本家或者军阀以此来敛财暴富，欺压可怜的穷人。很少中国人关心科学思想，这却是能帮助我们认识古老迷信的错误，改正自己的见解。我迫切期望目前的革命过去，连同自私的政治，投机心理，以及被称为现代文明的腐败奢侈品。

我刚完成《黎明》和《清晨》的翻译。第一卷译文本来卖给一家小书店，但未能如约付我稿费。我没有其他生活来源，于是取回译稿，不久前售予一家大出版社商务印书馆。第一卷出版后，我将遵嘱奉上两册。

我已把第一次来函放在第一卷的卷首，恕我再次打扰，恳请大师在出版前写一篇序言，由我译成中文。

若想给我帮助，敬请把书中我不懂的意大利文和德文段落全部译为法文，同时寄给我《约翰·克利斯朵夫》最后八卷，因为上海这里只能找到头两卷。

赐寄的照片已同样珍藏，同样刊印。相中的优美风景，令人想起尊著所反映的美和崇高。

蒙大师友好垂爱，在下冒昧自我介绍一下。我少失怙恃，在四川老家的整个家庭，只有两位哥哥，以工作谋生。我刻下在上海，独自一人，自由身，既无牵挂，也无依托，一如秋日薄叶，飘荡在可怕的人生大海上。我九岁起便关闭在四川一间修院里，在那里学习了拉丁文和法文。十九岁当上法文教师。二十一岁到上海，在中法工业专门学校继续学业。近期由于身体孱弱，不得不放弃学业，改投我喜爱的文学职业（这在中国要过穷日子）。直到如今，我只明白很少人情世故，在这个著名海港的中心，过着一种近乎修士的生活。我沉默寡言，生性孤僻，只有几个朋友。我也写小说，有几篇颇得同胞的欣赏。有时候，不知何种病态的厌倦支配了自己，感到意志消沉，我太欠缺大师笔下约翰·克利斯朵夫的令人敬佩的充沛力量！

我看出自己身上的可怕对比，一方面胸怀壮志，另一方面力弱才疏，因此我不快乐。啊！我生命之光，啊！我唯一的导师，请为一个孱弱的孩子照亮他要走的道路，指点他上路，带领他的踉跄步履，期望大师时常赐教，随信奉上小帧近照，尚祈俯纳。

致深切敬意。

这封信不完整，信首没有日期，信末缺少签名，但原件未见裁切痕迹。信中所附照片保存得很好，这是一张椭圆形的半身肖像，深褐色，尺寸 7.5 乘 10 厘米，既无签名，亦无赠词。相中人身穿西装，结白领带。罗曼·罗兰在相片背面下方写了两行字备忘：“J. B. 敬隐渔 / 上海，一九二四年”。此信的信封也保存完好，上面盖着的上海邮戳日期是 1924 年 12 月 10 日，以挂号信寄发。

罗曼·罗兰接信后，在 1925 年 1 月 20 日的日记作了记录：

敬隐渔赠罗曼·罗兰照片（1924年）

中国青年作家 J. B. 敬隐渔去年夏天从上海写信给我，请求授权翻译《约翰·克利斯朵夫》。他在十二月十日回答我的七月信件。他的法文写得很好，有点过时，按照远东的流行方式，掺入一些古老的花式敬语。

他告诉我一些值得注意的身世经历。

像第一封信一样，接着抄录了来信的主要内容。罗曼·罗兰每天都接到大量来信，只有重要的才记录到日记。记录时又根据重要性来抄录部分来信内容，敬隐渔连续两信都详细抄录，他好像预见到未来会对这段历史感兴趣。日记没有提到回信，但从敬隐渔随后的信件，可以知道他每信必复，这一次也没有例外：

敬爱的大师，

收到来函和惠赠《约翰·克利斯朵夫》两卷，十分感激。

感谢大师的指教，自当尽力实行，不管生活如何困难，也要完成我的和音：文学作品。

我继续翻译《童子》。《黎明》的第一版即将出版。

我正在筹备动身来法国，继续学习法国文学两三年。我那边有几位朋友。据他们提供的消息，要是我继续翻译《约翰·克利斯朵夫》，可望在法国节俭地过日子。虽然这样的旅程有风险，但我希望多看些国家，多学点东西，丰富各种见识。我将很荣幸前往瑞士拜访大师。能够亲耳聆听一位伟大人物，将是何等幸福，他的作品已经鼓起我对生活之热爱！

我刚自西湖归来，此湖在杭州，距上海三小时路程。我在那里度过了一个多月愉快的日子。这是一个中国最美丽的著名风景区，现奉上几张照片。我相信蕾芒湖更美，《约翰·克利斯朵夫》的作者，蕾芒湖，巴黎，所有这一切令我神往。我再没有家，一直生活在其他人旁边，冷漠，孤独，既无人管束，也无人关心，我在何处遇到同情，在何处可以成就一点事情，何处便是我的家乡……

所有写给大师的信，都是我的风格。承蒙嘉许正确，唯写作缓慢，词汇贫乏，仍令我很费劲。所以，自应更加用功。

中法工专存在已有五载。校长是薛藩先生，去年接替梅朋先生。学校主要教授数学和技术科目。

此致深切敬意。

大师的卑微仆人

J. B. 敬隐渔

一九二五年五月十八日于上海

这封信在1925年5月18日写就，次天以挂号信寄出。从中可以知道罗曼·罗兰对上一封复信的主要内容，但是敬隐渔没有提及来信的一件重要事情，罗曼·罗兰为《约翰·克利斯朵夫》中译写的序言《若望·克利司朵夫向中国弟兄们的宣言》(*Salut de Jean-Christophe à ses frères de Chine*)，序言末尾所署的日期为1925年1月，当与该信同时寄来。他没有对此表示感谢，完全意识不到这个举动并不寻常。由于外文译本太多，罗曼·罗兰基本上不替译本写序言，只是偶然以致译者信形式代序。这封信以约翰·克利斯朵夫身份写给中国青年，是一篇真正的序言，无论内容、结构或文字都很讲究。四年之后，他以同样的形式写了另一篇《若望·克利司朵夫向俄国兄弟姐妹们的宣言》(*Salut de Jean-Christophe à ses frères de Russie*)。他的小说在十月革命后第二年就开始一卷接一卷译成俄文，过了十多年才主动写序，因为他以此表示对苏联的友好，争取仍在苏联的未来夫人玛丽取得出国签证，出版社付给他的稿酬，全部捐给苏联的慈善机构。

敬隐渔复信最惹人注目一段是西湖之游，愉快的笔触和上两信的低沉阴郁有天壤之别。这是因为上信发出后的几个月内，他的生活条件大为改善。《小说月报》一月号发表了罗曼·罗兰给他的第一封信，引起文坛轰动，同期还刊登了他翻译的法郎士小说《李俐特的女儿》，他的名字开始为人所知。杂志社的稿酬，以及商务印书局《黎明》的合约，给他带来从事文学以来第一笔真正收入，看来数额相当多，足够他在四月份和创造社朋友周全平一起到西湖游玩了整整一个月，在那里写成小说《袅娜》，回来后得到《小说月报》的采用。他看到写作真的能卖钱，甚至生活得不错，这不仅坚定了他从文的决心，而且促使他把当年出川到上海的梦想付诸实现，去法国留学。

坐言起行，信件一寄出马上开始准备出发。罗曼·罗兰在6月25日收到他的信，写了回信及寄上第三册《约翰·克利斯朵夫》，如果他知道敬隐渔那么迫不及待，完全可以省下这封信和包裹的邮费。幸好邮件通畅，赶及在敬隐渔出发前夕寄到。8月1日，敬隐渔踏上法国邮船昂热号(Angers)，8月9日到西贡，在那里买了一张当地的头顿风景明信片，写了一封短信给罗曼·罗兰：

> 昨天抵达西贡。这是一个美丽的国家，但过于炎热，人人懒怠。我离开上海时，接到来函和第三册《约翰·克利斯朵夫》。我将于九月五日抵马赛。
>
> 敬隐渔
>
> 一九二五年八月九日于西贡

当时还没有空邮，这封信走海路，最快也只能由敬隐渔同一条船运载，和他一起在9月6日到达马赛。他登岸后，当天写了一封信报告到达消息：

敬爱的大师，

我今晨抵达马赛。

一直至今，晕船妨碍我沿途给大师写信。但这次旅行仍然教人喜悦，有很多美丽风景和各种新奇事物，留给我一个愉快的印象。一位同胞留我过一天，明天我前往里昂，在一位朋友家里住几天，接着便到瑞士晋谒大师。

恳切致意。

敬隐渔

一九二五年九月六日于马赛

这封信从法国寄出，可能比西贡的明信片更早到达奥尔加别墅，给罗曼·罗兰带来惊奇。

一切都按信上所说进行，敬隐渔第二天到里昂，休息两夜之后，旅途的疲劳还没有完全消除，就迫不及待向罗曼·罗兰预告第二天前来访问，没有预先请求对方同意：

敬爱的大师，

明晨七时，我坐火车来瑞士，希望明晚见面。

恳切致意。

敬隐渔

一九二五年九月九日于里昂

第二天下午，敬隐渔出现在奥尔加别墅。他的里昂来信这时可能仍在路上，如果那样，罗曼·罗兰又多一层惊奇。这一天是星期四，罗曼·罗兰的写作和社会工作很多，一般只在星期天休息，也利用这一天来接见客人。敬隐渔万里而来，他对这位中国青年很有好感，自然不会拘泥于老习惯，不仅当天见了面，还把他留下来，第二天一起度过了整个白天。这是不比寻常的事情，奥尔加别墅的访客通常停留一两个小时，至多半天。

这次长时间的会面和倾谈，让两人互相间有了比较深入的了解，奠定他们友谊的根基，他们都为历史留下充满细节的长篇记载。敬隐渔写了一篇文章《蕾芒湖畔》，下面是会面的一些断片：

> 我料到这恐怕是第一回才自神秘的极东，自古老的中华诱来了一位青年拜访。[……]
>
> 乡式的篱落，前面一块小园，侧边半掩着柴扉，那淹在山中的岑寂的别墅，令人想到我们古诗画里绝妙的风景。一位年轻女仆把我引进一间小客厅里，厅角摆着一架钢琴，中间一张长桌，上面堆满了书籍。顷刻，轻轻地，笑融融地进来了伛偻、清瘦、劲遒的诗翁。他显乎有四十余岁。在奥妙的眉毛底下，眼光灿亮，透过眼镜。它们时而活活地表现他灵魂的动，时而远远地去了。有时一丝微笑如清风一般拂过他脸上的和平。他的口自然宏辩的，却腼腆开言，显乎他是修身养性素有功夫的。他轻轻地说话，声音和蔼而清彻。他表示他很喜欢遇着一位中国朋友。他佩服中国以往的修养和明哲。[……] 三年以来，他同他的老父和妹妹来住在这深山旷谷里。至今他二十年鳏居自得。九十余岁的爸爸只膳时才得见面。他不甚言语，习惯了和他的两个猫儿做伴。他的妹妹和蔼而博学，有时来帮他的长兄完成大功。全屋中都精致朴素，无繁华亦无矫作的褛褴，适合于中庸。它好像又是旷闲的，又是高朋满座的。在他那小小的寝室，壁上挂着一张甘地小影，床头一张托尔斯泰和一张耶稣复活的画片。一朵玻窗打开湖面和山形，正映着皓洁的月色——
>
> 夜晚，我乘月色沿湖踱回新村（所谓新村却是古老的乡场）。湖上寂静，只一阵阵渡过飒飒的秋声。我从前住西湖时，往往在月夜里一叶轻舟逐破流光，把我送回岳坟。[……] 我在西泠桥边买了些这种艺术的古画，至今还存着——
>
> 第二天，我再去访艺术的大师徒时，就把这些送给他了。[……]《甘地传》是东方的辩护和教训。（在我临别以前，作者把这本书，和他的新作《爱与死的戏》，和末卷《若望·克利司朵夫》送给了我。）

清和的午后。天上染着猫儿眼色和金色。翠微间青草清香仍是阳春天气，绝顶上却蒙了一层初雪的轻纱。他用手杖给我指了毕伦[拜伦]旅馆，他小时在那里会见了嚣俄[雨果]，指了那在湖的碧玉里照临的希雍水塞[西庸城堡]，指了湖那边，紫气围绕的亚尔伯山[阿尔卑斯山]下的一座法、瑞中分的小村，欧战时他的家庭曾到那里来隔桥相晤，那时一桥便隔绝了两重亲爱的世界……他又遥指了天际儒拉山[朱拉山]蔚蓝的直线，隐约在金霞里浮着，与天地相混……

至于罗曼·罗兰，敬隐渔逗留了两天，每次离开后，他都当晚就把见面详情记入日记：

一九二五年九月十日星期四

中国青年敬隐渔来访，他是《约翰·克利斯朵夫》译者（参看以前所记的来往书信）。他直接从上海来，离开的时候，那里一片混乱，经历过一场大罢工，日本和英国警察杀害了中国大学生。

数天前，他在马赛登岸，在欧洲第一个访问就是我。他个子矮小，神情聪敏而认真，但不快乐，身体有点不适。海上旅程让他吃了很多苦头。

他早年父母双亡，童年过得不开心。自八岁至十六岁，在偏僻的山区一间天主教修院受教育，然后到上海中法工业专门学校读书。

他是一位少有懂得法文和拉丁文的中国人（尤其知识分子），但完全不懂英文。他说在中国很难找到法文书，偶然的机会让他读到《约翰·克利斯朵夫》，从一位法国同学那里借来的。我的书他只读过这部著作以及《超乎混战之上》。

中国的天主教人数不多，几乎全部吸收自没有文化的贫苦农民。基督新教借助美国和英国强大的教会组织，人数众多，影响力很大。

他描述的中国现状阴暗沉闷，令人绝望，没有一线光明。这和现代日本的电光四射的外表和热烈的内心有天壤之别！

当然，敬隐渔所观察的省份最受战争的扰乱，外国的荼毒最深。

战事没完没了，连续不断，不知何时了结。北方省份略为安静，但在共和国其余地区，无论政治或思想，一片无政府状态。

对政局和物质的忧虑超过其余一切。对外国人再没有以前那样仇恨，一方面害怕他们，另一方面羡慕。在上海，有人极力谋求利用他们，他们沉迷在发财热中。民众目不识丁，再说工人很少，工厂很少，大多数人是农民或者小工匠。交通不便，很少铁路。通常的运输方式仍然是黄包车和轿子。大多数中国人从来没有见过汽车和铁路，甚至畜力拉车也很稀有。脚夫比牲口更多，更加便宜。

到处都有危险。路上土匪和士兵为患（同一批人，时兵时匪）。五六年前，土匪在一间乡下庙宇绑架了敬隐渔，囚了八天，横加折磨，把他吊起来，双臂缚到背后，迫他付出负担不起的赎金。他经不起痛苦，答应给一千银元。他根本没有这笔钱（中国银元约合十二法国法郎）。幸得朋友出手搭救，最后安然脱险。

至于中国的思想和艺术，这是一个完全停滞的时期。在共和国之前，早已不过是一种无益的考据学，不去努力赋予古籍新的活力，只做训诂和校勘。

在共和国之后，中国开始稍为尝试现代思想和形式，但仍在初步摸索阶段。甚至语言也要彻底改变，古代语言晦涩难懂，过于简略，无力表现当代生活的不同色调（？）。（古汉语出奇地含糊不清，可能是故意的。孔夫子的某些词语可以有七十种解释。）思想目前无所适从，过去孔夫子一家独尊（他的学说支持帝制统治），今天在所有中国古代思想家中，他是最被人所摒弃。

敬隐渔现在专心佛教教义。他写小说和诗歌。中国文学今天最好的东西，或者说不是最坏的东西，似乎在评论方面。

人们看不到任何伟大的精神光芒，可以使人振作，使人奋发。只有刚去世的孙中山是中国人的精神领袖，不过他的影响力太局限在政治。

一九二五年九月十一日

敬隐渔在维尔纳夫度过九月十一日。

他二十五岁，看上去更年轻。他说没有病，但受苦于一种离奇的疲倦，既是肉体的，也是精神的，时不时发作，教他难受。

可怜的孩子显得极为孤独。双亲去世的不幸命运，使他很年幼便落到欧洲教师手上。这些方济各会修士无疑好心肠，但头脑不高明，把他培养成一个和环境脱节的人，在同胞中几乎像异族人。这些低能的传教士不教修院学生学习中文，只教法文和拉丁文。虽然没有禁绝儒家的作品，但没有提供条件让小孩去认识。敬隐渔后来不得不躲开他们自学汉语。基督新教的教师考虑得周详一点，在课程里保留一个位置给中国的经典作品。此外，《圣经》的中译很差，只给人一个肤浅的梗概，没有吸引力。

敬隐渔能讲和写现代中文，但对死去的古文只略知一二，甚至读不出挂在我的楼梯上的漂亮书法。他写小说时，先用法文，因为欧洲文字写起来快一点（如果写诗，当然必须先用中文）。

目前反对儒家的运动是因为儒家过去独霸中国思想，一直至清朝崩溃。任何其他学说都不被官方容纳。科举考试时，考生在作文中如果引用一个佛教或道家的句子，就会名落孙山。

道家保留着不多的活力，似乎全靠诡辩术才苟延下来，以此吸引到某些好奇者或爱好反论的人。

佛教很流行，但多数人只认识那些歪曲了佛教的迷信方式。对于知识界一些精英，佛教是最高的智慧，而非一种宗教。保存宗教火焰的佛教重要人物很少（不过敬隐渔跟我谈及一个著名的和尚，写过很美的小说，他答应以后介绍我认识这些作品。）

中国人认识柏格森的哲学，但是欧亚玄学目前受冷待。最近发生一场玄学派和科学派的思想论战，后者取得胜利，他们的武器更现代化，更灵活，在辩论中使用现代中文，而玄学派使用死去的古文，难以适应表达思想的新色调。因此当泰戈尔来访时，科学派散播消息，说玄学派请他来助阵，泰戈尔因此被殃及。甘地及其学说的影响，在中国没有任何痕迹。相反地，可以看到很多列宁像，共产党人数不多，但在南方相当活跃。

我领着敬隐渔在奥尔加别墅四周散步，指给他看远方卢梭赞美过的地方。卢梭的作品只有《民约论》译成中文。在现代法国作家中，莫泊桑和法郎士已经有翻译（敬隐渔译过后者一本书）。但一般说来，我们的文学只是通过英译本介绍过去。德国文学也一样。

最使人不开心的事情，是知道今日中国似乎不仅失传了古代思想的涵义，也失传了古代语言（艺术语言）的涵义。（如此一来，再读不懂音乐方面的古代文献。戏剧很拙劣，总是演出同样的古戏，变了质，又失去伴奏音乐。不过在北京，古代音乐的涵义似乎保留得好一点。）

现代中国肩负着腐尸般的伟大过去，觉得耻辱，正在设法摆脱，却没有任何东西来代替。与之比较，印度和日本显得更明亮。印度光荣的往昔仍然活在人民心里；而日本，美学和思想的情感那么令人激荡！这是一个连绵世纪积累下来的巨大灾难，整个民族有待彻底改变。

敬隐渔将在里昂安顿下来，那里的生活没有巴黎那么昂贵，又有一个人数不少的中国侨民社群。他先完善法国文学的知识，然后争取通过博士学位考试，同时完成《约翰·克利斯朵夫》的翻译，商务印书馆给他的稿酬相当好。他已翻译了（法国大型版本）四卷中的两卷，第一卷目前在上海出版。

两次见面都在十分友好的气氛中进行，敬隐渔留给罗曼·罗兰一个很好的印象。从此时起，罗曼·罗兰开始履行在第一封信中许下的诺言，全面关心这位中国青年的一切。然而，他立即就遇到问题。

敬隐渔来法国有如风驰电掣，可是两天见面后返回里昂，却音信全无。过了几天，罗曼·罗兰焦急万分，动员自己的妹妹，通过各种关系，千方百计向里昂的中国人打听，最后惊动到敬隐渔本人，才写了一封报平安信，这时离开见面已经三个星期：

敬爱的朋友和尊敬的大师，

我原本打算写一封长信，但刚回到里昂便头痛，一直推迟到现在，即使一封短信也未写成（最好是好的敌人）。今天一位同胞受罗兰小姐所托，来问我的地址。可见你们对我多么关怀，而我又多么疲塌。

今天，我再开始文学工作。凭着意志，头痛消失了，厌倦、慵懒……这群魔鬼不见了。我感到世界大战胜利者的喜悦。尽管离开伟人、日内瓦湖和杭州西湖令人遗憾，我努力适应这里的生活，既然环境需要这样。我租了一间带家具的小房间，十分整洁（每月一百法郎），在特里翁街六十四号佩艾尔先生家里。他是一位年老的银行职员。他本人、他的老伴和他的年轻女儿对我友善，但是不爱说话。秋天雄伟的光彩和静穆围绕着我。

请大师给我指点（我尽可能依照去做）……我去巴黎好不好（当我准备好足够的钱）；在读文学的同时，学习吸引我的绘画，或者其他科目，是否恰当……

请代向令尊和令妹问好。

恳切敬意。

J. B. 敬隐渔

一九二五年九月三十日

于里昂特里安街六十四号佩艾尔先生家

这封信不是一个好兆头，敬隐渔的头痛不是普通外感，而是来自神经系统的抑郁症，在当时还没有有效的治疗方法。在以后的信件中，他经常以健康不好来解释所遇到的问题。我们不知道罗曼·罗兰开解他的详情，但是罗曼·罗兰在对待疾病方面，是一个少见的好榜样。他在襁褓时期，粗心的女仆有一天为了去跳舞，不小心把放置着他的婴儿篮留在室外的严寒中，引起他一场严重的气管病，导致终生体弱多病。1901 年，他的肺部受感染，发展为心包炎，巴黎医院的医生诊断他至多还有半个月至一个月的寿命，他却奇迹般活过来。他在书信中多次谈到身体不适，但是从来没有停止工作，只是每年到医疗院检查一次，休息半个月至一个月。在 1928 年 12 月份的检查中，医生表示十分惊奇，透视检查显示腹部内脏处于一种完全无法想象的混乱状态，肠胃变形，位置颠七倒八，结肠扩大，往上伸延，好像长春藤要爬上去缠住胃那样，但竟然没有影响到消化功能。医生找不到医学解释，推测这是肺部呼吸功能不足，身体器官自发反应，以作补偿。罗曼·罗兰在这种病态下已经生活了十年，后来又多活了十六年，直到七十八岁高龄去世，中间还有第二次婚姻。

敬隐渔在信中向他提出的两个问题，虽然没有回信保存下来，但是我们知道罗曼·罗兰劝他留在里昂，专心攻读文学，同时延医治病。在里昂大学的档案里，有一张他提供的中国领事馆发出的公民登记证明书，日期是 1925 年 10 月 22 日，可见他立即接受罗曼·罗兰的劝告，办理入学所需文件。他在 11 月 5 日正式报名，第二天写信向罗曼·罗兰报告：

敬爱的大师，

遵照指点，我去看了一位医生。我的身体明显好转。悲观情绪一起和疾病消失。

我应承给罗尼格先生的文章，十多天前已经写就，已经寄往瑞士。我正在继续《约翰·克利斯朵夫》的翻译。大师吩咐我写的关于中国现代作家的评论，还在等候原著，稍后动笔。

昨天，我到里昂大学报名，注册为文学学士学生。我去听课，每天要落山和上山。

老家所在城市如果没有战乱，可能发给我每年二三千法郎的奖学金，其余便靠自己的翻译。事实上，我在管钱方面很笨拙。我不过是（也可能永远是）一个小孩子。当我学习法文时，一位天主教神父借给我学费，让我当上老师后还给他。但无论借或还，都不用我操心（校长一手代办），因此我进步得很快。当扔下我一个人时，我便头脑糊涂，健康和学业，一切因而受损。我缺乏预见能力，所以物质方面很艰难。我感谢大师愿意帮助我。无论如何，我接受大师的帮助，因为事实上，我目前有此需要。然而，我会努力恢复健康和正常活动，这样才能让自己靠工作为生。

如有可能，我一定在一月份再来瑞士。

请代向令尊和令妹问好。

谨向大师致恳切敬意。

J. B. 敬隐渔

一九二五年十一月六日

于里昂特里翁街六十四号佩艾尔先生家

从这封信可以看出，罗曼·罗兰一定曾经劝告敬隐渔不要同时学习文科以外的科目，留出时间进行法文写作。因为经过见面后，他认为敬隐渔是可造之才，有意把他引进法国文坛。刚好当时有一个机会，瑞士出版商罗尼格（Emil Roniger，1883 – 1957）是罗曼 · 罗兰的忠实追随者，计划在 1926 年 1 月罗曼 · 罗兰六十岁寿辰，为他出版一本寿庆集《罗曼 · 罗兰友人之书》(*Liber Amicorum Romain Rolland*)。他向全世界各地与罗曼 · 罗兰友好往来的作家和人物邀稿，总共有一百三十一人响应，来自二十四个国家，包括高尔基、爱因斯坦、弗洛伊德、茨威格、甘地、泰戈尔、施特劳斯等名人。敬隐渔的地址是罗曼 · 罗兰交给罗尼格的，以便约稿。一个中国年轻人，第一次出国，到达仅仅一个月，脚跟还未站稳，便厕身名人约稿之列，既是千载难逢的机会，也是一个挑战。敬隐渔很快写出他在法国的第一篇法文作品《初访罗曼 · 罗兰》(*Ma première visite à Romain Rolland*)，内容充实，表达清晰，文笔得体，表现出巨大的创作潜力。他按照先法文后中文的写作习惯，自译成中文，改题《蕾芒湖畔》，发表在《小说月报》1926 年 1 月号上。有人质疑修会学校不教汉语，敬隐渔的中文水平不足，这篇译文是一个很好的答复。

罗曼 · 罗兰还主动向他提出经济支持，把他许下的诺言变成事实。敬隐渔正处于青黄不接窘境，在回信中表示有此需要，十多天后就收到汇款：

敬隐渔《蕾芒湖畔》（1926年）

敬爱的大师，

每当我要写一封重要的信，我发现自己有一种名为失写症的奇怪现象。为了减轻这种沉重负荷，我习惯在写信之前读书。因此，我读了很多在其他情况下不会读的书。这一次，我读了几本关于意志的心理学著作。大师是一位强者，可能会对如此软弱的意志反感。我过去忽略了修养，因为太自由（无人过问）。一踏出校门，既无亲人，也几乎没有朋友。然而，我意识到要征服自我。这种搏斗尽管辛苦，慢慢变得有趣味。

感谢大师给我的物质和精神帮助。大师告诉我的圣方济各的话，对我很有效果。

我结识了这里一些同胞，但很难遇到知己。

我计划首先在默想和阅读中度过头几年（因为我的知识和修养有严重的缺陷），假期时插入一些有益的旅行，充实武装之后才进入喧哗世界。大师以为这个计划如何？

因为大师的建议，我正在勉力写文章，虽然不内行。我会得到比读者更多的好处：我必须读书和多方了解，写作和学识将会快速进步，如蒙大师修改文章，文笔和见解也会快速提高。至于读者，他们不会有大发现，只会读到一个青年大学生对中国所见所感的一些朴实说法。因此我将对中国思想演变作一次全面概述，写些当代作家的评论，介绍他们的生平，翻译他们的作品。逐个做，或者跳着做，陆续寄上。我相信翻译最容易，会最先寄到。

数天前，我迁居到大地街。房间周围的宁静吸引我。从窗口外望，可见一片广阔而忧郁的风景，干枯坚挺的树枝交织成网，坟墓开着花朵，一条有轨电车的桥梁横断远方山岭……但浓雾很快便遮盖一切。

请代向令尊、令妹和罗尼格先生问好。

谨致敬意。

敬隐渔

一九二五年十一月二十六日

于里昂大地街五十五号

罗曼·罗兰的关心和教导，正是敬隐渔一直所缺少的。他几乎没有经历过普通人的家庭生活，年纪很小就进入修院，那里的神父忙于传授知识，没有可能向每一个学生嘘寒问暖。罗曼·罗兰表现的父爱，触动了敬隐渔的内心深处，他像儿子那样，除了努力按照指导去做，还把自己的想法毫无保留告诉罗曼·罗兰，两人融洽地交流。

1926年　黄金一年

敬爱的大师，

我正在写大师吩咐的文章，由于一个异常原因而延迟。我应该承认，任何外国作品翻译成中文都教我烦恼，我也听到一位中国最优秀的作家说过，他翻译时感到烦恼。事实上，汉语（古文）以其雅致和凝炼获得好评，极其适合描写性质的诗歌，或者某些精美的短文。但是用来翻译欧洲的哲学或文学作品，既不够灵活，又不够使用（对我们来说，大部分汉字已经死亡）。因此当代作家和翻译者不得不以白话文来取代。白话文比较丰富，因为这是活的语言，但过于简单一点，因为这是为了让大众明白而创造的。有些人（包括我在内）大胆创造新句子和新汉字。但是缺少合成方法，作者本人固然费很多气力，读者也一样。

对拉丁文的灵活表达方式与和谐句法一无所知的人，不会为汉语可怜的资源操心。事实上，汉字的古老字形很漂亮，对考古学家很有吸引力：每个汉字的来源都包含一个美丽的故事，或者一种珍贵的历史资料。现代字形很难看，写起来很慢，大部分丧失了传统，因为使用过程中积非成是。作家和大众都不方便。里昂中法大学前校长吴稚辉说过，我们笔划繁复的方块字总有一天从大众场合消失，光荣地在博物馆里束之高阁。

乱写一些作者和读者都烦厌的东西，而且到了“大限”便化为乌有，我不知如何是好，感到痛苦。在目前情况下，一个中国写作人必然或是考古学家，或是新词创造者，只有少数大学生看他的书，否则便是一个讨好大众的庸才。我们必须改革汉语的成分，必须创造综合方法来改革。我过去以为没有可能，至少这个世纪不行，所以不抱希望。几天前，一个想法闪过我的脑袋（当时在床上）：这种如此渴望的改革有可能实现。这个想法有点像魔鬼缠身，激起一种冲动，冲破了我在前几次信中谈过的占尽上风的怠惰。昨天晚上，我半夜醒来，阅读汉字词源的研究文章，这种苦差事没有任何乐趣，只要提起名字便觉得讨厌。但是我已经很快乐，要是达到目的，我会多么快乐！不过任务十分艰巨，首先要说服我的同胞相信改革的必要性，然后进行漫长的语言研究。这样一来，我非要学习希腊文和梵文，可能还要学习音乐。我希望有需要时大师能帮助我。改天我跟古恒先生谈一下，他是里昂大学汉语教授。我希望能够用经过改革的汉语继续翻译尊著《约翰·克利斯朵夫》。

由于寒冷，我昨天又搬家到阿历山大广场一号，但这个地方可能也是临时的。来信请寄：里昂中法大学（圣伊雷内堡）。

请代向令尊和令妹问好。

谨向大师致恳切敬意。

J. B. 敬隐渔

一九二五年十二月十六日于里昂

敬隐渔的白话文作品，语言水平和同时代作家不相伯仲。他对中国文字的反感，主要来自翻译时遇到的困难。这本来是翻译常见问题，可能他自学汉语，国学根底不够牢固，词汇储存不足，使用起来不如法文和拉丁文那么得心应手，因而产生改造汉语的念头。早在1923年8月，《创造日》发表他的《罗曼罗朗 Romain Rolland》时，文末附识里已经提出这个看法。由于外语某些词语的意义雄厚，无法译得恰当，建议模仿欧洲诸国，创造名词，把一些希腊、拉丁和外语的成语或单词“精粹”，纳入本国语言。

这一次更加激进，因为《约翰·克利斯朵夫》出现更多翻译障碍。他无保留告诉罗曼·罗兰，就像跟一位知心朋友交流那样。罗曼·罗兰当然不会认同这种似是而非的幼稚看法，在回信中给他泼冷水。一经提点，敬隐渔就清醒过来，他的回信少有地心情开朗：

敬爱的大师，

感谢大师开导。上信写于兴奋冲动之时，稍等几天就不会寄出。我自为能够三四年竟全功，看不到假设与现实之间距离之大：诞生一种语言，需要连绵世纪。

我只把自己的看法发表在中国杂志上，建议作家一起合作改革语言。要做到（相对的）完美，还要靠子孙后代，我只够充当他们的踏脚板。

我不该以一封不合时宜的信打扰（很忙碌的）大师，敬希见谅。我身上的热情与忧郁轮流交替，十分讨厌，可能来源自健康的缺陷。幸好步履踉跄，仍在趑趄前行。

我继续《约翰·克利斯朵夫》和中国小说的翻译，尽管进行缓慢，因为要用一部分时间上课。即使从我的两种语言能力长进的角度来看，这也是必不可少的工作。

大师是诗歌和音乐的化身，请告我音乐是否所有文学不可或缺的东西。

寒冷过去了，空气变回清凉。暖和的太阳不时向我们微笑。如果没有经久不散的浓雾，里昂就是最迷人的地方。

新年在这里悄然过去，在中国却是那么热闹和新奇，爆竹声声，彩饰高张！我自九岁起，再没有在家里度过一天这样盛大的日子，而是永远 in peregrinatione［拉丁文：人在路上］，境遇大起大落。有时可说十分风光，出入权贵社会；有时潦倒落魄，与乞丐比邻而居，无人理睬。这个“我”悄然过去了，教人想起一种忧郁，一种难以言传的伤感。他的形象可能偶然意外地回到沿途遇过的人的记忆中，或者作为话题回到他们的嘴上。

但是我以在大师心中占有一席位为慰。大师以写作的艺术和成就永远被人记住，他的岁月不会消失，像珍珠那样永远存在，积聚起来！

我自感无法言传，谨向大师及府上各位恭贺新禧。

又及：我把今天完成的两篇译文奉上，敬请改正和批评。其余文稿稍后再寄出。

谨向大师致恳切敬意。

J. B. 敬隐渔

一九二五年十二月三十一日于里昂

信末提及寄出的两篇译文，一篇是鲁迅的《阿 Q 正传》，另一篇是郭沫若的《涵谷关》。罗曼·罗兰收到后，很快便在百忙中读完。1 月 12 日，他写信向《欧洲》月刊负责外国文学的巴泽尔杰特，推荐其中的《阿 Q 正传》，毫不掩饰自己的兴奋心情：

我手上有一篇小故事（精采的中篇）的稿子，作者是当今最优秀的中国小说家之一，由我的《约翰·克里斯朵夫》青年译者敬隐渔翻译。这是一个乡下可怜虫的故事 [……] 这个写实故事起初读时似乎平平无奇，但很快便留意到其中的犀利的嘲讽。到读完的时候，便会很惊奇发觉，这个可怜虫再也离不开你，你爱上了他。

你想读一下这篇短小的稿子吗？如果不要，我另行处置。最好还是发表在《欧洲》吧！我告诉你，敬隐渔如果得到鼓励，可能向你提供一本现代中国中短篇小说集的材料。我相信还没有任何巴黎出版社动手介绍中国现代文学。我还要补充一句，敬隐渔的法文知识很罕见，他的译文错误很少。

敬隐渔远未想到出版一本译集，罗曼·罗兰已经为他绸缪。他写信的同时，也通知敬隐渔已经把译稿送去发表，但没有说明只挑选了鲁迅的小说。

在此期间，敬隐渔又搬了一次家，在 1 月 23 日把这个变动告诉罗曼·罗兰：

敬爱的大师，

只要我一天在里昂，我一定住在舍沃谢街五十号（圣朱斯特区）奥吉耶先生的家里。

我的房间在四楼，邻近圣伊雷内堡，干净，明亮，没有嘈杂声，符合我的期望，而且房东奥吉耶先生是一位工人，他和老伴没有儿女，两人待我很好，很亲热。

我要向大师报告，踏进一九二六年后，我的身体和精神渐入佳境。五年前因为一次少年危机，我失去了对自己的信心，生活没有条理，现在全恢复了。

文学学士的新课程要读四种证书，我最终选择了法国文学、拉丁论著、埃及学和印度论著，功课应付得来，而且我对这些科目大致感兴趣。现在可以好好安排时间了。

感谢大师把拙译送去发表。我忘了说明《涵谷关》曾在北京刊登过。我除了继续写短文外，还想编译一部中国最著名的爱情小说《红楼梦》，或称《石头记》，这本书的篇幅很长，渗透着佛家思想，我曾在大师家里提过。但愿签约后能够让我在一段长时间里摆脱物质的忧虑。

这里又见雪与霜。我爱蕾芒湖的美景，但害怕这个时节的寒冷。

请代向令尊和令妹问好。

谨向大师致最恳切敬意。

你的 J. B. 敬隐渔

一九二六年一月二十三日

于里昂舍沃谢街五十号奥吉耶先生家

《红楼梦》这部中国小说名著是翻译家的终极追求，敬隐渔表示不过为赚点钱过日子而已，可见他对自己驾驭法文的能力信心十足。他没有过高估计自己，就在这封信寄出后第二天，罗曼·罗兰来信，告诉他《欧洲》月刊采用了《阿Q正传》法译。这是一个大好消息，第一篇译作，第一次尝试投稿，立即被法国著名的文学杂志所接受，没有比这更令人鼓舞的事情，他当天就作了答复：

敬爱的大师，

感谢大师费神修改拙译。感谢大师的称许，更感谢大师的批评，这是培养我的文学鉴赏力最好的方法。

大师关于音乐之言令我兴奋和欣悦。通过学士学位考试后，我会全心投入。

我改正了大师指出的意义不明的词语，同时也学习了改正自己的粗心大意。

随信附上答复。

请代令尊和令妹问好。

谨向大师致亲切敬意。

J. B. 敬隐渔

一九二六年一月二十四日

于里昂舍沃谢街五十号奥吉耶先生家

罗曼·罗兰为了帮助敬隐渔，对他的作品就像自己的作品那样认真。虽然在稿件寄给《欧洲》月刊之前，已经仔细阅读和修改过，现在确定被采用，他再校阅多一次，把一些疑问和法国人看不懂的中国特有的事物挑出来，要敬隐渔解释。敬隐渔当天作了答复，写在另一张纸上，与信件同时寄出：

Ahqui 阿Q

Ah［阿］是一个呼格字，可表示亲热或蔑视。qui［桂］是一种开黄花的灌木（桂花？），现在已变成低层青少年广泛使用的普通名字，失去了本义。作者没有用汉字，而使用 Qui 或 Q。

Pagode de Genius［守护神庙］我错用了“守护神”这个词。

土谷祠，供奉第一位教会我们农耕的五谷神。在郊区和农村，经常在路边见到这些石头小屋，只能容纳两座偶像，一个老公公，一个老婆婆，并排而坐。他们属于最低等级的神灵。

bonzelle

请改为“bonzesse”［小尼姑］。

Saperlotte［妈的！］

原文“妈妈的”。神圣的“妈妈”变成俗人的粗话，真教人不快。

Harems［土耳其后宫］

中文“闺”，更接近“gynécée”[女眷内室]的意义，指未嫁女子卧室，只有女性才能进入。

Sorbeux huile

汉语“自由”的发音近似“柿油”。庄稼汉的词汇贫乏，不包括“自由”这个太抽象的词。他们也不懂何谓政党，愚蠢地把“自由党”说成“柿油党”。

Payer une prime [给赏钱]

阿Q卖门幕，地保知道了阿Q所有物品都是偷回来，本可去告发，但他贪财无耻，答应保密，但是阿Q必须每月纳贿。请根据这个意思修改。

Sauver la vie [挽救生命]

意思是说“救命呀！”，我本应译为“Au secours!”[救人呀！]或者……

总共八个问题，罗曼·罗兰根据回答，逐一作了修改，分三种方式处理：

一、接受敬隐渔翻译的“闺”(Harems，土耳其后宫）和“孝敬钱”(payer un prime，给赏钱）的法译。

二、更正拼写错误的“尼姑”和误译“救命呀！”。

三、其余四项作了改动：

1. “Ahqui”（阿Q）分写成两个字Ah Qui。
2. “土谷祠”简化为“祠”，避免长篇解释。
3. “你妈妈的”改用常见的说法Canaille de Ah Qui!（混蛋阿Q)。
4. “柿油党”Sorbeux huile改为Huile de sorbe，另加注释：“即‘自由党’。对他们来说，这是一个古怪的新词，和同音的‘柿油’混为一谈（译者注）”。

这些改动，最难处理是“柿油党”。敬隐渔没有找到“柿子”的法文单词，自创了一个以sorbe（花楸果）为词根的形容词“sorbeux”，而且使用阳性形式，与huile（油）的阴性不搭配，法国人不可能明白这个词组。

罗曼·罗兰按法文语法更正了这个自创词，再加上注释，巧妙地解决了难题。从这些细心的修改可以看到，大师如何费煞苦心扶持他，让他在法国踏出文学第一步，敬隐渔实在天大的福气。

这一天，敬隐渔第一次给鲁迅写信，报告这个喜讯以及罗曼·罗兰对《阿Q正传》的高度评价。鲁迅很高兴，不仅立即复信表示感谢，而且接受敬隐渔的建议，参加世界文学界庆祝罗曼·罗兰六十寿庆活动，计划在他主办的《莽原》杂志出版一期专刊。就这样，敬隐渔在两位东西方文学巨人之间搭起一座桥梁。

罗曼·罗兰的生日在1月29日，敬隐渔当然不会忘记这个日期，他写了一封满溢情感的祝寿信：

> 敬爱的大师，
>
> 我想起今天是大师的六十岁生日，心中充满喜悦和感恩。在这吉祥的一年，我逐步得到大师教益的影响，从致命的消沉中脱身出来，刚刚在欧洲开始新的生活。革命和怀疑主义灾难的旋风动摇了我青少年时期的宗教和爱国理想。我失去了双亲，和任何人都没有亲情关系，从一种与世隔绝的生活突然被推到一个最腐败的社会。一切令我惊惶，一切令我憎恶，没有任何东西能够教我留恋生活，没有任何东西能够让我摆脱虽然缓慢却十分可怕的沉沦，正如雨果以生动而猛烈的文笔描绘那样。就在此时，约翰·克利斯朵夫经过我的身边，引我走向新的地平线。最后，幸亏大师的友谊，我发现了人性美好和伟大的一面，我知道了以前听到的仅仅是一种教堂钟声。我再不会羡慕那些表面幸福的人，倒是替他们可怜，他们任何人都无法到达这个最高境界，甚至仰望不到。大师在那里召唤我们去；那里有美，有爱，有幸福，可以说超越人寰。
>
> 诗人啊，万岁！请让我感谢和祝贺大师上一个“甲子”的成就（在中国六十年为一个“甲子”），敬祝下一个“甲子”健康长寿，愿大师能够永远向所有人吹送生与爱的欢愉。
>
> 请代向令尊和令妹问好。
>
> 谨向大师致恳切敬意。

J. B. 敬隐渔
一九二六年一月二十九日
于里昂舍沃谢街五十号奥吉耶先生家

这封信没有提到他在中国的祝寿行动。两星期前，远在万里外的上海《小说月报》，刊登了他的《蕾芒湖畔》，同时开始连载《约翰·克利斯朵夫》第一卷《黎明》的中译。尽管编者没有说明这与祝寿有关，却开创了中国出版物此后数十年每逢罗曼·罗兰生日出版专号的风气。

2月11日，敬隐渔接到《欧洲》月刊编辑巴泽尔杰特来信，正式通知他将于近期刊登鲁迅的《阿Q正传》法译。同时向他约稿，请他编一部中国现代短篇小说集，大约二百至二百五十页的篇幅。信中称赞他的译文精细而且富于色彩，又特别说明，所有工作都有报酬。这不啻在他面前打开了一道大门，如果循此深入，不难以翻译和写作为生。他到里昂仅仅三个多月，罗曼·罗兰把他引进法国文坛的计划进行得如此顺利，很难想象还有更好的开端。由此可见罗曼·罗兰慧眼识人，敬隐渔的确具有强大的文学和法语翻译潜力。

第二天，邮递员又送来另一位出版家罗尼格的信。他把这两件事告诉罗曼·罗兰：

敬爱的大师，

昨天接巴泽尔杰特先生来函，随信附上。我已照尊意作了回复。刚又接到罗尼格先生来信，将按约明天再复。

最近一段日子，我在里昂附近游览（独自一人），很有趣味：废墟、风景、僻静，愉悦我的眼睛，激动我的心潮。我的身心都有改进。我觉得比任何时候都更明白约翰·克利斯朵夫一生的几个阶段。有时间的话，我将写一篇感想。

我一边等候要翻译的中文书，一边动手写点文章，因为思潮不绝。写成后再奉呈改正。

此致敬意。

J. B. 敬隐渔

一九二六年二月十一日
于里昂舍沃谢街五十号奥吉耶先生家

到了三月中旬，他又遇到经济问题，出国时随身带来小量金钱，加上罗曼·罗兰的第一次援助，度过了最初五个月，但是国内奖学金和《欧洲》月刊稿费未到，无以为计，被迫再次求助：

敬爱的大师，

我已读完罗尼格先生寄来的《友人之书》，我仰慕大师这些名作家朋友。通过他们，我更了解大师本人及著作。

由于准备七月考试，暑期前没有时间为出版社工作。我刚接到消息，家乡城市的奖学金将寄给我，但赶不及用来缴付我的膳宿费和学费（三月十五日）。敬请大师帮助，如有可能，让出版社借我一千法郎，我用未来的工作或奖学金偿还。不情之请，尚望见谅。

谨向大师致恳切敬意。

J. B. 敬隐渔
一九二六年三月十六日
于里昂舍沃谢街五十号奥吉耶先生家

罗曼·罗兰接信后，立即为他解决了难题。在敬隐渔的下一封信中，第一句话就是这件事的反响：

敬爱的大师，

感谢大师的亲切关怀。

巴泽尔杰特不久前来信，要求解释译文里一些不够准确的词语。我已于昨天回信。他希望我编一部中国短篇小说家作品选集，我尽力收集原文，准备暑假翻译。

我正在研读法国文学，如果不麻烦的话，敬希大师在重要工作的空隙，不时就此来信，指导所须遵循的步骤，简略授我法国文学史及其重要阶段。

本学期课程的作家有拉伯雷、孟德斯鸠和十七世纪的警世作家、魏尔伦、缪塞……上一学期是科隆·德贝图纳、费尼龙（《致法兰西文学院信》）和夏多布里昂。

我对后者感兴趣。不过人家跟我们谈论时，更多把他作为一位文体家，而非思想家。他在《勒内》描写的忧郁和狂热爱情十分出色，我很欣赏，但我不欣赏他的思想，因为不充实。我相信他不过用百合花徽章来装饰基督教而已——请允许我提出愚见求教——，他缺少真正的信仰，只是谈美学时才是基督徒，因此他既非圣者，亦非深刻的悲观主义者，这样令他无法达到崇高的境界。从这点看，他比不上波叙埃，而波叙埃又永远比不上《圣经》的《诗篇》作者。我相信从来没有人达到过《诗篇》的高度，甚至天主教的圣徒作家或者教堂神父，只有几位深刻的怀疑论者例外，像帕斯卡，像约翰·克利斯朵夫。后者热爱（从这个词最强烈的意义来说）音乐，但最终却怀疑其不朽性。基于利害关系的婚姻（或被迫成婚）所能激起的热情，远不及对无法到手的理想爱情的痴情追求。

至于我自己，已经觉得没有那么不幸，恢复了一点信仰，但是《旧约》记叙的真实性、基督的神性和死后的世界仍然是棘手的问题。据我经验，我相信涅槃的幸福与伟大，我的意思是说这是一种自我圣化，尽灭由记忆和幻想的错觉构成的自私，这是恶习和不幸的主要原因。人追求绝对的美、善和幸福，我不知道能否达到。

请恕我多言。

请代候令尊和令妹。

此致深切的敬意。

J. B. 敬隐渔

一九二六年三月十九日

于里昂舍沃谢街五十号奥吉耶先生家

虽然敬隐渔没有说如何关怀，由于他的需要急如星火，两信之间相距只有八天，关怀原词 bonté 也可以解释为“乐善好施”，估计像上次那样，仍由罗曼·罗兰私人接济。这是敬隐渔第一次请求金钱援助，以后成为常事。

敬隐渔在学业方面也遇到一些困难，虽然酷爱文学，喜欢读书，但修院课程和法国中学相距甚远，他看出与法国学生相比，自己缺乏系统的教育，而他很珍惜目前的学习机会，所以在信中请罗曼·罗兰多加指点。

他写完这封信后，收到鲁迅先生给他的第一封复信及《莽原》月刊，在二十九日作了答复，主要谈两件事，一是北京《京报副刊》的文章《罗曼罗兰评鲁迅》，二是瑞士出版《罗曼·罗兰友人之书》的消息及订购地址。

《京报副刊》的文章转述一封名叫柏生的巴黎留学生来函，从中可以得知，敬隐渔以罗曼·罗兰的友谊为骄傲，毫无保留地把收到的来信，以及正在做的翻译工作展示给其他人看。没有想到没能避过文人相轻的陋习，被人在背后说三道四。他十分气愤，把事情告诉鲁迅后，写了一篇反驳的文章《读了〈罗曼罗兰评鲁迅〉之后》，寄给《洪水》半月刊，在1926年5月16日发表。文中提到“欧人”对他的《阿Q正传》译文的评价：

> 罗曼·罗兰：“Votre traduction est correcte，aisée，naturelle（你的译文是规矩的，流畅的，自然的）”
>
> 巴黎某杂志主任：“Votre traduction est extrêmement fine et riche en nuance（你的译文是极精细而富于色彩的）”。

罗曼·罗兰的信已经湮没，但是他在日记和给友人信中，对敬隐渔的赞扬远高于这句话。至于巴黎某杂志主任，就是《欧洲》月刊的巴泽尔杰特，他致敬隐渔的信保存至今，信中的确有这句话，一字不差，两位经验丰富的法国写作人给予同样高的评价，证实敬隐渔的法文写作已经达到法国文坛接受的水平。

这些中国人之间的烦恼事，敬隐渔没有告诉罗曼·罗兰。过了两个月，到5月6日他才写信，通知寄出一月份出版的《小说月报》。这本出版物应该早就到达，敬隐渔没有及时收到，可能与中途搬家有关系：

> 敬爱的大师，
>
> 谨奉上一本中国文学杂志，里面复制了大师的肖像和序言手迹，刊登了《蕾芒湖畔》和《约翰·克利斯朵夫》的部分译文，连载将继

续进行。这些翻译尚未出版专书，可能候我完成《童子》，才把头三卷装订为一册。我稍后会继续翻译。

本来，我期望准备考试会令我的写作技巧大有进步，但我发觉实际的工作，例如《阿Q正传》的翻译，更有好处。一方面在物质上帮助了我，另一方面通过大师的修改，我写得更好，通过大师的批评，我更会判断，效果显著。

上一个星期一，我复校过《阿Q正传》的样张，并已寄回。比起从我手中出来的时候，文笔变得大为精致。

我要承认，直到现在，还没有从精力中提取出可能有的全部效率：读书，无精打采，尤其胡思乱想占用了所有时间。读书出于需要，无精打采由健康造成，但是胡思乱想却是大部分东方人的固有特性，尤其鸦片烟民的子孙（我的父亲抽鸦片），还加上自己的习惯助长。不过多努力一下，能够变得勤力。我经过长期斗争，差不多克服了。况且我必须谋生，迫着我这样做。奖学金迟迟未寄出，因为我最后的学校注册证明，只请中法大学秘书以中文书写，省政府认为不齐全。不必我说，大师也知道我如何草率。请责备我的缺点，但不要看不起我。

我在翻译一位中国女作家的剧本（我觉得很出色），遇到一些诗句，想译成法国自由体诗。如果大师有时间，望指教自由体诗的技巧，像博杜安先生在《友人之书》那样的诗。

我刚又再搬家，旧房东需要用那间房，也可能我不爱说话冒犯了他。这是好事。我现在以每月一百法郎的租金，住在一座又漂亮又舒适的独立房子里，四周围着一个大花园。房间的窗户开向一排绿色锦缎般的树木，树顶上方可见右边远处一座墓园和红色的焚化炉烟囱。穿过前方的枝桠，可见山岭的淡影。鸟儿的歌声把我唤醒，如果我留在家里，就会整天不停逗哄我。我几乎没有去剧场或音乐会（手头很紧）。但有些时候，星期天，一位法国同学邀我到他家里观看钢琴和小提琴练习。我很喜欢马斯内和舒伯特，但仍不习惯理解贝多芬的作品。他们想教我演奏乐器……总之，时间长了，我倒觉得里昂令人喜爱。

请代向令尊和令妹问好。

此致最恳切的敬意。

J. B. 敬隐渔
一九二六年五月六日
于里昂第五区阿拉依星街十五号

敬隐渔寄上的《小说月报》没有专刊之名，却有专刊之实，里面关于罗曼·罗兰的内容十分丰富，图文并茂，放在卷首。选择罗曼·罗兰生日的月份发表，这是为了祝寿，最引人注意是序言《若望·克利司朵夫向中国弟兄们的宣言》。

瑞士出版商罗尼格在 1924 年至 1926 年间，和罗曼·罗兰一道计划创立世界图书馆（Weltbibliothek）和国际友人之家（Maison internationale des amis），前者的任务是收集作家的作品及手稿，罗曼·罗兰在此期间送给他一批文献作为开始。他一直小心保存，1959 年去世后，根据生前和巴塞尔大学订立的协议，把文献移交给大学图书馆的罗曼·罗兰档案馆，其中包括敬隐渔寄给罗曼·罗兰的两期《小说月报》，以及《友人之书》的《蕾芒湖畔》中文手稿一页。

瑞士罗曼·罗兰研究专家梅朗（Jean-Pierre Meylan，1938 – 2014）在一篇介绍档案馆的文章中，在附录中转抄了《若望·克利司朵夫向中国弟兄们的宣言》，他在注解中说：

> 这篇宣言为敬隐渔翻译的《约翰·克利斯朵夫》而作，保存在罗尼格文献中，成文于 1925 年 1 月 25 日并且寄给敬隐渔，附有记载授权出版社印刷本文作为序言。

罗曼·罗兰很少为外文译本作序，敬隐渔向他请序，他立即写好寄出，这是很特殊的友好举动。《小说月报》主编郑振铎看出这篇序言的重要性，在接着的下一期《卷头语》（署名西谛）重刊一次，邀请读者重视和思考。

罗曼·罗兰对自己的作品能够和中国广大读者见面，自然十分高兴，更加用心扶持敬隐渔，他向国际妇女争取和平与自由联盟推荐，邀请他参加夏令讲习班。这一年的会议在瑞士格朗的国际学校举行。创办人托马斯女士（Emma Thomas，1872 – 1959）是一位英国和平主义者，她为学校取了英文名字友谊学校（Fellowship School），法文名字则为光明学校（École Les Rayons）。这次活动的具体组织工作由她负责，敬隐渔在五月初收到邀请信，立即决定前往，因为不仅可以参加会议，还能够顺道再次拜访罗曼·罗兰，该地距奥尔加别墅不到八十公里。他把决定告诉罗曼·罗兰：

敬爱的大师，

我已经给友谊学校校长回信，八月二十日之前去瑞士，试谈题目：睡狮醒来。

我打算利用机会前来府上拜访。

能够重见一个美丽的国家，一个伟大的人物，我现在就很高兴，很欢欣。

请代向令尊和令妹问好。

此致敬意。

J. B. 敬隐渔

一九二六年五月二十七日

于里昂第五区阿拉依星街十五号

就在这段时间，《欧洲》月刊五月号开始分两期连载他的法译《阿Q正传》，这是他在法国发表法文作品的开始，离他到达法国只有八个月时间。无论从哪个角度看，都是难能可贵的事情。

敬隐渔把一册《欧洲》月刊寄给鲁迅，根据鲁迅日记，邮件在七月一日到达。而在此之前，敬隐渔接到鲁迅早些时候寄来的《莽原》第七、八期合刊，这是一期罗曼·罗兰专号，1926 年 4 月 25 日出版。敬隐渔在 1926 年 1 月 24 日致鲁迅第一封信中，除了预告《欧洲》月刊刊登法译《阿Q正传》外，还谈及西方文学界为这位“海外的知音”六十岁生日的庆祝活动，建议鲁迅“把中国所有关于罗曼·罗兰的（日报、杂志、像板……无论赞成他或反对他的）种种稿件给我寄来，并求你和你的朋友们精印一

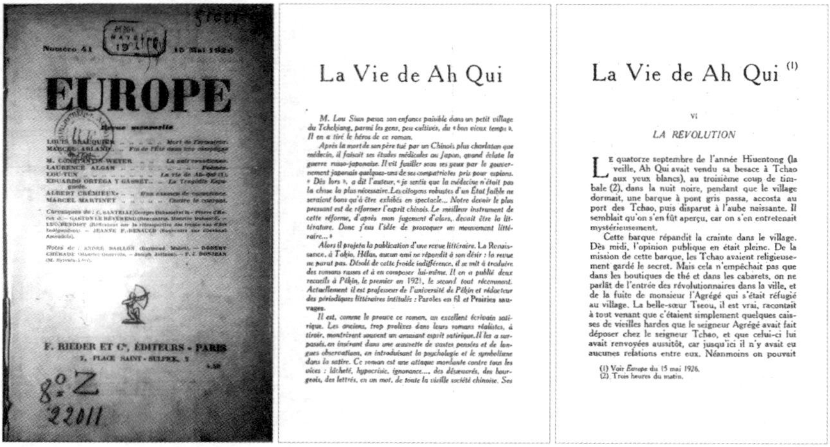

Numéro 41 15 Mai 1926

EUROPE

LOUIS BRAUQUIER ... Mort de l'armateur.
M. CONSTANTIN-WEYER ... La nuit canadienne.
LAURENCE ALGAN ... Poèmes.
LOU-TUN ... La vie de Ah-Qui (1).
EDUARDO ORTEGA Y GASSET ... La Tragédie Espagnole.
ALBERT CRÉMIEUX ... D'un examen de conscience.
MARCEL MARTINET ... Contre le courant.

F. RIEDER ET Cie, ÉDITEURS - PARIS
7, PLACE SAINT-SULPICE, 7

8° Z
22011

La Vie de Ah Qui

M. Lou Siun passa son enfance paisible dans un petit village du Tchekiang, parmi les gens, peu cultivés, du « bon vieux temps ». Il en a tiré le héros de ce roman.

Après la mort de son père tué par un Chinois plus charlatan que médecin, il faisait ses études médicales au Japon, quand éclata la guerre russo-japonaise. Il vit fusiller sous ses yeux par le gouvernement japonais quelques-uns de ses compatriotes pris pour espions. « Dès lors », a dit l'auteur, « je sentis que la médecine n'était pas la chose la plus nécessaire. Les citoyens robustes d'un État faible ne seraient bons qu'à être exhibés en spectacle... Notre devoir le plus pressant est de réformer l'esprit chinois. Le meilleur instrument de cette réforme, d'après mon jugement d'alors, devait être la littérature. Donc j'eus l'idée de provoquer un mouvement littéraire... »

Alors il projeta la publication d'une revue littéraire, La Renaissance, à Tokio. Hélas, aucun ami ne répondit à son désir : la revue ne parut pas. Désolé de cette froide indifférence, il se mit à traduire des romans russes et à en composer lui-même. Il en a publié deux recueils à Pékin, le premier en 1921, le second tout récemment. Actuellement il est professeur de l'université de Pékin et rédacteur des périodiques littéraires intitulés : Paroles en fil *et* Prairies sauvages.

Il est, comme le prouve ce roman, un excellent écrivain satirique. Les anciens, trop prolixes dans leurs romans réalistes, à tiroir, montrèrent souvent un amusant esprit satirique. Il les a surpassés, en insérant dans une œuvrette de vastes pensées et de longues observations, en introduisant la psychologie et le symbolisme dans la satire. Ce roman est une attaque mordante contre tous les vices : lâcheté, hypocrisie, ignorance..., des désœuvrés, des bourgeois, des lettrés, en un mot, de toute la vieille société chinoise. Ses

La Vie de Ah Qui (1)

VI

LA REVOLUTION

Le quatorze septembre de l'année Hiuentong (la veille, Ah Qui avait vendu sa besace à Tchao aux yeux blancs), au troisième coup de timbale (2), dans la nuit noire, pendant que le village dormait, une barque à pont gris passa, accosta au port des Tchao, puis disparut à l'aube naissante. Il semblait qu'on s'en fût aperçu, car on s'en entretenait mystérieusement.

Cette barque répandit la crainte dans le village. Dès midi, l'opinion publique en était pleine. De la mission de cette barque, les Tchao avaient religieusement gardé le secret. Mais cela n'empêchait pas que dans les boutiques de thé et dans les cabarets, on ne parlât de l'entrée des révolutionnaires dans la ville, et de la fuite de monsieur l'Agrégé qui s'était réfugié au village. La belle-sœur Tseou, il est vrai, racontait à tout venant que c'étaient simplement quelques caisses de vieilles hardes que le seigneur Agrégé avait fait déposer chez le seigneur Tchao, et que celui-ci lui avait renvoyées aussitôt, car jusqu'ici il n'y avait eu aucunes relations entre eux. Néanmoins on pouvait

(1) Voir *Europe* du 15 mai 1926.
(2) Trois heures du matin.

《欧洲》月刊连载敬隐渔法译《阿 Q 正传》（1926）

本论罗曼·罗兰的专书，或交瑞士或给我转交”。鲁迅主编的《莽原》专号超出了他的期待，他立即写了一封短简，把杂志转寄给罗曼·罗兰：

敬爱的大师，

谨奉上北京文学半月刊《莽原》一册，由《阿 Q 正传》的作者鲁迅主编。

他感谢大师赞扬他的小说，觉得过誉了。

此致敬意。

敬隐渔

一九二六年六月十一日

于里昂第五区阿拉依星街十五号

罗曼·罗兰不懂中文，虽然《莽原》印上他的照片，但不明白其中内容，因此来信查问。敬隐渔可能忙于考试，回答仍然十分简略：

敬爱的大师，

感谢寄来的照片明信片。我清楚看到大师坐在窗前。春天和独静对照分明。风景依然秀丽诗意，显得更愉快，更活跃。

那本杂志是《莽原》的一期特刊，由鲁迅及其友人编辑，全部谈论大师。几乎都由英文翻译过来。我没有文章在其中，我耽误了，真不可原谅。不过，我希望暑期里弥补过失（稍后再解释）。

何时允许我前来拜访？

如果有机会，我也想见到泰戈尔先生。

大师的新小说是什么主题？

诚挚致意。

J. B. 敬隐渔
一九二六年六月十六日
于里昂第五区阿拉依星街十五号

信中所说的照片明信片，在当时十分流行。规格和商业明信片相同，一面图片，一面书写，但使用自选图片，很多人用来作为肖像相片送人，而且邮费比普通信件廉宜。

罗曼·罗兰收到解释后，明白这本专号包含鲁迅和中国作家的祝寿心意，十分珍爱，收藏在私人图书馆里。杂志扉页有敬隐渔以绿色墨水笔题写的赠辞：

送给至爱的罗曼·罗兰大师
最尊敬的致意
敬隐渔
一九二六年六月于里昂

罗曼·罗兰在右边扉页背面上，写下一段文字：

北京文学杂志《莽原》的罗曼·罗兰专号
由《阿 Q 正传》作者鲁迅主编

（大部分文章翻译自英文）

罗曼·罗兰收藏的《莽原》月刊罗曼·罗兰专号（1926年）

九十三年后，这本专号崭新如昔，只有敬隐渔使用的绿墨水褪色变浅，装书钉出现锈斑。法国国家图书馆为这本书度身制造了一个硬纸盒，幼麻布装裱，刚好容纳整本专号。这是一本毛边书，笔者借出阅读时才由馆员裁开，在扉页上以铅笔记下裁开日期，又亲自把书本端到阅读桌上，打开盒子，拿出专号，翻看了几页，轻轻地抚摸，看得出他很喜欢这本小巧的中文杂志。

6月底，考试成绩评定，敬隐渔接到学校来信，里面是他在里昂大学取得第一张学科证书，法国文学，成绩“良”(Assez bien)，大约相当于百分制的七十分。

考完试便到暑假。他接到罗尼格的邀请，到他的瑞士家里度假一个星期。他在7月5日出发，一到达便写信告诉罗曼·罗兰：

敬爱的大师，

今天去探访罗尼格先生，他邀我到他家里小住一周，阅读大师的文献。我不知道大师何时游览归来。我打算在邻近府上的对面湖岸度暑假，因为我决心写几篇关于大师的文章，中文的或法文的，结成一集。这也是一个机会，可以更好认识大师本人和作品。

谨致恳切敬意

J. B. 敬隐渔
一九二六年七月五日
于莱茵费尔登市罗尼格先生家

罗曼 · 罗兰档案没有保存这封信，但是瑞士巴塞尔大学的罗尼格私人档案有一份副本。虽然他的瑞士假期只有短短一个星期，但在此期间，罗尼格像罗曼 · 罗兰那样认识了他，喜欢上他，这对他的未来的影响至大，改变了他的人生路线。

假期结束，回到里昂，首务之急还不是思考未来，而是准备夏令讲习会的演讲稿。一切按计划进行，转眼便到了 8 月初，到了预订出发的日期前夕，又出现困难，过去几个月从《欧洲》月刊得到的稿酬已经用罄，去瑞士的路费成了问题：

敬爱的大师，

我担心妨碍大师的安静，回里昂后避免写信。

我读了一些书，其中一本《欣悦的灵魂》，印像殊深。佛教徒只认识一条道路，经由静修通向“道”，但往往适得其反，导致麻木不仁。当他们了解到“道”可以从暴风雨般的冲击中突然迸发出来的时候，他们会很惊奇，也会因此感悟。阿内特写的诗篇让我在病中得到莫大安慰。

我读了相当多的书来准备演讲会，但是十多天前突然患流感，至今未愈。如果一周内不好，我再无法去开会。天晓得，我用了多大工夫想做点有用的东西，却徒劳无功！

我几乎孤立于同胞之外，所有人都卷入政党旋风里，我一直设法避免，因为再没有他们的朝气和信仰。

今年年底，我将能够靠自己的来源偿还欠账（我计算时没有考虑生病），到时便知道能够在欧洲停留多长时间。

目前要请求大师借一点钱。

中国方面毫无消息，我只看到《小说月报》在连载我翻译的两卷

《约翰 · 克利斯朵夫》。

我希望及时病愈去参加会议。

请代向老爹和令妹问好。

谨致恳切敬意。

J-B 敬隐渔

一九二六年八月七日

于里昂第五区半月堡街十号米绍太太家

《欣悦的灵魂》是罗曼 · 罗兰另一部长篇小说，女主人公阿内特写的诗篇在第二卷《夏天》的结尾。此诗的原作者是罗曼 · 罗兰夫人玛丽，有人认为这是她在婚前写给罗曼 · 罗兰的情诗。但研究显示，她青年时代写过一批诗歌，送给她当时的偶像"白银诗人"维亚切斯拉夫 · 伊凡诺夫（Yacheslav Ivanov，1866 – 1949），成诗时间在 1915 年。1923 年，罗曼 · 罗兰收到这些诗歌的法译，其中有阿内特这一首。他们的通信开始不久，玛丽仍在自我介绍阶段，因此不能算写给他的情诗。罗曼 · 罗兰很欣赏这些法文诗，1928 年致高尔基信说过，她的法文诗优于俄文诗。1926 年的敬隐渔不会知道这首诗的历史，但他像罗曼 · 罗兰一样喜欢。

直到此时为止，罗曼 · 罗兰和敬隐渔的交往十分理想，硕果累累，这位中国青年表现出来的文学才能证明了他的眼光。至于借钱的请求，单是夏季讲习班便有足够理由让他答应，何况敬隐渔已成为他的得意门生，有求必应，钱很快汇到里昂。

敬爱的大师，

又接到汇票，万分感激。我病情好转，明天就出发去格朗，准备停留四五天。我会利用机会到维尔纳夫一行。要是大师不在家，我游览那个地方，要是大师在家，但求一见。

谨奉上一本书，这是一位同胞最近写的论文，我不认识他（他已回中国），据说是化学系的学生。他对中国哲学的解释，除极少例外，其余正确，或者说我认为正确。我们最好的哲学批评家有章太炎，他是国学大师；梁启超，他是革命先驱；还有胡适，在美国几间大学念过哲学，他是前朝书生，新文学倡导者。

请代向老爹和令妹问好。

谨致深切敬意。

敬隐渔

一九二六年八月二十一日

于里昂第五区半月堡街十号米绍太太家

敬隐渔原先准备八月初到瑞士，现在却等到八月下旬才动身，这是因为这一年的组织者有意扩大宣传，活动时期很长，从 7 月 26 日开始，到 9 月 4 日才结束。敬隐渔的演讲安排在 8 月 23 日晚上，因此推迟了出发日期。演讲题目是《睡狮醒来》(*La Lionne réveillée*)，令人想起《蕾芒湖畔》开头不久的一句话，“睡狮醒来，抖擞他古老文化底麻痹”，以及随之讲述的中国人民处于破旧未能立新的彷徨状态。演讲内容自然不会与此完全相同，何况他准备时读了很多书，花了很多时间，可惜原稿没有发表，也没有保存下来。

演讲后，他留在讲习班，与其他到会者一起参加多姿多采的活动，除了演讲会，还四次外出，到过日内瓦、伯尔尼等地，参观了伏尔泰故居。9 月 4 日，讲习班结束，他前往维尔纳夫拜访罗曼·罗兰，两人再次见面。罗曼·罗兰日记的相关记述十分简短：

[一九二六年] 九月四日，敬隐渔来访。他自日内瓦附近的格朗来，在那里的国际学校作过一场演讲，然后返回里昂大学。

那天罗曼·罗兰身体不适，虽然敬隐渔没有事先约定时间，但仍然接见了他。会面时间不可能长，敬隐渔来不及向他讲述关于讲习班的情况和感想。但是这次瑞士之行，他受到很大冲击，思潮澎湃，回到里昂仍未平息，安顿下来后，立即把当天未及说出的感想写信告诉罗曼·罗兰：

敬爱的大师，

承蒙抱病接见，本想更多求教，但未敢提出。

此次坐船来回。天气很好。我比任何时候都更舍不得离开这个心爱的湖，那里充满美，和平，宁静，住着高贵和受人敬爱的人。我顺道到过亚当斯小姐下榻的酒店拜访她。可惜无法停留多点时间，来访者应接不暇，她法文说得不多。她告诉我因为身体虚弱，未能前来拜访大师，感到很遗憾。这是我第一次在欧洲看到一位年长佛教女信徒的温善容貌。比东方妇女更有智慧，但少了迷信，显得更为优秀。托马斯小姐有一双明亮的眼睛，心地仁厚，举止轻捷，像一个仙姑（中国仙女）；在中国，这种感觉比另一种罕见。她的新教育方法令我很感兴趣。与这些人在一起，我感到进步，满溢和平。格朗之行很愉快。为了描述这段时光，我把致他们的信抄呈给你。

鲁迅先生刚寄来三十多册小说集，全部出自新进作者，革新者真是人才济济！要是众多的文盲和粗俗的新贵都加入觉醒，中国就有救了。

请代问候令尊和令妹。

谨致诚挚敬意。

J.-B 敬隐渔

一九二六年九月七日

于里昂第五区半月路十号米绍太太家

他在信中所说的给光明学校教师的信，与其说是感谢信，不如说是甜美的回忆：

（致光明学校各位马塔斯和彼塔拉斯老师）

感谢你们亲切的接待。我永远忘不了这愉快的一周，生活在一个风景明媚的世界，新的世界，仙境般的世界。要是我有运气在你们的学校度过童年，我会如何幸福。你们心思独到，把一种野性自由和群体温暖结合在一起。我一直是个忧郁的孤独者。我想接触群体，却害怕去做，因为这样会束缚我。我以前想象不到存在一个像你们这样的群体，以为这是空想。我还愉快地记得环湖独自荡舟，轻轻拍打碧蓝的湖水，撕裂，拖曳。还有夜雨在太矮的帐蓬上弹出连串的滴滴答答的琶音……只有一件憾事：当清晨到来，湖上一片无边的静寂，弥漫着淡灰色的雾气，初升的晨曦在梳理第一把金色的发丝，轻轻地抖动，发出悦耳的细语，围绕着第一个游泳者的快乐跃动。我为何没有这种愿望，也投身到这个大自然的怀抱里，我的本性觉得大自然如此地美，却又和我的习惯如此格格不入！……

现在我又回到里昂，回到另一个文明的嘈杂声中，这个文明要求勇气，考验勇气，有时也摧毁勇气。

从瑞士格朗光明学校眺望莱蒙湖图片（1920年代）

原载Nataraja Guru回忆录《*Love and Blessings*》

开头以马塔斯和彼塔拉斯（Matas et Pitaras）称呼学校的教师，这是光明学校特有的内部称呼。两词来自印度梵文，意为母亲和父亲，形象地表现了教师与学生亲如家人的友爱关系。

敬隐渔的生活本来可以像莱蒙湖水那样，静静地摇动，继续反映明亮的白天和宁静的夜晚。但是命运另有安排，两个星期之后，假期完结，新学年开始，他中断了一年前开始的法国文学学业，放弃在里昂大学注册。他把决定告诉罗曼·罗兰：

敬爱的大师，

请恕我无所事事。在誊抄讲稿的时候，我努力想整理一下思想的秩序，但是一场新的疾病打断了这个工作。里昂的夏天比人心更加反复无常。到处都有敌人窥伺我。假期白白过去了！工作越少，开销越大，日子简直过不下去。我的健康好了一点，但灾难随时临头。我相信去巴黎继续学业会比较好。根据同学提供的有关情况，生活可能不比这里贵。倘若此路不通，我只好带着无限怅恨返回中国。

我一回到里昂，便接到罗尼格先生的一封亲切来信，关心我的病情，提出尽力帮助我。我至为感动。尽管不想打扰任何人，但短期内不得不依靠友好的援手。但愿自己早日回复正常生活，像其他人那样前进！

由于万县事件，这里所有同胞（留学生与工人）都情绪鼎沸。他们举行多次集会，要我起草法文宣言。我因病在身，未能完成。

比起经济和外交侵略，屠杀更能唤醒中华民族起来抵抗。中国的知识界已经对苏维埃着迷，越来越真心向其靠拢。粗野的北洋军阀得到帝国主义支持，正在失去民心。压迫者的面具已经撕破。我不知道欧洲人民是否和中国人民一样感到痛苦，不过政治报纸的浓雾总是蒙敝他们。我希望受难的兄弟互相同情，希望残酷的战神远离我们的国度，这个广大的文明的忠心保存库。

谨祝大师早日康复。所有受难者，弱者，失意者，都需要他们的导师。

在本信搁笔之时，我收到新一期《小说月报》，其中一部分专门介绍大师，另一部分是中国新小说家的作品。谨此奉上。

请代候老爹和令妹。

此致恳切敬意

J. B. 敬隐渔

一九二六年九月二十一日

于里昂第五区半月堡街十号米绍太太家

信中所说的《小说月报》是第17卷第6号，6月出版。这可能是对《莽原》4月专号的一种反应，但没有以专号形式出现。内容相当丰富，四张照片，两篇评介文章，两篇译文，以及《罗曼·罗兰著作目录》。罗曼·罗兰不懂中文，敬隐渔没有加以详细介绍，这是美中不足之处。可能他正忙于准备离开里昂，心不在此。他去巴黎的打算并非罗曼·罗兰所愿，一向以来，他希望敬隐渔留在里昂生活和读书，这个城市环境安静，距离瑞士不远。然而他没有责备或劝阻，他理解青年人的好奇心理，后来在日记中把敬隐渔前往巴黎的原因，解释为他“希望领略一下巴黎”，而且认为“这是自然的事情”。

其实，好奇心只是一种动力，最关键的契机是他刚接到的罗尼格来信，提出尽力帮助他。无论好奇心如何强烈，如果没有足够的经济后援就贸然行动，好奇就变成冒险。而到那时为止，他的性格仍然内向腼腆，不是冒险家。罗尼格的友好提议不是凭空而来的，他是敬隐渔到欧洲后认识的第二位外国人，通过围绕为《罗曼·罗兰友人之书》撰稿的交往，以及七月份瑞士度假一周，朝夕相对交谈，他对这位中国年轻人的了解至少和罗曼·罗兰同样多。敬隐渔的文学才能和个人的表现留给他同样的深刻印象，过去的经历和目前的艰难处境赢得他同样的同情。因此，他像罗曼·罗兰那样，主动提出资助敬隐渔，让他继续学业。有了这个有力的支援，他才决心前往巴黎。

1928年　巴黎陷阱

敬隐渔从里昂发出的信，口气似乎还在考虑阶段，但只过了十来天，人已经出现在巴黎。10月16日，他写成给罗曼·罗兰的第一封巴黎信柬：

> 敬爱的大师，
>
> 我到巴黎已经十多天，老毛病没有了，但是内心矛盾令我怏怏不乐，一直未能写信。首先，人群的嘈吵、熙攘和传染令我不快，我开始怀念里昂的安静，怀念田野山岭，怀念一些逐渐加深的真挚友情。要不是疾病和害怕失望使我离开，这一切本该留住我一段很长的时间。然而在巴黎，女性的诱惑更加强烈，既迷人，又可憎，我为此烦恼。
>
> 幸好人会慢慢习惯一切。我通过心理分析、体育运动和舞蹈课，消除情欲的冲动和个人声色之乐，我现在能够平静地在圣热纳维耶芙

图书馆继续脑力工作，而好奇、好感或者仇视的目光都集中到我头上来。巴黎适合用来驯服野性的人，教训自私的傲慢，驱散多愁善感。我以前中断过一段恋情，悔恨一直妨碍过去的生活。现在青春期的骚动已经过去，只余下懒散和拖拉要克服。

我偶然读到托尔斯泰的著作《得救在你们身上》(*Le Salut est en vous*)，找到关于宗教很多问题的答案，心中无比宽慰。中国知识分子看不起基督教，这不是他们的错，基督教被可笑的教会歪曲了。托尔斯泰的解释不仅会把他们的好感引向基督，也把他们不可压抑制的热情引向他。

我刚找到一间便宜的膳宿舍，五百法郎一个月，膳宿全包，地方很近圣热纳维耶芙图书馆和先贤祠。膳食比里昂好多了。房间相当大，没有嘈杂声干扰，既不阴暗也不明亮，有利思考。我打算在这里连续住几年。

我想进索邦大学继续学业，同时完成向出版社承诺的工作。

承蒙罗尼格先生在上月给我一千法郎，我相信他有意在这个学期，每月再提供六百法郎，以等待我的奖学金到来。我也希望此后摆脱疾病和感伤的幻想，有更多本领和空闲时间来进行脑力劳动，同时更懂得管理钱财。

在里昂，我已经抄好全部改写过的演讲稿三分之二，现在开始第三部分。

我发现自己虽然孤独、漫不经心，虽然外表冷淡，只顾自己，却在里昂最聪明的同胞中，自然而然交上一些诚挚的朋友。其中几位来了巴黎读书。我们不时见面。在他们坚请之下，我仓促草就一份声明，谨呈上请教。完成之后，我见到自己无意中袭用了《超越混战之上》一些词语。

巴泽尔杰特先生约我明天见面。

请向老爹和令妹问好。

谨致敬意。

J. B. 敬隐渔

一九二六年十月十六日

于巴黎第五区瓦莱特街二十一号（卢朗膳宿舍）

这封信具体透露了罗尼格的经济支持细节，除了已经收到一千法郎外，还有每月六百法郎的承诺，直至奖学金到达。对一位经常捉襟见肘的穷学生，这不啻是天降横财，难怪他那么迅速接受，未与大师商量就离开了里昂。

环境的转换刺激了他，虽然一下子还不适应巴黎的繁荣喧哗，但精神比以前振作焕发，雄心勃勃要以写作赚钱，减少经济烦恼。到巴黎才十多天，刚找妥寄宿地方，还没有到索邦大学注册，他就到大学图书馆读书和工作，还在中国同学的请求下，以法文草就一篇政治声明。在里昂因为身体不适未能为万县事件写宣言，现在补回来了：

告比利时人民书

英勇的比利时人民，

你们在大战中表现了无比的英雄气概。为了保卫自己的中立地位和国际正义，你们不惜任何重大牺牲。对我们来说，你们是如此可亲和可贵！

你们见识过战争的所有暴行，你们没有从中得利，反而深受其苦，直到如今。你们确信各国人民的福祉不能建立于武力之上（既然你们本身既不是人口最多，也不是物质最强大），而是要以正义和友谊为基础。

为了防止任何外交误会，我们中国人民挫败各国政府的自私行径，愿意和你们立即进行友好谈判。

在我们过去的宣言中，你们已经看到中比条约的种种细节，都是建立在不公平之上。我们所受的痛苦和你们被德国人入侵所受的痛苦一样。这是孕育着未来战争的种子。

对于社会不平等，这个世界的眼光变得越来越锐利。至于国际条约的不平等，从前可能无人注意，今天变得荒谬和令人愤慨。中国人民从千年沉睡醒来，发现各国魔鬼般的外交强加在他们头上的重负，他们要摆脱掉。

> 遵照中华民国国父孙中山博士的遗训，我们知道自己的拯救取决于破除不平等条约，不惜任何代价都要破除。你们的政府对此置若罔闻，因此我们向你们发出激动哀痛的呼吁。我们希望你们继续担任正义的保卫者，这一次牺牲更少，胜利更多。我们希望你们自我升格为不平等条约的改正者。你们这样做，将在社会道德进化史上前进了一大步。你们的慷慨行动，决定了我们两国的和谐交往，也决定了世界和平的可能性。若非如此，我们将被迫割断存在至今的友好关系，甚至可能变成令人无限遗憾的灾难性仇视。
>
> 国民党旅欧支部

原文不分段，为了方便阅读由笔者加上。声明中提到的不平等条约源自鸦片战争，战败的清政府被迫与西方国家签订了一系列丧失主权的条约，1865 年的《中比和好通商行船条约》是其中之一。辛亥革命成功后，孙中山率先提出收回海关主权的主张，到了第一次世界大战中国成为西方的盟国，这个主张发展成为废除不平等条约的要求，立即得到所有中国人的赞同和支持。1920 年代初期，中国政局混乱，南北政府并存，外国政府只承认北京的北方政府。尽管当权者是军阀，政权易手频仍，到期修约一直是共识，各届政府的外交部门都努力进行这件工作。1926 年，中比条约十年满期续约，成为第一个试验目标。这一年四月，中方按规定在约满前半年提出修约，以友好互利条约代替不平等条约，比利时政府不甘心失去特权，采取拖延政策。中国驻比大使王景岐是修约的热心推动者，为了施加外交压力，发动旅比华侨于 7 月 22 日举行集会，游行至比利时外交部递交请愿书。消息传到法国，巴黎华侨在 8 月 1 日召开声援大会，浪潮很快传到其他国家。国民党属于以广州为中心的南方国民政府，没有袖手旁观，从一开始便大力支持。敬隐渔这份宣言便是以国民党旅欧支部署名，这个支部由孙中山派专人在 1922 年到巴黎建立，是当时最大的留学生政治组织。敬隐渔没有白费工夫，1928 年南京政府统一中国后，次年比利时便签订交还天津租界的协议，1931 年正式由中国接收。

敬隐渔暂时摆脱经济忧虑，很快爱上了巴黎的生活，他写的第二封巴黎信充满欣悦：

敬爱的大师，

我到默东四周散步了数次。风景一如里昂那样美丽，由于邻近城市，对照鲜明，有如沙漠清泉，更为迷人。我记得沙漠的感觉，初抵上海时恍如埋葬到一个蚂蚁窝里，充满嘈杂声和冷漠。但是巴黎不一样，充满活力。在初到的忧郁日子里，我沿着塞纳河漫步，在人群中找到清静，极感欣悦。然后阅读中国的大思想家庄子（同一时期，我参观过皮维斯·德夏瓦纳的壁画，我爱观赏这些画，尤其凭借那种美妙的色调，这些画就像透过一个梦，映照出澄清宁静的中国精神），我达到一种高度的安详境界，心情舒畅，思想多产。但持续的时间不长。一些教人分心的事情出现在周围，有些好，有些不好，学系里不同国籍的可爱姑娘教我分心。面对爱情的入侵，社会藩篱如此脆弱！这些同学大多数读过《约翰·克利斯朵夫》和《欣悦的灵魂》，她们最爱葛拉齐亚这个人物……我喜欢这个快乐圈子，习惯了快快活活，以免她们扫兴。不过，我有点为难，她们不时有些认真的烦恼事，占用了我一大部分时间。然而，我在习惯和这些人来往的同时，努力让思考和写作不受她们羁绊。

谨奉上另一篇小说的译文，敬请批改。

我尚未有时间再去看巴泽尔杰特先生。他要我明年七月完成小说译集。

我想，一旦战争，欧洲人将打败中国人，不仅因为他们的武器精良，而且因为他们的共和信仰。在中国，缺少一种这样的信仰，以及由此而来的体制化民族主义。随着辛亥革命，欧洲思想入侵和感染到中国人麻木冷漠的心态里，爱与恨开始发出低鸣。引导爱，削弱恨，这是我们的任务。请告诉我这些看法是否正确。

请代向老爹和令妹问好。

谨致恳切敬意。

J. B. 敬隐渔

一九二六年十二月六日

于巴黎第五区瓦莱特街二十一号（膳宿舍）

他的表现就跟模范大学生那样。一面读书，一面和系里的同学友好来往，尤其和女同学很合得来。他又懂得郊游散步休息，还剩下时间用来思考和写作。罗曼·罗兰看到他已经安顿下来，仍担心他在陌生地方太孤单，由玛德兰为他介绍一位法国青年朋友。他的名字叫加布里埃尔－埃德蒙·莫诺－赫尔岑（Gabriel Edmond Monod-Herzen，1899 – 1983），比敬隐渔年长两岁，正在索邦大学求学。这是一位世家子弟，他使用的复姓始于他的父辈，来自显赫的母系家族。祖父莫诺是历史学家，祖母的父亲是俄国革命家阿历山大·赫尔岑，罗曼·罗兰在高等师范学校读书期间曾受教莫诺门下，后来与他家的三代人，包括外戚，成为来往密切的朋友。莫诺－赫尔岑后来获得理学博士学位，在法国、阿富汗、越南和印度等地教书。第二次世界大战参加戴高乐领导的抵抗运动。晚年转向哲学和印度瑜伽研究。

敬隐渔认识他之后，在1926年12月28日的贺年信中谈到对他的印象及生活近况：

敬爱的大师，

十分感谢令妹介绍我和莫诺－赫尔岑先生结识。我第一眼便在他身上发现一位朋友。他的温文儒雅吸引我。他很熟悉中国哲学家。我们每天都一起在图书馆里。

我在女性圈子里学会了礼貌和谦逊。我努力避开她们，专心功课，专心征服自我，这是更困难和更重要的事情。

我刚翻译的小说的主题，对中国人来说很新颖，但对欧洲人则很平常，这是事实。巴泽尔杰特 吩咐我不要翻译悲剧作品，要广泛收集，这是一件困难的事情，因为中国现代作家大部分是年轻的新人。然而，我相信能够以三四位作者填满二百五十至三百页。我自己也开始写一篇小说，即将完成。

我的身体很好。因为天寒地冻，无法再到外面散步。但是情感上的漫游令我陶醉。年终时，我关在家中，想起拜访过的大人物，想起游览过的美丽地方，想起友好的朋友，想起天真的女友，他们不嫌我消沉萎靡，无论近在身边，或远在他方，都热情关怀我。我是一个可怜的漂泊者，毫无功德，却成为世界各国出类拔萃人物组成的精神大家庭的一员！

谨祝大师、老爹和令妹新年好。

此致恳切敬意。

J. B. 敬隐渔

一九二六年十二月二十八日

于巴黎第五区瓦莱特街二十一号

这封信也报告了翻译工作遇到的困难，出版社要求选择多样化。本来他手中的中文小说集已经不少，总共三十三种，而且是鲁迅先生亲自挑选的。但他人在西方，比国内的人更熟悉西方读者，加上新文学运动开始不久，优秀作品不多，他认为只有三四位作者的作品符合法国读者的需要。为了弥补不足，他决定自己也写一篇小说。这一篇作品后来收入译集，题名《离婚》(*Un divorce*)，出版后得到法国评论家的好评，这虽然是他的唯一的法文小说创作，却让他成为第一位中国作家，在法国发表直接以法文写作的小说。

这段时间，他的精神状态十分正常，安详，积极向上，珍惜自己到法国后的运气。然而在这宁静的表面下面，正在酝酿一场灭顶的灾难。从巴黎寄给罗曼·罗兰的头三封信，全部都提到与女同学来往的烦恼。话说得很隐晦，但已显露出他对女性的好奇心越来越强烈，正在变成无法摆脱的顽念。踏进1927年后，平静的生活开始出现不平常的波澜。2月8日，他写信给罗曼·罗兰：

亲爱的大师，

我的小说写了一半，莫诺－赫尔岑先生读过，并且表示肯定。接下来我停写了很长时间，为了选择一个感情的理想对象而举棋不定。现在已作出决定，拿定主意，希望已经为此后的生活和工作取得足够的力量。

省里的奖学金再次拖延寄出，我决定去做机械式工作（例如清样校对），每天几个小时，这样可以令我的意志更守纪律。我今天去见巴泽尔杰特先生，他很乐意帮我找工作，但他无法让里德出版社预付我的翻译稿费。

要是大师不认为我这个呆小子不可救药，敬请再借我一千法郎，我努力彻底改正过来。

巴泽尔杰特先生向我谈到大师目前写作贝多芬的惊人热情。我不仅赞叹，还敬请指教秘诀，如何以弱体之躯，能够维持和提高这种精神力量。

谨向大师致恳切敬意。

J. B. 敬隐渔

一九二七年二月五日

于巴黎第五区瓦莱特街二十一号

这封信提出需款一千法郎，可见债项不少，但他从未说过罗尼格先生停止了资助。这与他不懂得量入为出有关，更大可能是为了取悦女性或满足这方面兴趣而乱花钱。

他想预支部分稿酬，身为新作者，这是没有可能的事情，跟往常那样，唯有转向罗曼·罗兰。大师像对待亲人那样，回答了关于写作的精神力量从何而来的问题，而且寄来了钱。但是他觉察到情况有异，没有寄足一千法郎。他的感觉很快得到证实，仅仅过了一个多月，敬隐渔再次求助：

敬爱的大师，

上一封信虽然充满激情，我的意志力还未有大进展。只有做好遵循大师的方法，才能征服自我。虽然如此，我过几天便能完成一篇关于中国现代思想的文章，六十多页，觉得大致满意。

我以为应该早日成婚（我觉得时机有利），无论精神和物质都有此需要。

自从我到法国后，从未接到省里的奖学金，尽管人家通知我已经寄出。现在我等候上海中法工业专门学校的下学期奖学金。幸好房东待我很好，没有催交租。然而，仍望大师再借给我一点钱。

我读完《母与子》，觉得弗朗茨的性格很可怜，他怎么能活下去？

巴黎的冬天漫长，太冷，太阴沉。我经常抑郁不乐，幸好春天带回晴朗的天气，卢浮宫里的风景画代替了我不敢冒险踏足的现实世界。

请代向老爹和令妹问好。

谨致恳切敬意。

J. B. 敬隐渔
一九二七年三月二十五日
于巴黎第五区瓦莱特街二十一号

敬隐渔即将完成的文章动笔已久，本是罗曼·罗兰建议的工作，文章在半年后发表在《欧洲》月刊 1927 年 9 月号，题名《中国的文艺复兴和罗曼·罗兰的影响》(*La Renaissance Chinoise et l'Influence de Romain Rolland*)。根据他之前写的信件，文章以瑞士演讲稿《睡狮醒来》为基础，增补改写而成的。他扼要介绍了中国人从过去到今天的精神心态，着重描写最新的改变。他的立场和当年大多数留学生一样，仰慕西方文明，谴责殖民主义政策，热爱祖国，一心要把中国从贫穷落后状态改变过来。其中一段叙述罗曼·罗兰对中国青年思想的影响：

近年在郁达夫影响下出现的感伤颓废思潮现在已成过去。今天的青年一代投身艰苦斗争中，像我们祖先那样勇敢，奋发向前，要是祖先复活，也会觉得惊奇。由此可以推想，他们如何热情迎接罗曼·罗兰的真英雄主义。

最先是《约翰·克利斯朵夫》，以这种坚定不移的理想主义，破旧立新的精神，反抗传统形式的大胆独创艺术，让我们认识了一位欧洲最伟大的作家，一位真正的导师。大多数教师和学生读过英文译本。至于法文原版，在中国的书店难以找到，我在一九二五年［应为一九二三年］才读到。立即开始翻译。最初几章已经刊登在《小说月报》上，这本文学月刊在学校和一些西化人士中广泛流传。我曾就这本书写信给罗曼·罗兰。他在一九二五年［应为一九二四年］七月十七日的回信友好而具有教育意义，已经在这本杂志刊出影印。在中国，这可能是第一次发表一位欧洲大作家写给一个古旧东方的年轻人的信函手迹。

然后又出版了《贝多芬传》《超乎混战之上》和《彼埃尔和吕丝》的中译。作者六十岁生日时，由鲁迅先生主编的北京文学杂志《莽原》以及上海的《小说月报》分别出版了专号。

在强调与罗曼·罗兰关系的同时，我们看见中国现代思想的动向，热爱并吸收欧洲思想的精华，同时也看到那些宣传家的恶意，他们企图要欧洲人相信，现代的中国，尤其年青人，激烈仇视外国人。是的，的确仇视，仇视这些现在依然统治欧洲，并且伸展到遥远的国度的黑暗势力。

在这封信之后，他的书信档案出现一段长时间的空白，足足中断了近九个月。直到1927年除夕，他才重新执笔：

敬爱的大师，

久未修书问候，敬求原宥。我未能严格遵循大师的忠告。图书馆太多分心事，于我不合。不过，我有时留在家中，思想很安静，很多产。虽然我考试没有成功（当时身体不适），但是通过自我分析，在心理学方面大有进步。彼埃尔·雅内先生的讲座令我很感兴趣，大大抵消了巴黎的寒冷。我除了翻译小说（大部分没有鲁迅先生的作品那么完美，只好由我加以编译），自己还写了一篇《离婚》，现另邮（挂号）寄上，敬请修改和批评。还有三篇小说，再过两三个星期便可完成。加上《阿Q正传》，全部可凑成三百页左右的一册。如果大师认为满意，请为本书撰一序言。

里德出版社交给我一份合约，首一千五百册版税百分之九，其余百分之十。出版日期订于一九二八年五月。

最近几个月，无论奖学金或者中国出版社的稿费都没有到达。敬请大师再贷我二千法郎。要是我的小说行得通，可以很快写出很多篇，这样或者可以在法国以此为生。

谨向大师和阖府恭贺新禧。

此致恳切敬意。

J. B. 敬隐渔
一九二七年十二月三十一日
于巴黎第五区瓦莱特街二十一号

信不长，内容却不少。他和出版社签订的短篇小说译集合约，比起法国小说家，条件说不上优越，却符合正常情况，中国现代小说是新主题，敬隐渔是无名新人，出版社风险不少。此书在 1929 年 3 月出版时，印数 1936 册，当时初版图书一般印数 1500 册，德语大诗人里尔克小说集《好上帝的故事》几乎同一时间出版，就是这个数字。敬隐渔的书印上定价十八法郎，依此计算，他的稿酬约为三千二百法郎，可供普通学生五个月之用。不过，写信时译稿尚未完成，离开支取稿费的日期尚远。

谈到生活费用，除了说过多次的奖学金外，这次提到中国方面的稿费。发表他的作品的刊物是《小说月报》，正是在这年六月底，月报主事人之一郑振铎自上海来法国，停留到八月。他的《欧行日记》记述了和敬隐渔多次见面和饭局，却完全没有提及稿费。因此在过去九月时间里，敬隐渔的收入只有《欧洲》月刊九月号文章的稿费，这不过是大旱天的一滴雨水，如此看来，他继续依靠罗尼格的资助过日子。他请求借钱的金额愈来愈大，二千法郎不是小数字，拖到这个程度才开口，很可能罗曼·罗兰在上信中教训了他几句，他不高兴，也不敢轻易再开口。

这封信透露了另一个信息，敬隐渔迷上了自我分析。他到巴黎后，虽然进入文学院，却放弃法国文学，改读心理学，他没有把这件事告诉罗曼·罗兰。心理学在二十世纪初成为独立的新学科之前，心理研究归入哲学范畴，巴黎大学到 1920 年才设立心理学院，早期没有专职教授，全部从外面聘请回来。信中提到的雅内（Pierre Janet，1859-1947）是其中一位，他原是哲学博士，后来专攻心理研究，成为法国心理学的研究先驱，法文 subconscience（潜意识）这个词是他在 1889 年创造并定义。1902 年被选为地位崇高的法兰西学院教授，连任三十二年，至 1934 年七十五岁才退休。

敬隐渔听课那一年，雅内的公开讲座主题是《内在思想及其障碍的研究》(*L'étude de la pensée intérieure et de ses troubles*)。当时流行弗洛伊德的精神分析法，无人不识，尽管雅内研究方式与弗洛伊德分歧很大，但讲座主要传授基础理论知识，正是敬隐渔所需要的。他读过弗洛伊德及其他相关著作，对精神分析法很感兴趣。真正研究这门学问需要进行个案分析，不少心理学论文就是以个案为题目。他刚涉足其中，没有这种机会，于是以自我分析来代替。这个做法容易带来意外后果，因为没有导师指点，自己分析自己，自作结论，走错路也不知道，脑袋里产生一大堆自以为是的幻想，触动了本来就很敏感忧郁的性格，坠进连绵不断的无谓烦恼中。从这封信之后，一直到最后一封信，他越来越频繁向罗曼·罗兰诉说这类自我分析，大师看着他的精神混乱不断加重，无可挽救地滑向深渊。

尽管敬隐渔这么长时间不通信息，当他回头时，罗曼·罗兰忙不迭给他回信，为他解脱经济困难，恳切地重复忠告。但他不再直接寄上金钱，而是通过出版商阿尔班·米歇尔（Albin Michel，1873-1943）就近转交。这样可以让他接触出版界，多一点出路，罗曼·罗兰也多了一个渠道，间接知道他在巴黎的情况。从敬隐渔下一封信的第一段，可以知道罗曼·罗兰把这件事交给妹妹复信和安排：

敬爱的大师，

感谢大师和令妹的宽大批评。

阿·米歇尔先生已经把一千法郎交给我，并且说替我找到工作后就写信给大师。

新年假期后，我又经常去图书馆，那里有取暖的炉火和空间，但有害我的注意力。我的房间只有一个煤气火炉，不见天日，唯一的窗门被一堵巨大的高墙挡住。然而，我不得不自闭其内，以求能够继续工作和得到安静。我的情况有点古怪。我受苦于各种使人气馁的影响，不是思乡，而是带有戒心的示好，不断干扰我的清静。请容我说明一下，以释心怀。

大约一年前，我曾在信中写过，在图书馆里，不同国籍的姑娘向我投来感兴趣的眼光。我随便结识了几个，她们很快便消失无踪。远远看去，我喜欢其中一个，但一接近，她的言谈留不住我多久。暑假期间，我和一位俄罗斯姑娘有过亲密关系，她的温柔和聪明令我入迷。但身材太高大，她不是我的所爱。她到处被人窥探，一怒之下在开学前就离开了。因为我不知道这件事，甚至暑假期间我也被人窥探。现在，漂亮的女孩子都躲避我，她们的位置被窥探者代替。在图书馆，尤其在课堂，一直到我的宿舍，我被既吸引人又多疑的目光所包围。她们知道我日常生活最小的细节，或者从我的无意识举动中臆测某些意图。不同地方的人（欧洲或美国），通过十分微妙的转弯抹角，借助我的同胞，让我知道她们要为我介绍女朋友，但总是一拖再拖。"没有另一个女性吗？"我猜到有几个对我感兴趣，但藏而不露，残酷地秘而不宣。一旦我跟某人说话，这个人便被连累了。有一次晚间下课后，天色已黑，我陪伴一个法国姑娘离开。于是学系里所有人都说我要和她结婚了。我到处都遇到示好和温柔的爱慕，但任何地方都没有知己和信任……这么多模糊不清的刺激，难以捉摸，没有结果，令人精神混乱。神经病在等待我。

我有意离开巴黎，把所有这些乱七杂八的微妙东西丢在火车站。但是我没有财力（这里的房东好几个月没有催收房租了），也没有力量到其他地方。由于我需要安静环境来工作，需要工作来谋生，我不得不关闭在自己房间里，尽可能避开大学生的环境。我还需要一段集中精神的时间，来完成中国短篇小说家选集（不是翻译，而是写作）。这本书确定由巴泽尔杰特先生负责出版。

我的奖学金仍有可能到达，但迟到得超乎常情。由于法郎升值，这笔钱不够用。我必须工作，继续翻译和以中文写作。

请代向老爹和令妹问好。

谨致最恳切敬意。

J. B. 敬隐渔

一九二八年一月二十一日

于巴黎第五区瓦莱特街二十一号

这封信是他的第一份写给罗曼·罗兰的自我心理分析，因为翻译合约在身，还能控制胡思乱想，继续工作。四个月后，全书完成，他赶快把最后部分寄给罗曼·罗兰，请他修改：

敬爱的大师，

今年天气异常寒冷，我不得不经常去图书馆，但在那里工作得不好。现在，天气转晴，我可以安静地留在家里，不久前完成了中国短篇小说家选集。挑选小说已很困难，大部分还要由我改写和整理。本来单纯地翻译，可以更快完成，但没有人愿意读。

谨寄上最后三本译文簿子，敬请改正和批评。如果大师认为满意，望赐序言，为本书增光。

考试临近，我身无分文，还望大师写信给里德书店，请他们立即把初版的稿酬付给我。

我缺乏生活实际本领，这却是生存必需之道。我不写我的感觉，这些身处生活物质窘境无能为力的感觉，只会令我越来越失去平衡。

请代向老爹和令妹问好。

谨致一如既往的恳切敬意。

J. B. 敬隐渔

一九二八年五月二十七日

于巴黎第五区瓦莱特街二十一号

罗曼·罗兰收信后，为敬隐渔写信给里德书店，转达预支稿酬的请求。当时的书店的业务负责人是罗伯尔法郎士（Jacques Robertfrance，1897 – 1932），他没有拒绝，但提出条件：

敬爱的大师，

感谢大师替我向里德出版社提出预支稿酬。罗伯尔法郎士先生来信说，他将尽快替我拿到手，但我必须首先交出全部译稿。因此请寄回三本译文簿子，如果序言已写就，亦请附上。

出版合约没有注明法文以外的翻译版权。巴泽尔杰特先生写信告诉我，这与里德出版社无关。由于这本书几乎是我个人的作品，而非单纯的翻译，我以为所有翻译的版权应归我所有。恳请大师去信罗尼格先生和任何一位英国出版商，让他们购买翻译版权，这样能增加一些我的收入。因为我已经欠下十个月的膳宿费，但是奖学金要八月份才会到达。考试后，我努力再写另一本书，这样便能摆脱困境。

望大师来信，在这忧愁的生活沙漠里，唯有大师能安慰我和帮助我。

请代向老爹和令妹问好。

谨致最恳切敬意。

J. B. 敬隐渔

一九二八年六月六日

于巴黎第五区瓦莱特街二十一号

罗曼·罗兰迅速寄回译稿，但没有写序言，一方面时间仓促，另一方面，中国文学不是他熟悉的题材。敬隐渔把译稿整理好后，交给里德书局，开始准备学期考试。他和罗曼·罗兰的书信再次中断，连续五个月不通信息。不过这一次不是慵懒，而是他决定离开巴黎。这个想法在这一年一月给罗曼·罗兰的信中已经透露出来，但碍于经济困难，不敢轻举妄动。经过七八个月的考虑和打探情况，他找到一个两全其美的方法，报考里昂中法大学，如果被录取，就能解决食宿两大问题，安心求学。

里昂中法大学建校初期只在中国招收学生，1927 年中法退还庚款达成最后协议后，学校接到比较充裕的补助，开始在留法学生中招生。条件相当严格，报考者必须拥有法国学士学位，或者具有两张学科考试证书，经中法大学协会批准后，参加甄别考试，测验法语水平，包括法文作文以及法译中。1927 年第一次有四十人报名，但只得十七人获准与考，最后录取了十三人。1928 年第二次招生，分别在巴黎和里昂举行，敬隐渔得到消息，首先撰写简历，再加一封申请信，解释报考目的，然后到中国领事馆申领行为良好证明书。申请信在 9 月 10 日寄出，离截止日期只有五天。没等多久，他接到准考通知。考试日期在 10 月 12 日，评判五人，会长雷宾、校长樊佛爱，秘书古恒，以及中方两位从国内来讲学的教授。里昂图书馆的中法大学档案，收藏着敬隐渔的全部报考资料，他的法文作文试卷题目《抵法后印象》，描述了在马赛、里昂和巴黎所见所闻和感想，文笔流畅，充满感情，是一篇成功的散文。法译中试题是巴尔扎克《高老头》第一章片断，描写伏盖太太的学生寄宿舍小花园，敬隐渔的译文不过不失。入学试法文作文由法国人评判，法译中由中国人评判，敬隐渔的法文卷子上面写着“十九分”，差一分便满分，理所当然跻身十六名被录取者之列。

录取信在10月16日从里昂寄出，次日到达巴黎。这时候，他突然犹豫起来，第二天写信给巴黎大学文学院院长，请他向里昂中法大学说情，让他留在巴黎继续学业。他提出的理由很简单：“我需要继续修读院长的课程和雅内先生的讲座，国家图书馆、个人健康状况，以及经济问题均令我不得不留在巴黎。”其实，离开一个像巴黎那样多姿多采的美丽城市，离开一间像索邦大学那样充满青春活力的大学，同样的反应会出现在任何人身上。

文学院长认为他是可造之才，把他的信转给中法大学，并且在信中为他说情。敬隐渔这种请求并非没有先例，中法大学容许某些学生领取奖学金到里昂以外地方学习，但只适用于里昂大学没有设立的学科。敬隐渔报考申请信写得很清楚，“我正在准备文学硕士学位的另一部分，美学证书和普通哲学证书。并且打算以后攻读文学博士学位”，这些课程里昂大学都有，中法大学认为里昂的水平不比巴黎低。因此接到转信后，在10月27日直接答复敬隐渔，通知他的请求未被接纳，促请他尽早到里昂报到。

敬隐渔身无分文，没有其他选择，唯有放弃巴黎去里昂。他有半个月时间用来处理出发前各种事宜，最重要当然是偿还各种债务，要解决这个问题非罗曼·罗兰不可，他不得不重新写信：

亲爱的大师，

我很高兴告诉大师，我在六月份获得一张心理学证书，然后又考进里昂中法大学，我将得到圣伊雷内堡的宁静和免费的膳宿。我计划这个月十五日之前离开巴黎。

巴黎的生活时而热烈，时而消沉。我结识了一些人，学会一点生活实际本领。我得到很多人的好感，有些不露声色，有些保持距离。我现在安心前往里昂，一些对我感兴趣的朋友将会随后而来。

我的选集稿酬，尚有一千法郎在里德书局。一位英国出版商基根·保罗写信给罗伯尔法郎士先生，希望得到中国短篇小说选集的翻译版权。罗伯尔法郎士先生负责起草合约给他。至于罗尼格先生，他只吩咐我寄一本书给罗杜费尔出版社。

我曾经写信给巴泽尔杰特先生谈这件事，他没有回复。

我欠房东大约三千五百法郎。谨请大师贷我一千五百，以及写信给罗伯尔法郎士先生，请他保证偿付我的债务余数。

我希望在里昂弥补失去的时光。

请代向老爹和令妹问好。

谨致最恳切敬意。

J. B. 敬隐渔

一九二八年十一月八日

于巴黎瓦莱特街二十一号

罗曼 · 罗兰给他的回信内容无从得知，推测仍然立即寄来款项，同时为他安排解决债务。由于涉及的款项多达四千多法郎，无论罗曼 · 罗兰如何关爱，必定会再次向他提出善意的劝告。

1929年　里昂地狱

然而，他没有接到敬隐渔抵达里昂的消息。等了两个月，1929 年 1 月梁宗岱第一次来信，提到敬隐渔的名字，他立即在回信中打听消息。梁宗岱回信说，敬隐渔已经考取里昂大学，但出发前没有和他道别，估计已在里昂。由此时开始，又过了七个月，敬隐渔依然没有来信。这一次，他不是耍脾气了，而是他的生命遇到灾难。

回到里昂的最初日子平凡而宁静，一切沿着正常的大学生活轨道进行。首先安顿下来，继而办理各种行政手续，晋见里昂大学文学院哲学教授戈勃罗（Edmond Goblot，1858-1935），拿到推荐信后，注册美学和哲学课程。接着开学，他除了听课，还应出版社的要求，为中国小说译集补写了一篇导言。

然而一个致命的消息从天而降。中法大学录取通知有一项规定，入学者未经身体检查者将由校医检查，可是他的注册表“健康情况”（Notes médicales）一栏没有填写，完全空白，可见这是官样文章。但是，空白不等于无事，四个月后，1929 年 3 月，他感到身体不适，去校医室求诊，医生怀疑他有梅毒症状，转介专科复检，证实了这个可怕的事实。中法大学档案保留着阿兰·塔杜斯医生的诊断报告，日期 1929 年 3 月 31 日：

> 必须为敬隐渔先生进行长期治疗（一九二五年在中国染上梅毒）。该学生要不时前往圣波廷医院尼古拉教授的门诊部。有关的医疗费用，将由学生或学校负责。

报告送到大学总务长手中，圣波廷医院要求校方签单或缴付现金，才肯使用药物。这是学校的第一宗个案，治疗费用高昂，敬隐渔没有足够财力，而且染病在进入大学前两年，总务长不知如何处理。幸好中法大学协会会长雷宾是里昂大学的医学院院长，熟悉医疗环节，他吩咐协会秘书古恒写信给医院，请他们免费替敬隐渔治病，费用向国家的“疾病预防”项目支取，解决了最大难题。

总务长写给雷宾的信有一段附言：

> 敬隐渔先生通过十月二十八日最后一次招生考试入读本校，其人精神状态特殊，最近在食堂闹出相当严重的事件。此事已由拉乌尔先生呈报。

异常表现固然与个人性格有关，但不能排除在这两年多时间内，梅毒已经入侵到神经。即使病情不严重，单是确诊这件事已经是巨大的打击。敬隐渔身体一向不好，而这种疾病有多种可能症状，其中一些很容易与其他疾病混淆，因此他一直不知道疾病正在无声无息侵蚀身体。在那个年代，第一代治疗药物“六零六”已经出现，但不是特效药，梅毒继续致命。何况在一般人眼中，不管病源如何，这是一种不体面的疾病。他刚考进中法大学，光辉的远景顿时化作噩梦。

这一天成了敬隐渔生命翅膀折断的日子。刚刚前一天，3 月 30 日，他的译作《中国现代短篇小说家选集》(*Anthologie des conteurs chinois*) 在印刷厂印竣。他努力攀登上一个人生的高峰，还没有来得及停留一刻，享受一下美好时光，就已经从生命下坡的不归路滑下来。他原本就是性格内向敏感，这件令他变得更加心灰意冷，对未来不抱任何希望，雄心壮志成为泡影。

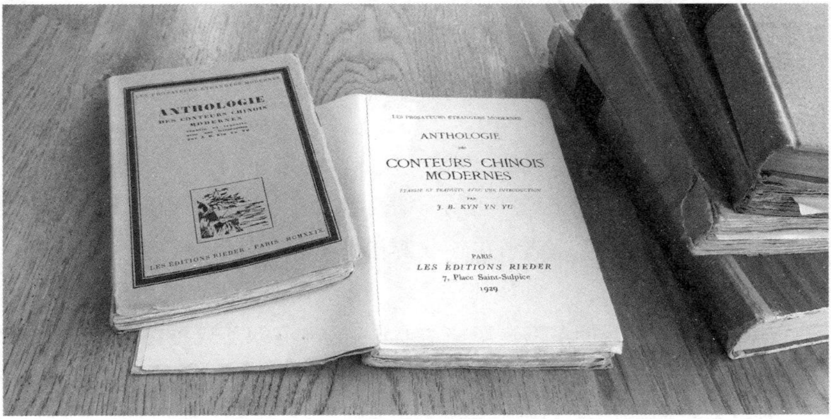

敬隐渔《中国现代短篇小说家选集》(1929年)

失去了生活情趣，对外面世界漠不关心，把自已关闭在思维混乱的自我里。他翻译的小说集在四月中旬出现在书店柜台上，不少报刊登载了出版消息和书评，现在能看到的至少有《欧洲》月刊、《每周评论》(*La Revue Hebdo*)、《法兰西行动报》(*L'Action française*) 和《现在语言》杂志（*Les Langues modernes*），总体评价正面，这一切没有给他带来任何喜悦。批评也一样，九月份上海水沫书店新创刊的《新文艺》，刊载了一个留学生伯子写的《敬隐渔的〈中国现代短篇小说家选集〉》，对这本书诸多挑剔，也没有引起他的任何反应，不再像 1926 年对柏生文章《罗曼罗兰评鲁迅》那样愤怒地反击。他甚至没有把出版的消息告诉恩师罗曼 · 罗兰，没有寄赠样书。这一点最出人意外，因为单用恩师这个称呼来形容罗曼 · 罗兰，远远不够。从收到敬隐渔第一封信开始，就把着他的手，扶持他前进。他们留下的书信不是单纯的师生见证，即使一位父亲，也不容易对儿子付出这样的深厚感情和具体帮助。然而谁忍心向敬隐渔扔石子，他清楚意识到正在蒙受人生的最严重灾难，在一个没有光明的海洋中挣扎，明知迟早会没顶，内心的痛苦占领了一切。

这是一场无声的战斗。学校为他解决了医药费难题，但他发现除身体外，精神和心理也出现病情。他攻读过心理学，拿过文凭，不断为自己作心理分析，左拐右弯，不断兜圈子，就是找不到迷宫的出路。他知道中法大学协会会长雷宾是精神科专家，主动提出请他为自己诊病。雷宾接受了他的请求，两人开始接触，但是雷宾职务繁多，不可能像门诊医生那样每天坐班，两人见面机会不多。

由于这一切，敬隐渔越来越离群索居。暑假一到，7 月 14 日，他独自一人趁国庆节到了离里昂不远的阿纳西湖。这个地方湖光山色，风景迷人，吸引很多游客和度假者，旅馆收费相当昂贵。敬隐渔只有中法大学发给的生活津贴，可以说一贫如洗，才住了十天，便欠下大笔房租。为了脱身，他中断了八个月的沉默，像往常那样向罗曼·罗兰求援：

敬爱的大师，

我自七月十四日开始，一直住在阿纳西，此地生活非常昂贵。我在这里百无聊赖，何况旅店里有一个疯癫的侍役。这一切都催促我返回里昂。但是中法大学寄给我的奖学金已经耗尽。恳请大师贷我五百法郎，以支付旅店账单，以及返回里昂后维持生活到下个月十五日。

这个学期，我在圣伊雷内堡的清静孤独中度过，因此有充裕的时间去深入思考。我从一个大孩子变为一个成熟的大人。可能至少在未来十年里，我会差不多保持像现在的样子。

我对男女之情的好奇心近于结束。这个世界太愚蠢，太小心眼，太多疑，没有任何同情心。我的性格过于反常。我不属于任何宗教，任何政党，任何主张，任何界别。我的同胞不知道应该把我这个与众不同的人，放进哪一种类型，哪一个袋子。大师知道我一直以来天真坦率。但是其他人仿佛无法理解我的行为的动机。他们瞪着惊愕的眼睛望着我，或者担心我每一个动作都是一个大骗局！我和社会的每一次接触都是一场不愉快的冲撞。精神上，我可以生活在自己的象牙塔里。肉体上，我却不能够。这是灾难的大门！

去年秋天，我在巴黎蒙巴那斯遇到一个美国金发女郎，一位律师的女儿。我觉得她是最美丽的女性，不比其他人愚笨。甚至表现出具有一种潜在的高度智力，不过她经验不足，而且随随便便。她让我跟着她到了里昂，亲近的朋友经常暗示我们相称。

因此我不再追求其他理想的美梦，只找寻新奇的东西。我凭本能这样设计战术：利用等待的平静时间深思熟虑，然后了结一两个旧顽念，满足一下好奇心，以此来摆脱我的过去和世界其余部分，因为我有一个过去，一些很不幸的复杂情结！——人家尤其惊异我不顾一切去追求女性，一个接一个，转身便抛弃。他们不知道（我现在明白，要是不解释，人家很难知道）我正在做的行为相当痛苦，是为了解放自己，清除过去或潜在的污秽。——然后，经过炼狱后（如果情况顺利，只须一个月时间），我把整个人集中到一点，投身到一个无尽的极乐世界，升华到前所未见的高度。可是，其他人理解不同："这是一个大孩子，"他们想（因为人类眼睛位于时间末端，只看到事情刚发生和消失之间一段），"他有很多优点，但放任不羁，尤其用情不专！在这方面，我们要好好教训他！……"于是他们把我引进种种诱惑中，然后突然把我推开（读过佛洛依德的人都看得出这种状况的弊病），同时让人向我示意，如果我首先表现出有钱人家那种专情，就会为我准备替换品……这是一个大误会，带来诸多痛苦！……

他们不顾我的想法，逆着来教训我，这是所有婆婆妈妈教育者所做的大蠢事。在一切事物中，尤其教育，粗暴一无可取！他们滥用警察式的关心，一面讨好，一面训斥，一套又一套诡计，用尽对付被宠坏孩子的手段，令我反感至极。我可是已经长大成人，而且是世界上最聪明的人之一。再者，中国数千年的教育令我特别痛恨诡计，认为这是最恶劣的品行……

我的行动路线由心理审慎所规定，在心理网络中选取最笔直最近的道路。这一次我错了！因为在社会中，最笔直的路是虚伪与平庸。人在世上不是独自一个人，而是生活在社会中，一个由平庸者为平庸者而建造的社会。这对女性并非完全不利，只不过她们可能经验不足吧，太好了！

我觉得这件事相当奇怪，因此提请像大师那样的大心理学家关注，甚至希望获得宝贵的帮助。

谨致敬意。

J. B. 敬隐渔

一九二九年七月二十四日

于阿纳西湖布雷达那兹村湖蓝旅馆

这封信有一个句子费解，可能是笔误。敬隐渔介绍美国金发女郎后，接着说："她让我跟着她到了里昂"(Elle m'a fait suivre à Lyon)。似乎这个美国女郎也到了里昂。但在后来另一封信中，他又说两人会面仅得巴黎一次，相处时间总计不过两分钟。

罗曼·罗兰接信后感到很惊奇，敬隐渔对女性的痴迷达到如此荒唐程度，他追求女性的计划如此不合情理，和他的谦恭内向形象完全不贴合，可是这封信写得条理分明，表达清晰，不能说胡言乱语。

他不需要等很长时间，很快就明白敬隐渔的精神出现严重问题，这封信是敬隐渔一连串长篇自我心理分析的开头。从这时开始，直到 11 月 2 日，三个半月之内，他连续接到八封这样的来信，每一封都滔滔不尽，都以女性关系为题。

这些信件既是敬隐渔的忏悔录，也是他在与疾病斗争中失去了希望，发出的绝望求援呼声。在写信那一刻，他深信有一位保护神，永远站立在自己背后，能够及时把自己拉住，不会坠入深渊。这位保护神就是罗曼·罗兰。

1929 年夏天的罗曼·罗兰事情特别多，传记作者称之为"玛莎夏天"。他在六月份进行了每年一次的身体检查，医生发现他的肠脏老毛病奇迹般康复了很多。接着他到山上静养，一面继续《欣悦的灵魂》写作，一面忙于为俄罗斯的玛莎办理来瑞士的手续。玛莎（Macha）是他在日记中对未来夫人玛丽·屈维利埃的昵称，两人通信多年，罗曼·罗兰看出她在激情之外，还有一种强大的力量，慢慢亲近起来，产生了爱情。他认识瑞士高层官员，很顺利为她办理好入境证，但是俄罗斯的出境准许迟迟未发出。最后要写信给仍居住在意大利的高尔基，通过他向最高层斡旋，在最后一刻取得批准。两人终于在 8 月 27 日在瑞士见面，一起度过三个星期的假期。

敬隐渔的信刚好在此期间寄出，到达奥尔加别墅后，再由玛德兰转寄给他。汇款要等到罗曼·罗兰通知，玛德兰才能寄出，因此没有像往常那么快捷。敬隐渔等了两星期，在 8 月 8 日再次来信催促：

敬爱的大师，

请恕我上信语气有点粗鲁。那是针对我心爱的女性的打趣话。我跌进过她的陷阱，因为爱情中的女性首先要清除堆积的坏主意，作为日后仁爱的补偿。这一切白费工夫：我受苦不多，因为我看得分明。这种观察力妨碍感情的自发性，但能够维持感情长久，避免可能出现的失望。我见识过很多女性，分析过她们。可是，无论我的理智，或者我的想象，都未能创造出一个比这个美国金发女郎（去秋在蒙巴那斯“圆屋顶”邂逅的）更好的女性。倘若世界上有十全十美，就是这位女郎。要是我的颅骨学观察没有出错，她喜欢行使一种温和的权力。尽管我过去像一头孤独的熊，我将很高兴见到我的不明朗性格由一个有智慧的权力掌管，我的幸福由一位这么美丽的女性掌管。自从见她之后，我便准备娶她为妻。她相当清楚我的处境。我贫穷，她相当富裕。但是如果我受到良好训练，能够为世人做点好事。我的父亲是大夫，在我三岁上头去世。我的青少年时代，几乎一直关闭在神学院，我没有见过母亲，我不必夸耀她的优点，既然每个人都爱自己的母亲。她死在我十七岁的时候。我有四个哥哥，大哥和二哥已经去世。三哥是大夫和说书人，日子勉强过得去。他和一个女人一起生活，没有明媒正娶，大约已有十年时间。这个女人温柔，持家有道，不过没有孩子。三哥读书不多，但心灵高尚，聪慧开放。不幸他的体格比我更弱。四哥小时候表现出色，后来得了耳病，智力变得迟钝。他和一个不很聪明的女人结婚，育有一子，可能也不很聪明。他没能通过神学院的考试，中国革命前，跟随一位中国神父，协助弥撒，以及讲授（基督教）教义。两个哥哥常常变换住所，我再不知道现在何方。我有一个姐姐，嫁给一个农民，有一个外甥女，美貌聪慧，嫁给故乡城市一个大夫，一个庸俗的男人。辛亥革命前，我的家道一般，尚能自给自足。革命后变得贫困，家人各散东西，但从来没有被任何罪行或者社会耻辱所玷污。教育和经历的鸿沟把我们分离，尽管血缘亲情的力量仍然令我比较靠近三哥和外甥女。我现在处于人生严峻形势，他们无法给我任何帮助。我独自一人在世上，只有大师能救助我。我需要一位朋友，一位见证人，一位监护人，一位父亲的帮助。只有大师能带给我。我希望你的无边仁慈不会拒绝我。

我仍然欠阿纳西的旅馆五百法郎，在那里留下行李箱。学院已经垫付这笔款项，但要求我月底前偿还。祈望仍贷我这笔钱。

恳切致意。

J. B. 敬隐渔

一九二九年八月八日

于里昂第五区中法大学

罗曼·罗兰汇款姗姗来迟，敬隐渔先离开旅馆，否则多住一天，就多欠一天房租。旅馆老板扣押他的行李，向里昂中法大学告状。学校当局为了维护名声，赶快清还债项，回头向敬隐渔追讨，他不得不再次写信给罗曼·罗兰。

与上信相比，这封信写于精神相对平静时期，所说的话都很正常。给人一个印象，他已经选定了心爱的对象，只要罗曼·罗兰肯帮助他，让他读好书，事业有成，便可以克服门户障碍，缔结良缘。其实这不过是风暴中的风眼，暂时的宁静，他对女性的痴迷不再属于心理范畴，已经发展成病理性。他对任何东西都不再感兴趣，生活放任自流，整天沉浸在对女性的各种幻想中。即使读书，也以此为中心胡思乱想，以致产生各种各样离奇的想象。四天之后，8 月 12 日，他再次写信罗曼·罗兰，阅读卢梭的《忏悔录》引起他浮想，写了一封长信来发泄心中烦闷：

敬爱的大师，

我最近读《忏悔录》，看到华伦夫人的时候，流下的眼泪更甚于母亲去世。母亲固然令人爱慕，但不及她聪慧。这个温柔的神圣力量来自大自然哪个神秘的洞穴？甚至驯服了一个让－雅克那样的人，得到他终生的仰慕和感激。要知道这个大厌世者如此难以满足，而华伦夫人有时真正完全忘记了他。这朵美丽的欧洲玫瑰已经永远从地球上消失了吗？

希腊古人在何方？蜥蜴神迹在何方？昔日的玫瑰在何方？大自然是否对自己的万花筒焦躁不耐烦，为何刚做好一朵美丽的花朵，就立即摧毁，再做另一朵可能不美丽的花？

当我第一次在“圆屋顶”遇到美丽的美国金发女郎（可能是捷克裔），她的蓝色大眼睛充满幻想和温柔，令我隐约预感到华伦夫人那样一位人物的存在。可惜她没有华伦夫人的丰韵和年纪。大自然给人一些知识，必定连带着心灵的创伤和脸上的皱纹。对粉红色的容颜和青春娇娆，大自然无情地吝啬！唉！我们的力量仍然太薄弱，无法打破这些规律！这个女郎亲近的人可能很能干，但在精神方面，太像凡夫俗子。我与他们之间自然有不合之处。他们以为和一个大孩子打交道。我对女性很感兴趣。我觉得他们乐于为我提供远观的机会，然后从旁监视。然而，当我鲁莽地专心去结识（徒劳无功）她们时，他们急忙找来权威管治（同样徒劳无功）我，保护我的理智安全。可想而知我如何反感，如何痛苦，我跟让－雅克一样野性未驯，一样高傲（但没有那么活跃，比他规矩一点）！

我现在看到，我和同类人的分别有多大（我以前没有料到，我们不是读同样的书？走同样的街道吗？），社会如何残酷惩罚那些与众不同的人。我对女性这般感兴趣，可能只是无意识地看到她们与其他人（男性）不同。到头来，我很气恼发现她们和其他人一个样子！都是机器！

我是惹祸的巫师小徒弟，冒失地到处乞求同情心，永远忘记世界最强大的莫过于利益和权威。很晚才惊讶发现，普通人这么善解他人微妙的心意，连想都不用想，看一眼周围的眼神，便立即知道该做什么，十拿九稳。至于我，却沉湎在感性的深处，甚至玄想的深处，时间和机会一一过去，我却一事无成。在社会里，在任何情况下，必须立即选择哪些人要敬畏，哪些人可以支配。我两样都不做，于是社会便把我抛出铁齿轮系统。诚然，并非所有普通人一定恶劣，时间比任何人都懂得分辨（有点慢，确实如此）。但是完全任从惯例摆布，有变成麻木的危险。唉！我们是否足够强大，是否足够长寿，能够唤醒世界沉睡的力量？这就是我过去做的蠢事！

由于我不可能遇到一个和我完全相似的美女（我计算过所有可能性），但我需要一个伴侣过日子，我觉得这个美国金发女郎是世界上最好的女性，她拥有理解我的所有能力，甚至以后能够引导我。即使她不理解我，单是她的美貌便足以教我心醉神迷。富有人家并非天才藏身之地，却是避免精神失常的庇护所。恳请大师以自己的权威说服他们，我一点也不是疯子，我表面的放任有其存在理由，只要有一点温柔，我便会抛弃，我总是心存感激地接受各种各样的劝告，以及温和的戒律，但不能忍受粗暴的命令，或者无耻的诡计，这样我会很快乐！唯有大师一人能理解我，安慰我，请支持我，给我好主意。期待回复！

请代向老爹和令妹问好。

谨致恳切致意。

J. B. 敬隐渔

一九二九年八月十二日

于里昂第五区中法大学

这封信到达的时候，罗曼·罗兰已经从山上度假地方下来，前往卢塞恩湖边一个小镇，等候玛莎从苏联到来。在此之前，他交代玛德兰寄钱给敬隐渔。可是这时的敬隐渔的精神状态迅速恶化，越来越远离正常的生活，比任何时候更放任自流。他收到钱后不是立即还给学校，而是拿来个人开销。等到八月底，学校又来催债，他再次写信向罗曼·罗兰求救。

这封信洋洋八页信纸，和前几封信一脉相承，向罗曼·罗兰诉说自己在巴黎的感情经历。他的自我描述交错着事实和想象，像飞流千尺，无法停止。请求借钱差不多变成写信的藉口，他需要有人听他无休无尽的倾诉，需要有人来信：

敬爱的大师，

感谢寄来五百法郎。我用来治疗最近的流行性感冒，以及购买毛衣和衬衫，我有好多个月没有更换了。中法大学校长仍然催我偿还这笔款项。再次恳请大师贷我，这次请直接寄给校长何尚平。

请容我再谈一下女性，大师作为心理专家和我的思想导师，会感到兴趣。

我谈过的美国金发女郎可能出身德国贵族。我在巴黎一次散步时偶然产生这个感觉。此外，从她周围的人对她的殷勤也可看出来。我认识这一班人，对恋爱者的单纯好感不会使他们热烈到这个程度，一定有一种不寻常的力量才令他们这样做。

贵族或许有点讨厌，但是我喜欢他们，因为他们凌驾于往上爬的人群之上，不管如何，正在开始前进。他们有大群追随者。因此我要表现得庄重点。再说，我越来越认识这个世界的机制，变得更加理性，更少狂热。

人家怪罪我的冒险精神，在中国时我没有的，到了巴黎才学会，情况是这样的：我当时没有足够的社会学知识，也不懂面相术，脑子塞满着法国浪漫主义小说，一下子掉进一群女性中间，她们既美貌，又似乎很有才学，争先恐后向我抛媚眼。由于我不富裕，毫无疑问，她们一致爱上我的英俊面孔。啊！自由、平等、博爱的美好国度！在这些神秘的蓝眼睛和这些黄头发后面，有怎么样的理想浪漫爱情！很久之后，我才知道牵线人的姓名和属于哪一类人。这些女人露面次数比正常情况频繁得多，她们像木偶表演那样，没有任何感情基础，贪图小便宜，献媚取宠。她们就是这样替富家女和公主们“效劳”。富家女和公主们必定嘲笑过我幼稚无知，往往不爱美玉爱硬石头！我可一点也不感谢她们向我耍弄这场致命的恶作剧，到头来我没有进疯人院，真是一场奇迹。我不管人家的议论，原则上一概不理，虽然有时错了。何况知道一个美女往往丑陋仍不够，还要理解为何她没有其他优胜之处，否则她有什么用？

根据尼采的说法，人类漂亮的面孔是在顺利环境中逐渐失去攻击性器官之后，轮廓变得圆滑的结果。换而言之，暴力被智慧和温柔的力量所取代。沿坡而下，就到达由此产生的软弱和各种各样道德败坏。我花费精神观察到，冷酷或呆滞的眼神，过于细小的嘴巴、脑袋或颈项，这些普遍的漂亮特征将成为日后可靠的标记，显示一个悠久的过去繁荣的堕落，或者一场追求完善的失败。总之，我以前只在第四维方面出过错……

直到如今，人家仍然责怪我的不合常理的偏好。当然，我没有想过要推翻一切现存价值的等级制度。我不是到了这个程度的革命家！我不关心为客观的价值心平气静地作总结，只是艰难地清除自己的顽念。这些顽念的目标只是那些没有价值的女人。要是我以前这样拼命追求有价值的女人，我早已结婚了。感情开始的时候不受理性引导，然后变成抗拒理性。多少荒谬的信仰一旦被我们的无意识接受，便成为自体骨髓里不治之癌肿！这些女人（幸好数目很小，两三个），我现在知道她们一无可取，但是从前我不明事理，又需要浪漫，迷糊的想象力把各种优点平白加到她们的身上，应有尽有，既吸引人，又难到手，在我的无意识里引起可怕的混乱，不断干扰我的理智和行为！索邦大学有一位漂亮的波兰金发女郎，娇小柔弱，十分迷人。我常常跟她上德语课，在一个不算挤塞的小教室里，她的娇弱姿态，哑剧式表情，天使般的微笑，至今仍萦绕我的心头。但每次跟她交谈，她都以蠢话作答。她一定是从上流社会学来的，可能当过下人，而哑剧式表情则是继承自某一个老祖宗。要是她不幸（或有幸？）是个哑巴，我会爱她至死。这个女人，只要我占有她一次，就会免除多少痛苦和可笑的行为，避开多少情感和理智的失常！

有时候，感情可能更隐闭。下面是一个心理学样本。从里昂到圣伊雷内堡，要爬一条弯曲小道上去，景色不对称，但气息浪漫。登山要求的力气不大也不小，刚好舒适，尤其心情自由空荡的时候。一路上，只有一个美女，但是相当俗气。这是一个洗衣妇的女儿，铺子位于蜿蜒小路的开头，她有时从积满污垢的门口进出。我们相视一笑，仅此而已。但日子一长，我有一种努力失败的模糊感觉，因为我无意识地把登山的努力当作追求她的努力。

这既不是爱情，也不是温情，什么都不是，只是一种需要清除的回忆图像的堵塞物。药方很简单。多数时候，只要我知道她们的生活，听到她们的说话，便可以驱散被我内心慷慨的太阳晒成金黄色的幻想。同样，我下意识保留着一个里昂最美丽的女性的短促美好回忆。她是一个舞蹈教师的女儿。有一天，我突然想起她，心情愉快地去找她。当我看到她的下陷双颊，失神眼睛，呆滞神气，我感到的不是失望，而是一种无限的宽慰。

我这些与众不同之处，人家不容许存在，他们吃惊，他们嘲笑。不过，实际上不是所有人都是心理学家，人们不看重这些无聊小事！

直到不久之前，在去年年底，我在巴黎遇到一些我喜欢的女性，她们不造作，真正优雅，甚至大家都这样看。他们的看法往往有道理，但是盲目的。除了德国金发女郎，我还对几位女性十分感激，跟她们的交情很深。她们非常值得尊敬，她们很关心我的幸福，尤其一位匈牙利女郎和一位日本女郎。后者的国籍名誉好，但因为不长金头发，不及德国女郎更令我喜爱。这一回，我相信走对了路，因为这些女性的社会和精神水准一致，互相间往来十分融洽。至于其他几个从前的邪念，要是过一段时间仍未忘记，我会回头彻底解决。

总而言之，我的冒险精神由无知而来，很快便被理智所粉碎。我的乐观想象力没有估计到惰性和对抗的力量。所有力量，尤其爱情的力量，是有限的。一个普通人做工，自食其力，感到厌倦，消遣玩乐，为了方便而结婚，最后死亡。一代又一代人走过同样的有限轨道。有时候，在人生中途罕有地出现意外的强烈感情，接着很快便是冷漠或者犯罪。小说家凭空设想，或者只验证其中一些例外。因此我对女性再没有多少好奇心，她们一批比一批愚蠢。但是经历过这些游荡和压抑的岁月，残留着一种放荡癖，就像急速滑行结尾的急旋转。想快点治好，只有合理放荡这条路。

我希望不久便从这些不洁中解放出来，到时能够全心全意献给纯真的爱情。

这一切会令凡夫俗子废话连篇，他们对此毫不理解。只有经验丰富全心全意的医生才能理解和治愈病人。

恳请大师给我帮助，以及行使唯一受托人身份的权力。

请代向老爹和令妹问好。

谨致敬意。

J. B. 敬隐渔

一九二九年八月三十日

这封信寄出后，罗曼·罗兰没有回信，因为他正在陪伴玛莎度假。敬隐渔的病情继续恶化，他意识到自己快速失去自控能力，无法停止胡思乱想。他需要其他人帮忙，有谁能帮忙他，只有罗曼·罗兰：

敬爱的大师，

日前冒昧寄上的两信，第一封明显是神经衰弱患者写的信。这一次大事不好了！我永远找不回个人的安静！明天就要进精神病院！我不相信这是德国金发女郎的作为。我希望她应该比那个蹩脚的女画家（可能是匈牙利裔）高尚得多。女画家多愁善感，能力弱，头脑糊涂，没有一点实际本领，她写给我一大堆纸页，从头到尾没有提议任何活动，连暗示都没有。我是外国人，孤独一人，被迫在没有其他资料情况下，单凭看一眼便要深入了解这么多人的性格。这远远超出个人能力！还有这些不停的诱惑，刺激我的欲望。我克制这些欲望，不断驱逐！可是其他人仍然继续平静地向我描述女性的诗意和魅力，无法到手的女性！这给我造成越来越困难的问题！我首先渴望肉体，这是一种绝望的渴望！

我在巴黎拜访过彼埃尔·雅内先生，他没有给我解决办法。我的理智直到现在还没有完全平衡过，不断地移情，我担心最后落到一个女童身上！……经过长时间艰难的思索，我为自己找到这条药方：占有波兰金发女郎，那个学德语的女学生，不要她说任何话，也不要见她的伙伴。然后去找人谈话：那个学数学的里昂棕发姑娘，那个去年在先贤祠广场见过的日本女郎，那个在索邦大学见过的俄国公主，那个和我通信的狡诈匈牙利女郎，最后是去年在“圆屋顶”见过的德国金发女郎，她是我的爱情终极。我等待的时间太长了！受够了她们的娇气和麻烦！我请她们发善心，只要出现在我面前就能救我！下一步，要是她们不爱我，我就返回中国，永远忘记欧洲！

恳请大师帮忙我，回答我，信件暂时仍寄中法大学。

代向老爹和令妹问好。

谨致敬意。

J. B. 敬隐渔

一九二九年九月十三日

于里昂第五区中法大学

信内提到的雅内先生，虽然在索邦大学讲授心理学课程，但敬隐渔去见他时不是为了请教理论，而是看病。雅内本人是医生，他的研究方向不是从心理分析入手，而是从病理入手，现在称为心理病理学或精神病理学（Psychopathologie）。这种研究检查患者的生理，需要比较复杂的医疗设施。敬隐渔只去过一次，自然不得要领。但是这件事显示，他到巴黎后不久，病情便已严重到自己也能觉察的地步，冰冻三尺非一日之寒。

敬隐渔向罗曼·罗兰的倾诉是真正的想法，没有任何隐瞒。他说担心最后会在一个女童身上做坏事也非胡言乱语，在中法大学校长后来给罗曼·罗兰的信中得到证实，敬隐渔曾经付诸行动，写信给一个年轻的女中学生，怂恿她一起私奔。

罗曼·罗兰在九月中旬才送走玛莎，也不晓得是否来得及看到这封信，另一封信又寄到，写于9月17日，距离前信只得四天，口气更加急切：

敬爱的大师，

我没有去找精神病院。当一个人是心理学者的时候，他自己便是最好的医生。弗洛依德的精神分析法是一个良好的探查方法（尽管弗洛依德把性欲的作用太过定于一尊，形式太过僵硬）。但弗洛依德不懂得治病，尤其我的情况。他劝人一旦发现性欲的目标，要以良心“从道德上去定罪”。然而，就算司法定罪也效力不彰，因为来得太晚。而且对我来说，盲目的道德几乎没有影响。现在，我看重牺牲，并且实行，对我来说，这意味着完全不同的东西。大师知道我对女性的痛苦好奇心起源于巴黎。大约在“圆屋顶”遇到我认为最美丽的女性德国金发女郎之后，我本该立即停止这场风暴。然而，我太晚才发现。我们见面只得两分钟，她的美貌虽然铭刻在我的头脑里，但不是在感情的深处。因为，须知我属于“视觉型”，尤其需要“看”，而且要长时间。既然没有更好的方法，在理论方面，我自行建立了一套面相术，来解读面孔的语言。在实际方面，我找一位女性朋友帮忙，减轻一点女性爱情最喜欢寻求的捉迷藏游戏的可怕程度。我属意已经被我“看”了两年的波兰金发女郎，但觉得她不够聪明，待人接物不友好。我要找另一个相同面孔的智慧女性。然而，很迟才觉察在我们的三维空间里，这种叠合无法实现。弗洛依德的移情开始了，无休无止。狗儿至死也抓不到自己的尾巴！因此，一点也不奇怪，我变得（并且继续）失望痛苦，同时“令人害怕”。我以前不够审慎，应该照亮自己影子的时候，却避而不照。释迦牟尼说：“在空虚之境不能摧毁花朵，因为花朵并不存在。”要抹掉那些讨厌的形象，莫如把精神集中到一个强烈的形象上。德国金发女郎曾经是选中的形象，但不够强烈，因为注视她的时间太短。必须继续“看”她，就是这样！

一年多的痛苦导致我现在接受牺牲，不是真正牺牲，只牺牲错误而已。要是这位德国女郎了解我，她无须恐惧再露面。理想化和激情不是自行产生的，而是听从个人指挥棒自发起动，对我来说，指挥棒就是“看”。

为什么怕我？我既不够力量，也不够胆量干出无礼举动。我对神圣的物体不会不敬。人家不知道我很虔诚，按照自己的方式虔诚，这是从浸透佛教和天主教的童年便开始。昨天在山顶参观富维耶山圣母院教堂，在这个宗教和艺术的卓越综合体前面（在天主教里，我看到最完美的艺术综合体，正如在佛教里看到最完美的智慧综合体），我良久处于极乐境界，尤其在这句圣约瑟夫铭文前面：你屈下身去，卧如公狮（Requiescens ut leo accubuisti）。

我在欧洲受苦太多了！能否助我减轻折磨？

请代向老爹和令妹问好。

谨致恳切致意。

J. B. 敬隐渔

一九二九年九月十七日
于里昂第五区中法大学

从这封自我心理分析的长信可以看出，敬隐渔对心理学有丰富的知识，然而这不保证分析一定正确，到底只学过一年课程，尽管拿到考试文凭，离开真正的心理学家还很远。

1930年　罗曼·罗兰的痛苦

接下来大学开学，差不多一个月，罗曼·罗兰没有接到来信，但是他惦记敬隐渔的病情。在梁宗岱10月17日第一次来访前夕，他在日记中总结了和中国留学生的交往，列出五位中国留学生的名字：梁宗岱，阎宗临，汪德耀，李又然，最后是敬隐渔。前面四位都是最近几个月才第一次来信，而敬隐渔已经进入最后阶段，离开11月2日最后一封只有不到一个月时间。他在开始接触新的中国留学生之前，写下对敬隐渔法国经历的全面反省：

> 所有这些年轻人表现得苦闷焦虑，他们来西方找寻一位可以依靠的导师。——然而，我担心会有很多人在西方沉没，我们的环境太不相同，可能令他们晕头转向。
>
> 很不幸，这件事发生在我以前支持的敬隐渔身上。他原先在里昂中法大学，但希望领略一下巴黎（这是自然的事情）。结果一下子爱上巴黎，住下来。拉丁区的生活让他陶醉，到头来却迷失在那里。这个到那时为止还是个羞怯纯洁的孩子，过去孤独地生活，被女性弄得神魂颠倒。他中断了用功工作。每次写信来都为借钱，我没有拒绝，但同时加上几句劝告，几句责备。结果他在一年多时间里潜藏无踪，毫无音信，甚至无意把他发表的中国小说集寄给我。这本书由和我关系密切的里德书局出版，我曾经修改过译稿。
>
> 经过这场沉默后，他突然重新露面，然而我几乎认不出他来。来

信一封接一封，有半打之多（当然为了借钱），信中展露出一种性亢奋状态，纠缠于一种挑剔的怪癖，近乎疯狂。他自己也意识到这点，但似乎没有治疗的愿望，只是高傲地沉溺在蛮横的妄想里。使用没有消化好的尼采、卢梭和弗洛依德的话语破片来打扮（最终不知所云）。对一个直到那时滴酒不沾、清白无瑕但有点软弱的远东青年，这是滥饮欧洲文明酒精可能产生破坏的典型例子。

10月17日，梁宗岱到访，他在1929年1月25日第二封信中，曾经告诉罗曼·罗兰，敬隐渔考取中法大学后，离开巴黎时没有和他告别。大师急于知道他的近况，一见面就提出来，但得不到任何消息。访问次日，10月18日，梁宗岱的声音还没有完全散去，又收到敬隐渔一封信，一封充满危机语言的信。法国国家图书馆没有这封信的原件，但是罗曼·罗兰意识到这个中国年轻人的严重心理病情，已经超出他个人能力之外，必须交托给一位专家，立即向一位亲近的朋友求助，在信中转录了敬隐渔来信的内容。这位朋友名叫博杜安（Charles Baudouin，1893-1963），一位研究心理分析的医生，法国人，1915年被聘为日内瓦大学教授，此后定居瑞士，两人来往密切：

我的朋友，

有一件急事向你求助。

也许你知道中国青年敬隐渔的名字，他不时为《欧洲》月刊撰稿，里德书局出版了他的一本中国现代短篇小篇集。

我和他有友好联系。两三年前他自中国来，这是一位和霭可亲、腼腆、带点愁容的人，由于在中国接受的传教士教育，把他和中国人几乎分隔开来，以致到处觉得自己像外国人。他对生活差不多一无所知，看来有点害怕生活，所以离群索居。我关心他（何况他当时正在翻译《约翰·克利斯朵夫》）。继续和他通信，在经济上帮助他。他在里昂进入中法大学。

后来他被巴黎吸引，这是很自然的事情。他打算去几个星期，却住了两年。后果是一场灾难。

巴黎的生活在这个正派、单纯、孤独的年轻人身上，产生了毁灭性的影响。我一觉察到就善意提醒他。他却在一年半时间里停止来信。两个月前，他回头找我，寄来一连串忏悔式信件（同时借钱），我发现一个失常的人，满脑性念，只想女人，某一个女人，任何女人。他清楚自己的病况，时而害怕，时而以此为傲，乱七八糟引用记得的卢梭、尼采和弗洛依德的说话。在巴黎认识他的中国朋友，我能探问的都证实了我的印象，他的精神严重紊乱。

今天接到他的最新一封信这样说：“我不能在里昂生活了，女性的追逐和争风吃醋（差不多可以肯定这是想象）不断把我推向自戕。我想躲到瑞士去，比如到格朗学校当法文教师，这个地方那些女人不能进入。请借给我旅行的费用……等等。”

这个人目前的状态，绝对不能当学校教师，我完全没有打算给他钱，让他现在来瑞士或者旅行，这会有严重的风险。我相信当务之急是能够让他在里昂由一位明智仁慈的好大夫作检查，休息一段时间，同时接受治疗，住在一间医疗院里，既要让他感到没有被禁闭，又能避开那些多少想象出来的“追逐”。你认识这样的医生和这样的医疗院吗？我准备支付部分费用。（另外还有一点要注意，中法大学给学生的补助金很足够，我担心敬隐渔会向大学借钱。现在不应该给他钱，他会用来做不利于自己的事情。）

如果你能告诉我里昂某一个可靠的人，能够在精神上援救他，请尽快来信。因为存在采取绝望决定的危险。这个可怜的孩子值得我们挽救。

他可能会写信给你。我把他托付给你的敏锐同情心。

此致忠实敬意。

罗曼·罗兰

沃州维尔纳夫奥尔加别墅

一九二九年十月十八日

这封信以简练的笔法概括了他和敬隐渔的交往，表达了他的焦虑，以及打算如何帮助他去治病，通篇散发一种人道主义的光芒。博杜安读后

里昂近郊静居医疗院（1925 年，版画明信片）

为之动容，在当天日记写道："罗曼·罗兰把一件人道事件这样挂在心上，这是真正仁慈的漂亮一课。"他虽然正在发烧，仍然在 23 日赶快回信，但是他所知道的里昂最著名的精神病医生正是雷宾教授，另一位医生远在巴黎。

罗曼·罗兰最后找到里昂近郊的静居医疗院（La Clinique Mon Repos），这里本是修道院，1910 年由弗亚德（Henri Feuillade，1874 – 1935）医生改建为医疗院，专门接收精神障碍患者。罗曼·罗兰写信给敬隐渔，吩咐他到里昂诊所去看弗亚德医生。11 月 2 日，敬隐渔回信，已经遵嘱见过医生，准备入院：

亲爱的大师，

我今天刚发现一样东西，对我来说比女人更不可或缺：每天一杯咖啡。从今之后，我掌握自己精力系统的缰绳，我期待，某些物质条件（本来很容易得到的）一旦实现，我肯定得到幸福。

我第一次向大师说想找精神病院的时候，所遇到的危机性质和最近的不同。那一次天气晴朗，我带着独行者的梦想到乡下散步，满脑子的思想和热情。有一个女人本应不会给我写信，要写也要用圣经文体。然而我接到一封卖弄风情的信，里面又充满戒备心。那天晚上，我遇到一股冷风，心情懊丧。我去看医生，而且是一个没有人推荐过的医生。他在我的腰部打了一针，开了镇静药，规定我戒喝咖啡和戒抽烟……他没有指明规定何时期满。当然，对一个过劳的人最好的劝告是休息。但是强迫一个人长年累月昏睡不是很荒谬吗？唉！一个医生对世人就是有专制的权力。患者因此变成一件金属零件，任凭周围的人所组成的精密齿轮系统所摆布。单是这些周围的人和这个医生，便足以把一个活生生的人弄死！每一个人都有自己的精力方程式，任何医生都无法准确了解，即使是神医，因为同时要接触太多的病人……自此之后，我再没有成功借过一文钱来买刺激品。事实上那时候也不需要！天气仍然晴朗，我重新开始独行者的散步。啊！大自然在无边的宁静中，显得更美，更丰饶，比毫无价值的社交活动更令人惬意！所以社交活动对我几乎没有吸引力。经过多个星期的孤独安静后，我满身精力，在图书馆和一个陌生的姑娘攀谈，我如此自信，周围的朋友都为之惊奇。她答应第二天与几位女朋友来学校看我。我的说话和举止全部都很协调明确，言之有物。我不需要任何指导便完成一件有效而漂亮的举动。

然而，这次约会碰上我得了感冒的日子，背脊冰凉，双目茫然，一副狼狈相，冒犯了这位几天前还对我信任的朋友。她再也不回应我的追求，写了一封严厉的信给我。我再一次不知所措，本来应该服一颗安眠药休息几天，或者找点娱乐，听一场交响乐，或者更简单点，喝一杯咖啡有效地消耗多余的精力，因为天气寒冷，无法外出散步。但是我没有这样做（我身无分文），而是冒失去向男人求救。在这种情况下，一个中间人永远无能为力。他有自己的事，自己的职责，他被迫观察你，提出要解决的问题，这只会增加不平衡。就像一个可怜的穷光蛋向守财奴债主借钱，债主趁机要他先清还积欠的旧债！这时候，我觉得很遗憾没有一个母亲或一个姐姐，看透我的心事，给我一些小劝告和小娱乐！在生活中，这比热恋更必要，也更难找到。

今天，我卖掉一本小说选集，最后的一本，能够买一杯咖啡喝，最近日子的风暴随即消失，我的精神一度被困在烦恼里，在活动的暗礁间颠簸，现在重新开始在人和事中间自由来往。我作过冷静的有用思考，这次可能对自己的幸福起决定性作用。我谴责以前的情绪波动，粗暴，挑剔，懦弱，不宽容。我要成为像耶稣那样温和，像释迦牟尼那样宽宏。我再也不会看不起其他人，吓怕其他人。我与所有人友好相处和来往。忧虑的愁思就会消失。我不打算享乐，准备受苦，这样会受少得多的苦！

尤其我已经找到方法，把活动和休息分开。多年来，我受的苦不是来自消沉，而是烦躁，这是振奋不足的结果。可是稍为振奋，便无法休息，振奋不足，又无法行动。一直在活动和休息之间左摇右摆，从来没有到达任何一端。这种时期，我称为“精力摇摆（或注意力分散）期”。愈挣扎，愈失败，给未来的活动欠下无数债项。这样浪费掉的时间和精力的总和，如果善加引导，足够重新建造世界！……

我有天才的电光和白痴的举止，因此人家不再理解我。他们看得起我，但害怕我。他们刺探我，而我的任性行为造成一大堆误会。所有人都白费气力……

很多时候，精神的苦恼不过是物质苦恼的翻版。我今年在里昂虽然受到很多痛苦，但度过一些快乐而且有成果的时光：在乡下独行散步，或者神游物外，尤其当我喝了咖啡，在自己足够大的房间，静悄无声，光线明亮，暖气充足，一张舒适的桌子。唯一不好是我还没有对策治好精力摇摆时期。

我记得在巴黎生活的艰苦两年，没有任何活动，没有任何休息。住得差，吃得差，为明天发愁，被迫老是去图书馆，以求得到暖气和灯光。在那里，我读完感兴趣的书后，再没有力气工作，开始看天花板，墙壁，然后看人的面孔。要是我有盖吉兹的魔戒，或者更简单点，有一副黑眼镜，我就会在这场人面表演里找到简单而安静的消遣，像在柯罗的风景画那样。是的，只要有一副黑眼镜便能令我得救。由于没有这件小宝贝，我招致无数的活动刺激，而且很倒霉，全是最棘手的，代价最大的。其实我不过寻求减轻一下疲倦，小睡一下！第一年假期时，我忙于翻译选集，人很平静，不知不觉赢得一位爱沙尼亚姑娘的信任，她每星期陪我去散步两次。她不过完成一件差事，但我却尝到一种柏拉图爱情的全部纯真自发的喜悦。由于我没有明白她的暗示，她离开了我。对我来说，今后不可缺少一位这样的朋友。我去找过索邦大学的波兰女郎。可是碰到的只是猜疑和难以解答的谜语。我希望在一种友谊的柔情里汲取工作的灵感，可是汲到的却是神经紧张！这是一个漫长的精力摇摆期，没有收获，一场灾难！——在中法大学最初几个月，我像一个安心等候母亲归来的小孩子那样平静，毫无牵挂地在哲学思考里飞翔。然而，没有一个信任我的心灵自发而来，却掉下很多无法捉摸的暗示，像搅浑一塘静水的冰雹，形形色色，叫人无所适从。我的时间继续在甜美丰产的默想和艰难无用的活动之间摇摆。

我习惯于自发的静思，厌恶世人故作姿态的伪装表现。经过多少痛苦，到今天我才适应过来。对我来说，适应一种行为而不知道理由何在是十分痛苦的。然而，我刚找到一种理由。灵感触发的热情"占用"一段深沉的时间，但很短促，而平庸的游戏却占用一生。诗学使灵感变得贫乏，却把灵感变成事实，帮忙我们消磨了很多时间，韵脚和格律是一种游戏。女性的生活环境承受不了精神不平衡，她们有理由喜欢游戏。我接受这种妥协。不过，如果要做主人或者胜利者，还得等到紧张时期才去做。

从今之后，我把一个星期分为一个喝点咖啡工作的紧张时期，另一个是休息时期。用来准备好精力储备，到消耗时便可以放胆有把握去做。休息期不再厌烦，也不急躁，因为预先知道不久一定会结束。——不过，还有第三个时期，危险而困难，唯一需要引导的，这便是精力摇摆期。这时需要一些愉快的娱乐，但不要招致消耗大量精力。就是在这个时候，我尤其需要一个女性导师，她不应该是一个激情而忌妒的情人，而是一位母亲，一位姐姐，或者说得更生动，一位聪明的护士。她不要求我追求她，向她献殷勤，对她毕恭毕敬，表示赞赏，或者投以关注的目光。她应该温柔，聪慧，单纯，爽直，宽容，随和，没有顾忌，不做作，不存戒心。她会说："噢，你看来不开心，想要什么消遣？……”她安排我跟没有激情的人玩耍，带我去听音乐会，混在淡漠的人中间。她对任何事情都不会惊讶和生气。一句话，她像对小孩那样开导我，爱抚我。当她看到我的紧张时期来到了，这个时候，只有这个时候，她才指点我去做重要的事情，因为只有在这个时候，我能够理解“事情”的微妙差别及底蕴。我相信这个角色只有托马斯小姐能够胜任。望大师敦请她帮助我，或者不如说拯救我。最早几步尤其困难。我的幸福，我的生命，我的所有恩惠，全靠一位这样的女导师。我放弃写信给她，一封冰冷的信毫无价值，不如不写；一封表示爱慕尊敬的长信超出了我今天虚弱的力量，只会妨碍今后的关系。一位这样的人物没有欠我任何东西，也不向我要求任何东西，她做这件慈善事，像一件完全自然的举动。我安静等待妈妈来找我。在守候大师答复或者她的呼唤时，这是我的休息时期，不做任何事。

我见过弗亚德医生，打算明天进他的医院，但要他不过分妨碍我的个人原则。

我急需一件冬大衣。请大师贷款给我买一件。

直到现在，很多女性挑逗我，消耗我的精力和意志力，但没有人想到要帮我恢复。我大部分时间需要一位母性的护士（她为我找一些温和的消遣），只是间中需要一个情人。前者比后者更难找到，因为女性没有主动靠近人的习惯。两者合一，便是理想的女性。我想从前者开始，但是人家强迫我从后者起步，令我徒然精疲力竭。我首先需要一个女性，不必我一请再请，不必要我等待，不刺探我的意向，而是温柔地引导我的期望。

谨致敬意。

J. B. 敬隐渔

一九二九年十一月二日

于里昂第五区中法大学

敬隐渔在信中使用了柏拉图《理想国》的古希腊传说，吕底亚城邦国国王盖吉兹拥有一只能隐身的魔戒。

这是敬隐渔写给罗曼·罗兰最长的一封信，也是档案收藏的最后一封。他在信中清楚陈述了对女性的各种幻想，这些话也跟周围的同学说过。汪德耀刚开始与罗曼·罗兰通信，为他打探敬隐渔在中法大学的消息。1930 年 1 月 6 日的信提及一位熟悉敬隐渔的心理学博士同学，他认为能够挽救敬隐渔的女性，既要自愿给他身体，也要给他灵魂，与此信所说的“女性导师”相符。

11 月 5 日，罗曼·罗兰接到弗亚德医生的检查结果：

先生，

中法大学年轻人敬隐渔在阁下赞助下，来过我的诊所。他表现出一种相当严重的性器官强迫神经衰弱症。需要接受认真的治疗才能恢复继续学业所需的力量。

我为他检查后，他已经进入我在埃聚里的静居医疗院。治疗费用对一个大学生相当昂贵。他告诉我，阁下在这种情况下会帮助他。谨请就此写一信给罗尼省埃聚里的静居医疗院女院长。我观察几天后，再报告关于这位青年人更确切的印象。

谨致敬意。

弗亚德医生

一九二九年十一月五日

罗曼·罗兰不知道敬隐渔身染梅毒，弗亚德医生也没有提及。不过，秘密很快揭穿。几乎同一天，一封中法大学信件到达他的手中，也是写于 11 月 5 日，由中方校长何尚平签名：

私人密函

先生，

本人谨以中法大学校长的资格，以及先生一直慷慨照顾的学生敬隐渔的同胞身份，向先生衷心感谢对我们种族一位成员表现的人道主义和同情。

正是为了避免虚耗先生的善意，特书此函，告知你的被保护人的恶劣健康状况。

根据几位神经专科医生意见，尤其里昂大学医学院院长雷宾教授，敬隐渔头脑处于混乱状态，甚至预料不久可能变得危险。事实上，这位不幸者染上梅毒已久，疏于起码的治理，以致失去所有活力。加上研读心理学和文学，把他带到一种过分的色情状态，直至现在那种衰弱情况。

最近一段时间，他的任性行为带来连串麻烦。就如最近他去莱蒙湖边度假，离开时没有和东主结账，校方为此遭到官司的威胁，不得不付钱，以维护学校的名誉。更近一点，他写信给里昂一所中学的一位年轻女孩子，要她一同私奔。本校遭到该校校长的责备。这些损害学校声誉的事情无法尽述。因此，为了公众利益，也为了他本身利益，校方在理事会上详加讨论。尽管本校满怀善意，仍不得不取消他的学籍，同时迅速遣送回国，旅费由本校负责。

本校知道阁下对他的巨大影响力，敬请协助本校说服他尽早动身。这样做法对学校，对他的家庭和他本人是最好的帮助。当此困难处境，尚祈不吝襄助。谨致衷心谢忱，并致敬意。

校长 何尚平

一九二九年十一月五日于里昂

这封信让罗曼·罗兰明白事情的严重性，已经到了最后关头，不是敬隐渔的病，而是中法大学决定开除他的学籍。在罗曼·罗兰眼中，敬隐渔是西方文明的受害人，不应由他承担后果。作为接待国，法国有责任为他治疗，而不是把他赶出法国。这时候，敬隐渔已在他安排下进入医疗院，他认为当务之急是继续治疗：

校长先生，

来函收悉，承告学生敬隐渔情况，至为难过。我在这个可怜的孩子初抵欧洲时便认识他，对他深有好感。后来发现，他移居巴黎后不久，精神出现变化，曾经给他忠告。经此之后，他在一年半时间内停止写信。当他再度来信时，我对他的身体受到的损害感到震惊。他的思想处于紊乱状态，向我发出狂乱的焦虑呼喊，表现出受到一种如此强烈的自杀念头困扰，以致我认为必须把他交给一位专家治理。他是弗亚德医生，地址在里昂市蒂尔西特河滨路乙十九号。这位医生把他送进罗尼省埃聚里的静居医疗院。我提议供给部分治疗费用作为帮助，但治疗昂贵，我只能拿出三千法国法郎供他使用，这笔钱不足以应付超出三至四个星期的开销。

谨请校方与弗亚德医生直接联络，说明校方的想法，协商后再决定适当的做法。本人自当遵从决定。不论何种情况，即使病情已无希望，唯望这个可怜的孩子能够交托到善心人士手上。因为他是环境的受害者，值得关怀。

谨向校长先生致意。

罗曼·罗兰

一九二九年十一月十一日

于瑞士沃省奥尔加别墅

中法大学的想法和罗曼·罗兰刚好相反，接信后不置一词，过了一天，11 月 13 日，派人径直到医疗院，把敬隐渔带回学校。很明显，他们担心要负责高昂的医疗费用。罗曼·罗兰收到弗亚德医生第二天寄来的信才知道这件事：

先生，

正如前信所述，本人判断这位年轻人的精神状态十分严重。需要长期治疗才可见疗效。然而中法大学根据雷宾教授的意见，选择把患者遣送返国。昨天他在一位同胞陪同下，离开了静居医疗院。再者，鉴于他目前的精神状态，以及他的性器官冲动，本人无法继续把他留在医疗院。我们本来应该把他送到一所关闭的医疗院。

谨致敬意。

弗亚德医生

一九二九年十一月十四日

这一天，医疗院也寄来账单，从11月4日进院至13日出院，总计一千三百二十法郎。罗曼·罗兰在次天日记中记载了这个不幸的日子：

可怜的敬隐渔，我让他接受检查和到里昂附近一间医疗院治疗，但他的精神毛病被证实过于严重，无法留医。早年染上的梅毒一直没有治疗，导致一种神经衰弱症，陪随着性器强迫症，有可能发展至危险的疯狂。中法大学被他的几次出格行为连累，写信通知我，要把他遣返回中国，费用由校方负责（换而言之，唉！把他摆脱掉。等于把一个人扔进水里——说不定在海上旅途中他便自己跳下去！）我很痛心，记得他到欧洲来见我时，他的品质很优秀，很感人。他的青年时代并不幸福，付出很大的勇气才成长起来。他天资高，心地善良，人聪明，但已经承受着精神忧郁的重压。很不幸，他在一年半到两年时间内对我三缄其口，疾病就在此时肆虐。我无法给他出主意。今年九月之后，他回头再找我，寄来一连串胡言乱语的信，为时已经过晚。然而，在这封信中，表现出何等的文笔天赋，在外国留学生中殊为少见。

他的自我分析尽管出错，因为受情欲的纠缠，又没有消化好所读的尼采和弗洛伊德著作，但表现出一种不寻常的头脑（他像尼采那样的人，明知崩溃在即，却头脑清醒，心境高傲）。

一直到这个时候，他仍然没有任何一句责备敬隐渔的说话，相反地，他珍贵地保留一点一滴美好的回忆，甚至对外人看来疯疯癫癫的来信，他也找到可观之处。罗曼·罗兰宠爱敬隐渔，原谅他所有错误，一直努力到最后挽救他，没有丝毫后悔，没有丝毫抛弃的迹象。

他的观察准确，敬隐渔并未完全失去理智，脑袋继续清醒，继续写信给他，很可惜，这些信没有保存下来，只在致中法大学的信中提到。面对敬隐渔的求救呼声，他不能保持沉默，明知不可为而为，在11月22日写信给中法大学校长：

校长先生，

我继续收到敬隐渔写的求救信，写于中法大学。他是否仍在学校？还会留多长时间？

他写信给里伏医生，请求让他进入埃聚里以外的医疗院。他表示里伏医生已经回答愿意接受他。我不知道该怎么想。应否把他遣返回国？何时才适合遣返？

他表现得平静了一点，很想得到治疗。尚望再仔细为他检查！

如果有一种适合的疗法能挽救他，即使一线机会，都不应放过。这个不幸的人对新中国可能是一个真正的人才。

自从你告知校方的意向后，我再没有给他回信。

谨向校长先生致意。

罗曼·罗兰

一九二九年十一月二十二日

于沃省维尔纳夫奥尔加别墅

附言：敬隐渔的文学才能毋庸置疑。即使精神紊乱，他的作家天才仍然令我惊讶。他有一种法语文笔驾驭能力，在外国留学生身上很罕见。

这封求情信满溢着人性光芒。发自腑肺的说话，催人泪下。如果说罗曼·罗兰在三十年代一些国际政治问题上的表态，事后被验证为错误，那么在与敬隐渔的交往中，他的仁慈，他的人道主义，他的爱心，他的诚恳，灿烂如日，没有半点瑕疵。高尚的人格，令人敬佩。

在同一时期，敬隐渔也在努力，寻求走出困境。他在 12 月 2 日写信给雷宾教授：

先生，

谨向先生请求，准许我前往巴黎继续学业，或者返回中国。我的身体和精神越来越无法忍受里昂生活。到这里一年多，我只到过学系两三次；而在巴黎，我几乎每天都到索邦大学。在巴黎，我有一些朋友，和蔼可亲，逗人开心，快活开朗；而在里昂，长期的孤独令我厌烦，把我推向自戕。周围的面孔很可怕。比如校长的面孔，从第一次和我说话就是这样。真想揍他一顿。我不断驱逐这个念头，令我很痛苦。求先生救我，以免我可能犯法。

在巴黎，在中国，我会遭受贫穷之苦，但比起今天的精神监狱，我更喜欢一千倍。

求先生回答我，拯救我！

谨致敬意。

J. B. 敬隐渔

［一九二九年十二月］五日早晨

于里昂第五区中法大学

这封信目的很明显，敬隐渔希望返回巴黎。但是他的信中也提到中国，雷宾抓住机会，第二天亲自回信，一句不提巴黎，只说中国：

先生，

我很关心你的健康，并且肯定告诉你，留在目前的状况里对你没有好处。正如我跟你说过那样，我强烈建议你尽早返回中国。你需要的是故乡的空气。待你恢复了健康，如果回来这里有益你的学业，我很乐意帮助你。

此复。

雷宾

一九二九年十二月六月于里昂

罗曼·罗兰答应校方中断与敬隐渔的联络，对这件事一无所知，校方没有信息，他只能在忧虑中等待。12 月底，圣诞节刚过，何尚平忽然寄来一封紧急快信：

先生，

很抱歉尚未回复十一月二十二日来函。

经过多次商量和谈话后，最后决定敬隐渔在今天二十七日回中国。已经买妥里昂到马赛的车票和船票。然而，在佩拉什火车站，火车出发时刻，敬隐渔拒绝上车，另外登上前往日内瓦的列车。再者，他到了这个城市后，试图向法国远洋航递邮船公司退还船票。

在此情况下，里昂中法大学决定不再把敬隐渔列入该校学生内，并且对他的未来事情概不负责。

谨对阁下对敬隐渔的关怀再次感谢，并且对他辜负这种关怀表示遗憾。

此致敬意。

校长何尚平

一九二九年十二月二十七日于里昂

信在当天下午到达奥尔加别墅，但同一天早上，罗曼·罗兰已经从格朗国际学校得到消息，敬隐渔在前一天晚上出现在该校，表现异常，语言混乱，为了学生安全，学校通知有关部门，暂时把他安置到一家地方医院。罗曼·罗兰见事态严重，立即打电报给中法大学，把敬隐渔的下落通知他们。

电报发出后，何尚平的急信在下午到达，一句“概不负责”激起罗曼·罗兰的愤怒，立即写了一封强硬的抗议信，为敬隐渔争取人身安全的保证：

先生，

十二月二十七日信函收悉。

有关中法大学今后不再对敬隐渔承担责任之事，我不能苟同你们的意见。

既然中法大学确认他是精神患者，可能成为一种危险（这是我完全无法评估之事），他应该受到严密注意，尤其在佩拉什车站出发的时候。

今天早上，在收到来信之前半天，我在发出的电报中，给你们提供了找回敬隐渔的方法。现在由你们自行判断，是否应该让他在路上乱跑。为他检查过的医生完全有资格作出决定。然而，在他没有被认为不会伤害人之前，在没有把人找回来之前，你们理所当然继续承担责任。

谨此致意。

罗曼·罗兰

一九二九年十二月二十八日星期六

于沃省维尔纳人奥尔加别墅

何尚平收信后不敢复信，交给雷宾，后者亲自写了一封长信回答，使用里昂大学的信笺，附上个人名片，以示郑重：

先生，

我不知道阁下是否记得很久以前的事，狄克·梅在高等社会学院为我们介绍认识。提起这段往日交情，是为了解释敬隐渔一事，本来几个星期前就应该这样做。但出于审慎，没有就他的问题写信，如今有点后悔，因为联合我们双方的努力，更有好处。

我今夏在美，到十月二十五日才回来。作为中法大学理事会主席，我立即获悉这个学生的健康状况引起的忧虑。他自发请求我为他诊病，我让他来见我，观察到他有一种严重的精神衰弱症状，由于虚妄演绎，正在发展成被迫害妄想症。如果我贪图个人安宁，早就吩咐把他立即遣返回国。但从人道主义出发，没有这样做，让他可能在医生的指导和建议帮忙下完成学业。后来，我与他有过其他交谈，都在最佳气氛中进行。他准备接受指导和鼓励，我后来收到他的来信，对此没有任何可以怀疑的余地。

就在此时，我忽然获悉在你的建议下，敬隐渔进入弗亚德医生的医疗院，毫无疑问，他得到你的慷慨资助。这是一个绝对无效的解决方法，这种疾病进展缓慢，很难处理，在这类医院里逗留几个星期不可能产生重大影响。事实上，这种病只有两个解决方法：或者继续工作生活，以生活的现实来克服在思想产生的虚假印象；或者病情加重，病者成为自己或他人的危险，此时必须住院治疗。

然而，在这类情况下，这个做法可能会加速意外发生，在病者身上引起敌意的反应，肯定会把他所处的严重威胁状态变成一种永久无法治愈的精神错乱。

在弗亚德医疗院留医，没有住院治疗的好处，因为病者可以自由进出，也没有继续工作的好处，患者完全无所事事。

病情似乎向着迫害妄想症加深，在十一月份，尤其这个月的月初，我觉得必须让患者暂时放弃攻读文学博士论文，最好按他本人的要求，遣送回国，休学一年。

随后采用了这个决定。与你所想相反，直到动身为止，患者一直暗中受到严密的监视。不仅由几位同学陪他去马赛，学校的总书记当时在巴黎，为此专程回来。很不幸，正如你所知，他在火车站逃离了陪伴者，因为他心血来潮，要去找你，这显然与你表现的关怀有关。

可以肯定，他正在经历一个冲动时期，病情正在加深。如果你对他仍有影响力，我觉得最好说服他尽快回校。

根据到时的情况，或者得到他的同意，遣送他回国；或者给予医疗，但肯定送进封闭式医院，不能随意离开。我曾说过，对这种不得已做法很反感。我已经指示校长，如果敬隐渔近日归来，要作为病人接待。如果近日不归来，则不可能保留他的学位，还望你能理解。

我也希望你明白，为这种早期妄想病找出一种解决方法是棘手的事情，既要顾及有意识的患者的人性感情，又要顾及这种可能不过是一种暂时的威胁，可能转化成无法挽回状况的危险。

在敬隐渔先生与我的多次谈话中，曾向他提及可能获得的治疗，不仅来自我本人，也来自大学其他医生，他没有告诉你，以至我们之间没有共识。我以为这是十分遗憾的事情。

正因为双方的努力没有协调好，何尚平校长才会在患者最后一次出走后表示已经无能为力。我按照你的希望，改动了他的决定，如果能够使他立即归来，我不会批准把他除名。另外，须知在瑞士境内，我们实际上没有可能向他提供任何援助，因此只有他接受我们的监管，我们的责任才真正存在。

至于责备中法大学管理层监视患者不力，请容我重申一次，所有事情都尽心竭力，如果患者没有你那方面的强大吸引力，当然我们也理解这种吸引力，他就不会在最后一刻突然改变态度，以致没有走成。

谨此致意。

雷宾
一九二九年十二月三十日于里昂

信内提及的狄克·梅（Dick May，1859—1925）是一位女社会学家和小说家，曾创办巴黎高等社会研究学院，罗曼·罗兰在该校担任过音乐学课程。

这封信令罗曼·罗兰更加生气。朋友身份不过是外表，实质是一封官僚公函，提出一些没有兑现保证的承诺，逐点否认本身的错误，把责任推得一干二净。法国国家图书馆没有罗曼·罗兰的复信，但是他在雷宾来信的信封留下两行铅笔字："已写，挂号，四月二十二日"，说明他把愤怒压在心中，等了差不多五个月才回信。此信已佚，雷宾没有交给中法大学存档，在罗曼·罗兰心目中，中法大学没有负起对敬隐渔的责任。

12 月 31 日，他在日记中详细记载了敬隐渔在瑞士的最后行踪：

> 今年年终，中法大学计划把敬隐渔遣返中国，他在里昂车站逃脱，成功进入瑞士，出现在托马斯小姐的格朗国际学校。这个可怜的孩子感到疯狂迫近，寻求一种能够救援他的母性关怀。他记起托马斯小姐，两三年前在她的学校作过一场演讲。对他来说，这像仅存的一点光明。但是他受到性强迫症的冲击，不慌不忙地开口，要人家替他找两三个或更多的女性，任他差遣，因此他成为一个不受喜欢的客人，在这间女子寄宿学校甚至有危险。
>
> 他被送进当地一家医院，同一时间，我通知了中法大学。中方校长最初企图逃避责任，拒绝负责这个曾经就读的学生，把他从学校除名，以此脱身。但是经我抗议，身为中法大学理事会成员的里昂大学医学院院长让·雷宾医生插手干预，写信告诉我，他在学生名册上恢复了敬隐渔的名字，但他必须尽快返回学校。尼昂区行政长官已经得到报告，将负责把这个可怜的精神错乱的人遣送出境。

这一天是 1929 年除夕之夜。罗曼·罗兰毫无喜悦，简短日记流露出一种面对一个悲惨命运无能为力的悲哀，没有愤怒，只有无奈。敬隐渔的

敬隐渔致罗曼·罗兰书信的部分信封（1924－1930 年）

名字从此再没有出现在他的日记中。

他永远失去了敬隐渔，但没有失去他的记忆。1934 年 6 月，傅雷第一次来信，他在回信的附言中，打听敬隐渔回国后的下落。傅雷在 1934 年 8 月和 1936 年 3 月两次作答，使用不少婉辞，小心谨慎，没有明确的答复。根据张英伦研究，敬隐渔返国后出版的巴比塞小说《光明》中译，至 1933 年仍在重版，推断他在此年去世。本文采用此说。

无论从哪一方面看，在中国近代文学史上，敬隐渔与罗曼·罗兰的交往是独一无二的，没有任何一个中国留学生有过这样的经历。他不是唯一写信给罗曼·罗兰的中国青年，另外还有八人；不是第一个写信人，盛成比他早四年；不是唯一登门谒见的人，后来还有梁宗岱、阎宗临、曾勉和汪德耀。他和罗曼·罗兰分属两辈人，性格南辕北辙。一个大智大爱，凡事深思熟虑，认真负责，关心他人；另一个仍在寻寻觅觅，孤独内向，率性行事。

罗曼·罗兰的不寻常关爱，局外人无从了解，但至少知道其中一个原因，罗曼·罗兰是爱才之人，他欣赏敬隐渔的才气，在日记中称他为“得意门生”。而敬隐渔的表现没有令他失望，在法国一闪而过的四年零三个月时间内，在他的指引和帮助下，几乎没有经过攀登阶段，一步就踏进中国和法国的文学殿堂。他对某些作品进行必要的编译，这是超越时代的做法，具有前瞻性。在当时引起一些人的非议（尤其在中国），可是差不多一个世纪后，已经成为世界翻译界的常规。

他的成绩证明了罗曼·罗兰的眼光，如果没有病魔纠缠，如果继续留在罗曼·罗兰身边，如果……然而，历史没有“如果”，敬隐渔消失人间，世界上再没有一个人比罗曼·罗兰更伤心。

三　梁宗岱

(LIANG TSONG TAÏ)

在所有东方国家中，罗曼·罗兰最熟悉印度。他自青年时代起崇尚和平主义，在西方没有找到这种理想的榜样，于是向其他文明寻找。他曾经是托尔斯泰“不以暴力抗恶”的信徒。第一次世界大战后，他看到甘地正在实践托尔斯泰的主张，鼓吹“非暴力抗争”，引起对印度文明的兴趣。自 1915 年起，他成为印度文明在法国的最热心的朋友和宣传者，他和甘地与泰戈尔的友谊家喻户晓，带着传奇的色彩。

在印度之后，中国是他最想了解的另一个古老文明。然而，最初的两次接触都不是成功的经验。第一位盛成，还没有开始真正交流就失去踪影，四年多后才突然再现身，但始终没有找到共同的语言。第二位敬隐渔，他对这位中国青年的期望最大，给他父亲般的关怀，但仅仅一年后，敬隐渔离开里昂到巴黎，逐渐疏远。眼看他渐行渐远，刚接触到的中国文化沃土又变回荒原，罗曼·罗兰难免产生失落感。幸好就在这个时候，上天给他送来补偿，1929 年 10 月 16 日，他在日记中写道：

> 托尔斯泰曾经抱怨，太少中国人来找他。我也有同样的遗憾。在所有文明土地中，中国有识之士于我始终最遥远。在我听到的声浪中，缺少他们的声音，至多听到一两把孤立的声音。——但最近几个月，这些声音从四面八方升起。上两星期，三位有才智的中国年轻人预告前来访问。
>
> 第一位是梁宗岱，从巴黎来信（他开始翻译我的贝多芬新书），他是一位诗人（《欧洲评论》发表了他的一篇诗作）。

梁宗岱（1903 – 1983）出生于广东省新会县，六岁丧母，随在广西省百色市经商的父亲度过童年。1917 年十三四岁之交返回广东，进入新会中学念一年级，次年考进广州培正中学。这是一所由中国基督教徒创办的教会学校，英语是主要教学语言，他在那里接受西化教育。当时正值新文化运动风起云涌，他参加到这场运动去。他年纪很少就表现出文才，十二岁立志当作家，现在遇到适合的环境，迅速绽开和成长。他首先在学校刊物发表文章，继而成为学生刊物编辑，走出校门，向全国性刊物投稿，发表了一系列新诗和翻译。1922 年，他成为文学研究会会员，两年后出版第一本著作《晚祷》(新诗集)。

1923 年，他得到广州岭南大学奖学金，进入该校文学系。一年后，听从中学老师李宝荣的指点，买棹放洋，到法国学习文学。1924 年 10 月 26 日乘坐尚蒂伊轮（Chantilly）动身，11 月 28 日抵达马赛，旋即转赴瑞士，在日内瓦进修法语一年。1925 年秋天，他到巴黎，报读索邦大学文学系。1930 年夏，他转往德国和意大利游学一年半，直至 1931 年 11 月归国。欧洲的七年，把他从一个文艺青年培养成一个成熟的真正作家。

1926年 邂逅瓦莱里

梁宗岱抵达欧洲，等了四年多才写第一封信给罗曼·罗兰，似乎太晚了一点，尤其他在中学时期就爱上大师的作品，那时候敬隐渔的《约翰·克利斯朵夫》中译尚未发表，中国没有几个人知道罗曼·罗兰的名字。多年后，1936 年，中国文坛热烈庆祝罗曼•罗兰七十岁诞辰，梁宗岱写了一篇《忆罗曼•罗兰》，刊登在《大公报》1936 年 6 月 17 日的《文艺》版上（本章引文如未加注来源，均来自该文），其中有一段描写他当年阅读罗曼·罗兰作品的场面：

> 我那时才十八岁，在广州培正中学四年级肄业。一天下午，我到岭南大学去探访司徒乔和一个在岭南寄读的日本诗人草野心平，他们正在他们宿舍底顶楼（那是苦学生们住的）读着《詹恩·克里士多夫》底英译本。寒暄未毕，我便加入共读了。(那时候我们学校虽然遥隔着珠江，我们却无异于陶渊明诗里的邻居，没有读到奇文不“共

欣赏"，碰到疑义不"相与析"的。）我们齐声朗诵詹恩·克里士多夫出世时他母亲当着他祖父对他说的话："你多么丑！我又多么爱你！"我们共同为我们英雄底童年生活击节；读到他和他第一个友人莪图（Otto）底交情时又怎样相视莫逆而笑；而读到——我也忘记读了多少时候了——《清晨》(*Le Matin*）一部最末这一段话：

……于是这十五岁的清教徒听见他上帝底声音：

——去，去，永远没有休息。

——但是我将往那里去呢，主呵？无论我做什么，无论我往那里，结局可不永远是一样吗？终点可不在那里吗？

——去死罢，你们应该死的！去受苦罢，你们应该受苦的。一个人并非为快乐而活着。他活着是为完成我底律法。受苦。死。但做你所应该做的：——一个"人"。

我们底声音都不约而同低下来了，仿佛在倾听着我们里面的上帝同样的声音："受苦。死。但做你所应该做的：——一个'人'。"

一起朗读的两位朋友都是岭南大学的文科学生。司徒乔（1902—1958）后来进入北平燕京神学院，继而改向美术发展，成为画家。草野心平（1903—1988）在1925年回到日本后，一直从事诗歌创作，创立了"历程派"。

梁宗岱到法国后迟迟没有写信，并非改变了对罗曼·罗兰作品的爱好，而是命运另有安排。法国国家档案局有一个索邦大学文学系的学生档案汇集，保存了梁宗岱的注册卡片。他从1925年至1927年，连续三年注册。填报名字 Liang Tchong Tai，与后来使用的拼写 Liang Tsong Taï 不同，可能这是护照用名。像其他外国留学生那样，他选择攻读自由硕士学位，只要拿到四张学科考试文凭，便算取得学位。1925年第一年最用功，上半年通过英国文学考试，下半年现代哲学；1926年第二年报考法国文学，花了一年工夫通过；1927年第三年，选择法国古语文（philologie），这是最后一张所需文凭，但是注册表上没有填写交费收据号码，与前三张记录不同，表示没有参加考试。

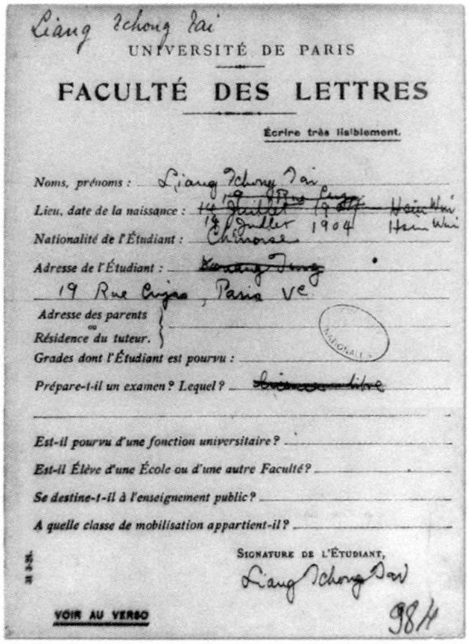

Liang Tchong Tai
UNIVERSITÉ DE PARIS
FACULTÉ DES LETTRES
Écrire très lisiblement.
Noms, prénoms : Liang Tchong Tai
Lieu, date de la naissance : 14 Juillet 1904 Hsin Hui
Nationalité de l'Étudiant : Chinoise
Adresse de l'Étudiant : 19 Rue Cujas, Paris Ve
Adresse des parents ou Résidence du tuteur.
Grades dont l'Étudiant est pourvu :
Prépare-t-il un examen? Lequel ?
Est-il pourvu d'une fonction universitaire ?
Est-il Élève d'une École ou d'une autre Faculté?
Se destine-t-il à l'enseignement public?
A quelle classe de mobilisation appartient-il?
SIGNATURE DE L'ÉTUDIANT,
Liang Tchong Tai
VOIR AU VERSO
9814

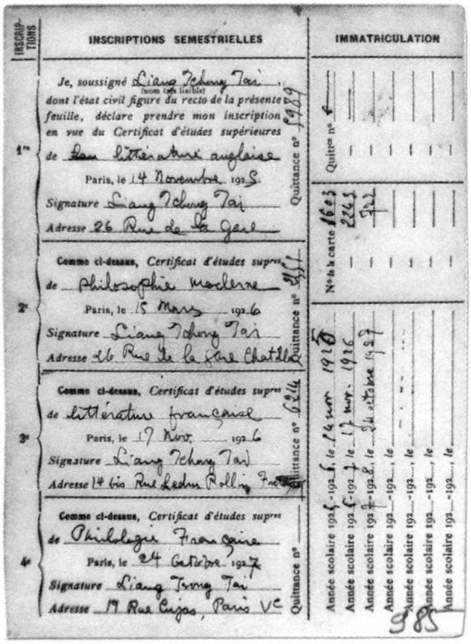

INSCRIPTIONS SEMESTRIELLES
IMMATRICULATION
1re Je, soussigné Liang Tchong Tai (nom très lisible) dont l'état civil figure du recto de la présente feuille, déclare prendre mon inscription en vue du Certificat d'études supérieures de littérature anglaise
Paris, le 14 Novembre 1925
Signature Liang Tchong Tai
Adresse 26 Rue de la Gare
2e Comme ci-dessus, Certificat d'études supres de Philosophie moderne
Paris, le 15 Mars 1926
Signature Liang Tchong Tai
3e Comme ci-dessus, Certificat d'études supres de littérature française
Paris, le 17 Nov. 1926
Signature Liang Tchong Tai
4e Comme ci-dessus, Certificat d'études supres de Philologie Française
Paris, le 24 Octobre 1927
Signature Liang Tchong Tai
Adresse 19 Rue Cujas, Paris Ve

梁宗岱索邦大学文学院注册表（1925－1927年）

从一个勤奋的大学生到不参加考试，梁宗岱经历了人生的一场大变化。当他进入索邦大学后，很快就发现文学院的课程不适合自己，他一心想成为作家，而教授中多的是评论家或研究者，独缺作家或诗人。“正当到欧后两年，就是说，正当兴奋底高潮消退，我整个人浸在徘徊观望和疑虑中的时候：我找不出留欧有什么意义。”幸好大学的学习气氛生动活泼，学生会经常组织各种活动，同学都是文学爱好者，课前课后，校内校外，所有聚会都围绕着文学进行。梁宗岱性格开朗，在国内是学生会的活跃分子，担任过各种职务，到了这里如鱼得水，乐在其中。在这个背景下，他不久就邂逅了文学大师瓦莱里。

瓦莱里的文学声望当时如日中天，文学系的学生都视他为偶像，整天把他的名字和诗句挂在嘴边。梁宗岱在瑞士已经听过他的名字，读过他的诗歌，到达法国后，很快就遇到机会：

> 时巴黎大学文科学生会正展开一个关于诗的辩论会，一个美国同学约我一起去访问法国当代最著名的诗人梵乐希（Paul Valéry），听取他的意见。我是带着战战兢兢的心情去按门铃的。出乎意料之外，一

坐下他便对我们（特别是我）娓娓不绝地大说他对中国文化的观感。（梁宗岱《我的简史》）

他后来在给瓦莱里信函中，这样描写会面的一刻：“像一个夜行人在黑暗中彷徨，摸索，忽然在一道悠长的闪电中站住了，举目四顾，认定他旅程底方向：这样便是我和你底相遇。”他固然对瓦莱里敬重仰慕，而瓦莱里对这位东方青年也产生强烈的友好感情，因为“他跟我谈诗带着一种热情，一进入这个崇高的话题，就收敛笑容，甚至露出几分狂热。这种罕见的火焰令我喜欢。”（瓦莱里《〈法译陶潜诗选〉序言》）

瓦莱里“为人极温雅纯朴，和善可亲”（梁宗岱《保罗·梵乐希评传》），这是一位可遇而不可求的理想导师。梁宗岱幸运成为他的入室弟子，时常有机会见面，一同到公园散步，聆听他解释自己的诗篇，在他指点下修改十四行诗，出入巴黎文化沙龙，这样追随大师左右，让他迅速成熟起来：

一九二六年春结识法国当代最大的诗人保罗梵乐希（P. Valéry）。对我诱掖备极。法国文坛和巴黎许多文艺沙龙都为我大开门，使我决定放弃考取学位的企图。（梁宗岱履历手稿）

1927年的考试没有记录，就是由此而来。

1927年　从普雷沃到罗曼·罗兰

当他在1929年第一次写信给罗曼·罗兰的时候，他已经完成了瓦莱里诗篇《水仙辞》的中译，在《欧洲》月刊发表过法文诗歌，法译《陶潜诗选》也进入最后修订阶段，可以说离开法国文坛大门只有一步之遥，这和其他仍然属于文艺青年的中国留学生大不相同。他写信的动机并非为了找寻导师，而是要把罗曼·罗兰作品介绍到中国：

尊敬的先生，

我在学会法语之前，已经被《约翰·克利斯朵夫》的英译本深为感动。若非一种对这部作品的敬重阻止我，恐怕已冒失从英语翻译过来。

我在开始学习法语那年，得知我的同胞敬隐渔先生已经开始了这个重任。自此之后，除了《约翰·克利斯朵夫》第一二卷外，中国还出现了《贝多芬传》的两种译本。至于我自己，不时练习法译中，以及中译法。我主要翻译过保罗·瓦莱里先生的《水仙辞》和《太司特先生》，还有一个中国古代诗人的诗篇，随信附上几个片断。

和一九二九年升起的太阳一起，世界被另一个太阳照耀着：一个新的贝多芬！同样的一个英雄人物——但是增加了怎样的宽度、广度和深度呀！阅读的时候（我正在第二次阅读），每个字都在跃动，深入到内心，一如瓦莱里先生文字的光芒和响亮。（因为在我心里，你和瓦莱里先生，是这个世纪思想的两大潮流，代表了精神的力量和飞跃。）随着阅读的深入，我无法抵抗渴望译成母语的推动。这一回，我想我可能担当得起这件工作。先生允许我做这件事吧？

尊敬的先生，请接受我最崇高的致意和最热烈的钦羡。

梁宗岱

一九二九年一月十五日

于巴黎居约街十九号

又及：一些朋友看了从英语翻译过来的《米勒传》片断，想看原作而遍寻不获。请告有无重印打算？

信中所说的“新的贝多芬”指罗曼·罗兰的新作《从〈英雄〉到〈热情〉》(*De l'Héroique à l'Appassionata*)，这是系列著作《悲多汶：他底伟大的创造时期》(*Beethoven : les grandes époques créatrices*，梁宗岱译名）的第一卷。这部鸿篇巨制的写作时间从 1928 年开始，延续到作者去世的 1944 年，贯穿了他的生命最后二十五年，最后一卷第七卷在他去世后才出版。

梁宗岱在这封信里附寄一些法译诗歌，这是他最钟爱的晋代诗人陶潜的作品：

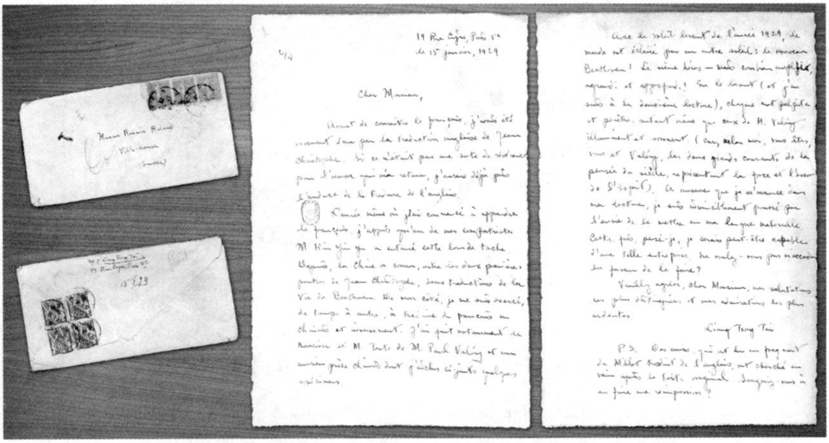

梁宗岱致罗曼·罗兰第一封信（1929年1月15日）

这时我刚好在寒假期内把陶渊明底代表作（十几首诗和几篇散文）译成法文，原是为了一时的高兴，丝毫没有把它们发表的意思。后来一想，为什么不寄给罗曼·罗兰看，使他认识我自己所最爱的一个中国大诗人呢？

没有料到，比起对贝多芬新书的长篇赞美，罗曼·罗兰对诗歌法译更感兴趣，日记也以此为中心：

一个巴黎中国青年梁宗岱向我请求翻译新写的贝多芬，他寄来一位四至五世纪的中国古代诗人陶潜的一些译诗。这些诗的情感很接近我们法国的乡土哲人，接近我们的忧郁的伊壁鸠鲁主义者。我觉得他出色地精通法语。

译文共三种：《陶潜简介》《归去来辞》《自祭文》，总共十页打字纸，虽然纸质较薄，却完好如新收藏在法国国家图书馆。像其他人的通信一样，档案里没有罗曼·罗兰的回信。幸好梁宗岱曾经摘译了其中两封信的主要段落，包括第一次回信。虽然无法看到法文原文，但读起来觉得就是罗曼·罗兰的口气，这是因为梁宗岱的译风忠实严谨，几乎字字直译：

> 信去后接到罗曼·罗兰底回信说："你翻译的陶潜诗使我神往，不独由于你底稀有的法文智识，并且由于这些歌底单纯动人的美。它们底声调对于一个法国人是这么熟习！从我们古老的地上升上来的气味是同样的。"接着便问我想不想把它们在《欧洲》杂志上发表，说这杂志是随时都愿意登载我底文章的。

罗曼·罗兰的提议令梁宗岱感到骄傲，作品能够出现在法国一流文学杂志，这是很多人的梦想。他的作品已经得到瓦莱里的肯定，不久将由他主编的文学季刊《交流》(*Commerce*) 选登，现在又得到罗曼·罗兰的欣赏，推荐给他创办的月刊，两人都是文学大师，实在难得。"但同时梵乐希，我一切习作都交给他评定的，也很爱这些翻译，劝我把它们印单行本，并答应为我作序。我便把这情形回复罗曼·罗兰。"样本中包括《陶潜简介》，就是为出书作准备。

《法译陶潜诗选》译稿的第一位读者是瓦莱里，法国国家图书馆档案收藏着梁宗岱 1928 年 11 月 15 日的来信："这里的十二首译诗是我上次谈到的。在汉语里，陶潜的诗既简洁自然，又浑厚雄健，令人想起维庸，也想起拉封登。很遗憾，在这些优点中，我担心拙译只保存得第一点。如果大师认为值得，我继续翻译四首或五首，以及一些较长的作品。"序言一事当时还没有提到日程上来，他是在出版社建议下，在 1929 年 3 月 20 日才写信请序。

由此可见，他寄陶潜诗译稿给罗曼·罗兰，不是为了得到发表，而是证明自己的法语水平，好让罗曼·罗兰授权他翻译作品。他得到期望中的答复，可是刚接到回信，却又改变主意：

> 敬爱的罗兰大师，
>
> 蒙允翻译大作贝多芬，铭感至深。初次阅读时，对于中国读者能否欣赏这部书曾把握不定。但经过思考后，我得出正面的结论。
>
> 多少世纪以来，古老的中国在艺术上热衷于精巧和纯粹，现在似

乎想返回力量和严谨。莎士比亚，贝多芬，约翰·克里斯朵夫的作品，甚至他们的生平，对我们是一种真正的新发现。中国青年被热情所推动，狂热地寻求近距离认识大师们的面目。这个新贝多芬不就是使我们深刻地既认识到这位音乐家的灵魂，又认识到克里斯朵夫的灵魂么？

另一方面，我们中间有好些人，他们也醉心于西方音乐。这部作品对他们将有很大的帮助，因为他们鲜有机会听到这种音乐的完美演奏。一位读过这本书的法国女友跟我说，她从中学会理解许多奏鸣曲。

说到头来，书内的评述本身就是一些可以独立来读的诗句。跟乐曲一样，直接带引我们深入到英雄的灵魂，所有英雄的灵魂，即使强烈程度不一样。就我而言，对音乐的和声一窍不通，却连续两次把全书一口气读完。

当然，作为翻译者，我对音乐应该有更多了解，这是全书的核心本身。两年以来，我产生学习和声的打算，以便更好地享受音乐。这不是一个强制自己的好机会么？在此之前，如果大师允许，我将翻译《歌德与悲多汶》，这篇刊登在《欧洲》杂志上的美文。

我还要感谢大师把我介绍给《欧洲》朋友的好意。我乐于从命。况且该刊物于我一点不陌生，在让·普雷沃的提议下，我曾两次为它撰稿。只候大师通知，我便去见盖埃诺和罗伯尔法郎士先生。

敬隐渔今夏考取中法大学。他离开巴黎时没有跟我道别，现在大概在里昂。

随信附上一首诗译，这是写于二十一岁那一年的诗，也就是说，已有数年。直至如今，仍是我最后写作的两首诗之一。

敬爱的大师，请接受我最热情的致意。

梁宗岱

一九二九年一月二十五日

于巴黎居约街十九号

罗曼·罗兰关于贝多芬的系列新作，与当年的《贝多芬传》完全不同，不是普通的人文传记，而是通过创作的背景和乐曲本身，来分析和重现作为音乐家的贝多芬，几乎是一部音乐专著。他出于好意，在回信中提醒梁宗岱，中国读者可能会遇到理解困难。梁宗岱是西洋音乐的爱好者，有一定音乐知识，他清楚书中的专业技术分析并非所有人感兴趣，更遑论理解了。尽管他在回信中继续赞美这本书，但提出暂时放置一旁，改为先翻译这个系列的第二卷《歌德与贝多芬》(*Gœthe et Beethoven*)。这一卷在系列中别出一格，几乎没有技术性的音乐分析，和人物传记一模一样，罗曼·罗兰在前言“序曲”把这一卷称为“我奉献这段我在贝多芬内在的海里的奥特赛旅行的插曲”(梁宗岱译文)。他收到梁宗岱请求后，毫无困难就同意两本书都由他来翻译。其实自从敬隐渔到了法国，为了谋生转向法文写作后，他最希望中国人翻译的作品是《约翰·克利斯朵夫》，两个月后与阎宗临见面时，曾经直接提出来，但没有得到反响。这个愿望要等到1936年，才由傅雷来实现。

梁宗岱这封信有三个人名，罗伯尔法郎士在敬隐渔一章内已经出现，他本是作家，后来放弃写作，专注《欧洲》月刊和里德出版社的经营。另一位盖埃诺（Jean Guéhenno，1890 – 1978）是文学批评家，刚在这年出任《欧洲》月刊主编。至于让·普雷沃（Jean Prévost，1901 – 1944），他是梁宗岱最要好的法国朋友，像罗曼·罗兰一样出身巴黎高等师范学院，1922年毕业。他的精力过人，爱好体育运动，在文学圈子里以“烈汉子”闻名，快人快语，曾令不少大作家尴尬和生气，但没有人怀疑他的诚恳和好意。第二次大战期间，他参加地下抵抗运动，同时在里昂大学攻读文学博士学位，1942年完成论文《论司汤达创作》(*La création chez Stendhal*)，次年获得法兰西文学院的文学大奖（Grand prix de littérature）。同年末，他上山参加游击队，指挥一支小分队，多次参加战斗和破坏行动。眼看战争结束，1944年8月1日凌晨，他和战友在转移途中遇伏，不幸牺牲。

梁宗岱如何和他认识无法确定，推测时间在1927年初。普雷沃比梁宗岱仅年长两岁，同样的开朗性格，同样的热爱文学，梁宗岱很快成为他及他的作家妻子奥克莱（Marcel Auclair，1899 – 1983）的亲近朋友。梁宗岱当时正在尝试以法文写作和翻译诗歌，两人经常一起见面讨论。通过梁宗岱，普雷沃认识了中国文化，他很欣赏这位中国年青人驾驭法文的能力。刚好这一年他被聘为《欧洲》月刊的执行编辑（Secrétaire de rédaction），在他推荐下，这本杂志发表了梁宗岱两首法文译诗。第一首是 1927 年 12 月号的《回忆》(*Souvenir*)，译自他本人的作品《途遇》；第二首是 1928 年 3 月号的《回归外在世界》(*Retour aux apparences*)，译自王维的《酬张少府》。他在 1936 年的回忆文章说，“据该杂志编辑部同人说颇得罗曼 · 罗兰底赞许”，同人就是普雷沃。梁宗岱对罗曼 · 罗兰的兴趣，与普雷沃的推荐有直接关系。

他的信提到附上另一首诗译，档案里没有原件，但根据他所说的“二十一岁那一年的诗”，可以知道是《晚祷（二）》(*Offrande du soir*)。他后来把译作寄给《欧洲评论》(*La Revue Européenne*) 杂志，获得采用，刊登在八月号上。瓦莱里读到后，“抵挡不住由此产生的要称赞你的愿望”，写了一封信给他，称赞“这是一篇雅致轻巧的佳作”。

罗曼 · 罗兰对这首诗的评价和瓦莱里如出一辙，在日记中使用了“美丽诗歌”来形容：

> 一位住在巴黎的年轻中国人梁宗岱有意翻译我新写的贝多芬。他写信给我，法文很好，同时寄来一首自己写的美丽诗歌的翻译。

在当时的法国文坛，罗曼 · 罗兰和瓦莱里分别是两个不同阵营的代表人物，前一派激进，喜欢插手政治，干预世事；后一派恪守纯文学堡

（法国）梅拉·穆特《梁宗岱像》（约1929年，油画）

垒，两派人通常互不往来。当梁宗岱写信给罗曼·罗兰时，毫不隐瞒自己站在瓦莱里一边，罗曼·罗兰一点也不反感，更没有拒之门外，反而在日记中，两三次私下表示欣赏他的法语水平。这是难得的君子风度，爱才惜才，热心鼓励年轻人。

这封信在二月份寄达，但到六月才写入日记，相距四个多月。这是因为罗曼·罗兰有出版社的合约在身，从二月到五月中断日记，赶工整理第二本关于印度的书稿，寄出后才回头记录这段时间的来往信件，这时离开他和梁宗岱的第一次会面已经不远。

1929年　第一次见面

这年初夏，梁宗岱在巴黎接待了一位来自瑞士的中国留学生，名叫邝森志（Sam Chi Kwong，译音），身世不详，只知道出身广东一个富商家庭，家中几兄弟分别留学欧美，他本人在苏黎世联邦工程学院（ETH — Eidgenössische Technische Hochschule）读化学，取得博士学位后返国，取道巴黎前往柏林，再转乘西伯利亚铁路火车。

与他同来有他的瑞士女朋友，名叫阿琳娜·瓦朗让（Aline Valangin, 1889—1986），祖父埃利·杜科曼（Elie Ducommun，1833 – 1906）是1902年诺贝尔和平奖获得者。她和邝森志的关系密切，恋恋不舍，所以陪同前来巴黎道别。梁宗岱热情接待他们，在两个星期中，游览名胜，参观博物馆，每天上中国馆子，玩得很开心。梁宗岱的好朋友司徒乔一年前来巴黎习画，一起参加活动。当阿琳娜离开巴黎时，邀请两位新朋友到瑞士度暑假。

她的丈夫是著名刑事律师，两夫妻对文学与艺术有共同的爱好，经常在家里接待作家和艺术家朋友，把寓所变成文艺沙龙那样。他们不久前在瑞士南部阿尔卑斯山区一个小村子，购置了一座古老大宅“船堡”（Barca，意大利文）。罗辛巴姆的工作地点在苏黎世，平常只有阿琳娜在家，但她不愁寂寞。由于大宅地方宽敞，有多余房间，客人可以在这里住宿或度假，不仅老朋友继续到访，还收容过一些躲避纳粹追捕的外国作家和艺术家。

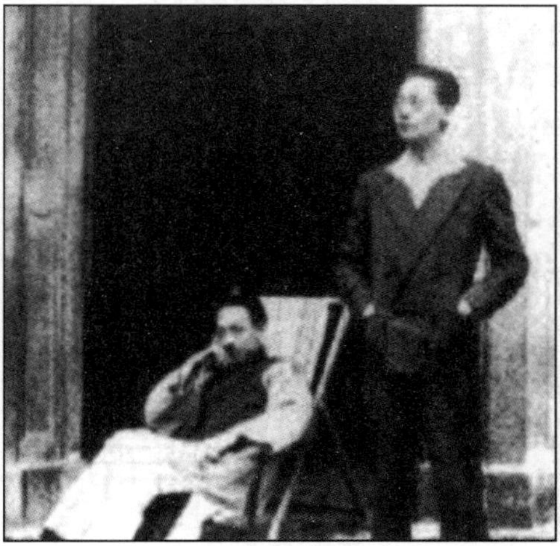

梁宗岱与司徒乔在瑞士女作家瓦郎让“船堡”度假（1929年）

原载翁塞尔诺内博物馆《翁塞尔诺内方舟，避难与灵感之地》（*L'Arca d'Onsernone terra di rifugio e di ispirazioni*）

对于远离家乡的中国留学生来说，能够有一个地方免费度假是一件求之不得的乐事。梁宗岱和司徒乔应约在八月初到达“船堡”，过了两个月神仙般的假期生活，到了九月底才打点返回巴黎。由于回程经过日内瓦，这是前往奥尔加别墅拜会罗曼·罗兰的好机会。梁宗岱提前发信请求约会：

亲爱的罗兰大师，

我来这里已经两个月，准备十月中旬返巴黎，可能路经日内瓦住几天。假若大师有小小空闲时间，容我前来拜访么？

亲爱的大师，请接受我最尊敬和最挚诚的致意。

梁宗岱

一九二九年九月三十日

于德欣州翁塞尔诺内山谷科莫洛尼奥古堡

罗曼·罗兰在日记中两次称赞梁宗岱的法文写作水平，一次称赞他说的法语像巴黎人，他留下的信函基本上找不到语法或拼写错误。但是有一个奇怪的例外，他不止一次把罗曼·罗兰的姓氏 Rolland 写成 Roland，中间缺少一个字母 l。现存的书信和明信片，无论信封或信文都误写，只有

1929 年 1 月 25 日第二封信正确。虽然法国有 Roland 这个姓氏，但以罗曼·罗兰的名气，混淆的可能性很低。何况中国人传统上十分重视老一辈收信人的称呼，这是一个永远无法解开的哑谜。

外国人都害怕法语的拼写和语法的严谨，法国人反而不看重，瓦莱里在法译《陶潜诗选·序言》中说过："拼写与语法搭配是出于纯粹虚荣心的清规戒律，并不影响文章的真正意义，与精神的真谛毫无关系。"罗曼·罗兰当然也看到错误，同样不放在心上，收信后立即答应见面。这个时期正逢敬隐渔精神紊乱迅速加剧，来信言无伦次，既令大师担心，也令他失望。梁宗岱是四年来第一个新来访的中国留学生，带给他新的希望。他显然感到兴奋，在梁宗岱到达前一天，在 10 月 16 日的日记中，以十多页的篇幅，记载了四位新通信者的情况，抄录部分来信原文。

梁宗岱关于这次会晤的文章写于 1936 年，相距只有七年，记忆十分清晰：

> 那是十月十七日，一个格外明丽的暮秋底下午。水天是一片蔚蓝，只由两岸斑斓的田园和远山浅黛色的蜿蜒可以隐约辨出它们底分界。那游湖的汽船载着我充满了热望的轻快的心在一群白鸥底簇拥中徐徐地前进。到新城正好三时；上岸再走几分钟便到我底巡礼目的地，那花木阴翳的峨尔迦别墅（Villa Olga）了。

"新城"意译自 Villeneuve，现在通行音译维尔纳夫。这个小镇位于莱蒙湖边，和日内瓦城遥遥相对，分占湖东湖西两端。两地相隔一百公里左右，现在走高速公路，一个小时就可以走完。但是二十世纪初，最方便的交通工具是轮船。文中称之为游船，表示这是一些定期班轮。这些船大约每天二至三班，中途停靠不少地点，维尔纳夫是最后一站，旅程可能长达三四小时。梁宗岱坐的船是当时流行的蒸汽船，滚轮在船侧。瑞士人出名保守，硬是把这些船保留下来，直至如今。经过多次翻新改造后，再不是蒸汽轮推动，改用柴油机，仍是湖上交通和旅游参观的主力工具。

他上岸后，只走了几分钟，便找到奥尔加别墅，并不是每个人都那么顺利。曾经有一位不谙法语的美国女游客，听说大作家罗曼·罗兰住在此地，虽然时近黄昏，仍想登门拜访。她没有地址，向路人打探“罗兰先生住在哪里？”有人热心指点，结果她回来后，向所有人惊呼，“怎么罗兰先生这个鬼样子！”原来维尔纳夫居民虽然不多，却不止一个罗兰先生，一位船长刚好也叫这个名字，本地人都熟识他。指路者以为美国女士要找船回日内瓦，结果教她碰了一鼻子灰，还以为见到的人就是罗曼·罗兰的真身。这件趣事一直传到罗曼·罗兰耳边，记载进日记里。

梁宗岱见到的罗曼·罗兰，当然不是久经风雨的船长：

> 谁只要见过他一面会永远忘不了他那硕长的微拱的身躯，他那晴蓝的目光底明确，他那低沉的微哑的声音底魔力，以及他那稀疏的手势。态度是冷静中带着和蔼。谈话底开始有几分踌躇；但越过了照例的寒暄，一经触着我们兴趣和理解底共通园地之后，他便热烈，爽直，滔滔不竭起来。

罗曼·罗兰的蓝眼睛在法国文坛很出名，不仅梁宗岱一见难忘。1913年3月，奥地利诗人里尔克致罗丹信说，“第二天，我（例外地）和维尔哈仑一起午餐，在座还有罗曼·罗兰，这个人真是好学不倦，读书万卷，眼睛好像读书太多用旧了，不时重新漆上全新的蓝色。”

罗曼·罗兰看到梁宗岱，很自然想起敬隐渔，在畅谈文学之前，他们先开始这个话题：

> 他首先问我敬隐渔底消息，得了我不知道的回答之后，他便告诉我最近敬隐渔曾给他写了不少的信，但一封比一封令人焦虑。从他那微微颤抖的声音我感到他底关怀是多么深切。“这完全是巴黎毁了他，完全是巴黎毁了他！”他终于结论似地气愤愤说。

这段记录完全准确，在罗曼·罗兰致友人信及日记中，他都表现过同一种愤怒，认为这是“滥饮欧洲文明酒精可能产生破坏的典型例子”（罗曼·罗兰日记1929年12月16日）。敬隐渔到巴黎后，结识了梁宗岱，大家都是《小说月报》作者，来往密切，但不久就失去联络。

按照习惯，罗曼·罗兰首先会向新客人询问个人情况，然后写进日记。梁宗岱没有提及这件事，因为其他谈话内容占据了他的全部思想：

> 于是我们底谈锋便转到法国文坛，中国文坛，哥德底诗，巴赫和悲多汶底音乐……上去。梵乐希而外，我很少在谈话中有过一个这么丰富的盛宴底印象。内容呢，如果我不能在这里一一缕述出来，那是因为它们已经融化在我心灵底血液里了。

歌德、巴赫和贝多芬三个名字，既是罗曼·罗兰最推崇的作家和音乐家，也是梁宗岱日后最多提及的三位德国名人。他后来到德国学习德文，返国后翻译《浮士德》，不能排除这里面可能有罗曼·罗兰的影响。

谈了一个多小时后，到了西方人下午茶的时间，这时发生了一件意外的事：

> 四时半他妹妹出来请我们吃点心，席间无意中问我认识不认识一部中国人做的什么"××××"底作者。罗曼·罗兰不待我回答，便插进来说："哼！这家伙，他是很能干的！（Celui-là il est très habile !）他这部书也曾要求我作序，我拒绝了！不意梵乐希竟替他做了！真可惜！"

虽然没有指名道姓，但是只要稍为知道这个时期中国留法学生的情况的人，都知道"XXXX"四个字指盛成的作品《我的母亲》(*Ma Mère*)。而罗曼·罗兰的激烈反应出人意外，句内habile这个词有多重意义，梁宗岱采用了正面的意义"能干"，如取贬义，亦可译成"狡滑"。罗曼·罗兰日记中曾经使用"狡滑"(malin）来形容盛成，梁宗岱没有看过日记，但他明白罗曼·罗兰的真正用意，而且站在他那边。他录下法文原字，让读者自行选择，没有谈自己对盛成的看法，只是为瓦莱里《我的母亲》写序一事辩解，间接也为盛成说好话：

> 我立刻感到这位新英雄主义使徒是，正如我们在《詹恩·克里士多夫》所瞥见的一样，和我们同样富于人性，同样近人情的：他那公

正的意识使他在一个陌生的异国青年面前也抑压不住他底嫉恶如仇的心。于是我为他解释梵乐希作序的动机完全出于怜悯和同情心，因为该书底作者曾经给他写了许多呼吁的信……

他在罗曼·罗兰面前替瓦莱里解释写序动机，莫非瓦莱里向他出示过盛成的来信？从文中使用“呼吁信”这个字眼看来，答案似乎肯定，这批信件保存至今，收藏在巴黎杜塞文学图书馆，每封信都充满求救的喊声。

盛成的小插曲没有破坏会面的友好气氛，两人继续愉快地交谈，一直到最后告别：

吃过点心后，到花园去散步。刚出门，便遇见一位比他还要高大的八十岁以上的老人正在那里看花。“我父亲……这是梁先生……”这样介绍完便引我一一细看园中的奇花异草，这些花草，因为是在山阳，在比较避风的地方，所以虽在深秋，还彼此争荣竞秀。和他底花园相毗连的是座临湖的邸第。“卢骚和嚣俄都曾在这里住过。”他带着一种崇敬的表情指示给我说。

回到屋里，因为壁上的木刻我们又谈到画。在我未告辞前，他带我到他那间一面望湖一面向山的书房去，在那里除了他珍藏的画和哥德悲多汶底笔迹外，我无意中瞥见堆在一隅的世界各地方对他致敬的许多礼物。我想起《詹恩·克里士多夫》里的话来了：“……一个伟大的灵魂是永远不会孤独的；无论命运怎样剥夺它底朋友，它终要为自己把他们创造出来，在它四周辉映着它所充满的爱……”我不知道命运曾否剥夺他底朋友，但他那伟大灵魂底爱已经辉映于全世界了。

梁宗岱离开后，罗曼·罗兰当晚就在日记中详细记述了这次会面：

［一九二九年］十月十七日——梁宗岱来访。

他从德欣州来，到巴黎去。他二十四五岁，法语说得很出色，甚至完全没有口音。和欧洲人相比，中国人学习欧洲语言多么容易，尽管他们对我们的一些字母完全陌生，例如 r，但是梁宗岱做到像巴黎人那样以小舌发出颤音。

到今年十二月，他到法国五年。他自己决定来的，可能自费，没有通过中法大学，也没有像他的国家到西方来的年轻人那样通过考试。

他的家境一定特殊而优越。他在广州附近一个城镇出生，十四五岁因为在报纸杂志发表诗歌小有名气。他坚持置身任何文学或政治派系之外，不过他说，他赞成作为孙中山信徒的中国国民党的主张。

他在法国专攻哲学，文学批判，尤其诗歌。他与瓦莱里来往相当密切。他具有相当的活动能力（毫无疑问也相当有钱），有本事过几个月便创办一本中文季刊，在中国出版，他已经得到国内和欧洲的重要中国作家同意合作。他打算在最早几期中的一期发表我的《歌德与贝多芬》。

他表现得思想成熟，清醒地谈论中国目前陷入的知识界混乱情况。年轻人明显摒弃中国过去的一切，狂热地投向欧洲文学，东碰西撞。他们没有导师，而且到达他们手上的欧洲作品都经过翻译，质量很差，最通常是根据拙劣的日文译本，或者根据英文（对法文或德文作品）。卢梭的《忏悔录》很流行，过去十年出过四五种坏透了的译本。同时还有歌德的《少年维特的烦恼》和《茶花女》，这些书最令中国读者感动和狂热，发行数量以千千万万计。

读书的人极多，书的价钱便宜（相对而言）。政局动荡从未中断过出版运作。三个主要中心在上海、广州和北京。戏剧在上演。但总体水平不高，杂乱无章。

我问他，对《少年维特的烦恼》的入迷，是否因为中国要通过浪漫主义和感伤悲情，来完成年轻人的第一次发泄。但他回答说，中国完全没有需要经过这个阶段，因为这是存在已久的天生爱好。高人雅士的文学故意不屑于感伤悲情，但大众和市民的作品总是塞得满满。因此，可以这样想，这些思想的阶层太高兴找到欧洲名人来为他们的爱好作担保。当然，他们没有人知道歌德的真正人格代表什么，也不知道文学作品和欧洲价值观的等级分类怎么回事——这种分类现在很重要，梁宗岱有意在这方面努力。

他表现对美国很反感，——似乎更倾向于英国。美国化对年轻的

> 中国造成很大伤害，中国只学会最物质化和最追求物质享受的一面。我记得泰戈尔访问中国时，这种现象令他十分反感。但是梁宗岱说，一个理想主义运动正在青年中出现。像其他地方一样，中国最好的东西并非显而易见，只有广场市集的声音才让人听见。
>
> 梁宗岱向我打听现代印度的情况，以及神秘主义与行动能否调和。——然后他说："中国缺少的，就是神秘主义。中国需要一种神秘主义。"——我说："中国有一种潜在的神秘主义。这个历史悠久的伟大民族，曾经表现出如此的生命力，如此的耐心，如此的牺牲精神，这是拥有未为人知道神秘力量的活生生证明。必须去探索，去发掘。伟大人物的职责在于察觉这种力量，并且交还给他的人民。"

罗曼·罗兰笔下的梁宗岱形象，和四年前日记所写的敬隐渔，距离很大，谈话内容也不同。如果说，敬隐渔初抵法国，仍在摸索自己的道路，那么梁宗岱已经找到方向，准备踏入社会。他沿着新文化运动提倡的道路，前来欧洲，接受西方文化的熏陶，准备回头介绍给中国。他告诉罗曼·罗兰打算出版中文季刊，不是一个空中楼阁的计划。这时正逢1919年开始的留学欧洲潮的第一个成熟期，出现一些学有所成的年轻人，他们朝气勃勃，有很多话要说，急于通过刊物回馈社会。刚好这年三月，刘海粟来到巴黎，结识了梁宗岱和傅雷等人，加上往日的学生，结成一个小集体，谈文说艺，十分热闹。他们商议成立一个名叫华胥社的文艺组织，出版刊物，由梁宗岱担任主编。上海《金屋》月刊在1929年9至10月号登载了一篇方光焘（1898—1964）写的《法兰西通信》：

> 梁宗岱等编辑了个杂志，听说已交《新月》印了。这本杂志成绩大约不会差，虽然听说有几个是并不怎样好的。等出了再［原刊"出"］来看吧，不要先瞎批评。

这本杂志就是梁宗岱所说的出版计划，最后在1931年由中华书局实现，但不是季刊，而是采用自由丛刊方式，取名《华胥社文艺论集》。

罗曼·罗兰在日记中对梁宗岱表现出十分友善的态度，除了个人的良好印象，还因为那个时代的法国知识精英，仍然保留着从十七世纪流传下来的对中国古文化的敬仰。罗曼·罗兰没有忘记自己的青年导师身份，在谈话中鼓励梁宗岱去发掘中华民族深藏的神秘主义力量，然后交还给他的人民。换而言之，像他那样投身到政治活动中，做一个行动知识分子(Intellectuel engagé)。不过，罗曼·罗兰也看出，梁宗岱思想成熟，他尊敬这位大师，但没有听从他的话走上政治道路。

这段日记最末有一小节附记：

> 〔很奇怪，梁宗岱最近才发现雨果。他视雨果为法国最伟大的诗人之一，同时也是全世界最伟大的诗人之一。他尤其喜爱《世纪传奇》和《山神》。〕

这段对话应该是在花园散步时说的，当罗曼·罗兰把毗连的“临湖邸第”指点梁宗岱看时，提到卢梭和雨果曾在那里住过。其实这不是一间私人房子，而是莱蒙湖边的拜仑酒店，建于1841年，历史悠久，刚在这年春天易手，卖给英国人，准备改建为寄宿学校。他没有告诉梁宗岱，他十分熟悉这家酒店，早在1920年还没有迁入奥尔加别墅之前，在酒店的一个小房间里住了两年多时间。当他提及当年酒店住客卢梭和雨果时表现出的崇敬表情，还要上溯得更早。他在1883年十七岁那一年，第一次到瑞士就住在这家酒店，碰巧雨果也下榻在那里。有一天，他看见雨果在酒店的平台上现身，被大群高呼“雨果万岁”的人簇拥包围。这件事让他毕生难忘，当天晚上在一张本地风景照片后面，记下了这件事，这一天是1883年8月19日。

至于罗曼·罗兰所记梁宗岱最近才认识雨果，这是交谈中出现的误会。陈占元在1985年写的回忆文章《梁宗岱与雨果》，提供了不少梁宗岱在巴黎的细节，让我们知道早在1927年，他就已熟读雨果的著作。然而由于师从瓦莱里，爱上象征派作品，因此在《保罗·梵乐希先生》中，曾经说出“以文学界拿破仑自居的雨果，也像不可一世的拿破仑倒而不能复起了”这样的话来。实际上，在他心目中，雨果与歌德同样伟大，在罗曼·罗兰面前也是这样推崇。

他们的交谈显得很投机，除了当天的日记，罗曼·罗兰在见面后三天，1929 年 10 月 20 日，又在日记里写道：

汪德耀的信写得很好，简单明瞭，我读的时候觉得奇怪，没有发现任何细微的差异或者外国色彩。无论思想或笔调，都和欧洲人和法国人一模一样，没有任何区别（最近和梁宗岱的交谈也有同样的印象）。

1930年　《法译陶潜诗选》

回到巴黎后，梁宗岱集中力量出版《法译陶潜诗选》，书稿准备妥当，只欠必不可少的瓦莱里序言，经过催促后，终于在 1930 年 1 月把书稿交给出版社，开始印制。等到书印好时，已经七月，书刚到手，就要离开法国，因为他决定不攻读大学文凭后，订下新计划，到德国、意大利、西班牙和美国，每个地方游学一年。第一个目的地是德国。

到了柏林，他进入柏林大学攻读德国文学。10 月底，他写信向罗曼·罗兰报告：

敬爱的罗兰大师，

此信于大师是否像另一个世界的回音？

我真的不可饶恕，自去夏大师赐我难忘的交谈之后，一直没有问安。因为我返回巴黎后，生活十分忙碌而散漫，在法国多次旅行。持续的精神紧张，不断的变换地方，使我完全无法静心执笔。

然而，我读大师的作品，翻译大作贝多芬，不就是经常跟大师接触么？

如大师所见，我从柏林写信，我打算在这里停留到明年春天，再到德国南部，然后去意大利，在那里同样停留几个月。因此，明年夏天，我可能再路过瑞士。

我的《法译陶潜诗选》，经过长时间踌伫不前后终于出版了。离开巴黎之前，我请出版商寄上一册，未知已否收到？

贝多芬的翻译正在进行，尽管进度不快。我可能先在一本杂志上发表一些章节。

敬爱的大师，请接受我恭敬的致意和深切的思念。

梁宗岱

一九三〇年十月三十日

柏林夏洛登堡区康德街七十四号罗德先生转交

梁宗岱说《法译陶潜诗选》出版出现延宕，除了瓦莱里因为妻子及本人患病，未能及时完成序言外，常玉的铜版画插图拖延的时间更长。油画家庞薰琹当时在巴黎学艺，他在回忆录《路是这样走过来的》中谈及这件事：

有一次，一个出版商请他为一本陶渊明诗集法文译本，搞四幅铜版插图，他接受了。可是拖了好久没有搞。后来出版商了解到他没有钱买材料，于是给他送去铜版，可是他没有工具，又拖了好久，后来实在需要钱用，他想出一个办法，他弄到一把旧修脚刀，把插图搞出来了，那时我已经回国。据说这四幅插图很精彩，德国一个出版商还为这四幅插图，出了一本单行本。

修脚刀的说法是传说，这是常见的"神来之笔"故事的变种，但他说常玉拖了很久才完成插图，却能够解释这本书为何在序言及书稿完成七八个月后才出版。

罗曼·罗兰回了信，虽然日记没有记载，梁宗岱在回忆文章中翻译了信的主要段落，并且形容这是"一封极恳挚的信"：

我已经收到你那精美的《陶潜诗选》，我衷心感谢你。这是一部杰作，从各方面看：灵感，迻译，和版本。

那奇迹，对于我，在这样一部作品里，就是它和那最古典的地中海——特别是拉丁——诗的真确的血统关系。贺拉思（Horace）和维琪尔都在这里面找着他们底面目反映着。而在一些和谐的沉思，如：

霭霭堂前林……

或：

少无适俗韵……

里，我听见了亚尔班山（Monts Albains）上一座别墅里的泉水底庄严音乐。

我唯一的惋惜就是：它对于我是已经熟习了的，我到中国的旅行并不引我出我底门庭去。

但这已经不是第一次了：我发觉中国的心灵和法国两派心灵中之一（那拉丁法国的）许多酷肖之点。这简直使我不能不相信或种人类学上的元素底神秘的血统关系。——亚洲没有一个别的民族和我们底民族显出这样的姻戚关系的。……

罗曼·罗兰对陶潜诗歌的理解，是以前给梁宗岱的信的延续和发展。他把陶潜与维吉尔相提并论，和瓦莱里之见不谋而合。

他对这本书以及对中国人心灵的高度评价，令人感动。梁宗岱一直小心翼翼保存他的信件，很可惜没能避过历史灾难，原件在1966年秋天被无情的烈火吞噬。然而，冥冥中有一种力量，不让世界上美好的事物消失。半个世纪后，2017年春天，在广东外语外贸大学梁宗岱纪念馆提供的资料中，发现了一张影印件，质量很差，除了折痕，还有几处墨黑的污渍，灰阶细节模糊，字迹浅淡，笔划断断续续，但是可以清楚看到罗曼·罗兰的签名。经过仔细辨认后，发现就是上面这封信的残件，包括第一页和最后一页。根据梁宗岱当年的译文，可以复原第一页的法文原文，包括第一段全段和第二段开头半句。纸张看上去吃尽苦头，好像被人在地上踩过又揉成一团那样，不知道包藏着何等惊心动魄的经历。尽管残缺不全，又是再影印件，却是唯一在国内保存的罗曼·罗兰致中国留学生的亲笔信页。

好事成双，在这件事之后大约一年，梁宗岱当年赠送给罗曼·罗兰的《法译陶潜诗选》原本，出现在法国国家图书馆珍本部的目录上。这本书保存得十全十美，一尘不染，除了几个图书馆的小印章，就像直接从印刷机出来那样，当年流行的半透明薄纸保护套完好无缺，连折纹都见不到一条。梁宗岱在书名扉页的右上角，以他的秀丽法文写上题辞：

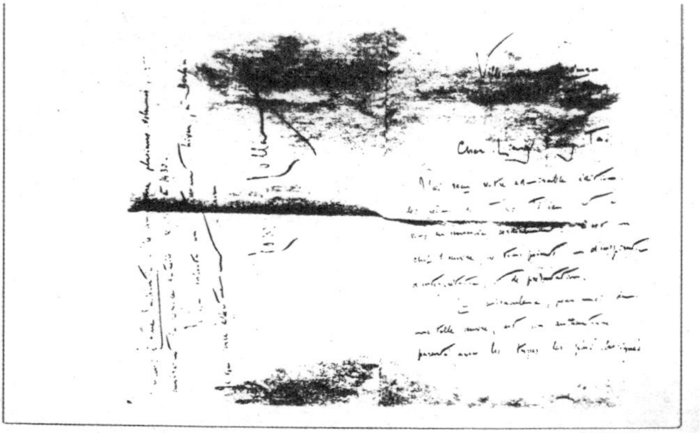

罗曼·罗兰致梁宗岱信简残件（1930年11月）

送给敬爱的罗曼·罗兰大师，

这一本我国一位最著名诗人的苍白反映。诚挚问候，并致深切敬意。

梁宗岱

梁宗岱题赠罗曼·罗兰法译《陶潜诗选》（1930年）

大师对这本书的称赞，令梁宗岱十分兴奋，他写了一封长信作答：

敬爱的罗兰大师：

大函使我非常高兴，并给我极大勇气。要是我耽搁致谢，那是因为我全身投入学习德国语言，希望两三个月内有足够的知识来应付，尤其不会被阻挡在这个文学收藏的财富之外。我瞥见了那么多好东西，想一把占为己有！……

诚然，中国的心灵，或者更确切地说，在中国占主导地位的心灵，跟拉丁法国的心灵有一种真正的同源关系。所有善于观察的中国人来到法国，少不了为之惊讶。但是，这不正好说明，中国存在着好几种心灵么？在中国思想之初，已经有两派出群拔萃，而又互相对抗：儒家和道家，且不提其他多种派别，它们是这两派或大或小的变种。如大师所知，儒家可能是笛卡儿之前的笛卡儿思想大全，而道家以其对无限的追求，对大自然界的宏伟构思，更接近印度的多神教。这正好说明，中国的佛教与后者结合起来，产生了新的一派：禅宗。可惜，大家通常只从老子的一篇非常晦涩的文章来认识道家。所以我计划将另一部道家的作品《庄子》译成法文，它对这种思想有更广阔的推衍。再说，这部著作在欧洲并非默默无闻，法语英语的译本都有(我相信也有德语)，但误释太多，文笔通常令人生厌，淡而无味，假若不说不堪卒读的话！

再说，思想和宗教，甚至科学是何物，不就是心灵和大自然的反映么？心灵到处一样，自然则有各种程度的区别。在一种思想或者一部作品里，具有深刻普世价值的东西来自前者，分歧来自后者。在中国，思想的两极由儒家和道家代表，可能只是同一事物的两个阶段，互相补充。因此在读《庄子》的时候，在他的反诘者惠子所提出的悖论中，我惊奇地发现有些跟芝诺的完全一样，就是说，一，龟长（讹用原文？）于蛇（而非阿喀琉斯）；二，簇矢之疾，而有不行不止之时，更有甚者，飞鸟之影未尝动也；三，某一长度的尺是无限可分的。庄子本人，为了驳斥他的反诘者所谓雄辩术无所不能的说法，不也写过一篇关连到帕斯卡尔有名的“两无限”的出色文章么？不同之处是他教我们明白一切，容忍一切，而非皈依某一种教条信仰。我最近在一本中国科学杂志上看到一篇文章，证明帕斯卡尔的数学三角形，十三世纪一位中国几何学家已经发现，那是几何学在中国达到最高峰的时期……关于这个题目，不也有整整一部书可以写么？……

我很高兴得悉，大作《歌德与贝多芬》近日将出版，我在假期前已经订购，希望书店很快寄来。我很乐意承担介绍给我的同胞。（那篇关于这两颗巨星相遇的精彩评述，是否已收入书中？我的翻译接近完成。）我也很高兴知道不久便可以读到《欣悦的灵魂》的续篇。

致亲切敬意。

梁宗岱

一九三〇年十一月十五日

于柏林夏洛登堡区康德街七十四号

这封信充满很多后来都没有实现的雄图大计，无疑是在一时冲动之下写成的，他到欧洲后一帆风顺，没有经过挫折，到处受人赞扬。然而他在信中表现出来的自信和锐气却是纯真的，这一年，他不过二十六岁。

在柏林念了几个月德文后，梁宗岱趁着寒假，转校到海德堡大学。他没有解释过原因，其实也不需要解释。自从拿破仑把海德堡划归巴登公国管理后，海德堡大学迅速发展为欧洲最著名的自由大学，学术气氛浓厚，外国留学生趋之若鹜。柏林的朋友介绍他去找冯至，得到热情的接待，很顺利安顿下来。他随即把新地址报告罗曼·罗兰：

敬爱的罗兰大师，

大师一定已经认识这个风景如画的小城，我从这里向大师致以敬意和深情的怀念。

梁宗岱

一九三一年二月二十二日

于海德堡新城街八号

这是一张黑白明信片，上面印着海德堡十二世纪城堡塔楼的废墟。他在这里停留的时间不长，一到六月学期结束，完成德国一年的计划就离开，前往意大利佛罗伦萨学习意大利语。

1931年　第二次见面

八月份到海边度假，正在乐山乐水之际，却发生了一件不属于计划中的事：

> 我正在斐［翡］冷翠游览，忽然接到日内瓦的电报，请我立刻到那里去，代表中国人民在一个“为争取和平的宗教和道德力量联合会”(Union des Forces religieuses et morales pour la paix）的大会上发言，题目是《从道德观点看裁军问题》(*Désarmement comme problème moral*)。(梁宗岱《我的简史》)

会议在日内瓦召开，那里是国际联盟总部所在地。当时国际局势日益紧张，在世界舆论压力，国联召开裁军会议。各国和平主义组织群集日内瓦，积极活动。梁宗岱提及的为争取和平的宗教和道德力量联合会是其中一个团体，这是一个国际性的泛宗教和平组织，正式称呼是为争取和平的宗教力量大会（Congrès des Forces religieuses pour la paix，英文 Universal Congress of Religious Forces for Peace)。目前没有相关文献可以知道为何这个组织会邀请他，最大可能是由瓦莱里的好朋友莫诺推荐，因为他和这个组织一向有来往。当时的中国留学生都有强烈的爱国心，梁宗岱收到邀请后，把代表中国人民看成是一种责任，当仁不让，立即在八月底前往参加。会议长达两星期，他不仅在会上发表了演说，而且开完会后继续留下来：

> 接着就是国际联盟举行大会，议程是裁军问题。他们留我列席。日内瓦对我是旧地重游，我亦乐得留下，并趁此机会对罗曼·罗兰作最后一次的探访。

人家留他列席，可能因为他当选为该组织的永久理事。不过，这只是一个名誉头衔，会议结束后不久，就因为国际风云变幻而消失无形。

到了日内瓦，不可能不想起罗曼·罗兰。梁宗岱在会议期间，写了一封请求约会的信给他：

> 敬爱的大师，
>
> 两星期前，我从佛罗伦萨到这里参加国联大会。未来数日，大师能否容我在跟前度过几个小时呢？
>
> 敬爱的大师，请接受我的深情敬意。
>
> 梁宗岱
>
> 一九三一年九月十二日
>
> 于日内瓦农舍街三号

罗曼·罗兰跟瓦莱里一样，习惯利用周末休息会见来客。梁宗岱第一次在星期四，这一次9月18日是星期五，两次都占用工作时间，比较特殊。不过这次罗曼·罗兰预先声明，只有十五分钟见面时间。

> 依然是下午出发，天气却是乍阴乍晴，仿佛预告这天最大的快乐将混着最大的悲哀似的。
>
> 按铃时，罗曼·罗兰亲自出来开门，但脸上和悦的笑容掩不住他那疲倦的仿佛经过大变故的心情。原来除了他自己新病愈之外，我前次曾在园中有一面缘的老人已在不久以前和他永别了。我们底谈话便在这样一个黑色的音符上开始；忽然，他底声音比平常更低下来，从他底悲哀深处迸出了这句沉痛的话：
>
> "我相信你们底祖宗崇拜是最基本最合理的宗教；因为一切永生的愿望都不过辐辏在这痴念上：要和自己的亲人死后团聚。"（梁宗岱《忆罗曼·罗兰》，下同）

这一次，他的感觉不准确。罗曼·罗兰的父亲埃米尔（Émile Rolland，1836 – 1931）原业公证人，退休已久，在这一年六月久病后去世，得寿九十五岁。这个高龄进入中国人的"喜丧"范围，虽然令亲人伤感，但冲击不会太大。至于新病刚愈，在罗曼·罗兰这个时期的日记中，找不到相关记录，然而，奥尔加别墅的确发生了一些事情。

两人开始交谈，所有不愉快的事情都扔到脑后，就像老朋友重逢那样：

> 但谈锋渐渐在别的题目上展开了。我们照例对我们共同崇拜的哥德和悲多汶致热烈的敬意；我对他述说我在德国及意大利的印象。于是我们不知不觉便转到亚细亚和苏维埃问题上去，他这两年来政治的视线差不多都集中在这上面的。
>
> “这么一个大规模的实验，”我说，“实在是一种最高的理想主义，也是任何醉心于理想主义的人所必定深表同情的。不过我们文人究竟心肠较软，对于他们底手段总觉得不能完全同意。”
>
> “可不是！”他答道，“我对于他们底弱点并不是盲目的。我在最近给他们的一封信里曾经指出个人主义和人道主义不独和他们不悖，并且一个真正的苏维埃信徒同时也必定是真正的个人主义者和人道底赞助者。”
>
> 他从抽屉里找出那封信稿给我看。当我读到“……什么时候都有伪善者，在种种利益里，在种种旗帜下。你们队伍里也有伪善者。这是一些尾随狮子的狼……”的时候，我深切地了悟他这思想上的新转变并非由于一种老朽的感伤的反动，像外间人所说的：他仍然用同样英勇犀利的目光去揭发他所同情的主义底症结。——唉！这些尾随狮子的狼我们中国实在太多了！

前面提及梁宗岱的回忆及翻译的可靠性，这里又多一个例子。他看到的信稿是一封有名的信，写于 1930 – 1931 年之交，收信人是革拉特科夫（Fiodor Gladkov，1883 – 1958），小说家，代表作《水泥》有中译本，曾经获得鲁迅的赞扬；另一位是谢尔文斯基（Ilia Selvinski，1899 – 1968），诗人，两人都是苏联的的正统官方作家。他们分别写信给罗曼 · 罗兰，批评他的人道主义和个人主义观点。罗曼 · 罗兰把答复交给莫斯科《文学报》周刊，在二月份发表。法国人要等到 1935 年，才从罗曼 · 罗兰的文集《十五年战斗》里读到这封《致革拉特科夫和谢尔文斯基信》。梁宗岱当年在奥尔加别墅只看过一次信稿，五年后在回忆文章中凭记忆翻译了一小段，几乎一字不差，可谓过目不忘：

> 梁译：什么时候都有伪善者，在种种利益里，在种种旗帜下。你们队伍里也有伪善者。这是一些尾随狮子的狼……
>
> 原文：什么时候都有伪善者，在种种事业里，在种种阵营中。你们队伍里也有伪善者。这是一些尾随狮子的豺狼……

这段罗曼·罗兰关于苏联的谈话是珍贵的历史见证。文中说他思想上产生新转变，指一般研究者所指的从1930年起，罗曼·罗兰开始倒向苏联。梁宗岱写文章时，罗曼·罗兰在上一年（1935年）访问了莫斯科，进一步以具体行动支持苏维埃政权，这种说法成为最多人的共识。但梁宗岱牢记他看过的1931年信稿，坚信他没有改变初衷。二十世纪末陆续披露的历史文献，证实了他的看法有其道理，罗曼·罗兰在支持苏联的同时，不断为一些受迫害的作家和学者申诉，个别人的境遇因而得到改善，甚至获得出国准许。到了1939年，苏德签订慕尼黑协议，计划瓜分东欧诸国，他终于明白过去的做法只是一厢情愿，不再坚持这种乌托邦幻想。

罗曼·罗兰在写给梁宗岱的信中，曾经谈过中法两国民族的近似性，这一次见面，说得更加详细：

> 原定的一句钟（因为他新病愈的缘故）底时间早过去了，我便站起来告辞。他微笑说："还是谈下去罢，机会是难得的。我也忘了疲倦了。"
>
> 由这他便回到他所常提及的中国人和法国人底可能的血统关系这感想上去。
>
> "说也奇怪！我接触过的东方民族不可谓少了；没有一个像中国人那么和我们底头脑接近的。日本人来访我的很多；但和他们谈了一个钟头的话往往还不知道他们要点所在，印度人呢（你知道是我最崇敬的东方民族之一），却永远有一种茫漠的宗教背景显现得不可捉摸；唯独中国人，头脑底清晰，观察底深刻，和应对底条理，简直和一个智识阶级的法国人（un Français cultivé）一样。谈到兴高采烈时你竟

忘了他不是法国人了。这现象是很足令人深思的。……”

在这方面，梁宗岱的想法和罗曼·罗兰完全一致。早在他们通信之前，他已经向好友普雷沃表示过：“中国和法国最为相似，而在法国，都兰区最相似。”（普雷沃《呈梁宗岱》）

交谈继续下去，没有人提及十五钟的时间限制：

> 这时茶点已备好。因为他妹妹不在，我们只匆匆吃了一点，便回到客厅去。他忽然想起苏联作家最近送给他的许多俄国民间玩具和艺术品，把它们拿出来给我看。“多么蓬勃的生活力！又多么精细的心思！”他说。我们赏玩赞羡了许久。但我们并没有想到这究竟是一些“也工作也玩的人”底“玩”，还是一些“把玩当工作的人”底“工作”；我们只感到，在这些真正的民间活力所产生出来的艺术品之前，除了通体愉快外，我们底灵魂又扩大和增强了一点，因为对于人性底认识又加多了一点。“快乐”和“营养”是一切好的艺术品，无论个人的或大众的，所应该给我们的东西，也是一切理想的“工作”和理想的“玩”所必具的条件。

这段话似寻常记事，却隐藏着奥尔加别墅的一个大变动，罗曼·罗兰的未来夫人玛丽出现在维尔纳夫。1929 年夏天，罗曼·罗兰和玛丽经过多年书信往来，感情逐渐加深，昵称她为“亲爱的玛莎”。经过多方努力，在高尔基帮助下，为玛丽争取到出国签证，让她在 1929 年 8 月底从莫斯科来到瑞士。两人初次见面，一起度过为期一个月的愉快“玛莎的夏天”，直至 9 月中旬签证到期才分手。不到一个月后，梁宗岱到访，与玛丽交臂而过。

1930 年 7 月，玛丽第二次到瑞士，和罗曼·罗兰共度第二个“玛莎的夏天”，然后在法国和德国逗留到次年一月返国。

1931 年 8 月，由于罗曼·罗兰丧父，玛丽八月才来瑞士。第三个“马莎的夏天”到 9 月 8 日才结束，这次玛丽不必急于返国，莫斯科批准她无限期逗留国外。两人一起返回维尔纳夫，五天后便收到梁宗岱的请求约会信，他看到的罗曼·罗兰的疲倦样子大约因为旅行，与“新病愈”完全无关。为了安置玛丽，罗曼·罗兰事先与他的妹妹商量好，让她去休养一段时间，让出她邻近奥尔加别墅的住宅。正因为如此，梁宗岱到访时玛德兰不在场，说不定准备茶点的人就是玛丽本人。

接下来，罗曼·罗兰向梁宗岱展示苏联作家最近送给他的俄国民间玩具和艺术品，他口中的苏联作家就是玛丽，每次都带来礼品。虽然已经第三次到瑞士，但离开两人结婚还有两年时间，罗曼·罗兰没有让她出面在情理之中。

再愉快的畅谈也有结束的时候，由于罗曼·罗兰知道梁宗岱即将离欧返国，于是赠送给他丰富的告别礼品：

> 但黄昏渐渐移进室内了，对面已显得几分模糊。我于是起身告辞。他跑到书房里取了一张近照，并在他新出版的两部我答应为[他]译成中文的大书：《悲多汶：他底伟大的创造时期》(*Beethoven : les Grandes Epoques créatrices*) 和《歌德与悲多汶》(*Goethe et Beethoven*)上题了几句话。
>
> 在前一部上写的是悲多汶一首歌里的断句：
>
> Beethoven
>
> Das Schöne zum Guten
>
> 意思是“为善的美”。在《哥德与悲多汶》上写的是莱宾尼滋(Leibniz) 底一句话：
>
> Existere nihil alind esse, quam harmoniaun esse
>
> 生存不过是一片大和谐。

这三件礼物，照片已经葬身历史烈火，两本赠书一本不知所踪，另一本由他的女儿梁思薇收藏，这是她在回国探亲时，梁宗岱交给她带出来的。然而，梁宗岱文章没有提到第四件礼物，一套四卷本定本的《约翰·克利斯朵夫》，现在保存在广东外语外贸大学梁宗岱纪念室，扉页上有罗曼·罗兰的亲笔题赠：

> A Liang Tsong Taï，en affectueux souvenir

Romain Rolland，Septembre 1931

[送给梁宗岱，友好留念

罗曼·罗兰　1931 年 9 月]

下面是古罗马诗人卢坎（Marcus Annaeus Lucanus，39—65）的拉丁文名句，加上下划线：

Gaudet patientia duris

[难时见坚忍]

这句卢坎名言，和前面莱宾尼滋那一句，一起抄录在罗曼·罗兰 1931 年日记第 129 页上，在这两句之前，还有出自歌德《格言和感想集》的另一句格言：

Der ist der glücklichste Mensch der das Ende Seines Lebens mit dem Aufang in Vorbinung setzen kann.

能把自己生命的终点和起点连接起来的人是最幸福的人。

可见罗曼·罗兰的题辞不是故意卖弄学识，而是读书时随笔记下的古训，既作为自己的座右铭，也与其他人分享。

他送这套书给梁宗岱，可能希望他能翻译。1936 年，这个愿望终于实现，不过译者是傅雷，依据的原著却是向梁宗岱借来的这套赠书。

罗曼·罗兰当晚没有写日记，第二天才补记：

[一九三一年]九月十九日

梁宗岱来向我道别。他在欧洲已经七年，确定今年十一月离开，前往北京定居。他受聘为北京大学法国文学教授。自从上次来访，我觉得他在精神方面有了变化，和几乎所有我见过的中国青年那样，他们民族的苦难，以及漫长转化的苦难，压在他们身上。梁宗岱不久前表现得像一位巴黎化的文人，他以接触到瓦莱里的非情感美学而骄傲。瓦莱里为他翻译的一本中文书作序。今天，他饱尝西方，到了饱和的程度；他惦念故土，惦念能够带给故土的帮助。

此外，他完全不是我认识的其他中国年轻人那样的革命者——因为他属于一个富商阶级——然而，他认为中国的未来在农民身上，他们保存了这个民族无法摧毁的活力，保存了传统的优秀品质。他打算全力投身民众教育。据说他在北京大学有很多朋友，那里是民族知识和社会复兴的中心。

我听人家说，辛亥革命推翻清朝，同时也消灭了卖身效劳王朝的儒家思想。梁宗岱认为儒家思想深入民族人心，不会不持续下去。他承认自己几年前仍然讥讽儒家思想，现在越来越觉得被其浸透。

他向我透露另一个重要的事实，十年以来，中国的身体虽然被可怕的无政府状态所蹂躏（在欧洲人眼中是这样的），但是这个身体如此辽阔，如此充满无法消灭的生命力，以致有些地区获得巨大的持续进步。

中国充满黄金和热心公益的富人——（欧洲这种人极其例外）——这些有钱人中的一位是梁宗岱的父亲。他是农民的儿子，无师自通，从未进过公立学校，全凭自己的智慧自学成才，白手起家。他一辈子每天都在设法去计划，去实现改善社会民生。他造桥，修路，起学校，建立慈善及公用机构。他一天没有为乡亲做点好事便睡不着觉。

再说，那里的群体成员的关系比欧洲密切得多。他说家乡的大市镇在广州附近〔我要他说明确点，他说“火车一天路程”〕，全村就是一族人（六七千人），所有人都姓李［按：Li，原文如此］。他离开七年，村子扩大了许多，建起大型的学校，配备最完善的卫生和新式教学设备。

梁宗岱不担心共产主义，他似乎不知道在中国腹地积聚了相当规模的红军。但是，他像他们的红色对手那样，鄙视掌权的军人和政客一代，这些人失信于民，腐败堕落。他们脱离了国民党，一面自称国民党，一面背叛。他渴望培养出广泛的新一代农民有产者(génération bourgeoise-paysanne)，重振中国传统，以孙中山的精神和榜样加以革新。

梁宗岱所说的家乡的大市镇指广东省新会县司前庙，火车是新宁铁路，这是一条全长一百三十多公里的民营铁路，由旅美华侨在清朝末年集资兴建，1938年日军侵占广州后拆毁，以免落入敌人手中。

这次拜访从原定的十五分钟，延长至整个下午，分手时又获赠大堆书籍和照片，除了两人谈话投契外，也可见罗曼·罗兰当时的心情很好。

梁宗岱的回忆文章写到离开维尔纳夫为止，然而，这一天不是一个寻常的日子，他在文中说“这天最大的快乐将混着最大的悲哀”。四十多年后，他在《我的简史》中讲得更具体：

> 一九三一年九月十八日上午，我乘了游湖的小汽轮到里芒湖的另一端，在罗曼·罗兰家里畅谈了半天，心情特别愉快。不料晚上回到日内瓦，等着我的却是“九·一八”事件的噩耗，我的热泪不禁直淌。在海外度过了几个年头，把蒋光头统治下的祖国的贫困、残破、奄奄一息的面孔全忘掉了，幻想着她也在飞速地进步。这晴天霹雳的一击所以更显得沉重。
>
> 但第二天我们立刻行动起来。旅居日内瓦的各界中国人立刻组织了一个抗日救国会，宣传和抨击日寇的暴行。

梁宗岱受过五四运动洗礼，对国家的热爱与其他留学生并无二致。罗曼·罗兰看出这一点，这是一群准备为自己民族成为受难者的年轻人，血管中充满沸腾的热血。

梁宗岱没有提及参加过什么活动，但是陈占元在《梁宗岱和雨果》中记述了一些细节：

> 第二天，他满腔悲愤在国际联盟的讲坛上痛斥日本侵略军的暴行。“九·一八”事件震动了巴黎的中国学生和侨民。当时在我们中间传说宗岱在日内瓦作了一次慷慨激昂的演讲，特别提到他在讲坛上朗诵雨果的诗，他自己也写了一首《战歌》。可惜我当时没有打听到

或记下他朗诵过雨果哪些诗和他自己写的《战歌》的原文。

会见后大约一个月，罗曼·罗兰收到主持《欧洲》杂志的盖埃诺来信，商量为歌德逝世一百周年专号组稿。他在10月25日的复信说：

> 有了黑塞和托马斯·曼的两篇文章已经算很好。我将写信给日本朋友，其中片山敏彦是东京大学德国文学教授。我相信他们会寄几篇引人注意的文章来。如果我肯定巴黎梁宗岱目前的地址（去年是居约街19号），我会向他约稿：这是我认识的最出众最有学问的中国人之一，他出版了一位中国古代诗人很漂亮的集子，瓦莱里为他作序。不过，他打算年底左右离开欧洲，到北京大学教书，他刚接到聘书。

托马斯·曼和黑塞是著名作家，前者在1929年获得诺贝尔文学奖，后者在1946年。梁宗岱能够和他们一起成为约稿对象，这是一种荣誉。可能如梁宗岱在回忆中所说那样，他们见面时大谈特谈歌德和贝多芬，他对这两位名人的认识和评论留下良好的印象，何况他将要翻译罗曼·罗兰的《歌德与悲多汶》。

左：罗曼·罗兰题赠梁宗岱《约翰·克利斯朵夫》（1931年）
右：梁宗岱译罗曼·罗兰《歌德与悲多汶》（1943年）

“九·一八”事件掀起中国留学生的回国潮，梁宗岱从瑞士返回意大利后，停留了一段时间，然后折返法国。11月20日，他从马赛登上博尔多斯号（Porthos）返国。如果罗曼·罗兰真的向他约稿，时间上还能赶及，但是他手上的地址已经过时。

梁宗岱回国后，没有忘记翻译的承诺，首先完成了《歌德与悲多汶》，分两次发表，第一次从1935年至1936年在《时事类编》月刊连载前三章，第二次在1941年《学生之友》第二卷刊登最后一章，单行本在1943年由华胥社在桂林出版。另外一本《悲多汶：他底伟大的创造时期》，囿于战争时局，没有完成。在会见过罗曼·罗兰的中国留学生中，阎宗临和汪德耀都曾告诉罗曼·罗兰，已经完成他的作品翻译，但是最后都没有出版。真正印刷成书，只有梁宗岱这一本《歌德与悲多汶》。

梁宗岱欧洲游学时期，有机会结识过罗曼·罗兰和瓦莱里两位文学大师，有过深入的交流，他曾经这样自我评估：

> 因为禀性和气质底关系，无疑地，梵乐希影响我底思想和艺术之深永是超出一切比较之外的……但在另一方面，在精神或道德方面（d'ordre moral），罗曼·罗兰也给与我同样不可磨灭的影响。

这是中肯的结论。

四　李家齐

(李又然，LI CHIA TSI)

李又然（1906 – 1984）在1928年夏天来到里昂，比他先行的中国留学生已经数以千计，但他是第四位写信给罗曼·罗兰的人。他是唯一的通信者，人在欧洲却没有机会见到罗曼·罗兰。

这位作家和教育家，创作时间超过半个世纪。由于后半生长期搁笔，无论作品或生平，均不为人熟悉。最早接触他的法文名字在罗曼·罗兰的日记，1929年10月16日中国留学生来信总结，出现一位名叫Li Chia Tsi的人。由于墨水浓淡不匀，微缩胶卷未能保存所有笔划细节，结果误抄两个字母，后来费了很多工夫，才确定写信人是李家齐，这是李又然的本名。

甘少苏的《宗岱和我》(1991年）提及李又然，说他在二十年代与梁宗岱同期留学法国。2013年，笔者联系上他的长子李兰颂，得到他的热心帮助，提供了李又然1975年自述生平家书的旅欧留学部分，读后知道他在欧洲三次写信给罗曼·罗兰。

两年后，在法国国家图书馆手稿部找到这些信件，不是三封，也不是临时目录记载的六封，而是七封，其中欧洲时期五封，回国后两封，时间从1929年至1937年。数量不多，但内容独特，给人特别深刻的印象，也让人隐约感到这段经历强烈影响了他的日后人生道路。然而，李又然的文章绝少谈及自己，而在同期的留学生文字中，也没能找到他的名字。幸好他留下的家书可以用来对照，再参考他的作品和其他历史文献，基本上可以复原他在欧洲的四年经历。

1928年　里昂一年

李又然原籍浙江省宁波市慈溪县观海卫镇人，父亲李雅年从事禽蛋批发生意。他在 1906 年 4 月 16 日生于上海，在乡下度过童年，接受私塾和小学教育，十五岁回到上海，由父亲安排，进入钱庄工作，两年后转往交通银行当练习生。三年后辞职，在家自修英语及文学。1928 年夏天自费前往法国留学，时年二十二岁。

到里昂后，他寄宿在一对老夫妇家里，因为从未学过法语，首先要过语言关，他选择培力兹语言补习学校，从 ABC 学起。这家学校在 1880 年成立于美国，创办人培力兹（Maximilian Berlitz，1852 – 1921）是德裔犹太人，发明了一种新式教授外语的方法，效果良好，在当时名闻遐迩，分校遍布美国和欧洲各地。一直到今天已过去一百三十年，学校仍然存在，法国现在有十七家分校，里昂占了两间。

语言补习班的收费一向昂贵，李又然只学习了几个月，就由中法大学的同学徐仲年介绍，进入里昂市郊一家私立中学。他在家书中说“巴金也在那里住过”，这是信息错误。巴金从 1927 年春至 1928 年冬留学法国，只在巴黎以及一百公里外的小镇蒂埃里堡居留，没有到过里昂。李又然在私立中学读书的时间不长，返回里昂后仍旧住在那对老夫妇家里。

他结识的中法大学学生不止徐仲年，还有敬隐渔，他刚好在上一年通过入学试被录取，从巴黎重返里昂。无法知道他们的交往细节，多年后李又然在家书写道：

> 我要是真的写自传，这个与我毫不相干的敬隐渔，就可以写上一大段，来说明有各种各样的留学生；而他就是很糟糕的一个，他给罗曼·罗兰先生添了不少麻烦。

这不过是尘埃落定后的叹息，也是他对罗曼·罗兰深厚感情的一种表现。当时的敬隐渔已经把鲁迅《阿 Q 正传》译成法文发表，在留学生中赫赫有名，名符其实的超级学生，相信李又然对他十分欣羡，不仅结识了他，而且“我知道先生的地址是敬隐渔告诉的”。这也证明敬隐渔并不自私，他崇敬罗曼·罗兰，但不据为己有。他抄给李又然的地址，是从罗曼·罗兰给他的第一封信录下来的，简洁而完整。可以想象李又然拿到后多么兴奋，因为他在家乡自修期间，订阅新文化杂志，像很多青年人那样崇拜罗曼·罗兰，“我去法国，一个很大的原因在于罗曼·罗兰是法国人”。

1929年6月26日，他到法国近一年，第一次使用这个地址，写在一张法国布尔日湖黑白湖景明信片上，这个地方离里昂大约一百公里，他当时可能在度假。当年的邮费昂贵，明信片最廉宜，罗曼·罗兰也经常使用。李又然的信文短到无可再短：

敬祝健康

李家齐

毋庸否认，法文写成 A bonne santé 有点笨拙，文法有误，不过来自法国人常用的祝酒语 A votre santé（干杯），还不致引起误解。五天之后，7月1日，他又寄出第二封信，这次面目一新，法文流畅达意。

敬爱的先生，

我是一个极其不幸的年轻人，出生在中国东南部，今年二十三岁（按中国习俗为二十四岁）。过去的六年是我的黄金岁月，可惜浪费在一个商业小职员的生涯里，过着奴隶般非人的机械生活。为此没有受

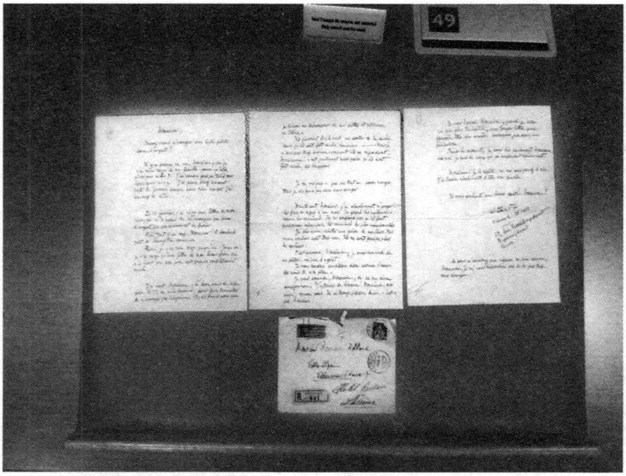

李家齐致罗曼·罗兰信（1932年4月1日）

到足够的学校教育，直到如今一事无成！尤其学业。

每念及此，心痛欲裂！唯有一事尚可聊以自慰，我从来没有试过明知故犯。我一直在黑暗中摸索，企图找出一条光明的道路。

从今之后，我不断努力前进，永不停止，直到最后一息。希望最终能为世界作出一些贡献。

中国人只会顽固留在家乡，从不愿意外出！我去年底来法国，不顾一切，排除万难。目前在里昂学法语，希望几年后能够获得足够的知识，成为你的小学生。

先生是阴暗黑夜中唯一闪耀的星辰！灿烂的光芒永远照亮所有地方，直至无边无际！我微小而平凡，但我甘当萤火虫。

每当我痛苦绝望，我便想到先生，活力立即回来。你的伟大灵魂极度感动我！你确实是我的安慰者和鼓励者！

我目前的心感到一种无尽的痛苦，有如一叶小舟在茫茫大海中漂流！不知道何去何从，这令我更加想念你，强烈希望能够到瑞士拜见你。

因此我衷心请求给我亲笔回信，让我前来见面。尽管我只会说一点点法文，又不懂其他欧洲语言，但是如果能够在你的身边默坐一会，将感到莫大幸福。

我以中文写这封信，然后由朋友译成法文，我重抄一遍。因为我还没有自由运用法文的能力，来表达我的与众不同的思想，表达我的热烈感情。为了避免朋友翻译辛劳，就此搁笔。

此颂身体安康，并致恭敬问候。

一个孤独痛苦的年轻人

李家齐

一九二九年七月一日

地址：

法国

里昂，圣茹斯特区

格兰德特雷路四十二号

此信有两个特别之处，一是使用了一些强烈的形容词，二是最后一段出人意表，坦白说出他人代笔法文。如此直率，近乎天真。难怪罗曼·罗兰收到后在日记中写道：

> 第四位李家齐，一个二十三岁的年轻人，去年底到法国（以前做过商业雇员）。他七月份从里昂给我写了一封信，语带夸张而感人，令人微笑，但感情亲切。

受了这段日记影响，笔者初译信文时采用比较平和的同义词来平衡“语带夸张”，例如第一句以“十分苦恼”代替“极其不幸”(Extrêmement malheureux)。但是后来读到他的家书，才知道这是事实，一点也没有夸张。尽管不是穷家子弟，他在家乡度过的童年却是郁郁寡欢，充塞着不愉快的回忆：被同学嘲笑，跌伤后卧床半年，舅父上吊自杀，舅母改嫁……十五岁回到上海，进入中学，想不到只读了一个学期，就被迫辍学，进入钱庄当学徒。

这件事对他的打击很大，因为来得突然：

> 我从小爱动笔头；寒假期间给一位在上海福源钱庄当副经理的父亲的朋友，用红纸写了一封拜岁信。信被钱庄经理秦润卿看见了，说：“字写得这样好，能学做生意了。”秦是上海银行钱庄界大名人，凡有新钱庄开出来，经理总去拜访他，请他照顾及介绍职员和学徒；他就把我介绍去了；我原在他的钱庄里等着新的钱庄开出来。
>
> “上有天堂，下有钱庄”，“吃的是油，穿的是绸”。谁家孩子进钱庄当学徒，是被非常羡慕的。

然而，对一个处于青春骚动期的少年，尤其是一个爱读书、爱写作的十五岁少年，这个突变无异于天塌下来，以致他悲观绝望，感到生不如死：

> 我进的“天堂”叫“裕丰钱庄”，但这对我是地狱。我非常痛苦，常常深夜暗自流泪。写过很多“绝命书”，多次要自杀。我终于活下来，没有自杀，最大的原因是，母亲为舅父的自杀多么悲痛；我想到

我若自杀了，母亲和姊姊都会更加悲痛的。

单纯敏感的少年李又然不是大人能够了解的，他在钱庄挨过两年时光：

我太不情愿当学徒了，但总尽心竭力地工作。我痛苦得两耳全聋过。我最爱读书，可在钱庄只能看看鸳鸯蝴蝶派的小说和期刊，读读侦探小说，背古文、练字。我什么错处都没有，就是不会拍马屁，而这在钱庄是最要紧的。我被认为是“棉纱线要吊在牌楼”的。满两足年的时候，经理说：“你爱读书，送你到银行去发展。”我痛哭，哀求经理不要开除我，等三年我满师再开除我。经理说：“傻孩子，你没错我怎么开除你呢，真是让你去发展，我只把好学徒送出去！”我为什么既不爱当学徒又不肯走呢？这是受了旧观念的束缚；有句话叫做“回汤豆腐干”，是说没满三年学徒，人家不要了，是最丢脸的，像个被婆家休了的女子见不得人一样——各种各样的旧的传统观念不知害死多少男男女女啊！

经理的说话不能全信，因为李又然工作的裕丰钱庄在1924年8月遇到问题，被行内兑现危机拖累，被迫宣布停业。这个时间刚好与李又然工作“满两足年”相符，因此实际上是遣散。然而祸福相倚，这件不愉快事件成了李又然人生的第二个转折点。

他进入上海交通银行工作，从最低级的实习生做起，但这是一个全新的生活的开始。工余有空闲时间，可以用来读书，进修英语和国文，参加外界活动，到青年会听讲道，加入上海通讯图书馆读者会，去借书及参加聚会。他接触到各种各样的新思潮，做了三年银行工作后，萌生了追求个人自由生活的愿望，“决心客死他乡”。他辞去工作，购买船票，准备北上天津，去替梁启超当义务书僮。但最后一刻经不起父亲苦苦请求，心软放弃，重新返回学校，读了八九个月书后，返回乡下自修。表面上平静下来了，内心的苦闷并未减少，心理依然十分脆弱，自杀的阴影继续窥伺着这个内向敏感的少年人。

当时的青少年流行崇拜新文化运动名人，胡适刚好这一年外游归来，在上海定居。李又然曾往拜访，虽然得到“常识要丰富，天天记日记、看报纸、学英文”的劝告，但另一句话却刺伤他的心灵，“李先生的精神我很钦佩，可惜年龄大了点！”尽管如此，他回到家乡后仍然给胡适去了一封信：

希望他赶快写出那本讲自修的书（那次和我谈话的时候，他说要写这样一本书）；还对他的新诗集《尝试集》提了点意见。总不见回信。一天在报上看见蒋介石和宋美龄结婚，胡适去参加婚礼；心想：他不会没空写封回信，他是认为我没什么希望，“年龄大了点”！不屑写！这使我的自尊心受到伤害——我对自己绝望了！

冲动之下，他竟然要以死了结，而且真的付诸行动，幸好命不该绝，“父亲冬天半夜跳进河里把我捞起来”。罗曼·罗兰不知道这件不幸事，也不知道这个绝望行动带来意想不到的后果，“自杀被救以后，心里反倒舒展起来，感到活着就有前途，只是想读书。”他的内心从此摆脱了阴暗和脆弱，变得光明和坚韧。他给罗曼·罗兰的信就是混杂着这两种不同的人生信念，鲜明的色彩还残存着几抹黑影。

几个月后，他在1928年4月25日《东方杂志》上读到吴云写的法国通信，《旅法华人近五十年之奋斗生活》，里面详细介绍留学法国的各种情况，他就此产生了出国的念头。这一次，父亲不再阻拦，“大概怕我再自杀吧”。夏天一到，他便动身。

像其他通信者那样，李又然的档案没有罗曼·罗兰的回信副本。幸好他的家书填补了这个空白，让我们知道罗曼·罗兰没有把这封代笔信当作儿戏，而是立即十分亲切地回信：

先生回信说，他就要出去旅行（先生是大旅行家），假如我去瑞士只是要看他，那么最好晚些去，那时我的法文也讲得更好了，可以多谈谈。

罗曼·罗兰的外出并非托词，他先在六月底到瓦尔蒙一个星期，进行每年一次的例行身体检查，然后转往阿尔卑斯山区度假。他对李又然的态度和胡适全然两样，带给李又然安慰，鼓舞他向上，影响了他的一生。李又然的信使用了“安慰者”这个词称呼罗曼·罗兰，有点先兆味道，后来在他的笔下发展为“伟大的安慰者”，在中国，他是唯一使用这个称呼的人。

信中关于萤火虫的一段满溢感情，罗曼·罗兰是灿烂的星辰，他甘当萤火虫，让人想起他在六十多年后写的诗歌《萤火虫》(1997 年)，全诗只得四句，却成为他的代表作，多次被收入诗歌选集和学校教材，仿如就是这一段信文的续篇：

> 并非不知道，最暗的星
> 也比我无比地辉煌；
> 我还是一闪一闪地飞行，
> 尽管我只有这么一点点光。

1929 年　爱在比利时

暑期刚过去，罗曼·罗兰接到李又然的第三次来信。一张黑白明信片，上面印着卢浮宫雕刻藏品《浴女》，日期 1929 年 9 月 18 日：

> 致巴黎美好留念
> 　　中国七弦琴（李家齐）
> 　　一九二九年九月十八日
> 　　于法国巴黎（第五区）土尔纳福街二十五号

“中国七弦琴”原文 Lyre Chinoise，在古希腊神话中，七弦琴是乐曲和诗歌的象征。这里用来自称，既为这个意义，也为拼写和发音与本名 Li Chia Tsi 接近。

他回国后，曾在《论语》半月刊第 19 期（1933 年 6 月 15 日）写了一篇文章《养老院》，谈到离开里昂的原因：

一百多个黄面孔住在一起。彼此见面时说着Bonjour［你好］，Au revoir［再见］，但究竟因某种必要，譬如说，法文还不很有工夫学，多谈几句时就常常只得温习本国话。满壁是中文的通告，时常有一只京胡在自拉自唱。中国报摊摆满你眼前；为了“关心国事”，怎禁得住不时时翻翻？有时飘洒地走过一件长衫，甚至一顶西瓜皮帽……

因为决定躲开温习本国话的机会，我向这个一百多个黄面孔在一起的、处处使人会不很有工夫学Bonjour和Au revoir以外的什么的里昂中法大学——一个朋友说是（中国学生的）养老院！——走去的时候就很少了。

（几次考不过就停止享受官费：这是“油漆未干”的事。以前，你尽管十年八年地温习本国话，你还是有权利在那里Bonjour，Au revoir的——所以，对不起了，“里昂中法大学”，有一个时期你终究被弄成“养老院”了！）

不过，巴黎情况似乎不比里昂好多少，中国留学生只顾自己的事情：

猜不透是因为来巴黎的学生更多更多了呢，还是因为巴黎自己爱学生来得更多更多：巴黎在自己身边划定一个大学区（Cité Universitaire），送地皮让各友邦去造学生寄宿舍。

德国，荷兰，西班牙，美国，比国，日本，希腊……都已汇集在这大学城了。

安南（国）也早已在那里——一座黄黄的、屋顶盘着龙的、算是东方建筑的，像庙一样的房子。［……］

现在来说我们中国学生吧。

在巴黎的大部分的中国学生，于他们自己没有关系的事总是不放在心上的——为要给他们一点面子，我说吧，正如大部分的中国人一样！

有一部分呢，很想中国也去造一个。其中学建筑的就制成图样多张寄向南京；学……说是学法律的吧……就根据法律说里昂已有一个，巴黎也该有一个；学 Bonjour，Au revoir 的呢，也平添很多的温习本国话的机会了，发牢骚，翻开中国报，说只要节省几个枪炮，还担心着怕没钱造得比希腊的更好！……

不知学什么的我和我的几个朋友们呢：反对造。

并非专为回国后也有路走，去拥护国内“菩萨坐飞机”派的“里昂既已有了，且远在各国之先，何必在巴黎再造一个？”的反对，才跟着反对的；我们是觉得与其在海外再添一个养老院，不如在国内少节省几个枪炮吧！

李又然刚到巴黎，一点也不知道大师对这个繁华都市毫无好感。敬隐渔也是从里昂到巴黎，不出两年，便在这个花花世界无浪覆舟，沉沦不复。大师的担心似乎在李又然身上再次成为事实，此后两年多时间，他没有再来信。幸亏事情并非如此，李又然“在集贤院［先贤祠］语言学院学了两三个月语言，就去比利时”，目的地是鲁汶，欧洲有名的大学城。

在巴黎停留那么短时间就离开，事不寻常。细读他的家书，可以发现此行不是为了求学，而是另有任务。他到里昂不到半年，因为读了《赤光》杂志，开始对政治感兴趣，进而参加活动，为《赤光》做过文书工作，不久经人介绍参加了法国共产党。到巴黎后，那里也有一个法共中国支部，也有一批同志。这次去比利时，便是由支部安排。到达比利时后，“和我联系，也就是领导我的，是一位瑞士同志”。苏联在 1925 年成立了莫斯科中山大学，通过第三国际从西方国家挑选学生。这个在比利时居住的瑞士人可能为第三国际工作，他挑选的人中有一个华工，缺少前往莫斯科的旅行文件，需要中国人帮忙。由于比利时共产党的中国成员稀少，要向同为第三国际成员的法国共产党求助。瑞士人给李又然的任务是到中国大使馆换领新护照，然后把旧护照交给他，供华工使用。本来这是很容易完成的例行公事，谁知道大使馆刚好改变规定，换证后不再发还旧护照，李又然不仅白忙一趟，原本不打算久居，现在变成至少六个月后才能返法，因为要等待比利时警方在新护照加上签证才能离开，唯有找地方暂住下来。

命运就是这样无法预测，就在愁困鲁汶的时候，发生了他在欧洲唯一的罗曼史：

> 一个人陪我去找房间，到了一位老太太家里。这位老太太一问我不是天主教徒，不愿意租房间给我。她看了我很久，才终于答应。后来，她告诉我，说，她一见我就喜欢了，这才让我住到她家。她有一子二女（双胞胎）。姊妹二人在首都布鲁塞尔一家大百货商店工作，每天早出晚归。那妹妹和我很接近，姊姊却从不理我，但却是姊姊和我终于发生感情，她叫 Marieffe。
>
> 她们一家是法兰米人，属日耳曼种属，性格挺强的。那母亲说，Marieffe 从小就最强，她说过“不”的事，你怎么要她做，她也绝对不做。我和 Marieffe 有了恋爱感情，非常爱她又很怕她；她说她对我也这样，非常爱，又很怕。我和她经常躺在床上谈话，一碰都没碰过她，是纯粹东方式的、精神上的恋爱。她说她以前看不起中国人，因为在学校和教堂里都说中国人坏；自从认识我，和我成了朋友，她就爱中国了。我经常夜里跑出去，很晚才回来，Marieffe 要我别这样；她有一次把我的鞋子藏了起来，我就只穿着袜子跑出去。我回来，她哭了，后悔藏起了我的鞋子，说，只穿着袜子走在路上是要感冒的。
>
> 我和她到 Anvers［安特卫普］去玩过一次，在那里，她把她的戒指戴在我手指上，挽着我的手臂满街跑，说我们是结婚了的。我告诉了她家里有妻子，她好几天没看我；终于又来了，但是态度疏远多了。我告诉她我的婚姻的不幸，她相信，并且同情，就又和我亲热了。我决定和她结婚，一起到巴黎去。我事先不知道，她还有个相爱的人，一个年轻的工人；她陷入苦恼中，处于两难的境地，不知跟谁结合好。她说过她两个都要，但是这又绝对不可能，只能选择其中之一。她的姨母，一位高大、威严的老太太，同意外甥女嫁给我，但是有一个条件：我必须加入天主教。我是共产党人，不能加入我所反对的天主教。我尽管很爱 Marieffe，但是我并非爱情至上的人。这样，再加上别的原因，终于我和 Marieffe 没有结婚。

婚姻成为泡影，“准备请［罗曼·罗兰］先生为我们祝福”的信自然没有写成。

在李又然的家书笔下，欧洲生活了无情趣，只有这段甜蜜的文字散发着温馨，鲁汶的十一个月无疑是他的欧洲最美好的时光。

1931年　饥饿巴黎

时间过得很快，转眼到了1932年4月初，罗曼·罗兰接到一封挂号信，打开一看：

先生，

能否寄我一点钱？

先生，差不多一年时间我没有接到家里汇款（因为我家并不富裕）。我几乎把所有书籍卖罄，用来充饥，经常整天没有东西下肚，又欠下很多债务……

一月十一日接到家父来信，答应二月初寄点钱来。

可是，先生，突然之间！上海轰炸开始了……

因此至今一无所得，只接过姐夫一封信，告诉家父差不多完全破产。

先生，我上月二十二日写信给家父的两位朋友，请他们电汇一万三千法郎，用来还债和返回中国。

他们很容易帮我摆脱穷境，因为很富有，都是银行家。不过我不敢揣度他们如何答复，先生！正是因为他们很富有，是银行家！

我不是为了吃饭而生存，一点也不是，但也不能不吃饭而生存。

先生，我现在必须偿付（四月五日）一个月的膳费。人们把落难者看作罪犯。他们不明白即使罪无可恕的犯人，也应该宽饶。

我还要买一双鞋子，旧鞋子太破烂，差不多不成鞋样了。

所以我请先生借点钱给我。

只要家父朋友的钱一到，我立即奉还。

先生，请不要猜疑我。你说“我不准转弯抹角”，先生，我也是，跟你一样。我们不欺骗自己的上帝，对吗，先生？

先生，当我心情稍为安定，会再书长信，让你再一次相信我是诚实的人，满怀勇气。

我暂时只说，先生，我属于行为严肃的人。

先生，我再重复一次，不要猜疑我！我非常需要被人相信是一个真诚的人。

祝身体健康！

李家齐

一九三二年四月一日十五时

于法国巴纽（塞纳省）巴特里米·杜柏拉街十七号

先生，如果答复或者寄钱，我不会再回信，以免过于打扰。

信内“我不准转弯抹角”（J'interdis de biaiser）一语，引自罗曼·罗兰1931年1月写的文章《欧洲，扩大吧，否则死亡！》（*Europe, élargis-toi, ou meurs !*），此文号召欧洲与亚非人民联合起来，反对战争。至于他父亲的两位朋友，当是他认识的钱庄经理及东家，两个有钱人。这些旧式的商人虽然富有，却往往保留点人情味。

李又然爱国心很强，现在要向一个素未谋面的外国人借钱，到底发生了什么事？

1930年夏秋之间，他人在鲁汶，巴黎中国支部几次来信催他回去，说有工作等他来做，于是他就回去了。他以为找回一班志同道合的朋友，没想到人数不多的支部，已分裂成敌对两派。李又然左右调解，只招来讥讽，他心灰意冷，不辞而别。罗曼·罗兰担心的事情果然发生在李又然身上，像敬隐渔那样“滥饮欧洲文明酒精”，不过原因不是身体病理问题，而是陷入政治信仰危机：

我崇拜列宁，崇拜罗曼·罗兰。读了罗曼·罗兰的《圣雄甘地》，对甘地也崇拜了。谁知，精神上竟然陷入了较大的痛苦。他们是这样的不同，我无法同时崇拜他们，又不能放弃其中哪一个。经常深夜流泪，不知如何是好。于是，出去赌，甚至嫖，麻痹自己。我之所以如此放荡过，是因为做人过分严肃，以至于多次发生精神危机……

这三位人物当年叱咤风云，很多人都视为偶像，但很少听到有人像李又然那么认真，需要用自我麻醉来逃避选择。幸好他在真正沉沦之前，凭自己的思考及时摆脱了危险：

> 这样足足有半年之久。一天深夜，突然在黑暗中，感觉眼前出现曾经见过的一则四字横幅：志同道合。我心里立即亮了，喊出声音来："I was saved! I was saved!"（我得救了！我得救了！）我开始想到：列宁、甘地、罗曼·罗兰都一样崇高而伟大，他们只是各自解救人类的方法不一样。我完全可以同时崇拜他们：政治上走列宁的路，精神上学甘地，事业上追随罗曼·罗兰——"流萤敢续长庚明"。并非精神上和事业上不学列宁和罗曼·罗兰，也都学，只是各有侧重而已。

回顾李又然一生的表现，可以见到他恪守这自订的信条。在起伏不平的人生历程上，在不同情况下，这三位人物的精神轮流体现在他的身上。

李又然走出信仰危机后，继续关心政治，参加政治集会，但把主要力量投入学业。法国政府承认中国学校的文凭，只要中国领事馆发出证明，便可注册为正式大学学生。不过李又然没有读完中学，只能以旁听生资格选读部分课程。这样有一个好处，没有考试的牵挂，拥有更多个人时间，可以不时到法兰西公学听一流学者的公开讲座。两年的努力自修，他的进步并不比大学慢，从他信件的法文水平可以看出来。

然而，他一心求学，却被意外事件扰乱，家里汇款突然中断。按照他的求助信所说，大约开始于 1931 年四五月间。他在家书里解释过原因，"我受二十世纪三十年代经济恐慌的打击特别厉害"，所指的是 1929 年 10 月美国华尔街股市大崩溃，引起西方经济严重萧条。但是经济史家认为这场大震荡最先只影响美国和欧洲，1933 年后才冲击中国。无论原因何在，家族生意肯定出现了问题。李又然是自费生，没有助学金，从未以工养学，坐吃山空，很快便陷入饔飧不继的困境：

> 经常穷得没钱吃饭。整整一年的时间里，每天吃一顿，甚至三天才吃一顿饭。有一次，一连三昼夜一口饭都没吃上，接着又一天吃一

> 顿甚至三天吃一顿饭，再又四昼夜一点东西都没吃。躺在床上，只觉得身体往下沉、往下沉……像是沉不到底，四周一片空虚，寂静而孤冷，窗外传来的声音也愈加遥远……想到也许将慢慢地死去吧。房东太太对我挺好，几次上楼敲门叫我，送咖啡、面包来让我吃。我不去拿，她将东西放在门外。勉强一点点一点点举起手来，抬起腿来，喝几口自来水，进城去……记得好像在街口德国人的一家面包铺赊了一块面包……

房东友善，没有追欠租，让他不必流落街头。环顾四周，只有中国留学生能给他救援。一般来说，在海外的中国人都很团结，守望相助。李又然向来对同胞友善，不缺钱时还帮助过其他人，因此不乏朋友，其中有一位名叫邵鹤亭（1902 – 1966），毕业于国立东南大学教育系，与李又然同在 1928 年乘搭同一艘船放洋。1932 年取得博士文凭返国时，又与李又然乘同一艘船。1936 年，曾介绍李又然到苏州草桥初中教书。他一生从事教育事业，最后工作单位是北师大教育史教研室，1966 年 9 月与夫人同时身亡。

李又然与他相熟，知道他常到天津饭店吃饭。这间饭店很多学生顾客，设有比较廉宜的套票，有点像学生饭堂。有一天他饿得发慌，希望到那里去能遇到邵鹤亭，他是那里的熟客。谁知久候不至，直到打烊即至仍不见人影。眼看无法脱身，心乱如麻之际，素昧平生的艾青从旁发现他的窘境，爽快地为他解了围。两人因此结识，由于意气相投，理想一致，结成终生不渝的好朋友，在中国文学史上留下一段佳话：

> 从此天天在一起，我有点钱分一半给他，他有点钱分一半给我。他为我，我为他，都会向不想借钱的人去借钱，借来了一起生活。老是吵架，越吵越接近。有的时候，我一天没有进城，他就跑去找我。

两人互相扶持，生活了一段时日后，艾青在 1932 年 1 月底先返国，留下的李又然很快背上大笔债，唯有卖书充饥，同时加紧向家里催寄款。偏偏遇上“一·二八”事件，日本飞机滥炸上海，汇款变得遥遥无期。在借贷无门的绝境下，李又然想起罗曼·罗兰。这时离开最后一封信已快两年半，其他人不知会如何反应，罗曼·罗兰是这样做的：

先生寄来了钱，还给我介绍了一位法国教授，美学学者，说他会来看你的。这位先生后来也送给过我钱，还介绍好些朋友照顾我。

在 1941 年 1 月 30 日的《伟大的安慰者》一文中，他以第三人称叙述过这次救助：

一个远东青年，落在穷困里，这是不会游泳的人掉在水里了，先生一知道，立刻寄钱给他，同时托一位在巴黎的朋友随时就近照顾他。

罗曼·罗兰寄来二百法国法郎，约可充当一个月的膳费。美学教授也送他钱，还介绍好些朋友，李又然暂时不必天天挨饿。很可惜他没有记下这位美学教授的名字，一位对落难中国留学生如此友好的外国朋友，值得历史记住他的名字。

事情转变得很快，三个月后，罗曼·罗兰收到他的第五封信，寄自瑞士弗里堡：

敬爱的先生，

一个月前，家父寄来一万三千五百（法国）法郎。

我还清了债，先生。

先生，我快要离开深爱的欧洲，下月九日从威尼斯返回中国。

先生，一位朋友说，“返回中国是返回地狱！”

先生，难道“天堂”不应该建立在“地狱”同一个地方吗！

不过，先生，我带什么回去呢？一个虚弱的躯体，一种教我时常极度苦恼的致命悔恨。

甘地－列宁－罗曼·罗兰（我以字母排序）是我的“三圣体”，这种悔恨令我失去了自尊心，我再不配当你的追随者。

先生，我两个星期前来到瑞士弗里堡（先生，这里的人容光焕发，我很喜欢他们。而我的容光呢，已经失掉了！）

先生，在这两个星期内，我试过努力写一封长信，叙述过去的一切，然后请求允许来拜见。

但是，先生，我的过去相当悲惨和动荡，而且我尚未能随心所欲以法文写作。

先生，出发在即，很想能前来拜见。

沙莱先生过去和现在给我诸多鼓励，他告诉我你离开了维尔纳夫，进入一家医疗院。

先生，现在身体可好？

不过，即使在医疗院，先生，你还是让我来看望吧！

我很可能无法再回欧洲来了。

我避免过多诉苦，以免令你疲劳。

先生，我终于能够去看你吧。

这两年，我变了，连容貌都变了，先生。

我过去那么清纯，那么热情，眼睛清澈……

可是现在呢！……

先生，要是这两年过去了还见不到你，我会痛苦一辈子！

先生，此致敬意。

同时在此向玛德兰小姐致敬意。

李家齐

一九三二年六月三十日

于朱拉省弗里堡（瑞士）圣朱斯丹之家

先生，几个月前寄来的钱，我不当做借款。

但回到中国仍会奉还。

信中提到的沙莱，在盛成一章曾介绍过。李又然写信的时候，罗曼·罗兰正在与巴比塞筹划成立世界反战大会，与沙莱的接触较多。

这真是戏剧性的峰回路转，一万三千五百法国法郎不是小数目，李又然顿时成了小富翁。根据的艾青的回忆，他在这上面出了点力气，他回国后，在乡下住了两个月，5月份到上海：

> [离开巴黎前] 李又然把他一个姐夫的地址抄给我……我到了上海就去找他，我对他说：你快寄钱给李又然吧，不然他会饿死在那里。（周庆红《艾青研究与访问记》）

钱虽然多，但债台也高，还清了债，买了船票，手上所剩无几。离开欧洲前夕，他知道很难有机会再回来，想先到邻近国家游览一下，这是人之常情。不过，他把罗曼·罗兰的借款推到回国后才清还，可能与这笔花费没有关系，而是留下一个藉口，可以再写信给大师。

为了实现游览计划，他放弃以马赛为出发港，首先去瑞士，这封最后从欧洲写给罗曼·罗兰的信，就是在弗里堡寄出。信末地址圣朱斯丹之家是天主教办的学生宿舍，他的好朋友阎宗临住在那里。他们结识于里昂，阎宗临当时正在工厂里勤工，努力筹集学费。由于两人性格相近，成为要好的朋友。不久后，几乎和李又然离开里昂同一时间，阎宗临获得弗里堡圣朱斯丁之家的免费膳宿待遇，得以提前结束勤工，进入大学。他们保持书信往来，李又然特别记得在比利时的十一个月时期：

> 在鲁汶，和在瑞士的阎宗临不断通信。我的汉语写作能力，就是和他在不断的通信中逐渐提高的。

在瑞士之后，李又然去了意大利，为了游览这个国家，他购买了从威尼斯开往中国的船票。

离开欧洲前夕，李又然最渴望的当然是能跟罗曼·罗兰见一面，他现在已学会法文，认识欧洲，有很多话要说，但是事不凑巧：

> 先生回信说，他正住在医院里治疗眼疾，医生不允许会客。但他又说，不忍心让我这样走了，因之立即复信给我，要我回国后经常给他信，告诉他血泊中的那边（指中国）的情形，做他和中国之间的桥梁。

这封信的信封保存在法国国家图书馆手稿部，奥尔加别墅的地址划上删除线，下面写着转寄地址“琉森市拉尔邦旅馆”。信封后面有大师两行手迹备忘，“一九三二年七月三日，从琉森市回信”。从这个信封，我们再一次知道，罗曼·罗兰对中国留学生就是那么诚恳和关心。

1932年7月9月，李又然踏上回国的洋船，他不是唯一的中国留学生，除了来回程都同船的邵鹤亭，还有从美国来学市政管理的陈廉夫，邵鹤亭知道他是国民党名人陈果夫和陈立夫的弟弟。8月13日，船抵上海，李又然父亲到码头迎接他，随即返乡。三个月后，10月3日，他给罗曼·罗兰写了一封报平安信：

敬爱的先生，

我三个月前回到中国。

在这三个月里，我既没有时间，也没有“力量”写信：首先我病倒了（现在好了，先生，不过只限于身体！），然后，我可怜的母亲也生病了。末了，先生，我正在办理离婚！（我，不！我的父母作主的！我七年前结婚！）

我还没有工作，先生。

我感谢你，当我在瑞士的时候，写了一封这么友善的回信。

我将写一封长信向你诉说痛苦，然后，敬爱的先生，你给我复信，让我心灵康复！先生，我仍然想做点事！中国仍然是中国！

先生，谨奉还二百法郎，并致谢忱。

在农村找不到欧洲纸张，请原谅以中国纸张写信。

先生，祝万寿无疆！

李家齐

一九三二年十月三日

这封信使用中式信封信笺，以毛笔书写，寄自观海卫。罗曼·罗兰第一次接到这种中国纸的信，但不是最后一次，1936年，身在百里洋场上海的傅雷，连续寄来三封同样的中式信笺的信。

李又然一回国便办理离婚。这是一场传统的父母包办的婚姻，当时他在交通银行当练习生，妻子是家乡布店老板沈雅友的女儿，婚后感情不和，成为他青少年时代另一个重大的不幸。加上“五四”运动后，解除包办婚姻被视为青年人打倒封建主义的具体举动，离婚成风。他因为留学，回国后才办理，离婚后没有立即再娶，过了二十二年的独身生活，到1954年才实现他向往的自由婚姻。

在大师的日记中，有关他的记载只有一小段，和其他中国留学生相比，篇幅最短，但他留给大师的最终印象，一定不会最淡薄。

1933年　永远的思念

1937年夏天，李又然写成致罗曼·罗兰的第七封信，报告近况，这时中国上空已战云密布：

敬爱的大师，

我每天都像儿子那样恭敬地思念你。我希望永远追随你的脚步前进。我只看到道路在背后，前面一片荒土：道路跟在背后，如果不往前走，道路永远不会出现。

但是，我的悔恨和无所作为，令我失去自尊心，变得迟钝愚蠢。多少次在夜晚的黑暗中，我感到自己站在你的面前，垂下眼睛，不敢碰到你的目光，像一个教外人在忏悔。我别无他求！只不过太拙于言辞。

我常常迫切渴望给你写信，你曾经这般亲切鼓励我：

"随时给我写信！这样会令我高兴。我想通过你的眼睛，看见那边发生的事，通过你，跟你那边的同伴保持联系。"（1932年7月3日）

可是我的可怜法文，四年前返回中国后，变得更可怜了。

大师，这四年我努力做了一些你会高兴的事：我写了几篇评论和文章，并非毫无意义；热心参加世界语和中国文字拉丁化的工作；几位朋友光荣地被囚禁，我对他们始终忠诚不渝；我担任过世界反战委员会代表团翻译之一（这里有相当多年轻人比我更识法文。不过，我属于懂得熟练应用的人……）

大师，我去年夏天终于找到一份工作，由于我不把志向和职业分开，学生很爱我，像爱他们的兄长那样。我在苏州一间中学教社会科学兼图书馆馆长。再过一个月，学期一结束，学校就不再聘用我了。

好吧！结束就是开始……但愿我不缺少重新开始动荡生活的力量！生活再一次打击我，打得那么沉重。不过，我以为接受铁锤敲击，就是在炼钢，但愿大师永远将我当好孩子看待！

我的朋友谢冰莹小姐，一个中国革命青年女兵作者，她把最新的作品送给大师，书名《一个女兵的自传》，作品满溢坦率、爽直和朝气。她要我致信大师，表示她的深切敬意，并请大师亲笔写一封鼓励信给她。

她去过日本，两年（或三年）前，坐了几个月监牢，因为和那里的左派作家来往。她的身体很弱，几乎要自杀，但仍然在奋斗。她的母亲不久前死于庸医之手。

大师，望不时给我寄点书刊，尤其是马克思主义的"艺术科学"类。我将与所有懂得法文和世界语的朋友分享，一起阅读。我很喜欢这两种语言的书籍，但是过去四年只买了十来本，因为缺钱。大师，请赐我一本大作贝多芬的版本书，我只有普通版。我曾经努力翻译过，但没有完成。

目前，这里最勇敢的"灵魂工程师"差不多全是鲁迅的学生。鲁迅在一九三六年十月十九日去世，广大群众参加了他的葬礼。

大师，我将继续进修法文，以求做到写信时没有太大困难。

恭请大师福安！

家齐

一九三七年五月二十六日

中国上海

福州路四百三十六号

文化生活出版社

俞福祚先生转交

李家齐

（经西伯利亚）

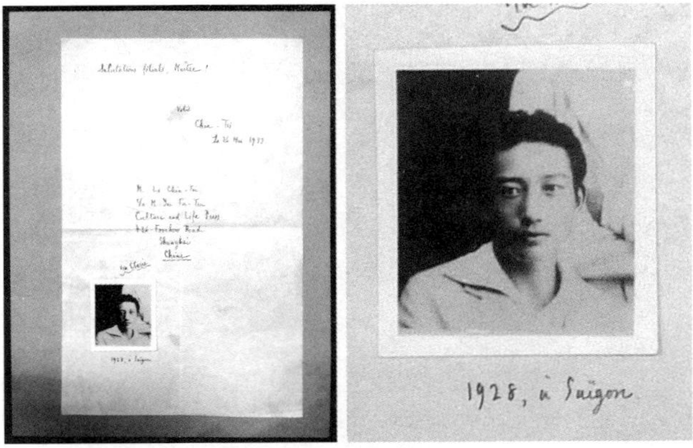

李家齐赠罗曼·罗兰照片（1937年5月26日信）

信末附上的回邮地址是俞福祚主持的上海文化生活出版社，下面贴着一张本人的头像相片，剪切自一张集体生活照，下面写着“1928 年于西贡”几个字，可知这是在前往法国留学途中，与同船者一起的留影。

此信内容分为两部分，首先报告过去四年所做的主要事情，写得很简略，但每件事都很重要，决定了他后半生的道路。

第一件“参加世界语和中国文字拉丁化的工作”，李又然家书和文章都没有提及他何时学会世界语。在欧洲，世界语不进入学校课程，只在工人俱乐部之类的夜校流行，盛成的演讲词《和平中国》就是在塞特市世界语工人小组聚会上宣读的。这种语言自称无国界，最受无政府主义者欢迎，巴金也不例外，他也懂世界语。

李又然回国后，正逢上海的世界语热潮，艾青参加的春地美术研究社也设有世界语课程。对于熟习西方语言的人来说，这是一种相对容易掌握的语言，只需三至六个月，比正式语言快很多。李又然很可能在此时学会，同时加入了新成立的上海世界语协会，协助发展会员、募集捐款和教书。1938 年到延安，继续教授和推广世界语。1950 年代，曾经借助世界语翻译过保加利亚的文学。他是中国最老资格的世界语先行者之一。

第二件“我写了几篇评论和文章，并非一无可取”。李又然回国后才开始写作，一动笔就如春潮奔涌，单在 1933 年 5 月至 11 月的七个月内，在上海和杭州的《涛声》《出版消息》《现代》《读者月刊》《论语》等刊物上发表了至少二十六篇文章，署名李又燃、又燃、顾野等。他的独特文笔立即引起文坛注意，议论纷纷，甚至扰动到鲁迅，在《答杨邨人先生的公开信的公开信》中提到这位文坛新人。

他的文学创作起点，第一篇就是《罗曼·罗兰一通信》的译文，发表后不久，传出罗曼·罗兰、巴比塞与德莱塞来华调查日本侵略中国的消息，他立即写了一封信给罗曼·罗兰，以公开信的形式发表在《涛声》月刊，可以视为他写给罗曼·罗兰的第八封信：

雪底下的火山

——迎接罗曼·罗兰

Cher Maître［亲爱的大师］，

Madame 你的母亲，幽静的 Clamecy（因你得名的你的母乡），音乐，像守道院一样古朴的巴黎高等师范的教育，突然从远地来的长到三十八张纸的托尔斯泰的回信，意大利的月和风和天空，Wagner，Nietzsche，Mazzini［瓦格纳，尼采，马志尼］……他们的朋友德人 Malwida von Meysenburg［梅森堡］小姐，巴黎大学音乐史教授的和创作家的平和的生活，……这些力量，从你的学说话的那一个早晨起到你“站在混乱之上”的那一天止，个个使你温柔纯洁严肃呼吸着，个个使你无限地发展成 Poète Musicien（音乐家的诗人）了。

敏感的法兰西人的你，音乐家的诗人的你，预感到，在你的雄健的 Jean Christophe［约翰·克利斯朵夫］中又预言出，——大战的到来。

终于她到来了！

终于，她到来了，于是你“站在混乱之上”清醒地沉痛地要劝醒被爱国主义所伤毒而迷狂了的人们！你是巴望这大屠杀既已爆发了，但，——快快结束吧！

可是她继续五年之久，杀倦了，怕自己也被杀了，才结束！

在这五年之中，你时时沉入失望的深渊；你将诺贝尔文学奖金全用在你在瑞士聊以自慰地进行着救助死伤了的兄弟们及其家属的消极的事业上；你受尽毁谤，连以奖金助人这举动也受到毁谤；……

又，在这五年中，你的朋友越来越少！（但一切“真的”人却从各处走近你。流亡在异国的苏联的创建者们——列宁他们！——正也都就在这时成了你的朋友的！）

终于，人们忙着订“和约”了。你只“妄想”(！）她不要太厉害地逼出第二次的大屠杀就得！于是威尔逊总统有得你一信的荣幸。但结果人们竟连回信也不屑给！

总之，亲爱的罗曼·罗兰先生，你一向这样至诚地努力于和平，你每天只睡四五小时；你不休息，太倦了时换一样事做就是你的休息……可是你的努力，是都被侮辱了，都被伤害了！所以在尚已不放心的态度去看社会主义的时候（距今已退远了），你就已说过这话：“人民去死去牺牲是为了一些 idées（观念）；使他们在死去牺牲者们是为了自己的利益！……”

但是，自幼温柔地呼吸着的你，到底又仁慈地说：“人们作恶是由于愚蠢和凶恶，而凶恶常因愚蠢。”所以你就始终献身于以和平求和平的努力！所以你就反对暴力了！所以你就成了甘地先生的至友了！所以对于新的俄国你就不能事事同意了！

和平主义，粗粗说来，只是一种反对战争的“慈悲心肠”，因为一般的所谓和平主义者们直大叫着战争是如何残酷，如何可怕罢了。可是这就暗示劳苦大众永远可残喘下去，而“如何残酷，如何可怕”的战争就在大众的“苟延”中越发准备的残酷可怕起来了！所以像德人 Thomas Mann［托马斯·曼］的非战的态度才是该被尊敬着的，因为他说：“我也成为和平主义者，只因现在的战争中已没有诗，已没有 Romantisme［浪漫主义］，已没有 Héroïsme［英雄主义］，已没有伟大；她已不过是资本家们为想自己的枪炮之类有销路而不惜将民众的生命去作牺牲的工具！”而我们尤其尊敬着的是罗曼·罗兰的和平精神，因为她更彻底，是一种战争，与特权阶级不断地在起着直接冲突的战争！——绝不是“姑息养奸”的！这，就是指从那些口口声声叫着和平和平的外交政治职业者们在越来越说他是“和平的破坏者”的一点上看，也就可以证明了！所以先生是彻底的和平主义的战士！

高尔基先生曾写信请先生表示对于新的俄国的友谊。那时新俄正步步受阻碍；信就迟到了。但她到之前，先生就以热烈地向俄国致敬意，——发表了正是高尔基先生期待着的宣言了（1916）！所以先生早已是新俄的最可亲近的朋友，而先生对他不能事事同意的一些话实是益友的诤言！

先生的多方面的天才全发展到了顶点！先生是最纯洁者！……我们太敬太爱先生了！

但是，倘使先生奔赴着的是历史的前程的反对方面，则先生越纯洁，越抛开了自己所最心爱的音乐史的研究而每天只睡四五小时地将全发展到了顶点的多方面的天才为最了人生的天职去征战呢，先生就越是社会改造的障碍了！而事实上，先生是始终在和历史一路向前，先生是不停地在转变，越老越年轻了！

迎接——

彻底的和平主义的战士，

新的社会的益友，

“雪底下的火山”，——

罗曼·罗兰！

（先生会暗示，一个痛苦的决不定回国后寄托生命的方向的中国青年，“新的中国，将从血中产出，……”故这里，我们最后就听罗曼·罗兰回归瑞士的第三夜正是中国等待他寄赠诤言的第一天！）

一，七，一九三三。

第三件“几位朋友光荣地被囚禁，我对他们始终忠诚不渝”。几位朋友指艾青和江丰。李又然比艾青晚半年返国，在此前后写过两次信给他：

我给他去信，没接到回信。我生气。隔一些天又去一封信。这下回信来了，头一句话就说：“我在蹲监狱。”我开始以为他在发牢骚，因为住在父母家——艾青父母不喜欢他——他就像蹲监狱一样。再一看信上打着“检阅”二字，地址又是上海第二特区法院看守所。我抑制不住内心的气愤，立即跑去看他；门警不放我进去，我几乎要打那门警；那天原来不是探视的日子。从此，不断和艾青通信，经常给他送吃的、送书、送衣服被褥，寄给他邮票，送药——他患关节炎。

读书人坐牢，阅读成了最重要的消遣，送书是李又然的主要工作之一。和艾青同一牢房的青年画家江丰，曾经在鲁迅木刻班学习过，他请李又然写信向鲁迅借书，于是鲁迅日记便三次出现李又然的名字：1933 年 4 月 26 日，1934 年 4 月 12 日和 9 月 9 日。除此之外，李又然也把自己的书送给他们，包括从巴黎带回来的珍贵法文书。他送过多少书没有记载，经过大半世纪的动荡岁月，只有一本奇迹地保存下来，由他们的共同朋友俞福祚的后人收藏。这是一本法文书，扉页上有李又然的题辞：

> 伽，预备去乡间，我在整理书籍。*Les Nuits*［夜歌集］，*Les cent meilleurs poèmes lyriques de la langue française*［法语抒情诗佳作一百首］和这本译成法文的 *Macbeth*［马克白］，我都想带着去。但想到了我的伽，并且想到了它们都应该由伽读去的。伽，我愿伽译出 *Macbeth*！

所署日期为 1934 年 4 月 20 日。《夜歌集》是浪漫派诗人缪塞的代表作，《马克白》是莎士比亚戏剧《马克白的悲剧》(*La Tragédie de Macbeth*) 的简写。这些书全是世界文学经典作家的作品，可见李又然在法国图书馆自修的内容，和正规学校一模一样。

除了这几本，至少还有比利时诗人维尔哈仑的一些著作。艾青能够在狱中翻译了他的九首诗，后来以《原野与城市》为题出版，必定与李又然送书有关连。他去法国一心读美术，没有系统学习过法文，平常多读俄国文学作品的中译，“也读了一些法文诗：《法国现代诗选》，阿波利奈尔的《酒精》等，如此而已”(艾青《母鸡为什么下鸭蛋》)。何况维尔哈仑尽管出名，但在诗人多如繁星的法国，难以耀眼，就算李又然那样钟爱诗歌的留学生，如果不曾在比利时居留过，就不会在回国行李中塞进维尔哈仑的诗集。

艾青在狱中开始写作，通过各种方法偷运出来，大部分辗转传递到李又然手中，由他送去杂志社发表。1935 年 10 月，艾青出狱时，李又然到门口迎接。

第四件“我担任过世界反战委员会代表团翻译之一”，江丰比艾青早获自由，时间在 1934 年 7 月，李又然安排他到观海卫老家住了一段时间，然后再回上海，继续保持密切联系。由于江丰，李又然才会有这次不寻常的经历：

> 江丰出狱之后，和我经常在一起。江丰有一次说：“也许要请你做件事。”我说：“好的。”也没问他什么事。不久，“世界反战大同盟来华代表团”到上海；一天，有个青年去找我，一进门就说：“我是楼适夷，江丰介绍的，请你到华懋饭店找古久里，说宋先生（宋庆龄）叫你去找他的好了。”代表团的团长是英国人玛莱勋爵，副团长呢，是古久里，Paul Vaillant-Couturier，代表团实际上的负责人，法国共产党六个（？）最高领导者之一，专管全党文化、教育、宣传等方面的工作。

这个代表团来参加远东反帝大会，由于阻力重重，1934 年 8 月 18 日到达上海时，仍未知道在哪个城市开会。几天后才确定由宋庆龄出面组织，在上海举行，申请准许证时遭受华界和外国租界的种种刁难。大会的具体组织工作由中共地下党负责，江丰是成员之一，因为打算安排代表团成员会见不同阶层的中国人，欢迎他们的到来，同时让他们了解中国社会的现状，翻译是必不可少的，尤其代表中唯一的共产党人古久里是法国人。李又然刚从法国回来，表现进步，尚未成为当局留意的目标，是一位理想的人选。

参加这样的历史事件，是人生大事，“后来，我和艾青等人走过华懋饭店的时候，艾青总说：‘这是又然的黄金时代！’”他生命最后十年写成的《文学回忆录》系列，有一篇 1979 年发表的《古久里》，以这次工作为题。文内包含很多细节，叙述他参加的三次重大活动。第一次是八月底陪同古久里到杨树浦的缫丝厂，以及到工人居住的棚屋区，了解他们的生活；第二次在 9 月 4 日，出席电影界的欢迎酒会，在跑马厅东亚酒店举行；第三次在 9 月 14 日，再到杨树浦棚屋区，参加群众欢迎大会，参加

宋庆龄登船迎接参加反战大会外国代表，左三为法国人古久里（1936年）

者多达二千五百人。

就在这次集会结束时，发生了派发《反战新闻》女工被警察追捕事件。李又然在古久里陪同下，冒着生命危险，由另一位女工带领，抢先到那位女工家里，把有关出版物和传单全部撤走，转移到古久里下榻的酒店。这件事在当时白色恐怖局势下，没有公开，只有古久里、两位女工和李又然知道，他在将近半个世纪之后才说出来，古久里这时已经离世，两位女工也无踪可寻，似乎成为孤证。殊不知古久里已经为他留下文字见证。这位作家身材略胖，来自寒带国家，在上海深受炎热之苦，回国途中在10月28日抵达莫斯科，利用机会休息，开始撰写远东之行的报道。他在11月12日返抵巴黎，就在同一天，法国《人道报》开始刊登他的系列报道，以《巴黎－上海－莫斯科－巴黎》为总题。连载至1934年1月27日，到了第五十六篇以杜月笙为题的《恶棍》(*Bandits*) 中止，尽管文末印着“待续”两字，但再无续篇。他的写作时间距离事件不过一个多月，记忆犹新，虽然偶尔使用报告文学的笔调，但可以看出这位新闻记者的出色本领，他在短短一个半月时间里收集到大量资料，广泛、深入、准确，对苏区的分析眼光尤其独到，至于大会活动的记叙，比起中国参加者多年后的回忆，他的报道更详细。

李又然谈到的三件事，在报道中都找到对应，而且互为补充。但是叙述时简详不一，全篇不提李又然的名字，这种处理方式是为了保护中国朋友的安全。反战大会被当局禁止，所有中国参加者都成为追捕对象。报道中也有人名，但都是被捕或已牺牲的青年文化人。因此在谈到工人收藏红旗这件事时，古久里花了很多笔墨，而李又然冒险协助转移印刷品这个英勇行动，却相当简略：

……这些都是她告诉我的。有一天晚上，我到杨树浦木棚区采访，我让她跳上我的汽车，惊险地逃脱警察的追捕，因为警察跟踪她，见到她向江北人和失业者散发传单。

李又然从八月下旬开始工作，到 9 月 16 日便停止，他的回忆没有涉及这个日期之后的活动。因为这一天，和他直接联系的楼适夷和江丰先后被捕，会议组织者不会让他冒险继续工作。他可能也感到威胁，躲藏起来，“直到古久里他们上船去海参崴了才逃到家乡。在慈溪，一天，我在亲戚家，我弟弟佳言突然跑去，要我快走，说有兵到家里来抓我了。于是，佳言陪着我跑到苏州。后来据说虞洽卿说了一句话：‘小孩子，别抓了。’才没事的。”

这封信的第二部分是替谢冰莹寄书。从来没有人提及李又然认识谢冰莹，事实上，他们只是通信之交：

1932 年暑假，一天，和同国同学李遇安一起在拉丁区走，看见一家书店橱窗里，陈列着一本新出的书：谢冰莹的《一个女兵的日记》的法译本。李遇安说认识她，“你快回国了，我给她写信介绍你们认识。”这样，回国后和谢冰莹通信，有几年，却始终没有见过一次。（李又然 1968 年检查材料）

他看见的法译本是汪德耀翻译的。谢冰莹的新书寄的不是时候，大约六月底左右到达瑞士，罗曼 · 罗兰刚好在 25 日外出旅行。因为大战迫近，瑞士政治气氛变坏，他的再婚太太玛丽来自苏联，感到不安全，希望迁居到法国。他们此行除了到巴黎访旧，主要时间花在找房子，最后找到的一间，离他的故乡只有二十五公里。他们延至八月中旬才返回瑞士，信件已经堆积成山，里面就有谢冰莹的书。可能由于这个理由，他的日记没有出现有关的痕迹，也没有回信记录。

即使写了回信，李又然也不可能收到。书寄出后不到两个月，爆发七七事变，日本全面侵华。像很多热血青年那样，李又然走上了流亡抗日道路。在流亡路上，李又然在武汉重见阎宗临，匆匆话旧后分手。1938年1月，他到达延安。

此后数十载，再没有写信给罗曼·罗兰，但大师继续是他心中的“唯一闪耀的星辰”。尽管缘悭一面，他衷心感谢罗曼·罗兰给他写信，在艰难时刻给予援手。他在家书中说：

> 至于罗曼·罗兰先生，我实在崇拜。先生从精神上和物质上都帮助过我，我向人提起，也只因为感激。

他一直执弟子礼，以“先生”尊称。除了终生铭记，不遗余力向中国读者翻译和介绍这位大作家的著作及生平，笔下随处可见罗曼·罗兰引言和思想印记。1946年至1949年，他一度改名李则蓝，“蓝”与“兰”同

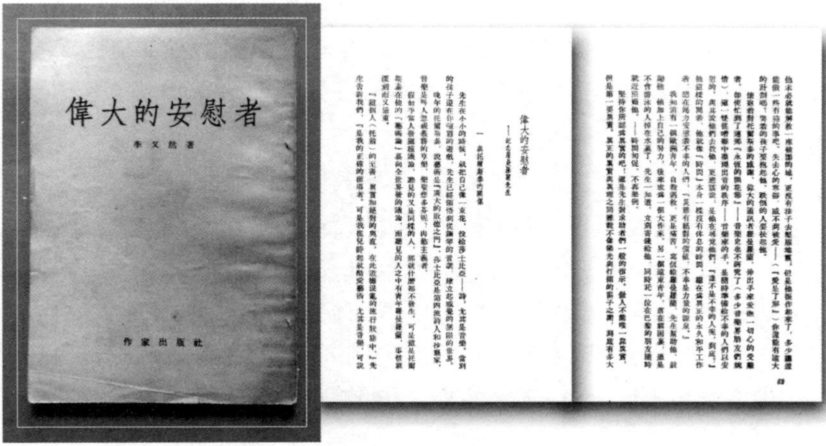

李又然《伟大的安慰者》（1955）

音，这是为了纪念罗曼·罗兰。1955年替大儿子取名兰颂："给你取名'兰颂'，就是法文Raison（理智）的音译。也为了纪念罗曼·罗兰先生。"

就这样，他和大师一直进行着无言的心灵对话，"在延安，我感到先生也许不久人世了，预先写起悼念的东西，正在写，报上果然出现先生逝世的讣闻。"这篇题为《伟大的安慰者》的文章成为他的代表作，文章分两节，"与托尔斯泰的关系"和"与受难者的关系"。1955年出版散文选集，他以此文标题作为书名。

无论思想或者行动，在所有中国留学生中，他是罗曼·罗兰最忠实的信徒。

附录：与梁宗岱的无形交往

在李又然留下的文字中，从来没有出现梁宗岱的名字，两人似乎没有交往。其实，像他两次求见罗曼·罗兰那样，他也曾经两次联系梁宗岱，但两次都没有成功。这是一场奇特的无形来往，时间跨越了半个世纪。

这件事最早由陈锡添在《历尽坎坷志未磨》披露：

> 有一位著名作家。曾于一九二八年到法国留学。他到里昂不久，给罗曼·罗兰写信，要求去看他。罗曼·罗兰立即复信说自己就要去旅行，并在信中给他介绍一位同国的朋友，说这是一位挺有才华的青年，这就是梁宗岱。
>
> 一九二九年夏，他到巴黎，给梁宗岱去信，说是罗曼·罗兰介绍的，想去拜访宗岱。但没接到回信，以为梁宗岱不愿认识他。
>
> 一九五二年，这位作家到南宁参加土改，听说梁宗岱是"劳改犯"，很是吃惊。问作家陆地："这是为什么？"陆地说："梁宗岱其实没有什么。"
>
> 这位作家回北京后，便将情况写信告诉胡乔木同志。并说"梁是极优秀的翻译人才，不可多得。"他请胡乔木出面弄清此案，解除他的劳改，还说可以让他搞翻译，必要时化名出书。
>
> 胡乔木同志虽不认识梁宗岱，但知道梁宗岱是著名的诗人、翻译

家。这位党的领导干部十分爱才，便立即给广西打了电报并复信告知这位作家。

后来，这位作家要翻译意大利第一个布尔什维克葛兰西的《狱中书简》，这书曾得过一种文学奖金。但翻译中遇到困难，译不下去，便想起了梁宗岱，希望能得到他的帮助。

但是，梁宗岱是否愿意帮助呢？这位作家想起了一九二九年的事，有些担心了。便写信给另一位友人，托他代为说项。信中讲述了这段插曲的全过程。并说可将这封信转给宗岱，“让他再一次知道罗曼·罗兰先生给我介绍过他，而我一直尊重他”。

这位友人真的将信转给梁宗岱了。梁宗岱复信表示，对这位作家的翻译，“从任何观点，我都有责任出力。”并解释说，一九二九年他已离开巴黎，不可能收到那位作家的信，他说：“拒绝结交我所服膺的一位大师亲笔介绍的一个像我一样为求知而不辞远涉重洋的同胞，对于我是不可想象的。”（载《深圳特区报》增刊《海石花》，1985 年 8 月）

作者隐去李又然的名字，以“一位作家”代替。等到 1991 年的《宗岱和我》，读者才在一个句子中，知道“这位作家”是李又然。他的信函原件已佚，笔者只看到学者陈太胜提供的梁宗岱复信影印，收信人是代转信的广西作家胡明树（1914—1978），1977 年冬天来信，复信日期 1978 年 4 月 12 日。

李又然生性敏感，但地址来自他尊重的大师，没有收到回信也不会心存芥蒂。多年后得悉梁宗岱变故，他相信大师推荐的人不会是坏人，毫不犹豫执笔写信。梁宗岱的回信证实了李又然的举动起了关键作用：

至于胡乔木同志一封电报救了我，我在狱中早已知道［……］从那时起，胡乔木三个字即以大救星大恩人的形象深铭我和我爱人心中。

和李又然一样，他对罗曼·罗兰介绍的中国留学生同样尊重。正当他们的无形交往有可能变成有形的时候，梁宗岱的健康突然变坏，行动不便，失去了和这位老实诚恳的罗曼·罗兰信徒见面的最后机会。

五　阎宗临

(YIAN TSOUAN LIN)

在李又然之后，写信给罗曼·罗兰的留学生是阎宗临，地址是李又然给他的。法国国家图书馆手稿部只有阎宗临的三封信，另有罗曼·罗兰日记两段记载。无论数量或内容，都不算丰富。

主要对照文献有三种。第一种是阎宗临的《回忆罗曼·罗兰谈鲁迅》(载《晋阳学刊》，1981年第5期)，他在1963年8月见到许广平女士，在她鼓励下撰写。生前从未发表，现在读到的是遗稿，来自他的个人笔记本。文章仅得千字左右，刚展开便戛然而止，既可能是未完成稿，又可能部分佚失。尽管如此，内容真实可靠，是一篇弥足珍贵的文献。

第二种是阎守城的《阎宗临传》(三晋出版社，2013年12月)，作者是阎宗临儿子。这本书除了叙述阎宗临的身世和出国前的经历，还提供了他在法国和瑞士十一年生活的具体情况，虽然作者没有交待资料来源，但里面的丰富细节，不是局外人能够知道的，可以推测直接来自阎宗临本人的口述和个人档案，极具参考价值。

第三种是郭倢（Colette Girard）女士的《二十世纪中国留学生在弗里堡大学》(*Les étudiants chinois à l'Université de Fribourg durant le XXème siècle*)，这是一篇硕士论文，里面详细介绍了几位中国留学生，其中阎宗临篇幅最多。作者在瑞士实地调查和收集文献，从另一角度补充了阎宗临在瑞士生活的细节。

本来还有第四种《一位罗曼·罗兰教导过的中国留学生—— 记我父亲1929 – 1937留学伏利堡天主教大学》(载《鲁迅研究月刊》2010年9月号)，作者是阎宗临女儿阎守和，回忆三十年前的1971年，与父亲朝夕相处时回忆罗曼·罗兰的多次长谈。可惜关键内容与阎宗临的书信相左，未能使用。

1925年　勤工三年

阎宗临（1904 – 1978）出生于山西省五台山区的中庄村，这是一个偏远的山村。村里只得数百居民，生活条件相当艰苦，父亲务农，农闲时兼业流动小贩，日子过得并不宽裕。阎宗临天生爱好阅读，很早便向往外面的世界，他知道只有通过读书才能实现这个愿望。因此十四岁小学毕业后，坚拒父亲安排他当店铺学徒，在表兄支持下，经过一番努力，说服家庭让他考进邻近的新式学堂川至中学。入学不久，父亲去世，家中无以为继，他仍然不愿放弃学业，依靠表兄的微薄资助，加上课余替学校当杂工，以半工半读方式坚持下来。他还不晓得，这种艰苦的学生生活不过刚开始，将要持续多年。

他勤奋读书，得到优秀成绩，然而，命中注定他要离乡背井，远走他方。十八岁那年连续发生了两件大事，第一件是像很多同时代青年人那样，家庭包办结婚。他在 1956 年写给人事部门的简历中，记述了这件事：

> 家庭包办的婚姻是我最苦恼的问题。在 1920 年，我接受了“五四”运动的新思想，婚姻自由，信以为真。于 1922 年结婚前后，坚决反对封建婚姻，做了种种离婚的斗争，结果无效。在现实下屈服，问题并未解决，教训我者并未抑服我心。到 1924 年后，我即远走在外，脱离家庭。我脱离家庭原因很多，婚姻是主要之一。（载阎守城《阎宗临传》）

第二件事发生在次年，他已进入中学最后一年。学校发生学潮，学生起来驱逐专横霸道的校长，他积极参加活动，被校方开除。幸好老师乔松岩赏识这位优秀生，伸出援手，帮助他转学到另一间中学完成学业。这件事令他对乡下落后环境完全绝望，产生非走不可的急切愿望。在乔松岩老师的建议下，他决定前往北京投考师范学院。

这是他的人生道路的关键转折点，然而囿于家贫，到北京时身上仅有乔松岩老师送给他的十元钱，投考北京师范又失败，唯有转到山东曹州，进入梁漱溟主持的重华书院，那里有免费食宿供应。一个月后，他接到北京朝阳大学的录取通知，为了有一个更好的学习环境，他立即折回北京。开学才两三个月，申请学校津贴被拒，无钱交学费，被迫离校。工作成为唯一的出路，1924 年 12 月，经由一位中学同学介绍，进入《国风日报》当副刊《学汇》的校对。这个工作为他打开了文学的大门，一个他喜爱的新天地。在这里，他认识了新文学运动的新秀作家高长虹，参加了他组织的狂飙社，成为他的亲密朋友。

> 十八年前，寄寓在北平一个报社，认识了几位研究文学的朋友，看他们的创作，读翻译的著述，使我感到深厚的兴趣。那时候，我以为文学是黑暗社会的匕首，他能使不安者宁静，烦闷者快乐，因而跟着他们，我也来研究文学。（阎宗临《大雾·后记》）

高长虹比他年长八岁，在他的带领下，阎宗临见过鲁迅四次，其中有一次向鲁迅请求指点“青年必读书”，“问后，他抬起头来，沉默好久，说：‘除线装书和印度书外，都可读。’”这句话在他的心中撒下出国留学的种子，“读洋书就成了我青年时代的理想。”（阎宗临《回忆罗曼·罗兰谈鲁迅》）

不久，他认识了浙江长兴县人华林（1889 – 1980），他是辛亥革命后最早的中国留法学生之一。晚年口述的回忆文章以《两次赴法的片断回忆》为题，其实他前往法国不止两次，而是三次。1914 年、1919 年和 1928 年。最后一次进入里昂中法大学，注册为文科学生，一直读到 1930 年 7 月离校，返国后在一些大专学校讲授西洋艺术理论和历史。

华林早年曾在《国风日报》工作，与报社熟稔，路过北京时可以借住员工宿舍，因此在第二次回国时结识了阎宗临。阎宗临向他透露了当教师的志愿，华林劝他到法国勤工俭学，他有留学经验，认识华法教育会，可以代办留学手续，只须筹集到二百元就可成行。阎宗临在《国风日报》老板景梅九和好朋友高长虹的热心帮助下，迅速筹到款项，顺利地在 1925 年 12 月 5 日登上法国邮船盎特莱蓬号（André Lépon），开始万里征途。

他在法国的第一个落脚点是巴黎，接待他的华法教育会就设在郊区哥伦布镇。这是一个民间组织，留学生抵达后，替他们找临时住宿地方，安排进入学校，但财力有限，无法为他们解决钱财困难。阎宗临对此有思想准备，一般留学生急于读书，白天勤工，夜晚俭学，或者三个月勤工，三个月俭学，他却决定先勤工，后俭学。到达时两袋空空，拿着华林给他的地址，找到一位开杂货铺的老华侨，在他帮忙下，找到一些零活糊口，同时开始学点法文。零碎的收入既微薄又不稳定，他过着半饥半饱的日子，甚至不时被迫露宿街头。

第一年好歹挨过去，第二年 1927 年 4 月底，他决定离开巴黎，前往里昂。在中法大学担任秘书的刘大悲是华林在华法教育会的朋友，安排他暂住大学的学生宿舍，然后通过一位华工介绍，到郊区一家工厂当杂勤。工作十分吃重，他坚持下来，然而由于没有工作准许证，做了短时间便被解雇。他不气馁，返回里昂设法办妥工作证，然后再找另一位山西华侨帮忙，进入杜比兹人造丝工厂（La Tubize）。这是一间比利时资本的法国企业，地点在里昂近郊，属于当时世界最大的人造丝厂之一，员工多达五千人。阎宗临被分派到实验室当杂务，工作比以前轻松。他勤力认真，不久被提升为实验助理员，收入水涨船高，两三年间便积蓄了两万多法郎，勉强可供三年大学之用。刚好这时候，工厂总工程师偶然看到他拿着银行存折，交谈之下知道他刻苦工作不是为了成家立室，而是打算进大学读书，心中为之感动，决定帮助他，通过一位朋友，把他推荐给瑞士弗里堡的天主教学生宿舍圣朱斯丹之家（Foyer Saint-Justin）。

这座宿舍刚在 1927 年建成，由夏里埃神甫（François Charrière，1893 – 1976）创办，规模不大。最初专门接待中国留学生，无论是否教徒，必须通过教会组织或神甫提出申请。阎宗临由法国东南部中国天主教徒联合会（Association catholique chinoise du Sud-Est de la France）出面提名，这是里昂中法大学的宗教组织，由大学本堂神甫杜佩雷（Édouard Duperray，1900 – 1990）主持，既是教徒学生的活动中心，也用于传教。

对留学生来说，圣朱斯丹之家是一个求之不得的好地方。被接受的人都享受奖学金，免费膳宿，报名读大学，会方代缴学费。创办的目的是希望在中国留学生中培养出神甫，学成后回国服务。该会没有采取神学院方式，学生在外面学习，但这里每天举行弥撒，寄宿生自愿参加，教理讲座也一样。

1929年　会见罗曼·罗兰

阎宗临在1928年11月22日到达弗里堡，虽然到欧洲已经三年，但过去忙于勤工，法文水平不足，因此先进入当地的圣米歇尔中学补习。稳定的生活环境让他安心读书，七个月后顺利通过法语水平试，取得弗里堡大学文学哲学院注册的资格，报名攻读文学、古代史、中世纪史和拉丁文的文凭课程。

开课前夕，他在9月28日给罗曼·罗兰写了第一封信，地址是李又然给他的，但写信动机不同，并非单纯表示仰慕：

敬爱的先生，

我久已想致函先生，唯工作进展缓慢，故没有勇气实现这个愿望。

我开始尝试把大作《米开朗基罗传》译成中文，现请求准许。译文在修改中，因为这是我到法国第二年在工厂翻译的。

一九二四年，当时我仍在中国，已经在一本杂志里认识了先生，但很遗憾，自己没有能力阅读英文或法文的著作。欧洲归来的留学生提供的欧洲作品译文很少，他们只会去当军阀或军火经纪的通译！敬爱的先生，你是中国的真正朋友，请帮助我们，正如先生给我的同胞敬隐渔信中所写那样。

我是一个孩子，一个失落的孩子。我们国家的人为了人民的自由而革命，然而我觉得他们不了解生活。我打算介绍名人传，但这件工作于我十分艰巨，我毕竟仍是新手。

敬爱的先生，我冒昧求你赐我光明，指引我道路。中国人生活在一个苦难的世纪！

如果先生愿意约见我，我将很高兴前来聆听教诲。

请恕打扰。敬爱的先生，此致深切敬意。

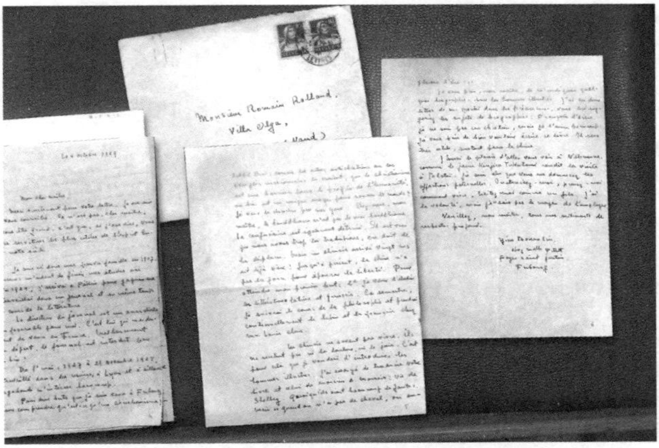

阎宗临致罗曼·罗兰第一封信（1929 年 9 月 28日）

阎宗临敬上

一九二九年九月二十八日

汝拉州弗里堡市

圣朱斯丹之家

彼泰小姐转交

阎宗临的动机很清楚，请求获得《米开朗基罗传》的翻译授权，并且拜见大师，罗曼·罗兰几乎即接即复。六天后，10 月 4 日，阎宗临发出第二封信，这封信与前信不同，充满激荡的语言，可以推想他收到的大师回信必定十分热情和恳切，扰动了他的感情：

敬爱的大师，

衷心感谢大函。很高兴认识大师。不仅因为大师伟大，而且，恕我冒昧，大师是本世纪人类精神最有用的仆人之一。

我于一九〇七年出生在一个贫寒家庭，在老师帮助下完成中学学业。一九二四年到北京谋生，进入一家报社工作，同时旁听文学课。

报社的社长是一位无政府主义者，对我很好，给我钱来法国。很可惜，我走后报纸被张作霖查封了。

从一九二七年五月一日到一九二八年十一月二十一日，我在里昂及其他地方的工厂工作。我觉得漂泊的生活很有意思。

我来弗里堡有两个目的。第一，我想了解何谓基督教，是否真的如反基督教的人士或者盲目的传教士所认为那样，要么基督教是人类进步的障碍，要么是拯救世界的唯一方法？我希望以我的眼睛去找寻。大师，在我们国家里，佛教不是真正的佛教，儒教同样被破坏。我们的确有太多传统，应该移走。然而，一个二十岁的中国人已经衰老！直到现在，中国还没有力量接受自由！为了达到我的第一个目的，我打算学习拉丁和法国文学。这个学期，我上哲学课，继续路易·克拉尔先生的拉丁文和法文课。

中国人不懂得生活，既不觉得痛苦，也不觉得快乐。正因为如此，我想引进名人传记。我开始尝试翻译大作和莫洛亚的《雪莱传》。尽管名人有很多缺点，但是“没有马只好骑驴”。

敬爱的大师，请给我指点几本名人传记。我在《先驱者》读到大师致高尔基的两封信，向他建议的传记主题有圣方济各。我不是基督教徒，但是很喜欢他。敬请大师撰写此书，将来会很有用途，尤其对中国。

我将很高兴到维尔纳夫拜见大师，像青年德富健次郎拜访托尔斯泰那样。我深信大师将给我父爱，授我学问，教我生活，待我为儿子。我有志气，但不知如何运用。

谨向大师致以深切的敬意。

阎宗临

一九二九年十月四日

汝拉州弗里堡

圣朱斯丹之家

彼泰小姐转交

阎宗临自我介绍出生于1907年，比实际年龄少了三岁。这不是笔误，而是他的出国护照填写这个年份，无法知道错在何人，他只能将错就错使用。

信中提及的罗曼·罗兰著作《先驱者》(*Les Précurseurs*) 是一本政

论文章集子，1920 年出版。至于阎宗临视为榜样的德富健次郎（Kenjiro Tokutomi，1868 – 1927）是日本作家，笔名德富芦花（Roka Tokutomi）。这是一位著名的托尔斯泰崇拜者，1906 年前往巴勒斯坦朝圣后，在路过俄罗斯的归途上，专程到离莫斯科二百公里的亚斯纳亚－博利尔纳庄园拜访托尔斯泰，逗留了七天，从此成为坚定不移的托尔斯泰信徒，身体力行宣传他的道德主张，甚至模仿他的离群索居的生活方式，日本人称他为“小托尔斯泰”。

在这两封信前后，罗曼·罗兰还收到敬隐渔、梁宗岱、李又然和汪德耀的来信，在 10 月 16 日梁宗岱来访前夕，他在日记中为这些中国留学生通信作了一个总结，阎宗临的名字第一次出现，排在梁宗岱之后：

> 第二位阎宗临
>
> 阎宗临到瑞士弗里堡大学来，为了研究基督教精神和拉丁理性。
>
> 他在一九〇七年出生于一个清贫家庭。一九二四年前往北京读书和谋生。他工作的无政府主义报社的社长，帮助他来法国。一九二七年至一九二八年，他在里昂及其他地方的工厂工作；他翻译了《米开朗基罗传》。他说，“中国人不懂得生活，既不觉得痛苦，也不觉得快乐。正因为如此，我想引进名人传记……”“然而，中国人一到二十岁便已衰老！直到现在，中国还没有力量接受自由！……”信末这样写道，“我将很高兴到维尔纳夫拜见大师，像青年德富健次郎拜访托尔斯泰那样。我深信大师将给我父爱，授我学问，教我生活，待我为儿子。我有志气，但不知如何运用。”

日记以突出位置，在第一段记载了阎宗临来弗里堡读书的目的，研究基督教精神和拉丁理性。然而，阎宗临当时并非天主教徒，他此前的书信和写作，都没有谈论西方宗教。来瑞士之前，他已经了解到圣朱斯丹之家的宗教背景，知道将要认识一个新世界。这份奖学金既然由天主教设立，必然要学习天主教义，甚至皈依。因此中国留学生需要很大的勇气，才会接受这样的奖学金。乘着“五四”运动余波，中国教育界从 1922 年开始，经历过一场非基督教运动，传教士被视为侵略者，是万恶之源，教会学校

阎宗临（前左一）在瑞士弗里堡圣朱斯丹修会宿舍（1929年）
（原载郭倢《弗里堡大学，百年中国缘》）

被迫关闭或转型。留学生中的民族主义思潮高扬，对天主教同学另眼相看，如果阎宗临没有开放的心灵，就不会到弗里堡来。

他写信的时候学校刚开课，既要适应环境，又要应付功课，过了差不多一个月，才找到拜访罗曼·罗兰的时间，于是写信请求约会：

敬爱的大师，

请原谅我没有答复十月六日的友好来信。请问我能否在下一个星期天，十二月八日，和我的同胞曾勉一起到府上，他很久便渴望拜见大师。请大师决定适合的钟点。

敬爱的大师，谨致深切的敬意。。

阎宗临敬上

一九二九年十一月一日于弗里堡

弗里堡

圣朱斯丹之家

罗曼·罗兰毫无困难接受他提议的日期，见面顺利进行。此行留给阎宗临深刻的印象，三十四年后，1963 年，他动笔写作回忆文章《回忆罗曼·罗兰谈鲁迅》，1981 年作为遗作发表在《晋阳学刊》第五期上：

> 一九二五年冬，我辞别了鲁迅先生，去法国做一个勤工俭学生。那时我法国之行的决定很大程度上是受先生思想影响的。鲁迅先生认为线装书是有毒的，在书籍中除过印度和中国书外，其他书都是可读的。于是读洋书就成了我青年时代的理想。
>
> 到法国后我在里昂一家人造丝工厂做工，几年后，又转到瑞士学习。那时，总渴望着见一次罗曼·罗兰先生。谈谈中国、谈谈中国的现实，谈谈我们这个时代有关青年的问题。
>
> 我记得是一九二九年十一月的一天，我应约去访问罗曼·罗兰先生。他住在“西劳故宫”(Castle of Chillon) 的附近的新村，位于虹河入列芒湖口，法国同瑞士交界的地方。“西劳故宫”是瑞士历史上的古迹，争取日内瓦市自由的英雄波尼瓦 (F. Bonivard，1493 – 1570) 就曾被囚居在这里。(波尼瓦因为反对查理斯三世——Charles III，Duc de Savoie［查理斯三世，沙瓦公爵］——被捕后囚于此宫之古堡中，该堡是市民运动中争取自由的纪念地之一。) 诗人拜伦曾歌颂过这位英雄人物，罗兰先生正住在这古堡附近的富尔嘉［奥尔加］别墅。他选择这个地方来创作，也许有深意吧！
>
> 这座别墅建筑在郁郁葱葱的树林中，风吹着沙沙作响的落叶声中又夹着鸡犬之声，幽静中有不少生活的情趣。
>
> 一进入庭院，满院里充满了初冬的阳光，使人享有一种温暖的宁静。屋后的高山，衬托得这座别墅更宁静了，房舍、树木、连周围的气氛，都静得和山一样。我立刻想起我们中国的古话“仁者乐山。”有作家良心的罗兰，是可以当得起“仁者”这个称号的。最后，我终于看到那位瘦骨嶙嶙，身材细高但充满激情的罗兰先生迎面走来。他正像一座耸入云霄的青峰，峙立在我的身旁。
>
> 罗兰先生坐在堆满书籍的接待室内接见了我。那间接待室并不考究，到处是一种舒适的、随便的、带点散漫的气派。罗兰先生谈话时

细长的手指不停地抚摩着一只他很喜爱的猫。我原来多少有些紧张的心情，立刻松弛了。我和他无拘无束地谈了起来，说了许多问题。

罗兰很有兴趣地谈了许多有关中国的情况。罗兰谈话的大意是中国是个伟大的国家，因为她拥有古老的文化，她爱好和平。可惜欧洲人不了解中国的情况，更不了解中国现实的情况。托尔斯泰晚年，十分追悔没有很好地了解中国，没有多接近中国人。但他和中国人仅有的两次通讯，已反映出他的精神。一次是和居留在德国的陈季同的通讯，另一次是和中国的学者辜鸿铭。但这两位给他的影响是很有限的！当时他正在研究托尔斯泰，所以一说就说到他熟悉的题目上去了。

罗兰先生接着又说："我也有托尔斯泰晚年的心情。前几年，敬隐渔先生将鲁迅先生的《阿Q正传》译为法文，我才开始接触到现代的中国。鲁迅的阿Q，是很生动感人的形象。阿Q的苦痛的脸，深刻地留在我心上。可惜许多欧洲人是不会理解阿Q的，当然，更不会理解鲁迅创造阿Q的心。我很想念中国，但恐怕我也不会到中国了。"

阎宗临是历史学家，这篇重要的文章可惜没能终稿。最有价值的回忆是罗曼·罗兰当时的说话，他对中国的友好态度，对托尔斯泰晚年因为与中国人接触不足的感慨，以及关于鲁迅《阿Q正传》的评价，从罗曼·罗兰日记、梁宗岱和敬隐渔的文章，可以找到不只一次的证实，某些用语甚至一字不差，可见此文十分严谨。

文内提到的见面日子不确，"十一月的一天"应为12月8日。另外托尔斯泰中国通信者"德国的陈季同"有误，这个名字最先出现在罗曼·罗兰《托尔斯泰传》书内，法文拼写 Tsien Huang-t'ung，曾经难倒一个又一个翻译者和研究者，出现过不同的中译。徐懋庸译成钱玄同，郭沫若译成张之洞，傅雷干脆不译，"此人不知何指"。到了1950年代，戈宝权在莫斯科找出原信，才确定他是清朝派往圣彼得堡的留学生张庆桐（1872 –？）。

见面是双方面的事情，反映在两面"镜子"上，阎宗临的文章只是其中一面，要了解全面情况，还须参照罗曼·罗兰的"镜子"。他在会面当晚，写下一段相当长的日记，由于没有经过时光的侵蚀，更像一张即影即有的照片，包含更多内容：

十二月八日。两位二十四五岁的中国大学生来访，他们在弗里堡大学读书，要在瑞士居住两三年（一位沙里埃神甫在那里创立了一间中国学生宿舍）。他们名叫阎宗临和曾勉。前者学习文学，后者社会科学。两人都不英俊，但十分讨人欢喜，纯朴而认真。他们关心最基本的问题，关心自己对生活，对本人，对可怜祖国的道义责任。他们此行来请我指点。

他们像几乎所有同年纪的中国青年那样，经历过可怕的磨难，大部分人的健康、生之欢乐和对未来的信心受到损害。阎宗临到弗里堡来，为了研究基督教的普世人道价值，了解能否带给新中国帮助。但我看得出，他的远东良知不可能接受人家传授的信仰，以及各式各样的陈规。两个人都很严肃，很留神聆听每一个字（阎宗临的法语发音相当困难，不过两人都听得懂法文）。

他们问我的意见，关于回国后他们的主要使命，以及生活中的首要任务。我强调两点，一要勇气和真诚（对自己），二要把道德和政治教育带给中国人：传授良知和自由批评思想。在民主政治里，任何公民都应该可以对公众事务进行自由批评。接着要去彻底认识中国人的生活，认识组成这个民族的不同性格的大类型（再进一步，认识各种宗教和社会思想深刻分歧的世代相传理由），然后尝试把他们和谐结合在一起，互相尊重，互相合作。尤其要担当这个消沉种族的刺激剂，成为一种复兴酵素。组织一个“中国服务者”(Serviteurs de la Chine）协会，把亚洲和西方的中国精英紧密联系起来。构成一个道德和社会核心，围绕它重新建设起一个新中国。以意大利统一运动的英雄事迹和马志尼为榜样。我鼓励他们向国人介绍他的生平，以孙中山作依照，他已成为传奇式人物，成为新中国的基石（所有人都自称是他的信徒，无论革命派或军阀）。

我将尽量让他们和我认识的其他中国人联系。

他们目前的处境，最大的不幸是极端穷困。物质状况如此恶劣，以至每天都在令人疲乏不堪的劳动中度过。在本国的富人那里，他们找不到任何援助。里昂的中法大学几乎只向有钱的学生开放，阎宗临不属于这类人。他本是北京大学生，三分之二老师出国或者流亡，去了日本或欧洲。他来到法国，不得不到工厂劳动，晚上抽空学法文（我说过，他在北京看过几页人家翻译的我的文章，促使他学法文）。

他带来《米开朗基罗传》的中译，花了两年半时间。抄写得很用心，这是第三次修订稿。现在，他打算翻译我的《圣路易》，我劝他不如选译《约翰·克利斯朵夫》，这对他的同胞是一种补药，一本《平凡英雄传》的枕边书。

这些青年人朴实的不亢不卑令我和我的妹妹感动。他们感谢我们的真心关怀。我喜欢这些年轻人，他们不事空谈，接触过无情现实的最底层，既不悲叹，也不嘲讽，而是保持平静，准备坚定不移走自己的路。

这篇日记再一次显示出罗曼·罗兰的青年导师形象，他曾经鼓励梁宗岱当伟大人物，探索中国人民的神秘力量，并且交还给人民。现在又鼓励两位年轻人担当种族的刺激剂，成为复兴酵素。中国留学生可能觉得这些期望很高，但对罗曼·罗兰来说，这不过是行动知识分子的份内事情。

法国的行动知识分子始于十八世纪的伏尔泰，他多次以笔为武器，为不公平的事件击鼓鸣冤，这种做法后来成为传统，跟随者络绎不断，包括雨果等名作家。到了左拉，一篇为犹太军官德雷福斯翻案的《我控诉》，把这个传统推到顶峰，行动知识分子的影响力扩大到政治，牵动民意，影响政府决策。罗曼·罗兰本人就是二十世纪初最著名的行动知识分子之一，努力鼓吹非战的和平主义，他用于这方面的时间可能超过写作，影响范围超出法国，全世界都有他的拥护者。然而中国情况与法国不同，在一个尚未实行民主的国家，行动知识分子动辄得咎，甚至有生命危险。曾经会晤过罗曼·罗兰的五位中国留学生，没有一个人选择这条道路。

从罗曼·罗兰日记充满感情的评语可以知道，他及妹妹对阎宗临和曾勉有十分良好的印象。但这次见面对阎宗临的影响并不明显，在他的1962年回忆文章之前的三十多年时间里，从未提及罗曼·罗兰，可能因为见面只得一次，而且当时还存在语言障碍，没有深入的交流。

反过来，从 1929 年至 1937 年，阎宗临在瑞士生活的七年，圣朱斯丹之家的宗教气氛每天二十四小时围绕着他，通过潜移默化的作用，对他产生更大的影响。阎宗临天生质朴，在不知不觉间向天主教靠近。到弗里堡两年后，1931 年 12 月 27 日，他接受了洗礼，成为圣朱斯丹之家第一位皈依天主教的中国留学生，取教名让－马里·谢日（Jean-Mari Serge）。1933 年 6 月 26 日，他接受了坚信礼，确认了教徒的身份。1937 年 7 月 8 日，他的太太梁佩云在结婚前五天也接受了洗礼，两人在 13 日举行宗教结婚仪式。

罗曼·罗兰曾经在日记中预言阎宗临不会成为教徒，事后证明不正确。不过，阎宗临皈依天主教，并非像普通教徒那样笃信天主教的教义，他留下的手稿中提到当时的动机：

> 在一九三一年冬，我相信了天主教。这种唯心的宗教情感与神秘的思想，我感到非常契合。假使有神，不因信不信而决定他的存在，假使无神，也不因信不信有所增损而引起什么危害。信仰是个人的事，“汝安于为之”。（载阎守城《阎宗临传》）

这种情况与罗曼·罗兰有点类似，他没有宗教信仰，但有宗教的感觉。他认为所有人心中都有一种宗教自发动力，一种“海洋的感觉”（sentiment océanique），这是他在研究印度神秘主义关于人与永恒关系的时候发现的概念，他尊重西方和东方所有宗教。

阎宗临是一位出色的学生。在 1932 年的教育学考试中，以优异的成绩得到岱梧（Eugène Dévaud，1876 － 1942）教授的赏识。这位爱才的老师把他收为入室子弟，让他每周到家来，指导他学习，并且在经济上给予具体帮助。一年后，阎宗临接受坚信礼时，岱梧成为他的教父。他们互相赏识，关系密切，情如父子，阎宗临回国后，岱梧不仅保持与他书信往来，并且继续不时汇上款项，诚恳真挚的关怀未因时空变化而稍减。直至 1942 年最后日子，还不忘嘱咐去世后把讣告寄给他。这一切都铭刻在阎宗临心上：

> [岱梧教授] 教我做人，导我治学，我受了先生天高的恩谊，使我这个苦学生得以完结自己的学业。(阎宗临《近代欧洲文化之研究》，1941 年)

1933 年 7 月，阎宗临通过文学和历史两张高级证书考试，取得硕士学位。文学论文题目是《巴斯卡尔的灵魂》，历史《十三世纪到十四世纪中国与欧洲关系》，都与天主教有关，他的日后研究方向此时已经确定。

岱梧当时担任弗里堡大学校长，为阎宗临开设了一门新的中国文化课程，并且让他先回中国休假一年才开始上课。阎宗临离家七年，这正是求之不得的事情。他在 1933 年 10 月 2 日回到中国，首先返回家乡，结束了十年前家庭包办的婚姻，然后接受北平中法大学聘请，讲授法国文学一个学期。在此期间，他结识了北平农业大学园艺系学生梁佩云，她因花粉过敏正在休学，两人很合得来，在 1934 年 10 月一起返回瑞士。

阎宗临一面工作，一面攻读博士学位，论文题目《杜赫德的著作及其研究》(*Essai sur le Père du Halde et sa description de la Chine*)。这篇论文成为研究中外文化史的经典著作，至今仍不断被不同国家的学者引用，而且还给弗里堡留下一段佳话。当地的《自由报》在 1957 年 9 月 30 日发表过一篇回忆岱梧主教的文章，里面提到阎宗临的论文：

> 还有阎宗临，岱梧主教心爱的中国朋友，他的坚信礼教子，他把书房任由阎宗临使用。阎宗临无所不识，用了六个星期写好一篇法文博士论文，得到“最优”(summa cum laude) 评分。

“六个星期”的说法教人印象深刻，这张报纸刊登过阎宗临得到博士学位的官方消息，同时获得者总共十一人，阎宗临是三个非神职人员之一：

> 阎宗临，中国五台人。论文《杜赫德的著作及其研究》，评分：优等，口试评分：特优。

刊登日期 1936 年 7 月 24 日，而他从 1934 年 10 月开始写论文，用了大约一年半时间，比起普通人的三年时间的确快速很多，但不及曾勉的一年。

一年后，他的名字再次出现在《自由报》(1937 年 7 月 14 日）上，标题是《弗里堡的中国婚礼》：

> 直到现在，在弗里堡婚姻登记处找不到中国人结婚的记载。这个特殊情况现在消失了，因为弗里堡婚姻登记官员已经为弗里堡大学文学博士阎宗临先生和同为中国籍的梁佩云小姐举行了婚礼。
>
> 他们的宗教婚礼今天早上在布尔基翁（Bourguillon）教堂举行，由大学校长岱梧主教主持祝福仪式。
>
> 年轻的丈夫在弗里堡大学完成学业，在一九三〇年［按：应为一九三一年］皈依天主教。
>
> 最近几年，他在圣朱斯丹之家向他的同胞讲授中西文学比较史。这对年轻夫妇即将离开弗里堡前往北京，阎宗临将在中法大学任教。

梁佩云在 1937 年 7 月 8 日接受洗礼，成为天主教徒，也请岱梧当教父，12 日在市政府结婚，14 日在教堂举行宗教仪式，三件事情集中在六天之内，似乎有点仓促，这是因为他们已经预定了 23 日启程归国的船票。本来阎宗临在弗里堡生活得如鱼得水，而岱梧主教一直劝他留下来。这般匆忙与当时的国际局势有关，日本越来越明目张胆侵略中国，留学生爱国

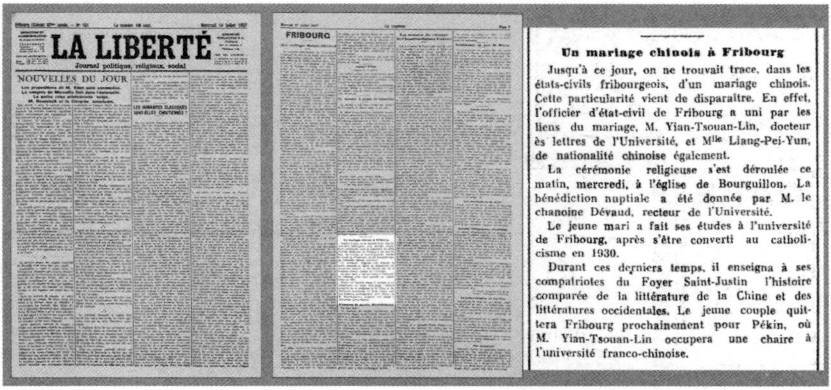

LA LIBERTÉ
Journal politique, religieux, social
NOUVELLES DU JOUR
FRIBOURG

Un mariage chinois à Fribourg

Jusqu'à ce jour, on ne trouvait trace, dans les états-civils fribourgeois, d'un mariage chinois. Cette particularité vient de disparaître. En effet, l'officier d'état-civil de Fribourg a uni par les liens du mariage, M. Yian-Tsouan-Lin, docteur ès lettres de l'Université, et Mlle Liang-Pei-Yun, de nationalité chinoise également.

La cérémonie religieuse s'est déroulée ce matin, mercredi, à l'église de Bourguillon. La bénédiction nuptiale a été donnée par M. le chanoine Dévaud, recteur de l'Université.

Le jeune mari a fait ses études à l'université de Fribourg, après s'être converti au catholicisme en 1930.

Durant ces derniers temps, il enseigna à ses compatriotes du Foyer Saint-Justin l'histoire comparée de la littérature de la Chine et des littératures occidentales. Le jeune couple quittera Fribourg prochainement pour Pékin, où M. Yian-Tsouan-Lin occupera une chaire à l'université franco-chinoise.

弗里堡《自由报》刊登阎宗临结婚消息（1937年7月14日）

情绪高涨，纷纷返国，共赴国难，阎宗临和梁佩云也不例外，他们的婚礼就在七七事变次日举行。另一个原因是中国文化课程三年合约结束，没有续订，而岱梧和圣朱斯丹之家夏里埃神甫筹划的弗里堡大学东方学院，迟迟没有确实成立消息，前景不明朗。

阎宗临返国后，一直在大学从事历史教学和研究工作，成为一位出色的西方文化史学者，1978 年病逝。

附录：曾勉（Thomas Tseng Mien）

罗曼·罗兰的日记填补了阎宗临回忆文章的一个空白点，他不是单独赴会，而是和另一位同学一起出现在奥尔加别墅。这位同学名叫曾勉（1897 – 1951），外文名 Thomas Tseng Mien，罗曼·罗兰日记根据阎宗临的来信，记录为 Tseng-Men，并缺教名 Thomas。有一点需要说明，同一时期有另一位留学生也叫曾勉（Tseng Mian，1901 – 1988），浙江瑞安人，1928 年至 1931 年留学法国，在南部蒙伯利埃市读农科，从来没有到过瑞士，返国后成为著名的柑橘专家。

在弗里堡留学的曾勉是江西省崇仁县人，生平资料极少，几乎付诸阙如。他出国前的经历，至今只得三小段：

> 曾景祖籍是江西省崇仁县山头铺曾家村人。他家信奉天主教，因此他家三兄弟曾鲁、曾勉、曾景均由教会培养而留学国外并获得博士学位。曾景是留德并获博士学位。（《贵州师范大学校史资料选集（一）》，2011 年）

> 还有亲爱的汤玛士·曾，我们觉得他的精神状态和我们最接近，因为他的家庭信奉基督教，已经有几代人。他的祖父在义和团动乱时被打死。（瑞士《圣朱斯丹通讯》(*Bulletin St Justin*)，1945 年第 4 期）

> 天主教于清光绪中期传入我县，当时教徒很少，后逐渐发展，于

> 公元一九一〇年在我县县城（巴山镇）三角塘建县天主教堂（即今县人民医院）。……公元一九一六年法国传教士金主教，为余江教区主教，并在崇仁县城做八十寿诞活动，大办宴席八十余桌，由主教任命修道院毕业的曾勉为崇仁县天主教堂神甫。（《崇仁县统战政协志》，1986年）

这些资料尽管简略，但拼合起来，大致描绘出曾勉来瑞士前经历的轮廓。最后一段提及的“法国传教士金主教”未找到相关资料，当时的余江教区主教是法国人田烈诺（Jean-Louis Clerc-Renaud，1866 – 1935），人称田主教。如果这金主教与田主教为同一人，那么文内所记“八十寿诞”可能为“五十寿诞”之误。田主教1916年50岁，1929年退休返回法国，居住在外省遣使会内，继续参加宗教活动，1935年病逝，得年六十九岁。

曾勉与田主教同年离开中国，无法知道与主教的退休是否有关。弗里堡大学设有神学系，但曾勉报读法律系，一直没有使用过神甫的称呼，显示他没有宗教职务。由此推测，他在江西完成神学院学业后，没有选择成为神甫，这与敬隐渔的经历相仿。田神甫任命他为“崇仁县天主教堂神甫”，应该仍是在俗教徒（laïque）的身份。他得到圣朱斯丹之家的奖学金，与他的教会活动显然分不开。

他的神学院经历，从他在瑞士留学时的表现可以看出来。首先法文水平相当高，熟悉中西方文化，到弗里堡后，不仅不必像阎宗临那样补习，而且能够直接攻读硕士学位，在当时的中国，只有出身神学院的人才有同等资格。他在留学生中十分活跃，表现出丰富的社会经验，比其他人更成熟，经常当带头人，俨然学生的代表。他比其他学生年长，入学时填写的出生日期是1905年，大概也是像阎宗临那样，依照护照的写法，因为根据1990年出版的《崇仁县志》，真正的生年是1897年，换而言之，他到瑞士时已经32岁，这与曾在教堂工作有关连。这仅仅是推测，有待其他旁证确定。

他和阎宗临同在1929年到达弗里堡，虽然只停留了三年，当地天主教报纸《自由报》(*La Liberté*) 曾多次出现他的名字。1930年1月刊登了他致编辑部的一封信，澄清中国政府收回租界的消息；1930年和1932年

10 月，报纸两次报道中国留学生纪念辛亥革命节日，两次都由他在会上演讲；1931 年 7 月，国际天主教大学生联合会（Pax Romana，又译“罗马和平会”）在弗里堡举行第十一届世界大会，他是与会正式代表，在会上演讲天主教在中国青年的传播现状。

1930 年 2 月 21 日，《自由报》以《一种中国酷刑》(*Un supplice chinois*) 为题，刊登了一张带枷犯人的老照片，声称中国正在现代化，但一直没有废除这种野蛮刑罚。这件事引起中国留学生的强烈愤怒，他们前往报社抗议，主编这时才发现犯了大错，三天后，发表了一封读者抗议信，标题《中国人并不比欧洲人残忍》(*Les Chinois ne sont pas plus cruels que les Européens*)，不点名否定了这张照片。来信以“一位弗里堡大学中国学生”署名，当时住在圣朱斯丹之家的中国留学生不过七人，只有曾勉有能力写出这封有力的抗议信。

曾勉在学业上表现出色，入学第二年获得硕士文凭，第三年只用了一年时间就通过博士学位答辩，论文题目《*La responsabilité civile des journalistes*》(新闻记者的民事责任)。拿到学位后，他没有回国，而是转往美国，进入华盛顿美国天主教大学社会学系。再以三年时间，在 1935 年取得第二个博士学位。返国后，1936 年担任江西省政府法制专员，1940 年起在江西中正大学教书，并且参予教会及教会学校的事务，1951 年被镇压。

六　汪德耀

(OUANG TE YIO)

汪德耀（1903 – 2000），江苏灌云人，1921年7月参加里昂中法大学上海考区入学试，第一批被录取。8月13日乘坐波尔多斯号轮船从上海出发，与其他一百多位同学在9月25日抵达里昂，进入里昂大学生物系，1925年冬获得理科硕士学位，次年转往巴黎大学攻读细胞学，1931年通过博士论文答辩，同年12月返国。罗曼·罗兰档案收藏了他的20封信，日期从1929年10月2日至1931年10月26日，大师的日记有五段与他有关，他曾两次前往奥尔加别墅拜见罗曼·罗兰。在敬隐渔之后，他是和罗曼·罗兰接触最密切的中国留学生。

他留下不少两人交往的细节，除了自述《往事回眸》(载《春华秋实录》，1999年)，最具文献价值是徐小玉的访谈录《〈从军日记〉、汪德耀、罗曼·罗兰》(载《新文学史料》1995年第4期)。徐小玉的父亲徐霞村（1907—1986）在1927年5月前往法国留学，与汪德耀在巴黎一间家庭宿舍相遇。他们和另一位留学生林如稷分习文学、生物和经济，但都是新文学运动青年，热爱写作和翻译，1923年7月5日《文学旬刊》二期刊登过汪德耀翻译的都德短篇小说《阿尔勒城的女子》。这几位有共同兴趣和话题的好朋友，差不多每天都聚首夜谈：

> 像到大学去听爱听的功课似的，每天吃完晚饭，德耀和我是总要跑到如稷那里去的。[……] 在茶和点心都已装到肚子里以后——这时我总是靠着沙发，德耀总是坐着那张公事椅，如稷总是在地板上踱着——我们的话匣就开始了。
>
> [……] 这样的谈话给人的乐趣是说不出来的幽然，尤其在恬静的夜间。当夜色把一切能听见的东西都吞没时，人和人之间似乎亲热了许多，在这时，无论他是多么冷静的人，谁能忍得住不吐一吐心事

呢？声浪慢慢地从各人的心灵里荡漾出来，在空中流动，缭绕，交触，谁能不被这和协的音乐所动呢？（徐霞村《巴黎游记》，1931 年）

1947 年 8 月，汪德耀在上海与徐霞村重逢，此时他已成为厦门大学校长。当他知道徐霞村准备去北京觅求教职，立即提议他到厦大当教授。从此时起，徐霞村再没有离开过厦门，直到四十年后去世。他的女儿徐小玉也于 1980 年代初，为了照顾年迈双亲，调入同一学校工作，经常有机会见到汪德耀，关系很好。为了写作谈访录，她曾多次约请汪德耀长谈，看到他提供的一些侥幸保存下来的珍贵照片和手稿原件，她写的访谈录有助还原这段中国文学史上少有的交流佳话。

1929年　疗养院书信

访谈的第一个问题是“什么时候开始与罗曼·罗兰通信的？”：

他扳着指头算时间，说：“我是一九二一年考取法国中法大学去里昂学习的，一九二五年冬在那儿获得理学硕士学位，一九二六年初，入巴黎大学攻读细胞学博士学位，啊，是到巴黎后开始的，我在中学时就读过他的作品，是他提倡的‘大勇主义’的崇拜者！”

原来汪先生在上中学时，曾参加过“五·四运动”，是北京师大附中学生会的负责人之一，在这场新文化运动的影响下，他自己也成了位文学爱好者，读过不少文艺作品，其中就有罗曼·罗兰的著作。到法国后，又读了罗兰的原著，他很喜欢罗兰的三部“英雄传记”，于是就给大师写了信。在通信中，他还向大师介绍了鲁迅及其作品，特别是《阿 Q 正传》的故事梗概，对阿 Q 作了比较形象的描述。罗曼·罗兰在复信中说：“依我看，阿 Q 这一形象，不仅仅是中国落后农民的典型，而且也是大革命时期的法国农民的典型，是全世界农民的典型。”他给予了这个典型人物以极高的评价，并希望能有人将《阿 Q 正传》译成法文在法国出版。

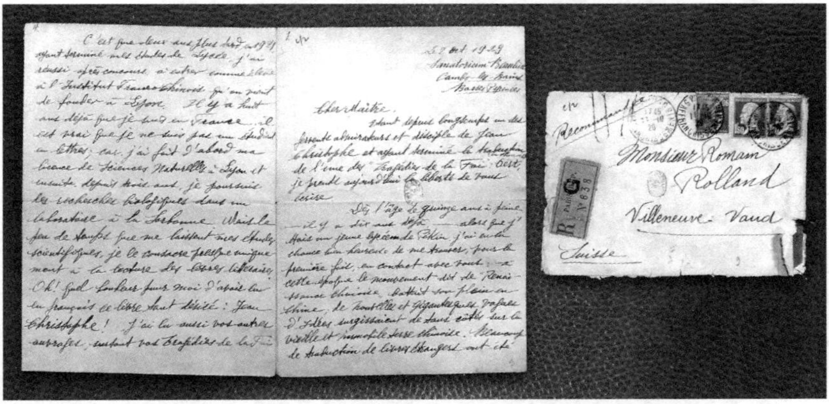

汪德耀致罗曼罗兰第一封信，十二页信纸（1929年10月2日）

这个问题的真正答案在法国国家图书馆手稿部，那里收藏着汪德耀所有来书的原件，基本完整，下面是他写的第一封信：

敬爱的大师，

很久以来我便是约翰·克利斯朵夫的崇拜者和信徒。我完成了翻译“信仰悲剧”之一《阿埃尔特》(*Aërt*)，今天冒昧写信给大师。

我刚刚十五岁的时候，距今已经十年了，我还是北京一个年轻的中学生，便有幸第一次接触到大师的作品。这个时期，一个被称为“中国文艺复兴”的运动正在如火如荼进行，在中国古老僵化的土地上，四面八方涌现出新思想的巨大浪潮。这个时期出版了很多外国书籍的中译，大量新杂志和期刊雨后春笋般出现！我们年轻人很自然带着难以描述的激情，热烈追随这个革新运动。我们不再终日面对中国的古书冥思，不再终日回顾过去，而是把眼睛转向现在，编织着未来的美梦。

正是在这些当时的翻译书籍中，有一本日本作家所写的书，书名《当代思想》(*Les pensées de l'époque contemporaine*)。作者在书中首先谈论卢梭，现代思想之父，然后其他很多人：托尔斯泰、易卜生、陀斯妥也夫斯基、左拉、福楼拜、波德莱尔、孔德、达尔文、倭铿、柏格森等等。全书最后一章以泰戈尔为题，在此章之前，作者用了一章专写大师，只谈《约翰·克利斯朵夫》，不时引用书中句子，这是我第一次认识大师笔下的人物。啊！他的英雄理想使我振奋！立刻认定他是生活道路上一个有力的向导，当时就想学习法文来阅读全书。在此之前，我打听有无中文译本。没有！在中国甚至连英译也找不到！只好去读法文，果然，我真的看到愿望实现，就在法国这里！

因为两年后的一九二一年，我中学毕业，通过考试，以学生身份进入刚在里昂成立的中法大学。我来法国已经八年，实际上我不是文科学生，先在里昂读完自然科学硕士学位，随后三年在索邦大学一间实验室继续生物研究。不过，我把科学课程剩下的少许时间，几乎全部用来阅读文学作品。啊！读到这本期待已久的《约翰·克利斯朵夫》法文本，这是何等的幸福！我也拜读了其他大作，尤其“信仰悲剧”和“革命戏剧”。读得越多，越希望能译成中文，让我的青年同胞能够认识。

诚然，一九一九年之后，经常在中国文学杂志看到关于大师及大作的文章。两年前，鲁迅主编的《莽原》杂志为大师出版了一期专号，大师通过《阿Q正传》对鲁迅已经略有认识，对小说的译者敬隐渔更加熟悉，他是我的朋友。然而，直到如今，不管哪一部大作，都很少完整翻译过来，尤其根据法语原文的译本。我只知道从英译本转译的《贝多芬传》。《李柳丽》似乎也有翻译，但没有读过。我非常高兴敬隐渔开始翻译约翰·克利斯朵夫。但很可惜，他欠缺时间和健康，未能继续下去，《黎明》的中译发表时甚至不完整。另一方面，我已答应和他合作，稍后进行这件大工程。缺少根据法语原文翻译这件事实，主要因为我们的文人不太懂法语，或者完全不懂。

我常常想亲自翻译“信仰悲剧”和“革命戏剧”，同时又希望其他专注文学的人去做，他们有更多的时间。可是年复一年，还没有一本中译出版！

因此，尽管我的余暇甚少，但从去年十二月开始翻译《阿埃尔特》，同时也翻译《爱与死的搏斗》。只有晚上才能做，白天用在实验室。但很快便被迫停止，因为右手皮肤有一处多年旧患突然变坏，而且一场严重贫血病同时发作。于是，别了，实验室！别了，翻译！我先进医院接受手部手术，然后被迫全休，这时候，《阿埃尔特》的中译停留在第一幕，《爱与死的搏斗》第二幕仅仅开始。后来，又发现右肺有一块结核病变，于是被送到这间疗养院。

最近自觉体力慢慢恢复，于是试图重新开始中断了的翻译。上一个星期，尽管护士责备，我没有去做水疗，整个星期都在翻译《阿埃尔特》，前天已经完成。

啊！真快乐！我高兴到忘记夜已深，翻译一完结，立即打开九月十四日《世界》杂志，翻译了大师的号召人民反战呼吁！后来我睡得很好。明天，我重新开始《爱与死的搏斗》的翻译，要是逃过护士的警惕眼睛，预计两周内完成。

大师，我首先选择《阿埃尔特》，因为我想以这部作品激励年轻的同胞，他们的信念开始动摇。大师可能不知道，在国民党领导的一九二七年中国革命期间，很多青年男女自愿参加革命军，或者当普通兵，或者当护士，或者当宣传员。所有人都被共同信念所激励：打倒一切不平等，把不幸的国家和可怜的中国人民，从北洋军阀和外国帝国主义顾问主子的血腥手中解放出来。他们作出的牺牲有一种感人的东西和英雄气慨。这个时期一个年轻女兵写的《日记》可为例证，一个十八岁的女子，冰莹小姐，我将把她的日记译成法文，并将呈请披阅。

不幸得很，在号称“革命者”的内部突然出现反动派，此后把持了大局！正如所有政治上的反动派，紧接而来是镇压群众运动，往往残忍至极！很多人或者被屠杀，或者被监禁，或者逃亡，或者失掉勇气返回家里。很多幸存者完全绝望，开始怀疑自己的理想。因此这部日记的出版者（一个年纪跟我差不多的年轻人，也参加过运动）这样评论：“作者在两年后的今天，追维往事的心情就不同了”。她那时在日记中写道：“那时也有这般狂风，这般淫雨，但我们不知道是苦，只觉得明天就是暖和的晴日，血红似的太阳，前面是光明的大道，美丽的花园。”然而，“于今我们又随着她嘻嘘感叹：‘正在过着厌倦的生活，正在想游戏人间，糟蹋一生……’”

这些青年人的焦虑和希望同样由冰莹的声音表达出来：“……但，这是青年应当过的生活吗？应当有的思想吗？我们愈受挫折，愈要振作，愈要努力！愈要奋斗！朋友们哟！请你们时时给我以刺激，使我的精神兴奋，使我恢复从前的一切与你们一同走上光明之路，去创造爱美的人生，大同的世界！朋友们哟！你们千万不要忘了你们的朋友——正在求救的冰莹。”

面对这种思想状态，我向他们介绍大师的《阿埃尔特》，我们的《阿埃尔特》。我想，或者阿埃尔特会给他们激发鼓励。但我也想到，敬爱的大师如果愿意的话，也能救助他们。我确信大师美好的声音会给他们巨大的安慰，从而重拾信念和理想。因此我冒昧书此长信，首先告诉这种状况，然后敬请大师向他们介绍阿埃尔特，写几句话安慰他们，鼓励他们。大师，我以在痛苦中等待救援的中国青年名义，在此先致谢意

敬爱的大师，诚挚致敬。

一个中国留学生

汪德耀

一九二九年十月二日

于下比利牛斯山康博莱班镇博利厄疗养院

信内提及的日本作家及其作品，按字面直译，原书及原译的书名不详。

这封信很长，与之对照，访谈录有数处失误。首先写信日期，不是1926年初到巴黎就写第一封信，而是过了三年多的1929年10月2日；不是在巴黎动笔，而是在下比利牛斯省一家疗养院里，10月11日以挂号信寄出；写信的动机也不是单纯向大师表示仰慕，而是他刚完成罗曼·罗兰剧本《阿埃尔特》的翻译，心情兴奋，要把这件事告诉作者。

汪德耀接受徐小玉访问时年逾九十，手上没有当年的书信，回忆大半个世纪前的事情不免有点困难，出现一些疵漏或混淆是可以理解的，有些与事实相去颇远，幸好法国文献可以用来作对照，有助去伪存真。

罗曼·罗兰收到这封信后，在1929年10月16日的日记中作了记录。

开头很简单："第三位汪德耀，他在康博一家疗养院养病。这里抄录他的十月二日来信一部分"，接着一字不漏抄写至从第二段到末尾，占用了六页的篇幅。结束时加上几个字："（我立即回信）"。这是他处理重要信件的方式，在此之前，只有对敬隐渔的第一次来信同样做法。

档案中没有回信的副本，但是汪德耀下一封信却像镜子那样，反映了回信的要点：

敬爱的大师，

大函充满善心和鼓励，我深受感动。读信时何等喜悦。感谢大师给我们中国青年朋友的精神支持。

得悉来自中国的新声音一直传到大师那里，这些声音可能同样的热烈，我很高兴。希望不久更多人追随，有足够的力量把不幸的国家从麻木中摇醒，恢复那些人的信念，他们因为理想崩溃而消沉，垂头丧气，不思反抗。

我很高兴"名人传系列"很快就在中国全部翻译过来。我忘了一件事，我的朋友陈君，一位第戎市的文科大学生，已经翻译好尊著《甘地传》，正在完成大作《托尔斯泰与远东》，他还很肯定说过，要翻译《托尔斯泰传》。

我很难过听到可怜的朋友敬隐渔的痛心消息。我已经写信给里昂中法大学的一位朋友，他也是敬隐渔的朋友，只有他能够在精神上帮助他（他很了解敬隐渔的心理）。然而，以敬隐渔的薄弱意志和过度好色，当他明白要重新恢复平衡时，为时已晚！无论如何，请相信我们一班朋友会照料他，俟有消息再奉告。

敬爱的大师对我健康的仁慈关怀触动我的心。好的，敬爱的大师，我保证遵守你慈父般的叮嘱，不鲁莽轻率，听话所得的欢乐，必定胜过所有药物。我只想重抄一次一周前完成的《冰莹日记》的译文，随后便寄上。此外，日记不很长，如果能够通过大师在巴黎的《欧洲》杂志发表，我将很快乐。

冰莹仍在世。但我们这位可怜的同胞变得沉默。她目前在北京。我刚写信给她的朋友孙伏园（前武汉《中央日报》文学副刊主编，日记就是在该报发表)，向他打听冰莹生活的细节，可能会加入日记的介绍里。

为了更好介绍我要谈的这一代中国青年，我将写一篇简明概述，介绍一九一九年五四运动以来在中国相继出现的各种精神状况，到时和日记一起寄上。

完成日记后，我继续翻译《爱与死的搏斗》，然后《狼群》和《丹东》(我刚重读了《丹东传》和《罗伯斯庇尔传》)。不过，大师请放心，我保证不会超支体力。

我知道大师的时间宝贵，有其他工作等着做。因此，请不必回复此信。

同时请恕迟复多时，又如此简短。最近一个星期，因为左脚开刀卧床休息（左脚小趾也有一个星状物，刚把蹠骨切除）。我现在躺在床上写信，无法继续下去了。

敬爱的大师，谨致深切敬意。

汪德耀

一九二九年十月二十一日

于下比利牛斯山康博莱班镇博利厄疗养院

10月21日和日记的日期仅距五天，双方都是即接即复。这封信回应了对方来信的四点主要内容：

（一）中国近况和罗曼·罗兰作品在中国的翻译。

（二）敬隐渔病况，汪德耀不知道他的近况，但不惊奇。

（三）汪德耀的健康，罗曼·罗兰除了给予指导，还亲自为他在瑞士寻找更好的疗养地点，汪德耀下一封信有更清楚的回应。

（四）谢冰莹的经历打动了罗曼·罗兰，向汪德耀追问近况，并要他把《从军日记》译文寄来，看能否发表。

汪德耀这封信纠正了他在访谈录中的一个回忆错误，罗曼·罗兰的回信没有谈到鲁迅《阿Q正传》，在他们以后的书信中，双方从未涉及。汪德耀关于法译《阿Q正传》的一大堆回忆，不应视为史实。

罗曼·罗兰收信后，在日记作了记录，时间在10月26日前后：

> 汪德耀立即回信。告诉我另一个中国人，他的陈姓朋友，一位第戎市的文科学生，已经翻译了我的《甘地传》，并且打算翻译《托尔斯泰传》。
>
> 他本人刚完成《冰莹日记》的翻译，即将寄来，接下去着手翻译《爱与死的搏斗》，《狼群》和《丹东》。
>
> 他的信写得很好，简单明瞭，我读的时候觉得奇怪，没有发现任何细微的差异或者外国色彩。无论思想或笔调，都和欧洲人和法国人一模一样，没有任何区别（最近和梁宗岱的交谈也有同样的印象）。我还没有见过另一个民族，即使我们的西方邻居，很多来往最密切的人（我认识的外国人很多！），也找不到中国年轻人这种绝对的完全一致。
>
> 汪德耀对中国和欧洲的精神团结能起很大作用，可惜似乎患有重病。刚接受了一次左脚手术，据说是早期骨结核。如果寿数不长，令人痛心。

汪德耀的出现和良好的表现，多少抹去盛成和敬隐渔留给罗曼·罗兰的不愉快阴影。他随即回信，但这一次汪德耀反应缓慢，到11月14日才从疗养院寄出第三封信，中间距离十多天：

> 敬爱的大师，
>
> 收到上信时，我正在卧床养病。由于还有一点发烧，医生禁止我写信。因此未能即复，祈请原谅。
>
> 最近一个星期，脚病大有好转，刚刚能够站起来，于是开始撰写曾经谈过的中国青年精神演变的简介，同时翻译《春潮》杂志创刊时的《发刊辞》，这也有助更好理解中国的新一代。
>
> 今天已经全部完成，将另邮挂号寄上，希望与此信同时到达。
>
> 由于缺乏文献，简介未能完全如愿写成，可能你会觉得比较抽

象。但是，我希望仍然有助更好认识这些中国青年，他们在痛苦中，等候救援。

我的中国年轻同胞正在处于一个过渡时期，一切变幻无常，心灵没有归属，徘徊踯躅，正在寻找一位导师。我在你的身上找到这位导师。大师，你会看到这些可怜的受伤害的迷途心灵，将聚集在向他们发出内心呼吁的人周围。

敬爱的大师，请向他们发出呼吁。《春潮》杂志（我是创办者和撰稿人之一）新年将出版一期专号。我想如果现在动笔写这篇呼吁，能够发表在该刊专号上。这将是赠送给新中国的一九三〇年新年珍贵的纪念。大师意下如何？

我很抱歉未能一起寄上冰莹日记的翻译。目前的状况未能让我抄好这份翻译。下个月，如果获准进入莱辛大学疗养院，我可以亲自送上。

万分多谢你提供这家疗养院的有关资料。事实上，在康博这里，对骨结核病和我也有的皮肤结核病都治得不好。我已经向沃捷医生提出请求，正候他的最后答复。

要是我去莱辛，将利用机会前往奥尔加别墅拜见大师，这将是何等的幸福！能够见面交谈，何等的喜悦！

我在两周前写信给中法大学校长，提请他注意我可怜的朋友敬隐渔的情况。我请他把敬隐渔带到雷宾医生那里，他刚好是中法大学所属的中法大学协会主席。我相信雷宾医生会毫无困难为敬隐渔检查，他已经为学院其他同学作过检查。但是，我一直到现在还没有接到校长的答复，也没有敬隐渔本人的消息。我的一位姓叶（Yeh）的朋友关心可怜的敬隐渔，但他目前在巴黎，因此无法给我最新的消息。我向巴黎打探了一下，听说图卢兹医生的医院，也治疗这类病症。要是雷宾医生无法替他治病，我直接跟敬隐渔谈这件事。

我很乐意结识大师的日本朋友。学习日语和了解真正的日本是我的梦想之一。我将来一定会到这个国家居留一段或长或短的时间，我已经通过中文译本认识日本的当代文学。日本和中国的精英应该在远东团结一致向前，就像雨果的法国和歌德的德国在欧洲应该做那样。

日本是远东的德国，大战前帝国主义和军国主义的德国，我确信在这个日本旁边，存在另一个理智和温和的日本——真正的日本。我知道在这个由军人和资本家阶层统治的国家，也有具有人道主义思想的人，具有和我们一样的理想。通过全世界同类的人的联系，民族间的仇恨和积怨就会开始缓和下来。通过艺术和科学把人类引向和平的安静境地，这不是一个梦想。

敬爱的大师，等候回音，此致深切敬意。

汪德耀

一九二九年十一月十四日

于法国下比利牛斯山康博莱班镇博利厄疗养院

又及：数年前，茨威格写过一本关于大师的书。请告有无法文译本？如有，何处能找到？

上海春潮书局成立于1928年，创办人是张友松和夏康农。夏康农（1903 – 1970）与汪德耀是好朋友，两人同为北师大附中学生，同时考取里昂中法大学，同船到达马赛，同时攻读理科学位，分读动物学和生物学，两人一起在1925年冬获硕士学位。与汪德耀一样，夏康农也是一位爱好新文学的青年，他在1926年返国后，放弃理科专业，投身出版业。春潮书店得到鲁迅和林语堂的支持，启动迅速，出版了一批图书，创办了《春潮》杂志。夏康农乘工作之便，把春潮书店出版物寄给汪德耀，并且向他约稿。汪德耀写了一篇长文《巴斯德生平及其事业》，刊登在1929年9月《科学月刊》第一卷第七期上面，夏康农兼任该刊编辑。文章开头翻译了罗曼·罗兰《米开朗基罗传》一段话：

伟大的人物如同峻岭一般。有风来袭击，云来包围；但是人们在那里能更好的及较别处更强的呼吸着。那里的空气有一种纯洁，能洗濯人类“污垢之心”；当着乌云分散以后，就可统治全体人类了。

汪德耀以《春潮》的名义请罗曼·罗兰写一篇向中国青年的呼吁，其灵感可能来自大师当年为敬隐渔写的《若望·克利司朵夫向中国弟兄们的宣言》。他在信中自称是杂志的“创办者和撰稿人之一”，如果把《科学月刊》算作姐妹刊，撰稿人的名堂还说得过去，创办者则不是事实，只是用来加强请求的份量而已。

他写信的时候，应该已经收到《春潮》的九月号，他一定不会想到这是最后一期，《编辑室的话》没有透露特别信息，否则他就不会约稿了。春潮书局于 1930 年 9 月结束营业。

这家书店于他十分重要，谢冰莹的《从军日记》就是在这里出版。初版在 1929 年 3 月，汪德耀第一时间得到这本书：

> 一九二九年，汪先生收到夏［康农］寄来的两本他们新出的书：从军日记和《马克斯主义与生物学》(原作者是美国人)。他说他最早接触马克斯主义，就是从那本《马克斯主义与生物学》开始的。又说，“［……］我读完此书后，深受感动，尤其是那篇作为‘后记’的‘致 L. K.（康农）的信’更是打动了我，写出了冰莹在大革命失败后思想上的苦闷和生活上的坎坷、艰辛，是一篇对反动派的控诉书！”他觉得此书值得翻成法文出版，就将此书的内容和自己的这个想法对女同学冈碧叶说了。她对书的内容也很感兴趣，表示支持他译此书。于是，他白天在实验室做实验，晚上译书，冈碧叶帮他改稿。

汪德耀的确被这本书征服，在不知道有无可能出版之前就动笔翻译，只用了短短三四个月就完成。冈碧叶是他当时的女朋友，法文姓氏 Gambier，名字不详。

他的复信延迟，罗曼 · 罗兰也一样。他当时正忙于处理敬隐渔的事情，既要安排他医疗，为他张罗费用，又要应付中法大学，该校决定遣返敬隐渔回国，令他十分气愤，他反复力争，在信中使用严厉的字眼，千方百计要把敬隐渔留在法国治疗。此外，他这段时间身体欠佳，因此没有像往常那样立即复信。汪德耀那边的情况在这段时间也出现变化，他写信向大师报告：

> 敬爱的大师，

两个多星期前，曾寄上一信及关于中国青年近十年精神演变的文章，料已收到。

我即将离开康博疗养院，并非如愿到莱辛治疗，而是返回巴黎！须知我和敬隐渔同是里昂中法大学半公费生。学校当局几天前通知我，已经作出决定，假如不能迅速继续学业，就要遣返回国。

我不想在完成博士论文前返国，只好回巴黎重新开始学业。幸而全身状况尚好，虽然手脚未完全康复，仍能做点工作。此外，我尽量和中法大学协商，希望能够在复活节假期到莱辛。

沃捷医生（Dr Vauthier）昨天来信，我已正式被接受进入他的疗养院，但因为没有床位，现在还不能告诉我何时能够入院。所以我希望明年四月能到莱辛。

至于可怜的敬隐渔，我不知他目前的情况。他没有答复我的信！一位里昂同学最近写信给我，敬隐渔得到大师的慨助，去了一家医院治疗，但因为和护士吵架被迫离开。另一方面，中法大学似乎也决定把他遣返回国。我刚再去信，查问准确的消息。

来信请寄巴黎地址：索邦大学比较解剖学实验室，巴黎第九区。

坏天气的季节现在开始了，祝愿大师身体永远健康。因为你的健康不仅是个人财产，也是全世界的财产。

敬爱的大师，诚挚敬意。

汪德耀

一九二九年十一月三十日

于下比利牛斯山康博莱班

1930年　两次见面

汪德耀在疗养院治病，虽然自己负责费用，但是学业中断超过两个月，中法大学的警告是按规则办事，很难抗辩。罗曼·罗兰接到信后，尽管有病在身，仍立即复信，提出向汪德耀提供经济援助，令汪德耀大为感动：

敬爱的大师，

得知大师染恙，被迫几乎完全中断工作，至为难过。希望现在已经好转，是为所盼！

已经有三个星期想执笔。但是你知道我离开康博返巴黎时很仓促。回来后，为了取得身份证，又要办很多手续。和法国当局打交道往往不愉快！另一方面，我还要去看医生，他们劝我尽早动身去莱辛。所以我很高兴告诉大师，过几天便动身去莱辛，大约十九日到达。另一方面，我不是立即进入大学疗养院，因为没有床位，而是罗利耶医生（Dr Rollier）的医院。在这方面，我要万分感谢大师为我写信给沃捷医生。

如此搅扰，实在抱歉，我晓得大师的时间很宝贵。还有，我要感谢敬爱的大师，为我目前生活的来源操心，令人感动。在此再致谢意，并请放心。就目前而言，我依靠得到的补助，有足够的钱生活一段时间。

至于我可怜的朋友敬隐渔，他完全不回复我的信，我只从其他人那里知悉，他首先答应返回中国，但到最后一刻不肯出发，目前似乎在瑞士。可能大师见到他吧？

我好几次和一些熟悉他的朋友谈论他的情况，他们只有长叹，不晓得如何救助。其中一位心理学博士，曾经在里昂长时间就近研究过敬隐渔的病状。据他说，敬隐渔需要一个女人，不仅自愿给他身体，也要给他灵魂，这样或者有可能挽救他。但到哪里去找这个女人？……唉！

我很高兴告诉大师，冰莹女士日记译文的抄写工作刚完成，明天寄上抄本。如果认为值得出版法文本，十分希望能在里德书局出版(这样便需要在日记加插作者的戎装照片，我手上有一张。另外日记也要复制封面图画，这是一位七岁女童的作品)。

此外，一个莱比锡的德国出版商通过一位中国朋友介绍，想出版德文版。但是对于这件事，我等候大师的意见，才决定是否请人打字。

不过，敬爱的大师，如果仍抱恙在身，恳请暂时不要读这本日记，这一定会令你疲劳。

我等候有幸到奥尔加别墅谒见。敬爱的大师，谨致诚挚敬意。

汪德耀

一九三〇年一月六日

于巴黎索邦大学比较解剖学实验室

又及：我趁新年机会（大约一周前），冒昧寄上一盒中国茶叶，料已收到。

罗曼·罗兰很爱帮助年轻人，给予金钱给有需要的人，中国留学生至少有敬隐渔、盛成和李又然曾受资助，现在又主动向汪德耀提出。汪德耀的家庭不算大富人家，父亲汪寿序是前清秀才，后转新学，攻读农科，在政府农林部门办事，很重视子女教育，前三个儿子留学海外。汪德耀是长子，留法时两个弟弟仍在国内读书，家庭能够负担他的部分生活费，因此他在法国读书长达十年，而且生活得不错。第一次去拜访罗曼·罗兰时，携带一部照相机，在当时这是奢侈品，后来又与罗曼·罗兰通电话，中国留学生无人试过，因为国际电话收费甚昂。

汪德耀是一位很能干的年轻人，个人事情处理得井井有条。他听从中法大学的要求返回巴黎，但不出一个月就找到解决办法，于是告诉罗曼·罗兰可以去瑞士继续治疗了。果然，到了信上所说的日期，他从里昂发出一封短信，写在旅馆信笺上，预告到达瑞士日子：

敬爱的大师，

很高兴报告大师，我将于星期二（一月二十一日）到达莱辛。

过去三天，我在里昂，和中法大学商讨一些棘手事项。现在已完满谈妥，就是说，我可以再多读一年。我将请假两三个月，到瑞士自费治疗，但现在便偷偷出发去莱辛。

敬爱的大师，等候有幸谒见。

诚挚敬意。

汪德耀

一九三〇年一月十九日于中法大学

又及：从巴黎寄出的手稿，料已收到。（请转背面）

[背面] 可怜的敬隐渔在上月十日离开马赛回中国。但愿他平安到达上海！我已经写信给上海一位很可靠的朋友，请他照顾。

汪字

自从罗曼·罗兰告诉他敬隐渔的病情后，汪德耀在后来的所有信中，每一次都提到敬隐渔，提到如何为他想办法，直到敬隐渔上船离开法国才中止。关怀他人是人道主义的一种表现，大师一定看到眼内。

三天之后，汪德耀如期到达莱辛：

敬爱的大师，

我抵达莱辛了！多美的地方！眼前展开的景色多么瑰丽！此处有如许冬天奇观：盖着白雪的山峰；树枝开花的枞树，雪的花朵；雾，雾的海洋，占领整个山谷。我们在“海洋”上面，阳光璀灿！呼吸到这里如此纯净的空气，不由得想起波德莱尔的《高翔》。真是这样，我离开城市的致病瘴气，来到这里，在上层的空气中涤净！但愿这空气，这阳光，把我完全治好！

很高兴报告大师，我目前一点也不疲劳：满脸红光，胃口狼吞虎咽！因此每天可以稍为散步。要是提出请求，医生一定准许我到维尔纳夫短途旅行。敬爱的大师，我何时可到奥尔加别墅谒见？我刚见到沃捷医生，他劝我下星期天去，甚至委托我捎带一些刊物。

我忘记报告大师，已经收到一月九日的友好来信，十分感谢为我的健康出面找雷宾先生。上次经过里昂，能够和中法大学谈妥一些事项，相信一定全靠你给雷宾先生的信。以后再讲述其中经过。

大师觉得冰莹日记如何？可惜短了一些。我有不少关于她的消息。至于她的肖像，孙伏园先生（目前在巴黎）不久会寄给我，冰莹的日记便是寄给他的。我们这位“贞德”是湖南人（咸宁市）。在“给 K. L. 信”中，暗藏着一场真正的悲剧。以后再谈。

敬爱的大师，健康可好？但愿已大为改善，能够正常工作。

敬爱的大师，期望早日见面。

诚挚敬意。

汪德耀
一九三〇年一月二十二日
于莱辛亚历山大医院

罗曼·罗兰把自己的瑞士医生朋友介绍给汪德耀。这样身体力行做好事，与那些道德家的好听空话相比，距离何止万里。他做了好事永不在日记留下痕迹，如果汪德耀不说，没有人会知道，在敬隐渔刚被迫回国后，他又不顾自己的病体，写信给中法大学，为一位还没有见过面的中国青年争取治疗机会。不过，信件寄给雷宾只是汪德耀的推测，根据书信档案，雷宾在1929年12月30日第一次写信给罗曼·罗兰，信封背面留有大师的手迹："已写，挂号，四月二十二日"，因此这次的收信者可能是跟他打交道的校长何尚平。罗曼·罗兰保护敬隐渔的表现，令学校当局印象深刻，这一次没有为难汪德耀。

信在星期三写成寄出，最快星期四到达奥尔加别墅，迫不及待请求下星期天见面，中间只隔两天，罗曼·罗兰毫不介意，立即答应，汪德耀实现了他的梦想。六十多年后，他向徐小玉回忆这一天：

> 那是一九三〇年十月的一个下午，他到瑞士去看望这位大师。奥尔加别墅坐落在风景秀丽的日内瓦湖湖畔，四周群山环抱，草地、林木清幽，宛如一个世外桃源，他们在一起度过了十分愉快的使他终身难忘的几个小时。他说罗曼·罗兰身材高高瘦瘦的，西服内穿着硬领、硬袖口的衬衫，不系领带，完全是二十世纪初期的老式打扮。罗曼·罗兰招待他吃午茶，又和他一起在院中散步。谈话中曾关怀地问他："那位折了翅膀的女英雄〈指冰莹〉现在怎么样了！"又问起他喜欢读哪些作品，并随意地讲一些典故给他听，其中有关于雨果晚年的恋爱故事；还指着远处阿尔卑斯山脉的白岭峰（Mont Blanc），讲起了一次有名的战役（Austerlitz），当年奥、普联军打法国，拿破仑被数倍于己的敌军所围困，那时，年轻的拿破仑，身先士卒，带头攀悬崖越峭壁，走一条敌人未设防的险路，那条路就在那一带。后来，拿破仑不仅成功地突围了，而且一下子包围了敌司令部……

散步时，碰见一位八十多岁的小个老人，罗兰立即向他介绍“这是我爸爸！”那语气很是亲切。当时，罗兰已离婚多年，妹妹玛德兰·罗兰与他同住，她精通英语，一方面当他的英文秘书，一方面料理家务。汪先生说，他在那儿吃的茶点，就是玛德兰亲手做的，为了照顾父、兄，她终身未嫁。此行使他们更增进了彼此间的友谊……

回忆的主要内容和其他中国留学生很近似，倒是一些细节记不清了，见面时间不是1930年10月，而是1931年1月26日。奥尔加别墅四周是花园，没有院子。白岭峰今译勃朗峰。奥斯特利茨战役并非发生在阿尔卑斯山，而是在一千多公里外奥匈帝国，今属捷克领土。1800年，拿破仑尚未称帝，以第一执政之身出征意大利，亲自率领四万士兵，取道瑞士，攀越二千五百米高的圣伯尔纳山隘，出奇不意扑向敌军后方，轻易取得胜利，当年走过的山路现在仍清晰可辨。

汪德耀的回忆，与罗曼·罗兰当晚日记所记的重点不同，互为补充：

[一九三〇年]一月二十六日

在康博和我通信的中国青年汪德耀，从莱辛来。他在罗利耶医生那里治疗轻度骨结核，幸亏不严重。他脸色红润，充满生气，说话滔滔不绝。他属于里昂中法大学创办时第一批来法国的中国留学生，因此在我们国家已经八年多。法文说得很好。

他的同学和他本人不满意第一任校长古恒。古恒熟悉二三十年前的中国，但从来没有认同今天的中国，他认为他管理的这班中国年轻人，个个都是危险的布尔什维克。现在的校长（实际校长，除了衔头）雷宾医生则比较开明。

我们谈到中国革命女青年冰莹，汪德耀之前已把她写的《日记》译成法文交给我：这是一个热情激昂的女孩子，脑袋想到什么就写什么，她能作出种种暴烈行动，又能作出种种牺牲；她能纵情大笑，又能泪珠滚滚。这种自发的真性情造就了她的全部价值。我争取让她的书在法国出版。

中国目前的精神状态严重混乱。三年前的革命者，一部分投向敌人阵营，或者悲观泄气，返回平民的生活。一小部分在共产主义和法西斯主义之间猛烈摇摆。蒋介石失去所有威望，他被一群年轻的牟利者所包围，令人厌恶，这些人一心只想发财。

最进步的著作来自上海，印刷厂躲到外国租界庇护下。

没有精神权威，没有领袖，依靠对独一无二的孙中山的纪念过日子（很奇怪，这位代表中国魂的中国人，皈依了基督教，并且在这种信仰中遵循宗教仪式归天，而大潮流却是反对耶稣基督）。

在所有中国青年关于他们人民的倾诉中，给我最深刻的印象，是这个民族在具有牢固的美德同时，表现得缺乏热情和信仰。帝王的儒家学说被摧毁，把一切都破坏了。唯一可能存在于深处的宗教意识，是对祖先的崇拜，能够把这些没有联系的广大人群团结在一起。但是革命青年一代已经攻击过这种崇拜，视其为最坏的压迫者。

古恒（Maurice Courant，1865 – 1935）是汉学家，早年在使馆当翻译及外交人员，一九一三年获博士学位后，在里昂大学教书，精于中国古代音乐研究。中法大学创建时被任命为中法大学委员会秘书，负责学校的具体运作，大事小事都由他最后决定。每天和中国留学生接触，发生摩擦是不可避免的。汪德耀从政治角度非难他的保守立场，可能与此有关。根据其他学生的回忆，他给人一个秉公办事、不徇私情的强硬印象，也有人称赞他的温情一面。

汪德耀回到疗养院，已是夜晚。第二天写了一封感谢信，补充了昨天谈话未及想到的中国思想现状：

敬爱的大师，

昨晚回到莱辛，下车时首先见到沃捷医生。他问我的第一件事，是想知道大师是否不久便来莱辛。他吩咐我转告，再次请大师他日来大学疗养院。

敬爱的大师，现在请容我感谢给我如此友好的接待，同时请向令妹转达我衷心的谢意。我很高兴认识大师这位高贵而忠心的陪伴者、益友和助手。最后，在大师身边度过这短暂的时刻，我极为庆幸，只是很遗憾时间过得那么快！

关于中国人的性格，我还有一点要指出：中国人之所以没有印度人的神秘信仰的习惯，没有欧洲人的“永不满足”(1) 的精神，那主要因为孔夫子及其学派的“入世”和“中庸”哲学！

宋朝（十三世纪）的哲学家尤其夸大孔子这部分学说。被动和无为思想在十六世纪（明朝）满清入侵前更占上风。这个时期的大哲学家王阳明（他和他的先行者也受到道家影响）特别鼓吹“无为”理论。一直到十九世纪初，其主要思想“知易行难”仍在主导中国知识界。而对他来说，求知首先要通过剖析内心生活，以达至净化心灵。因此，必须心灵和身体绝对安静，才能达到目的。在他之后，很多思想家几乎持同一论调。因此，当读书人寻找“净化心灵”时，国家被满洲入侵，把中国陷入黑暗深渊三个世纪！面对这种害怕行的传统精神，面对这些“特罗雅努斯”(阿埃尔特的老师）和这些“法朗士”的思想，孙中山在向中国人谈到最近四十年的历史，和他的政治和社会理想之前，提倡他的

Thin Yi Tze Nan

↓ ↓ ↓ ↓

行 易 知 难

理论来鼓励他们行。

在行动之前，需要有一种“信仰”——“力行的原动力”(孙中山语)。他认为必须信仰“博爱”(不要忘记他是基督教徒)，信仰

Si Kie Da Tung

↓ ↓ ↓ ↓

世 界 大 同

（他常引用孔子这句话，意为“天下太平”）

以什么方法达到这个最高目标呢？革命！首先挽救被压迫的中国，然后挽救世界所有被压迫民族。(所以在冰莹的日记中，常常看到这些孙中山思想的反映。)

现在，他去世了。但愿他的思想永远留在中国青年心里。

敬爱的大师，假使还需要参考资料来向中国青年朋友讲话，请随

时吩咐，通过书信，或者下次拜访时面谈。

过几天，我的爱侣冈碧叶小姐从巴黎到这里看我。她先是我的同学（最近三年，我们在同一实验室进行生物研究工作），但最近两年，她成为我的密友，知道我所有思想。我们两人都热爱文学，因此连结得更紧密。不久前，在我从康博返回巴黎之前，她有过一次精神危机（首先来自物质的忧虑。去年她以走读生身份，在高等师范学院准备中学高级教师文凭考试。因为我得了重病，她尽心看护，未能参加考试。在等候今年考试时，她期待得到一所中学的教席，却又白等一场）。她的健康因此受到震撼。我力劝她到莱辛住几天，让精神和身体得到休息。她想到这是一个到奥尔加别墅拜谒的机会，因此同意了。这是一位心地善良的女孩子，充满梦想和想象力，她常常胡思乱想！她为人类的不公平和苦难而痛苦。由于自己没有本领和力量，令到这个世界按照自己的理想变得更好，因此常常失望，变得悲观。（她也忍受着精神孤立的痛苦。她的性格十分羞怯，正如我爱说那样，有着约翰·克利斯朵夫式的笨拙举止。她和她的同学难得好好相处，不管是男是女。）

今天收到她的快邮，告诉我下月初到莱辛，停留至二月十九日。

由于她很希望能够见到大师（她认为“我将由这次瑞士旅行得到重生”），因此我冒昧为她请求一个约会（下周的星期天下午？）大师愿意接见她吗？

敬爱的大师，谨致诚挚问候。并请向令妹转达我的敬意。

汪德耀

一九三〇年一月二十七日

于莱辛亚历山大医院

(1) 我属于这个
固执的种族，
一要再要，
多多益善。（维尔哈伦）

信中有两个人名，特罗雅努斯（Trojanus）是罗曼·罗兰戏剧《阿埃尔特》的人物，主角小王子阿埃尔特的老师，对王上的命令千依百顺。法朗士（Anatole France，1844 – 1924）是1921年获诺贝尔文学奖的法国作家，1924年去世后，被认为是一个没有现代气息的保守作家，很快被世人遗忘，汪德耀用这两个人的形象，向西方人解释中国不肯行动的文人。他引述的维尔哈伦的诗句来自短诗《我们的种族》（*Notre Race*），凭记忆书写，与原文略有出入。

汪德耀刚见过罗曼·罗兰，立即又以女朋友的名义请求见面。此时离开大师生日只有两天，在接到回信前，他在生日当天写了一封祝寿信：

敬爱的大师，

值此大师生辰之际，谨致庆贺，衷心祝愿身体健康，幸福快乐，衷心祝愿长命百岁！愿大师的高贵思想像有益的阳光，永远温暖人间！

敬爱的大师，谨致诚挚敬意，并请向令妹转达敬意。

汪德耀

一九三〇年一月二十九日

于莱辛亚历山大医院

生日刚过，大师的回信就到达，同意来信建议的日期。幸好如此，因为在此之前，冈碧叶已按照原定计划，在二月一日坐车来到达瑞士，而且带来一束鲜花作为见面礼物，这些供插瓶用的花朵，保存时间不很长，现在要赶快处理，否则糟蹋一场心意：

敬爱的大师，

来信收到，感谢给冈碧叶小姐的约会时间。

她前天晚上到达莱辛。想起一件巴黎小纪念品可能使大师高兴，于是带来一束紫罗兰，打算到维尔纳夫时亲自奉上。但她要等到下一个星期天才谒见大师，所以冒昧从邮局寄上。希望这些花朵经过从巴黎到莱辛的长途旅行，到达奥尔加别墅时仍然状态良好。很遗憾，它们已经失去如此馥郁的香味，冈碧叶小姐为此很抱歉。

下星期天，她将很高兴和大师及令妹度过一段短时间。不过，我们知道你的时间很宝贵，尤其不想到府上令你疲倦。

谨向大师和令妹致以诚挚敬意。冈碧叶小姐嘱笔代为致敬。

汪德耀

一九三〇年二月十日

于莱辛亚历山大医院

又及：最近一期《世界》杂志刊登了一篇孙中山的新文章。他在文中以中国文学为例，再次证明“行易知难”(仍然是反对中国传统的无为思想)。

会面按期进行，罗曼·罗兰日记有见面的记载，但是十分简短：

一九三〇年二月九日

汪德耀再来，和他的法国女朋友来看我们。最近三年，两人同在索邦大学生物实验室工作，她叫冈碧叶小姐。

加起五十来字，汪德耀也没有写感谢信，好像他们的见面十分匆忙，没有深入的交谈。其实不然，他们一定花了不少时间讨论《从军日记》，因为罗曼·罗兰在一月底收到手稿后，已经阅读过一遍，在对上一次的见面日记里，已经清楚写下自己的心愿，“我争取让她的书在法国出版”。

1930年　谢冰莹《从军日记》

就在这次见面后一个星期，这件事提到罗曼·罗兰的日程上。他首先想让《欧洲》月刊选刊一部分，这是最理想的介绍方式。1930 年 2 月 17 日，他写了一封推荐信给杂志主编盖埃诺：

[……] 我有一部有趣的作品可以给你：冰莹的《从军日记》，她是一位一九二七年中国革命军队的年轻女兵。

这部片断式作品（只限于几天军事活动）在新中国很出名，由一位在索邦大学生物实验室工作的中国朋友汪德耀译成法文（他目前正在莱辛接受治疗）。手稿在我手上。这本日记出自一位非常年轻的女孩子之手，差不多还是小孩子的性格，她没有任何文学自负，没有连贯的下文。它的价值在于日记的自发性，不受任何拘束，自由奔放地涌出来，阵阵的笑声，热情和仇恨的爆炸。她全心投身在自己的事业上，不顾一切。为了过这种快活的生活，她会不惜任何代价，为了其他人过这种生活也一样。这是一份独特的文献。

我只有一份手稿。法文笔法还须仔细修改。我不晓得是否有时间剔除弊病。不过，要是寄给你，必须保证不丢失，我要对汪德耀负责，他只有这份稿。不要借给其他人！我太清楚编辑室常常是一个无底深洞。

最近几个月，我见过很多年轻的中国人。他们非常值得关注，完全没有印度人或日本人的举止。艺术和形而上学在他们身上只占很小位置，最大的位置是目前引人焦虑的问题：道德和社会，生存或死亡。

罗曼·罗兰使用不冠姓氏的“冰莹”，并非按法国人规矩的昵称，而是汪德耀书信从来没有告诉他冰莹姓谢。他对这部作品的评价十分中肯，毫不讳言作者欠缺写作技巧，作品的文学价值不高，但风格独特，感情真实，我笔写我心，反映了中国革命的真实面貌。总编辑被他的热情推荐说服了，五天后回信：“请把《中国日记》寄来，我保证非常小心，不会丢失。”

罗曼·罗兰把消息告诉汪德耀，向他索取谢冰莹的照片。汪德耀赶快在 3 月 1 日回信：

敬爱的大师，

随信寄上冰莹的戎装照片。这是一张冲印相片，曾请人放大，拍摄于冰莹经过长途行军后写日记的时候（看起来像男孩子）。

另外奉上一本书，题名《中山先生之生平及其主义》(*Sun Yat Sen, sa vie et sa doctrine*)，由国民党一位年轻党员所著，他曾留学巴黎（作者是国民党“中间派”，因此公开反共）。

按我看法，孙中山生平那一章写得很不好。作者疏忽了这个英雄生平不少重要事实。我也责怪作者没有很好阐述孙中山关于重建中国精神和道德的思想（书中第三部分的第一二章）。但是，我相信这本书仍然令人感兴趣，因为可以给人一个孙中山主义的概念。

不久前遇到沃捷医生。他说不日到这儿来，和我一起去拜访大师。但目前他相当烦恼，一些在他的疗养院居住的病人染上猩红热。

我很高兴报告大师，我的身体越来越好。大家都看到我的手和脚正在好转。

敬爱的大师，目前健康如何？但愿总是很好。

敬爱的大师，就此搁笔，谨致诚挚敬意，并请向令妹转达问候。

汪德耀

一九三〇年三月一日

于莱辛亚历山大医院

照片两三天后到达罗曼·罗兰手上，他立即写了一封信，连同手稿寄往巴黎：

我以挂号信寄给你谈过的日记，年轻的中国革命军女兵的日记。

你可以略过很多唠叨之处，我相信你会发现这份文献的心理和社会意义。它的主要优点是奔放的自发性。

我再次向你推荐这份手稿，不要借给别人，这是译者唯一的一份，他熬夜译出来的。译者名字汪德耀，里昂中法大学的学生，在索邦大学生物实验室工作。目前生病，正在沃省的亚历山大诊所接受治疗。他随时可能离开那里，有事给他写信，最好由我转交。这是一个非常聪明的年轻人，我很喜欢他的单纯、活跃、爽直和善心。

罗曼·罗兰很爱才，对中国留学生特别友好，在给第三者书信中经常使用最高级的形容词，不管是谁。他在信中千叮万嘱小心手稿，不仅因为这是孤本，还因为他已经用了工夫在上面，作过初步修改。徐小玉看过这份手稿的残本，在访谈录有具体的描述：

我终于看到了这份保存了六十五年的手稿！汪先生取出已变黄、有小斑点、带有虫眼的手稿给我看。我发现手稿原来是写在学生用的作业纸上的：一叠是带横格的，一叠带方格。他先指着封面，翻译给我听：中部是他写的小说的标题，第一、二行为《我的行军日记》，冰莹著；三、四行为副标题“1927年中国革命军中的一位女兵”，汪德耀译。这页的上方，有罗曼·罗兰将稿件寄出时留下的手迹，右侧为：“这个手稿包括：前言12页；日记82页；后记（致L.K.的信）19页。”左侧为：“请用后将此手稿寄还给我，地址：瑞士，沃州（省），新城，奥尔加别墅，罗曼·罗兰。”

汪先生一边翻译给我听，一边说：“他看得真仔细，还为我计算页数。当这份手稿重新回到我手中时，我十分感动！我发现稿子上有他改稿时留下的不同笔的笔迹：有钢笔改的，有用铅笔改的，还有红笔改的，他看了不止一次！”汪先生一页页将改动之处指给我看，说“这儿是多余的给删了，这儿拼写得不对给改了；这儿时态没用对，那儿是单、复数弄混了；这儿是罗曼·罗兰加的字，那儿是……”在第11页的上端，我看到了数行红色的字，汪先生说那是文中有一段他表达得不够清楚，罗曼·罗兰重写了一下。

厦门大学图书馆保藏着这份珍贵手稿的电子版，但不完整，罗曼·罗

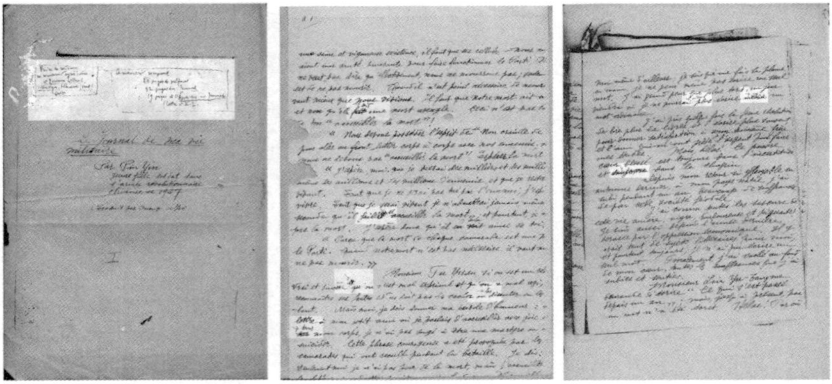

汪德耀法译谢冰莹《从军日记》手稿，上有罗曼·罗兰校阅手迹（1930年）

兰在封面所写的各部分页数统计，加起来共一百一十三页，现在只得九页，徐小玉看过的第十一页也付诸阙如。虽然如此，可以发现有几页留下罗曼·罗兰修改的笔迹，有些以红色小箭头指示，推测是汪德耀后来为了向别人解释，以红笔加上去，数量不多，看得出是随读随改，就像抄录来信时的做法，心中默念的句子不顺口，随笔改动一下，还不算真正的文章修改。

过了十天，3 月 13 日，盖埃诺寄来复信："我读了中国年轻女革命者的书信，又是一份精彩的文献。但是很遗憾，我觉得很难选出一部分刊登，不知如何解决才好。不过，我可以请布拉加读一下，再看情况如何。"

罗曼·罗兰耐心等待，就在这时候，他收到一位出版商的来信，请他推荐一些作品，放进筹划中的第一套丛书里，《从军日记》正适合。与此同时，他接到汪德耀的电话，告诉他疗养时间已近完结，即将恢复课程，到意大利实习，希望取回手稿，因为有其他用途。罗曼·罗兰急人之急，在 3 月 21 日写信催促盖埃诺：

> 请尽快告知对中国女青年手稿的决定？托付给我的汪德耀很快就要离开瑞士，前往意大利。我希望在他出发前，把你的答复转告他。另外，现在有另一个可能性，这份手稿可以加入正在巴黎筹备的一套新丛书出版。如果《欧洲》月刊和里德书店放弃，我必须立刻决定。

信写在明信片上，也不知道是否日期有误，因为盖埃诺第二天就在巴黎收到，并且复信：

> 顷接明信片，立即以气压邮件告知布拉加，请他把决定告诉你或我。我和他谈过手稿，这是上周四的事情。布拉加表现得很感兴趣，我希望他能设法摘出一段给《欧洲》月刊。
>
> 至于里德书局能否出版单行本，我不知道布拉加如何决定。你知道他在里德书局专责外国书籍，在杂志社专责外国文章，所以由他来做。此外，我认为他是一个正直的年轻人，与他一同工作是一件乐事。

布拉加（Dominique Braga，1892 – 1975）是一位作家，大半生从事编辑出版工作。信中所说的气压邮件是一种邮件寄递方式，十九世纪下半叶流行，欧洲一些大城市的邮局、政府机关和大公司铺设管道，把电报、信件或其他小物品放进密封筒子，然后以压缩空气推送，速度可达每秒十米，迅速到达目的地。在法国，这种服务一直持续到 1984 年才最后停止，现在还有一些大机构内部继续使用，传递书信和零件。

手稿在布拉加手上，接到盖埃诺吩咐后，立即寄回瑞士，同时附上自己的意见。罗曼·罗兰除了把他的意见转告给汪德耀，并且建议把译稿交给新丛书出版。汪德耀在 4 月 1 日回信：

敬爱的大师，

两封大函和拙译收到。冰莹日记令大师操心，至为抱歉。

布拉加先生不该这样严厉批评冰莹。不管他吧！

敬爱的大师，我很乐意你把书稿寄给勒贝先生。我一拿到打字稿（明天就有）就寄上，还有更好的做法，请给我勒贝先生的地址，我亲自寄给他。

另一方面，我收到一位在伦敦的中国朋友来信，他的出版商想在动身去美洲（四月八日）前，读到我的手稿。因此我才会冒昧打电话，请大师寄回来。

我将遵照大师的建议，按照大作《贝多芬传》的风格，自己动手写一本孙中山传。我想在下一个长假期动手。如蒙允许，我将很乐意向大师请教，助我完成这件工作。里昂中法大学一位同学朋友昨天来信，他想出版大作《甘地传》的翻译。他译好已有相当时日，想趁甘地最近在印度发起运动的机会出版。他向我打听，大师能否为译本写一篇小序。我回答说，如果手上工作容许，或有可能。我相信他即将给你写信。他名叫沈练之，历史系学生（在法国唯一研究欧洲历史的学生），很勤奋，性格诚恳谦和。尚祈大师一如既往好心满足他的请求。

我的手好转了一些，但常常要用火烙清除小肉芽（增生），今天也做了。我打算四月十五日先回巴黎，如有可能，二十日出发前往那不勒斯。稍后奉寄意大利地址。在离开这里之前，很希望再一次到奥尔加别墅拜见大师。如蒙允许，我可以下星期天下午到府上。

敬爱的大师，请接受诚挚敬意，并请向令妹转达问候。

汪德耀

一九三〇年四月一日晚上十时于莱辛

勒贝就是筹划新丛书的出版商，汪德耀深夜才写就上信，第二天一觉醒来，又接到第二封信，里面有勒贝的地址，罗曼·罗兰好像预知汪德耀的想法：

敬爱的大师，

倾接明信片，至谢。好的，今天就把手稿寄给勒贝先生，同时写信。

敬爱的大师，此致敬意。

汪德耀

一九三〇年四月二日上午于莱辛

布拉加不知道罗曼·罗兰曾经极力向盖埃诺推荐过这本书，只是就文论文，不仅泼了一盘冷水，还不小心扯到书籍销路上去。罗曼·罗兰即时没有开腔，过了几天，4 月 11 日，盖埃诺给他写信，在附言中告诉他杂志社决定放弃选登《从军日记》：

关于中国女青年的手稿，布拉加告诉我他很烦恼。本来希望找到几页在《欧洲》月刊发表，但看来无法做到。请原谅我们。

盖埃诺可能没有与布拉加沟通，使用了杂志常用的婉转说法，没有想到看似平常的说话却挑起罗曼·罗兰的脾气，在 4 月 14 日写了一封很不客气的信，不仅教训布拉加，还斥责里德书局没有眼光：

关于中国女青年的日记，我理解大家的看法不同。那是“口味和色彩……”的问题，我不想讨论布拉加的评价。但请恕我说，我认为里德书店企图教训我什么作品得到广大公众的欢迎，什么得不到，未免很不高明。天晓得我从未寻求过这种成功！可是到了最后，事实证明我受“广大公众”的欢迎，无论法国或外国，持续了二十多年。不是夸口（这是无足挂齿小事，这些“广大公众”并不比所谓“精英”更值钱。如果不是首先为自己写作，才教人可怜！），我相信我相当懂得令他们读我的书，也读我推荐的书。我对他们脉搏的感触，肯定好过里德书店的年轻同行。为我出书的出版社都不怀疑这一点：他们征求我的意见。圣叙尔比斯教堂广场为什么不利用我的实践经验呢？算了！我不强迫他人。没有理由坚持要向里德书店（它毕竟不属于我）提供成功的机会。它曾经拒绝过我提出的来自泰戈尔的一本优美小说，一件无价之宝。它不会再有我任何要拒绝的东西了。至于这位中国女青年，我把她的日记交给另一家巴黎出版社，立即得到热情接受，将于今年六月出版。德文版翻译也已经敲定。

圣叙尔比斯教堂广场在巴黎拉丁区，里德书店和《欧洲》月刊的编辑部同在这里的 7 号。罗曼·罗兰没有夸口，汪德耀在 4 月中旬回到巴黎，立即和勒贝先生见面，得到热情接待，即场谈妥条件：

敬爱的大师，

我回到巴黎已经一个星期，计划月底动身到意大利。

很高兴认识了勒贝先生。我们毫无困难谈妥条件：我接受他提出的每版百分之十的建议。他说冰莹日记将在六月十九日出版。此外，他告诉我，你未能为日记写序。但他问我大师对日记的评价，因为想印出来给读者看。我告诉他，大师只在交谈时说过，他于是要我转达请求，可否以书面复述对冰莹日记的评价。

请向玛德兰小姐转达我的谢意，感谢给我的有关资料。

此外，奉上一些关于甘地运动的新闻，在《日报》和《小巴黎人报》刊登的，已经有一些时日。

敬爱的大师，谨致诚挚敬意。

汪德耀

一九三〇年四月二十四日

于巴黎索邦大学比较解剖学实验室

勒贝（Charles Reber，1897 – 1962）原为瑞士人，1937 年入籍法国。他自青年时代起就是罗曼 · 罗兰的忠实信徒，两人时有通信。1919 年后定居法国，为法国及瑞士多家传媒及出版社撰稿和编辑图书。这套丛书由瓦罗阿书局（Librairie Valois）出版，东主瓦罗阿（Georges Valois，1878 – 1945）是法国中间偏左政治人物，第二次大战德国占领法国期间，他秘密印刷抗德宣传品，被捕送往德国集中营囚禁，期间病逝。

汪德耀在离开瑞士前，曾经寄出一本《中山先生之生平及其主义》（*Sun Yat Sen, sa vie et sa doctrine*）给罗曼 · 罗兰。作者吴秀峰（Wou Sao-Fong，1898 – 1993）是广东增城县人，1919 年到巴黎留学，1927 年获得巴黎大学法学博士学位，1929 年起先后在日内瓦国联秘书处和国际劳工组织工作。第二次世界大战期间在美国参加抗日活动，1959 年返回中国，曾任国务院参事。

吴秀峰在 1924 年加入国民党，写书时属于孙中山派。汪德耀在与罗曼 · 罗兰谈话和书信来往中，发现他对孙中山很感兴趣，刚好这本书在此时问世，又以法文写成，正好提供比较系统的资料。他在信中讲了几句批评说话，引起罗曼 · 罗兰一个有趣的反应，建议他按照名人传的模式，写一本孙中山传记。

罗曼 · 罗兰对孙中山的兴趣并非始于汪德耀。早在 1928 年，还未成为《欧洲》月刊主编的盖埃诺开始学习俄语，准备为列宁写传记，罗曼 · 罗兰知道后曾在信中这样说：

> 在你的列宁之后，有另外一个伟大的传奇要叙述，孙中山的传奇。两者不分上下。而对我来说，我更喜欢第二位。不仅因为我对战败的英雄抱有温情，还因为我相信，这位被征服者从坟墓发出的神圣光芒将超越孔子的荣耀，对未来人类的命运，远比俄罗斯布尔什维克主义的创始人更为重要。

他介绍盖埃诺去找他的好朋友拉卢瓦，这位作家精通多国文字，包括中文，不仅热爱中国文化，大部分著译与中国音乐、戏剧和文学有关，而且关心中国现状。1911年底，孙中山途经巴黎，停留三天，由巴黎的中国人接待。由于拉卢瓦是李石曾的好朋友，成为会见过孙中山的少有几个法国人士之一。

拉卢瓦很早便认识罗曼·罗兰，在索邦大学时曾经一起工作，负责讲授美术史。罗曼·罗兰担任主教席，他是副教席（suppléant），分担考试、学位评判和上课等工作。两人关系很好，罗曼·罗兰曾为他创办的音乐杂志撰稿，在与朋友的通信中，多次热情称赞他和推荐他。

1929年秋天，罗曼·罗兰建议他写一本孙中山传，像他的《甘地传》那样在《欧洲》月刊连载，拉卢瓦回答要读完孙中山全部著作才能作出决定。几个月后，汪德耀出现，罗曼·罗兰把希望转移到他的身上。他回到巴黎后答应尝试，可是很快就去了意大利实习，到达时写了一封报平安信，就没有了下文。这是可以理解的事情，他进入留学最后一年，首要任务是撰写博士论文，无法兼顾这个写作计划。1930年9月，罗曼·罗兰接到拉卢瓦消息，打算开写孙中山传，他极为高兴，立即写信给盖埃诺与他联系。但是拉卢瓦是一个有社会地位和声誉的学者，大事小事，不绝如缕，写作计划拖了几年，最后不了了之。

汪德耀四月底出发，至少用了一个星期才到达目的地。他在那里只寄过一封信给罗曼·罗兰：

敬爱的大师，

我到那不勒斯才三天，因为在马赛时要等船出发。由于天气恶劣，航程很糟糕，未能欣赏旅途上的美丽景色。不过，那不勒斯真美！天气多暖和！蓝天多纯净！（幸好墨索里尼无论如何也无法“黑色化”意大利的美丽天空！）这里的植物和鲜花盛开，这里的人开心快活，极为喧哗。如果没有身穿“黑衫”军装的人，我不会想到身处一个法西斯者统治的国家。

我已经开始工作，但是所需器材还未齐全。

甘地终于被捕了！但是这个英国工党政府多么可笑！自以为很聪明，用一条一个世纪前的古老法律来逮捕甘地！

离开巴黎前寄上的剪报，料已收到。

敬爱的大师，谨致诚挚敬意。

汪德耀

一九三〇年五月十一日

于意大利那不勒斯海洋研究所

又及：忘记报告勒贝先生为冰莹的日记起了一个书名《金莲花的造反》(*La Révolte des Lotus d'Or*)。

汪德耀在意大利没有逗留很长时间，七月份就返回巴黎。但是没有报告大师，等到第二年元旦已过，才发出一封信：

敬爱的大师，

谨向大师和令妹致送迟到的一九三一年最珍贵的祝愿。日前从邮局奉寄一件小纪念品，一张中国古式刺绣的钢琴布盖。这件小物品是我的两位中国友人黄氏姐妹专为大师而造。另一方面，随函附上三张放大照片，上次拜访时拍摄的。一张请大师存念，两张望赐签名。

久未奉报音信，尚祈原谅。自意大利归来，右手第二次接受热灼治疗，有一段相当长时间被迫中断通信。最近写作论文又占用很多时间。幸好左脚病痛虽然远未痊愈，总体的情况最近却十分良好。

敬爱的大师，近况如何？希望大师永远健康。如有闲暇，请为我的中国同胞写点答应过的东西？

冰莹日记尚未出版。

敬爱的大师，敬候回音，谨致诚挚敬意，并请向令妹转达问候。

汪德耀

一九三一年一月六日于巴黎

罗曼·罗兰和很多大人物一样，很重视自己的形象，不轻易让人拍照，因此没有留下多少照片。汪德耀说的照片摄于第一次拜访，后来有一段不平凡的经历，在徐小玉访谈录中有详细叙述：

在他的书房里，我看见墙上的镜框中有一张尺许大的旧照片，原来那竟是件珍贵的文物呢！他指着照片对我说："这就是罗曼·罗兰，这张照片是我一九三〇年十月［按：应为一九三〇年一月二十六日］第一次去瑞士看他时，给他拍的。"照片中的那位已上了些年纪而仍很精神的男士，正侧身坐在自己家中二楼书房的窗口处。汪先生说他是从楼下往上拍的，冲洗好后，给罗曼·罗兰寄去了两张四寸大的照片。一张，他签上名请大师留作纪念；另一张，则请对方签上名寄还给他。他指给我看照片上的签名，说："这就是罗曼·罗兰的签名，你看字写得多有力，简直就像要展翅高飞！"我靠近看时，发现照片中部有一条横纹，左上角也有纹，汪先生于是讲述了这张照片的"历险记"。那是在"文革"中，照片被前来"抄家"的一个"红卫兵"抄出，对折起来就要撕毁。汪先生赶紧说："别撕、别撕，这是罗曼·罗兰大师的照片！"幸好，这次行动带队的那名学生，原是系里三年级的一名班长，还明事理，制止了"暴行"，才留下了这张珍贵的照片。他说镜框中的这张，是"文革"后，用原件重新翻拍后放大的。我不由庆幸说："这可真是'劫后余生'啊！"

他还亲笔为徐小玉写了照片说明，补充另一个细节："[罗曼·罗兰]在这张照片后面还写了'访问 Olga 别墅纪念'字样。"

汪德耀手中的罗曼·罗兰纪念物运气很好，除了这张照片逃过被撕毁的命运，珍贵的翻译书稿也保存下来。他当年为了应付其他感兴趣的出版社，请人以打字机打印了几份，因此能够把原稿留在身边。经历了数十年动荡岁月，始终形影不离："抄家时，幸好手稿不在家中，锁在我办公室的一张桌子里了，而那张桌子他们'漏抄'了！"

这两件纪念物现在收藏在厦门大学图书馆，据目前所知，这是中国国内仅存的两件罗曼·罗兰文物的原件。

此后一个月，汪德耀接连收到大师两封书信，而谢冰莹的《从军日记》也于此时出版，他在 2 月 3 日写信给罗曼·罗兰报告：

敬爱的大师，

大函及明信片奉悉。先是忧心忡忡，因为听到大师健康不佳之言。但现在欢喜欣悦，知道已经大为改善。谨祝大师身体永远健康。

感谢告知在《新世界杂志》(*Nouvelle Revue Mondiale*) 的文章，但是在拉丁区的书店没有找到。最后跑去大师给我的地址巴拿马街六号，可惜杂志社已不在该处。因此尚未享受到拜读大作的快乐，但会设法通过瓦卢阿书局去找。

今天，欧洲又重新被战争威胁所重重压迫。我不晓得在目前腐朽制度下，如何能避免？各国政府多多少少都在认真准备这场可怕的大屠杀，某些欧洲知识分子（例如瓦莱里、纪德和许多其他人）还在宣称欧洲人比亚洲人更“文明”，每思及此，不禁微笑。如果跟我说，一个欧洲人通常比一个亚洲人“受过更多教育”，我不否认。但更“文明”？我十分怀疑，因为很不幸，“受过更多教育”的人不一定“文明”。

冰莹日记刚在瓦卢阿出版社出版。我不知道法国读者如何接受这本书。

我已经请出版社给大师和令妹各寄上一本。

甘地刚被释放！英国政府已经在道义上失败。这件事大大鼓舞了亚洲被压迫的民族。据悉有些安南民族运动领袖，也在印度支那鼓吹甘地的理论和策略。

敬爱的大师，就此搁笔，谨祝身体健康，并致诚挚敬意。请向令

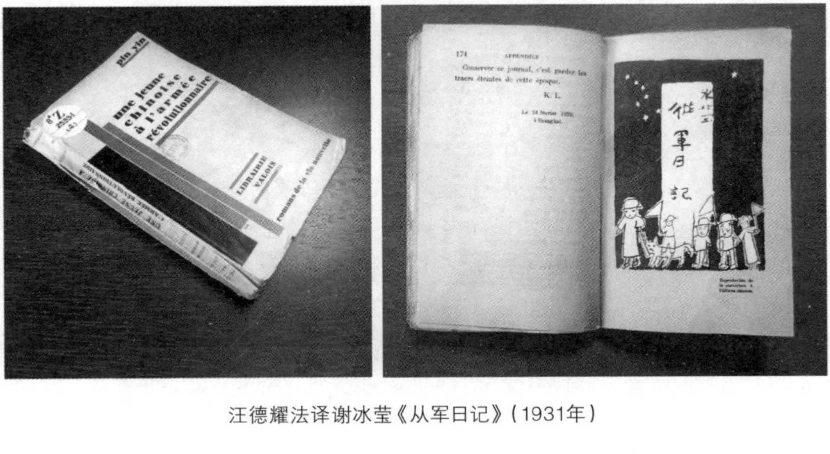

汪德耀法译谢冰莹《从军日记》（1931年）

妹转达我的问候和友谊。

汪德耀

一九三一年二月三日于巴黎

《从军日记》列入《新生活小说丛书》系列，排在第五本，后面还有五种书等候出版。出版商没有采纳勒贝提议的书名《金莲花的造反》，改用一个相当严肃的叫法：《一位中国革命军的青年女兵》(*Une jeune chinoise à l'armée révolutionnaire*)。印数二千册，另外加印二百册送给报刊，二十二册非卖品，以特别纸张印制。

罗曼·罗兰没有写序，改以汪德耀的《致法国读者》代替。他一开头就向罗曼·罗兰表示感谢：

> 这是一本一位中国女青年革命者的日记，去年在中国十分轰动。它并非文学作品，而是罗曼·罗兰所称呼的“人性文献”。全靠这位全世界被压迫者的好朋友，这本书的法译本今天才能问世。

书的内容是春潮出版社初版本的全译，但是次序和节章标题曾作调整，下面是与原书的对照，带星号 * 者内容略有删节：

春潮初版本	法译本
（无）	致法国读者（汪德耀）
写在后面	作者导言*
从军日记	一　孩子之死
一个可爱而又好笑的故事	二　一个好笑的故事（致孙伏园信）
行军日记三节（第一二节）	三　妇女会
行军日记三节（第三节）	四　被枪决的同志
寄自嘉鱼	五　女兵
说不尽的话，留待下次再写	六　一九二七年六月十二日致孙伏园信

从峰口到新堤	七　一九二七年六月十七日致孙伏园信
给 KL	给出版者（冰莹）*
编印者的话	附录一　中文版编印者的话
几句关于封面的话（冰莹）	附录二　几句关于封面的话（冰莹）
冰莹从军日记序（林语堂）	附录三　冰莹从军日记序（林语堂）

汪德耀寄赠的样书，保留在罗曼·罗兰档案内。1983 年，玛丽·罗兰应戈宝权之请，亲自找出其中一本，赠送给玛德兰的，扉页上有中法文题辞：“敬赠马德兰·罗兰女士，汪德耀，一九三一年一月于巴黎”。（彭一万《友谊地久天长》）

汪德耀的书信档案的下一封信，写于 1931 年 10 月 11 日，与前信相距八个月，信中提及曾经准备 7 月返回中国，这是以前没有提过的计划，因此在这八个月期间，至少有一封信没能保存下来。

敬爱的大师，

多时未通音信，深以为歉。撰写论文确实占用了大部分时间，但更主要感到身心俱疲，不如保持缄默。因此大师和令妹来信谈到冰莹日记时，失于回复。我自知不当，唯请见谅。

上信曾告七月返回中国。但暑假前未能提交论文，被迫推迟出发。论文印刷费至为昂贵，二万法郎，无法筹到足够的补助，故无法及时印就。幸亏若班（Louis Joubin，1861 – 1935）教授认为论文值得注意，七月份采用，发表在他当所长的海洋研究所年报上，不过，我要等到十一月初才能呈递论文。

我的情况有点糟糕，左脚一直有病，瘘管未能闭合。去年七月从那不勒斯回来后，因为没有时间，更因为没有钱，一直没有治疗。幸好能够挨到现在，病情没有加深。长期为我治病的医生，也是我的朋友，力劝我不要带着结核病脚回中国，再三强调应该在提交论文后，到贝尔克休养三个月。我知道，如果为健康着想，应该听从他的明智劝告。

然而离开父母已经十年，试想他们如何心切等我回去。而且在目前的社会福利制度下，要相当富有才能得到治疗。我呈递论文后便不得不返回中国。

但在离开法国前，我尽可能去奥尔加别墅谒见，渴望再见到大师和交谈。

最近拜读回应里乌（Gaston Riou，1883 – 1958）关于欧洲和世界合众国的大作，真正绝妙文章！给这些欧洲知识分子一个大教训。他们无疑是一些真诚和好意的人，但是没有把眼睛张得够大，来观察国际问题的"现实"，可能不自觉受了统治阶级的欺骗。这些自号"现实主义者"的人没有从历史学到任何东西，的确令人惊奇。他们仍然相信外交官和政客不同程度的虚伪空话。真的，"欧洲啊，你要扩展自己，否则就死亡！"如同我们那里说："中国啊，醒来吧，否则就死亡！"但愿这些欧洲知识分子接受你的思想，追随你的榜样！

大师一定从报纸获悉帝国主义的日本派兵占领满洲里的可怕消息。这是中国担忧已久的举动。但是没有人会想到，军国主义的日本为了实现"大陆帝国"的梦想，会利用这场正在如此惨酷打击我们可怜国家的最大自然灾害。

我认为此事没有好收场。南京反动政府似乎对日内瓦的滑稽戏感到失望，在美国建议下，或者也在俄国建议下，尤其在中国浓厚的"民族主义"公众舆论推动下，可能向日本宣战。可否介绍我认识大师的日本朋友吗？我想就满洲里事件和他们接触。日本和中国的精英要团结起来！

随信奉上冰莹日记的法国评论打字副本。她给大师写信了吗？我知道她打算写信。最近通过冰莹的一位朋友，得知她和一个前中央军校的学生结婚了一段时间，有一个孩子已经一年。但不幸得很，她的丈夫是一个共产党军人，在天津被捕，因为进行共产党宣传被判六年徒刑！至于她，被迫隐姓埋名躲起来生活。但继续进行秘密宣传，东躲西藏，居无定所。但最近，她像其他中国青年那样，恢复了勇气，重新继续中断了的斗争。但我很担心她有一天会落到反动军阀手中。

目前英国经历一场金融和经济大危机，甘地会否在圆桌会议占上风呢？大师与他有书信来往吗？

敬爱的大师，敬候来信，谨致诚挚敬意，并请向令妹转达我尊敬的问候。

汪德耀

一九三一年十月十一日

于巴黎索邦大学比较解剖实验室

又及：关于冰莹日记的报刊评论，阅后烦请寄回。另一方面，随信寄上四张照片，请签名后寄回，将分送我的法国男女青年朋友。先此致谢。（请转背面）

[背面] 照片尚未完工，稍后另信寄上。

汪德耀

这封信最先提到博士论文，发表在1931年海洋研究所年报（*Les Annales de l'Institut océanographique*）上，出版后曾寄赠罗曼·罗兰，现在收藏在法国国家图书馆。这是一册抽印版，汪德耀在扉页上写下中法文题辞：

法文：送给亲爱的罗曼·罗兰大师，汪德耀敬上

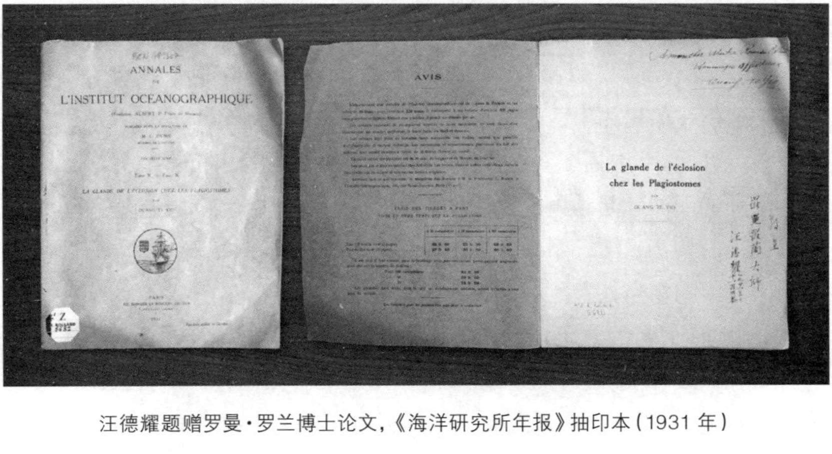

汪德耀题赠罗曼·罗兰博士论文，《海洋研究所年报》抽印本（1931年）

中文：敬呈罗曼·罗兰大师，汪德耀，一九卅一年十一月，巴黎

论文印刷得很精美，大开本，94页，其中18页有插图，另有一页彩图。插图多用铜版画，也有少量照片。他说论文印刷费用二万法郎，相当于六千多册《从军日记》，大概插图众多，技师收费高昂。年报在十月份出版后，再没有这笔开销，所以能够赶及在离开法国前，在十一月份自费出版了单行本，法国国家图书馆也收藏了一册，书名及内容相同，仅封面及扉页的说明文字略有分别。其中论文答辩日期留空，仅得年份。

这封信另一重点是关于《从军日记》的报刊评介，书在二月出版，八月才收集到寄出，这是因为作者和译者都是法国文坛的陌生人，虽然前言中出现罗曼·罗兰的赞语，仍不足引起热烈的反应。现在可以找到的同期报刊，只发现三篇“微型”简介，到了八月才有两篇比较长的文章。第一篇在《无产阶级革命》月刊（*La Révolution prolétarienne*）读书栏，占半页篇幅，着重介绍日记的内容。第二篇在《小巴黎人报》(*Le Petit Parisien*)，放在头版，配以一个中国女兵手持国旗在呼唤的插图，十分醒目，标题《革命与青年》(*La Révolution et les étudiants*)，汪德耀在访谈录曾经提及这篇文章。

作者沙杜尔纳（Marc Chadourne，1895 – 1975）是一位作家，刚在上一年以小说《疯狂的塞西尔》(*Cécile de La Folie*) 获得费米娜文学奖。也是在这一年，他到中国旅行，停留了将近一年，回来写了系列报道，从8月1日开始，至9月10日，在《小巴黎人报》连载了其中25篇，总题《新生的中国在沸腾》(*Les bouillonnements de la jeune Chine*)。他在上海邂逅自美国前往印尼的墨西哥画家考瓦路比亚（Miguel Covarrubias，1904 – 1957），请他为书本插图，这位画家在纽约以漫画及插图闻名，《小巴黎人报》刊登的图画，是他的一张插图，引人注目。单行本在1931年11月出版，题名《中国》(*La Chine*)，赢得当年的法国新闻文学奖，此后两年不断重印，影响相当大。

《从军日记》的介绍，放在书内的第八部分第一节，题名《新生的中国》(Jeune Chine)，这不是一篇书评，无论书名、作者、译者或出版社的名字都没有出现，也没有评价，只是利用汪德耀的译文作为素材，描绘

一个生动的革命女兵形象。作者跟罗曼·罗兰一样，很欣赏冰莹的率性文字，引用了不少译文，可见汪德耀的翻译相当传神，有感染力。

在汪德耀这封信中，有一句话引人注意，在谈及谢冰莹的近况之前，他问大师是否收到她的来信。谢冰莹本人在六十年代写过一篇文章《罗曼罗兰》(载《作家印象记》，1978年)，里面说，“忽然有一天，从汪德耀先生的手里，接到一封由法国寄来的信，我只认识我自己的名字和罗曼·罗兰的签名”，“他给我的信，大意是这样的”，接着便是一大段罗曼·罗兰的赞语，使用了直接引语格式，似乎就是原信译文。可是在徐小玉访谈录中，汪德耀从来没有提及“罗曼·罗兰的信”：

> 一九三二年初［……］，约好时间后，他们在虹口春潮书局的二楼相见。［……］他告诉她，罗兰称她为‘折了翅膀的女英雄’［……她］表示想写信向罗曼·罗兰致谢。他立即给了她对方的地址，并说她肯定会收到罗曼·罗兰的亲笔回信的。后来果真如他所说，冰莹收到了大师写给她的鼓励信。

可是，在谢冰莹回忆中，鼓励信不是后来才接到的，而是汪德耀见面时交给她，“幸好汪先生马上替我译出，而且他要我当天回一封信给罗曼罗兰。不用说，又是请汪先生译成法文，只有签名我用了三个中国字，我满以为以后还能接到他的信，获得更多的教益，谁知那是他给我的最初亦是最后的信，从此永远地不能见到他的笔迹了！”(谢冰莹《罗曼罗兰》）前面李又然一章曾经说过，1937年，她交托李又然把新书《女兵自传》寄赠给罗曼·罗兰，也没有提及大师的来信。

然而，她日夜思念的来信事实存在，不过不是直接写给她，而是在给汪德耀的一封信上，“大师和令妹来信谈到冰莹日记”，日期在1931年2月至10月之间，她在上海听到汪德耀转述的赞语由此信而来。

其实，亲笔鼓励信是否存在并不重要，罗曼·罗兰为了帮助她出书，与《欧洲》月刊主编的多次通信，现在已经印成白纸黑字，成为文学史料。这些出自真心的高度评价，在第三者面前说出来，比起给作者的鼓励信更真实，更有价值。

谢冰莹青年时代的经历让悲天悯人的罗曼·罗兰产生一种偏爱，他收信后，在10月15日左右写下的日记，再次详细抄录了汪德耀告诉他的谢冰莹最新消息：

汪德耀在索邦大学比较解剖学实验室工作，他也迫切希望返回中国，尽管骨结核继续损蚀左脚，十一月论文答辩后便立即动身。确实，再没有一个中国人能够对祖国的灾难漠不关心，置身事外，日本军国主义者正在利用蹂躏中国的恶劣天灾（黄河水灾吞噬了千千万万性命），入侵满州里。

汪德耀回去后不会和梁宗岱同一个阵营，他支持无产阶级革命。

他告诉我一些革命女青年冰莹的消息，他翻译过她的从军日记。她和中央军校的一位同学结婚，生了一个小孩。但是丈夫是共产党活动分子，在天津被捕，判处六年徒刑。她藏匿起来过日子，使用假名，但继续进行秘密宣传，到处流浪，居无定所。一些时候以来，她跟其他很多中国年轻人那样，带着往日的勇气，重新参加斗争。但是令人担心有一天会落到反动派的血腥手中。

1931年　罗曼·罗兰的呼吁

日记所说“入侵满州里”指“九·一八”事件，消息传到巴黎后，引起华侨和留学生的愤怒，抗议活动不断升温，法国的反法西斯组织与和平主义团体也动员起来。汪德耀虽然忙于博士论文，仍积极参加活动。他参加了一个法国反战团体，名叫和平战士国际同盟（Ligue internationale des combattants de la paix，徐小玉访谈录译为人权同盟）。这个组织成立不久，没有明确的政党背景，属于和平主义的激进派，表现活跃，经常举行集会。10月21日，罗曼·罗兰接到汪德耀的一封电报：

罗兰

瑞士沃州维尔纳夫奥尔加别墅

收来信。请为和平战士同盟星期四抗议大会赐寄数语。

致敬。

汪德耀

星期四就是第二天的10月22日，罗曼·罗兰立即写了一篇呼吁，同时附上回信：“亲爱的汪，我一时回不了巴黎，请你代表我在会上宣读此信，我对日本军阀的侵略行径，表示愤怒地谴责！不过，我们要把日本人民与日本军阀区分开来……”（徐小玉访谈录）：

罗曼·罗兰的呼吁

如果只满足于以感情的说教来呼吁和平，那是幼稚和可笑的，甚至惹人怀疑的。

在中国和日本这两个地方，军阀和他们的集团，以及欧美帝国主义和资本主义联盟，一起剥削和榨取那里的可怜的人民。只要他们一天处于这些人的粗暴和荼毒生灵的统治下，现在和未来的和平都是有名无实的，虚假的，不稳定的，无法实现的。

谁要和平，谁就要消灭战争的一贯因素。谁要国际和平，谁就要革命。我呼吁革命。我呼吁中国和日本这两个国家的强大民族，摆脱骑在他们背上的强盗。呼吁他们实现从本国内部的暴政中解放出来，这些暴政（像我们这里一样）使用掺假的民族主义烧酒迷惑他们，奴役他们。我呼吁他们在被打倒的刽子手背上，互相伸出手来，实现中国和日本劳动人民的硕果累累大团结！

我呼吁在欧洲和美洲，有一天我们也这样做！

五天之后，10月26日，汪德耀写了一封热情洋溢的长信，描述集会的详情，向罗曼·罗兰报告：

敬爱的大师，

在近日的热火朝天的气氛中，我很高兴来向大师感谢两封来信和精彩的致辞。我在和平联盟组织的反对日本丑恶侵华抗议大会一开

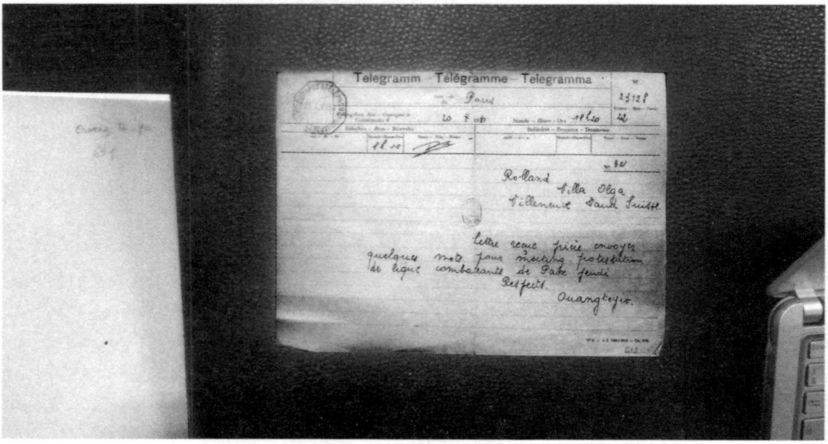

汪德耀致罗曼·罗兰电报（1931 年 10 月 21）

头，便宣读了大师的致辞，精彩的讲话在所有参加者的心中引起共鸣。为了证明他们的和平愿望，他们亲自到场，那天晚上人数很多！

我自作主张把讲辞寄给《世界》杂志，下期一定会刊登。顺便提一句，这个大会是由我以旅法中国侨民名义发起的。我在会上发言，冒着被基亚普大人驱逐出境的危险！我在演词中，只是痛斥军国主义和资本主义的日本，他们把日本投入这场罪恶的冒险中。我以中国人民的名义，向日本人民致敬，他们受压迫，被堵住嘴巴，而他们只想和我们和睦共处。当然，我抨击日内瓦的外交闹剧，抨击白里安—凯洛格公约。这种公开的抗议出自真心，我相信有好处。然而，诚如大师所说，“谁要结果，谁就要有办法”，“谁要和平，谁就要消灭战争的一贯因素。谁要国际和平，谁就要革命”。大革命一天不实现，永远不会有和平！因为这场战争已经在满洲里开始了一个月，如果法国“和平分子”等待我们的鼓动才起来抗议，那才是怪事！我甚至担心，会否有一天，《马赛曲》、三色旗和战鼓声不会令这些和平分子像一九一四年那样再次受骗。

得知大师丧父之痛，殊为悲伤。在这种场合下，安慰说话无补于事，谨致尊敬的吊唁。我知道这样的亲人对大师和令妹是怎样的损失，我感同身受。

令妹身体如何？希望健康已有改善，请转达我的问候，真诚祝愿她迅速康复。

可能大师不喜欢人家谈及健康状况，据知并非很好，每思及此，心神不宁。大师既有能力又有愿望为我们的共同事业做更多工作，请容我进一言：敬请不要忽视，多多保重！

至于我的健康，大师的体贴关心令我深受感动。不过，我不会去贝尔克疗养。须知我多么心急再见到父母和家乡。但我保证，在开始工作前，先去北京，在亲人身边好好休息。

我将在十一月三日提交论文，出发日期订在十一月二十日。

我没有读到你告诉我的中国故事。在何处能够找到莫斯科出版的杂志？按大师所言，我相信这些故事值得译成中文。

大师，就此搁笔，谨致诚挚敬意。

汪德耀

一九三一年十月二十六日

一切似乎按照轨道前进，达到原先目的，这件事告一段落。然而大约两周后，11 月中旬，大师的日记出现一段文字：

我在扮演萨宾女人的角色。共产党与和平主义者正在疯狂争夺我的身体，互相间铺天盖地夸张谩骂。

汪德耀以电报向我要一篇讲词，我寄了给他，准备在十月底巴黎和平主义者为中日战争举行的一次集会上宣读。这篇讲词号召中国和日本人民起来革命，反对他们的统治者、帝国主义者和黩武军人。汪德耀过几天要进行论文答辩，大概害怕宣读讲词会受连累。但是他很不应该没有让另一个人宣读，尤其事后给我写了一封信，要让我相信他本人在集会上宣读了，并且受到欢呼。

我请《人道报》的弗雷维尔去调查（由于报刊对我的讲话和集会一字不提），他发现讲词没有宣读。

萨宾是古罗马一个部落，传说对头的罗马人曾以诡计抢夺萨宾女人。罗曼·罗兰自称萨宾女人，表示身不由己，陷入一场勾心斗角的政治斗争中。他的怀疑起点是报刊没有报道集会，没有他的呼吁的消息，如此风平浪静，与平常的一呼百应完全不同。他请传媒的朋友调查，弗雷维尔（Jean Fréville，1895 – 1971）是俄裔法国作家，当时是《人道报》的文学栏主笔，他向报社记者查询。这张报纸刚在两个星期前，10月6日和7日，在头版刊登了丰特奈（Ferdinand Fontenay，1901 – 1971）一篇长文，猛烈攻击和平战士国际同盟及其主席，除了抨击“反对一切武器，反对一切战争”的说法，还认为“抵抗战争可以变成征服战争，革命军队可以变成压迫军队”一语是剑指苏联，指责这个组织十分危险，必须从和平主义队伍中驱逐出去。文章发表后，又两次发表读者来信，猛烈声讨，直到10月中旬才逐渐平静下来。

罗曼·罗兰收到弗雷维尔没有宣读的答复，加上汪德耀来信提起基亚普（Jean Chiappe，1878-1940），这个中国留学生视为瘟疫的巴黎警察厅厅长，猜疑他因为害怕而临阵退缩，立即给汪德耀写了一封“措辞严厉的指责信”（徐小玉访谈录），把日记的话重复了一遍。

汪德耀看到信后，不难明白其中原因，这是信息来源不全面之过，传媒并非一字不提。他亲自参加组织集会，开会前三天就向各大报刊发出通告，差不多一个世纪后，还能轻易从旧报纸里找出至少三种刊登过通告的报纸，其中《人民报》那篇最完整：

反对中日战争示威

和平战士国际同盟今天星期四（10月22日）下午八时半，在巴黎第九区加德街九号（地下车：加德站）法国共济会大堂，举行反对中日冲突集会，这场冲突有可能恶化为世界大战。

所有和平主义者都会明白形势严峻，踊跃到会。会上的发言者有梅里克、加皮夫人、约克·凯塞、中国国民党驻欧总支部秘书丘正欧、中国侨民行动委员会代表汪德耀、法里内、福尔和普朗什。

所有和平主义者来参加集会，证明他们对和平永不动摇的意愿。

汪德耀代表的中国侨民行动委员会（Le Comité d'action de la Colonie chinoise）是一个新近组成的团体，中文称为巴黎华侨旅欧反日救国会。当晚的活动不算一个大型集会，那个时期的巴黎政治活动很活跃，大会小会不断，每天数以十计，报刊没有可能全面报道，至今尚未发现会后的报道。但是，汪德耀与徐小玉对谈时补充了一些细节：

> 那天开会前，他向大会主席声明了此事，于是，他被邀请坐在主席台上。开会时，大会主席致词后，第一个就请他代表发言，他声音洪亮地宣读了罗曼·罗兰的信，受到与会者热烈的欢迎！事后他将经过情况，写信一一向罗兰作了汇报。不料，罗兰还同时收到另一封来自朋友的信，那位女士称根本未见汪在大会上发言，其实是她自己到会晚了，而罗兰对她所说深信不疑。

罗曼·罗兰最关心的不是集会如何进行，而是有无宣读讲词。他对这篇呼吁十分重视，因为第一次提出以革命结束战争的口号。他没有等到汪德耀回信，就把讲词广为发布，激进的口号立即引起国内外传媒注意，甚至传到苏联。10 月 31 日，《费加罗报》刊登了一则发自波兰华沙的电讯：

> 罗曼·罗兰煽动中国人进行共产主义革命
>
> 几乎所有苏联传媒，都发表了罗曼·罗兰写给中国革命青年关于中日冲突的信。作者宣称，只有中国无产阶级群众最终起来进行共产主义革命，才能在东方恢复和平。

还有出乎罗曼·罗兰意外的事情，《人道报》利用他的讲词，再次攻击和平战士国际联盟。该报在 11 月 7 日报道他的呼吁：

> 几天前，《人道报》揭露了和平战士国际联盟的虚伪性质，他们以名誉主席罗曼·罗兰的名义作幌子，坚持资产阶级和平主义和反革命斗争。在几天前举行的一次集会上，法里内之流的社会法西斯和平主义分子，鼓励劳动人民要与屠杀工人的国民党政府团结一致，借口

这个政府表现出“对和平的愿望，不再抵抗日本进攻，而是听命国际联盟来解决冲突”。

罗曼·罗兰号召中国和日本的无产阶级团结起来反对帝国主义政府的呼吁，没在集会上宣读。他们使用罗曼·罗兰的名字，却扼杀他的声音。我们听罗曼·罗兰的说话，我们知道如何让人听到他的说话。

下面接着刊登了《罗曼·罗兰呼吁》的全文。

汪德耀“收到那封措辞严厉的指责信后，立即去信说明情况，曾出席大会的他的女友露丝及其全家，又写了由六人签名的证明信，但罗兰的气还未全消。”（徐小玉访谈录）罗曼·罗兰的档案没有保存这两封解释信，写日记时可能还没有收到，最后几句的语气特别严厉：

《人道报》没有放过这么好的机会，给和平主义者一顿乱棒，对我大加颂扬。接着，和平主义者的蜂窝开始喧哗，何况他们的主要组织和平战士国际联盟选了我当名誉主席（不过，我对此不大开心！因为不喜欢他们空话连篇，但是不想冒犯彼奥赫，大战时他是我的勇敢保卫者）。

愤怒（Imde irae）

这件事的文件在玛莎整理的中日文献宗卷中。

和平战士国际联盟不管传媒的攻击，再接再厉。11 月 11 日是第一次世界大战停战十三周年纪念日，民间团体纷纷举行活动，这个组织利用这机会，租下著名的瓦格兰大剧院，提前一个星期发出集会通告，仍然以中日冲突为题，参加者超过二千人，成为巴黎当天最大规模活动之一。第二天，《阿尔及尔回声报》（*L'Écho d'Alger*）在头版作了比较详细的报道，结尾一句是“最后宣读了罗曼·罗兰谴责战争的呼吁，获得全场欢呼”。记者没有说明宣读者是否汪德耀，他不在近十名演讲者之列，当天会上发言的中国人只有丘正欧一个人。

汪德耀后来向徐小玉回忆说：

> 直到后来，法国人权同盟机关刊物《人类的祖国》，及《新人道》杂志上，报道了这次大会，其中有他发言的消息和发言时的照片，这个误会始涣然冰释。

他说的《人类的祖国》(*La Patrie humaine*) 刚在一个月前创刊，可是没有关于集会的报道，《新人道》(*L'Humanité nouvelle*) 杂志当时停刊，没有出版。如此看来，他说的"这次大会"，可能指第二次瓦格兰大剧院的集会。

从这件事之后，罗曼·罗兰书信和日记再没有出现汪德耀的名字，但徐小玉访谈录有一段不寻常的尾声：

> 不久，他又去瑞士二访罗曼·罗兰了。此行一是为进一步讲清那次大会的事；一是得知印度"圣雄"甘地也去访问，他想同时访问这位伟人。

甘地访问罗曼·罗兰是当时一件国际大事，各国新闻记者群集，当局戒备森然，奥尔加别墅成为一只苍蝇也飞不进去的地方。他们两人都具有强烈的历史使命感，对会面的重视程度非外人所能想象。罗曼·罗兰在玛德兰和玛丽协助下，在日记中点滴不漏记述了这不平凡的六天，几乎是一小时一小时记载，后来辑成《印度，1913 年至 1943 年日记》(*Inde, Journal 1913-1943*) 一书，成为历史文献。大师这段时间身体很差，六天接待期间，一直足不出户，直到告别才第一次离开家门，到车站送行。汪德耀没有提供与他见面的任何细节，而访问甘地的长篇回忆，不符合罗曼·罗兰日记所记的郑重其事的庄重气氛，这段经历有待史家研究。

1931 年 12 月 18 日，汪德耀登上阿多士二号轮离开马赛，满载着罗曼·罗兰的回忆返回中国，在 1932 年 1 月 23 日抵达上海。

七　傅怒安

(傅雷, FOU NOU EN)

傅雷（1908 – 1966）出生于江苏省南汇县，原名傅怒安。中国读者对傅雷的生平不会陌生，在二十世纪初留法中国学生中，他的欧洲经历资料最丰富，最为人熟悉。他本人在这方面提供了主要的材料，1928 年《法行通信》三篇（第十四至第十六）和《湖上通信》；1957 年《傅雷自述》；八十年代后出版的遗作《傅雷家书》里的相关片断。他的同时代人也留下不常见的详细见证，1931 年孙伏园的《丽芒湖》，1935 年刘海粟的《欧行随笔》，八十年代刘海粟和刘抗的回忆文章。此外他的家属和刘抗家属收藏着数量繁多的照片和手稿，尚在陆续整理公开。

根据这些已知材料衍写的文章不胜枚举，然而傅雷的欧洲经历仍存在空白。《傅雷自述》说："留法期间与外人来往较多，其中有大学教授，有批评家，有汉学家，有音乐家，有巴黎美专的校长及其他老年画家；与本国留学生接触较少。"这句话给人印象很深，但是认真数一下已知的外国人名字，数目不多，而且几乎全部属于社会交际应酬，不能归入真正的互动交流之列，笔者开始整理他与罗曼 · 罗兰的通信时，就有这种困惑。

要解决难题，必须首先厘清他的欧洲经历。没想到最早找到的法国资料竟然是一篇悼文，标题《达尼埃鲁神甫谈傅雷》(*Le père Daniélou parle de Fou Laï*)，发表在《快讯》(*L'Express*) 周刊 1966 年 10 月 31 日第 802 期：

> 香港报刊报道，由于遭受红卫兵批斗，中国作家傅雷及其妻子最近在上海自尽。傅雷是一位佛教徒，一位文化高尚的人，一向不问政治。他的去世伤害了文化自由，也是法兰西文学在中国的主要代表人物的消失。
>
> 傅雷从 1928 年至 1930 年在法国生活，当时名叫傅怒安。他住在

一间国际学生宿舍里，位于现在圣日耳曼大道绿廊酒吧（Pergola）的地点，名为“青年之家”(Maison de Jeunesse)。

我就是在那里和他结成知交。在那个地方，他认识了穆罕默德·埃法思、穆尼埃和伊扎尔。从那时开始，文学是傅雷的唯一爱好。我记得他阅读《独行者的遐想》时的热情。

回到中国后，他开始推广法国文学，成为一名优秀的翻译家。他主要翻译了伏尔泰、巴尔扎克、左拉和罗曼·罗兰的作品。他非常严谨细心，经常写信给我，让我解释某些单字和词组的确切含义。我收到的最后一封信在去年，他正在专心收集最新版本的巴尔扎克作品。他抱怨翻译的节奏太慢，表现相当消沉。他向我谈到他的长子傅聪，以他的钢琴演奏家声誉为荣。

傅雷十分重视作家的自由，我对他的佛教徒举动不感到意外，因为这种自由已无可能。然而他的死是对像他这样的人也无立足之地的国家制度的谴责。

这篇充满哀伤的短文，直接解答了前面提到的困惑。文中三位朋友后来都成了名人，埃法思（Mohammed el Fasi，1908 – 1991）是摩洛哥

Le père Daniélou parle de Fou Laï

La presse de Hong-Kong a annoncé le suicide récent, à Shanghai, de l'écrivain chinois Fou Laï et de sa femme, à la suite de brimades dont il avait été l'objet de la part des Gardes rouges. D'origine bouddhiste, Fou Laï était un homme de haute culture, qui était resté étranger à la politique. C'est la liberté de la culture qui est atteinte en sa personne. C'est aussi le principal représentant de la littérature française en Chine qui disparaît.

Fou Laï, qui s'appelait alors Fou Nou-en, avait vécu en France de 1928 à 1930. Il habitait dans un foyer international d'étudiants, qui se trouvait à l'emplacement de l'actuelle « Pergola », boulevard Saint-Germain, et qui s'appelait la Maison de la Jeunesse.

C'est là que je l'ai intimement connu. Il y rencontrait Mohammed el Fasi, Emmanuel Mounier, Georges Izard. Dès ce moment, la littérature était l'unique passion de Fou Laï. Je me souviens de l'enthousiasme avec lequel il lut « Les Rêveries d'un promeneur solitaire ».

Rentré en Chine, il entreprit d'y faire connaître la littérature française et devint un grand traducteur. Il traduisit en particulier Voltaire, Balzac, Zola, Romain Rolland. Très scrupuleux, il m'écrivait souvent pour me faire lui expliquer le sens précis de certains mots et de certaines expressions. La dernière lettre que j'ai reçue de lui date de l'an dernier. Il se préoccupait de réunir les dernières éditions des œuvres de Balzac. Il se plaignait du rythme très lent auquel pouvaient paraître ses traductions et paraissait assez déprimé. Il me parlait de son fils aîné, Fou Tsang, dont la très grande réputation comme pianiste était sa fierté.

LE PÈRE DANIÉLOU.

Fou Laï était passionnément attaché à sa liberté d'écrivain. Je ne m'étonne pas de son geste, de la part du bouddhiste qu'il était, dès lors que cette liberté lui devenait impossible. Mais sa mort condamne un régime où des hommes tels que lui ne peuvent plus trouver leur place. — JEAN DANIELOU, S.J.

法国《快讯》周刊《达尼埃鲁神甫谈傅雷》（1966年10月31日）

人，作家，历任该国外交部、教育部和文化部部长，穆尼埃（Emmanuel Mounier，1905 – 1950）是法国著名的哲学家和出版家，伊扎尔（Georges Izard，1903 – 1973）是名律师和法兰西文学院院士。

文章作者达尼埃鲁（Jean Daniélou，1905 – 1974）更不是等闲之辈，他是著名的宗教学家，写悼文时担任巴黎天主教大学神学院院长。傅雷去世后三年，梵蒂冈晋升他为枢机（红衣）主教，继而被选入法兰西文学院。他的悼文把笔者带领到巴黎近郊的耶稣会法国档案馆，这里存放着他在1974年去世后留下的个人档案，里面收藏着17封傅雷来信，日期从1929年至1953年。读完之后，毫无疑问，达尼埃鲁是傅雷在欧洲的最亲密知交。沿着这些信件提供的线索，能够比较准确地勾划出他在欧洲四年时间走过的道路。

1928年　从普瓦蒂埃到巴黎青年之家

傅雷到法国的最初半年，住在巴黎西南部三百四十公里的小镇普瓦蒂埃（Poitiers）。他本人写过一篇长文《法行通信·来到这静寂的乡间》，留下一批照片，其中一张是书桌。

书桌相当大，上面放着二三十本洋书，三两笔记本和小册子叠放上面，右方三本辞典模样的大书。书前摆放着三个小相框，中间那个并排他本人和未婚妻朱梅馥的个人肖像照片。墙上挂着西方风格的布帘，上面缀有饰物，大约是房东的布置。这张没有人物的照片，比千言万语更能概括傅雷这六个月的生活：一个安静的生活环境，一个勤奋向学的学生。

出国前的傅雷是一个不开心的青年。他来法国留学，最大的动机是要摆脱青少年期积下的忧郁，“此次的赴法，逃避烦闷固然是个大原因，[……] 细细的分析起来，还是读书的烦闷，追求人生的烦闷居多。”（《留法通信：离愁别梦》）“烦闷”这两个字比较中性，到了1934年写信给罗曼·罗兰时，升级为“精神危机”，1942年的《贝多芬传》译序里，正名为“世纪病”。

所有人都知道他的忧郁还有一个他从未公开谴责的原因，他有一位管教过于严厉的母亲，母子冲突不断。当他一个人来到这个异国地方，这个日夜压在他头顶的阴影消失了，他的忧郁至少减少了一半，而且很幸运，他得到了补偿，“我想不到来此会遇到一位极似母亲，而常提起我母亲的亲切的老人！”（《来到这静寂的乡间》）。他在文中详细描述女房东如何细心为他准备饮食，这是他从未见识过的母爱。善良的女房东取代了严母的位置，让他很快地适应了新环境，安心居住下来求学。

虽然普瓦蒂埃有闽鄂两省三四百个中国留学生，傅雷没有像他们那样进学校，而是“请私人教师与房东太太双管齐下补习法文，教师管读本文法，房东太太管会话”。无独有偶，梁宗岱 1924 年至 1925 年在日内瓦一年，也是采用类似的学习方式。两人都打下结实的法文语言基础，后半生受益不尽。

最近数年，一本“傅雷留学笔记”多次出现在不同的傅雷纪念展览会上，笔者只在互联网上见过其中两页照片，图像模糊，但仍能辨认出这是傅雷在普瓦蒂埃的学习笔记。所见两页以法文书写，间有几个中文字，书法秀丽，与学生听课记录那种潦草字迹截然不同，他的认真向学在此表露无遗。仔细阅读，可知他像速记员那样，把老师的解说原原本本记录下来，有些地方连口气也保留，然后细心整理和誊抄，不见涂改痕迹。段落安排极有心思，充满美感，内容按主题划分加上编号，井然有序，好像经过专业人士排版的学校教科书。

这本笔记也让我们知道普瓦蒂埃时期的学习内容和教学方法。他的老师没有使用普通的教科书，而是选用文学原著，让傅雷直接阅读，上课时

左：傅雷普瓦蒂埃房间书桌（1928年）
右：傅雷瑞士休假，叠印补习笔记一页（1928—1929年）

详细解释词义、用法及语法。其中一页记下都德《磨坊信札》的背景介绍，另一页包含编号80至82三项笔记，分别讲解pays（国家、家乡、地区）的含义和用法，形容词阴阳性和单复数搭配，以及gens（众人）和personne（个人）两个近义词的区别。笔记中pays的例句有一个错误：J'ai assisté la Suisse, ce pays est pittoresque（我参观过瑞士，这是一个风景如画的国度），assisté应为visité，这既可能是听写误录，也可能整理转抄不小心出错。

《傅雷自述》有一段话："二十岁在巴黎为了学法文，从事翻译都德的两篇短篇小说集，梅里美的《嘉尔曼》，均未投稿。当时仅作学习文字的训练。"结合起来看，这两本书就是傅雷当年上课使用过的教材。

私人补习方式固然好，但像中国的私塾那样，完全从书到书，缺少师生同学之间的接触和砥砺，也不会有外面社会的话题。傅雷跟五四运动后那一辈青年一样，沉迷于西方浪漫主义翻译作品，卢梭、拉马丁、夏多布里昂是他们的枕边书，到了法国，原著代替了翻译，仍然是同一类作品。感情夸张，充满美丽的田园风光、理想的爱情、自由不羁的生活，与中国的现实差距极大，可望而不可即，"追求人生的烦闷"由此而生。傅雷在这里过了六个月后，这种"烦闷"没有发作，也没有消失。

到了七月，学校放假，补习也随之结束。傅雷经过六个月的紧张学习，需要喘一口气，听从朋友王君的推荐，到附近的利勒茹尔丹（L'Isle Jourdain）度假。这个小村子离开普瓦蒂埃大约四十公里，位于河边，风景优美，民风淳朴，全无车马声，一种世外桃源式的环境。浪漫主义描写的场景在这里随时随地出现，在他心里引起愉快的共鸣，假期尚未结束，他就忍不住执笔为文，写下游记《湖上书信》："我用着都德在Provence［普罗旺斯］小山上的磨坊里的怡悦愉快的心地来写着这篇通信。"文中插入浪漫主义祖师爷拉马丁的诗歌《湖》(*Le Lac*) 的中译，这是他的第一篇翻译，但只是片断，他也谦虚地加上"（译大意）"几个字，表示这只是草稿。

两个星期的假期很快过去，他开始收拾行装，准备前往巴黎。

在巴黎等待他的人正是达尼埃鲁。这位巴黎青年出身上层社会，家庭成员全是精英。父亲夏尔从政，官至内阁部长。母亲玛德兰是教育界名人，终身从事发展女子教育。为了纪念她，她创办的一所女子中学在1970年命名为“玛德兰·达尼埃鲁中学”。这是一所法国名校，中学会考成绩常常名列全国之首。他的弟弟阿兰是世界著名的印度学家，大半辈子在印度从事研究和教学。妹妹乔治曾在戴高乐将军办公室工作，丈夫伊扎尔是法兰西文学院士，一门双院士，殊不多见。

达尼埃鲁比傅雷仅仅年长三岁，也有过寻找人生道路的经历，但从未烦闷过，因为父母给予完全的自由。1925年，他以二十岁的年纪取得索邦大学文学硕士文凭，父亲当时担任海运部长，希望他能从政，把他引入部里，给他一个秘书职位。然而，他热爱文学和哲学，一年后返回索邦大学，同时到巴黎高等师范学院攻读中学高级教师文凭，一张被称为工作铁饭碗的证书。他只用了一年时间，就于1927年二十二岁上头，成为这张文凭有史以来最年轻的获得者。当年报考人数七十人，十五人被录取，他名列第五。他的名字也因此第一次登上法国报纸。

本来，他大可以沿着这条康庄大道，一面教书，一面继续享受文学的乐趣。可是，随后一年服兵役，他反复考虑，决定成为神甫，为天主教服务。他在傅雷准备来巴黎的同一时间，参加了意大利圣保禄修道会（Compagnie de Saint Paul）。这个组织计划在巴黎建立传教中心，购置了拉丁区一座大楼改建成学生宿舍。虽然达尼埃鲁还不是神甫，但会内只有他一个法国人，加上二十三岁的年纪，又有高级教师资格，最适合面对青年学生。

法国的大学一般在十月中旬后开始新学年注册，傅雷提前到达巴黎，先去公使馆办理身份和学历证明。法国国家档案局收藏的索邦大学行政档案，保存着傅雷的注册卡，他报读文学系，名字傅怒安，1928年10月25日注册，学生证号码411号。他亲笔填写的居住地址是Palais de la Jeunesse（青年宫），可见他已经办好新宿舍的手续，但宿舍名字与正式称呼Maison de la Jeunesse（青年之家）不同，而且没有街道名字，这是因为他尚未真正入住，这家宿舍在12月6日才正式挂牌子，最早入住日期11月1日。

大楼位于著名的圣日耳曼大道和火炉街（Rue du Four）交界的十字路

巴黎青年之家大楼（1928–1929）的变化
宫殿酒家（1927年），绿廊酒吧（1960年），商店（2019年）

口，原来的大旅馆名叫宫殿酒家（Palace Hôtel），建成于1926年，共有两百个房间，设备现代化，公用地方宽广。

傅雷如何进入这家宿舍，没有任何资料。天主教办的学生宿舍不会公开征求住客，全部由内部人士推荐，尤其神甫。青年之家在拉丁区中心，收费廉宜，膳宿全包只要六百法郎，想住进去的中国留学生很多，按理远未轮到他。何况青年之家接受的外国留学生不多，开幕一个月后，共有一百二十人入住，外国学生只得十五人，留下名字的中国人只有傅雷，另外两个只知道姓氏。

如何住进去并不重要，傅雷在那里与达尼埃鲁的相遇，却是他生命中的大事。他们两人迅速成为好朋友，这是一件无法解释的事情，傅雷的孤僻、高傲、急躁性格，注定他不易交友。如果说他结束大半年的离群索居生活，踏进一个友好的群体地方，遇到一位生命中缺少的兄长，填补了他的感情空缺，立即向他靠近，那么又如何解释达尼埃鲁的反应呢？他的性格与傅雷完全相反，开朗、友好、和善、高学历，家里父母双在，兄弟姐妹六人，一个团结的大家庭。在他管理的一百多个学生中，他只对傅雷另眼相看，不仅友好往来，不到两个月，就把傅雷带回家里，介绍给母亲和家人认识，而他们几乎立即把他当作家庭一员。这一年12月圣诞节，达尼埃鲁因公去了意大利，他的母亲邀请傅雷到家里来，“傅［怒安］来晚餐，然后到轻歌剧院度过了一个美好的夜晚”（达尼埃鲁母亲家书，1929年12月28日）。

不仅如此，傅雷当年只有二十岁，一个无名的外国小青年，达尼埃鲁却从那时就开始保存他的全部来信，好像预感到这个青年的不平凡未来。在他的书信档案里，1929年前后的信件很少，找不出类似的第二人。这是无法以常理解释的事情，只有中国人常说的缘分可以权充答案。而笔者更相信另一个理由，冥冥中有一种力量，不让美好的事物湮没。

宿舍白天静寂无人，学生都去了上课。《傅雷自述》说：“在法四年：一方面在巴黎大学文科听课，［……］读书并不用功”，这是实话实说。当时的留学生一般选择攻读自由硕士文凭（Licence libre），这是一种学分制文凭，只须通过四门课程的考试，就能拿到高级学习证书（Certificat d'étude supérieure），算是大学毕业，可以自称硕士。但与国家硕士不同，不能自动获得教师资格。尽管如此，傅雷对此不感兴趣，注册卡上没有填报攻读自由硕士文凭，也没有选择学科证书考试。这样漫无目的，没有科目，没有导师，与自由旁听生无异。

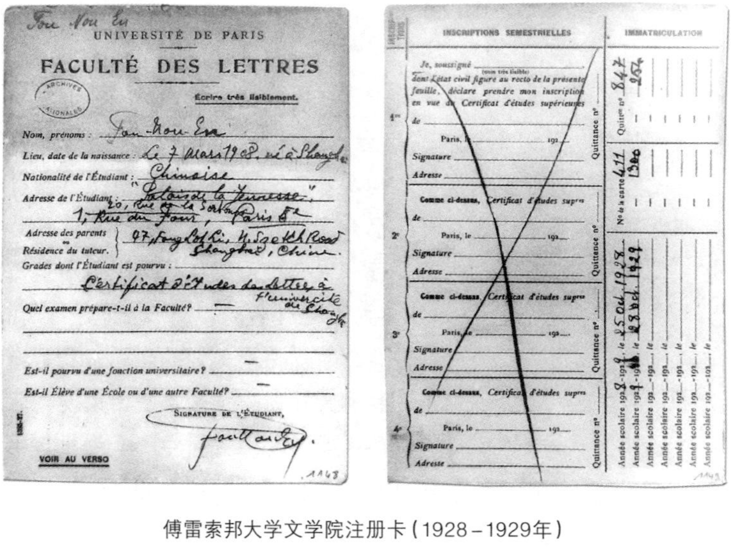
Fou Nou En
UNIVERSITÉ DE PARIS
FACULTÉ DES LETTRES
ARCHIVES NATIONALES
Écrire très lisiblement.
Nom, prénoms : Fou-Nou-En
Lieu, date de la naissance : Le 7 Mars 1908, né à Shanghai
Nationalité de l'Étudiant : Chinoise
Adresse de l'Étudiant : "Patronage de la Jeunesse" 20, Rue de la Sorbonne, Paris 5e ; 1, Rue du Four
Adresse des parents ou Résidence du tuteur : Shanghai, Chine
Grades dont l'Étudiant est pourvu : Certificat d'études des lettres à l'Université de Shanghai
Quel examen prépare-t-il à la Faculté? —
Est-il pourvu d'une fonction universitaire? —
Est-il Élève d'une École ou d'une autre Faculté? —
Signature de l'Étudiant, Fou Nou En
VOIR AU VERSO

INSCRIPTIONS SEMESTRIELLES
Je, soussigné (nom très lisible) dont l'état civil figure au recto de la présente feuille, déclare prendre mon inscription en vue du Certificat d'études supérieures de
1re Paris, le 192.. Signature Adresse Quittance n°
2e Comme ci-dessus, Certificat d'études supres de Paris, le 192.. Signature Adresse Quittance n°
3e Comme ci-dessus, Certificat d'études supres de Paris, le 192.. Signature Adresse Quittance n°
4e Comme ci-dessus, Certificat d'études supres de Paris, le 192.. Signature Adresse Quittance n°
IMMATRICULATION
Quittce n°
N° de la carte
Année scolaire 1928-1929 le 25 Oct. 1928
Année scolaire 1929-1930 le 28 Oct. 1929

傅雷索邦大学文学院注册卡（1928－1929年）

青年之家和其他学生宿舍一样，每到夜晚就热闹起来，青年人按照个人兴趣群分类聚，谈天论地，交换信息，自制茶点，表演音乐等等。整体气氛就是一个友好和平的大家庭，即使年少气盛发生争吵，也变成生活的调味品，加深互相间的友情。

达尼埃鲁离开学校不久，还是一位文艺和哲学的热烈爱好者。他与几位志同道合的朋友，组织了一个文学会，专门研究和宣扬法国作家贝矶（罗曼·罗兰好友，第一次大战牺牲在战场上）。他又在严肃的宗教活动之外，为寄宿生组织各种文化活动，最受欢迎是邀请作家和文化界人士来见面，演讲和讨论。这时候，集会也向外界开放，吸引了拉丁区内不少大学生参加。傅雷后来成为“法兰西文学在中国的主要代表人物”，与此不无关系。

在这些色彩各异的夜晚，傅雷和达尼埃鲁进行过不知多少次交谈。1929 年春天，傅雷初识刘海粟，曾经邀请达尼埃鲁一起到刘海粟的郊区新居，参观他的画室。

然而，美好的日子永远是短促的。1929 年 6 月，傅雷前往瑞士度暑假，抵达后十天左右，同学来信告诉他，宿舍将于 7 月 1 日关闭，所有人都要此之前离开。他写信向达尼埃鲁求证，6 月 20 日得到证实，他在复信中表现得情绪激动：

> 亲爱的达尼埃鲁，
>
> 你可知道？你的信把我卷走了！读到最后几行，我流下眼泪，信纸跌落地上。我流泪，首先因为失去所有住满青年之家的可爱年轻人，失去同学间那些充满欢乐和友好的交谈，即使吵嘴和争论都有一种魅力，极其纯洁！我记得我们共度的夜晚，与来自世界各地的年轻人。我们多么诚恳，快乐，平静，幸福！而现在，所有这些美好的回忆，永远只留在回忆中。另一方面，我感到难过和担忧，为青年之家，为我们所有人，一句话，为你的一个最美好的理想。我知道你是勇士，不必他人怜悯。但是，我作为你的一位最忠实的朋友，亲眼看到你如此热爱这个高贵而美好的事业，现在只因为一个物质理由就全部中断，我有可能不流下同情的眼泪吗？啊，亲爱的青年之家，我再见不到你了吗？

我的一百六十八号房间，你是我心爱的藏身之所，特别在我生病的时候，你也将永远离开我！

明年你有何计划？继续深造，继续郊区工作？然而，你为青年之家如此忙碌，现在如何填补这个空白时光？或者有人准备复活青年之家吧？至于我的衣物，不知该如何处理，现在太痛苦，不想谈论，考虑后再告。

请转告宿舍里的同学，特别是埃法思、罗石、波奈、布鲁、昂拉和萨尔（el Fasi，Roche，Bonnets，Bureau，Henhlat，Sales），我很遗憾离开他们，十分希望十月份在巴黎有机会再见面。请把我现在的地址给那些希望与我通信的人，并把他们的度假地址告诉我。

我非常感激你对我的知心友好。你的厚爱确实安慰了我。此外，我永远有一个鲜明的印象，我记得你的信仰，你对真理的虔诚，你灵魂的伟大和魅力，你的勇气，以及你的工作才能……我一定尽量和你保持联系。不过，我真的很伤心，想到不再在一起，少了见面和交谈的机会。

我肯定七月份在这里居留。至于八月，还不知道。我多给你写信，请你也多来信。

谨致深情问候，并向令慈和令姐妹兄弟转达我的最美好的思念。

傅怒安

一九二九年六月二十日

上沙沃省，圣扬乔而夫村，白格朗木屋

青年之家不久就卖出，改变成商用住宅楼宇。1960 年楼下经营绿廊酒吧，被新浪潮电影《筋疲力尽》（*A bout de souffle*）挑选作为故事发生地点而名噪一时，近年改为普通商店。

1929年　比利时和瑞士之行

天主教办学生宿舍，虽然属于慈善事业，但并不讳言这也是传教的地方，因此每天都有风雨不改的早祷晚祷，每周都举行《圣经》讲座和宣道。傅雷到了这里，一下子栽进浓厚的宗教气氛中，虽说愿者参加，但很难完全逃避，加上年轻人好奇心，以及心中烦闷未消，宗教不啻是排解出路之一。

在青年之家住了三个月后，他产生教徒那种静修冥思念头。一位名叫樊尚的神甫（Dom Vincent）知道后，介绍他去比利时布鲁日见圣安德肋修道院的尼特·爱德华神甫（Dom Neut Edouard）。他在1929年1月28日到达，三天后写信给达尼埃鲁：

亲爱的达尼埃鲁，

我真高兴在欧洲找到另一位朋友。我一直以为你是我在欧洲的唯一朋友，而这已是何等的运气！今天又找到一个。我今早与尼特·爱德华神甫进行过知心的交谈，他是樊尚神甫推荐的，心地温和而善良，智慧非凡。他告诉我，青年时期几乎和我一样痛苦。他这样了解我，以致我不觉得他比我更年长，他不是教士，他不是外国人……他真正看到我的心病根源。啊！当两颗心互相理解，当两颗心互相接触，世间有多么美好的事物！亲爱的朋友，我感谢你，也感谢樊尚神甫，赐我良机结识一位朋友，一位兄长，一位父亲，一位……令我如此中意的人。

冬天森林的景象惨淡冷落，北国的季节比巴黎更阴沉。然而，我在这里重新获得内心的安宁，感觉很幸福。不过，居留时间不会像出发时所想那么长。一来现在不是旅游季节，二来过于荒疏学业，一打定主意就赶快回来。亲爱的朋友，我过着田园生活，但缺少你在身边。希望离开修道院之前，你能寄我几个字。

此颂安好，同时问候樊尚神甫和克里梅拉（Crimella）先生。

敬礼

傅怒安

一九二九年一月三十一日

于比利时，布鲁日，洛芬—普鲁日镇，圣安德肋修院

又及：向宿舍同学问好。

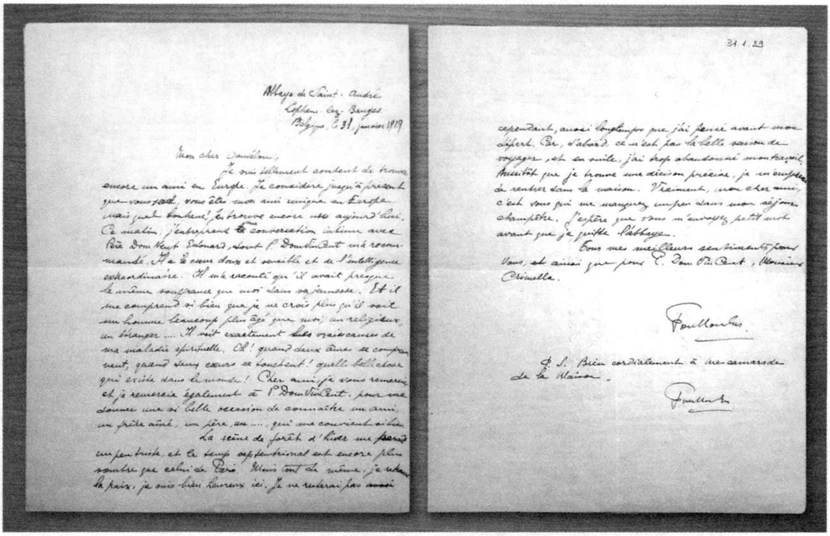

Abbaye de Saint-André
Lophem lez Bruges
Belgique, le 31 janvier 1929

Mon cher Danielou,

Je suis tellement content de trouver encore un ami en Europe. Je considère jusqu'à présent que vous seul, vous êtes mon ami unique en Europe. Mais quel bonheur! J'en trouve encore un aujourd'hui. Ce matin, j'entreprends la conversation intime avec Père Dom Neut Edouard, dont P. Dom Vincent m'a recommandé. Il a le cœur doux et sensible et de l'intelligence extraordinaire. Il m'a raconté qu'il avait presque la même souffrance que moi dans sa jeunesse. Et il me comprend si bien que je ne crois plus qu'il soit un homme beaucoup plus âgé que moi, un religieux, un étranger .... Il voit exactement les vraies causes de ma maladie spirituelle. Oh! quand deux âmes se comprennent, quand deux cœurs se touchent! quelle belle chose qui existe dans le monde! Cher ami, je vous remercie et je remercie également à P. Dom Vincent, pour me donner une si belle occasion de connaître un ami, un frère aîné, un père, un ...., qui me convient si bien.

La scène de forêt d'hiver me paraît un peu triste, et le temps septentrional est encore plus sombre que celui de Paris. Mais tout de même, je retrouve la paix, je suis bien heureux ici. Je ne resterai pas aussi

31.1.29

cependant, aussi longtemps que j'ai pensé avant mon départ. Car, d'abord, ce n'est pas la belle saison de voyager, et ensuite, j'ai trop abandonné mon travail. Aussitôt que je trouve une décision précise, je m'empresse de rentrer dans la maison. Vraiment, mon cher ami, c'est vous qui me manquez un peu dans mon séjour champêtre. J'espère que vous m'envoyez petit mot avant que je quitte l'abbaye.

Tous mes meilleurs sentiments pour vous, et ainsi que pour P. Dom Vincent, Monsieur Crimella.

Fou Nou En

P. S. Bien cordialement à mes camarades de la Maison.

Fou Nou En

达尼埃鲁保存的傅雷最早信函，写于比利时修道院（1929年1月31日）

尼特·爱德华神甫代表修道院接待外来客人，而信末所说的克里梅拉先生，未找到相关资料。

两人谈话的结果，让傅雷多住了两三天。到底他们谈了些什么？达尼埃鲁的书信档案有一封尼特·爱德华神甫的信，记下交谈内容：

达尼埃鲁先生，

傅怒安先生可能已经告诉你对圣安德肋修院的印象。我希望给他留下一个愉快的记忆，希望他与僧侣这种接触有用和有益。

他星期一晚上到达，我接待了他，他的态度十分冷淡。第二天，我带他参观了一下，他更是如此。星期三，我避开他。星期四早上，他求我见面，向我辞行。我告诉他，这样来去匆匆令我十分遗憾，因为我们无法了解。他相信我的真心，于是向我敞开心扉，诉述过去的危机。我们开始了一场长时间的交谈。他接受我的建议，多住一两天。同一天晚饭后，我们第二次交谈。在此之后，我们的谈话再没有冷场情况，他变得很友好，很健谈。向我询问有关天主教的种种情况。他告诉我本笃会修道院给他的好印象，感谢我理解他。我得到一个印象，尽管这些句子里必然包含着礼貌成分，但有一种真正的好感。他问我能否与一个或多个朋友再回来，我告诉他随时欢迎。他问我认识什么样的中国人，我告诉他认识基督徒和非教徒。他接着问："你认识共产党人吗？""我试过与共产党人联络，因为我非常喜欢中国人。但是我的道袍阻止他们靠近我，每当我要和他们接触时，我都感到他们往后退一步，所以没有再试。"他又问："你能让我带共产党人来吗？"当然可以，所有互相接近都有好处，因为可以让人相识相爱。我向他提起有一本对中国不友好的书，而且是一位教外人写的，我告诉他曾经为他的同胞辩护，反驳这位作者。他在离开时对我说："你不仅是我的朋友，你是我们的朋友。"——在开导方面，我劝他不要遇到危机发作就恼火，要耐心懂得等待，并且要对旁人友好，不管他是谁。我告诉他，只要对别人有好处，就会内心和平。他离开时说会来信报告消息，又预告下一个复活节假期再来。

我很想听一下你的印象。也许把我的印象告诉樊尚神甫也有好处，他的意见会很有用。无论如何，如果傅先生想和朋友同来，我们非常乐意接待。

与你同祷，并致主内兄弟敬意。

尼特神甫

一九二九年二月五日

这两封信更正了《傅雷自述》的一个日期："一九三〇年春去比利时作短期旅行"，一九三〇年应为一九二九年，这是记忆错误。

这家修院有一位特殊的修士陆征祥，这个浮沉在民国初期走马灯内阁的外交闻人，在他的比利时籍夫人去世后，放弃世俗生活，在1927年进入该院修士班。他虽然与王正廷、顾维钧三人在1919年凡尔赛和会上拒绝签字，但在此之前，曾听从袁世凯命令与日本签订二十一条，傅雷那一辈的留学生都是热血青年，在他们眼中这个人是国耻罪人。即使知道他在修道院，也不会见面。

傅雷信中有"打定主意"之语，在后来通信中，不止一次出现过回应达尼埃鲁催促他“答复”，他们似乎在讨论皈依天主教的问题。在这点上，达尼埃鲁对中国青年的精神现状了解不深。他不知道中国留学生把留学西方看作一种爱国行动，希望为祖国找到治疗世纪痼疾的灵芝草。然而，他们在陈旧的生活模式中长大，在国学中浸泡过，古老的传统思想在他们身上根深蒂固，几年后完成学业，大部分留学生都得出同一个结论，西方没有万应灵药，中国人只能以自己的传统来救中国。傅雷认同这种想法，虽然达尼埃鲁锲而不舍，最终未能动摇他分毫。

法国大学暑假一般从七月底开始，傅雷没有考试的束缚，提前六月出发。度假是留学生可望而不可即的事情，尤其瑞士生活水平高，除非依靠外国朋友邀请来实现。像梁宗岱和司徒乔，他们这一年七月结识了瑞士女作家瓦郎让，幸运地在八月份到她的古堡住了两个月。傅雷自己邀请自己，一去就居留四个月，这既由于母亲汇款充足，也因为青年之家为他省下一笔钱。

度假地点法文名 Saint-Gingolph，傅雷译为圣扬乔而夫，其中“乔”字的发音与原字 go（戈）无法对应，不知何故。无独有偶，他在那里翻译了《圣扬乔而夫的传说》，标题插入唯一的法文字“(Saint-Giuzolph）”，也出现排版错误。局外人不知内情，难以找出真正的地名。幸好来过两批朋友一同度假，孙伏园和刘海粟后来都写了游记，记录了正确的法文地名，才没有留下一个历史谜语。

傅雷选择这个地方，因为另一位留学生曾仲鸣一年前来过此地，极力推荐。不过最早知道这个地方的中国人不是他，而是敬隐渔。他在 1925 年 9 月第一次拜访罗曼·罗兰，散步时大师介绍周围风景，最后把手杖指向左方的莱蒙湖边：

> 指了湖那边，紫气围绕的亚尔伯山［阿尔卑斯山］下的一座法、瑞中分的小村，欧战时他的家庭曾到那里来隔桥相晤，那时一桥便隔绝了两重亲爱的世界……（敬隐渔《蕾梦湖畔》）

这是罗曼·罗兰的一件伤心事。1918 年，第一次世界大战结束前数月，他与母亲居住在瑞士，妹妹陪伴父亲留在法国。为了见面，选择了圣扬乔而夫。这里一村两国，一桥分隔瑞士和法国，如果法国渡船经过，桥上严密的栏栅就会打开，让瑞士村乘客过关。罗曼·罗兰在复活节那天来过一次，无功而还。4月7日再来，遇到渡船泊岸。他身上有瑞士居留证，趁此机会进入国界大桥的法国部分，与没有签证的父亲和妹妹见面，还有先到法国陪同他们前来的母亲。大家拥抱问安，刚开始交谈，不到五分钟，一个警察过来粗暴干涉，命令他们立即分开，否则罚款。随后两天，没有渡船，栏栅紧闭，只能分立桥头两端，双方距离三五十米，隔桥遥望。从第三天开始，父母和妹妹失去踪影。后来才晓得，第二次遥望后，他们到村后山间急流附近散步，法国警察突现出现，指称两母女向一个小女孩打眼色，有间谍嫌疑，把所有人带到警署，搜身盘问，到了晚上才释放，并且禁止他们再接近大桥。警察那么热心抓间谍，因为有奖金。

孙伏园和刘海粟的两部游记详细记录了圣扬乔而夫假期，里面有不少关于傅雷的记述，已经千次百次被铺陈、渲染和重复过，但都是第三只眼睛说话。傅雷在假期中多次写信，这是第一只眼睛的记叙。

傅雷在6月1日乘搭晚班火车离开巴黎，第二天早上在贝勒加德站转车，午后到达目的地。他入住的房子就是曾仲鸣住过的地方，以屋主名字命名，称为白格朗木屋（Chalet Berguerand）。他住了四天后，写信给达尼埃鲁，报告最初的印象：

> 亲爱的达尼埃鲁，
>
> 我在这里已经四天。离群的田园生活既令我满心欢乐，也令我愁绪萦怀。你无法想象，当你听到简单而悦耳的钢琴般水声，飘悠在湖面上，你会如何伤感。森林悄然无声，到了更深夜阑，黑纱掩盖了湖面，只见渔夫小舟的微弱灯光闪烁……万籁俱静，世界入睡，众生沉醉到美梦中，湖水流动得更加悄然，唯恐惊扰正在安静休息的灵魂。而我呢，独自一人，我以为自己已经死去，或者至少生活在另一个世界。那里只有孤独的旅人，在无边的黑暗中游荡，哀叹生不逢时；或者一些苦闷的年轻灵魂，在大自然动人的景致前面落泪。卢梭和拉马丁启示过的景象在我心中复活，令我更加深陷忧郁的极乐境界。

昨日湖上狂风骤雨，湖水景色的剧烈变化扰动我心。我想以绝望的声音痛哭，我看到大自然过于强大，人类过于弱小。我一直感到在这个世界上，我孑然一身，孤立无援，无人关心。我真的十分羡慕你的生活，如此快乐，充满信仰，充满和平。你是一位勇士，为了一个明确的目标工作，它是你真正的幸福所在。而我呢，唉！生活的真面貌一旦在我面前显露过，就永远无法以面具遮掩起来：它的丑恶样子铭刻在我的灵魂中，无法抹除。我知道自己野心太大，要拥抱整个世界，要立即触及生命的奥秘。实际上，我错了！我的能力不足，敏感的个性损害了自己。还有，上帝不允许我。我因此明白，维特、浮士德和勒内这些人物都是奇迹，不要指望每个世纪都出现。

我期待最终能够平静下来，努力在假期里完成一些重要的工作。今天下午得知巴黎的邮递员罢工，希望不会丢失我的信件。

亲爱的达尼埃鲁，谨致最亲切的问候。

傅怒安

一九二九年六月五日

上沙沃省，圣扬乔而夫村，白格朗木屋

白格朗木屋背林面湖，离开莱蒙湖只有几十米，前无阻挡。傅雷住在楼上，湖上景色日日夜夜都在眼前，浪漫主义的场景不断变化。在巴黎青年之家生活过大半年，虽然集体生活使他开朗了一点，但尚未完全走出“强说愁”的青少年时代。他携来的书籍全是浪漫派作家的著作，第二封信里讨论读书，就以夏多布里昂的小说《勒内》(*René*) 为题，这是一本浪漫主义名著：

亲爱的达尼埃鲁，

我看到乡下人的天真和热情好客，非常感动。今天去湖边一个小泳场游泳，因为小木屋没有收拾好，他们给我一张椅子，让我到树林换衣服。我停留了一段时间，给了一些小费，老板娘送给我两朵美丽的玫瑰花。我衷心感谢她，事实上，她留给我的印象更加宝贵，因为她送给我的是心意和好感，对我来说，比两朵美丽的玫瑰花更值钱。

你知道，寥寥几句甜美的言辞，嫣然一笑，一件微薄的礼物，只要充满诚意，足以使人泪下。

读书方面，我总是带着《勒内》。我不知道为何如此入迷！我在书里发现一些人物与我相似，同样的忧郁，与今天年轻人忍受的一样！

“对世界的探索一无所得，反而失去不明真相的乐趣。”

“一片草叶往往能刺穿这些坟墓最坚硬的大理石；有权有势的死者，却一个也永远不能爬起来！”

“……我开始……思考要什么东西，我不知道。”

这种生活的悲哀，这种对世界的绝望，这种迷惘的烦恼，不是经常出现在我身上吗？他的孤独散步，在墓前长久冥思，聆听着教堂的钟声；或者在小溪边欣赏淙淙流水声……不正是我的生活的如实描述吗？

我一直自问：“为什么不能像农夫那样过着快活朴实的日子？他们的生活不是比我幸福得多吗？”勒内说：“一个伟大的灵魂包容的痛苦，要比一个渺小的灵魂更多。”我有大量的痛苦，可是我如此渺小！

我的朋友古（Kou）和易（Yih）都写信告诉我，宿舍要求所有人在七月一日之前离开。我有点惊讶，因为学生考试一直到七月十九日。

请问是否有某些特殊原因必须这样做？是否不会妨碍我们在十月份返回宿舍？请给我解释一下。

期待回信，谨向我的亲爱朋友们致诚挚问候。

傅怒安

一九二九年六月十日

上沙沃省，圣扬乔而夫村，白格朗木屋

青年之家关闭的消息来得突然，事前没有迹象，傅雷在那里生活得如鱼得水，尤其有一位大哥般的达尼埃鲁，他不愿意相信，接连写信追问：

亲爱的达尼埃鲁，

我寄给你两封信，都没有得到回音，我开始心绪不宁。我不知道这是由于你忙于工作，或者另有原因。我的朋友古多次来信说，有很多关于宿舍的传言，更加令我担忧。据说宿舍将永远关闭，我希望你会否定。他要我问你，如果他在宿舍一直住到七月十六日，如何缴交膳宿费？

亲爱的朋友，求你尽快回信，以安我心。

问好。

傅怒安

一九二九年六月十九日

上沙沃省，圣扬乔而夫村，白格朗木屋

其实达尼埃鲁已经复信，第二天邮件到达，证实了青年之家关闭的消息。傅雷立即写了一封悲哀的长信答复，诉说对青年之家缅怀之情（译文见前）。

此段时期的来往信件收藏缺失，接下来那一封隔了差不多一个月。这是一张明信片，法国莱蒙湖畔托农莱班镇的水上风景，使用当时不多见的彩色印刷。上面盖着法国邮局的邮戳，意味着傅雷跨过国境线寄出，邮费比较便宜。

亲爱的达尼埃鲁，

希望这张明信片到达时，你已经从英国回来。我有点担心我的行李和寄给你的款项，用来搬房子和放置我的衣物的。请就此给我一信，是否已经收到钱和我上一封信？亲切问候。

傅怒安

一九二九年七月十六日于圣扬乔而夫村

从这封信可以知道，傅雷已经委托达尼埃鲁处理巴黎的宿舍房间，他们的亲密关系由此可见。这个做法既省时省钱，又不会因为亲临其境而伤心，何况孙伏园和孙福熙两兄弟即将到来。

圣扬乔而夫只有村民六百人，傅雷是唯一的中国人，他在最早两封信中诉说形单影只，也真有点叫人担心。但是孙氏兄弟 7 月 24 日到达时，发现经过两个月居留后，傅雷不仅不孤单，而且俨然一个本地人。

傅雷瑞士休假照片，背面题名“泳者”（1929年）

傅雷出国前已认识孙伏园，1926年十七岁写成的小说《梦中》，在孙伏园主编的《北新周刊》分两期连载。孙福熙是弟弟，正在里昂大学读美术。他们跟着傅雷进入瑞士，海关站着一个高头大马的威武警察，“傅怒安兄跑到他面前，把我们介绍给他说，‘这就是我常对你说起的两位朋友，现在来了。他们大抵不会住久，两三个礼拜便回巴黎去的，你也不必验他们的护照了。’他毫无异议，我们便容容易易做了瑞士人。”（孙伏园《丽芒湖》）连警察也那么熟络，还说什么孤单。

他们又发现，傅雷有一群本村青年朋友，经常来约他游泳、划艇或钓鱼。这次假期他留下大量自拍照片，其中一张送给达尼埃鲁，收藏在耶稣会档案中。画面是四个小村民围绕着他合照，所有人衣冠整齐，照片背面却写着“泳者”（Les baigneurs）两个字，拍摄日期八月，这些是他的泳友。傅雷喜欢拍照，但瑞士假期后，再见不到他有自拍照片留存下来，可能照相机损坏或遗失。

傅雷几乎每天都陪孙氏兄弟外出游玩，要是天不作美，就围着一杯咖啡谈天说地，日子过得十分愉快。7月26日，他抽空写信给达尼埃鲁，笔下流露出少见的快乐心情，“我们经常钓鱼，也去划船游泳。他们懂得如何享受生活，品味高雅，又有艺术头脑，深得我喜欢。”这封信同时预告了下一批朋友来访，“不久将有一个远东艺术家的聚会。”

他们三人在8月4日坐火车去日内瓦，朝出晚归。傅雷在那里买了一张明信片，彩色印刷的日内瓦湖喷泉，寄给达尼埃鲁，上面只写了一句话：“卢梭出生地的美好回忆”，仍然不忘浪漫主义。

在刘海粟一行五人到达前一天，孙氏兄弟前往弗里堡和伯尔尼等地游览。回来后第二天，8 月 10 日上午，离开圣扬乔而夫，行李中有白格朗夫妇赠送的自产蜂蜜和糕点。

刘海粟与妻子张韵士和儿子刘虎接踵而来，同行还有两位上海美专校友陈人浩和刘抗。他们在 1928 年联袂到法国留学，他乡遇师长，分外亲热，很快成为刘海粟亲近的助手和朋友。

傅雷情况不同，他与刘海粟素未谋面，认识后为他补习法文，钟点有限，而且不过两个月便因度假停止。只要翻一下刘海粟的《欧游随笔》，便发现傅雷的名字要到八月"瑞士纪行"才第一次出现。刘海粟不熟识傅雷，傅雷却不会不知道他是一位美术界风云人物，作为年轻人，很自然对他有一份敬意。刘海粟在 5 月 15 日迁居到巴黎近郊夏蒂永镇的封特奈街四十号，傅雷特意把达尼埃鲁带到那里，参观他的画室；到了瑞士后，主动发出度假邀请，"傅君更叠电促往，并述白格朗君属望之殷"（刘海粟《欧游随笔》）；人到后，安排与自己同居二楼，分住三个房间。

刘海粟比傅雷年长十二岁，当时才三十四岁，年少得志，赤手空拳打出一番事业，有丰富的社会经验，这是一位理想的导师。达尼埃鲁开始从傅雷的生活逐渐淡出，中国兄长此时出现，仿佛命中注定。

刘海粟一行和孙氏兄弟一样，经常外出活动，尽情享受美丽的湖光山色，不同之处是多了一个项目，三位画家不停写生，闲谈则不离艺术，"我们在一道爬山、游泳、探讨画理，他的游泳同他的法语一样，比我出色，我是甘拜下风的。在我作画的时候，他就看书，整理札记，十分勤勉。"（刘海粟《傅雷二三事》）经过日夜相处三个星期后，傅雷在文学之外发现了艺术这个新天地，找到人生道路的新起点，他把这件事告诉达尼埃鲁：

亲爱的达尼埃鲁，

久未通音信，并非我忘记你。我的两个朋友孙氏兄弟已经去了布列塔尼，但是画家刘［海粟］先生带同他的妻子和孩子，在两个星期前到来。他曾在封特奈街的家中接待过你一次。他画了很多油画，我

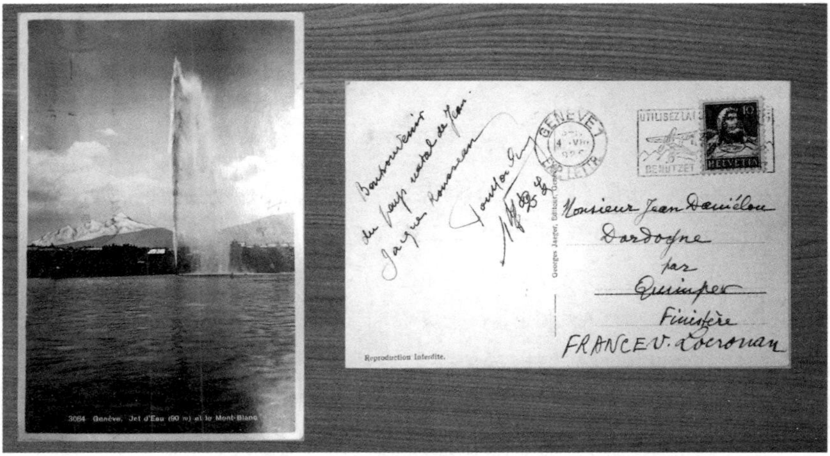

傅雷致达尼埃鲁日内瓦明信片（1929年8月4日）

们经常就艺术进行非常有趣的对谈。他对我诸多鼓励。他还忙于一个中国艺术展览会，准备今年冬天在巴黎举行。这将是一个中国绘画展，有一部分是中国留法学生的作品。在此之后，还有刘先生个人作品展览。我希望你能来参观和批评。

这些天来，我们听到俄日险恶冲突的消息，非常担心。已经有一个月没有收到任何来自中国的书信，也没有收到钱。不晓得俄罗斯人是否截断了中国的邮政联系。因为，如果走海路，一封信至少要四十天。

我不打算在这里逗留至九月底，因为必须在巴黎找到居住的地方。我打算在大学开学前打工一个月（即十月份）。从现在开始，我将更多关注美术和音乐，这样可以分心一下。目前无法作出任何决定，但无论如何，希望能在九月二十日左右在巴黎见到你，你说过将在这个日期路过巴黎。

我也担心无法习惯首都的嘈杂声，我在一个太理想的地方待得太久。我不知道应该何处安身：巴黎或郊区。刘先生也在寻找小公寓。如有可能，请告能否在纳伊区找到适合他们的地方，而又不花太多钱。在巴黎所有郊区中，我最喜欢纳伊。只不过，这是一个富人区，房子一定相当贵。请告诉我一些这方面的情况。

我有很多想法要跟你说，但等我回去再谈。

就此搁笔，谨致最诚挚问候。

请代候令慈和令兄弟姐妹。

傅怒安

一九二九年八月二十四日

于圣扬乔而夫村

“从现在开始，我将更多关注美术和音乐”，这句话可以被视为傅雷人生的刘海粟时期的启端。这个时期的特点是两个人因为志同道合，互相深入交流，互为补足，为了共同的目标真诚合作。他们没有高低之分，没有单向的授与受。如果说傅雷初涉艺术，刘海粟何尝不是初识西方美术，相应地说，这是刘海粟人生的傅雷时期的开始。来到法国，面对琳琅满目的大师作品，刘海粟表现得如痴如醉，忙于去发现、认识和临摹，与正规的留学生相比，只欠缺学院派的理论和美术史导师。他明白要在短时间内明白一切，以他的法文水平是异想天开。傅雷熟谙法文，很快成为他这方面的导师，画家生平、作品创作背景、艺术评价、美术史、理论和现状等，傅雷未必全知道，但他勤于读书，乐于钻研，不知为不知，遇到问题就钻进纸堆寻找答案。在这种相向交流中，傅雷不知不觉成为艺术史和美术评论的内行，而刘海粟回国后所写的《东归后告国人书》，头头是道，塞满了学院术语，教人难以相信这个人自学成才。也因为这样，他们互相赏识器重，刘海粟在《欧游随笔》第一版收入傅雷的第一篇译文《圣扬乔而夫的传说》，就是对他的致敬，“这是我的朋友傅怒安尽了一日一夜功夫，从白格朗夫人所珍藏的一本旧籍中逐译出来的。”傅雷数年后改变了对刘海粟艺术的评价，但没有否定他们的私人友谊，“以私交而论，他平生待人，从无像待我这样真诚热心、始终如一”（1961 年 7 月 31 日致刘抗信）。

傅雷这封信还提到要关注音乐，这与刘海粟无关，而是受女房东的影响。“贝格杭夫人有艺术的天才，画有丽芒风景多幅，笔法极为工致。又擅音乐，虽然一天到晚工作着，但间有钢琴声流播出来，传到我们耳里。她是本村人，从前她父亲在瑞半村里开着一家瑞士旅馆，她和她的两个妹妹是这旅馆的少东，就在那时候，她受了很好的艺术教育。”（孙伏园《丽

芒湖》）

傅雷最喜欢她的年幼女儿，对孙伏园说，“可爱的靡靡姑啊！我一天到晚和她玩的。”靡靡姑（Mimi）当年八岁，傅雷看到女主人认真教她弹琴，后来也让傅聪很早开始学习钢琴。靡靡姑长大后没有成为钢琴家，但一直住在白格朗木屋里，直到1993年3月《新闻人报》（*Le Nouvelliste*）刊出她的讣告。

在将近四个月的假期内，傅雷的文学活动只有一篇《圣扬乔而夫的传说》翻译，文末所署日期为1929年9月13日。七天后，9月20日，一行七人告别圣扬乔而夫，傅雷同时告别了浪漫主义文学天地，告别了青少年时期的忧郁，在二十一岁上头踏进成年人的世界。

1930年　中华留法艺术协会秘书

回到巴黎后，刘海粟和家人搬回罗林旅馆（Hôtel Rollin），傅雷也跟着住进隔壁的学生住宿房间。10月28日到索邦大学注册时，他填报新地址：巴黎第五区索邦大学街二十号（20 rue de la Sorbonne, Paris 5e）。

这次注册也没有选修考试课程，理由倒是很充分的，文学不再是主要学习目标。他四处搜罗艺术书籍，第一本看中丹纳的《艺术论》（*Philosophie de l'art*），只用了两个星期，就在10月17日译完第一篇第一章。再越二十天，又以中文写成《塞尚》一文，这是他的第一篇艺术文章。

大约在此期间，他开始“一方面在巴黎卢佛美术史学校听课”（《傅雷自述》）。这间学校全名卢浮学校（L'École du Louvre），由卢浮博物馆在1882年创建，专门培养考古和美术馆人才，进校须通过严格考试，竞争激烈，傅雷不可能成为正式学生。但是该校从创立开始就设置校外课程，向公众开放，任何人都可以报名参加，无需文凭，不设考试，也没有学习或毕业证书。旁听生分两类，正规旁听生需要注册，攻读规定的科目，为期一年；第二种是自由旁听生，自选课程，只听一堂课也可以。法国国家档案局收藏了1920年至1930年的正规旁听生注册名录，登记内容很简单，只有学生的性别、名字和住址。1929年至1930年共有243人，没有找到傅雷的名字，因此，他可能属于自由旁听生。他把校名翻译成“卢佛美术史学校”，一方面暗示他不是正式学生，另一方面美术史是他听得最多的课程。卢浮宫近水楼台，学生常常有机会一面听课，一面由导师带领参观博物馆的对应藏品，这是任何学校都没有的优越条件，因此这个科目很出名，也最受欢迎。

瑞士四十三天的快乐假期把刘海粟这个小集体团结得更紧密，情绪更高涨。9 月 28 日晚，他们被一场秋季沙龙的热烈交谈所激动，“[沙龙]内容的丰富，新生命的奔腾，愈鼓起我们鲜血的怒吼，傅君就在那时代我们填写着出品愿书。我就署名 H. S. Bai，因为我的乳名叫做“磐”，Bai 实“磐”之译名而已。”（刘海粟《欧游随笔》）刘抗和陈人浩似乎也跟他一起报名，因为文内有“代我们填写”一语，另外根据法国出版的美术沙龙大辞典，可知“磐海粟”填报的地址在巴黎十四区杰尔戈维街 75 号，这不是刘海粟或傅雷的地址，应该是刘抗或陈人浩居住的地方。进入沙龙不容易，因为候选人太多。当刘海粟在 10 月 20 日接到寄“磐先生”（Monsieur Bai）的入选通知时，可以想象如何兴奋。沙龙 11 月 2 日开幕，12 月 22 日结束，刘海粟说，“以后我是仿佛一星期终是要去一次的。每去一次，常觉低徊留之，不能去焉。”

入选只是第一道关，挤在数以千计的作品中，如何得到画评家的青睐，那要看各人的道行和运气。闭幕一个月后，1930 年 1 月 25 日，刘海粟的古怪署名竟然出现在艺术月刊《真与美杂志》(*Revue du Vrai et du Beau*) 一月号上。作者雷蒙 · 塞里格（Raymond Sélig）是艺评撰稿人，专门报道各种画展，这篇文章属于他写的秋季沙龙画家连载系列之一，标题 *Husog Bai*，这个怪名是刘海粟和傅雷合演的好戏，不仅以别名“磐”代替姓氏，连“海粟”也隐身起来，H. S. 不是 Hai Su，而是瞎编的 Husog 的简写。幸好作者在展览会遇到刘海粟，详细了解他的过去，在标题下面加上他的真名字（*Liu Hai Su*）作为副题。这应该是法国报刊第一篇介绍刘海粟的文章，发表时附上两张插图《圣克鲁森林》(*Le Bois de Saint-Cloud*) 和《秋》(*L'Automne*)。但刘海粟和傅雷从来没有提起这件事，这不会是故意的疏忽。因为作者除了大段照抄傅雷提供的刘海粟履历，还给予他的作品极高评价：

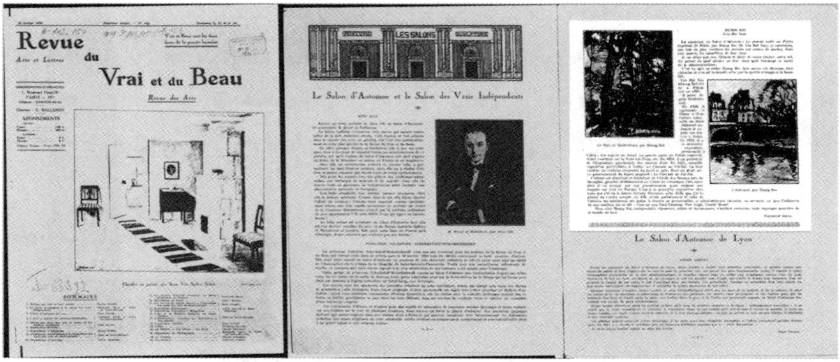

雷蒙·塞里格《海粟·磐 —— 刘海粟》（1930年）

在他的杰出的中国风格中间，还能找到我们大师的一些痕迹，令人想起塞尚、凡高和莫奈。

不对，他就是 Husog Bai，独树一格，刚劲有力，坚实而和谐，不模仿任何人，但浸透了所有人的美。

如此褒语，何须避讳，可能的解释是刘海粟小集体这一次消息失灵，没有读到文章。

中华留法艺术协会原定 1929 年底举行中国现代艺术展览，没有实现。刘海粟成功参展沙龙，信心大增，旧事重提，决定次年 5 月举行。这时只剩下半年左右，正是动手筹备的时候。傅雷当仁不让，挂上协会秘书的名衔，负责与法国人打交道。1930 年 1 月 9 日，他使用法文笺头 Association des artistes chinois en France（中华留法艺术协会）的信纸，写了一封半公半私的信给一位著名学者约克 · 马里丹：

敬爱的先生，

我很荣幸得到布里昂先生的介绍，致函先生，希望能够认识你。由于我的朋友达尼埃鲁经常谈到阁下，很久以来，我已经知道你不仅是一位大哲学家，而且对中国这个最遥远的种族很友好。

我是住在巴黎的文科学生，对美术很感兴趣。我参加了中华留法

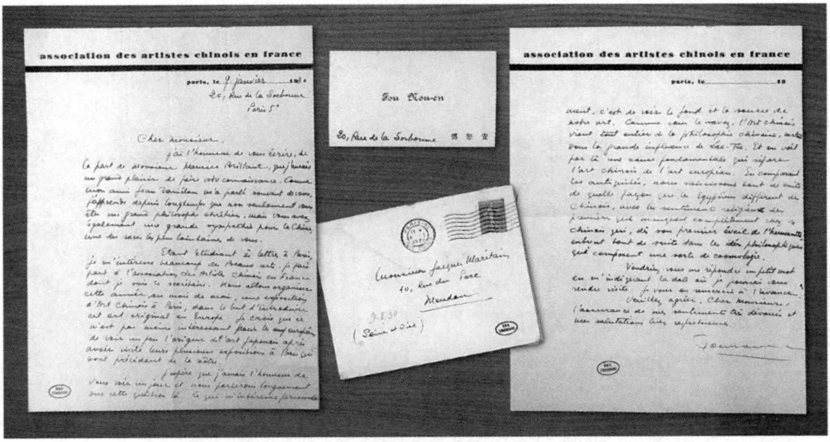

傅雷致马里丹信及名片（1930年及1931年）

艺术协会，担任秘书之职。我们将在今年五月份在巴黎组织一次中国艺术展览会，目的在于把这种正宗艺术介绍给欧洲。我认为，参观过日本人在此之前在巴黎举行的几场展览后，欧洲人能够看一下日本艺术的源头不无好处。

希望有幸见面，长谈这个问题。我本人喜欢探讨我们艺术的本质和来源。如先生所知，中国艺术全部来自中国哲学，尤其受老子的影响。这是中国艺术与欧洲艺术差别的基本原因。比较一下古代文物，立即就看出埃及人与中国人的区别，中国人完全没有前者的宗教情绪。我们的文明一开始，就立即理解构成宇宙观的哲学思想。

敬希回复，并告可到访日期，先此感谢。

此致诚挚敬意。

傅怒安

一九三〇年一月九日于巴黎

地址：巴黎第五区，索邦街二十号

信笺的纸质不如普通的西洋信纸，幸亏傅雷的法文书法很悦目。信中提到的介绍人莫里斯·布里昂（Maurice Brillant，1881 – 1953）是天主教作家和艺评家。收信人名字雅克·马里丹（Jacques Maritain，1882 – 1973）是天主教哲学家，二次大战后曾由戴高乐将军派驻梵蒂冈大使。他的妻子拉依莎（Raïssa Maritain，1883 – 1960）是诗人和作家，两人相识于索邦大学求学时期，跟傅雷一样，经历过寻找真理的“烦闷”，后来旁听法兰西公学的哲学讲座，向天主教靠近，找到他们需要的人生真理，夫妇两人在二十五岁和二十三岁同时受洗，成为虔诚的教徒。他们去世后，个人档案交给斯特拉斯堡大学手稿部收藏，里面有傅雷三封信。这是第一封，主要目的想请马里丹出面主持展览，但对方从来没有研究过艺术，不是理想人选。由此看来，到这时为止，傅雷小集体与法国美术界还没有任何联系。

达尼埃鲁在青年之家关闭后不久，加入了耶稣会。1929 年 10 月 29 日在巴黎，应傅雷之邀到拉丁区一家中国餐馆进餐，这是他们的最后一次见面。一个月后，他离开巴黎，前往外省拉瓦尔修道院。七个月后，1930 年 6 月 7 日，傅雷写了一封很长的信给他：

亲爱的让·达尼埃鲁，

请原谅我长时间的沉默，尤其不要以为我对你最后那么亲切的来信无动于衷。相反地，我得到很大的安慰，我以你的真挚友情为骄傲。只不过，由于你向我提出的问题很严肃，必须仔细思考才能回答。我不知道多少次开始回答，却又半途而废，因为始终没有找到准确的语调，跟一位我最信任和最尊重的朋友说话。

我们初认识的时候，也就是一九二八年的冬天，我立即把你当作我生命中的好朋友。我一直很钦佩你的学识，你的光明磊落心地和崇高的灵魂。我们之间进行的有意义交谈在我的记忆中刻下多么美好的回忆！我们常常利用空闲的时间，或者在子夜弥撒之前，或者在某一次散步里，谈论我的国家，谈论它的现状和往昔的荣耀。当我向你倾诉我的痛苦时，有多少次得到你的百般抚慰！要知道，在某些时候，你是我最强大的精神支持，未来也一样，永远一样！正是得到你的举荐，我才能去比利时，在圣安德肋修院度过八天。我回来的时候，你发现我的脸色更好，精神更清朗。所有这一切，我今天多么向往，多么怀念，我们分开已经六个多月了。

不过，你不觉得我们两颗相知的心灵中间，总是矗立着一道障碍吗？我呢，我感觉到的，我在一年多前在自己身上发现，感到很痛苦。

因为这个障碍不是别的，正是信仰。你生来就健康，正常，在充满善良、温柔和慈悲的环境中长大，你自然能够一直走在正常的道路上。而我呢，我的心灵太过幼小就被家庭悲惨事件所伤害，我在童年时代保存了人生最悲惨的形象，永远无法抹去。我由一个曾经受苦受难的母亲抚养长大，她感情用事，反复无常，性情固执，我在不知不觉中全盘接受了她的好与坏的品性。人性的丑恶面貌过早向我暴露出来，我不可避免变得生性多疑。自懂事开始，我对所谓正义一直仇视和恐惧，对我来说，善良只在意识中存在。加上我们种族的心态，只知道按照固有的道德规则生活，我的灵魂中没有任何奥秘的信仰，可以像其他许多人那样，在绝望之时带领自己向至高无上的上帝祈祷。我们不相信神，只能以本身的凡人力量来对抗烦恼和诱惑，唉！可是凡人的力量不足以抵抗一切。

而且，科学的观念和理性的发展不允许我们相信一个看不见的神人。我常常说："在我看来，现实已经那么模棱两可，如何还能够去相信更模糊、更神秘的超现实事物？"

因此，我只能从伟大的灵魂去汲取希望和勇气，比如贝多芬、歌德、托尔斯泰，他们是不知疲劳的战士。对我来说，耶稣只是一个伟大的榜样。这些伟人的爱心和对人类的奉献缓解了我的痛苦，他们的神圣工作和无休止的痛苦给我勇气。我就是这样一次又一次从烦恼中恢复过来。

你在宗教中生活，因为它拯救了你。我却想自我拯救。（亲爱的朋友，你会说我太自负了吧？）你有你的主内信仰，你有你的主内救赎；我也有我的信仰，但在命中注定里；我有我的救赎，但在人类痛苦内！

我因为多疑而无法了解真理，你不要因此失望。绝对的真理并不存在！就算存在，没有人真正了解。每个人领会真理一部分或某一方面，就以为真理在握。我们两个人，寻求真理的道路不同，但目标一致，只有一个目标！但有什么办法呢？人的视觉总是或多或少染上颜色，即使两个灵魂的行动朝着同一个方向和同一个理想，他们也常常以为互不相同，甚至互为敌人，因为所走道路不同。

亲爱的朋友，请你相信我，尽管我们称呼真理的句子不完全一样，实际上我们并肩前进，我们的信仰同样地热烈，同样地虔诚。我完全理解你，我一直热爱你。我已经准备好倾听你的教导，你的慈爱圣歌跟伟大的交响乐一样，振动我的心弦！

这一年来，我的生活中发生了几件大事。首先，我和朋友刘［海粟］结成知己，他厌倦了在中国的艺术和社交生活。他一步一步教给我一种智慧，让我终于平静下来。然后，我坠落到一场放荡的生活中，这带给我诸多物质麻烦，还留下一种脏病，至今未能完全摆脱。

今年初的两个月，我的身体和精神全垮了。后来我安慰自己，对自己说："这是一场冒险，丰富了自己的经验，对未来有好处。"最近两个月，爱情使我振作起来。我遇到一个年轻的女孩子，小小的年纪已经承受过不寻常的痛苦（她只有十七岁），但是我们两人的心灵美妙地融合为一，很快热恋起来。这时候，我的朋友再次介入，教会我在爱情方面小心谨慎。老实说，我现在很快乐，很奋发。我希望焦虑不安青春期的狂热慢慢平息下去，迎来一个勤奋时期，学会更多学识。你以前跟我说的话很有道理，我应该扎实地读好古典文学。我希望你替我找一位老师，能够解释作品和批改作业。我的艺术史课程有相当进展。我有机会到过法国当代大师贝纳尔（Albert Besnard），阿曼－让（Aman Jean）的画室。稍后会去见莫里斯·丹尼（Maurice Denis）。

刘先生目前去了意大利。回来后可能在七月初前往列日，因为他接到列日国际展览会中国政府代表团的邀请，参加展品评审委员会。不过，我们至少七月底才会最终离开巴黎。可能的话，我出发前来看望你。

马里丹先生去了瑞士一段时间，举行演讲会。回来时病倒了，还没有完全复元。

我也会改天去拜见令慈，已经那么久没有见过她了。

我们的展览会推后了［以下缺页］

这封信现存前面八页，虽不完整，却包含重要信息。前一部分解释他的“决定”，这个过去只有他们两人明白的字眼，现在很清楚了，就是皈依天主教的决定。达尼埃鲁一直在尽传教士的职责，傅雷一直在拖延，现在才正式回答。

后半封信报告最近七个月的个人情况，一是与刘海粟的关系，显示了刘海粟已经取代达尼埃鲁，担当起兄长的位置；二是傅雷的情感生活，在这几个月间大起大落，先下地狱，后上天堂。

信中谈到最秘密的个人隐私，使用令人诧异的坦率语言，但这是不难理解的事情。傅雷从瑞士归来后，“他［刘海粟］一步一步教给我一种智慧，让我终于平静下来”，摆脱了困扰多年的精神束缚，找回了思想和行动的自由，却不防点燃起沉睡在二十二岁躯体里的青春烈火。他到法国后，一直没有机会接触女性，最初半年住在外省小镇，民风保守；来到巴黎，青年之家全部男性，天主教宿舍管理严格；直到搬进罗林旅馆，他才有一个普通人的生活环境。巴黎是一个充满诱惑的大都市，拉丁区风情万种，傅雷对女性的好奇心在这里不难得到满足，却因此差点陷入泥淖。幸亏他悬崖勒马，经过两个月的挣扎，没有走上敬隐渔的歧途。当他写这封信时，已经离开罗林旅馆，搬到巴黎十四区杰尔戈维街 75 号，这里属蒙巴拿斯区，聚居了很多画家，文化气息浓郁。他在这个时候认识了玛德兰，在信中以热烈的语言叙述和她的初恋，把他的青春快乐拿出来和达尼埃鲁分享。

玛德兰的出现让傅雷振作起来，奋发读书和工作。在这两个月内，除了陪同刘海粟拜访了两位法国画家，还写成第一篇法文作品《中国艺术在欧洲艺术里——刘海粟的使命》(*L'Art Chinois, dans l'Art Européen —— La Mission de M Liu Hai-Sou*)，发表在《大使馆与领事馆》(*Ambassades et Consulats*) 六月号，署名 F.N.E.。

文章的第一部分介绍刘海粟生平，文字和《真与美杂志》的塞里格文章相应部分完全相同；第二部分介绍中国艺术的过去和现况，强调中国画向西方艺术开放；最后一部分陈述刘海粟此行目的及各种活动。这是一篇

傅雷《中国艺术在欧洲艺术里》(1930年)，右为高鲁公使

很出色的宣传文章，目的不是替刘海粟吹捧，而是以鲜明的语言描绘出一个光彩熠熠的中国当代画家，以他来代表生机勃勃的中国当代艺术。如果说傅雷扬长避短，这是因为环境需要。自从鸦片战争之后，中国大门被打开，西方旅行者回国后，带回的信息和以前传教士的书信南辕北辙，全是中国的黑暗面。几乎同一时期，日本明治维新，西方发现一个新东方，日本热迅速代替了中国热。刘海粟和留法画家对日本人以东方艺术正统自居极度不满，这是他们要举行展览会的主要理由，傅雷的文章表达了当年海外中国人要“为国增光”的爱国情怀。

文章可能通过中国公使馆交给杂志编辑部，这是一本报道巴黎外交界动向的半月刊，同一期还刊登了上任不久的中国公使高鲁的官式肖像，占去一整版。刘海粟与法国人联络，全靠傅雷一人，但在法国未能找到他与美术高层来往的记录。相反地，在已知的中文史料里，高鲁这位学者出身的公使与刘海粟来往密切，对他的活动支持至力。这篇文章和拜会画家贝纳尔两件事同在五月份发生，不是巧合的事情，高鲁在两件事上都起过穿针引线的作用。

和贝纳尔见面的具体日子至今未能确定，只知道在五月份。这次会面很重要，为刘海粟打开了与法国美术界的交流，贝纳尔把他们介绍给另一位老画家阿曼－让，和他同是杜乐丽沙龙（Salon des Tuileries）的创办人，曾分任正副会长，于是傅雷的文章出现这句话：“他接到杜乐丽沙龙今年展览的邀请，将送出数张新作参展”。由创办人介绍，所以有“邀请”之说。实际上这个沙龙和其他的一样，任何画家都可以参加，但要通过初选。杜乐丽是邻近卢浮宫的公园，展览会以此为名，实际不在该处举行，而是在巴黎布罗涅树林的“森林宫”(Palais de Bois)，一座木头临时建筑物。这一年参展画家过千，作品总数三千余张，刘海粟送出四张作品参加，至少有两份报纸分别刊登过他的名字和一张作品，能够留下痕迹，已属难能可贵。

从六月份开始，傅雷和刘海粟很少见面，因为后者先去意大利，游历一个月，返回巴黎稍作休息，又于七月上路，前往比利时参加列日博览会，刘抗与陈人浩同行。前面的傅雷书信说过，刘海粟并非接到大会邀请，而是中国代表团请他去评判，可能范围只限于中国馆。评判很快结束，他到比利时各地周游，流连不归。傅雷一个人留在法国，难得清闲，差不多回复到正常的学生生活，一面谈恋爱，一面勤于读书。虽然他转向学习艺术，但只限于美术史和美术评论，对艺术理论兴趣不高。他的文学兴趣也在此时复苏，但眼光从浪漫主义转向近现代文学，贝多芬、歌德、托尔斯泰等人的名字出现在他的书信中。他翻译了比利时戏剧家梅特林克的作品《亨利·皮杜》(*Henri Bidou*) 和屠格涅夫几首散文诗。大约也在这一年，“是时受罗曼·罗兰影响，热爱音乐”(《傅雷自述》)，这是指他读到《贝多芬传》，并且开始试译。

几个月之后，他写信给达尼埃鲁报告近况：

亲爱的让，

今晚，我的心充满了爱，不断想念你，因为我常常把友情与爱情混为一谈。我以同样的忠贞，同样的温柔去爱我的朋友。伊扎尔告诉我，你在那边称心如意，我听了很开心。你真的是为这种健全圣洁的生活而生！祝福你，亲爱的朋友！

冬天已经回来了，而夏天并不愉快。今天早上我去巴黎，看望昨夜刚刚回来的刘海粟一家。我觉得空气就是冬天的空气。雾蒙蒙的天空一片苍白灰色，这一切使我愁绪萦怀。自然变化如此迅速，而我的变化更快！

> 几个月以来，我饱受物质困难的折磨，开始要为自己的生存奋斗。外币兑换率对中国人变得过于昂贵。刘［海粟］先生将于一九三一年春天返回中国，他劝我跟他一起离开。但我一想到回国就不能不发抖。首先，我在法国这两年半时间学到了什么？然后，这个国家只有屠杀和贫困，去那里自讨苦吃有什么好处？
>
> 但是，我在欧洲远没有能力挣钱糊口。如果留下来，很有可能要过穷日子。我的母亲现在寄来的膳宿费，不得不比我初抵法国时多两倍，不可能长此以往，她已经来信要我回去。然而，我太爱巴黎，我太爱你们的国家赐予的自由而安静的生活。
>
> 伊扎尔跟我说过，要是能用法语写点小说之类的东西，他会助我发表。他人真好，时常鼓励我，他的榜样引起我奋发的反应。只不过，我这样年轻，学未有成，思想杂乱，法语工具软弱无力……最后，我动手起草一部自传体小说，未知能否完成，自己没有信心。最可怕是我对宗教，对人性，对其他人相信的一切缺少信仰。我怀疑自己的性格，怀疑生存的本身。
>
> 我多么希望到拉瓦尔见你，要是我有办法就好了。我经常几个星期不去巴黎，也真够难受的。好吧，希望你不时来信，你是我的精神支柱。尽管我不信教，但总觉得你的灵魂里有一种力量，能够安慰我，温暖我！啊，要是有一天我能去看你，被你责骂，正如你的妹妹伊扎尔夫人所说那样，我会高兴得流泪！
>
> 傅怒安
>
> 于塞纳省，马恩河诺让市，大街四十号，小塔楼大楼

这封信没有日期，根据内容，大约写于十一月初，这是巴黎冬季即将开始的日子，也符合刘海粟《东归后告国人书》所记的“是年冬间归法京”之语。

寄信人地址与前信不同，变成诺让市。留学生迁居是平常事，这是傅雷第三次搬家，他说了一大堆经济困难的话，显示搬家与此有关。这个市镇在巴黎东北郊，交通不很方便，房租便宜很多，傅雷住的大楼有一个名字，“小塔楼”（Les Tourelles），与刘抗同一地址：

1930 年秋天，刘抗和傅雷一起住在位于巴黎东郊的马恩河畔诺让的一座大公寓楼。刘抗住在二楼，傅雷住在三楼。他们常常一同听音乐会，看展览，友情与日俱增。几十年后，刘抗在给傅雷儿子傅敏的信中写到当时的情境：花园很大，到处栽满了鲜花。花园的后面种着几棵大树。花园的一边是网球场，我们常常在那里打球。公寓的一日三餐都很丰盛。只要有外国学生来，欢快的气氛就会升腾。这栋楼里租住着十七八位长期租客，包括一对德国来的母女，一对埃及夫妇，还有一些来自非洲的法属殖民地的学生。（葛月赞《刘抗的“上海时光”》）

虽然不知他们同时或者先后迁入，但这段生活让他们成为亲密的朋友，持续到生命最后日子。

诺让市是一个理想的居住地方，但不到两个月，1931 年 1 月 8 日，傅雷从这里发出另一封信，一封绝望呼喊的信：

亲爱的让，

非常感谢你的明信片。我犹豫了很久才回复，真的不知怎么写才好，心乱如麻。我的情况越来越坏，还要加上失恋，完全心灰意冷了。不仅手头拮据，更伤神的是陷入一个东西方危机中。我太过中国人了，无法完全变成欧洲人。反过来，我又太过欧洲人了，无法在古老的民族传统里生活。在法国度过这三年接近结束之时，我发现越来越多的精神上的冲突，每天都遭受其恶果。我失去了爱情，过去七个月生活在爱情中，没有太多的情绪消沉。现在一切都完结了，既无法工作，又无法玩乐。我知道告诉你这一切令你难过，但有什么办法呢？我生来就是这个时代的受害者。

你的妹妹和伊扎尔对我都很好。伊扎尔一直努力替我找点东西，但这很困难，而且，首要原因是我想回老家一段时间。不过，如果刘［海粟］先生不回去，我也不想离开，在中国会更加烦恼。即使能够在那里找到职位，一定要靠刘的关照。我在那里会过什么样的生活呢？！这将是一场激烈的搏斗，一场无休无止的角力。而且，我太倔强了，不会强迫自己稍为顺从于社会的荒谬，尤其像我们那种社会！

我厌恶了生活，但不能不生活，悲剧就在这里。如果能够决心做一件事，一切将一了百了。但我不能够。

我的真正拯救将是我的死亡！我心急等待。我仍然打算改天来见你，但要等到有一百法郎可用。感谢你为我祈祷，以《圣经》的话来安慰我。但是……我不想冒犯你，告诉你这些精神努力对我毫无作用。请原谅我，亲爱的朋友，不过这是事实，面对你的善良和无限的友谊，我感到自己不可原谅，负德背义。

傅怒安

一九三一年一月八日于诺让市

对不起，这封信将会很晚才能到达你那里，因为我写好了，但在等待一张邮票寄出。

傅雷提到多种绝望原因，真正的祸端是失恋，而失恋根源在迁居。诺让市与巴黎相距只有二十公里，那个时代的交通不如今天方便，加上阮囊羞涩，无法天天进巴黎。法文谚语“眼远情疏”（Loin des yeux, loin du cœur）在这里找到具体例子，不出两个月，玛德兰开始疏远。刘海粟晚年的回忆文章详细叙述过他们爱情触礁的故事，看似夸张的叙述在这封信里得到证明，傅雷的绝望信和他的买枪行动同出一辙。刘海粟欧游不属本文研究范围，但他与傅雷这段人生道路难分难解，所以也顺带收集了他的一些法国资料。他同期所写的《欧游随笔》和晚年回忆《情思不尽忆故人》《傅雷二三事》，尽管有些错误，但主体都能在法国找到旁证，因此，他留下的见证是可信的。

傅雷是一个纯情的年轻人，这件事对他的伤害之大，不言而喻。如果没有一个小集体在身边，可能要付出更大的代价才能度过难关。刘海粟是过来人，除了以个人的社会经验去开导他，还和其他人一起，设法把他的注意力转向外面世界，让他“在广泛的艺术气氛里，在生动的艺术生活中振作起来”（刘海粟《情思不尽忆故人》）。

在小集体的关心下，风暴来得猛，去得快。傅雷迅速平息了对玛德兰的激情，把爱情转回到未婚妻朱梅馥身上，生活恢复了正常。刚好艺

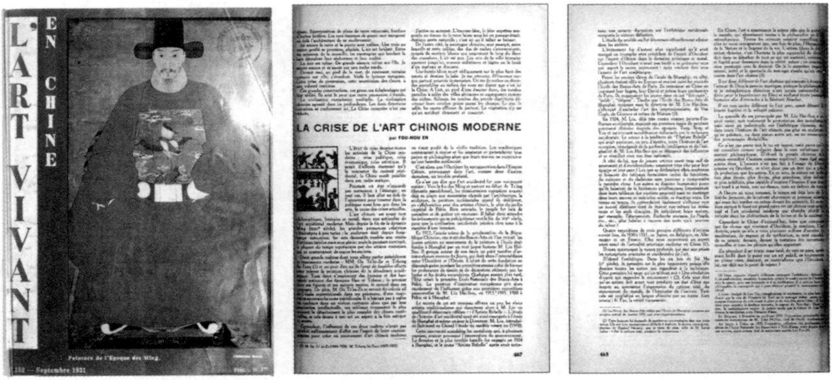

傅雷《现代中国艺术的恐慌》（1931年）

术杂志《活艺术》(*L'Art Vivant*) 在二月份向他邀稿，介绍中国现代美术状况。他撰写了一篇长文《现代中国艺术的恐慌》(*La Crise de l'art chinois moderne*)，发表在当年九月份“中国专号”上。回国后在 1932 年自译为中文，刊于《艺术旬刊》第一卷第四期。

1931年　意大利的荣耀

1931 年初，眼看中国艺术展览会无法实现，国内又需要他回去，刘海粟计划春天一到就回国。就在这个关节上头，他接到德国法兰克福大学中国学院的邀请，去演讲中国艺术。这个意外事件不仅让他们重燃艺术协会展览的希望，而且想到把展览会扩展为欧洲多国巡回展出，可以增加影响。商量既定，刘海粟匆忙出发前往德国，傅雷晚一点动身，目的地意大利。

现在广泛流传的傅雷意大利旅行护照图片，就是这次旅行的见证。护照在 1931 年 3 月 17 日由巴黎中国公使馆发出，刘海粟此时已经到了法兰克福，正在准备 19 日的演讲。使馆发给傅雷一份公务护照（Passeport officiel），持有人是“中华留法艺术协会秘书，进行艺术考察”。背面加签了法国外交部出入境和意大利大使馆入境签证，与护照发出同一天办妥，可知所有手续都由使馆代办。

根据护照留下的过关印章，傅雷乘搭火车出发，在3月23日经过法国边境的莫达讷镇（Modane）进入意大利，回程在5月7日，也是乘火车，从米兰经过布里格镇（Brigue）进入瑞士，在洛桑转车后，同一天由瓦洛布镇（Vallorbe）返回法国。傅雷绕道瑞士是既定路线，他利用这个机会，欣赏意大利和瑞士的阿尔卑斯山风光，护照上的目的地包括瑞士。

这次长达四十四天的旅行，在《傅雷自述》中只有一句话："一九三一年春去意大利二月，在罗马应'意大利皇家地理学会'之约，演讲国民军北伐与北洋军阀斗争的意义"，到了1963年10月14日写信给儿媳弥拉时，增加了很多细节，让人感觉到，意大利之行是他在欧洲最值得回忆的时光：

> 此外，我只在一九三一年五月去过罗马、那不勒斯、西西里岛，没能去佛罗伦萨及威尼斯。当时我很年轻，而学生的口袋，你们不难理解，时常是很拮据的。相反的，我反而有机会结识罗马的杰出人士，意大利的作家与教授，尤其是当时的汉学家，还有当地的贵族，其中尤以巴索里尼伯爵夫人（一位七十开外的夫人），以及她那位风度绰约的媳妇Borghese［博尔盖塞］公主，对我特别亲切。由于她们的引荐，我得以在六月份应邀于意大利王家地理学会及罗马扶轮社演讲，谈论有关现代中国的问题。我那时候才二十三岁，居然在一群不仅杰出而且渊博的听众面前演讲，其中不乏部长将军辈，实在有些不知天高地厚。（金圣华译文）

这的确是少见的经历，只有通过特殊途径才会实现，没有一个中国留学生有过他的体验和运气。他在旅途第二十六天，写了一封长信给达尼埃鲁：

> 亲爱的让，
>
> 请原谅我，到意大利后还没有写过一封信给你。这些天在罗马很忙碌。谢谢你向我推荐你的朋友梅那斯。他是如此令人喜爱，对人如此亲热，以致我仿佛在他的身上找回了你。奇怪的是，他跟你非常相像，无论举止姿态，最微小的举动，更不用说谈话了，他以整个心灵

参与其中。我很高兴认识他，他还把我介绍给了他的亲戚甘齐亚先生和夫人。他们对我这么好，把我介绍给许多重要的意大利人物。

由于他们对我的国家无限喜爱，听到我们正在巴黎筹组一个中国艺术活动，立即安排我和上层社会、艺术界和文学界接触，以便我能够知道概况，以及向他们演讲一次，让我能够稍后有机会在罗马举办中国艺术展览。我因此结识了巴索里尼伯爵夫人（她的儿媳是博尔盖塞公主），她对我如此感兴趣，把我推荐给艺术部次长。我昨晚到她家里晚餐，与她长谈。她将设法让我到“罗马联谊会”发表关于中国的演讲。甘齐亚夫人还把我推荐给意大利元帅加维格里亚阁下，他到过中国，是一位最赏识我们国家的人。我很高兴这次罗马之行，未料到在意大利大受欢迎，这一切全靠你！

我在这里还要多逗留十来天。我已经去过那不勒斯和西西里岛，前后八天。我很高兴参观了庞贝。西西里岛很美，但不太令人心醉，我们国家也有迷人的海岛，从上海到马赛的旅程中，我看过更美的海岛。我即将前往佛罗伦萨、威尼斯和米兰，三四周内返抵巴黎。

斯特拉帕蒂是一位记者，总是很忙碌。你告诉他的黑人同学德斯塔（如果我没记错名字的话）的悲哀消息，他转告我了。

我与梅那斯详细讨论过青年的精神忧虑和宗教意识问题。我相信自己现在进入了一种新的心态，更加合乎事实。尽管我在欧洲接受教育，而且跟像你这样虔诚的天主教朋友密切来往，我最终回归到我们固有的哲学观念。通过每天的自我分析，我发现我的心灵其实没有受到宗教忧虑引起的痛苦。中国社会和道德长期混乱，产生了一种病态的浪漫主义，我经历了一场这种浪漫主义的狂热后，开始平静下来，与其从基督教信仰找寻和平，不如神游物外，超脱自我。这是我们的心理。伊扎尔说得对，无论如何我是中国人。中国文明以无比的顽强抵抗西方所有企图。混乱持续了一百年，仍在继续，就是明证。如果我们中国人能够像五十年前的日本那样，接纳了全盘现代主义（当然，日本也保留了固有的特性，但它迅速找到了一种方式，不必经过传统与西方文明的激烈斗争），我们早就得到和平。但是我们的文化太深刻、太坚固，遇到西方精神潮流的时候，无法在短期内找到精神的平衡。与其他文明相比，佛教的哲学最接近我们的心理，因此很快被中国人接受。然而，必须知道，我们的灵活性还不至于完全采纳任何一种教条。中国的佛教与原来的完全两样。因此，固有的古老中国继续存在，并将存在下去。按照我的想法，中国迟早会经历一个第三次文明，以传统为基础，从西方新精神汲取养分。我很想知道你有关的看法。有暇请来信罗马。亲爱的让，谨致亲切问候。

傅

一九三一年四月十七日于罗马

傅雷带着达尼埃鲁给他的两个地址去罗马。第一个是记者斯特拉帕蒂（Strapati），他没有特别神通，只找来一些画家朋友。幸好还有另一个地址，梅那斯（Jean de Menasce，1902 – 1973）是一位埃及出生的犹太青年，出身银行世家，天资过人，谙十七种语言，后来成为著名的神学家和世界有数的伊朗学家。他在1926年二十四岁时皈依天主教，傅雷到罗马的时候，他正在多明我会修生班学习，这个教派的总部在罗马。他本人不熟悉美术界，但他知道堂姑妈姑丈交游很广，把他们介绍给傅雷，傅雷一下子就得到他们的欢心。

堂姑妈戴安娜（Diane de Menasce，1882 – 1961）跟梅那斯一样，在埃及出生，1921年再婚，丈夫是意大利人甘齐亚（Adolfo Gancia，1891 – 1966）。他长期担任罗马扶轮社分会秘书，日常工作不离和名流巨贾打交道。在他引见下，傅雷拜会了加维格里亚元帅（Enrico Caviglia，1862 – 1945），这是一位著名的意大利军人，1919年出任过国防部长，1926年获元帅衔。他在1904年至1911年担任过驻东京及北京使馆的武官。

同一时间，他又被介绍给马利亚·巴索里尼伯爵夫人（Maria Pasolini Ponti，1857–1938）。这位名门贵族有很高文化教养，既是慈善家、妇权运动的先驱，又是作家。当她知道中国艺术展览计划后，立即为傅雷策划了一连串活动，以促成展览会在意大利举行。她邀请文化部副部长和傅雷见面，获得官方对展览的支持。为了提高傅雷知名度，方便和其他人打交道，她安排傅雷去罗马联谊会（Cercle romain）演讲。这个组织单看名字会误为俱乐部，实际却是历史悠久的政治团体，在政坛上有重大的影响力。后来改变计划，改在意大利王家地理学会举办，这是一个高山仰止的学术殿堂，更适合傅雷的书生身份。甘齐亚知道后，毫无困难地在扶轮社配合，安排了另一场演讲会。

地理学会成员都是教授和学者，傅雷甚至够不上当他们的学生，但他的名字居然留在该会的官方刊物上。这一年五月号的《意大利王家地理学会通报》(*Bolletino della R. Società Geografica Italiana*)，在“会务栏”下面，按日期列出过去四个月的四场演讲会，最后一场傅雷主讲：

> 五月一日，在学会本部，由瓦加教授（prof. Vacca）主持，傅怒安学士（dott.）报告当代中国的政治和精神状况。

傅雷是否第一个在地理学会和扶轮会演说的中国人，尚未作过考查，但是他的胆色教人敬佩。以一个来去匆匆的旅人的身份，一个没有拿过任何大学文凭的非正规大学生，在事先毫无准备的情况下，竟然敢于接受这场挑战。难怪他多年后回忆，也觉得有点匪夷所思，“我那时候才二十三岁……实在有些不知天高地厚”。他能够在社会高层来去自如，谈笑自若，吸引了一个又一个人对他发生兴趣，就可以知道他的才气在此时尽情发挥

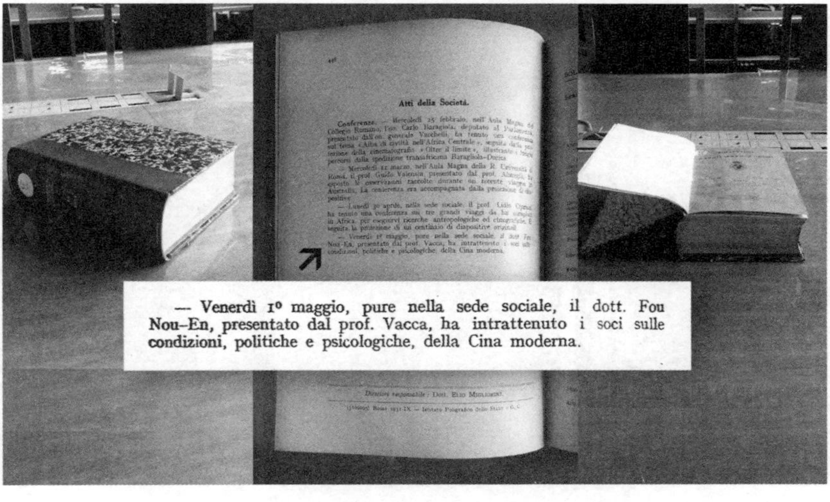

《意大利王家地理学会通报》刊登傅雷演讲会消息（1931年）

出来，他的焕发风姿给意大利人一个崭新的中国人形象。

傅雷在意大利的交谈和演讲内容，令人很感兴趣，他在 1934 年致罗曼·罗兰信中，长篇复述了加维格里亚元帅的谈话，却对自己说话一字不提。经过多次尝试后，最近发现他的演说稿不仅仍在，而且在离开欧洲前，已经整理成文留在法国，由《精神生活》(*La Vie Intellectuelle*) 在 1932 年 1 月号发表。这本法文天主教月刊在 1928 年由多明我会一位神甫创办，在巴黎出版，1956 年终刊。梅那斯是多明我会修生，马里丹和这本杂志编辑部关系密切，傅雷的讲稿可能由他们其中一人转交。

杂志的开本不算大，跟普通图书差不多，傅雷的文章占去二十页。标题很形象，《十字路口的中国》(*La Chine au carrefour*)，作者身份“中华留法艺术协会秘书”。编辑为他的文章撰写了一段提要：

> 中国遭到不幸。文章的标题已经引起我们的关心。它将以何种方式挣脱目前的无政府状态？它能否在自己内部找到力量？或者尽管经历过一次失败，它会不会苏维埃化？这个严重的问题如何解决，在很大程度上取决于青年知识分子的精神状态，在这方面，这篇文章是第一手的见证。

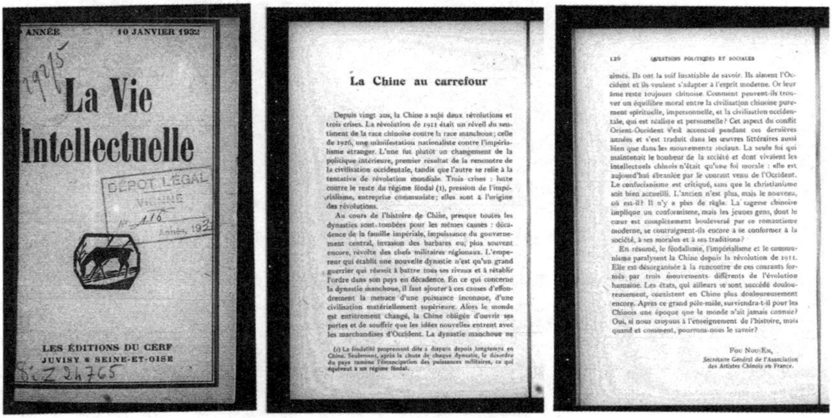
ANNÉE 10 JANVIER 1932

La Vie Intellectuelle

DÉPOT LÉGAL

LES ÉDITIONS DU CERF
JUVISY & SEINE-ET-OISE

La Chine au carrefour

Depuis vingt ans, la Chine a subi deux révolutions et trois crises. La révolution de 1911 était un réveil du sentiment de la race chinoise contre la race manchoue; celle de 1926, une manifestation nationaliste contre l'impérialisme étranger. L'une fut plutôt un changement de la politique intérieure, premier résultat de la rencontre de la civilisation occidentale, tandis que l'autre se relie à la tentative de révolution mondiale. Trois crises : lutte contre le reste du régime féodal (1), pression de l'impérialisme, entreprise communiste; elles sont à l'origine des révolutions.

Au cours de l'histoire de Chine, presque toutes les dynasties sont tombées pour les mêmes causes : décadence de la famille impériale, impuissance du gouvernement central, invasion des barbares ou, plus souvent encore, révolte des chefs militaires régionaux. L'empereur qui établit une nouvelle dynastie n'est qu'un grand guerrier qui réussit à battre tous ses rivaux et à rétablir l'ordre dans son pays en décadence. En ce qui concerne la dynastie manchoue, il faut ajouter à ces causes d'effondrement la menace d'une puissance inconnue, d'une civilisation matériellement supérieure. Alors le monde est entièrement changé, la Chine obligée d'ouvrir ses portes et de souffrir que les idées nouvelles entrent avec les marchandises d'Occident. La dynastie manchoue ne

(1) La féodalité proprement dite a disparu depuis longtemps en Chine. Seulement, après la chute de chaque dynastie, le désordre du pays ramène l'émancipation des puissances militaires, ce qui équivaut à un régime féodal.

126 QUESTIONS POLITIQUES ET SOCIALES

aimés. Ils ont la soif insatiable de savoir. Ils aiment l'Occident et ils veulent s'adapter à l'esprit moderne. Or leur âme reste toujours chinoise. Comment peuvent-ils trouver un équilibre moral entre la civilisation chinoise purement spirituelle, impersonnelle, et la civilisation occidentale, qui est réaliste et personnelle? Cet aspect du conflit Orient-Occident s'est accentué pendant ces dernières années et s'est traduit dans les œuvres littéraires aussi bien que dans les mouvements sociaux. La seule foi qui maintenait le bonheur de la société et dont vivaient les intellectuels chinois n'était qu'une foi morale : elle est aujourd'hui ébranlée par le courant venu de l'Occident. Le confucianisme est critiqué, sans que le christianisme soit bien accueilli. L'ancien n'est plus, mais le nouveau, où est-il? Il n'y a plus de règle. La sagesse chinoise implique un conformisme, mais les jeunes gens, dont le cœur est complètement bouleversé par ce romantisme moderne, se contraignent-ils encore à se conformer à la société, à ses morales et à ses traditions?

En résumé, le féodalisme, l'impérialisme et le communisme paralysent la Chine depuis la révolution de 1911. Elle est désorganisée à la rencontre de ces courants formés par trois mouvements différents de l'évolution humaine. Les états, qui ailleurs se sont succédé douloureusement, coexistent en Chine plus douloureusement encore. Après ce grand pêle-mêle, surviendra-t-il pour les Chinois une époque que le monde n'ait jamais connue? Oui, si nous croyons à l'enseignement de l'histoire, mais quand et comment, pourrons-nous le savoir?

FOU NOU-EN,
Secrétaire Général de l'Association
des Artistes Chinois en France.

傅雷《十字路口的中国》(1932年)

文章首先介绍慈禧以来中国的分裂与统一的痛苦过程；傅雷以参加学生运动的亲身经历，描绘出一幅生动的中国革命图画；他没有粉饰现实，如实地叙述了革命带来的惨酷代价。在没有参考资料的情况下，他能够随口说出统计数字，就像一个职业政治宣传家那样。这篇时政文章和他的象牙塔书生形象不一致，这是另一个傅雷，一个忧国忧民、热血沸腾的爱国青年。

傅雷在5月7日返回法国，立即忙个不停：

> 前日（五月十一日），法国美术学校校长倍斯南德（A. Besnard）邀请刘氏举行茶话会，招待政府要人及当代文艺学术界等名流，一一相与介绍，并报告刘氏之历史，参与者莫不交口称誉。我国公使亦定五月十九日在公使馆与刘氏举行宴会，遍邀外交界教育界巨子宣扬我国文化及刘氏艺术。（上海《申报》1931年5月30日）

刘海粟在法兰克福的小型展览出人意料地成功，乘着浪头，取得高鲁公使的支持，不等傅雷归来就开始准备一度放弃的巴黎个人画展。两个茶话会为展览造势，傅雷作为艺术协会秘书和刘海粟的翻译，担当很重要的角色。幸好他经过罗马的洗礼，熟悉这些场面，应付起来游刃有余。但事情实在太多，出了一个小岔子。他回来后不久写了一封信给马里丹：

> 敬爱的大师，
>
> 久未修书，至感抱歉。由于中国艺术展览会没有办成，有一段时间心事重重。但是我们现在准备提出一个更大的计划。一个月前，我们的展览会主席去过柏林，与德国政府商定在一九三四年举办一次中国展览会。我本人上星期四从罗马回来，也得意大利人的同意，在一九三三年展览。巴黎的展览则在一九三三年冬天举行。
>
> 我认识了罗马知识界一些受人注目的人。人家让我到扶轮社演讲，另一次在王家地理学会，以“现代中国”为题。
>
> 我也遇见梅那斯先生，他要我转达敬意。
>
> 请告能否日内一个星期天来默东拜访？希望七月份返回中国之

前，能够再次见到你。谨向大师致意，并候尊夫人大安。

傅怒安

一九三一年五月十日

又及：

现在地址：马尔尼河诺让市，大街四十号，傅怒安

电话：特兰布莱区 04-74

得到对方同意后，他选择月底星期天见面。但信发出后第二天，他发现日期冲突，连忙去信更改约会：

敬爱的大师，

我得到拉卢瓦先生的应允，为我们的画家刘［海粟］先生写展览序言。他下星期一到刘先生住的旅馆，观看他的画作。

我昨天考虑不周，约了星期天三十一日见面，这一天是刘先生画展开幕的前夕，我肯定抽不出时间来访。敬请将见面日期延至六月七日星期日。如不反对，我将与我的朋友萨尔一起来。我曾提过这位意大利青年诗人，他很高兴能认识你，尤其是他多年来一直钦佩你。

很想拜读大作 *La Primauté et le spiritue* [笔误，应为 *La Primauté du spirituel*（精神至上论）]，尚祈通过出版社赐寄一册，最好有亲笔签名。

先此感谢，并致敬意。

傅怒安

一九三一年五月十六日

6 月 1 日，刘海粟展览会（Exposition Liu Hai Sou）在第六区塞纳街四号克莱曼画廊（Galerie Kleinmann）开幕。这次和上两次沙龙大不相同，多份报刊报道了消息，大部分加上简短介绍，有些使用“著名画家”的说法，好像法国人已经认识这个人；还有新词组“上海画派”(l'Écolde de Shanghai)，把刘海粟画作纳入法国当代美术内部。所有报刊都指出他的作品模仿西方大师，但自成一格，技巧不差，给人美感。展览会为期两星期，

至6月15日结束，画廊租金不菲，但有中国公使高鲁赞助，顺利完成。

画展时间本来不合适，与6月11日开幕的杜乐丽沙龙冲突，刘海粟有四张画参展。但是七月份就要动身返国，别无选择。不过，他不会后悔，因为个人画展的推广活动提高了他的知名度，网球宫博物馆（Le Musée des Jeux de Paume）馆长德札鲁阿（André Dezarrois，1889 – 1979）到杜乐丽沙龙参观时，选购了他的油画《卢森堡之雪》，这是法国博物馆第一次收藏中国当代油画。这张画展出时，与另外一张画使用同一题名《风景》（*Paysage*）。

这件事能够实现，傅雷功劳至大，他在《傅雷自述》少有地自我表扬，因为他明白其中重要性："常为刘海粟任口译，为其向法国教育部美术司活动，由法政府购刘之作品一件"。当时法国政府没有美术部或文化部，博物馆归教育部管理。傅雷的"活动"集中在五月份的两次官方茶话会，他努力向到场官员推荐，最重要说服他们到画展观看。事前应该没有和刘海粟商量过，一方面没有把握，另一方面他心目中宣传的目标不是刘海粟本人，这是他的第一篇法语文章指导思想的延伸。他跟其他中国画家那样，不服气日本作品占尽风头，要向法国人展示中国当代新生绘画的美好形象。如果说运气，那天来到场的官员是网球宫博物馆馆长。法国公立

刘海粟画展目录（1931年）　　法国政府选购的《卢森堡之雪》（1931年）

（原载菲利普·杰奎琳《中国绘画的法式危机：1910–1955》）

博物馆数以千计，但分工明确，这家博物馆专门收藏“外国画派”的作品，这是千载难逢的机会。从纯艺术角度来说，“上海画派”远未自成一家，但西方艺术开始进入中国艺术却是事实。法国人明白他们购买的不仅是一张中国作品，也是一件美术史的见证物。

这一年的 11 月 18 日，网球宫博物馆按照规定，展出本年入藏作品，教育部副部长是所有博物馆最高主管，亲临揭幕。展场上日本画家泛滥，竟有九人入藏，其中一个是女画家，而中国只有刘海粟一个人，傅雷活动的意义重大，在此显现无遗。

刘海粟个展结束后，傅雷开始收拾行囊，准备和他一起返国。中国公使馆在 1931 年 8 月 4 日为他办理返国手续，在意大利之行的护照上增加目的地中国，第二天又派人到法国外交部和英国大使馆加盖沿途签证。

8 月 14 日，他和刘海粟夫妇从马赛登上法国邮船舍农索（Chenonceau），经过一个月旅程后，在到达上海前一天，他写了一封长信给达尼埃鲁：

> 亲爱的让，
>
> 非常对不起，几乎不敢请你原谅。出发前没能履行诺言到拉瓦尔见你，现在后悔莫及。旅程中也没有写信，因为过于懒散。天气闷热，在船上过着牲畜般日子，无精打采。明天就抵达上海，无论如何也要在上岸前写好信。因为到达之后，亲戚和朋友会令我忙得不可开交，这样一来，我的沉默就会无限期延长。
>
> 我们的旅程总算极好。如你所知，我和刘［海粟］一家同行，船上还有友人路易·拉卢瓦先生，他身负官方任务，前往中国考察中国古代音乐。这位非常友好的汉学家，喜爱中国文学和哲学，并且理解颇深。刘先生和我打算帮助他，在中国办理必要的手续，让他能够听到孔庙祭祀大典才会演出的中国古代音乐。
>
> 近乡情哀，洪水和无休止的内战造成重重灾难。我在法国被娇纵了三年，享受过多的太平，对家乡发生的一切漠不关心。
>
> 但我有一点引以自豪，没有数典忘祖。相反地，在欧洲三年之后，我对我们的文化和伦理道德，从未像今天这么热爱。比起四年前，我更理解中国人的伦理道德。年轻人诅咒它，但与试图从海外输

入那一套比较，它显得无比优越。因为每个民族都有本身的特性，无法改变。植物胚芽撒到异国土地，不可能像在原产地那样生长。一百年来，我们只想抄袭这种或那种不适合这个古老国家的系统。革命者犯了错误，没有研究中国本身，对辉煌的过去一点也不懂得珍重。我这样说，并非因为我反对现代化改革，而是我认为抛弃本身的文明和文化，全盘借用西方是非常危险的。我最担心在拥有物质文明之前——姑且承认这是二十世纪生活所必需的——我们已经失去了自己的精神文明。这才是真正的野蛮行为。我们船上大约有十位同学，在欧洲各国留学，我非常难过，看到他们这些知识分子，既对自己的优良传统一无所知，又没有深入认识西方。你们法国人，你们有卢梭、伏尔泰、孟德斯鸠和百科全书派，推动了法国大革命，但你们遭受了整整一个世纪的苦难。中国从未有过这种先驱者的思想，而我们却希望在几个月内就把君主政体改成共和。这太美了，我们没有成功。今天受到这些可怕的混乱局面的严厉惩罚，实在咎由自取。

这是我回到中国时的感想。我想深入研究古代的东方，以及当代和历史上的西方。

为了谋生，我会进入上海美专，担任一些艺术史课程。也许我们

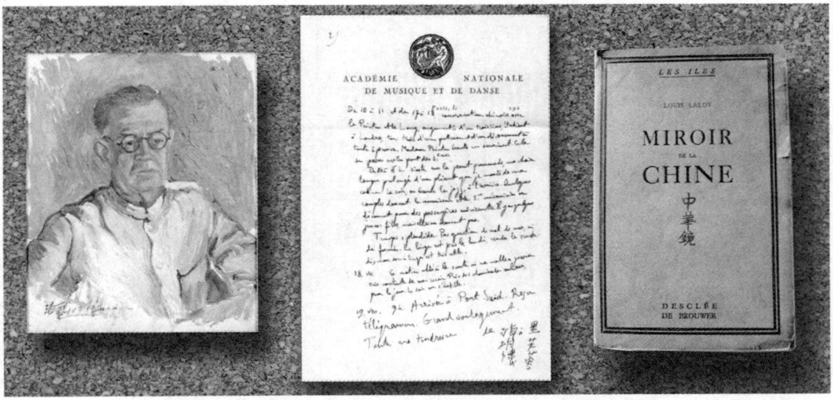

（左）路易·拉卢瓦在舍农索邮船上（油画）刘海粟画（1931年）
（中）路易·拉卢瓦从舍农索邮船致夫人信，右下角署名“海拊怀致黑芙蓉”
（右）路易·拉卢瓦中国游记《中华镜》（1933年）

能够创办一份艺术杂志。

看到自己已经忘记了很多法语，心中不免难过。我会尽力和你这位欧洲最好的朋友保持联络。

问好。

傅怒安

一九三一年九月十七日

于舍农索邮船，抵达上海前夕

这次旅程与路易·拉卢瓦（Louis Laloy，1874 – 1944）的不期而遇，催生了刘海粟那两张拉卢瓦素描和油画像，素描的长篇题词叫人想象联翩。拉卢瓦曾为刘海粟展览作序，不会不记得这两位中国人，他从中国回来后，在 1933 年发表了游记《中华镜》(*Le Mirroir de la Chine*)，书中很多中国人的名字，独缺傅雷和刘海粟两人。仔细重读，才发现没有名字不等于没有记叙，他灵巧地使用代名词，一个“画家”，一个“长人”(long)，一个“中国人”，知者自知，不知者不知。可能他身居要职，下笔谨慎，养成这种习惯。何况《中华镜》提到船上“中国朋友”时，只讲过一件晦气事，所以不透露名字，以免予人难堪。其实，在他当时寄给妻子的旅途手记中，留下了“傅怒安”全名，但根据发音写成 Fou Nou-Ngan。

傅雷的信说在船上过着“牲畜般日子”，拉卢瓦在 8 月 14 日手记也使用类似的比喻：

> 我的中国朋友住在三等舱，每个房舱四个人，你叠我，我叠你，直角排列，好像鲱鱼罐头。我早上十点和傍晚五点去看望他们，闲谈一下。傅先生（长人）的眼镜掉进地板一个洞里，无法取出来。（路易·拉卢瓦家属收藏）

想象一下，双层卧铺，L 字形排列，我头接你脚，要睡一个多月，实在难受。傅雷运气不好，第一天就丢失眼镜。

但是傅雷的信又说：“我们的旅程总算极好”，那是全靠拉卢瓦。邮船等级森严，旅客各有活动地方，从高等去低等没有人理会，倒过来就要小心。傅雷上过头等舱找拉卢瓦，穿得“衣冠楚楚”。拉卢瓦是明理人，有机会就主动下去看他们，早晚两次，大家坐到甲板上，以中文交谈，一坐就是一两个小时。

第五天，邮船抵达第一个港口，位于苏伊士运河进口的埃及塞得港。停泊妥当后，乘客纷纷下船活动，拉卢瓦和三位中国朋友一起登岸：

> 我认识一个中国人，住在三等舱，第一个晚上就丢失了眼镜。他睡在上层床位，睡觉前把眼镜放到身后，以为是一块平板。其实是两堵隔墙之间的空隙，必须拆墙才能找回眼镜。人家安慰他，已经有过不止一件东西从这里掉进去，全都留在里面。他以他们国家那种好脾气告诉我这件事，说话时差不多跟法国人开心时那样。但是他的两颗黑珍珠，夹在眼皮之间，不够应用。这种事情也会发生在我身上，所以引起我的同情，应承帮他。我们去的第一家商店的掌柜是一个高傲的德国人，不过很认真。他们没有这种货，但知道何处能找到。他叫人带我们去，这是一个黑人，一声不哼，却很英俊，土耳其帽歪到后边，延伸了脸部的曲线，一件蓝色棉质无袖阿拉伯长衫，像喇叭一样罩着宽阔的肩膀。他轻松地大步前进，我们在后面追赶。
>
> 配镜师明白我们的解释，动手调校镜片，我趁机走出门口，以为偏僻的小巷没有人。一个阿拉伯人突然冒出来，拿着一大筐东西，要卖给欧洲野蛮人，嘴里叽里咕噜，夹杂几个法文字。我不理会。他一再开始，杂入英语、德语、意大利语，甚至俄语，没有用。他开始不耐烦了，这时候我的同伴出现，小贩嘴里嘟嘟囔囔：“噢！中国人！”他离开了，心中想：又要多学一种语言！（拉卢瓦《中华镜》）

傅雷接受了拉卢瓦的帮助，以一种特别的方式道谢，为他上汉语课，如果这件事由拉卢瓦主动提出，可见他如何力学不倦。他专攻音乐史和理论，罗曼 · 罗兰 1906 年辞去索邦大学音乐史教席，就是由他接替。他从 1900 年开始学习汉语，不出数年工夫，专著源源而出，《中国音乐》(*La Musique chinoise*)、《淮南子与音乐》(*Hoaî-nân Tzè et la musique*)、法译马致远《汉宫秋》(*Le Chagrin dans le palais de Han*）等。这次前往中国，他在给妻子的第一封信末，以中文“海拊怀”署名，“拊怀”可能是从华夏古乐器搏拊和怀鼓各取一字构成，同时称呼妻子“黑芙蓉”。他能够以中文和中国人交谈，而《中华镜》开章第一页就引用了屈原《招魂》两节诗，法国人早已视他为汉学家。傅雷与刘海粟商量，协助拉卢瓦去听中国古乐，其实拉卢瓦身为巴黎歌剧院秘书长，又是代表中法亲善协济会来考察，早已通过外交途径，以及中国老朋友的关系，安排好一切，报刊也有报道，不像他们初到法国时那样盲碰瞎撞。

拉卢瓦在他的日程手记中，记录了刘海粟为他画像的日期，9 月 12 日开始，14 日完成。画成后，没有送给拉卢瓦。他的孙子樊尚·拉卢瓦（Vincent Laloy）是家族档案管理人，到 2020 年初才第一次知道这两张画的存在。

1931 年 9 月 18 日，法国邮船进入黄浦江。傅雷回到分别了三年九个月的上海，开始刘海粟时期最后一个阶段。

1934年　《托尔斯泰传》代序

傅雷一回到上海就跟随刘海粟进入上海美专工作，担任校务主任，并讲授美术史和法文，这大约是预先约定的事情。回来不久，傅雷写了一篇《刘海粟论》，记录了他当时对刘海粟的感情，也是一种对兄长式关怀的致谢。

两年后，他离开上海美专，结束了刘海粟时期。《傅雷自述》交代了原因：

> 1933 年 9 月，母亲去世，即辞去美专教务。因（1）年少不学，自认无资格教书；母亲在日，以我在国外未得学位，再不工作她更伤心；且彼时经济独立，母亲仅月贴数十万，不能不自己谋生；（2）X X ［刘海粟］待我个人极好，但待别人刻薄，办学纯是商店作风，我非常看不惯，故母亲一死即辞职。

其实，傅雷这个时期的环境变化和个人变化也是重要因素。他回来三个月后结婚，成为一家之主，不再需要一个指指点点的兄长。其次，两人在欧洲时份属朋友，为了宣扬中国当代艺术的共同目标奋斗，现在一个雇主，一个雇员，工作不同，目标各异，疏远是不可避免的。

还有他此时已经回归文学领域，这个趋向从1930年就开始呈现。他虽然积极参加卢浮宫美术课程，但只对美术史感兴趣，没有深入美术理论。而在同一时期，他受到达尼埃鲁劝告的影响，系统地阅读西方文学原著，兴趣的中心从浪漫主义转向近现代文学。回到上海后，他利用空闲时间进行翻译，这件工作给他很多乐趣。因此，当他最早的两部译作罗曼·罗兰《贝多芬传》(*Vie de Beethoven*) 和苏卜《夏洛外传》(*Charlot*) 被出版社拒绝后，一点也没有气馁：

> 于是我决计独自把他来诞生下来。“自己丛书”说是我自己的丛书固可，说是夏洛自己的丛书亦可，说是读者自己的丛书更无不可。这一本便是丛书的第一部。(《夏洛外传·卷头语》)

书印了二千册，“托开明书店代售，三年后结账，只售去数十册。旋即全部称斤做废纸出售”。很多人会就此放弃，他却不改其乐。

离开美专后，必须另辟经济来源，写作和翻译是立即可以开始的工作，他写了一批文章，发表在不同报刊上。1933年11月，他动手翻译罗曼·罗兰的《弥盖朗琪罗传》(*Vie de Michel-Ange*) 和《托尔斯泰传》(*Vie de Tolstoï*)，1934年初基本完成。这时候，写作和翻译于他不再是业余爱好，而是谋生职业，用来养家活口，鉴于过去与出版社打交道的不愉快经验，他必须设法避免重蹈覆辙。他有过多次与法国人通信的经验，也可能想起敬隐渔当年翻译《约翰·克利斯朵夫》的经历，于是在3月3日执笔写成第一封致罗曼·罗兰信。这封信和法国国家图书馆收藏的其余六封书信，全部使用法文署名 Fou Nou En（傅怒安）：

> 敬爱的大师，

尊著三册“名人传”的翻译已经就绪，特函请授权在中国出版。此请诚然太晚，唯工作一日未完，一日未能肯定。

大师关于三位伟大天才的杰出作品，已经哺育了万千年轻人，据知几乎所有现代语言早有译本，中译远远落后。请容报告大师一段小插曲，以表明本人以何种激情和感恩之心作此翻译。

我在二十岁时陷入精神危机，出发到法国。很快便投身夏多布里昂、卢梭和拉马丁之类作品中，变得罗曼蒂克，复又神经衰弱，再不知如何生活。去过一次瑞士旅行，另一次到布鲁日附近的圣安德列修院短住，都没能治好这种狂热。一个偶然机会读到大作《贝多芬传》，读罢尽情大哭，而我奇迹般霍然而愈。力量重生，一道神圣光芒自上照临。此事于我之情感生活至为重大，之后又再拜读《弥盖朗琪罗传》和《托尔斯泰传》。

经此个人经验，遂生迻译三书为中文之心愿，以期带给苦恼中青年有益的帮助，他们在中国的人数不比他国少。然而，囿于一言难尽的理由，翻译计划在一九三三年十一月始启动，数天前方完成。

此外尚有另一观点推动此书之翻译。大师当知中国人的心理特殊，道德取向与世界其他民族全然不同。生存已有四五千年，从不靠宗教支持。孔子教导中庸克己，遵礼守礼，尤其顺应天道。老子揭露文明假象，教导务须戒备假仁义。由于孔子教导，中国人和平生活，勤劳而知足，满足于耕作的微少所得。由于老子教导，个别贤人智士脱俗循世，无比潇洒超然。从来没有人把严厉专横的宗教和全能上帝强加给我们，况且，这是我们无法忍受的事情。

然而，这个黄金时代已经远去！西方文明之入侵推翻了一切。中华民族失去智慧的观念，再也不能像饱读孔子和老子的前贤那样，防范危险的狂热。也不能像欧洲伟大的基督教徒，投身狂热中，变得更强大，更完善，更纯洁。于是他们失却精神平衡，或者迷失在狂热中，变得浑浑噩噩，或者几乎麻木不仁，无所作为。

面对这种精神状态，本人相信贝多芬以他的庄严脸孔，不可动摇的意志，永不干涸的勇气，是最好的启示导师。弥盖朗琪罗的性格与天才相比过于软弱，能让我们理解这种我们史上少见的悲剧命运。

至于托尔斯泰，他鼓吹无抵抗主义，肯定值得我们深思。拜读大作《托尔斯泰传》前，本人有过一个幼稚的梦想，制止一场战争的至善方法是放弃税捐和法庭，建立大批工厂和生产团体，一举消除失业和军队。士兵去当工人，粮饷更多，人身又安全，何乐而不为？将领失去手中工具——这些卖命谋生的雇佣兵！——若想打仗，他们可以互相肉搏，不再涂炭无辜生灵。岂非一种不以牙还牙的无抵抗主义吗？

至于托尔斯泰信中致辜鸿铭之言，以前从一个意大利将官处听过类似见解。一九三一年五月旅次罗马，有机会见到加维格里亚元帅，他向本人披露以下想法：

目前的西方文明走在险道上，其命不长。中国何苦仿效？中国自有善法，可免这场人类劫难。我们刚经历一场这种痛苦的经验，还会经历其他更可怕的灾难！耕田种地，就是人类最好的一种职业！他回忆一九〇八年前后在远东旅行，观察到中华民族最勤劳，最朴素，最和平，身体耐力超过世界任何民族。适应所有气候，吃得少，花费得更少，但生产极多。无论在国内或国外，从不反抗他人之恶，但总是获得最后胜利！元帅举出菲律宾和荷属东印度岛屿的华人作例子，他们饱受恶法压迫，饱受欧洲工头虐待，又被本国政府遗忘，却顺从地工作，最后成功掌握了当地的命脉资源（这些国家的商业基础似乎在中国人手里）。元帅得出结论，中华民族不可能有组织，也不应该有组织，“无组织”更胜于“有组织”。发展工业，效法当代文明，毫无好处。应当身心都继续做中国人，唯此方可有朝一日，拯救中国于当前困局。皆因无抵抗是一种武器，比暴力更强大。

加维格里亚元帅是否托尔斯泰门徒，无从知晓。然而本人相信，他的信念首先基于大战时的亲身体验。我在他眼中，代表了新中国不肖的青年一代。他的责备令我思索良久，一如今天，当我完成托尔斯泰传的翻译，陷入出神的境地。

我的想法杂乱无章，而且法文殊不地道，尚望见谅。唯本人有一卑微愿望，通过此信得到大师对上述说话加以精辟批评。无庸赘言，对我们中间一些人，大师是一颗巨星，现代的人道精神。我们视大师之言为先知预言，即如托尔斯泰于上辈人那样。

如蒙赐覆，并俞允发表回信在译本中作为序言，本人将欢喜若狂。期望有幸继续与大师通信。

敬爱的大师，先此致谢，并请接受一个远方弟子的敬意。

傅怒安

一九三四年三月三日

于上海吕班路二〇一弄五十三号

附言：能否有幸获赠大师签名照片一帧？

这封信写得很用心，然而，就事实来说，比利时短住还与青春期的忧郁情绪有些许关系，1929年夏天瑞士之旅，则基本为消暑。这样写法是为了求序，长篇回忆和意大利元帅的谈话不过是引子，为罗曼·罗兰提供话题。他的设想很有效。

信在3月初寄出，6月底才得到回复。虽然信封没有保存下来，也可以推测傅雷没有瑞士地址，通过法国出版社转交。罗曼·罗兰对这封信很重视，虽然他与留欧的中国留学生通信已有十四年，至少有三个人表示过正在翻译或译完他的著作，但一直没有一本真正完成，更谈不上出版。傅雷一下子完成三本名人传，并且即将付梓，无疑是一个惊喜。他收信时正与妹妹在伯尔尼湖区休养，没有等三个星期的假期结束，就按照傅雷的要求，提笔写了一封复信，夹上两张照片，其中一张贴在纸上，除了照片上的签名，纸上还加上四行字：

送给傅怒安先生，

致意

罗曼·罗兰

一九三四年六月三十日

信寄出后数天，罗曼·罗兰回到奥尔加别墅，在六月份日记最后一页记录了来信及答复信的内容：

一封三月三日写于上海的法文长信，很晚才转到这里。写信人是中国青年傅怒安，他翻译了《贝多芬传》《弥盖朗琪罗传》和《托尔斯泰传》，请求授权在中国出版。他告诉我二十岁到巴黎，饱读“神经衰弱的浪漫主义”（夏多布里昂、卢梭和拉马丁），“不知如何生活”。偶然读到我的贝多芬，“读罢尽情大哭，而我奇迹般霍然而愈。力量重生，一道神圣光芒自上照临”。

他产生翻译三部传记的愿望，“以期带给苦恼中青年有益帮助”。他又说，中国人生存了四五千年，从无宗教支撑。现在失去精神平衡，由于孔子和老子教导的影响，轮流被推到过度的狂热或者几乎麻木不仁的状态。他们需要一位像贝多芬那样的导师，启示他们的意志和勇气。

他也谈到吸引他的托尔斯泰的无抵抗主义。他复述一九三一年和一位意大利元帅加维格里亚的谈话。大战的经历把这位元帅引导向托尔斯泰主义。加维格里亚劝告中国要向西方作出无抵抗主义的榜样，因为这和中国人的性格一致（他指出中国人在菲律宾和荷兰东印度逆来顺受，最终掌握了这些国家的命脉资源）。

他征询我的看法。

我给他复信（六月三十日，写于施皮茨）。

下面接着抄录了回信的主要内容，这种郑重的做法，表明这封信相当

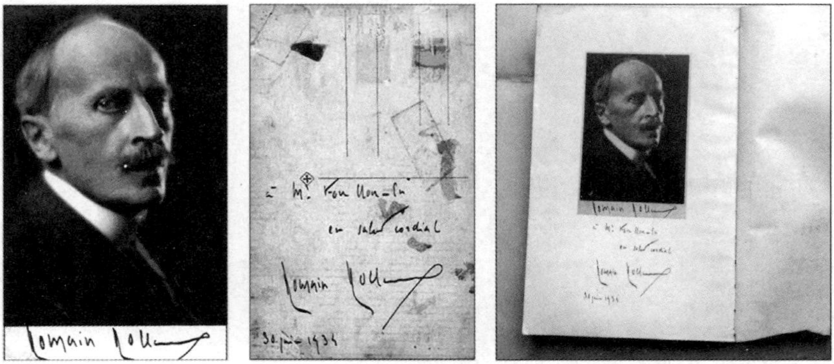

罗曼·罗兰题赠傅雷照片及《托尔斯泰传》复印（1934年）

于正式序言，所以详细记录下来。

回信的原件已在历史巨浪中荡然无存，幸好傅雷收信后译成中文，发表在 1935 年《托尔斯泰传》中译本上，冠题《罗曼 · 罗兰致译者书（代序）》，副题《——论无抵抗主义》，又把两张肖像照片和原信交给出版社商务印书馆，制版插图。这些图片显示，罗曼 · 罗兰使用了四张对折式信纸，每张分左右两页书写，前三张编号 1 至 3 是信文，第四张无编号是附言。换而言之，此信内文六页，附言一页，共七页。出版复印时分页拍照，漏去编号 2 信纸的第三和第四页。幸好傅雷完整无缺把全部信文译出，只要参照复印图片和罗曼 · 罗兰日记，不难恢复原信的面貌。下面是重组后的原信完整中译，出自傅雷笔下，当年略过未译或笔者修订过的文字放在方括号内：

[怒安先生，]

三月三日赐书，收到甚迟。足下迻译拙著贝多芬、弥盖朗琪罗、托尔斯泰三传，并有意以汉译付刊，闻之不胜欣慰。

当今之世，英雄主义之光威复炽，英雄崇拜亦复与之俱盛。惟此光威有时能酿巨灾；故最要莫如将“英雄”二字下一确切之界说。

夫吾人所处之时代乃一切民众遭受磨炼与战斗之时代也；为骄傲为荣誉而成为伟大，未足也；必当为公众服务而成为伟大。最伟大之领袖必为一民族乃至全人类之忠仆。昔之孙逸仙、列宁，今之甘地，皆是也。至凡天才不表于行动而发为思想与艺术者，则贝多芬，托尔斯泰是已。吾人在艺术与行动上所应唤醒者，盖亦此崇高之社会意义与深刻之人道观念耳。

至“无抵抗主义”之问题，所涉太广太繁，非短简可尽。愚尝于论甘地之文字中有所论列，散见于拙著《甘地传》《青年印度》及《甘地自传》之法文版引言。

余将首先声明，余实不喜此“无抵抗”之名，以其暗示屈服之观念，不能表白英雄的与剧烈的行动性，如甘地运动所已实现者。唯一适合之名辞，当为“非武力的拒绝”。

其次，吾人必须晓喻大众，此种态度非有极痛苦之牺牲不为功；

且为牺牲自己及其所亲的整个的牺牲，盖吾人对于国家或党派施行强暴时之残忍，决不能作何幸想。吾人不能依恃彼等之怜悯，亦不能幸图彼等攻击一无抵抗之敌人时或有内疚。半世纪来，在革命与战乱之中，人类早已养成一副铁石心肠矣。即令“非武力的拒绝”或有战胜之日，亦尚须数代人民之牺牲以换取之，此牺牲乃胜利之必须代价也。

由是可见，若非赖有强毅不拔之信心与宗教的性格（[即超乎一切良知的考虑]，超乎一切个人的与普［通］的利害观念之性格），决不能具有担受此等牺牲之能力。对于人类，务当怀有信念，无此信念，则于此等功业，宁勿轻于尝试！否则即不殒灭，亦将因恐惧而有中途背叛之日。度德量力，实为首要。

今请在政治运动之观点上言，则使此等计划得以成功者，果为何种情势乎？此情自必首推印度。彼国人民之濡染无抵抗主义也已数千年，今又得一甘地为其独一无二之领袖；此其组织天才，平衡实利与信心之精神明澈，及其对于国内大多数民众之权威有以致之。彼所收获者将为确切不易之经验，不独于印度为然，即于全世界亦皆如此。是经验不啻为一心灵之英雄及其民族在强暴时代所筑之最坚固之堤岸。万一堤岸崩溃，则恐若干时内，强暴将掩有天下。而行动人物中之最智者亦只能竭力指挥强暴而莫之能御矣。当斯时也，洁身自好之士惟有隐遁于深邃之思想境域中耳。

然亦惟有忍耐已耳，狂风暴雨之时代终有消逝之日。[平静的海(Meeresetille）将会归来］……不论其是否使用武力，人类必向统一之途迈进。

[谨此致意。

罗曼·罗兰

一九三四年六月三十日

于瑞士 沃州 维尔纳夫 奥尔加别墅]

[附言：十年前，一位叫敬隐渔的中国朋友在中国发表了我的《约翰·克利斯朵夫》的前几卷，后来到法国，得了重病，不得不返回中国。我再也没有他的信息。可知他后来的情况吗？]

《平静的海》(*Meeresetille*) 原为歌德一首小诗，贝多芬采用和另一首《幸福的航行》(*Glückliche Fahrt*) 谱写成一部声乐作品。

傅雷收到信后，十分高兴。他的译作一直遭受出版社冷待，始终没有成功出版过一本。现在机会来了，凭着罗曼·罗兰的名气，凭着这封亲笔信，不会再被人视为无名小卒。他去找著名的商务印书馆，果然得到积极的回应，八月初收罗曼·罗兰信，中旬就签好出版合约。他赶忙写信把好消息告诉罗曼·罗兰，刚好一位朋友前往法国，于是请他带到马赛寄出。信写于8月20日，朋友抵岸后，买了法国邮票贴在信封上，邮戳日期9月21日：

敬爱的大师，

喜接六月三十日长函，无限感激。大作三部“名人传”已获商务印书馆接受，这是中国最大的出版社，不过，要到明年才出版。我冒昧翻译了大函，置于《托尔斯泰传》之首，同时印上大师赐赠的两张照片，为此再次向大师道谢。

大师关于英雄主义的阐述，与我如今对此词的理解一致。由此可见，尽管未曾相识，我对大师之思想认识不差，心中窃以为喜。

我初步打算翻译大作《昔日音乐家》(*Musiciens d'Autrefois*) 和《今日音乐家》(*Musiciens d'Aujourd'hui*)，一来我热爱音乐，二来在中国，音乐不存在，或者不复存在。这样可以把欧洲音乐介绍到中国，尤其音乐家的道德人格，更甚于音乐本身。在这方面，两部大作对大众至为有益，他们尚未具有适当的听觉，依然看重仁义道德。

本信将交给一位出发到欧洲的朋友，由于动身在即，时间未容尽意多写。

敬隐渔下落经多方打探，未获确讯。一说此人已疯，似乎可能，因为不止一次听闻；另一说已经去世，唯未有证据。

搁笔前谨告大师，一如大函结束所言，我是被（政府和时局的）暴力压碎的人，但没有力量，也没有勇气反抗，隐遁于深邃之思想境域中。我知道努力不会白费，然而把握不大。等候的时刻有如奄奄待毙，精神信念经常被动摇。我们需要支持！……

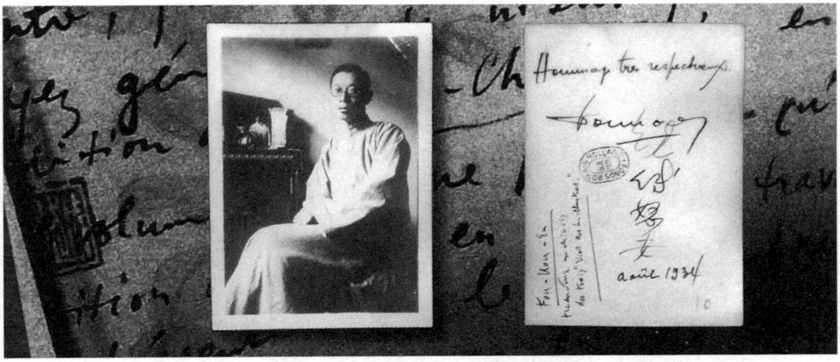

傅雷赠罗曼·罗兰照片（1934 年）

谨致敬意。

远方卑微仰慕者与忠实信徒

傅怒安

一九三四年八月二十日

于上海吕班路二〇一弄五十三号

傅雷在信中附上一张个人肖像，作为收到两张照片的回赠。这是一张全身坐像，相中人身穿长袍，这是当时流行的读书人“标准装”。由于年月久远，照片发黄，右上角有浅折痕迹。相片背面写着法文题赠：“傅怒安敬赠，1934 年 8 月”。罗曼 · 罗兰在旁边加上手书备忘：“傅怒安，三本《名人传》的中文译者”。傅雷的信写得简明清晰，罗曼 · 罗兰在 9 月底的日记中，差不多摘要记录了每一段：

> 一个中国上海青年傅怒安的信。他翻译了“名人传”三本传记（八月二十日来信）。我曾在日记中作过记录。数月前收到他的第一封信，已经回复。他将把回信制版，置于《托尔斯泰传》中译本书首。
>
> 现在他要翻译我的关于音乐家的著作。他说自己热衷音乐。他似乎受到中国现状的伤害，在交托给来欧洲的朋友的信函中，只敢点到

即止。他在信中透露：

“我要告诉大师，一如大函结束所言，我是被（政府和时局的）暴力压碎的人，但没有力量，也没有勇气反抗，隐遁于深邃之思想境域中。我知道努力不会白费，然而把握不大。等候的时刻显得像奄奄待毙，精神信念经常被动摇。我们需要支持！……”

寄来的照片看起来表情忧郁而聪明。一个高个子的年轻人，长脸孔，文人的清瘦。

我曾请他打听可怜的青年朋友和译者敬隐渔，他告诉我，他很可能已疯，也有人说去世。

最后关于敬隐渔下落不明的记载，罗曼·罗兰没有使用情感形容词，但流露出来的哀伤，未因四年过去而稍减。

1936年 《约翰·克利斯朵夫》翻译

此信之后两人通信暂停，等候译本的出版。一等过去差不多十八个月时间，1936年3月，傅雷终于寄来第三封信：

敬爱的大师，

谨以另邮小包裹奉上两册尊著《托尔斯泰传》和《弥盖朗琪罗传》的中译本。书内收入一九三四年六月三十日大函。中国一切进行缓慢，拙译完成两年，书始面世。

所询敬隐渔先生下落，多方打听，均无结果。据认识他的朋友所言，他近乎疯子。无法了解他的确实精神状态，只知道受过许多精神错乱之苦。

恰好我的出版社（与发表两部大作同一家）最近向我提议翻译大师的名著《约翰·克利斯朵夫》，双方已于昨天签订合约，年底前完成。大师知道时乖运舛的敬隐渔先生约十年前翻译此书数章，奇怪的巧合让我继续这个任务。我固然深感荣幸，唯必须得到大师授权，甚至为我解释和澄清某些未能确切理解意义的段落。

至于版本，手上只有十卷本。能否惠我五卷本全集一套？不仅让我有定本文字，还得到一份珍贵的纪念品（敬请在书页赐签）。

敬爱的大师，谨候回复，先致谢忱，并表敬意。

远方未谋面弟子

傅怒安

一九三六年三月十日于上海

附言：书籍经海邮寄送，需时较长，唯更安全。

这封信一开头就令人费解，对上一封信说过，商务印书馆接受出版三种名人传，现在书出来了，却只得两种，独缺反复提得最多的《贝多芬传》。他没有解释原因，旁人只能推测。一个可能是合同原本不包括此书，因为已有多种《贝多芬传》译本。另一条线索是合同确有三种书，但是1934年8月刚签约，上海《国际译报》却在9月第七卷第一号（同时也是终刊号）发表了一篇《贝多芬评传》，译者是傅雷，文后有一段附言：

前尝迻译罗曼罗兰氏著《贝多芬传》一书，为本报编者荫渭兄所见，嘱为节录精要，成一短篇，以刊本报。志此以明出处也。

评传字数才一万字出头，只及原书十分之一左右，他大概不认为这是同一本书。尽管从发表日期看来，傅雷提供稿件给杂志的时候，尚未开始和商务印书馆谈判合约，但有可能成为后来被剔出合同的借口。

这只是推测而已，从这封信的第二部分内容看来，中途改变合同的可能性不大，因为傅雷与商务印书馆对双方的合作表现满意，刚完成第一份合同，立即签订第二份，而且选择长篇小说《约翰·克利斯朵夫》，篇幅相当于三本名人传的四倍多。

傅雷的翻译效率很高，只用了两个月时间，就完成第一卷《黎明》的翻译。他不等罗曼·罗兰的答复，又在5月20日寄出一封挂号信：

敬爱的大师，

前信谅已收到，料不久可展读华翰。

《约翰·克利斯朵夫》之《黎明》已译竣，在此冒昧请教未能确切译出之疑点，尚望赐言释惑。

大作拟分四卷发表，若一切顺利，第一卷年底前可问世。

稍后将修书奉告细读《约翰·克利斯朵夫》后之内心感受。

敬爱的大师，谨致敬意。

傅怒安

一九三六年五月二十日

于上海吕班路一六九弄四号

附言：盼早日赐复。

随信有一张翻译疑难表，列出十一个问题，注明在原书的页数和行数，请求解释。他这样做，既是人之常情，向原作者请教，也可能因为记得罗曼·罗兰给敬隐渔的第一封信曾经说过："你把难懂的段节另外抄在纸上，我将费神为你讲解"。既然同为《约翰·克利斯朵夫》翻译，他的请求也就合情合理。这张表只是第一张，在以后的书信中，还有三张，全部收入本章后面附录。

信寄出后大约十天，他收到罗曼·罗兰对前信的答复：

怒安先生，

寄来托尔斯泰和弥盖朗琪罗两书的译本各一册经已收到，至感。请多寄两书另一套，本人需要这些书，作为外国译本收藏的复本。

至于《约翰·克利斯朵夫》的中译，本人乐见其成，唯未能提供任何授权。你自己或者中国出版商，先要取得本人的法国出版人阿尔班·米歇尔先生的授权，他的地址在巴黎十四区惠更斯街二十二号。请直接去信联络。

另外，《约翰·克利斯朵夫》的全集没有可能年底前便妥善完成。此工作殊为艰巨，需要时间，需要很多心思。

谨复。

罗曼·罗兰

一九三六年五月六日
于瑞士沃州维尔纳夫奥尔加别墅

傅雷的样书寄海邮，花了差不多两个月才到达。罗曼·罗兰的复信不算迟，但是有关《约翰·克利斯朵夫》版权的回答完全出乎预期，一腔热情，换来一瓢当头冷水。傅雷已经启动翻译多时，情急之下，乱了方寸，选择一个不合适的处理方式，写了一封措词强硬的回信争辩，以挂号信寄出：

敬爱的大师，

五月六日大函奉悉，至为感谢。本人谨禀数言，无论本人或出版人，均无须请求阿尔班·米歇尔先生之准许，皆因中国没有参加国际出版与翻译版权公约，对外国出版商没有任何义务。当日请求授权，乃出于对大师作为作者的深切尊敬，尚盼垂念惠允。

本人明白《约翰·克利斯朵夫》之迻译要求殊多心力，在下现时和未来都不会欠缺。对于尊著的主体，本人理解得相当好，只有个别词组未够清楚。本人将尽力表达所有精彩之处，所有气氛，所有时而鲜艳欢乐、时而悲哀阴暗的不同颜色。我在读到本书一九二四年定本的序言之前，已经在《黎明》最初几页领会到大师的音乐灵感，并深为感动。我几乎以宗教感情进行迻译。当然，我不会仓促从事，只有工作完美，才交稿给中国出版商。

随信附上第二份问题表（第一份在此信前应已寄达），另邮奉寄《托尔斯泰传》和《弥盖朗琪罗传》中译两册。反之，我仍在等候大师慨赠《约翰·克利斯朵夫》四卷本。我只有十卷普及版。目前借用我的朋友梁宗岱的书来工作，大师认识他的。

谨致敬意。

远方卑微的弟子
傅怒安
一九三六年五月二十九日
于上海吕班路一六九弄四号

傅雷使用中式水印信笺，以毛笔书写。除了法文签名，还加上中文“傅雷”，这是他的法语信件最早见到的签名。

傅雷的信是他的急躁性格表现。本来版权交易是商业行为，属于出版社份内事情，要求书生去处理，无异牵牛上树。大师不像过往那样授权，要求译者与出版社接洽，内中必有理由。傅雷没有设身处地多想一下，还说了一通近乎教训的说话，这封信成了两人关系的转折点。

罗曼·罗兰是专业作家，版税是他的主要收入。如果傅雷看过他的日记，就会见到每到年底，他都在日记本最末数页，记下某些作品的版次和印量总计，除了发行地点、时间和数量，有些还附记所得稿酬。

罗曼·罗兰的作品一般发表在《双周丛刊》（*Les Cahiers de la Quinzaine*）上。这是一本独特的文学定期刊物，每年出版二十期，往往一期只刊一位作者和一部作品，等于一本普通的单行本。罗曼·罗兰的《贝多芬传》《弥盖朗琪罗传》就是那样发表的。

《约翰·克利斯朵夫》发表后，奥兰多夫书局（Librairie Paul Ollendorff）买下单行本版权。1924年，出版商阿尔班·米歇尔收购了这家出版社，同时接收《约翰·克利斯朵夫》的版权，把这本书发展为三种版本：普及版

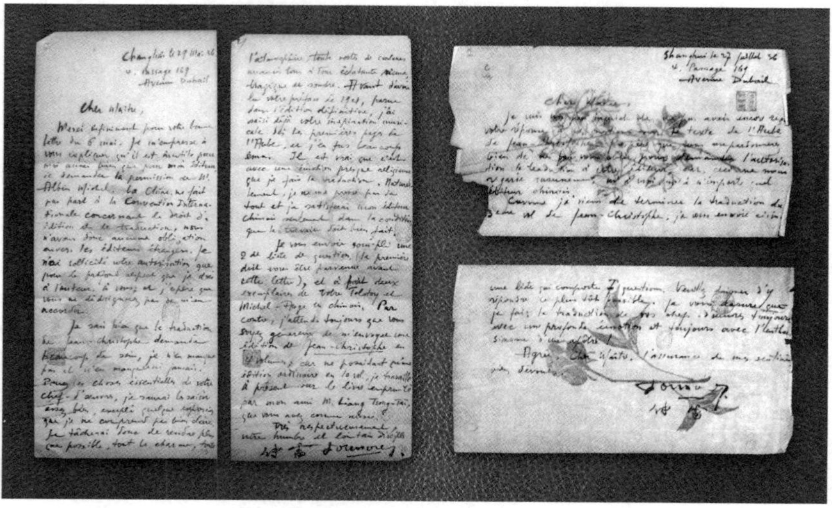

傅雷致罗曼·罗兰两封信，使用中国信笺及中式签名（1936年）

十卷本，高级纸定本四卷本，和豪华版五卷本。普及版每年都重印，到1936年有些分册重印超过二百二十多次，平均不到两个月一次，成了该社的印钞机。由于版权属于阿尔班·米歇尔，罗曼·罗兰无法授权，由此引起傅雷的误会。自此信开始，罗曼·罗兰再没有回信，傅雷的名字也消失在他的日记中。

傅雷一点也没有意识到出错，以为理由在自己一边，经过书信解释，一清二楚，中译将一如名人传那样出版，因此在同一信附上第二张《童年》疑难表，请求解答。至于向梁宗岱借到的定本四卷版，这是梁宗岱1931年返国前到奥尔加别墅辞行获赠礼物，罗曼·罗兰在他应承翻译的《歌德与贝多芬》和《贝多芬的伟大创造时期》第一卷之外，加上这套《约翰·克利斯朵夫》，可能包含希望他继续翻译的暗示。现在译者另有其人，却使用同一套书，也不枉当年的赠予。

翻译进展十分顺利，不过半个月，6月16日，傅雷寄出另一封挂号信，同样以毛笔写在中式水印信笺上，同样附有疑难表：

敬爱的大师，

谨寄上第三张表，列举《约翰·克利斯朵夫》翻译的未确定之处。所写页数全部按奥兰多夫出版社的《约翰·克利斯朵夫》四卷本。希望七月十五日前完成第一卷，内容包括《黎明》《清晨》和《童年》，交给出版社后便去度假。

此致敬意。

傅怒安

一九三六年六月十六日

于上海吕班路一六九弄四号

傅雷没能在7月15日如期出发，到7月27日才译完。即使如此，工作从三月份开始，只用了四个月多一点时间，便完成二十三万多字的翻译，速度很快。他又像上信那样，使用中式信笺和毛笔，以挂号信告诉罗曼·罗兰，但换了一个中式信封，中央一个红色长方框，好像报喜信那样。但是，他的喜悦不彻底，由于迟迟未见回音，开始感到不妥实，心神不定，但仍坚持理在己方：

敬爱的大师，

有关《约翰·克利斯朵夫》的《黎明》内文问题，至今未见赐复，殊觉不安。万望恕我没有按照尊意，向你的出版人请求授权。况且此事无论与本人或任何中国出版商都没有关系。

《约翰·克利斯朵夫》第三册已完竣，随信附上七个问题列表。尚望垂爱早日赐复。谨向大师保证，本人怀着深笃感情，一直以基督使徒的热忱去翻译大作。

敬爱的大师，此致敬意。

傅怒安

一九三六年七月二十七日

于上海吕班路一六九弄四号

这次他接到回信了，但不是由大师签名，而是玛丽·罗兰。手稿档案保存了这封信的草稿，上面有罗曼·罗兰的修改笔迹。很明显，这是大师授意写的：

先生，

我的丈夫工作过多，未能顾及你的翻译。他任务缠身，无法处理所有来往信件。

请在中国找一位熟谙法文的人，复校你的译文。

谨此。

玛丽·罗兰

一九三六年九月一日于维尔纳夫

致傅怒安先生

中国上海

吕班路一六九弄四号

罗曼·罗兰没有制止傅雷翻译，只是不回答他的疑难问题，可见他十分希望中国的读者能够读到这部作品。他与傅雷的交往以低沉的音符结束，令人感到遗憾。傅雷失去一个人生重大机会，如果他和这位世界知名作家继续联络，深入交流，有可能从根本上改变他的下半生。而罗曼·罗兰失去一位出色的翻译家，一位在中国传播他的作品的理想中介者。自此之后，傅雷再没有接触他的作品，转向巴尔扎克等其他名家，观乎他的翻译成果，罗曼·罗兰失去在中国的影响更加广泛深入的机会。

这次误会虽然由傅雷的性格引起，但不仅不应对他苛责，反而要感谢他。正因为他的固执，没有因为版权而半途而废，中国读者才能及时读到这本著名的作品。中译出版后，约翰·克利斯朵夫的形象持续影响了好几代人，不少年轻人从他身上找到自己的人生道路。

2003 年，第一位华裔作家程抱一进入法兰西文学院，院士皮埃尔－让·雷米（Pierre-Jean Rémy，1937 – 2010）致欢迎词，他是一位作家，曾任法国驻华使馆文化参赞，熟悉中国文化。他的欢迎词中有一段提到约翰·克利斯朵夫：

> 在［抗日］战争结束时，你和家人一起到了南京，终于好歹解决了大学教育问题。你十八岁，你发现更多法国文学。你读到什么令你惊奇的名字呢？名字很多，当然有司汤达、巴尔扎克、雨果、福楼拜和左拉。但是有两个名字对你来说特别重要，他们在你们中国产生了一种特别的共鸣，首先是罗曼·罗兰。人道主义者，和平主义者，一位认为艺术是一种救赎形式的作家。他像你一样，在法国和德国两种文化中寻求他的约翰·克利斯朵夫［……］你的第二座灯塔是纪德［……］

傅雷的《约翰·克利斯朵夫》不仅是他本人的中译代表作，也是中国近代翻译划时代的作品。他以使徒式的热忱去翻译，这种热忱结晶成《译者献词》的格言式句子，直到今天依然如昨天那样晶莹炽热：

> 真正的光明决不是永没有黑暗的时间，只是永不被黑暗所掩蔽罢了。真正的英雄决不是永没有卑下的情操，只是永不被卑下的情操所

屈服罢了。

所以在你要战胜外来的敌人之前，先得战胜你内在的敌人；你不必害怕沉沦堕落，只消你能不断的自拔与更新。

[……]

战士啊，当你知道世界上受苦的不止你一个时，你定会减少痛楚，而你的希望也将永远在绝望中再生了罢！

附录：《约翰·克利斯朵夫》翻译疑难表

傅雷于1936年3月上旬开始翻译《约翰·克利斯朵夫》，最初使用普及版十卷本，后向梁宗岱借得罗曼·罗兰赠送的定本四卷本。先后寄给罗曼·罗兰四张翻译疑难表求教，见微知著，其翻译态度之认真达到何种程度。

他没有得到罗曼·罗兰的答复，转而向其他法国朋友求助，解决疑难，达尼埃鲁是其中一位。这个方法沿用至最后，1964年8月7日，傅雷完成巴尔扎克《幻灭》译稿，在给人民文学出版社总编室信中，有“又译文尚有一小部分疑问，正驰书巴黎询问专家”之语。（傅敏编《傅雷文集·书信卷》）

下面各表所列问题的下划线为原件所有，后面附出版时的译文，疑难词语的对应中译加下划线。

表一（一九三六年五月二十日）

《约翰·克利斯朵夫》《黎明》[十卷本]

（1）第9页，<u>第2行</u>

…la pluie bat les <u>carreaux</u> depuis le commencement du jour…

<u>carreaux</u>＝窗玻璃或路面？

（傅译）江声浩荡，自屋后上升。雨水整天的打在窗上。

（2）第 28 页，第 4 行

Autour d'eux, dans le demi-jour qui point, la grande nappe (same) tranquille continue de s'étendre…

la grande nappe指什么？

（傅译）在它们周围，波平浪静，一片汪洋的水在晨光熹微中展布开去。

（3）第 61 页，第 13 行

Il y avait pris racine, en épousant, à quarante ans passés, Clara Startorius… à quarante ans passés ＝ 超过四十岁？

（傅译）四十岁后，他娶了王府乐队指挥的女儿克拉拉·萨多罗斯，在当地生了根……

（4）第 68 页，第 16 行

…il semble que ces excentricités même fussent la preuve du genie qu'on lui prêtait; car il est bien entendu, parmi les gens de bon sens, qu'un artiste n'en saurait avoir.

en指什么？

（傅译）似乎这种古怪劲儿正是大家说他有天才的证据；因为在明理的人看来，一个普通的艺术家决不会有这种现象。

（5）第 108 页，第 13 行

…où des têtes marchent sur des pattes ?

（傅译）无数的蛋在破开的青蛙肚子里象虫一般蠕动，没有身子的头在走路，屁股吹着喇叭…

（6）第 118 页，第 7 行

…les scrupules d'une affection qui ne veut pas inquiéter….

请解释这个句子。（＝孩子体贴，不愿惊动父母。或＝孩子不管父母会否惊动）

（傅译）第三是体贴：不愿惊动母亲。

（7）第 128 页，第 2 行

…poussant de loin en loin un grognement de plaisir…

（傅译）偶然鼻子里哼几声表示高兴……

（8）第 142 页，第 13 行

La masse verte du fleuve continue de passer,……avec des moires luisantes et…

（傅译）浩荡的绿波继续奔流，……只闪出绿油油的光彩。

（9）第 168 页，第 5 行

Il n'a pas dépendu d'eux que nous ne fussions écrasés. Il ne dépendra pas de nous qu'ils ne soient écrasés.

（傅译）我们没有被打倒并不是因为他们留情。我们也用不着为了他们的生存而留情。

（10）第 174 页，第 19 行

Les en-têtes étaient ornés de boucles et des paraphes

（傅译）题目都用的花体字。

（11）Dianzi, nell' alba che precede al giorno,

quando l'amima tua dentro dormia

png IX

请把《黎明》所有但丁的意大利文诗歌译为法文（以及《黎明》一、二、三部开头的其他诗歌）。

（傅译）在平旦之前的黎明时分，

当你的灵魂在身内酣睡的时间……

《神曲 · 炼狱》第九

表二（一九三六年五月二十九日）

《约翰 · 克利斯朵夫》《少年》[十卷本]

（1）第 34 页，第 25 行

c'est une sorte de meuble qu'il faut tenir brillant, un parquet bien ciré, froid, dur, —— et glissant

（傅译）她们所谓的荣誉，就是一件必须抹得光彩四射的家具，一方上足油蜡，又冷又硬，滑得教人摔交的地板。

（2）第 151 页

"je ne suis pas morte, j'ai changé de demeure…"

引自哪一部著作?

（傅译）"……我没有死，我只改换了住处。"[引自米开朗基罗《第四十八组墓志铭》第十四首，傅译没有加注出处]

（3）第 170 页，第 2 行

Il n'y aurait plus de morale possible sur terre

（傅译）要不然世界上就不可能有什么礼教了……

（4）第 178 页，第 16 行

s'aimer dans le vide des choses,

（傅译）世界消灭了，他们相爱着，

（5）第 192 页，第 22 行

comme font les femmes qui vivent au cours des heures

（傅译）象一切得过且过的女子一样。

表三（一九三六年六月十六日）

《约翰 · 克利斯朵夫》《清晨》[定本四卷本]

（1）第 166 页（第 25 行）

…le front ouvert ?

（傅译）孩子脑袋撞着壁炉的铁架，爬起来跪着，扬着脸气哼哼的又喊道……

（2）第 167 页（下方第 3 行）

…il n'était pas tout à fait à jeun

（傅译）并且还带着点酒意，

（3）第 173 页（第 11 行）

…il ne parlait plus, de la soirée ?

是否＝在晚上？

（傅译）整晚的不开口了

（4）第 191 页（第 12 行）

…écriture appliquée, longues, indécise,

（傅译）工整，细长，柔软的字体

（5）第 199 页（第 32 行）

et ce que je n'ai point fait et ne ferai point de mes lèvres, je le ferai de tout mon être …Mesure!

（傅译）凡是我嘴上没有说过的，将来也不会说的，都由我整个的心灵来表现……你瞧罢！”

（6）第 205 页（第 16 行）

Tandis qu'il savait mauvais gré à … de se laisser duper…

（傅译）他既不满意朋友的容易上当……

表四（一九三六年七月二十七日）

《约翰 · 克利斯朵夫》《清晨》[定本四卷本]

（1）第 155 页，第 20 行

…il pensait, comme un autre vieillard illustre, qu'il ne faut point assigner les limites aux bienfaits de la Providence…

谁是另一位著名的老者呢？

（傅译）他可认为对于上帝的恩惠绝对不应当指定界限。[傅译未译出 comme un autre vieillard illustre（像另一位著名的老者）]

（2）第 193 页，第 7 行

Qu'il me tarde de te voir!

何解？

（傅译）我恨不得早些看到你！

（3）第 199 页，第 32 行

…ce que je n’ai point fait et ne ferai point des lèvres, je le fais de tout mon être

（傅译）凡是我嘴上没有说过的，将来也不会说的，都由我整个的心灵来表现

（4）clapoter = ?

（傅译）鞋子发出咕吱咕吱的声音

（5）第 228 页，第 24 行

…elle avait une âme de petite ménagère allemande.

（傅译）骨子里她的思想跟……德国女仆的那一套根本没有什么分别。

（6）第 272 页，第 22 行

…et il faisait volontiers largesse de ce qui lui appartenait,— et de ce qui ne lui appartenait pas —

（傅译）他会倾其所有的——连非他所有的在内，一起送掉

（7）第 273 页，第 21 行

…comme si toutes les peines, toutes les trahisons n’étaient pas des chagrins d’enfant auprès de…

（傅译）所有的痛苦，所有的欺骗，还不等于小孩子的悲伤？

八　高长虹

(TCHANG HUNG，CHANGHUNG)

高长虹（1898—1954），山西盂县人。1922 年开始文学创作，1924 年创立《狂飙》杂志，鼓吹“狂飙运动”。1929 年底，运动解体，高长虹在失意之余，决定放弃文学，另寻新路。1930 年 2 月东渡日本，1931 年 11 月转赴欧洲，目的地德国。

高长虹到欧洲，很自然让人想起阎宗临，他们 1924 年结识于北平，很快成为亲密的朋友，互相以兄弟称呼。高长虹成为阎宗临踏入文学界的引路人，在他出国前，曾陪同他回太原筹款。现在两人同在欧洲，一定会设法相聚。高长虹的外甥言行（阎继经）为此作过查访：

> 我曾到太原的山西大学访问阎宗临的夫人梁佩云教授，她 1933 年到瑞士看望丈夫时，曾听阎先生说起过长虹，长虹从德国到瑞士来找阎宗临，是让阎宗临帮助他治病。阎宗临是在法国勤工俭学好几年，攒了钱之后到瑞士读大学的。这位曾得到过长虹帮助的“小弟弟”，当然是极力照顾长虹。他为他治好了病，并劝他留在瑞士读书，他可以提供学费。长虹没有同意，他的志趣已不在读书上了，他又回了德国。（言行《一生落寞，一生辉煌——高长虹评传》）

高长虹第一件事要治病，可能是旅途艰辛引起。两位好朋友离别六年，他乡重逢，少不了秉烛达旦，互诉别后经历。这时离开阎宗临拜访罗曼·罗兰的 1929 年 12 月不远，谈话不会遗漏这件大事。高长虹后来在 1940 年 6 月的《不说谎话》里记载了一个谈话细节：

> 我初到欧洲的时候，一个青年朋友很高兴地告诉我说，罗曼·罗兰有一次对他讲，欧洲的报纸没有一家不说谎话的。罗曼·罗兰连报

纸都不让说假话，他对自己的态度，更是可想而知了。

曾经与罗曼·罗兰对谈的“青年朋友”，非阎宗临莫属。阎宗临也不会不把奥尔加别墅的地址告诉自己的好朋友。高长虹在1938年6月的《高尔基和他的金言》里留下了回响，“罗曼·罗兰，我同他只是通信的认确”。认确两字有点费解，通信却是清楚了然。

然而，要发现高长虹写给罗曼·罗兰的书信，还要费点工夫。罗曼·罗兰档案收藏在法国国家图书馆手稿部，临时目录没有姓“高”的人名，无论Gao、Gau、Kao、Koo都没有。在最初抄录的资料中，有一个名叫Tchang Hung的档案。里面只有两封短信，以英文书写，没有任何写信人的自我介绍。按老规矩音译，Tchang可能姓张或章或蒋，Hung名洪或鸿或弘等等。然而所有排列和组合只得出陌生的名字。转向罗曼·罗兰日记求解，同样没有只字涉及。由于书信内容看来无关宏旨，于是搁至最后处理。等到开始认真翻译信文，逐字重读，却发现第二封信的署名不是Tchang Hung，而是Changhung，中间没有分隔，这时才醒悟这可能是一个双汉字人名，不带姓氏，“长虹”两个字就此出现在脑海中。这个迟来的顿悟不仅弄清楚写信人的身份，而且经过扩展搜索后，找到高长虹欧洲时期六篇外文作品的佚文，分属法、英、德三种语言。

高长虹的欧洲经历在很长时间里几近空白，重组他在欧洲的六年多经历，除了欧洲资料，最可靠的依据是高长虹本人同期及回国后的文章，基本上集中在中央编译出版社《高长虹全集》第四卷，包括2008年重新发现的1938年出版的文集《政治的新生》，以及高长虹回国后的报刊佚文，字里行间隐藏着主要的线索。其他可靠的旁证不多，只有同时代的两篇留学生通讯，以及多年后一些当事人的回忆文章断片，尽管零碎，却也提供了一些生动的细节和线索。

1931年　柏林“德友”

高长虹在“九·一八”事件发生后离开日本，在渡海途中写过一首诗

《在南洋的海上》，日期 1931 年 11 月：

天盼，
水晴，
太阳，美的完成者——
无滴的盈溢，
不坠的纯熟，
内的踊，
被光和圆平。

诗中充满远行者的愉快心情，但是接下来的旅程并非一帆风顺。在《胡风回忆录》中，胡风提及 1940 年两人在重庆见面时，高长虹告诉他，“他当年出国是当猪仔躲在底舱里，发现了就被赶上岸，这样一个地方一个地方地流浪，倒走了不少国家”。可能由于这个原因，他走的海路比普通人的一个月要长很多。无法查证准确的抵达欧洲日期，最早的记录在一篇 1932 年文章《长虹在柏林》里，刊登在《出版消息》半月刊第 1 卷第 24 期的“作家印象记”栏，作者署名均，“长虹还是在 1932 年的春天就到了柏林的”，也就是二三月左右。从内容看，这是一篇留学生通信，最接近资讯的源头，失真较少。

旅途的磨难并没有压垮高长虹。到达柏林后，他不懂德文，又身无分文，不可能像初到的留学生那样进学校学习语言。换了别人可能自暴自弃，但他的高傲性格让他继续保持作家的气质，在极度贫困的状况下，继续走自己的路，努力学习和研究。《长虹在柏林》写道：

记者震其名而由友作介方相识：一见面反感到他带着艺术家与众不同的风味，并且他问我的第一句话是：“有什么著作发表过？”

后来听说他的经济情形很不好：他与恶劣环境奋斗的精神倒是可佩极了。他住在柏林的市中心，一间极狭小的房间内，且自炊于此书斋兼卧室内，即是说那里也是他的厨房了。差不多每天午后都得在普鲁士邦大图书馆内的东方部碰见他在翻阅中文的书籍。有时也在杂志

> 部见他读英文的刊物。
>
> [……]
>
> 最巧的是他所需要的最低度的每月生活费的来源了。这是位经营小生意的华侨，后来得到了替一家中国饭店捎广告牌的事，每月还有一定的小收入，他就拿起他的薪俸给长虹了。因为长虹教他读中文和英文，并且这位同胞也能识大义。但是总算是文人窘况时之巧遇了，也可算文人佳话。

普鲁士邦大图书馆现称柏林国立图书馆（Staatsbibliothek zu Berlin），也就是德国国家图书馆。当时在柏林要看中文书籍报刊，这里是不二之选。这篇通讯还提到高长虹一个没有实现的计划：

> 有朋友讲他想深入工人群众中去，说要到汉堡的海员队里去。他希望在那些地方得到些珍贵的材料。怕是他的德文程度太差的原故罢，不然为何他的这些计划都未实现。

这个想法可能与海上旅程有关，在当猪仔躲在底舱里的日子，他一定得到洋船上的中国火夫、水手或侍应的救助。汉堡是自由港，国际轮船必经的中转站，这里有很多中国海员往来。高长虹到汉堡不必找外国海员，因此不存在语言问题。真正的困难仍然是经济条件不足，而且海员流动性很大，很难找回萍水相逢的朋友，因此最后放弃尝试。

这篇文章发表在 1932 年 11 月 16 日，海外文章自写成寄到国内杂志发表，最快也要两个月时间，因此文内所记仅是高长虹初抵德国最初半年的情况。随后的活动，要看高长虹本人在《政治的新生·序言》留下的几句话：

> 附录二为有关文艺文化问题的近作零星文字，集中野营之歌系闻德友 Witvogel 被捕时所作，后以德法译发表。德译出于友人 Anna Seghers 之手。一二八时所作之《苦力之歌》数段，曾由安那于集会中朗读者。

高长虹三位外国朋友：西格斯，魏复古，古久里

寥寥数言，流露出一种自豪感。事实上，在他的文学生涯中，这是一件重要事件，因为他口中的两位德国友人并非无名之辈。

高长虹到德国后继续以中文写作，以文会友。他不谙德文，但懂英文，涉足过文学翻译，与德国作家或学者交流不会有太多困难。他首先结交的是读过汉语的安娜·西格斯（Anna Seghers，1900 – 1983）。这是一位著名的女小说家，出生在犹太人家庭，年纪与高长虹相仿。二十岁在海德堡大学求学时，曾经攻读汉语，一口气选修了语音、写作及阅读练习等十一门课程。经过一年的认真学习，她明白对使用拼音文字的西方人，汉语是一种困难的象形文字，不是一两年就能掌握，于是没有继续下去，但是她对中国历史、艺术和政治产生了浓厚的兴趣。1924 年大学毕业，她以伦勃朗作品研究为题取得艺术史学位。1925 年结婚后，开始文学写作。不过三年，一书成名，以小说《圣芭芭拉渔民的起义》(*Aufstand der Fischer von St. Barbara*) 赢得著名的克莱斯特文学奖，这一年她才二十八岁。这位女作家思想激进，政治左倾，是德国共产党和无产阶级革命作家联盟的成员。

1931 年“九·一八”事变后，由于西方列强为了自身利益，导致自称维护国际秩序的国际联盟无所作为，日本肆无忌惮侵略中国，滥轰滥炸，犯下令人发指的罪行。经过国际传媒的报道，引起西方民间对日本军国主义的愤怒，和对中国人民的同情。西格斯因为曾习中文，因此产生了创作中国题材小说的念头，她对中国文化的知识和热爱让她毫无困难结识了一些中国人，从他们那里取得第一手资料。1932年和1933年可以说是她的中国年，接连发表了以中国人为主角的报告文学式小说《杨树浦的五一节》(*1 Mai Yanschuhpou*)，对话录《来自我的工作作坊的小报告》(*Kleiner Bericht aus meiner Werkstatt*)，短篇小说《马表》(*Die Stoppuhr*)、《重山》(*Der Last-Berg*) 和《驾驶执照》(*Der Führerschein*)，另外一本长篇小说《伙伴》(*Die Gefährten*)，描写来自五个国家的革命者，其中两个是中国的廖氏兄弟。尽管德国共产党在1933年国会纵火案前是合法的政党，但周围的法西斯恐怖气氛让人感到高度风险，西格斯很小心处理与中国人的交往，不留下太多痕迹，尤其姓名身份，即使写到纸上，往往含糊不清，因此直到今天，研究者从她的作品和手稿中，只发现胡兰畦（1901 – 1994）一个人，西格斯儿子在回忆录《大河彼岸》(*Au-delà du fleuve, avec Anna Seghers*) 提到她曾住在家里的往事。现在，研究者或者应该留意一下高长虹了。

高长虹和西格斯并非泛泛之交，互相间有过深入的互动接触，他在1940年6月的《书和前进》中有过生动的记录：

> 以中国的内容从事写作，在世界文坛上获有名誉的两个外国女作家，是斯迈得莱和布克。就两人著作的流行量来说，斯迈得莱是赶不上布克的。这不一定是说读者的多少，因为劳苦大众中的读者从图书馆借阅的人也很不少。德国的女作家安那塞格尔［安娜·西格斯］在一次谈话里，把这个问题提出来问我说：“为什么呢？”我当时觉得这是不大成问题的，特别是在塞克海尔［西格斯］。
>
> 不过，我也照例地答复她说：“把中国写得仿佛太好的书，外国人不喜欢看，这是第一。第二，有前进思想的人在现在还不是多数。还有第三个理由，布克的书是用小说体写的。”前两个理由，是她完全同意的。后一个理由，她初听得好像生疏一点，但也立刻同意了。当然，这些还只是说了道理的一面。像塞克海尔［西格斯］自己的小说，写得很生动，多独创手法，富诗意，读者却不很普遍。流行最广

的书，有时候是最坏的书，这就在欧洲也是常见的事。书的好坏和读者的多少，能够成正比例的，只有一个国家，就是苏联。可是，就在苏联，截至目前为止，发生例外的事，也不是不可能的。

文内三位女作家名字，斯迈得莱今译史沫特莱，布克是赛珍珠原名，塞格尔或塞克海尔同是西格斯。同一篇文章出现两个不同译名，可见此文发表得相当仓促。

他的第二位“德友 Witvogel”是著名汉学家魏复古（Karl August Wittfogel，1896 – 1988），1933 年获得法兰克福大学博士学位。他和西格斯是同道中人，比她更早参加共产党，又是无产阶级革命作家联盟会员。他热心政治活动，支持中国革命，中国留学生对他很熟悉。1925 年 1 月 21 日，法国《人道报》有一则报道，柏林共产党学生联合会举行集会，抗议发生在中国、摩洛哥和保加利亚的武力恐怖行为。集会地点在柏林体育馆，警方在门口贴上通告：“外国人禁止入场”。众多学生不顾禁令参加，魏复古是两位演讲者之一，散会时被警察逮捕，《人道报》说，同时“被捕的学生大约四十名，大部分是中国人。”

希特勒在 1933 年 1 月上台，魏复古打算避居瑞士，事不机密被捕，在三月份被送进达豪（Dachau）集中营，成为第一批被希特勒囚禁的知识分子。这件事在中国留学生引起巨大反响，高长虹为此写成诗歌《集中野营》：

对于我们，
战争已经来到。
我们被俘虏，
被枪射，
受拷打，被皮鞭，
也被饥饿。
对于我们，
战争已经来到。
我们的敌人，
不来自边疆。

他戴着礼帽，
从银行的办公室里走出，
指挥着他的穿制服的仆役，
以支票和最后的微笑。

诗歌使用野营这两个字并非为了避免政治词汇集中营，而是当时尚未有集中营这个叫法，因为被捕者全部当作普通犯人，关进普通监狱，以至人满为患，当局匆忙应付，临时以铁丝网围起一些空置建筑物，权充牢房，称之为“野营”（Wilde Camps）。达豪“野营”原先是一间兵工厂，成了第一座臭名远扬的纳粹集中营。魏复古在朋友多方救援下，在该年夏天重获自由，随即逃离德国，取道伦敦前往美国，后半生专心汉学，成为二十世纪最知名的汉学家之一。高长虹这首诗就是在他被捕时所作，也就是 1933 年 1 至 2 月，但是收入《政治的新生》时没有注明日期，也没有透露发表德译的刊物名称。

他的另一首诗歌《苦力之歌》也由西格斯翻译了其中一些断片，原诗没有入集是很可惜的事情，因为西格斯曾拿到群众集会上朗读，可见有可观之处。高长虹交代的写作动机是 1932 年 1 月的一·二八事件，史称“淞沪之战”。

西格斯的翻译很及时，因为不久之后，二月底，柏林发生国会纵火案，纳粹乘机镇压异己，取消政党，实行一党独裁。西格斯在三月份被警察从家里带走，幸好她的丈夫持有匈牙利国籍，因此获得释放。他与丈夫不久分头逃离德国，在四月份流亡到法国。胡兰畦没有她的运气，虽然也是外国人，但因为与一位被追捕的德国共产党活跃分子同居一室，警察来抓人时，那人不在家，于是把她抓去，由法庭判处三个月徒刑，到六月份刑满释放，限期七天离境，她也选择法国作为流亡地点。

3 月 30 日，高长虹从柏林给张申府写信，可能担心当局检查信件，完全没有涉及德国的紧张气氛。信发出后，形势继续急速恶化，眼看就要陷入疯狂的暴力世界。大难临头，没有人会坐以待毙，高长虹很可能在四至六月间离开德国，逃往巴黎。

1933年　巴黎《世界》

巴黎是一个大都会，高长虹不过是茫茫人海中的一个陌生中国人，不会引起任何人注意。然而，历史没有不可能的事情，他的出现引起一位名叫朱梅的人关心。朱梅（1909 – 1991）是四川荣县人，与高长虹一样是新文学弄潮儿，有过类似的经历，他不会没有听过高长虹的名字。中学时期开始写作，笔名梅子，1927 年出川，到上海艺术大学读书，结识了巴金等上海文学青年。1929 年，巴金刚从法国回来，就为他的中篇小说《争自由的女儿》作序，昵称他为“梅弟”。1932 年 5 月，他到法国留学，步巴金步履进入沙多—吉里（Château Thierry，直译“吉里古堡镇”）中学进修法文。1933 年秋到比利时，进入布鲁塞尔国立发酵工业学院学习酿酒。1936 年 4 月学成，取道新加坡，稍作停留再返国，后来成为中国有数的著名酿酒专家和教授。

留欧期间，他为国内不同刊物写作通讯，1936 年 6 月 5 日起，以“在欧洲的几个作家”为栏目，在《中央日报》副刊《贡献》上发表过一组四篇短文，第二篇题为《高长虹在瑞士》。尽管高长虹去国已经五年，还有很多人关心他。文章发表在 6 月 6 日，十天后，创刊不久的上海《星华》半月刊就在第一卷第四期原封不动转载。接着《北平新报》接力，虽然经过改写，但没有触动主要内容，署名无可。

文章很精简，二百多字，这是《贡献》编辑对作者的要求，“要短，短至二三百字亦可”。朱梅的文章虽短，却概括了高长虹 1933 年至 1936 年的欧洲行踪。其中初到巴黎的情况，是作者亲眼目睹：

> 高长虹到德国住了几个月后便到巴黎，记者在巴黎曾碰见过他好几次。他的生活真可以讲得上“普罗”，住在拉丁区一个“没有火”的小旅馆里。有时一天花九十生丁买一个面包，就在街上大吃，那样便也可以过一天。而且他还给洋山芋取了一个新名词，叫做“灰色蛋”，真也算是穷开心。

另一个见过高长虹的巴黎狼狈相的人，是任职外交官的杨玉清（1906 – 1995），1934 年 7 月被派到法国担任大使馆秘书，比朱梅晚一年到巴黎。他在 1985 年写的回忆文章《抗战前夕的巴黎华侨和留学生》（载《文史资料存稿选编 第 25 辑 社会》）有一小段高长虹的记叙：

> 流落在巴黎的留学生、文人也不少。山西人高长虹，曾经反对过鲁迅。他在巴黎就形同乞丐［……］他在巴黎住的地方我去过，房屋非常陈旧，周围住的都是中国人，可以说是巴黎的“唐人街”。

他描写的地方就是唐人街，在里昂车站周围。青田华侨早期多业货郎挑，叫卖东方小玩意，以巴黎为中心，到四乡做生意，早出晚归，为了方便乘搭火车，因此聚居此处。这段文字证实了朱梅所言，高长虹的处境十分困难。然而杨玉清使用“流落在巴黎”，或者“形同乞丐”这些贬词，那是因为他不认识真正的高长虹。事实上，高长虹根本不认为自己流落他乡，更不是讨钱过日子的乞丐，一穷二白的困境没有改变他的作家本性。试看《高长虹在瑞士》的描述：

> 他在写一部长篇小说，［名］字叫《中国》，当他每一章写完了，就有人替他译成英、意、德、西班牙文。

高长虹本人在 1935 年写的《途中之歌》有一段与此呼应：

> 这时便闯进了文化朋友，
> 一个个追问着争先恐后。
> 这个问：《中国》完成第几卷？
> 那个问：《行动学》已长成否？
> 第三个还没有开言，
> 展给我爱因斯坦的新著。

诗句流露出一种兴奋心情，他的确有理由骄傲。踏足巴黎，不足一

N° 294 17 Février 1934 1 fr. 50 Septième Année

MONDE

HEBDOMADAIRE INTERNATIONAL

DANS CE NUMÉRO

GAU TCHANG-HUNG

GREVE GENERALE ANTIFASCISTE

Dans le prochain numéro un conte inédit de Philippe Soupault

GAU TCHANG-HUNG

MINEURS CHINOIS

《世界》周刊高长虹《中国矿工》上篇（1934年）

年，他的作品便出现在法国刊物上，不是二三流的跛脚鸭，而是“巴尔比塞，在他主编的《世界》周刊上有过我的小说的踪迹”（高长虹《高尔基和他的金言》）。巴比塞是当时红透法国的大作家，1927 年创办的《世界》（*Monde*）周刊，与共产党的《人道报》和罗曼·罗兰的《欧洲》月刊鼎足三立，成为左派三支大纛，拥有广大的读者群。1935 年 8 月巴比塞病死莫斯科，该刊于 10 月终止。

高长虹的作品刊登在 1934 年 2 月 17 日第 294 期，目录印在封面上，高长虹占据头条，引人注目：“高长虹（Gau Tchang-Hung）精彩的短篇小

24 Février 1934 Septième Année N° 295 1 fr. 50

MONDE

HEBDOMADAIRE INTERNATIONAL

DANS CE NUMÉRO

LES MINEURS CHINOIS (Suite et fin)

Comprenons ces tragiques leçons

Dans le prochain numéro un conte inédit de Sherwood Anderson

GAU TCHANG-HUNG

MINEURS CHINOIS

《世界》周刊高长虹《中国矿工》下篇（1934年）

说新作”。正文安排在杂志的中心，占据中央双页，文末小字说明：“待续，将在最近一期刊出”。“最近一期”其实就是紧接着的2月24日第295期，一样占用两版篇幅，正反面排印。

两次刊登各带两张插图，画中人物是中国劳工。作者是著名的德国流亡画家林奈（Max Lingner，1888 – 1959），他在《世界》周刊1935年结束后，转任《人道报》插图画家。纳粹覆灭后，他在1949年返回东德，在美术学院任教，度过最后岁月。

高长虹的小说题名《中国矿工》(*Mineurs chinois*)，读完之后，发现这不是一篇传统的短篇小说，没有完整的故事情节。作者描绘中国一个煤矿村子和矿井的面貌，短小的篇幅，却出现十多个人物的名字，就像导演一面在舞台上搭建布景，一面让演员出来走过场，自报名字，预告大戏还在后头。小说的标题使用了“中国”两个字，毫无疑问，这就是长篇小说《中国》的开头章节，以高长虹自已熟悉的家乡山西为背景，主角是煤矿工人和村民。

小说刊出时，没有法文译者的名字。高长虹本人不懂得法文，必须通过其他人翻译。但是在他留下的文字中，没有几个法国人的名字，除了罗曼·罗兰和巴比塞，只有《政治的新生》的中文题献：“纪念法友Paul Vaillant-Couturier”。这位法友就是中国人熟悉的瓦扬—古久里（Paul Vaillant-Couturier，1892 – 1937）。这是一位多才多艺的作家，能写，能编，能画。出任《人道报》主编的数年时间，把一份小型的政党报纸改革为法国一流现代新闻大报。

1934年，法国出现过一场小型的中国热，源头就来自古久里。1933年8月，他以世界反帝同盟代表身份，前往上海参加远东反战大会。回国后，从11月12日开始，在《人道报》上发表中国之旅系列报道，一直连载到1934年1月27日，总数五十六篇，声势浩大。与此同时，和他一起访华的美籍妻子谭丽达（Ida Treat，1889？ – 1978），在北京采访时结识了美国记者斯诺的妻子，接受她的提议，一起支持身处困境的中国青年画家，帮助他们在西方筹办中国新艺术画展。在鲁迅和中国画家协助下，成功在巴黎举行了“革命的中国之新艺术”画展，展期从1934年3月14日至29日，内容以木刻画为主体，这是中国新兴木刻的第一次西行。

中国热的另一个表现是刊物发表中国当代文学作品的法译，这是前所未有的现象，打破中国古典文学的独霸局面。高长虹的《中国矿工》是这次热潮的第一个浪峰，这时是二月，接着法国作家和艺术家协会的官方刊物《公社》(*Commune*) 出版三四月份合刊，编辑成“革命的中国”特辑，介绍中国革命文学，发表了戴望舒翻译的丁玲《无题》、张天翼《仇恨》和彭湃日记节选等作品。到了八月份，《世界》周刊意犹未尽，又在第 307 期和第 308 期发表了胡兰畦的《会客》和《铅笔》，这是后来出版的《在德国女牢中》的两章，署名阿珍（A. Tsen，译音），成为这场小中国热的尾声。

刊物这样集中发表中国作品，并非以前没有人想过，但有一个具体困难。中国作家不懂法文，必须翻译，而熟谙中文的法国人很少，东方语言学院培养的毕业生都被外交部网罗去了。敬隐渔在 1926 年至 1927 年翻译《阿 Q 正传》和《中国现代短篇小说家选集》本是一个好开头，却因病中断。解决这个死结的人正是古久里，他在离开上海回国途中，把不久前接到戴望舒从里昂邮寄来的信及文章，转交给青年作家艾田蒲（René Étiemble，1909 – 2002），嘱咐他邀请戴望舒参加他们的作家协会活动。艾田蒲当年才二十五六岁，与古久里志同道合，同为中国之友法国协会的发起人。他当时正在东方语言学院攻读汉学博士学位，由他来处理中文翻译实在很合适。由于文艺界经常举行朗诵文学作品活动，这就促成了他与戴望舒的合作，分头翻译，互相帮助，把中国当代作品介绍给法国人。

高长虹的《中国矿工》大约也在同一时期通过《人道报》到达古久里手中，即使寄到《世界》周刊，巴比塞也会交给古久里处理，他们是老战友。艾田蒲一个人应付不了不要紧，周围有一班读汉语的同学，有需要的同学还可以趁此机会赚点稿费，改善生活。

古久里这一年开始与妻子分居，继而离婚。1937 年 9 月与一位《人道报》女记者结婚，一个月后去世。这时高长虹已经返回中国，正准备出版新集子《政治的新生》，噩耗传来，为了纪念这位法国朋友，临时插入一页题赠，令这本书成为一本双题赠的书。

《世界》周刊发表作品，本应鼓励高长虹的写作热情，然而他却跑去荷兰，这次旅行至今没有找到直接他证，只有他本人留下的两个痕迹，一是在《政治的新生》序言的两句话："一九三四年在荷兰创办救国会，编印《救国周报》，于对日作战，略有陈述"，另外，还有一首题为《变戏法歌》的短诗：

> 路遇一个魔术家，
> 他我都把戏法耍，
> 他的戏法耍得好，
> 银钱一赚一大把，
> 我的戏法耍得坏，
> 腰中不剩一个大。
> 问我戏的什么法。
> 新法发明第一家，
> 能使中国变强国，
> 能使荒木变衣架。
> 劳动家能变执政，
> 军阀能够变军人，
> 富人变得行好事，
> 官僚政客变书生。
> 煤变金来金变纸，
> 也如理论信用使；
> 仇敌可以变弟兄，
> 变戏法的变兵士；
> 谣诼侮蔑变歌颂，
> 戏法变成真的事。
>
> 旧作，在荷兰

朱梅此时已经去了比利时读书，他也听到高长虹荷兰之旅一些消息：

> 他对于政治也很热心，从巴黎特别去到荷兰，因为想做一点救中国人的运动，但被荷兰政府把他驱逐了。以后再回到巴黎［……］

单枪匹马到陌生的荷兰从事政治活动，需要有充足的经费。可是高长虹在法国没有工作收入，生活朝不保夕。何况荷兰华人数目很少，1933年荷兰警察总局统计只得1974人（李明欢《欧洲华侨华人史》），虽然还有来自印尼荷属地区的华侨商人和学生，但这是两个不同的群体，要大显身手也不会到那里去，除非背负团体交给的任务。然而，那时法国华侨的抗日救亡运动仍处于酝酿期，谈不上到其他国家去传播。那么他的旅费从何来？杨玉清回忆文章有一句话引人注意：

> 我有时私人帮助他一点钱。以后商定免费送他回国，但是几次把他送走了，又回来。

大使馆救助留学生是常见的事，但是“送他回国”只限买好船票或火车票，不会派人押送。当时的车船票可以退票换钱，票到手后，何去何从，就凭当事人决定。高长虹显然接到过大使馆的回国帮助，但无意返国，于是跑到荷兰去了。他被驱逐回到法国后，继续同样的工作，宣传抗日：

> 一九三五年负责旅法救国会工作，一二八纪念日在巴黎创刊《中国人民报》，对民族总动员，有较具体的意见发表。（高长虹《政治的新生·序》）

在当时抗日呼声日益高涨情况下，中国大使馆没有理由对这样的人苛责，所以才会出现几次送走又回来的情况。

那么几次的第二次在什么时候呢？朱梅的通讯说：“以后再回到巴黎，住了不久便去瑞士”，大约在1935年夏初，六七月份之间。像旅法救国会这类民间团体，都是过着捉襟见肘的日子，只有大使馆才能让高长虹再次远行。

1935年　日内瓦《东西文化》

高长虹去瑞士只是权宜之计，前路不明，但他不改作家本色，一踏足瑞士，就在日内瓦和瞿里希（苏黎世）两地，写下三首感怀诗《日内瓦》《文西》和《来梦湖》，无论用字、韵律和意景，都富有创意。然后，他去德国的图书馆：

> 前年的夏天，我在Frankfort中国学院看到Senica上有一篇文字讲。大意说，中国还没有新哲学原因是，中国人还没有消化了欧洲的学术上的滋养料。

这是他的文章《实验的国防科学》的几句话，1937年1月2日成文于巴黎，前年就是1935年。他去的地方是德国法兰克福大学，那里是法兰克福学派左倾哲学家的大本营，以前的德友魏复古是其中一员。1924年该校设立汉学教授席位，聘请在中国从事教育工作多年的德国人卫礼贤(Richard Wilhelm，1873 – 1930）担任。传教士出身的卫礼贤是著名的汉学家，他翻译的《易经》被誉为最佳西方语言译本之一。他上任之后，在1925年创立中国学院（China-Institut)，中文官式称呼是中国学社，旨在促进中德文化交流。高长虹读到的出版物Senica应为Sinica，中文刊名《中国学报》，双月刊，中国学社出版，1942年终刊。

高长虹从德国回到瑞士后，开始研究和写作中国文化的特点：

> 同年［一九三五年］夏秋旅行瑞士德国间，草《行动，科学与艺术》一书，分上下两部。上部论中国的民族意识形态，下部为国防政策。后译入德文，西友见者，不无重视。惟因种种缘故，除一二篇英德译文零星发表外，全书终未公布。（高长虹《政治的新生·序》）。

瑞士是一个出名严格执法的国家，高长虹选择作为栖居地因为可去地方不多，剔除德国、荷兰和法国，只剩下比利时、意大利和瑞士三国。比利时太近似法国，意大利语言不通，瑞士却可使用德法英语。国联选择在日内瓦设立总部后，这个城市在三十年代成为世界外交中心。1933年7月，由勤工俭学发起人李石曾倡议，中国政府在文化界人士支持下，在日内瓦开设了一间大型的中文图书馆，宣扬中国文化。1934年8月开始出版

日内瓦中国国际图书馆办公室及书报阅览室（1937年）

学术月刊《东西文化》(*Orient et Occident*)，高长虹在1935年4月首次在该刊发表作品。这时他应该仍在法国，无论直接投稿，或是译者代庖，这家图书馆的存在和杂志的出版无疑影响了他对目的地的选择。在高长虹的海外日子里，无论在日本或欧洲，图书馆都占有特殊位置，除了写作，图书馆几乎就是他的全部生活。沈静在1941年11月的《记长虹》里写过："回国以后，他告诉我，仅仅说大部分时间费在图书馆里。"

图书馆的全称叫日内瓦中国国际图书馆（La Bibliothèque Sino-Internationale, Genève），主馆设在日内瓦，收藏和提供古今中文书籍，李石曾带头捐赠了一批中国古书。分馆位于中国上海，以介绍西方出版物为主。日内瓦主馆由留学德国的胡天石（1901 – 198？）主理，馆务表现活跃。除了提供中文图书阅读，还开设中文语言班，举办中国文化艺术展览和讲座，出版杂志和书籍。由于藏书不断增加，曾经两迁馆址以扩大面积。1937年日本侵华，上海分馆关闭，日内瓦馆继续运作，直至1948年结束。1950年，李石曾把藏书转移至南美乌拉圭国家图书馆，1991年由该国交还台湾中央图书馆。胡天石本人在1949年返回中国，在北京外语学院教授德语，八十年代中期去世。

该馆出版的杂志有两种，《东西文化》是文字刊物，面向西方读者，因此以外语出版，保留作者使用的不同语言，英、德、法三种文字混印。作者群源自中外学者和官员，以及中外大学的博士生，文章中不乏学位论文。杂志出版两年后停办，共得二十四期，因为馆方要集中力量，发展晚一年创刊的《中国画报》(*La Chine illustrée*)。这是一本以图片为主体的刊物，读者群比文字刊物更广泛，更有利传播中国文化。

高长虹的第一篇作品发表在1935年4月《东西文化》第1卷第9期上，这是一首诗歌的法译，诗题《给巴黎的中国学生》(*Pour les étudiants chinois à Paris*)，回国后入集《政治的新生》，另立题《中国》。法译根据中文原诗翻译，两者相比，基本直译，质量相当好，忠实于原诗而且达意，偶有翻译中常见的小调整，另外诗中有两段的位置互换，但不影响全诗意思。现把原诗和根据法文版还原的中译并排列出：

中国（原文）	给巴黎的中国学生（译文）
正义和牺牲， 你们把着臂， 在中国人居住的地方， 巡行了去吧！	正义和牺牲， 你们可知中国人住处？ 你们把着手， 巡行了去吧！
到小旅馆的小房间里， 使有血的血热， 使热的血沸腾， 你们巡行了去吧！	走进小旅馆的陋室， 把温血的人变得热烫， 把热血的人变得沸腾， 你们巡行了去吧！
你们使沉默者言 而言者行 置旁观者于中路 巡行了去吧！	把犹豫者带上路中央， 让沉默者开腔，让多言者行动， 以羞耻的鞭子抽打正直的人， 你们巡行了去吧！
到饭馆和咖啡店里， 散布不安到舒服的胃： 这必须争一口气！ 你们巡行了去吧！	到饭馆去，到咖啡店去， 让所有肠胃塞满不安， 思想需要新鲜的空气！ 你们巡行了去吧！
别讨厌谨饬之士， 怯懦是勇敢的未成阶段，	让冷漠谨饬的书生 愈来愈害怕发抖，

是要苦行的时候，
你们巡行了去吧！

看！艺术家还在顾影自怜，
给琴曲以奔腾的旋律，
涂画布以肉搏的幻象，
你们巡行了去吧！

课堂上掀起爱国的篇页，
睡眠中吹送捐躯的梦，
变散步为进军的步伐，
你们巡行了去吧！

今天，明天到后天，
你们将普受赞美，
你正义和牺牲，
巡行了去吧！

到敌人绝迹的时候，
到独立完成的时候．
我们将要巡行着歌颂你，
正义和牺牲的名字。

一九三五年，作于巴黎

怯懦与勇敢不过一槛之隔，
你们巡行了去吧！

让课堂谈论中国的解放，
让睡眠吹送捐躯的梦，
让漫步变成进军的步伐，
你们巡行了去吧！

顾影自赏的艺术家何在？
让他们把轻歌变成激荡的节奏，
让他们把悸动的血肉涂满画布，
你们巡行了去吧！

今天，明天和后天，
你们到处受到称颂，
正义和牺牲，
你们巡行了去吧！

当敌人消声灭迹，
当独立自主实现，
我们其他人去巡行，
歌颂你们的光荣：正义和牺牲！

长虹

这是一首宣传救亡运动的诗歌，写于为旅法救国会工作期间，根据法译发表时间，成诗日期不会晚于 1935 年 2 月。《东西文化》的目录没有作者的名字，只有内文署名 Tchan Houng。该年 12 月的总目录则署作者全名 Gao Tchan Houn，可见编辑是中国人，认识高长虹，知道他的姓氏。

这年秋天 10 月，《东西文化》第 2 卷第 3 期发表了他的第二篇文章

《行动与诗》(*Activity and poetry*)，这是一篇英文文章，署名 Changhung。无论标题或内容，都很像他同年完成的《行动，科学与艺术》的一个章节。如果属实，让人窥见此书不是长篇的理论研究，而是一本随笔文集。高长虹的文章强调从远古到当代，中国诗人一直积极参予各种政治和社会行动。行动是他从日本时期就开始探究的题目，1938 年回国后，仍念念不忘。除了在文章中不时讨论行动与文化的关系，例如 1939 年 9 月在汉口作《中国文化的行动成分——从战时文化的发展到国防文化的建立》，又在 1940 年 4 月试图发起组织行动学社。他先写了一篇文章《行动学社缘起》，接着在 6 月间发表了《行动学》的第一章开头断片，但最终没有下文。

他的第三篇作品《中国绘画与行动》(*Chinesische Malerei und Tat*)，刊登在 1936 年 2 月《东西文化》第 2 卷第 7 期。单看标题，就知道这是《行动与诗》的姐妹篇，论述范畴从诗歌移至国画。发表文字使用德文，署名高长空（Gao Chang-Kung)。校对不严是《东西文化》的弱点，Kung 与 Hung 只相差一个字母，但是目录及内文使用同一拼写，无法确定是否误排，因为有另一个可能，这是德文译者自创的拼写。

高长虹在这本杂志发表的三篇文章，分别使用法语、英语和德语，证实了他本人和朱梅所说的话，在朋友帮助下，他的作品译成多种外国文字。这是任何旅欧中国作家或留学生都没有过的经历，经济条件不好不仅没有妨碍他的文学创作，也没有影响他与西方文学界的活跃交往。

高长虹在瑞士的居留日期大约在 1935 年 6 月至 1936 年 6 月，整整一年时间，这令人想起他在弗里堡的好朋友阎宗临。这个城市离日内瓦不远，一百四十公里左右，有铁路相连，见面很方便。梁佩云女士跟随阎宗临在 1934 年返回瑞士读书，高长虹外甥言行上世纪末访问她时，没有提及这个时期两人曾否见面。然而，阎守诚的《阎宗临传》有一段话与日内瓦图书馆有关：

> [一九三四年] 父亲回到弗里堡大学，开始了他的教学生涯，主要是给学生讲中国近代思想史。期间，曾在日内瓦中国国际图书馆做过两次学术报告，一次题为《中国文化概观》，另一次题为《老子的哲学》。

虽然没有提供这两次报告会的日期，但是《东西文化》刊登过阎宗临以法文撰写的两篇文章。第一篇《中国现代文学》(*La Littérature moderne chinoise*)，在第2卷第1期和第2期连载，时为1935年8月及9月；第二篇《中国文明概观》(*Aperçu général sur la civilisation chinoise*)，发表在1935年11月的第2卷第4期。

两文中，《中国文明概观》与阎守诚所记载的报告会讲题之一《中国文化概观》一致，因此这两篇文章应当是两次报告会的讲稿。由此推算，阎宗临到日内瓦演讲的日期，与高长虹的居留时期交错，除非他刚好去了德国法兰克福，否则两人必定会见面。事实上，他们的交情十分深厚，在阎宗临第一篇文章《中国现代文学》里就能找到例子。文章的第四节列出新文学运动四位代表诗人，前三人是徐志摩、郭沫若和冰心，第四人就是高长虹：

> 长虹（Chang Hon)。他在一九二六年领导过一场诗歌运动。从各方面看，运动没有成功，因为读者看不懂不常用的词语。长虹的诗歌晦涩神秘。每个句子隐藏着一个特别意义，经常令人百思不得其解，不明白这些黑色笔划下面有何奥秘。他抱怨读者缺乏深度，然而有一点是肯定的，他的诗歌虽然不通俗，但他的一些作品，例如《献给自然的女儿》和《给……》，却是最出色的作品。

阎宗临把高长虹列为中国四大代表诗人之一，不能不教人猜疑与私人交情有关，但是他持论公允，不偏不倚，十分学院式，不能说徇私作弊。

1936年　致罗曼·罗兰三封信

高长虹在瑞士的作品相当多，显示他没有经济困扰，生活无忧，能够专心写作。《高长虹在瑞士》最后一句话透露了其中缘由：

> 据说他最近每年得到一千元官费，故他现在去瑞士也可以马马虎

虎的生活，而继续写他的作品了。

作者朱梅当时在比利时，没有见到在瑞士的高长虹，只是把留学生间流传的消息写进通讯。本来官费指政府供给留学生的费用，高长虹从无在大学注册，而作家没有资格享受这种待遇，因此他的官费性质还有待澄清。

时间飞速过去，踏进1936年，每年官费只剩下几个月就结束，能否再次得到是一个未知数，高长虹再次面临何去何从的问题，也因此产生离开欧洲的念头。在这关键上，他在1月18日发出给罗曼·罗兰的第一封信。这是一张明信片，上面印着瑞士门德里西奥（Mendrisio）小镇的黑白风景，高长虹使用罗曼·罗兰的“标准”地址。最早使用这个地址的中国留学生是敬隐渔，来自罗曼·罗兰给他的第一次复信，四五年后，敬隐渔抄给李又然，李又然抄给阎宗临，阎宗临抄给高长虹。信文精简到无可再简：

亲爱的罗曼·罗兰大师，

如允拜访，请赐数言。

问好！

长虹

一九三六年一月十八日

日内瓦

马依大道二十二号

汉尔特转交

所有中国留学生写信给罗曼·罗兰都用法文，包括李又然，他曾习英文，初到里昂时，不谙法文，宁可请人代笔。高长虹以英文书写，罗曼·罗兰对英文不如德语精通，英文书信一般由他的妹妹玛德兰代办，她有英语教师高级文凭。此外，此信署名 Tchang Hung（长虹），虽然高长虹在《再讲一件小事》曾经宣称，他的习惯只写名不写姓，可是这有违中国人写信给长者的传统规矩，何况这是第一封信，高长虹在这里无意间表露出一种自我中心的心态。

罗曼·罗兰虽然尽量每信必复，但面对一封陌生人的来信，没有任何自我介绍，就像跟蒙面人打交道那样。何况这封信请求登门拜访，由于写作和社会活动繁忙，他只有星期天才能见客，因此每次都严格挑选，都有目的，不是为了闲谈。高长虹不可能接到回信。

他等了三个月，寄出第二封邮件，仍然和第一封那样与众不同。档案现存一个信封和两份附件，没有信函。其他人的书信收藏都是巨细无遗，看来这封信也完整无缺。寄信时间要看信封上的邮戳，1936 年 4 月 3 日。信封背面写着寄信人的名字长虹（Tchang Hung），地址在日内瓦哥兹－莫南街二号。这个地方与第一封信不同，可见他在此期间搬过家。

信内两份文件是他的两篇作品，已在《东西文化》发表。第一篇是诗歌《给巴黎的中国学生》的法译，这是一页使用蓝色碳纸的打字副本，大约是译者给他的。诗句与署名和《东西文化》所刊完全一致，但他没有注明曾经发表。

第二份是《东西文化》的剪报，从原刊裁切出来，两页，页眉上印着杂志的名字。文章使用英文，标题《行动与诗》(*Activity and poetry*)，文末署名 Changhung。纸张和印刷的质量都很好，完好无损。

在这封信后不久，高长虹接着寄出第三封信，也是最后一封信。继续

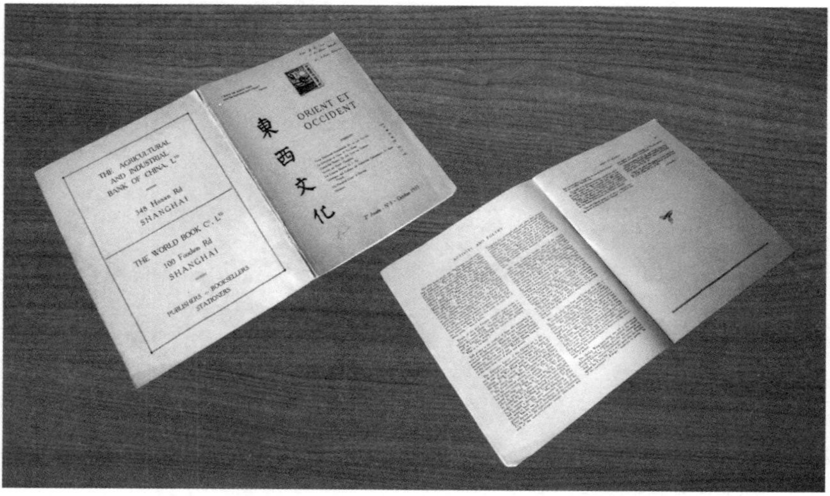

1936年寄给罗曼罗兰剪报，来自《东西文化》1935年10月号

独树一格，使用一张瑞士琉森湖的风景明信片，没有寄信人的名字和地址，也没有日期，从邮戳才知道在1934年4月10日投邮，距离上信刚好一个星期：

罗兰先生伉俪，

今天往访安娜－梅里莎·格拉芙小姐。她外出未归，我改天再访。

我可能这个月从威尼斯前往奥德萨，因为听说这条路线最便宜。

我在新世界有几位朋友，不过我希望罗兰先生能够给我一些“信息”。我只有稿酬用来支付旅行费用！干草原是我的故乡，也是我的旅途终点。从阿尔卑斯山到喜马拉亚山的旅程非常艰难！

此致文化与和平的敬礼！

长虹

信中提及的安娜－梅里莎·格拉芙（Anna Melissa Graves，1875－1964）是美国一位女教师和作家，曾周游亚洲、中东和拉丁美洲多国，包括中国在内。她除了教授英语，还是一位活跃的和平主义者，国际妇女争取和平与自由联盟（Women's International League for Peace and Freedom）的重要成员，在三十年代国联时期经常到日内瓦活动，与罗曼·罗兰时有来往。高长虹本人没有留下欧游生活的任何回忆文字，无法知道他与格拉芙夫人在何种情况下相识。

这封信以Changhung署名，与第一封的Tchang Hung不同。信内提供了一个重要信息，他计划离开欧洲，前往苏联或者美国。但是旅费只有稿费来源，因此暗示罗曼·罗兰资助。这也解释了他在对上一信寄上两篇文章的用意，以此作为自我介绍，让罗曼·罗兰知道他的作家身份。

在明信片背面，高长虹加上两句附言，和信文一样，使用英文：

长教授（Prof. Chang）翻译过罗曼·罗兰倡议的《精神独立宣言》，目前无法行动（imprisonal）！

能否赐告巴黎《欧洲》杂志的地址？

高长虹在欧洲没有当过真正的大学生，在这里却以第三者口吻自称“长教授”，大概为了引起大师的注意，还使用了一个字典没有的英文字imprisonal，可能自造，也可能是imprisoned（监禁）的误写。

他没有成功与罗曼·罗兰建立通信，更没有见过面，除了信文难懂，写信时机不适当是另一个重要原因，尤其第一封信，信到时离开罗曼·罗兰七十寿辰的1月29日只有几天时间。这一年的庆祝模规媲美十年前的1926年六十寿辰，只是换了庆祝者，不再是来自全世界的作家和学者，而是一大群左派政治人士，法国共产党、社会党、人民阵线政府，还有斯大林的苏联传媒，他们为他戴上国家英雄的冠冕，为他开大型公共祝寿会，他自己也认为坚持多年的和平主义理想和对苏联的支持，终于得到法国人民的认同。庆祝活动及余波持续了好几个月，可以想象在这股热潮中，仅有两句话的高长虹明信片，早已被洪水滔滔的信件和电报所淹没，能够幸存下来，已经是难得的运气。

罗曼·罗兰一直努力回答所有人的来信，但高长虹的信实在特殊，因此档案和日记都没有发现有关痕迹。高长虹在《高尔基和他的金言》使用通信这个词来形容他和罗曼·罗兰的交往，即使曾经接到回信，罗曼·罗兰也没有满足他的“信息”要求，无论苏联或新大陆的远游计划都没有实现，大约在6月份就离开瑞士，折返巴黎。

1937年　《欧洲》余音

巴黎的华人世界在他离开期间发生巨大变化，中国国内的抗日呼声在这里引起巨大的回响。国内来的知名人物不断在这里出现，有些来开会，有些来避难，有些仅仅路过，留学生和华侨社团忙于大大小小的欢迎会和演讲会，救亡运动迅速升温。

高长虹虽然个性孤高，但对抗日和国内政治的大是大非却毫不含糊，积极参加活动。余敢（1906 – 1995，原名余宗范）当时担任法国反帝大同盟主席，这是一个共产党的外围组织。他在1987年的《回忆在巴黎的抗日活动》（刊《淮阴文史资料 第六辑 拳拳爱国心》），提及高长虹是反帝大同盟的成员，称他为同志，曾与他讨论过和方振武将军联合的问题。

杨玉清的回忆文章也观察到他这方面的表现：

> 在巴黎留学生活动的中心，有一个叫“中国书报社”，负责的是广西人谢康。谁都可以做社员，但得缴纳会费。我也是社员，每月交会费20法郎。陈铭枢、陶行知、徐寿轩、胡秋原、高长虹等，也常以此地为活动之所，开过多次座谈会，有时事座谈会，有文艺谈话会等。1934年10月10日在中国馆万花楼聚餐，陶行知等讲了不少的话。

1939年9月8日高长虹《读〈去国草〉后感并悼礼锡君》有一句：“礼锡君我常以为他是一个青年外交人才，在国外相谈时很不少。”王礼锡是当时是英国最活跃的中国救亡运动代表之一，相信高长虹就是在这类的场合与他见面长谈。救亡运动到1936年9月达到高潮，由欧洲多国华侨社团组成的“全欧华侨抗日救国联合会”在巴黎成立，高长虹与王礼锡当选为宣传部的干事，这不是偶然的事情。

从这个时期到1937上半年，他忙于宣传抗战，个别作品后来入集《政治的新生》，还有更多有待发掘。他看到周围的留学生纷纷回国，同赴国难，在瑞士产生的归国愿望越发强烈，流露到笔尖下面。最先在这年一月的《实验的国防科学》说，“如我今年能够回到中国”，到了3月，归心似箭发展为一首诗《欲归不得，俚歌解闷》：

> 一只云雀天上飞，
> 我不爱她还爱谁？
>
> 一只云雀飞下地，
> 我要娶妻单娶你！
>
> 不爱云雀好身材，
> 不爱云雀声和谐。

最爱此雀落地时．
一片云从日边来！

理想之死本来少，
已经有人抢去了。

求爱得生若非假，
我待飞行君待架！

一九三七年三月作于巴黎

最后一句“君待架”疑为“君待嫁”之误排，待考。

他还要耐心一年才实现回国愿望，1938 年 3 月，他前往伦敦，从那里坐船返国，没有人知道他从何处拿到旅费。轮船的目的地是香港，他上岸后没有落脚的地方，流落街头，有一天白日在路边入睡，被偶然路过的潘汉年认出叫醒，这时已是六月天。这幕场景恍如黄粱一梦的结局，然而高长虹经历的欧洲梦一点也不虚无，他跑过很多地方，实地认识了西方世界，在图书馆尽情沉浸，写成的作品令多少留学生羡慕。他孑然一身，却像几个人那样生活，外文名字收集起来有八个之多：Tchang Hung，Tchang-Hung，Tchang Houng，Changhung，Chang Hon，Gau Tchang-Hung，Gao Tchan Houn，Gao Chang-Kung。如果说这是梦，这是一场多姿多彩的梦，人回国后，梦还在后面延续。

就在 1938 年 3 月高长虹离开欧洲的同时，罗曼·罗兰创办的《欧洲》月刊在第 183 期“艺术评论”栏目下，发表了他的文章《中国绘画中的象征主义》(*Le symbolisme dans la peinture chinoise*)。这是一篇法文稿，署名 Changhung。作者引经据典，介绍了中国山水画的历史，从唐代李思训，直到清朝诸家，然后分析山水画五大类别象征的功能：土壤、休闲、失意、阳刚和有生命的自然。

1939 年 2 月，他回国已一年，又有一篇文章《中国新文化》(*La nouvelle culture chinoise*) 刊登在《欧洲》第 194 期上，放在“中国来信”(*Lettre de Chine*) 栏目下。文章在法国写成，返国前交给翻译者，中文原

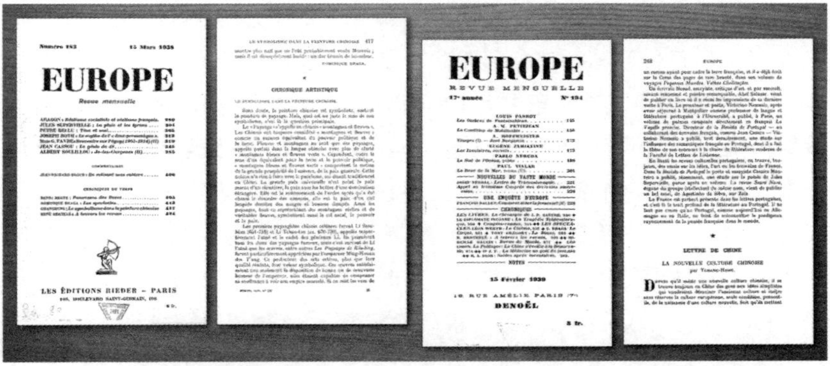

《欧洲》月刊两次刊登高长虹文章（1938年及1939年）

题是《中国新文化的个性》，在 1937 年 1 月写成的《实验的国防科学》，高长虹曾经提及："为什么中国不需要新哲学，也不能有新哲学产生，我在《中国新文化的个性》一文中已约略讲过了。"在法译里不难找出这句话所在段落，最后部分是这样的：

> 中国新文化运动会产生新哲学吗？肯定不会。这不是一个搀杂或同化的问题，而是一个事实：中国像世界其他国家那样，已经逐步抛弃哲学。

在给罗曼·罗兰最后一封信中，高长虹询问过《欧洲》杂志的地址，可能希望得到大师推荐。因为他知道，在这本一流刊物发表文章是很多人的追求，因此选稿门槛很高，基本上只采用名家来稿或特约稿件，很少新人能通过投稿发表。在中国留学生中，敬隐渔的法译《阿 Q 正传》和另外两篇文章由罗曼·罗兰亲自护驾，盛成唯一的一篇在与大师书信来往频密时期发表，大约也是通过同样的路径，梁宗岱两首诗由作家朋友普雷沃直接带到杂志社，他当时是杂志的执行编辑。无论自行投稿或第三者推荐，首要条件是文章的水平。谢冰莹的《从军日记》也由罗曼·罗兰推荐过，但最后还是被编辑部放弃。

高长虹显然没有这几位留学生的运气，但他的写作才能不低于他们。

当年中文在西方并不流行，在西方人眼中，中国人的名字有如天书，敬隐渔《阿Q正传》第一部分刊登时，鲁迅译名 Lou-Siun 在目录印成 Lou-Tun。高长虹的第一篇文章署名 Changhung，与第二篇 Tchang-Hung 不同，编辑部接到第二篇稿件时，如果寄稿人不作说明，很难猜出就是一年前的作者，他们只是凭作品本身作取舍。两篇文章连续发表显示出高长虹长年埋首图书馆，不仅研究有成，而且掌握了向西方人解释中国文化的技巧，写出的文章达到法国大刊的要求。同时也显示了他的发表渠道是自行投稿，由本人寄出或者译者代劳，没有依靠第三者推荐。

高长虹在欧洲艰苦地生活，在多个国家游荡，漫长的六年多时间，居无定所，但是他心中的文学探索火焰始终热烈燃烧。路不空行，时不空过，虽然这个时期的作品还未完全发掘出来，所知数量不及国内时期，但已十分丰富，而且刊登在主流杂志上。他重视向西方读者宣扬中国文化，面对语言屏障，仍千方百计把作品变成各国文字，并且坦然承认，不像某些人那样遮遮掩掩。这种进取精神和开阔的胸怀，让他在欧洲留下的文学印痕，不会轻易被时光抹掉。

九　张昊

(CHANG HAO)

在中国留学生中，张昊的名字比较陌生，这位音乐家和作曲家的作品相当丰富，但正式起步得较晚，加上早年生活在欧洲，退休后才到台湾的大学任教，因此名声迟来。2002 年，台湾时报文化出版公司出版了他的传记《张昊——浮云一样的游子》，作者萧雅玲和连宪升曾经受教他的门下，在写作过程中多次访问张昊，并且获得机会阅读他的私人档案文献，本书有关他的生平，主要参照这本传记。

张昊（1913 – 2003）是湖南省长沙县大贤镇人，原名张孝望。父亲是前清秀才，以教书为生。他生长在八兄弟姐妹的大家庭，大哥比他年长十九岁，因为爱好二胡、洞箫等乐器，成为他的音乐启蒙者。张昊十二岁离家，进入长沙市的省立湖南第一师范学校读书，方兴未艾的新文化浪潮熏陶了这一代年轻人，所有人都向往西方文化和思想。他在此时开始对西洋音乐入迷，学习过钢琴和小提琴，后来又跟随外籍私人教师进修钢琴。

1937年　上海来信

1931 年十八岁，他考进上海国立音乐专科学校高中师范科，主修声乐，副修钢琴。由于经济原因，中途曾经停学三年，到武汉一家中学当教师。1934 年复学，延至 1937 年才读到最后一年课程。毕业考试前夕，他回头审视自己的学历，眼看就要离开学校，踏进社会，却发现没有把握实现自己的愿望，当一位职业钢琴演奏家。当时的中国青年视罗曼·罗兰为偶像，张昊读过他的名人传及其他著作，从《贝多芬传》等著作中知道他的音乐知识造诣，于是在 5 月 14 日写信，向他诉说不知何去何从的彷徨：

敬爱的罗曼·罗兰先生，

十二年来，一直渴望致函先生，至今未曾实现。然而今晚弹奏贝多芬F小调第一奏鸣曲的极急板后，突有所感，故冒昧修此书，唯未知尊址所在，似乎难望先生读到。

过去十二年，这个世界三位在生的人物带领着我生活：高尔基，鲁迅和先生。由于高尔基很少涉及美术或音乐，鲁迅只有论及美术的著作，对音乐未置一词，而我现在以音乐为业，因此视先生为最重要的导师。

一九三六年，我的生活受到两次严重打击，高尔基和鲁迅两人离开人间！！！我以前在梦中多次与他们交谈（用我的母语！），但是很遗憾，一辈子没有机会见到他们，将来更永远没有可能（我仅在鲁迅死后前往瞻仰，但已永远无声！）

先生既是长辈，离我亦远，唯我们的心十分接近。我一直梦想见到先生，但念此事没有可能，故把先生的照片（在莫斯科拍摄者）悬于墙上。

十二年前，我十六岁，在师范学校读书，开始拜读大作。传记方面，我读过《贝多芬传》《米勒传》《米开朗基罗传》，小说只读过《约翰·克利斯朵夫》一些章节，散文《在混战之上》及其他多种。最近读了致高尔基信、《悼高尔基》（去年）、对纪德《从苏联归来》一书的批判，以及致一位打算成为职业诗人的苏联工人的信函（今年）。最后这篇文章唤醒了我的热烈激情，故书此函。

曾经听说先生愿意花时间写信给青年人，带领他们，教导他们。我不懂法文，粗识英文（阅读尚可）。先生会否赐我回音？是否会接受一个中国音乐学生为子弟？听说先生为一个国际和平或反战运动组织忙碌。我想，或者可以就此事共同做点事，在上海，以至整个中国，“演出”先生的作品。我自少年时代起便是国际主义者，尽管涉足政治不深，但每个热爱贝多芬的人，一定爱好和平，爱好国际主义、民主和社会主义。

我在一个贫穷的读书人家出生和长大。父亲是教员和诗人，最喜欢陶潜、李白和杜甫。因此我有幸很早就学习中国古诗，那时大约三岁或四岁。后来进工厂当学徒，没有当成，因为体质孱弱，又太爱好艺术。

就这样，十五岁上头便专心学习绘画，追随法国的现实主义画家，例如古尔贝、米勒和马奈，后来转向印象派，以莫奈和雷诺阿为师。直到现在，虽然已经放弃绘画，专业音乐，仍然留恋这两位伟大的色彩大师，尤其雷诺阿。我也喜欢塞尚、梵高、高更和马蒂斯，虽然稍逊一筹。不过，我不欣赏巴黎现代派艺术。

十八岁时，我被音乐的力量所激动，尤其贝多芬和莫扎特。我改变生活，从绘画改为音乐。由于家境贫困，过去八年三进三出音乐学校。我学习小提琴和声乐，但没有成功，现在改为主修钢琴，刚读完第一级，仍然没有成功。老师阿萨可夫是白俄人，格列恰尼诺夫的子弟，他说我弹得太慢太软。我担心自己年纪过大，可能不会成为钢琴好手（我今年二十八岁）。很多女同学每天学习六小时，比我弹得更好，不过，她们从来不读书。这样令她们一无所知，只识琴键和指挥棒。我喜欢读书和思考，关于世界，关于人民生活，关于中华民族的面貌。这占用了很多时间，以致我没有足够时间练琴。此外，我还要为了赚取"每日面包"去教书，总是被上课弄得疲惫不堪。

目前正在准备第一级考试。乐曲是车尔尼第二九九号作品第二十四首，巴赫三部创意曲第六首，上面提过的贝多芬极快板，以及萧邦圆舞曲降A大调第九首。我的弹奏达不到车尔尼和贝多芬乐曲的速度。

先生认为我以钢琴为生明智吗？有人建议改为主修乐理和作曲，成为乐理家或作曲家。先生以为然否？他们（包括我的老师）说这比较适合我这样的成年人，并且说我有音乐感。我需要先生指点！

我有时想，以弹琴为业会剥夺演奏的自由。只有自弹自娱（而非职业性）才能自由地演奏，也就是说弹得美。我意思想说：在艺术里，一个人越为自己工作，听众从他那里所得越多。先生以为然否？

先生考虑了一年，劝告那位苏联工人不要以写诗为业，那么对目前中国，尤其像我那样一个二十八岁的中学教师和音乐学校学生，瘦小、贫穷而孱弱，要以弹琴为生有何忠告呢？

倘若放弃学习钢琴职业较好，尊意以为该选何种职业呢？你看，我如何为职业问题苦恼。

两个月前，米夏·艾尔曼到上海。我听到他演奏《克鲁采奏鸣曲》，这是我最喜爱的乐曲。希望先生有朝一日到中国来，我将张开双臂欢迎，为先生当向导，游览我们的国家。先生会到中国来吗？

尽管我喜欢贝多芬和舒伯特，但我爱法国更甚于德国。我也爱雷诺瓦，尽管他与贝多芬正好相反。请问先生对雷诺阿和马奈有何感觉和想法？德彪西呢？

最敬爱的罗曼·罗兰先生，我的生活和音乐的唯一真正导师！尽管我永远不会像先生那样伟大，但我希望得到先生的一些伟大东西。

祈望回音。倘若打扰先生伟大的和平工作，或者妨碍健康，请不必回答像我这样没有价值的人。

谦卑的青年追随者

张昊

一九三七年五月十四日于上海

我的地址：

中国上海

江湾市中心区

国立音乐专科学校

张昊

请赐赠近照一张！

这封信有三个外国人名。阿萨可夫（Sergey Aksakov，1890 – 1938）是侨居上海的白俄钢琴家和音乐家，曾师从俄罗斯著名作曲家格列恰尼诺夫（Alexander Gretchaninoff，1864 – 1956），当时是上海国立音乐专科学校的主要教员之一。米夏·艾尔曼（Mischa Elman，1891 – 1967）是俄罗斯小提琴演奏家。他和格列恰尼诺夫一样，在二十世纪初移居美国。

张昊请求指点和忠告，罗曼·罗兰完全有资格回答。他不是普通的音乐爱好者，音乐造诣很深，在巴黎高等师范学校通过的国家博士论文就是以音乐为题，《吕利和斯卡拉蒂之前的欧洲歌剧史》（*Histoire de l'opéra en*

Europe avant Lulli et Scarlatti）。1896 年，论文出版后一年，获得法兰西文学院颁发的卡斯特奈—布尔苏奖（Prix Kastner-Boursault）。1904 年至 1912 年，他被聘为索邦大学的音乐史教授。

他写了大量以音乐家为主角的作品，包括著名的《贝多芬传》和七卷本巨著《贝多芬的伟大创作时期》，另有数量众多的音乐家介绍和评论，结集为《今日音乐家》和《昔日音乐家》，代表作小说《约翰 · 克利斯朵夫》也以作曲家为主角。到了今天，他对音乐的评论还经常被音乐界所引用。甚至有人认为，随着时间的推移，其价值已经超出他的文学作品。

他不仅精于音乐历史、理论和分析，还会弹奏钢琴，一生没有荒废，直至生命最后日子。杜沙特莱在 2007 年《罗曼 · 罗兰与贝多芬：最后一曲》(*Bernard Duchatelet : Romain Rolland et Beethoven : l'ultime sonate*) 文中，叙述了一个感人的场面：

> 一九四四年圣诞节之夜，一对从事教育的老朋友夫妇，从八十公里外骑自行车来访。经过大病后的罗曼 · 罗兰极为衰弱，罗兰夫人与亲友前往教堂参加子夜弥撒，留下他们闲谈。突然间，罗曼 · 罗兰从座位艰难地站起来，搭着朋友的肩膀说："来，扶我一把……我们去做弥撒。"朋友搀扶他艰难地步下楼梯，搀扶他艰难地走到钢琴前面，搀扶他慢慢坐下来。他打开钢琴盖，立即变成另一个人，容光焕发，眼睛闪光，开始弹奏贝多芬钢琴奏鸣曲第二十二号作品第一百一十一首。一曲既终，他对朋友说："记住这光明的一夜"。五天后他便辞别人间，这是他的最后一曲。

张昊写好信后，没有奥尔加别墅的地址，在信封上拼凑写了一个英文地址："欧洲，瑞士，罗曼 · 罗兰先生启"，以挂号信寄出。结果像其他有完整地址的邮件那样顺利到达，信封原件现存档案中，可以看到背面有罗曼 · 罗兰留下的手迹："1937 年 6 月 11 日复信，罗曼 · 罗兰"。张昊的信以英文书就，罗曼 · 罗兰以法文回答，挂号寄出：

> 张昊君，

读完寄来长函，深感兴趣，并有同感。

我目前工作缠身，没有充裕时间回复。唯据来信所言，建议你放弃钢琴。所说的贝多芬乐曲并不是很困难，要是到了二十八岁，还因为速度和力度不足未能过关，以后难望获得这些能力。

你要转向乐理教育或者艺术史。

我不赞成中国的教育几乎全盘立足于西方模式（绘画和音乐）。中国有自己的艺术，符合自己的本质。如果否定或者忘记这些东西，不仅对中国不适当，对其余的人类也同样不适当。这可能是你的任务，提醒你的同胞和全世界去认识和喜爱这些东西。并非去修补一种民族的文化，而是以你们伟大民族的珍宝来丰富世界文化，并且和我们一起努力，把人类精神的所有力量和才能结合在一起。

亲切握手。

罗曼·罗兰
一九三七年六月十日
于沃州新城奥尔加别墅

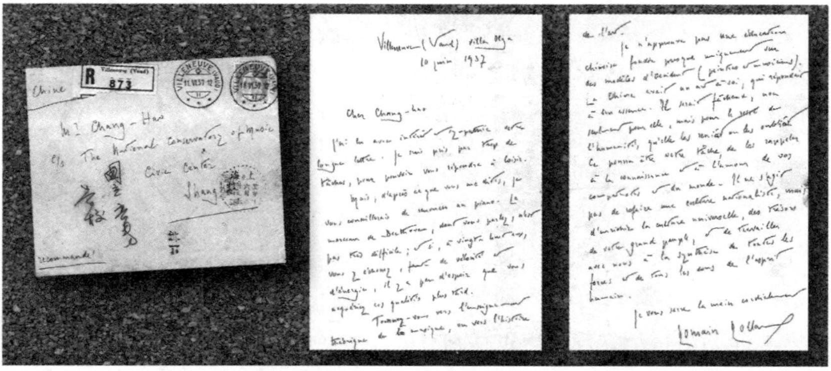
Mr Chang-Hao
c/o The National Conservatory of Music
Civic Center
Shanghai

Villeneuve (Vaud) villa Olga
10 juin 1937

Cher Chang-hao

Romain Rolland

罗曼·罗兰致张昊信（1937年6月10日）

话说得简明直接，既解释了理由，又指出方向，没有模棱之言。罗曼·罗兰对张昊这样友好，可能同是爱乐之人，而且来信多谈政治和文学，少见谈音乐。他按照张昊的请求，送给他一张照片，不仅签名，还加上题赠：

送给张昊

和中国朋友，

来自约翰·克利斯朵夫

致意

罗曼·罗兰

一九三七年六月十日

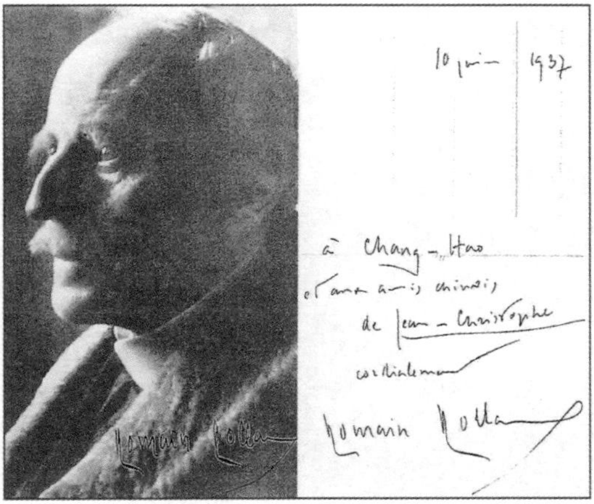

罗曼·罗兰赠张昊照片及题辞（1937年6月10日）

张昊收信后，大喜过望，由于不懂法文，于是向一位印度朋友求助，译为英文。这封信成为他的珍贵物品，他仔细用纸张包装好，一直保存在身边，尽管后来数十年，经历战火，转辗侨居多国，更换职业，始终妥善保存，至今完整如昔。

张昊在学校以钢琴为副修，在第一封信里，清楚表示希望成为职业演奏家，但又自觉力有不逮，为此苦恼多年。他接到罗曼·罗兰来信后，决定放弃钢琴演奏，改以作曲为方向。这是他的生命重要转折点，不过新道路与罗曼·罗兰的指点不尽相同。大师说得很清楚，“你要转向乐理教育或者艺术史”（Tournez-vous vers l’enseignement théorique de la musique, ou vers l’histoire de l’art.），换而言之，离开音乐表演的圈子，成为教师或研究者。由于看不到印度人的英译，无法知道张昊看到的大师指点是否这样，他不再演奏钢琴，却继续为音乐表演作曲，一只脚仍在表演圈子里。

1940年 战火中《上海之歌》

信到后十天，八一三事变爆发，上海陷入战火之中，张昊逃难到法租界，继续从事音乐活动。两年半后，1940 年 2 月 4 日，他发出第二封信给罗曼·罗兰，报告自己的情况：

敬爱的罗曼·罗兰先生，

我在一九三七年五月十四日曾经寄上一封长信，诉说十三年来渴望致函先生，未知是否记得？我收到了先生六月十日的回信和照片，极为高兴，异想天开的梦想终于实现了。先生劝我放弃钢琴，改学乐理，并赞成我创造中国风格的音乐。我从那时开始就按此实行。

大函到达后十天，战争在上海爆发，改变了我们生活的一切。学校的大楼被炸毁，被占领。我离开了学校，前往中国中部。

数月后，我自报纸得知先生离开了瑞士，前往巴黎。因此我不知道先生的地址，即使现在也不知道。

三年过去，亚洲变化很大，比欧洲更甚。法国和俄国政府关系根本改变，从朋友变为敌人。欧洲爆发大战后，我读过萧伯纳几篇文章，但没有读到大作。猜想大师在法国处于困难环境。

目前我住在上海法租界，这里成为孤岛已经二十七个月。信件一直有人检查。

我已经完成和声学课程，希望像所有作曲家那样，完成所有理论课程。但很遗憾，理论课老师去世了，在上海找不到其他人，严重影响了我的音乐人生。

我在去年完成一部小歌唱剧，在十月份上演，得到观众的欢迎。请告尊址，以便寄上一些歌曲乐谱。希望先生见到，带来一点快乐。随信附上四张照片，摄自歌剧以及小乐队的部分成员。先生喜欢这些照片吗？

最后，请敬爱的导师多保重，为了人类，也可以说为了我。

期待来信和照片。

谦卑而忠诚的张昊

一九四〇年二月十四日于上海

地址：

中国上海

汉口路四一一号

万源公司转交

张昊

张昊和其他身处租界的文艺界人士一样，以自己的方式参加抗日活动。他写了多首歌曲，既有诉说战争带来的苦难，也有鼓励民众起来抵抗。1940年，他与作词人蔡冰白合作，把其中十八首歌编成一部四幕歌唱剧，剧名《上海之歌》，他亲自指挥上海音专学生伴奏，从9月30日开始在上海辣斐花园剧场演出。此剧十分成功，在当时的乱局下，连演九天十八场。剧中歌曲成为无线电播音中最受欢迎的节目。到了12月25日，又在兰心大戏院重演，五天九场。法国百代唱片公司为这出戏印制了一套八张唱片，在东南亚地区发行。

信中没有提及“小歌唱剧”的剧名，但可以据历史确定为《上海之

张昊《上海之歌》工作人员照片及曲本（1940年）

歌》，而随信寄上的四张照片也没有收入档案，《张昊——浮云一样的游子》有一张“《上海之歌》的工作人员”的插图，与张昊的描述相同，相信属于四张照片之一。

张昊这封信和第一封一样，写成后没有地址可寄，他两年前从报上得知，大师已迁离瑞士，移居法国。信封原件现在保存在法国国家图书馆，可以看到他使用罗曼·罗兰回信上面的瑞士地址，然后在旁边加上英文说明：“如果罗兰先生不在瑞士，请把本信转寄现居地址”。这是一封挂号信，瑞士邮局果然照办，以双横线把旧地址划掉，在下方写上法国地址，“约拿省，韦兹莱镇”，没有门牌号码，连街名也没有。当时的欧洲战火纷飞，战神的邪恶阴影不断扩大，再过三个月纳粹德国就入侵法国，这封信竟然平安转达，保存至今，罗曼·罗兰的名气诚非虚言。

抗日战争在1945年结束，罗曼·罗兰在此前一年去世，1946年，张昊考取中法公费交换学生奖学金。他进入教育部为留学生开设的语言进修班，学习一年法语，1947年8月动身到法国深造。他首先进入巴黎音乐学院，选修了一门又一门课程。学生公费期限两年，他成功两次申请延期。到了第三次，他已经在学校待了七年，人家回答他：“你再拿，岂不成了养老金吗？”

可是张昊深造之心未息，他知道意大利有一位伯爵器济（Guido Chigi-Saracini，1880 – 1965）是爱乐之人，创办了器济音乐院（Acccademia Musicale Chigiana），每年组织为期三个月的深造班，挑选来自世界各地的音乐青年俊才，邀请各地名师指点，参加者都得到补助，期末演出自己的作品后才曲尽人散。张昊连续三年参加，1957年最后一次之后，再也不能参加，他的音乐学习生活才算最后结束。就这样，他在音乐学校盘桓了十年，那是因为他深爱音乐，可是在西方以古典音乐谋生十分困难，作曲家和作家一样，不是努力就有结果，而且竞争激烈，他又是一个无名外国人，难出人头地。无论在法国或意大利，他的学习成绩一直出色，然而“有如灰姑娘穿上魔法的衣裳，参加了王子的晚宴，但十二点钟声响起时，必须恢复原来的模样”。（连宪升、萧雅玲《张昊——浮云一样的游子》）

他依依不舍告别音乐学院，告别音乐世界。回到巴黎后，为了生活，他先在一家中国家具工场当了两年漆工，然后进入附属索邦大学的高等汉学研究所图书馆，担任书目编纂工作。在这里，他有机会接触到西方汉学界。欧洲汉学是一门困难的学问，由于语言差距，几乎不可能完全自生自长，必须有中国人协助。第二次世界大战后，中国和欧洲的文化交流几乎断绝，不要说学者，留学生只有从台湾和港澳来，人数十分有限，攻读文科者几乎不用一双手就能数出来，因此，欧洲汉学界在这方面求才若渴。张昊在图书馆工作时，利用工余时间将南宋姜夔词曲以五线乐谱译出，由于图书馆与汉学界关系密切，消息传到巴黎纪美东方博物馆，为他举行了一个面向公众的演讲会，会上演奏了中国音乐。这个活动让他向欧洲汉学界进一步靠近，一年之后，他开始参加国际汉学会的年会。

1962 年的年会在荷兰莱顿大学举行，他的运气不请自来。与会者有一位德国汉学家霍福民（Alfred Hoffmann，1911 – 1997），他在 1940 年准备汉学博士论文，被政府遣往中国，先后在北京中德学会和南京德国使馆工作了五年。在南京时，他跟随词学家龙榆生（1902 – 1966）深造中国诗词，张昊在上海音乐专科学校的国文老师正是龙榆生。霍福民知道大家是同门师兄弟后，立即提议他到德国教书，因为他在上一年接任西柏林自由大学东亚研究所主任，正在为该所寻找一位教授中国文学的讲师。

张昊的命运就这样在五十岁即将来临时再次转向，这一回，灰姑娘的金马车没有变回南瓜。从 1962 年起，他在德国和意大利两地教授汉语和中国文化，期间获得意大利拿坡里大学的文史博士学位，成为五十六岁的高龄博士。他专心汉学教学和研究，但是没有忘记音乐，结合汉学工作，尝试为中国古代音乐典籍如《诗经》、《楚辞》、姜夔《白石道人歌曲》进行译谱或和声编配，也创作了一些乐曲。

1979 年，他应聘回台湾任教于中国文化学院，重返音乐本行，教授音乐史、乐曲分析、音乐美学等科目，这正是罗曼 · 罗兰当年建议的工作，经过四十年的七弯八拐才成为事实。在这个新职位上，他不仅桃李满门，而且音乐创造力解放出来，源源不断写出一部又一部作品。1986 年退休后，继续活跃在乐坛上，作曲、指挥演出，一直到 2003 年去世前不久才逐渐退出舞台。

纵观张昊一生，虽然很晚才全力作曲，但成就看来高于汉学研究。他的乐章具有鲜明的中国及台湾地区本土特色，1950 年以后所有作品都冠以中文标题，例如大制作的管弦乐《两幅中国山水画》《悲歌 · 雨霖铃》《阳明交响曲》，被视为代表作的交响诗《大理石花》和另一部交响诗的两章《华冈春晓》和《东海渔帆》。在中国现代作曲家中，这种表现是突出的。

这与罗曼 · 罗兰当年的指点分不开，大师要求他重视和保存民族文化遗产，不要全盘西化，在此基础上加以发展，和其他民族一起丰富世界文化。尽管起步很晚，张昊忠实遵循了这些原则，在西方音乐理论的架构上，建立起新的中国音乐语言，创造出融合个人风格的优美乐章，作品丰硕，他没有辜负罗曼 · 罗兰当年的期待。

后记

这是一本时光隧道的书，成书的过程是一次返回过去的旅行。在明暗参差的时光和空间里，有一个罗曼·罗兰和他的中国留学生的世界，就在巴黎市中心，在古老的法国国家图书馆，在那座十九世纪建成的仿如贵族府第的大楼，在手稿部，在罗曼·罗兰专藏。

罗曼·罗兰和中国留学生仍然住在里面，在他们留下的书信和文件中活着，“虽无纪历志，四时自成岁”。每次打开档案，进入他们的世界，就完全忘记熙攘吵闹的尘世，只听到他们说不完的交谈，坦白的对答，以至争论、辩驳。那里有节日的欢乐，也有生命的痛苦，但一切那么真诚，充满友爱和朝气，跟随那个时代的脉搏跳动，所有人都向往光明的未来，相信歌唱的明天。

认识了这个世界后，产生了一个抑制不住的愿望，与未能亲临其境的朋友分享。一年多时间酝酿，两年多时间深入探索和撰写，工作并不容易，却是一种难得的运气。

这本书能够面世，首先要感谢罗曼·罗兰和他的中国留学生，他们的友好交往缔造了一个世界文坛的千秋佳话。罗曼·罗兰和他的夫人玛丽把中国留学生的书信、照片、文件，连同信封完整保存下来，这段美好的中法文化交流历史才没有湮没。

还要感谢热爱文化的法兰西民族。这几年到过好些法国图书馆和档案馆，发现中国人失去的近代历史，往往能够在这个国家重新发现。他们收藏的中国出版物、书信、手稿，范围之广，数量之多，令人惊奇。本书写作所需的文献，主要来自法国国家图书馆、法国国家档案馆、巴黎杜塞文学图书馆、斯特拉斯堡大学图书馆手稿部、天主教耶稣会档案馆、路易·拉卢瓦家属收藏等机构。法国人尽心尽力收藏和守卫这些旧纸张和老照片，并非因为这是中国文献，而是视之为全人类的文化遗产，世界历史进程的见证。笔者所往之处，都得到热情、专业与细心的接待，没有一处空手而还。

十多年前写书，桌上地下堆满参考书，这一回大部分已经化作电子书，放进电脑。查看统计数字，文件多达一万六千多个，到现在仍在增加，占用几百亿字节的磁盘贮存，打印成书，当数以百册计。然而，现代电子科技不是万能，碰上手稿就无用武之地，这些年代久远的旧纸张珍贵无比，被图书馆视为镇山之宝。虽然向公众开放，却不愿意被人随意剽窃，读者非要像虔诚的朝圣者那样，亲自上门查阅不可，有时还得填写申请表，花费一番唇舌解释理由。就算手稿来到眼前，大多数还要一字一字辨认，一笔一笔抄录下来。

同一个城市还好，只须多跑几趟就能解决，像本书的罗曼·罗兰中国书信和日记，就是每周两次，前后两三个月时间才抄录完毕。如果城市不同，问题变得复杂。开写不久发现，敬隐渔在里昂和瑞士留下一些文件，非去这两个地方寻找不可。但是很幸运，刚好结识了《敬隐渔传》作者张英伦，见面时谈起这件事，他立即把自己收藏的资料拿出来送给笔者。须知他循着敬隐渔的生活路线，跑遍中国、法国和瑞士，用了五年时间才完成全书写作，丰富的文献来自辛勤的劳动，他的慷慨举动显示了一种尊重文化和历史的学者风度。

写作后期再出现同样的情况，厦门大学图书馆收藏了汪德耀一批捐赠，其中有留学法国时期的图片和手稿。原先计划回国一趟，诗人何家炜（这次为本书主持编辑工作）和厦大外语系沈澍老师知道后，代为联系有关部门，结果不必风尘万里，安坐荧光屏前，看着这些不可或缺的资料，经由海底电缆源源送到。几年前李兰颂也是这样送来李又然家书，这次又主动提供刚编好的三卷本李又然文集原稿。

还有广东外语外贸大学梁宗岱纪念室陈红霞，寄来该馆新发现的罗曼·罗兰致梁宗岱一封信的残件影印，那是逃过万劫的文献，特别珍贵。台湾屏东大学音乐系连宪升老师素未谋面，仅仅一封电邮，就寄来他参与写作《张昊——浮云一样的游子》时收集到的罕见文献，一封罗曼·罗兰致张昊信函的复印件，补足了这部分的书信档案。

现在全书完成，罗曼·罗兰和中国留学生的世界将活在这本书里，不再消失，不再被遗忘。

二〇二〇年五月十日记于解封前巴黎城

致 谢

REMERCIEMENTS

法国国家图书馆手稿部罗曼·罗兰专藏

Bibliothèque Nationale de France, Département Manuscrits, Fonds Romain Rolland, Paris, France

法国杜塞文学图书馆瓦莱里专藏

Bibliothèque littéraires de Jacques Doucet, Valeryanum, Paris, France

斯特拉斯堡大学图书馆马里丹专藏

Bibliothèque nationale et universitaire de Strasbourg, Fonds Maritain, Strasbourg, France

耶稣会法国档案馆达尼埃鲁专藏

Archives françaises de la Compagnie de Jésus, Fonds Jean Daniélou, Vanves, France

法国国家档案馆新馆

Archives nationales de France, Pierrefitte-sur-Seine, France

法国路易·拉卢瓦家属收藏（管理人：文森·拉卢瓦）

Archives privées de Louis Laloy (Administrateur : Vincent Laloy), Rahon, France

厦门大学图书馆汪德耀专藏

Xiamen University Library, Fonds Wang Deyao, Xiamen

广东外语外贸大学图书馆梁宗岱纪念室
Guangdong University of Foreign Studies Library, Fonds Liang Tsong-Taï, Guangzhou

李又然家属收藏（管理人：李兰颂）
Archives privées de Li Youran (Administrateur : Li Lansong), Beijing

张英伦，法国文学专家，翻译家
Zhang Yinglun, spécialiste et traducteur de la littérature française, Paris, France

连宪先，屏东大学音乐系
Lien Hsien-Sheng, National Pingtung University, Pingtung

何家炜，诗人，出版人
He Jiawei, poète et éditeur, Shanghai

沈澍，福建厦门大学法语系
Shen Shu, Xiamen University, Xiamen

主要参考文献

手稿及档案

法国国家图书馆手稿部

中国留学生致罗曼·罗兰书信（1920 – 1941）

罗曼·罗兰日记（1920 – 1941）

巴黎杜塞文学图书馆

梁宗岱致保罗·瓦莱里和于连·莫诺书信

于连·莫诺：《〈我的母亲〉研究》

斯特拉斯堡大学图书馆

傅雷致约克·马里丹书信

巴黎耶稣会档案馆

傅雷致让·达尼埃鲁书信

让·达尼埃鲁文书档案

法国国家档案馆

傅雷与梁宗岱巴黎索邦大学注册卡

卢浮学校旁听生名册

法国路易·拉卢瓦家属收藏

路易·拉卢瓦访问中国船上手记（1931年8月14日至9月4日）及日程手记

厦门大学图书馆

汪德耀法译谢冰莹《从军日记》手稿（部分）

张昊家属收藏（连宪先提供）

罗曼·罗兰复张昊信（1937）

李又然家属收藏

李又然致李兰颂家书（1975）

著作及报刊

罗曼·罗兰

Bernard Chatelet, *Romain Rolland tel qu'en lui-même*, Albin Michel, Paris, 2002

张英伦编：《罗曼·罗兰文集》10卷，人民文学出版社，北京，2019

盛成

Cheng Tcheng, *La Chine Pacifique*, éditeur inconnu, Lyon, 1927

Cheng Tcheng: Le Movement des étudiants-ouvriers chinois en France, *Europe*, Paris, Septembre 1927

Jean Sagnes, Contribution à l'histoire des étudiants ouvriers chinois en France: un jeune Chinois à Montpellier dans les années 1920, *Études sur l'Hérault*, Montpellier, N.S 4, 1988

许宗元编：《盛成文集》四卷，安徽文艺出版社，合肥，1998

敬隐渔

Kin Yn-Yu, La Vie de Ah Qui, *Europe*, Paris, mai et juin 1926

Kin Yn-Yu, La Renaissance Chinoise et l'Influence de Romain Rolland, *Europe*, Paris, Septembre 1927

Kin Yn-Yu, *Anthologie des conteurs chinois modernes*, Editions Rieder, Paris, 1929

Collectif, *Liber Amicorum Romain Rolland*, Rognier, Zürich, 1926

张英伦：《敬隐渔传》，人民文学出版社，北京，2017
张英伦编：《敬隐渔文集》，人民文学出版社，北京，2017

梁宗岱

Paul Valéry, Préface, dans *Les Poèmes de T'ao Ts'ien*, Éditions Lemarget, Paris, 1930
Jean Prévost, *Derniers poèmes suivi de L'Amateur de poèmes*, Gallimard, Paris, 1990
Peter Kamber: *Geschichte zweier Leben: Wladimir Rosenbaum und Aline Valangin,* Limmat Verlag, Zürich, 2002
梁宗岱：《我的简史》，载《宗岱世界》诗文卷附录，广东人民出版社，广州，2003
梁宗岱：《忆罗曼·罗兰》，载《诗与真续编》，中央编译出版社，北京，2006

李家齐（李又然）

Paul Vaillant-Couturier, Paris-Shanghai-Moscou-Paris (Série de chroniques), *L'Humanité*, Paris, 15 juin 1933 - 27 janvier 1934
李又燃：《养老院》，《论语》，上海，1933年6月15日
李又然：《伟大的安慰者》，作家出版社，北京，1955
李兰颂编：《李又然文集》（编定稿）

阎宗临

Colette Girard（郭倢），*Les étudiants chinois à l'Université de Fribourg durant le XXème* siècle [thèse], Université de Fribourg, Fribourg, 2013
Divers articles de presse, *La Liberté*, Fribourg, 1930-1967
阎宗临：《回忆罗曼·罗兰谈鲁迅》，《晋阳学刊》，太原，1981年第5期
阎守城：《阎宗临传》，三晋出版社，太原，2013年

汪德耀

Romain Rolland, *L'Indépendance de l'esprit - Correspondance de Romain Rolland à Jean Guéhenno (1919-1944)*, Albin Michel, Paris, 2013

Romain Rolland, Inde, Journal 1913-1943, Albin Michel, Paris, 1960

Pin Yin, Une jeune Chinoise à l'armée révolutionnaire, traduit par Ouang Té Yiu, Librairie Valois, Paris, 1931

徐小玉:《〈从军日记〉、汪德耀、罗曼·罗兰》,《新文学史料》, 北京, 1995年第4期

谢冰莹:《从军日记》, 春潮书店, 上海, 1929

傅怒安(傅雷)

F.N.E., L'Art Chinois dans l'Art Européen, *Ambassades et Consulats*, Paris, Juin 1930

Fou Nou-En, La Crise de l'art chinois moderne, *L'Art Vivant*, Paris, septembre 1931

Fou Nou-En, La Chine au carrefour, *La Vie intellectuelle*, Paris, janvier 1932

Jean Daniélou, Le père Daniélou parle de Fou Laï, *L'Express*, Paris, N° 802, 16 janvier 1966,

Collectif, *Jean Daniélou 1905/1974*, Axes/Cerf, Paris, 1975

Louis Laloy, *Le Miroir de la Chine*, Desclée De Brouwer, Paris, 1933

Collectif, *Bollettino della Reale Società geografica italiana*, Presso la Reale Società geografica italiana, Roma, 1931

傅雷:《法行通信》16篇及《湖上通信》,《贡献》旬刊, 上海, 1928年1月－1929年3月

傅雷:《我的自述》,《档案与史学》, 上海1994年第二、三期

刘海粟:《欧游随笔》, 中华书局, 上海, 1935

孙伏园:《丽芒湖》, 载《三湖游记》, 开明书店, 上海, 1931

高长虹

Gau Tchang-Hung, Mineurs chinois, *Monde*, Paris, 17 et 24 février 1934

Tchan Houng, Pour les étudiants chinois à Paris, *Orient et Occident*, Genève, avril 1935

Changhung, Activity and poetry, *Orient et Occident*, Genève, octobre 1935

Gao Chang-Kung, Chinesische Malerei und Tat, *Orient et Occident*, Genève, février 1936

Changhung, Le symbolisme dans la peinture chinoise, *Europe*, Paris, mars 1937

Tchang-Hung, La nouvelle culture chinoise, *Europe*, Paris, février 1939

Yian Tsouan Lin, La Littérature moderne chinoise, *Orient et Occident*, Genève, août et septembre 1935

《高长虹全集》编辑委员会编：《高长虹全集》第四卷，中央编译出版社，北京，2010

均：《长虹在柏林》，《出版消息》，上海，1932年11月16日

朱梅：《高长虹在瑞士》，《中央日报》副刊《贡献》，上海，1936年6月6日

张昊

Hsien Sheng Lien, *Le parcours musical de Qigang Chen (de 1985 à 2001) au regard des musiques contemporaines japonaise* [thèse de doctorat], Université Paris-Sorbonne, Paris, 2005

萧雅玲、连宪升：《张昊—浮云一样的游子》，台湾时报文化出版公司，台北，2002

插图来源说明

本书插图全部由作者据原件拍摄、复制及编辑

文前图片

一　盛成（Cheng Tcheng）

二　敬隐渔（Jean-Baptiste Kin Yn Yu）

三　梁宗岱（Liang Tsong Taï）